LA COMPAGNIE DES GLACES

DANS LA MÊME SÉRIE

VOLUME I
La Compagnie des Glaces
Le Sanctuaire des Glaces
Le Peuple des Glaces
Les Chasseurs des Glaces

VOLUME II
L'Enfant des Glaces
Les Otages des Glaces
Le Gnome halluciné
La Compagnie de la Banquise

VOLUME III
Le Réseau de Patagonie
Les Voiliers du rail
Les Fous du Soleil
Cancer Network

VOLUME IV
Station fantôme
Les Hommes-Jonas
Terminus Amertume
Les Brûleurs de banquise

VOLUME V
Le Gouffre aux Garous
Le Dirigeable sacrilège
Liensun
Les Éboueurs de la Vie éternelle

VOLUME VI
Les Trains-Cimetières
Les Fils de Lien Rag
Voyageuse Yeuse
L'Ampoule de cendres

VOLUME VII
Sun Company
Les Sibériens
Le Clochard ferroviaire
Les Wagons-Mémoires

VOLUME VIII
Mausolée pour une locomotive
Dans le ventre d'une légende
Les Échafaudages d'épouvante
Les Montagnes affamées

VOLUME IX
La Prodigieuse Agonie
On m'appelait Lien Rag
Train spécial pénitentiaire 34
Les Hallucinés de la Voie Oblique

VOLUME X
L'Abominable Postulat
Le Sang des Ragus
La Caste des Aiguilleurs
Les Exilés du ciel croûteux

VOLUME XI
Exode barbare
La Chair des étoiles
L'Aube cruelle d'un temps nouveau
Les Canyons du Pacifique

VOLUME XII
Les Vagabonds des brumes
La Banquise déchiquetée
Soleil blême
L'Huile des morts

VOLUME XIII
Les Oubliés de Chimère
Les Cargos-Dirigeables du Soleil
La Guilde des sanguinaires
La Croix pirate

VOLUME XIV
Le Pays de Djoug
La Banquise de bois
Iceberg-Ship
Lacustra City

VOLUME XV
L'Héritage du Bulb
Les Millénaires perdus
La Guerre du peuple du Froid
Les Tombeaux de L'Antarctique

G.-J. ARNAUD

LA COMPAGNIE DES GLACES

I

LA COMPAGNIE DES GLACES
LE SANCTUAIRE DES GLACES
LE PEUPLE DES GLACES
LES CHASSEURS DES GLACES

FLEUVE NOIR

Édition revue par l'auteur
et François Ducos

ISBN 2-265-06135-2

PRÉFACE

En 1980, paraissait dans la collection « Anticipation » des éditions Fleuve Noir, sous le dossard n° 997, un roman intitulé *La Compagnie des glaces*. Son auteur, G.-J. Arnaud, n'était pas tout à fait un inconnu pour les lecteurs assidus de la collection, puisqu'il y avait publié, au tout début des années 70, trois autres romans de science-fiction : *Les croisés de Mara*, *Les monarques de Bi*, *Lazaret 3*, œuvres de qualité mais qui se coulaient peut-être trop bien dans le moule de la production maison.

Ce ne fut pas le cas pour *La Compagnie des glaces*. Le roman fascina d'emblée les amateurs de science-fiction. D'abord par sa description d'une terre livrée à une nouvelle et terrible glaciation, sur laquelle la survie de l'humanité dépendait des grandes compagnies ferroviaires qui en avaient pris le contrôle et se partageaient le globe en se livrant d'ailleurs de féroces batailles, ensuite par l'originalité de la société survivante et nomade imaginée par l'auteur et sur qui planait le spectre du totalitarisme et de l'intégrisme religieux, et enfin par la qualité des énigmes ethnologiques (les Hommes Roux) ou mythologiques (la Voie Oblique) qui ponctuaient à bon escient le récit. Enigmes qui ne trouvaient d'ailleurs dans le livre que des embryons de réponses, car *La Compagnie des glaces* n'était en fait que le premier tome d'un cycle romanesque, dont les volumes suivants ne tardèrent pas à paraître, confirmant l'excellente impression laissée par son ouverture.

L'engouement des lecteurs pour cette proliférante saga fut tel, qu'en 1988, le trente-septième volume du cycle ne fut pas publié dans la collection « Anticipation », mais dans une collection à part, portant comme titre générique *La Compagnie des glaces* et que distinguait une couverture de couleur bleu pâle. Les trente-six premiers volumes y furent progressivement réédités tandis que paraissaient parallèlement la kyrielle des vingt-cinq titres suivants, jusqu'au numéro 62, *Il était une fois la Compagnie des glaces*, qui clôtura la série.

Rien, a priori, ne semblait prédisposer G.-J. Arnaud à cette singulière aventure littéraire qui courut sur près de douze années. Il n'avait, en effet, abordé le territoire de la science-fiction que très occasionnellement dans une œuvre abondante et protéiforme d'écrivain populaire, au sens moderne de l'expression.

Mais un examen attentif de la carrière et de l'œuvre de cet auteur, aussi prolifique que talentueux, permet de relativiser quelque peu cette impression.

Georges Arnaud est né à Saint-Gilles, dans le Gard, en 1928, et a fait une entrée remarquée en littérature policière à l'âge de vingt-quatre ans en remportant le prix du Quai des Orfèvres pour *Ne tirez pas sur l'inspecteur*. Le roman fut publié, comme il était alors de tradition, chez Hachette dans la collection « L'énigme », sous le pseudonyme de Saint Gilles, car *Le salaire de la peur* de son homonyme Georges Arnaud venait de paraître et qu'il convenait de s'en démarquer.

Quelques années plus tard, en 1957, décidé à vivre de sa plume, il entre dans l'écurie d'une maison d'édition populaire, les éditions de l'Arabesque, qui créèrent tout exprès une collection policière afin de publier les romans de suspense de ce lauréat du prix du Quai des Orfèvres, lequel jouissait, à l'époque, d'un prestige certain et d'une très bonne réputation. Ce fut la collection « Crime parfait ? » qui, outre huit romans de Saint Gilles, inscrivit à son catalogue les œuvres de jeunes auteurs remarquables comme Fred Kassak, André Picot, ou Pierre Signac (alias Pierre Siniac).

Mais l'Arabesque publiait aussi des collections de genres très différents et d'une qualité bien moindre que celle tenue dans « Crime parfait ? ». G.-J. Arnaud se plia — pour pouvoir signer des romans policiers de fort bonne facture — à l'écriture de romans d'espionnage — un genre qui connaissait alors une vogue grandissante —, signés Saint Gilles ou Gil Darcy, alias sous lequel il créa le personnage de Luc Ferran [1], ainsi que des romans érotiques signés de divers pseudonymes (Georges Ramos, Frédéric Mado).

Il travailla également, à cette époque, sous le pseudonyme de Georges Murey, pour les collections policières (et d'espionnage mêlé) d'un autre éditeur populaire : Ferenczi.

Dès 1959, toutefois, il entrait au Fleuve Noir, une maison d'édition qui, sous la direction d'Armand de Caro, était devenue en quelques années seulement l'éditeur français n° 1 de littérature populaire, en ayant su pressentir et s'adapter de façon assez astucieuse à l'évolution des goûts du lectorat.

Il commença par écrire de gros romans d'aventures

(*L'enfer des humiliés*, *Les nuits fauves*) qui lui permirent de retrouver son véritable patronyme. Mais pour se différencier de son encombrant homonyme[2], il intercala l'initiale de son second prénom, Jean, et l'essentiel de son œuvre parut sous la signature de G.-J. Arnaud. Puis, très rapidement, il se mit à collaborer aux deux principales collections du Fleuve Noir : « Spécial-Police », avec *Virus* en 1960, et « Espionnage », avec *Forces contaminées* en 1961. Il s'inscrivit d'abord dans la ligne générale de ces collections. Ce fut tout particulièrement le cas pour les romans de la collection « Espionnage », pour laquelle il créa, comme c'était alors de rigueur, un personnage récurrent d'agent secret, Ernie Kovacs, dit Le Commander, des services secrets de la marine américaine, conçu, selon l'expression même de G.-J. Arnaud, comme un « stéréotype ».

Mais G.-J. Arnaud avait bien trop de personnalité pour en rester là. Que ce soit dans le domaine du roman policier, qui fut longtemps son genre de prédilection, ou dans celui du roman d'espionnage, G.-J. Arnaud n'allait pas tarder à s'émanciper, à suivre son propre chemin, à se singulariser dans une production souvent moutonnière.

Rapidement lassé de son espion, il décida de lui adjoindre une collaboratrice, La Mamma, « une vieille femme un peu cruelle, un peu malicieuse, avec un chapeau effarant, avec des vêtements qui vraiment ne sont pas sexy, qui m'a permis d'apporter une touche un peu ubuesque »[2].

G.-J. Arnaud a affirmé : « je n'ai jamais bien aimé le genre tel qu'il était et là, j'ai voulu le pervertir et le ridiculiser ». Il a fait bien mieux que d'introduire un personnage décalé. Face au pro-américanisme général — et béat — du roman d'espionnage français, et à son corollaire, l'antisoviétisme, il a adopté une démarche de « franc-tireur », selon l'heureuse expression de Jean-Pierre Deloux[3], en dénonçant les agissements de la CIA et des multinationales, la façon dont les Etats-Unis intervenaient dans les affaires intérieures d'autres pays, bref, en portant sur les réalités de la politique internationale et de la guerre secrète un regard progressiste et démythifiant quand la majorité des auteurs se contentaient d'un point de vue passablement réactionnaire et mystifiant.

De même, ses romans policiers qui étaient, de son propre aveu, « des constructions astucieuses avec des implications psychologiques et des situations pittoresques », s'ouvrirent, dès 1965, avec des romans comme *Tatouage*, au monde contemporain. Si bien d'ailleurs que les romans qu'il écrivit dans les années 70 et le début des années 80 jettent sur la société française et certaines des transformations qu'elle a connues durant cette période, sur les imbrications de la politique et de l'affairisme, sur les dérives dangereuses de certaines entreprises (sociétés immobilières, de surveillance, de travail temporaire), une lumière décapante, tout en manifestant à plusieurs reprises (*Plein la vue*, *Brûlez-les tous*) de nettes préoccupations écologiques. L'œuvre policière de G.-J. Arnaud ne saurait se réduire à ces suspenses à fondement politique, inspirés directement de l'actualité. Une autre veine de cette époque est tout aussi remarquable : celle des romans où règne une atmosphère presque fantastique en raison de l'oppression du décor ou d'étranges conjurations familiales et qui fut couronnée d'un prix

Mystère de la critique avec *Enfantasme*. Les uns et les autres contribuèrent à faire de G.-J. Arnaud l'un des auteurs policiers français les plus importants de la décennie : ce que la publication d'un dossier spécial de la revue *POLAR* devait sanctionner en 1983.

Mais déjà, G.-J. Arnaud, parvenu au faîte de son art dans les domaines jumeaux de l'espionnage et du policier, s'était lancé un autre défi.

La réussite de *La Compagnie des glaces* doit cependant beaucoup à cette double carrière. La cohérence de la société décrite, les interactions complexes imaginées entre les pouvoirs politique, religieux, militaire et économique doivent beaucoup au premier des deux. La façon dont est conduit le récit, avec une maîtrise narrative totale, un sens très sûr du suspense et des rebondissements dramatiques, une stratégie judicieuse de la pose et du dévoilement des énigmes qui vient relancer constamment l'intérêt du lecteur, au second. Cette science du récit, qui est la marque des grands écrivains populaires, de Dumas à Verne, est sans doute pour beaucoup dans le succès du cycle qui arrivait, de surcroît, à un moment où la science-fiction française cherchait son salut dans d'assez vaines recherches stylistiques et dédaignait ostensiblement le « sense of wonder » qui est pourtant le sésame du genre…

Au début des années 70, G.-J. Arnaud fit des incursions dans les autres collections du Fleuve Noir : la collection « Anticipation », comme nous l'avons déjà signalé, avec la *Chronique de la grande séparation*, la collection « Angoisse » avec quatre titres, dont *La dalle aux maudits* qui figure parmi les ouvrages préférés de l'auteur. Parallèlement, chez Eurédif, dans la collection « Diane », il signait, sous le pseudonyme d'Ugo Solenza, un cycle de quinze romans historiques ayant pour héroïne « une femme irlandaise du XVIIIe siècle qui lutte pour l'indépendance de son pays et qui, en même temps, est attirée par le luxe »[4] : Marion.

Il est clair que G.-J. Arnaud, dont la puissance de travail était énorme, était en train d'étendre le champ de son inspiration à d'autres genres de la littérature populaire qu'il n'avait jusqu'à présent eu le loisir d'aborder.

Aussi n'est-il pas très étonnant de le voir se lancer dans l'entreprise de *La Compagnie des glaces*. Avec les « Marion », ou les grands romans d'aventure du Fleuve Noir, il avait déjà fait la preuve de son souffle romanesque. Et la science-fiction est un genre qui est coutumier de l'organisation des œuvres en cycles.

La seule énigme qui subsiste est donc celle de l'ampleur de *La Compagnie des glaces* : 62 volumes de plus de 180 pages chacun, c'est sans doute le cycle romanesque le plus long de toute l'histoire de la S-F !

Les explications sont peut-être à trouver dans l'admiration vouée par l'auteur à Balzac ou dans ses lectures d'enfance : les romans populaires publiés en feuilletons dans *L'ouvrier*, comme *Le fils de Monte-Cristo*[2].

Ou bien encore dans la jubilation éprouvée par un « créateur d'univers » à l'imagination fertile à explorer à l'infini un territoire qui lui permette de donner sa pleine mesure.

Ce qui est sûr, en tout cas, c'est qu'avec *La Compagnie des glaces*, G.-J. Arnaud nous a donné l'équivalent moderne des grands feuilletons d'autrefois, qu'il a renoué avec une magie bien oubliée, et en faisant preuve d'une faconde et d'une réussite que vous allez pouvoir éprouver grâce à cette heureuse réédition.

Entrez dans le wagon de la Compagnie des glaces. Le voyage va durer longtemps. Mais ne vous inquiétez pas, vous ne verrez pas le temps passer !

G.-J. Arnaud, comme tous les grands écrivains populaires, est un enchanteur.

JACQUES BAUDOU

1. Le personnage fut repris ensuite par d'autres auteurs.

2. « J'étais en quelque sorte spolié de mon identité et ce problème, cette histoire de double personnalité, de recherche d'identité, est réapparue dans tous mes livres », *dans G.-J. Arnaud, 31 ans de roman populaire*, Office municipal de la culture et des arts, La Seyne-sur-mer, 1983.

3. Jean-Pierre Deloux, « La Statue du Commander », *POLAR* n° 26, hiver 1983, NéO.

4. François Guérif, « Entretien avec G.-J. Arnaud », *POLAR* n° 26.

LA COMPAGNIE DES GLACES

CHAPITRE PREMIER

Lien Rag attendit près d'une heure d'être reçu par le lieutenant de la Sécurité. De la pièce où il se trouvait, il dominait Grand Star Station. C'était l'un des principaux points stratégiques où la vue était aussi globale que dans n'importe quel dispatching d'aiguillage. Les voies s'alignaient à perte de vue jusqu'à un faux horizon qui n'était autre que l'arrondi du dôme, à des kilomètres de distance. Il leva les yeux machinalement et pour la première fois aperçut les Hommes du Froid, les Hommes Roux à moins de cent mètres. Ils habitaient en permanence sur le dôme, passaient leur vie à le nettoyer en échange de nourriture et de pacotille. Ils vivaient nus ou presque et supportaient des températures effrayantes, en dessous de zéro. Lien en distinguait quatre, tous des hommes. Malgré le haillon qui ceinturait leur taille, leur sexe restait apparent, long et ballottant entre leurs jambes. Par hasard, un jour, la femme d'un gouverneur ou d'un directeur de la Compagnie avait levé les yeux vers la verrière, découvert la nudité de ces hommes, s'en était offusquée. Les services de la Sécurité avaient bien essayé de leur faire enfiler des vêtements, mais les Roux n'avaient jamais accepté pareille contrainte.

Dans la salle d'attente, il y avait un gros homme au

teint très rouge qui leva lui aussi les yeux et haussa les épaules :

— Vous parlez d'une vie, à poil par moins cinquante à nettoyer la neige. Il suffirait de chauffer le dôme pour ne pas avoir besoin d'eux.

— Cela reviendrait plus cher à la Compagnie, expliqua Lien.

— Vous venez retirer la boîte rouge ?

— Non, répondit Lien, agacé.

— La mienne a sauté l'autre jour et ils m'accusent d'avoir essayé de la trafiquer… Je suis grossiste en viande et je suis toujours sur les rails, mais ma femme habite Lake Station.

Une petite ville au nord, auprès d'un petit lac d'eau chaude, laquelle jaillissait naturellement des glaces. On disait qu'un réacteur nucléaire se trouvait à l'origine du phénomène, mais comme on ne relevait que peu de traces de radioactivité, Lien n'y croyait guère.

— C'est bien, là-bas. La vie est assez confortable… Mais je n'y passe qu'un jour ou deux par semaine. Et encore. Ma femme me rejoint parfois. Elle a un petit loco-car. On pourrait y vivre.

Il devait gagner beaucoup d'argent, pensa Lien qui n'avait jamais un sou de côté.

— Excusez-moi, dit-il.

Son nom venait d'apparaître en lettres lumineuses sur la porte noire du lieutenant de la Sécurité. Ce dernier était un Asiate de petite taille, rond et tassé sur lui-même. Il portait des lunettes à l'ancienne, mais Lien pensa que c'était par pure coquetterie. On n'aurait jamais admis un myope à la Sécurité.

— Lien Rag, glaciologue ? Vous avez déposé une

demande pour un vapeur. Je voudrais d'autres précisions pour compléter votre dossier.

— Oui, bien sûr, fit Lien, prudent. Voyez-vous, lieutenant Skoll…

Il venait de lire son nom sur sa vareuse noire bordée de rouge.

— Je suis amené pour mes travaux à emprunter d'anciennes voies abandonnées qui ne sont plus sous tension.

— Vous disposez de batteries.

— Oui, mais de cette façon je n'ai qu'un rayon d'action limité, alors qu'un vapeur me permettrait de me rendre dans des régions désertiques, là où la glace conserve une certaine pureté.

Le lieutenant Skoll ôta ses lunettes et les essuya avec son mouchoir. Il avait dû voir un vieux film et prenait plaisir à répéter ce geste d'un acteur.

— De quelles voies s'agit-il ?

— Elles sont toutes répertoriées, lieutenant. Je n'utilise que des documents officiels tirés des archives de la Compagnie.

— Bien sur, bien sûr. Vous n'avez jamais entendu parler de la Voie oblique ?

Lien Rag n'hésita pas :

— Si. Mais je ne l'ai jamais rencontrée.

— Vous travaillez dans le secteur 3 de la Province 17 ?

— Exactement.

— Vous ne trouveriez pas de combustible pour un vapeur ?

— Il existe des forêts sous-glacières exploitées par des bûcherons isolés. Et puis nous pourrions en emporter également.

Mais il y avait certainement une opposition occulte venue d'en haut. Un glaciologue n'avait jamais eu droit à un vapeur. Seuls les hauts personnages de la Compagnie ou les services de Sécurité et d'entretien y avaient droit.

Le lieutenant Skoll prit quelques notes en marge de sa demande et hocha la tête :

— Très bien… Je vais transmettre…

— Puis-je espérer ?

— Dans huit jours vous aurez la réponse.

— Mais je dois repartir demain… Pour une campagne d'un mois

— Je n'y peux rien.

Dans la salle d'attente, le grossiste en viande lui jeta un regard interrogateur auquel il ne répondit pas. Si l'homme avait trafiqué la boîte rouge de sa loco, il risquait un an de camp de travail dans une cité ferroviaire de la zone nord, aux limites des territoires nouvellement acquis par la Compagnie. Plus loin c'était le front, la guerre permanente avec la Compagnie du Grand-Nord. Lien avait servi deux ans dans un train blindé qui opérait entre les lignes. Un jour ils avaient sauté sur une mine et il avait été réformé car sa jambe droite avait été salement touchée.

Il rejoignit son adjoint Farell dans la brasserie proche de la Sécurité, secoua la tête lorsque son ami lui adressa un hochement de tête interrogateur.

— Réponse dans huit jours, mais je pense que c'est cuit.

— Dommage. Tu veux une bière ? Chaude ?

— Non, une vodka.

Farell lui parla avec enthousiasme d'un traincabaret qui faisait halte dans Grand Star Station, en route pour le sud.

— Il y a de ces filles… J'ai envie d'y aller ce soir. Le truc est extra et occupe dix voies. Tu te rends compte ?

— Il paraît, dit Lien, qu'ils déplacent toute une ville, F-Station. J'ai entendu ça ce matin dans les rumeurs. Cent mille habitants. Trois ou quatre cents voies sur la ligne principale du Grand-Nord.

— Une ville ? En même temps ? Mais pourquoi ?

Lien avala sa vodka d'un coup et poussa un soupir d'agrément.

— Sédition. On a commencé par leur couper le courant, mais ils ont continué.

— Comment faisaient-ils, avec le froid ?

— On ne sait pas. Ils ont dû brûler tout ce qu'ils pouvaient. Pour finir, la Compagnie a pris la décision de les déménager. Demain la ligne du Grand-Nord sera coupée jusqu'à la nuit. Mais ils ne passeront pas ici.

Ils sortirent et Lien leva les yeux vers le dôme, aperçut des Hommes Roux qui attaquaient la neige à coups de pelle.

— Tu t'intéresses à eux maintenant ? dit Farell. Ce n'est pas la première fois que tu lèves la tête vers la verrière.

— Personne n'a jamais réellement essayé de savoir pourquoi ils supportaient le froid, eux. En près de deux cent cinquante ans de nouvelle période glaciaire, juste quelques études sans intérêt.

— Ils refusent le contact et disparaissent à la moindre alerte. Ils se réfugient là où personne ne peut aller en loco. Tiens, viens voir le train du gouverneur de la Province 17… Quinze voies d'un coup. Un palace… Et des femmes en fourrures, des serviteurs… D'ailleurs on ne peut pas tellement approcher, avec les gardes.

Comme justement ils approchaient, il y eut un remous dans la foule et Lien vit une jeune femme blonde enfouie dans une fourrure blanche qui passait, l'air dédaigneux. Derrière elle suivaient deux filles vêtues plus simplement, portant des paquets.

— Ça, c'est la fille du gouverneur. Elle vient de faire des achats. Il paraît qu'elle est toujours nue sous son manteau.

Lien éclata de rire :

— Si tu crois ces légendes !

— C'est vrai... C'est le chef du convoi qui me l'a dit.

Un parfum étrange, audacieux et léger à la fois flotta un instant dans le sillage de la fille et Lien éprouva comme une mélancolie subite qui ne le quitta que difficilement.

Farell s'exclamait devant les deux énormes locos, monstres d'acier qui parfois s'environnaient de vapeur, attelées au train du gouverneur de la 17e Province. Le palace sur rails occupait effectivement quinze voies et avait l'importance d'un palais. On devait pouvoir circuler à l'intérieur comme dans une construction ancienne. Lien imagina des patios, des jets d'eau, toute une décoration un peu ridicule comme les aimaient les grands pontes de la Compagnie. Il se souvenait d'un général qui avait fait construire un palais vénitien sur rails qui occupait une vingtaine de voies, si bien que parfois l'arrivée des renforts sur le front devait être ajournée lorsque le convoi du général circulait.

— Tu as vu ces deux vapeurs ? fit son adjoint. Six

hommes juchés sur les épaules les uns des autres n'atteindraient pas la base de la cheminée. Il doit y avoir des tonnes d'eau et de charbon là-dedans. Pas du bois, tu penses. Et je suis sûr qu'en temps normal le convoi peut rouler à l'électricité.

Lien estima que le palais du gouverneur devait posséder au moins quatre étages et une trentaine de pièces. Il fallait une folle dépense d'énergie pour déplacer une telle masse sur les rails. Parfois les sous-stations électriques sautaient lorsqu'un important personnage de la Compagnie faisait le caprice de se déplacer d'un bout à l'autre de la concession.

Farell lui envoya son coude dans les côtes. A l'une des fenêtres du deuxième étage, sur la droite, une silhouette féminine se tenait immobile derrière les vitres.

— C'est la fille blonde de tout à l'heure. Tu crois que nous avons une touche ?

— Je vais rentrer classer mes notes, dit Lien Rag. Tu viens ?

— Non, je vais plutôt acheter de quoi manger ce soir... Il faut quand même y penser quelquefois

Lien emprunta l'une des draisines qui parcouraient l'immense nœud ferroviaire. Ils occupaient un bout de voie à l'autre extrémité de la gare et y aller à pied aurait demandé toute une journée. Parfois il jetait un coup d'œil aux énormes convois en attente, trains blindés et forteresses mobiles en partance vers le front du Grand-Nord. On disait que depuis quelques semaines les hostilités devenaient sanglantes pour la possession d'un district stratégique où s'entrecroisaient une dizaine de lignes.

Leur convoi se composait de trois voitures. L'une

servait à la fois à la traction et au logement, la deuxième était occupée par les appareils et instruments de précision, avec au centre une foreuse qui prélevait des échantillons de glace à de très grandes profondeurs. Enfin, dans la troisième voiture se trouvaient les bureaux, les dossiers et le logement de l'équipe accompagnatrice. Pour l'instant elle bénéficiait d'une permission qui se terminait à minuit. Mais ils ne se rejoindraient que le lendemain. Deux autres attendraient le passage du convoi dans de petites stations perdues sur le trajet. Mais il y avait cette histoire de F-Station, la ville que la Compagnie envoyait en exil dans le nord et qui allait bloquer la circulation sur la grande ligne. Elle devait se déplacer avec lenteur, dix à douze kilomètres à l'heure. Il essaya d'imaginer les habitants angoissés, enfermés hermétiquement dans leurs cellules d'habitation avec interdiction de sortir sous peine de mourir de froid sur-le-champ.

Avant de pénétrer dans son bureau, il leva les yeux vers la verrière située à cet endroit à un niveau assez bas. Plus loin le dôme rejoignait les glaces. Au-delà c'était la neige qui tombait inlassablement un jour sur trois.

Il y avait un campement de Roux à la limite du dôme, justement. On voyait un peu de fumée s'élever d'un feu. Ils ne se servaient des flammes que pour cuire les aliments. Il décida d'aller jusqu'à la limite du dôme le lendemain — si leur départ était retardé — pour examiner les Hommes Roux de plus près. Il aurait aimé en avoir dans son équipe, pensait vaguement que leur présence aurait permis des découvertes importantes. Mais outre l'impossibilité pour un particulier d'établir un contact avec eux — ils ne négociaient qu'avec la Compagnie —, celle-ci aurait estimé cette présence indésirable pour un travail scientifique.

Au lieu de classer ses notes comme annoncé, il étudia la carte du futur terrain de leur mission qui se situait au nord-est de l'ancienne Pologne, à hauteur d'une ville qui s'appelait autrefois Balystok, enfouie maintenant sous des millions de tonnes de glace d'une épaisseur d'un kilomètre.

La Compagnie avait des problèmes dans cette région-là ; la couche de glace y augmentant plus vite qu'ailleurs, des travaux gigantesques s'imposaient pour maintenir les voies à niveau. Déjà il avait fallu construire des tunnels de glace et les ingénieurs de la Compagnie n'aimaient guère ça. Il fallait découvrir les causes de cette accumulation plus rapide que partout ailleurs. La ville polonaise se trouvait à un kilomètre en dessous alors qu'en général, la couche des glaces se situait entre deux cents et cinq cents mètres. Il y avait même des endroits où elle n'atteignait pas cinquante mètres. On avait pu rejoindre le sol de la planète et retrouver d'anciennes installations. Ailleurs c'était une forêt souterraine entière qui se trouvait exploitée dans l'ancienne Allemagne.

Lorsque le téléphone sonna, il pensa que c'était Farell qui voulait lui demander une idée de menu pour le soir.

— Ici le secrétariat du gouverneur Sadon. Son Excellence donne une réception ce soir et serait heureuse que vous y assistiez en tant que glaciologue de la Compagnie travaillant dans sa Province. A partir de neuf heures, tenue numéro un.

— Je suis très flatté, mais…

On avait déjà raccroché alors qu'il s'apprêtait à

expliquer qu'il avait porté sa tenue numéro un au nettoyage. Furieux, il donna un grand coup de poing sur son bureau et réfléchit. Il lui fallait sortir pour récupérer son uniforme vert et noir. Inconcevable d'aller à la soirée sans cette tenue.

Comme il sortait, Farell descendait d'une draisine privée, les bras chargés de provisions.

— Hé ! attendez, cria Lien au conducteur… Je reviens, je t'expliquerai.

Il eut un mal fou à récupérer son uniforme au service de nettoyage de la Compagnie et ensuite à trouver une draisine pour rentrer se changer. Plusieurs express arrivaient à cette heure et les voyageurs se disputaient les voitures disponibles pour se rendre aux quatre coins de G.S.S. Il dut emprunter le tramway de la Grande Ceinture qui ne le déposerait chez lui que dans une heure, mais un peu plus tard il aperçut une draisine vide et sauta à l'intérieur.

— Une invitation chez le gouverneur Sadon, c'est sa fille. Elle t'a vu dans la foule tout à l'heure et t'a fait inviter, fit son ami.

— Tu divagues.

— Non. Elle t'a regardé. Un quart de seconde de ses yeux verts et ça a suffi. Ensuite elle t'a encore surveillé depuis la fenêtre de sa chambre.

Lien dut repasser son uniforme et le mettre en état car il avait complètement oublié ce vêtement qu'il n'avait pas mis depuis des mois.

— J'espère que je n'ai pas grossi.

— Comme tu es plus grand que moi je ne peux même pas te prêter le mien.

— Il faut que tu essaies de m'avoir une draisine pour huit heures trente. Téléphone.

— D'accord, je vais faire mon possible.

En attendant la voiture, ils burent un peu d'alcool. Farell souriait d'un air énigmatique qui agaçait son ami.

— Arrête, veux-tu ?

— Tu es nerveux, tu sais. Tu vas voir la belle fille blonde… Sera-t-elle nue sous sa robe de bal ?

— Ce n'est pas un bal, c'est une réception.

— Qu'importe.

A l'entrée du palais du gouverneur on lui remit un macaron qu'il dut accrocher à son uniforme. Un des valets le conduisit à la longue file qui attendait d'être présentée au gouverneur en grande tenue. Lien prit son mal en patience, regarda autour de lui et vit la fille blonde aux yeux verts. Elle portait une robe noire qui, si elle cachait ses pieds, découvrait ses seins et son dos. Elle sourit d'un air narquois, parut venir vers lui puis, au dernier moment, pivota. C'est ainsi qu'il put voir que la robe découpait son dos d'un blanc nacré jusqu'à la naissance des fesses. Il se sentit rougir et éprouva un très violent désir. En même temps le parfum de cette fille lui parvint comme dans l'après-midi, poivré et léger en même temps.

— Ah ! le glaciologue de deuxième classe Rag, fit le gouverneur dans sa moustache épaisse et grise. Je suis heureux de vous voir. J'ai besoin que cette affaire de glace qui s'accumule soit réglée au plus vite et je compte sur vous. Réussissez et c'est la première classe.

— Le problème est complexe et…

Mais on poussait déjà Lien et ce n'était pas l'heure

d'exposer ses préoccupations professionnelles. Il se trouva libre, seul et désemparé, alla vers le buffet, prit une coupe d'alcool ambré qui était distillé d'après des fruits cultivés sous dôme.

— C'est vous le glaciologue ? fit une voix moqueuse.

Elle était derrière lui et il ne sut que sourire. Elle lui prit le bras, l'entraîna vers le buffet, remplit une assiette de différentes choses puis lui désigna un canapé très bas installé dans une sorte d'atrium au centre duquel jaillissait un jet d'eau lumineux. Les gouttes retombaient avec des couleurs toutes différentes. Il se souvint que dans l'après-midi il avait eu un pressentiment en imaginant l'intérieur de ce palais sur rails.

— C'est moi qui vous ai fait inviter, dit-elle. Mon père se fout de la glaciologie.

— Je ne crois pas, dit Lien, très calme. Actuellement l'accumulation du point Bia est le problème le plus contrariant de la Province 17.

Elle haussa les épaules :

— Mais vous n'étiez pas sur la liste des invités.

— Je n'ai pas cette prétention.

— Mangez donc.

Il ignorait le nom de ce qui se trouvait sur cette assiette et se doutait qu'il s'agissait de nourriture rare et chère. Ce caviar devait provenir d'un élevage d'esturgeons dans des lacs artificiels coûteux. Il y avait aussi des filets de langue de renne, des pâtisseries au goût surprenant.

— Je vous ai vu au-dehors cet après-midi et j'ai eu envie de vous rencontrer.

Lien secoua la tête :

— Je ne vous crois pas.

Elle tapa du pied et il se rendit compte qu'elle ne portait pas de chaussures. Il se pencha pour admirer le plus joli pied du monde tout en pensant aux Hommes Roux qui se déplaçaient sur le dôme enneigé, sans comprendre le sens de ce rapprochement.

— Vous ne me croyez pas ?

— Non, je ne vous crois pas.

— On ne vous a pas dit que lorsque je vois un homme, je n'ai qu'une hâte, c'est de le connaître pour savoir si je peux faire l'amour avec lui ?

— On ne m'a rien dit de tel.

— Votre compagnon semblait me connaître, lui, fit-elle avec dépit.

Il chercha à se montrer aimable :

— Il connaît toutes les jolies filles du monde.

— Et vous, est-ce que la glace vous a à jamais refroidi ?

— Non, pas exactement. Mais, en toute sincérité, je ne me sens pas tellement à l'aise dans cette réception… Tenez, là-bas, il y a mon chef direct, le célèbre professeur Elam et je n'aimerais pas me trouver en face de lui ce soir.

— Je comprends très bien. Nous n'allons pas rester ici, dit-elle. Venez avec moi.

Elle le prit par la main et il découvrit que l'immense palais ne lui avait pas encore révélé toutes ses surprises. Ils prirent un ascenseur feutré et se trouvèrent dans un couloir au sol recouvert de tapis épais. La chambre de la fille du gouverneur était immense et possédait une piscine privée.

— Vous connaissez mon nom ? Floa Sadon.

Elle le poussa vers un fauteuil et s'éloigna vers le

centre de la chambre. Brusquement elle défit une fermeture invisible et la robe tomba à ses pieds, la révélant entièrement nue. Lien resta immobile, le cœur plus rapide.

La jeune fille ouvrit un placard dissimulé dans la cloison et en tira d'autres vêtements. Une combinaison épaisse et isotherme ainsi qu'un manteau de fourrure. Puis elle se retourna, parut le juger d'un coup d'œil rapide.

— Tenez, enfilez ca.

La combinaison isotherme était à sa taille. Il leva des yeux surpris.

— Faites vite, s'impatienta-t-elle.

— Mais où allons-nous ?

— Plus tard, les explications, si vous voulez bien.

Puis elle eut un petit rire pervers :

— Ça vous gêne de vous changer devant moi ?

CHAPITRE II

S'il ne fut pas tellement surpris de se retrouver dans un loco-car que Floa conduisait elle-même, il fut par contre plus étonné de voir le véhicule s'engager sur l'une des voies prioritaires dès la sortie du sas de contrôle électronique.

— Vous disposez d'une boîte marron ? demanda-t-il.

— D'une boîte noire.

Il cacha sa stupeur. Combien y avait-il de personnes auxquelles la Compagnie attribuait une boîte noire ? Quelques centaines ? Et encore ! Il y avait quatre sortes de boîtes. Les rouges, les jaunes, les marron et les noires. Elles décodaient les signaux le long de la voie, programmaient elles seules la marche des locos privées ou collectives. Avec une boîte rouge on ne pouvait qu'accepter les différentes priorités avec résignation. On se retrouvait sans cesse bloqué sur une voie de garage détourné sur des lignes secondaires avec allongement du trajet, soumis à des contrôles incessants du service de Sécurité. Le train des glaciologues disposait d'une boîte jaune, ce qui était déjà mieux. Mais disposer d'une boîte noire et de la vapeur, c'était vraiment le summum de la réussite sociale.

— Je suppose que ce loco-car appartient au gouverneur, fit-il avec — malgré lui — une nuance de respect.

— Non, il est à mon nom. Pourquoi ?

Lien se renfrogna :

— Je ne savais pas que j'étais en train de rouler aux côtés de l'une des dix personnes les plus importantes de la Compagnie.

Floa eut un petit rire gêné :

— Je suis l'héritière de ma mère qui possédait un gros paquet d'actions de la Compagnie. Voilà qui explique tout, non ?

Il ne répondit pas, regarda devant lui. Le phare unique éclairait les voies. Ils circulaient complètement à gauche, près de l'énorme muraille de glace, mais sur la droite brillaient des centaines et des centaines de voies. Des convois ne cessaient de les croiser mais bien peu les doublaient. Sur cette ligne principale il devait y avoir une dizaine de voies prioritaires.

— Où allons-nous ?

— Retrouver des copains.

Lorsqu'un voyant vert s'alluma sur le tableau de bord, elle prit une fiche perforée dans la boîte à gants et la glissa dans la fente de la boîte noire. Les autres boîtes étaient scellées et il se souvenait de l'angoisse du grossiste en viande rencontré le matin même à la Sécurité et accusé d'avoir saboté sa boîte.

— Je passe en vapeur, dit-elle.

Donc elle allait abandonner la ligne principale pour une voie secondaire, ou même pire. Le halètement de la petite machine à vapeur remplaça bientôt le bourdonnement régulier du moteur linéaire.

— Curieux, non, qu'on en soit revenu à la vapeur pour disposer d'une certaine liberté ? Le réseau de la Compagnie est électrifié pour la grande majorité, mais les privilégiés comme moi disposent d'une énergie autonome et de conception ancienne. Amusant ! Dans le passé l'électricité était considérée comme facteur de progrès par rapport à la vapeur. Nous allons bientôt quitter la ligne… Hé ! vous avez vu toutes ces lumières ?

Le spectacle était hallucinant. Sur leur droite, toutes les voies paraissaient occupées par des centaines, voire des milliers de convois et des guirlandes de lumière scintillaient dans la nuit glaciale.

— C'est la ville de F-Station, dit Lien Rag, la voix rauque. On les envoie en exil dans le Nord.

— Il y a eu des troubles sérieux, là-bas, dit-elle. Le spectacle est merveilleux.

— Certainement pas pour ces gens qu'on envoie en

exil, dit-il. F-Station est une ville de cent mille habitants.

D'un seul coup le loco-car s'enfonça dans une tranchée profonde au fond de laquelle ne circulaient que deux voies. Floa ne réduisait pas pour autant la vitesse et il se crispa. Un bloc de glace pouvait à tout moment surgir, contre lequel ils se fracasseraient. Mais le loco-car devait disposer d'un système de protection sophistiqué.

— Ne vous inquiétez pas, dit-elle. Cette voie est bien entretenue, malgré les apparences. Les difficultés sont pour plus tard. Lorsqu'elle deviendra unique.

— Unique ?

— Elle ne dessert plus qu'une mine abandonnée depuis cinquante ans au moins et quelques fermes isolées.

Une chance qu'il ne neigeât plus depuis la fin de la soirée. On pouvait distinguer le tracé de la voie jusqu'à une centaine de mètres. Automatique, l'aiguillage suivant les dirigea sur une ligne effectivement unique qui s'enfonçait dans le désert de glace. Par son métier il était habitué à ces voies oubliées et défectueuses, mais il ne s'y était jamais trouvé seul avec une fille un peu originale. C'était toujours au sein d'une équipe capable de réparer les rails ou même la machine. Et cette folle qui roulait encore à grande vitesse !

Ils passèrent en un éclair auprès d'une ferme d'élevage de rennes où brillaient quelques lumières. Plus loin il y eut une exploitation agricole sous dôme où un soleil artificiel brillait nuit et jour. Il crut apercevoir des champs de blé et de maïs nains, mais bientôt il n'y eut plus rien et la trépidation des glisseurs indiqua une déformation des rails. Floa ralentit enfin, alluma un de ces cigares verts très à la mode depuis quelque temps. Lien refusa d'en prendre un.

— Dans deux minutes nous nous arrêterons sur une ancienne voie de garage. Il y a même une petite gare du temps jadis à moitié ensevelie par les glaces. En cinquante ans elles ont monté de quelques mètres seulement dans ce coin.

— C'est un phénomène très connu encore que mal expliqué, dit Lien.

— Des Roux l'habitent. Mais on n'a rien à craindre.

— Je n'en ai jamais vu de près, dit-il.

— Laissez ceux-là, dit-elle. Nous en verrons d'autres.

— Mais qui nous attend sur cette voie de garage ?

— Personne.

Le loco-car s'arrêta en effet sur des rails recouverts de neige que le système de réchauffement des glisseurs faisait fondre.

— Nous avons quelques centaines de mètres à faire à pied, êtes-vous prêt à subir l'épreuve ?

— Voilà qui explique les combinaisons isothermes, murmura-t-il, inquiet.

Il referma soigneusement son capuchon à lucarne équipé d'un système spécial de filtrage et de réchauffage de l'air, mais malgré tout il éprouva une sensation de froid mortel lorsqu'il descendit du véhicule et que ses bottes s'enfoncèrent de quarante centimètres dans la neige fraîche.

Plus loin ils trouvèrent un sol plus dur et ils passèrent à côté de la petite gare de style baroque dont seul le dernier étage dépassait de la neige.

Cinquante ans plus tôt, la Compagnie n'avait pas encore complètement équipé sa concession et il subsistait des isolés qui devaient rejoindre le chemin de fer par leurs propres moyens. Parfois à bord de traîneaux à vapeur, mais le plus souvent tirés par des rennes ou des chiens pour les plus pauvres. Ce genre de locomotion ne demeurait plus que dans des zones vraiment inaccessibles, du côté de l'ancienne Baltique où des communautés de pêcheurs vivaient sur la banquise et utilisaient des traîneaux à traction animale.

Malgré son entraînement physique, il s'essouffla plus vite que Floa, qui paraissait danser en marchant et prenait toujours quelques mètres d'avance. Enfin il aperçut une lumière et la forme vague d'un groupe de bâtiments anciens.

— C'est le dernier étage d'un ancien immeuble qui devait en comporter au moins quatre-vingts, dit-elle. Mes copains ont essayé de descendre jusqu'à l'ancien rez-de-chaussée, mais la glace est dure comme du roc à partir du dixième étage.

— Vos copains ? Des marginaux ?

— Pourquoi pas ?

Des marginaux de luxe car, sitôt franchi le sas de l'entrée, une chaleur excessive les accabla. Sans attendre, Floa ôta sa combinaison et apparut en tunique qui s'arrêtait en haut de ses cuisses.

— Je ne peux quand même pas me montrer en slip, dit Lien.

— Ça n'a aucune importance. Tout le monde est certainement à poil.

Ils l'étaient en effet. Une vingtaine de garçons et de filles, mais aussi des gens plus âgés. Il fut gêné par la vue d'une femme mûre dont les seins pendaient très bas. On ne fit pas tellement attention à eux. On écoutait un homme assis plus loin dont Lien n'apercevait que la longue chevelure rousse Il tressaillit, se releva et n'eut plus le moindre doute. C'était un Homme Roux qui parlait d'une voix monotone.

— Mais il parle comme nous, chuchota Lien.

On se retourna et Floa, fronçant les sourcils, se pencha vers lui :

— Taisez-vous donc.

— Chasse un jour bonne, un jour mauvaise… Hier, avant-hier, des loups, beaucoup de loups.

L'homme leva la main pour indiquer la hauteur des peaux de loups préparées par son groupe.

— Mais toujours le marchand pas content…

Il se leva soudain et Lien put voir qu'il était entièrement nu et recouvert d'une toison laineuse d'une belle couleur fauve. Il tenait à la main une peau de loup gris argenté qu'il montra aux gens les plus proches. Elle passa de main en main.

— C'est du chien, dit Lien à Floa.

— On dirait bien du loup pourtant.

— Un dollar le marchand, expliquait l'Homme du Froid.

— Ça vaut bien dix dollars, protesta une fille brune dont les yeux brillaient. (Elle était assise à côté de l'Homme Roux et avait un petit sourire quand le sexe long oscillait entre les cuisses musclées.)

— Comment accepte-t-il de venir ici ? chuchota Lien à l'oreille de Floa.

— Il leur a fallu des mois pour les attirer…

La plupart du temps, les hordes d'Hommes Roux

fuyaient devant les gens. Lien se souvenait d'en avoir vu filer dès qu'il arrivait avec son équipe.

— Ils ne travaillent pas à déblayer la neige des dômes ?

— Pas celui-là, ni ses compagnons. Ils chassent les bêtes à fourrure pour des marchands.

— N'est-ce pas illégal ?

— Plus ou moins.

Lien regardait autour de lui, découvrait que l'endroit avait dû être dans le temps une cellule d'habitation confortable. Un appartement, comme on disait alors. Etant donné l'exiguïté des habitations sur rails, il trouvait celle-ci spacieuse. Le sol était recouvert par un tapis collé assez épais. Mais on y avait disposé des peaux de bêtes et des fourrures. L'Homme Roux devait vendre le produit de ses chasses au groupe de marginaux. Il y avait même des fourrures inconnues de Lien. Seuls les carnassiers avaient survécu à l'apparition de la période glaciaire, mais certaines espèces — comme les lièvres des neiges — avaient subi une évolution qui avait fait d'eux des mangeurs de viande, leur proie préférée étant les rats qui pullulaient. Ils creusaient dans les glaces pour atteindre les silos de grains et dévastaient toujours les cultures sous dôme.

L'Homme Roux accepta un verre de la part d'une fille et le but d'un trait. Le groupe lui acheta ses fourrures, après quoi il sortit de la pièce.

Dès lors l'atmosphère devint moins recueillie. Lien avait eu l'impression que tous ces gens-là faisaient une sorte de sacrifice, comme une messe, en écoutant l'Homme Roux, et que, débarrassés de sa présence, ils étaient en fait soulagés. On lui présenta tout le monde et il finit par apprendre que le groupe s'était constitué, depuis des années, avec des hauts et des bas.

— Mais l'énergie ? demanda-t-il à plusieurs reprises avant d'obtenir enfin une réponse.

Il apprit qu'il existait un trafic de bois et de charbon sur tout le territoire de la concession de la Compagnie. Un trafic très bien organisé et qui empruntait même les grandes lignes de chemin de fer. Il en fut très surpris.

— Tout est basé sur le troc. Nous exploitons cet immeuble comme une mine. Par exemple nous récupérons des métaux aussi précieux que le plomb et le cuivre. Vous savez qu'un panneau de bois de porte ancienne vaut une petite fortune ? Bien que de fabrication industrielle, ils sont très recherchés par les antiquaires.

Mais Floa l'entraîna dans la pièce voisine et lui montra un étrange tableau sous verre.

— On dirait, dit-il, des fleurs anciennes.

— Ce sont des fleurs, dit-elle. Mais pas anciennes.

— Leur culture est interdite. Il faudrait gaspiller trop d'énergie pour en produire sous dôme.

— Celles-ci n'ont pas été produites sous dôme. Enfin presque. Elles viendraient d'un endroit où il n'y aurait plus de glaces du tout.

Lien haussa les épaules :

— C'est une légende tenace depuis quelque temps. On m'a ainsi montré un brin d'herbe qui aurait poussé au bord d'un ruisseau naturel. Il ne faut pas trop croire à ces inventions. Elles sont faites pour donner du rêve aux gens mais peuvent se révéler dangereuses. L'âge de glace durera encore au moins deux cents ans ; certains spécialistes pensent plutôt cinq cents.

Elle lui prit le bras et, dans le couloir, se pressa soudain contre lui et l'embrassa sur la bouche. Elle joua des hanches pour que son ventre épouse le sien et jusqu'à ce qu'elle provoque son érection. Alors elle s'écarta et il se trouva ridicule avec son slip tendu.

— Et la Voie Oblique, tu connais ?

— C'est la deuxième fois qu'on m'en parle aujourd'hui, répondit-il en pensant à autre chose.

— Qui l'a fait la première fois ?

— Le lieutenant Skoll, de la Sécurité.

— Je le connais, fit-elle avec une voix troublée... Il est très dangereux. Mais que sais-tu de cette Voie Oblique ?

— Pas grand-chose. J'imagine que c'est également un mythe. Une voie qui traverserait la concession de la Compagnie et conduirait à une sorte de paradis où la température serait supportable en dehors des dômes et des trains... Non, je n'y crois pas.

— Pourtant ceux qui ont dit l'avoir trouvée ont disparu mystérieusement, et je me plais à imaginer qu'ils sont maintenant dans un pays où il n'y a plus de glace.

Ils retournèrent dans la pièce où l'on buvait et mangeait. Il comprit que Floa avait apporté des provisions à ses amis et que ceux-ci s'étaient contentés d'aller les chercher dans le loco-car toujours garé à près d'un kilomètre de là.

Une fille brune s'approcha de lui et il remarqua tout de suite l'impertinence de ses petits seins dont la pointe « rebéquait » vers le haut de façon amusante.

— Vous êtes de la clique à Floa, hein ? Quel dommage ! Moi, je suis d'une communauté voisine. On est venus en traîneaux à chiens. Je parie que vous êtes ingénieur dans cette saloperie de Compagnie ?

— Non, glaciologue.

— C'est aussi idiot, dit-elle. Vous aimez vous envoyer une des héritières de la Compagnie ? Je ne comprends pas qu'on accepte qu'elle vienne ici. Elle joue les affranchies, mais ensuite elle est bien contente de rejoindre son loco-car et le palais de son père. Un jour, j'ai vu passer ce fameux truc sur la ligne principale. Quel bazar ! On dirait une ancienne mosquée.

Elle glissa sa main sous le bras de Lien et l'entraîna sournoisement à l'opposé de la pièce.

— Vous me plaisez bien, vous savez. Mon nom est Ariel. Vous aimez ?

— Je croyais que c'était un prénom de garçon.

— Qui vous dit que je n'en suis pas un ? Qu'y a-t-il sous mon pagne, à votre avis ?

Il n'avait pas remarqué, trop fasciné par ses jolis petits seins, qu'elle portait une sorte de jupette en fourrure. Elle éclata de rire et enfonça ses ongles pointus dans son bras :

— Ne vous inquiétez pas, je suis bien une fille. Mais que penseriez-vous de moi si je vous disais que j'ai déjà couché avec des Hommes Roux ?

— Que c'est votre affaire, dit-il.

— Je vous dégoûte un peu, non ? Ils sont bien mieux montés que vous autres qui vivez dans des cocons. Il paraît que la virilité des hommes n'a cessé de décroître depuis l'apparition de l'ère glaciaire.

— C'est possible, dit-il.

Il n'aimait guère ce genre de conversation. Les

filles, marginales ou pas, étaient très libres de langage, mais ça lui paraissait aussi déplaisant que les plaisanteries entre hommes.

— Mais j'ai l'impression que vous n'êtes pas dans la grosse majorité, continua-t-elle. Tout à l'heure quand vous êtes revenu avec Floa, vous aviez le slip bien tendu.

— Excusez-moi, dit-il.

— Non, attendez, haleta-t-ellc. Si tu veux... je t'invite à venir dans ma communauté... Tu as vraiment envie de retourner là-bas à G.S.S. ? Ou alors tu es vraiment amoureux de Floa ? Pourtant elle est frigide. Tu ne le sais pas ?

Il réussit à s'en défaire et retourna prendre un verre au tonneau installé sur une étagère. C'était un vin de fruit assez corsé et avec un goût agréable.

— Tu as une touche avec Ariel ? lui demanda la voix ironique de Floa. Si tu veux te l'envoyer, j'attendrai... Je ne vais pas t'abandonner en pleine solitude à deux cents kilomètres de G.S.S.

— Deux cents ? fit-il, éberlué. Mais nous n'avons pas mis une heure.

— Nous roulions très vite, dit-elle.

— Allons-nous rester encore longtemps ?

— Tu veux rentrer ?

Elle consulta une petite montre greffée dans son poignet qui fonctionnait sur l'influx nerveux.

— Tu as raison, inutile de nous attarder ici.

— Pourquoi y sommes-nous venus, alors ?

Mais elle ne répondit pas. Ils furent conduits au loco-car par une équipe qui utilisait un traîneau tiré par tous. Floa leur avait apporté des quantités de marchandises diverses. Il y en avait pour une petite fortune et Lien estima que trois mois de son salaire n'y auraient pas suffi.

Il put enfin lui demander lorsqu'ils furent seuls, en train de rouler sur la voie unique, le pourquoi de cette escapade.

— Tu te répètes, dit-elle, maussade.

Brusquement le loco-car s'immobilisa en pleine solitude glacée et il fut pris de frayeur à la pensée qu'une panne pouvait les bloquer des heures sur cette voie oubliée. Avant qu'on ne les découvre, leur source d'énergie pouvait se tarir et ils périraient de froid.

— Viens, dit-elle.

— Tu t'es arrêtée exprès ? demanda-t-il, soulagé.

Elle passa dans la partie arrière du loco-car transformée en salon douillet et commença à se dévêtir.

— Je voulais aussi faire l'amour avec toi, lui dit-elle, sarcastique. Ça te convient comme explication ?

Nue, elle s'allongea sur le divan bas et large et lui tendit les bras. Elle parut apprécier énormément ce qu'il lui faisait mais les paroles perfides d'Ariel ne cessèrent de le hanter et il pensa que Floa lui jouait la comédie de la femme comblée qui jouit éperdument sous les caresses de son amant.

Le retour fut silencieux. Lorsqu'ils rejoignirent la grande ligne sur la voie prioritaire n° 4, ils aperçurent encore les lumières de F-Station en route vers son destin d'exil. A dix, douze kilomètres à l'heure, elle n'en finissait pas de passer, la grande ville.

— Tu crois qu'ils sont vraiment malheureux ? demanda-t-elle. Que certains font l'amour pour oublier ?

— Ils doivent être très angoissés.

— Pourquoi se révolter, aussi ? C'est absurde, dans notre vie actuelle.

— Tu en parles à ton aise, dit-il. Pour toi, cette période glaciaire s'écoule dans le plus grand confort. Eux ils sont rivés à leur ville sur rails. Ils ne disposent d'aucun véhicule privé, même pas des plus ordinaires, avec boîte rouge, pour s'en évader.

— N'exagérons rien, il y a les express… Ils peuvent partir en voyage.

— Pour visiter d'autres F-Station tout aussi moches ?

Elle haussa les épaules :

— J'ai l'impression que tu es devenu contestataire depuis tout à l'heure. Est-ce la fréquentation de cette fille, Ariel ?

— Je l'ai vue deux minutes.

— Tu sais qu'elle se fait mettre par les Roux parce qu'ils ont de gros sexes ?

— Je n'aime pas parler de ces choses-là.

— Ça te dégoûte ou ça t'excite ? Tu aimerais te faire une Rousse ?

— Je t'en prie.

— Il y en a de chouettes, malgré leurs fourrures légères. Hum, ce doit être doux, non ?

Pour la première fois de sa vie, un peu plus loin il assista à un spectacle peu banal : plusieurs trains de guerre blindés et une forteresse impressionnante, immobilisés sur une des voies à cause de leur petit loco-car qui jouissait de la priorité absolue. Floa rit franchement de son étonnement :

— Voilà qui retardera la guerre de quelques secondes, dit-elle. Des gens auront peut-être la vie sauve grâce à moi.

— D'autres peuvent tout aussi bien en mourir.

— Tu n'arrêtes pas de me contrarier. Tu n'es pas un garçon facile. Mais tu fais bien l'amour.

— Comment puis-je en être certain ? fit-il.

Mais il regretta aussitôt ses paroles. Floa devint livide et le fixa avec haine :

— C'est Ariel qui t'a dit que j'étais frigide ?

— Est-ce vrai ?

— Je n'ai pas à te répondre. Imagine ce qui te plaira.

Il crut qu'elle l'abandonnerait à proximité du palais du gouverneur mais elle le déposa tout à côté du train des glaciologues.

— Merci, dit-il. Je te ferai parvenir cette combinaison. Pourras-tu me retourner mon uniforme ?

— Demain, fit-elle sèchement.

Elle le laissa descendre sans le regarder et démarra tout de suite après. Il pénétra dans la voiture de tête, se dirigea vers sa petite cellule. A ce moment la porte de celle de Farell s'ouvrit et une fille, nue, de grande taille et brune, en sortit.

— Oh ! fit-elle, excusez-moi.

Avec un sourire elle glissa entre lui et la cloison pour se diriger vers la salle d'eau. Il remarqua qu'elle avait de très jolies fesses, mais pourquoi étaient-elles toutes pailletées d'argent ? Est-ce que son ami et adjoint avait eu l'idée de lui appliquer une peinture quelconque ?

Il attendit qu'elle ressorte pour occuper l'endroit à son tour.

— C'est quoi ? demanda-t-il en pointant son index sur une des paillettes argentées.

— Je suis danseuse au cabaret Miki, dit-elle. Vous êtes Lien Rag ? Go m'a parlé de vous.

Elle lui tendit la main et il sourit de la cocasserie de la situation. Il était trois heures du matin et il était en train de serrer la main d'une danseuse nue dans son propre wagon.

CHAPITRE III

A huit heures la plupart des membres de l'équipe de glaciologie se trouvaient à leur poste mais aucune autorisation de départ n'était encore arrivée. Lien s'était réveillé la tête lourde et l'esprit préoccupé par les événements de la nuit. Dans son sommeil, il avait en vain essayé d'élucider l'attitude de Floa, la fille du gouverneur Sadon. Farell le rejoignit, les yeux cernés et l'élocution pâteuse.

— A propos, j'ai vu cette danseuse, cette nuit. Elle se baladait à poil dans la voiture.

— Yeuse ? Une fille épatante... Elle dort encore et je vais lui porter son petit déjeuner. Tu crois qu'on va pouvoir partir ?

— F-Station doit encore encombrer les voies de la ligne du Nord à une centaine de kilomètres d'ici. En moins de deux heures nous l'aurions rejointe. Il faudra attendre.

— Tu sais ce qu'on dit ? Que F-Station n'est autre qu'un camp de concentration que l'on déplace vers le front pour impressionner les combattants. Il y aurait eu des rébellions dans une forteresse et aussi dans des trains blindés.

— Un camp de concentration…, répéta Lien en frottant son crâne.

Le coup de fil de la Sécurité arriva peu après. Il devait se présenter au lieutenant Skoll immédiatement. Aussitôt il pensa à sa sortie nocturne.

— Possible que j'aie des ennuis, dit-il à Farell. J'ai rencontré des marginaux cette nuit. Et même un Homme Roux.

— Dis, tu es encore saoul ? Passe pour les marginaux, mais un Homme Roux ? Tu plaisantes ?

— Pas envie. Je vais chez Skoll.

Le petit Asiate ôta ses lunettes lorsqu'il entra dans son bureau et commença de les essuyer.

— J'ai une bonne nouvelle pour vous, ingénieur glaciologue Rag. On vient de vous attribuer un loco-vapeur LB 117, un des derniers modèles construits. Il fonctionne à tous combustibles. Même à la bouse de renne dans les endroits les plus isolés. Mais nous allons vous attribuer des bons de charbon et de bois. Veuillez les user avec parcimonie et surtout ne les égarez pas. Ils se monnaient très cher et vous pourriez être condamné lourdement dans ce cas. Voici le bon de livraison du loco que vous irez chercher au dépôt 71Q. Prenez un expert avec vous, car ensuite aucune réclamation ne sera admise.

— C'est une excellente nouvelle, lieutenant, fit Lien qui n'en revenait pas et était trop heureux pour trouver d'autres mots.

Skoll le regarda avec un petit sourire à la limite du mépris :

— Vous devez cette faveur au gouverneur Sadon. Son Excellence a insisté pour que ce vapeur vous soit accordé. Vous devenez ainsi un privilégié, mais évidemment vous ne disposerez que d'une boîte rouge. C'est tout.

— Quelle est l'autonomie de ce LB 117 ?

— Vingt-quatre heures à vitesse moyenne, répondit sèchement Skoll.

Comme il se dirigeait vers la porte, le lieutenant le rappela :

— Un instant. Je sais où vous étiez hier au soir, cette nuit, veux-je dire. Vous ne devriez pas fréquenter ce genre de personnages… Ce sont des parasites et des trafiquants.

— Je n'y suis pas allé de mon propre chef, répliqua Lien.

— Est-ce qu'il a été question de la Voie Oblique dans les conversations de ces misérables ?

Lien secoua la tête et le lieutenant lui fit signe de partir. Il était si heureux qu'il téléphona à Farell pour lui annoncer la nouvelle :

— Envoie Lamo, qui s'y connaît en vapeur, au dépôt 71Q. Je l'y rejoins.

— J'y serai aussi. Je veux voir cette merveille.

Il prit une draisine, se fit conduire au palais du gouverneur Sadon pour le remercier, mais il ne découvrit que des voies vides. Le train du gouverneur avait quitté G.S.S. à l'aube.

— Son Excellence a rejoint sa Province, lui expliqua un employé.

— A l'aube ?

— Cinq heures.

Mais alors comment le lieutenant Skoll avait-il été

contacté ? Floa était intervenue pour lui. Encore fallait-il qu'elle sache qu'il désirait depuis longtemps un vapeur.

— Hé ! lui dit le conducteur de la draisine, vous me gardez ?

— Oui, au dépôt 71 Q.

— Ça fait une course.

Le petit véhicule zigzaguait parmi les rails de traverse. La Compagnie était si méfiante pour tous les engins n'utilisant pas de rails qu'elle ne conservait plus que quelques pousse-chariots sur les quais. Ils étaient interdits aux passagers.

Lamo se trouvait en train d'inspecter le dessous du LB 117 autour duquel tournait Farell, hilare. Il vint frapper vigoureusement l'épaule de Lien à plusieurs reprises.

— Je n'y suis pour rien, dit ce dernier. C'est un miracle.

— La fille Sadon, hein ? Tu lui as vraiment tapé dans l'œil.

— N'exagérons rien,

Lamo s'extirpa de sous le loco, les mains graisseuses mais le visage satisfait :

— C'est du tout récent... On ne vous a pas collé un engin d'occasion. On doit même filer pas mal avec ça. Une nouvelle turbine sur les deux roues avant. Les bielles ne font qu'entraîner les roues arrière. Une chaudière ultra-perfectionnée qui fonctionne avec le minimum d'eau. Elle est tout de suite sous pression.

Lien alla régler les dernières formalités, refit un plein de charbon liquide que l'on extrayait d'anciennes mines à la façon du pétrole, en injectant de l'huile minérale sous pression.

Enfin ils furent tous les trois à bord du LB, heureux comme des enfants.

— C'est fou, dit Farell, l'impression de liberté que l'on ressent.

— Oubliez pas la boîte rouge, dit Lamo, plus réticent. Au moindre signal la machine s'arrêtera quand même.

— Seulement sur les grandes lignes. Mais nous pouvons emprunter autant de voies secondaires que nous le voulons, répondit Lien.

Yeuse, la danseuse de cabaret, se trouvait encore là lorsqu'ils attelèrent le loco-vapeur devant toute l'équipe. Elle portait des vêtements quelconques mais Lien fut frappé par sa beauté sereine de femme de trente ans. Elle avait de petites rides au coin des yeux qui lui allaient fort bien et une gravité dans le regard qui contrastait avec la vie qu'elle menait.

— Je vais partir, dit-elle. Le Miki quitte G.S.S. pour la Province 17. Nous allons passer plusieurs semaines dans une énorme exploitation forestière sous-glacière.

— Je connais, dit Lien. C'est la forêt d'Ots, du nom polonais Otsztyn. Elle est immense.

On avait creusé à près de quatre cents mètres et construit d'immenses galeries. Les bûcherons gagnaient une fortune et dépensaient l'argent sans compter.

Lien regretta de voir partir Yeuse et fut soudain agacé que Farell l'ait connue le premier.

— Une chic fille, mais moins drôle que je pensais, lui dit son ami

Dans l'après-midi, ils réçurent l'autorisation de quitter G.S.S. à la condition de ne pas dépasser la vitesse de quarante kilomètres à l'heure.

— Ça nous permettra de roder le LB 117, dit Lamo tandis que Farell faisait la grimace.

A trois heures, ils franchissaient le sas de contrôle puis le véritable sas qui constituait un tampon entre les moins cinquante extérieurs et les plus quinze sous le dôme. Tout de suite il fallut forcer le chauffage et surveiller les cadrans de la nouvelle machine.

Plus loin la grande ligne du sud-ouest rejoignait celle du nord et ils découvrirent les traces du passage de F-Station. Une ville de cent mille habitants en laisse de visibles lorsque ses ordures sont abandonnées en cours de route.

— Il faudra une bonne chute de neige pour faire disparaître tout ça, dit Farell, dégoûté.

— Les Hommes Roux s'en chargeront, dit Lamo en montrant quelques silhouettes dans la brume épaisse. Ils vont tous se faire écrabouiller s'ils ne font pas attention.

Lien se retourna pour suivre du regard les Hommes du Froid. Que ramassaient-ils que les égouts de la ville aient pu abandonner de profitable ? Il ignorait tout de leur façon de vivre, de se nourrir. La Compagnie donnait des aliments à ceux qui nettoyaient les dômes des gares. Mais quelle sorte d'aliments ?

Et puis, brusquement, sans prévenir, ils furent orientés sur une voie de garage en plein milieu du trafic, derrière un immense train de marchandises. Par téléphone-radio ils purent communiquer avec le chef de ce train.

— Nous sommes là depuis ce matin huit heures. A cause de cette saloperie de ville. Nous risquons d'y passer la nuit.

— Que transportez-vous ? demanda Farell, toujours à l'affût.

— Des fibres synthétiques, des ballots de laine et des déchets radioactifs.

— Dommage que ce ne soit pas de quoi boire, regretta Farell. Bon, je vais dormir un peu pour rattraper ma nuit.

Lien alla dans son bureau, essaya de travailler sur ses notes mais il était préoccupé. Il commença de rédiger sur une fiche la suite chronologique des derniers événements. De temps en temps il levait la tête. Il commençait de neiger tandis que des convois prioritaires ne cessaient de passer, lancés à toute vitesse. Parmi eux des convois de troupes, des trains blindés. On disait que la Compagnie en fabriquait deux par jour. Sur le front les combats pour une seule voie étaient parfois d'une férocité extrême. On n'hésitait pas à lancer deux trains blindés l'un contre l'autre. Ils explosaient dans un vacarme effroyable tandis que les combattants, plus ou moins assommés, continuaient la lutte dans la neige. Ensuite la Compagnie publiait un communiqué de victoire si dix mètres de voies avaient été conquis sur la Compagnie ennemie. Il essaya de se souvenir combien de Compagnies se partageaient le monde. C'était un chiffre secret qu'il avait connu un jour sans savoir comment. Quatre, cinq ? Il l'avait oublié.

Le dîner fut pris sur place et Farell, qui avait dormi plusieurs heures, resta à l'écoute des informations fournies par la boîte rouge. Jusqu'alors elle était restée silencieuse. Dès que le trafic reprendrait, elle enverrait un signal sonore et lumineux à la fois.

— La dernière ville qu'ils ont déplacée c'était Iron

Station, disait un des hommes de l'équipe. Ils avaient besoin de mineurs pour descendre à plus de quatre mille mètres. C'était une folie car le puits creusé dans la glace causait des ennuis fréquents. Il y avait des éboulements, de brusques changements de température qui l'obturaient à cause de l'air chaud qui montait de la mine. Les mineurs s'étaient mis en grève et ils avaient tous été envoyés en camp de concentration.

— On dit que F-Station en est un, fit Lien avec réticence.

— C'est fort possible.

— Vous croyez qu'un camp de cent mille personnes existerait ? demanda-t-il avec anxiété.

Mais personne ne répondit.

Il alla porter un plateau garni à Farell qui surveillait toujours la boîte rouge et lui annonça qu'il le relèverait à minuit de toute façon.

Lorsqu'il se réveilla, ils roulaient à petite vitesse mais ils roulaient. Il rejoignit son adjoint dans la cabine de conduite mais Lamo s'y trouvait également. Il était si excité par la nouvelle machine qu'il ne trouvait pas le sommeil et préférait conduire.

— Dans une vingtaine de minutes, c'est la bifurcation qui nous concerne. Puis nous filerons vers le site de Bia. En principe nous devrions y être à l'aube.

Il neigeait toujours, de gros flocons, presque des morceaux de glace, qui frappaient le pare-brise avec une force étonnante. Mais on disait « neiger » comme dans le temps passé, lorsque c'était signe d'un radoucissement de la température. Il y en avait toujours un, mais celle-ci remontait de moins cinquante à moins trente seulement.

Lamo et lui restèrent seuls. Il aurait pu aller se coucher puisque l'homme était le véritable responsable de l'engin. Mais il n'avait pas sommeil.

— Toujours des traces de la ville ?

— Toujours. Il y aura des milliers d'excréments, des millions, en inclusion dans la glace.

Et puis ce fut la bifurcation, le claquement sourd de l'aiguillage automatique. Ils passaient sur une ligne secondaire qui conduisait à la petite gare de Cross Station.

— On peut le contourner, dit Lamo

— Non. On s'y arrêtera quelques heures, le temps de vérifier tout le ravitaillement de bord.

Il n'était que quatre heures du matin lorsqu'ils franchirent le sas de Cross Station. La gare ancienne était sous un dôme qui ressemblait plus à une verrière gothique qu'à une bulle. Les portes du sas manœuvraient en couinant et il fallait stationner dix minutes avant que celle d'aval ne s'ouvre à son tour.

— Ils limitent la température à huit degrés, expliqua Lamo qui lisait les instructions ferroviaires, dont un exemplaire écorné traînait toujours dans sa poche. Manque d'énergie. C'est un rendez-vous d'éleveurs de rennes et de producteurs de maïs. Une gare-marché en quelque sorte.

Malgré l'heure matinale, il y régnait une activité fébrile. Des trains entiers de bestiaux étaient en formation. On voyait également des rennes traverser les voies en troupeaux serrés, pour grimper non sans réticence dans les wagons. Des gens ramassaient leurs bouses qui, séchées, constitueraient un combustible intéressant. De petits véhicules auraient pu fonctionner avec, mais c'était surtout le chauffage qu'il alimentait.

Lien alla boire un thé à la vodka parmi les groupes d'éleveurs et de paysans, se fit ensuite confectionner un sandwich au filet de renne frais. Il mordit dedans avec plaisir, écouta les conversations. Il n'était question que du cours de la viande et du maïs. Rarement de la guerre. Il pensa à l'étonnement qu'il aurait suscité en parlant de cette ville qui était dirigée vers l'exil polaire. Personne ne l'aurait peut-être cru. Ici, les agents de la Sécurité étaient discrets. Il leva les yeux vers la verrière mais l'épaisseur de glace empêchait de voir si des Hommes Roux se trouvaient au travail.

Il se tenait en bout de bar lorsqu'un coude s'enfonça dans ses côtes. Il crut que Farell venait de le rejoindre mais ne découvrit qu'un garçon au regard étrange et aux longs cheveux bruns qui flottaient sur ses épaules.

— Le loco-vapeur, c'est vous ?

Lien inclina la tête tout en mastiquant avec appétit.

— Vous avez des bons de combustible à vendre ?

Il secoua la tête pour répondre non.

— Cent dollars, mon vieux.

— Je suis désolé.

— Bon, je vois. On ne vous la fait pas. Vous connaissez les tarifs. Deux cents dollars,

C'était son salaire mensuel. Il regarda son voisin et lui trouva l'air plutôt sympathique, mais il n'avait pas envie de continuer sur ce sujet.

— Je veux bien vous payer quelque chose à boire ou à manger, mais ne parlez pas de ça.

— Vous pouvez utiliser le courant de la Compagnie, remplir vos batteries. Personne ne se doutera que vous avez vendu un bon. Deux cent cinquante dollars.

— Non, c'est impossible. Adressez-vous ailleurs.

— Il n'y a presque jamais de loco-vapeur, ici, à Cross. A part ceux de la Sécurité. L'an dernier, un capitaine vendait ses bons ; mais il a été pincé et remplacé.

Lien écarta les mains en signe d'évidence pour lui faire comprendre qu'il ne voulait pas subir le même sort.

— Non, dit l'autre. Qu'avez-vous à vendre ?

— Rien.

— Quoi, vous devez avoir des tas de provisions. J'ai regardé. Vous avez un garde-manger terrible. Je suis acheteur de thé, de pain congelé et de farine. Et tout ce que vous voudrez.

— Laissez tomber, vieux. Il y a des types de la Sécurité qui viennent d'entrer. Faites attention.

L'inconnu sans se retourner s'éloigna discrètement et Lien put terminer son déjeuner tranquille. Il s'accouda au bar et regarda l'animation de la gare. Des rennes descendaient des trains des éleveurs pour embarquer dans ceux des maquignons. Un mouvement qui n'en finissait pas et il se demanda si c'était ainsi toute la journée, posa la question au serveur qui lui apportait un verre de bière.

— Jusqu'à midi seulement. Plus tard, ce serait les marchands de primeurs. Mais vous savez, on peut s'amuser à Cross Station.

Discrètement il lui passa une carte de petit format

qui tenait dans la main. On y voyait une femme nue, très occupée avec un homme aussi nu qu'elle.

— C'est à deux pas. Sur la voie 51. Un endroit select, vous savez. Dix dollars seulement.

— Merci, dit Lien, en mettant la carte dans sa poche.

Il but lentement sa bière et rejoignit ensuite son convoi. Farell se levait. Lamo avait effectué un inventaire des stocks et affiché la liste des choses manquantes à sa porte.

— Je vais faire les achats. On trouve un coin potable dans le secteur ?

— Ça peut aller. Il y a même un bordel.

— Tu parles, avec ces maquignons pleins de fric… Normal. Il ne fait pas chaud dans ce pays. Les radins, à peine huit degrés. Même pas. Ils doivent avoir des difficultés d'attribution d'énergie.

Le jour était déjà levé, un jour glauque, lorsqu'ils passèrent le sas de Cross Station. Pendant une heure ils longèrent d'immenses étables sous dôme où étaient attachés des rennes. Les bêtes vivaient toujours à la même place, fournissaient du lait, des peaux et de la viande. Plus rarement il y avait des exploitations de maïs nain. Une de ces fermes pouvait fournir la nourriture de plusieurs étables. Puis les fermes se firent plus rares.

— On va devoir trouver notre aiguillage, annonça Farell. Ce n'est pas l'évidence puisque, paraît-il, le signal électronique ne fonctionne plus depuis quelque temps.

— Si le signal de la borne 113 fonctionne, tout ira bien, dit Lien qui consultait ses instructions ferroviaires. A partir de là il faut compter seize kilomètres trois cents. Espérons que le compteur sera juste et que nous n'aurons pas à patauger dans la glace.

Mais la vieille voie abandonnée se révéla à eux un kilomètre avant l'aiguillage. Elle surgissait entre deux blocs de glace taillés en falaise et longeait la voie actuelle.

— Je n'avais pas imaginé qu'elle serait à contre-sens, dit Farell. Il faudra donc repartir en marche arrière ?

— Aucune importance. Nous serons seuls sur cette ligne.

Mais l'aiguillage refusa de fonctionner automatiquement et ils durent descendre pour le dégeler. Deux hommes allèrent chercher un chalumeau pour le dégager entièrement. Enfin il se débloqua et Farell s'engagea avec prudence sur la vieille voie, certainement abandonnée depuis des années.

— Une chance si plus loin elle n'est pas sous des mètres de glace qu'il faudra détruire au lance-flammes.

On leur avait toujours refusé un équipement laser qui pouvait faire fondre les montagnes de glace. Ils roulèrent pendant quelques kilomètres puis Farell stoppa la machine.

— Il faut que j'aille voir, dit-il. Heureusement que j'ai conservé mon isotherme.

Il resta absent cinq minutes et revint, le visage préoccupé.

— Qu'est-ce qui ne gaze pas ?

— Je m'en doutais un peu. L'aiguillage avait drôlement gelé parce que quelques heures plus tôt on l'avait dégagé à l'eau chaude. Un procédé idiot qui ensuite forme une carapace. Il y a un truc devant nous. Un petit véhicule autonome.

— Un vapeur ?

— Je ne sais pas.

Mais ils atteignirent le point Bia sans avoir aperçu le moindre véhicule, et Lien pensa que son ami avait eu des visions.

— Aujourd'hui nous faisons nos mesures, expliqua Lien. Demain nous commençons la construction de la voie provisoire qui nous éloignera d'une centaine de mètres d'ici. Je pense que ça suffira pour effectuer nos forages.

Il leva la tête et aperçut la silhouette de l'Homme Roux qui se tenait à un demi-kilomètre de là. Il fut incapable de parler et fit signe à son ami, qui se retourna pour regarder à travers les doubles vitres de la fenêtre.

— Pas possible, fit son adjoint.

— Si. Il doit y avoir un campement.

— En général ils rôdent autour des stations et des villes.

— Mais ils chassent aussi. Le loup et toutes les bêtes à fourrures.

Farell le regarda avec méfiance :

— Mais comment le sais-tu ? Il n'y a que de très rares livres sur les Hommes Roux.

— Je le sais, c'est tout, répondit Lien avec agacement.

— Il a disparu, constata Farell.

CHAPITRE IV

Lien dormait encore lorsqu'on tambourina violemment à la porte de sa cabine. Il se dressa sur son lit sans réaliser immédiatement où il se trouvait, entendit la voix de Farell.

— Viens vite !

Il s'habilla sommairement, sortit dans la coursive qui partageait la voiture, rejoignit son ami dans la petite salle à manger.

— C'est Yan, le technicien sismologue, qui voulait aller placer quelques charges à distance, qui les a vus.

— Des loups. Peut-être des dizaines de loups.

— Tu veux rire, s'indigna Farell. Plus de cent, oui ! Et j'ai l'impression qu'ils nous assiègent.

C'était la troisième journée qu'ils passaient sur le site de Bia. La veille, ils avaient fini d'installer une bretelle de raccordement, un aiguillage provisoire et deux cents mètres de rails pour s'écarter de l'unique voie d'accès. Farell était partisan de rester sur cette voie où, disait-il, il ne pouvait passer personne, mais Lien avait tenu à agir conformément au règlement de la Compagnie.

— Tu as d'ailleurs eu l'impression qu'un véhicule était passé récemment. Il peut y avoir des fermiers isolés ou des marginaux installés dans le coin. Nous ne devons pas bloquer la seule voie d'accès. Et lorsque la foreuse sera opérationnelle, nous ne pourrons dégager les rails rapidement. Il faudrait au minimum une journée pour remonter le trépan.

C'étaient des loups énormes. Il n'en avait jamais vus de semblables, même dans les zoos. D'authentiques fauves descendants de ceux qui survivaient en Pologne avant la nouvelle ère glaciaire. L'apparition des basses températures, en provoquant la panique des hommes, avait été favorable au développement de leurs races. Ils devinrent les principaux prédateurs de la nouvelle période. Les plus nombreux en tout cas car il existait aussi des tigres des glaces, des grizzlis et d'autres animaux plus fabuleux, garous de toutes sortes que personne n'avait jamais vus en réalité, mais la légende était tenace. Et puis, bien sûr, les Hommes Roux, dont le mystère restait entier.

— Ils nous encerclent, dit Farell.

Toute l'équipe se réunissait dans la petite salle à manger qui avait des ouvertures sur les deux côtés de la voiture. Les loups formaient approximativement un cercle. Certains étaient assis sur leur train arrière, d'autres allaient et venaient. Ils étaient d'un gris brillant, atteignaient jusqu'à un mètre cinquante au garrot.

— Ils ne paraissent pas faméliques.

Yan le sismologue, mal remis de son émotion, expliquait comment il s'était levé avant l'aube pour aller disposer ses charges explosives tout autour du convoi. Par chance, il avait emporté un projecteur très puissant. La première chose qu'il avait vue, c'étaient des points lumineux dans la nuit glacée.

— Je n'ai pas pensé à des yeux de fauves. J'étais intrigué. Et puis il y a eu l'odeur, celle de viande avariée. Ils empestent. Je n'ai eu que le temps de revenir en courant et je suis sûr d'avoir claqué ma porte à la gueule de l'un d'entre eux.

— Nous avons dépassé le chiffre de la centaine, dit un autre technicien. Je ne pense pas qu'on ait jamais vu une telle concentration de ces sales bêtes.

— Bon, dit Lien. Pour l'instant elles ne nous gênent pas beaucoup. Nous allons effectuer les travaux qui ne nous obligent pas à sortir. Elles finiront bien par s'en aller.

Chacun essaya de se conformer à ce programme mais chaque fois qu'un regard se portait vers l'extérieur, c'était pour y découvrir les loups toujours en attente.

A midi la nervosité de chacun était perceptible et Lien n'échappait pas à ce début de tension. Le repas fut pris dans des conditions assez spéciales et, avant la fin, Yan se leva d'un coup.

— Ecoutez, dit-il. Je dispose d'explosifs qu'on peut leur balancer à la gueule. Cela suffira à les faire filer. Pourquoi attendre plus longtemps ?

— Du calme, fit Lien. Ils finiront bien par s'en aller.

— Je ne le pense pas, dit quelqu'un. Ce qu'il nous faudrait, c'est une arme.

— On peut utiliser le lance-flammes.

— Nous avons du travail. Seule a mise en place du forage doit nous préoccuper.

Dans l'après-midi, Farell demanda à Lien de l'accompagner jusqu'au poste de pilotage du loco-vapeur. Il lui montra dans le crépuscule embaumé quelques loups éloignés.

— Je les ai observés longuement. J'ai l'impression que ces animaux ne sont pas là volontairement.

— Ça veut dire quoi ?

— Ceux-là ont essayé de s'éloigner et ils sont revenus aussitôt, comme s'il y avait quelque chose ou quelqu'un qui les force à ne pas sortir d'un certain périmètre.

— Tu fantasmes.

— Je ne crois pas. Ces bêtes sont bien nourries, elles n'ont aucune raison de nous assiéger. Tu sais ce que je pense ? Qu'on veut nous tenir à l'écart.

— Tu exagères… Ne bois-tu pas un peu trop de vodka, ces temps-ci ?

Farell prit un air offensé et Lien lui tapota l'épaule pour s'excuser :

— Allons travailler. Nous avons encore du boulot pour mettre cette foreuse en place.

— Quand irons-nous chercher le reste du matériel à Cross Station ?

— Pas demain comme je le pensais mais après-demain.

Il s'agissait surtout de matériel de forage ultra-moderne que la Compagnie devait livrer à la petite gare de Cross Station.

— Pourquoi me demandes-tu ça ?

— Je voudrais savoir ce que vont faire les loups lorsque nous essaierons de rejoindre la voie ferrée avec le loco-vapeur.

— Que veux-tu qu'ils fassent ? Ils ne peuvent pas nous en empêcher. Et s'ils se jettent sous le loco, tant pis pour eux.

Farell ne paraissait pas tout à fait convaincu.

Ils travaillèrent très tard à la mise en place de la foreuse puis allèrent dîner. De temps en temps, quelqu'un allumait un projecteur et dans la nuit vitreuse on voyait éclater des dizaines de petites étoiles.

— Ils sont toujours là.

Lien se demanda si les nerfs de certains résisteraient encore longtemps. Pourtant il connaissait très bien les membres de son équipe. Ils avaient vécu ensemble des aventures peu banales. Il se souvenait de la fois où le trépan avait crevé un réservoir de gaz naturel installé autrefois, avant l'ère glaciaire, dans une mine de sel. Ils avaient failli tous griller sur place et pourtant chacun avait gardé son sang-froid pour évacuer le wagon de la foreuse et s'éloigner au plus vite. Il y avait eu aussi cette descente au fond d'une crevasse vertigineuse, profonde de huit cent cinquante mètres. Ils avaient mis quatre jours pour atteindre le fond, qui n'était autre qu'un charnier immonde d'animaux et d'Hommes Roux précipités là par accident, la faille n'étant décelable que trop tard. Ils avaient aussi opéré sur le front pour le compte du génie militaire qui désirait saboter les installations ennemies. Jamais personne n'avait craqué et voilà qu'une centaine de loups réveillaient une vieille terreur ancestrale.

Trois mini-groupes avaient été constitués pour que le travail se poursuive de nuit comme de jour. Lien décida de ne pas se coucher et de tenir aussi longtemps qu'il le pourrait, de crainte d'un accident. Il demanda à Yan le sismologue de rejoindre sa cabine, craignant qu'il ne puisse résister au désir de jeter des explosifs sur les loups. Il ferma le local où se trouvait le lance-flammes destiné à faire fondre la glace des congères.

Mais ce fut Yan qui provoqua l'incident le plus

grave de la nuit. Certainement traumatisé par sa propre aventure, il se leva en pleine obscurité et, armé d'un fort projecteur, sortit. Par chance, un des hommes de l'équipe au travail qui regardait machinalement au thermomètre la température intérieure de la voiture, se rendit compte d'une baisse brutale. Quelqu'un venait de franchir le mini-sas avec l'extérieur en ne prenant aucune précaution.

Ils regardèrent tous au-dehors et virent une forme qui braquait son projecteur sur les bêtes. En toute hâte Lien revêtit une combinaison isotherme et se précipita lui aussi hors du convoi. Malgré ses vêtements protecteurs, il fut saisi par le froid brutal. La nuit, le thermomètre descendait parfois à moins quatre-vingts.

— Yan, cria-t-il, mais la capuche protectrice et le filtre à air étouffaient en partie les paroles, les cris même.

Il vit Yan projeter son bras vers un groupe de fauves. Un explosif à auto-allumage.

Mais au même instant une forme rampante se rapprocha à une allure fantastique. Une louve contournait Yan pour l'attaquer.

Par chance un autre technicien avait lui aussi enfilé une combinaison et se précipitait avec un petit chalumeau portatif. Il avait réglé la flamme aussi longue que possible et, lorsque la louve sauta sur le dos de Yan, il arriva derrière elle et lui enflamma son épaisse toison. Elle parut se recroqueviller, se détendre des quatre pattes pour un bond fantastique libérant le sismologue dont la combinaison crevée laissait échapper l'air chaud sous forme de jets de vapeur qui aussitôt se transformaient en filaments de glace. Le technicien au chalumeau continuait de harceler la louve avec une rage meurtrière. Yan, dégrisé, courut vers le convoi tandis que d'autres venaient aider Lien qui essayait de ramener l'homme au chalumeau.

Plus tard ils se réunirent tous, même ceux qui dormaient et que le remue-ménage avait réveillés. Lien tenait une tasse de thé à la vodka à la main et ruminait son intervention.

— Les loups sont à l'extérieur, dit il, pour une raison que nous ignorons. Dès la première minute, nous avons considéré leur présence comme une agression.

— Qu'est-ce d'autre ? Ils ont le ventre plein, dit quelqu'un.

— Exact. Mais s'ils cherchaient autre chose ?

— Quoi donc ? Un contact ?

Cela fit rire. Lien secoua la tête :

— Il est possible que quelque chose les attire irrésistiblement vers notre convoi. Une odeur, un ultrason, j'ignore quoi, mais nous pourrions chercher dans ce sens-là.

— Inutile, dit Farell. Les loups sont là parce qu'ils ne peuvent aller nulle part ailleurs.

Soupirant d'agacement que son meilleur ami vienne ainsi le contredire publiquement, Lien s'efforça de rester calme :

— Tu m'as déjà dit qu'ils étaient comme coincés entre nous et un danger extérieur à leur cercle. Bon, d'accord, tâchons donc de savoir ce qu'est ce danger.

— On croit qu'ils sont les animaux les plus dangereux, mais je suis certain qu'il y en a d'autres, et de bien pires. Les légendes ne sont peut-être pas aussi stupides qu'on veut bien le dire. Depuis l'apparition de la période glaciaire, des êtres fabuleux ont manifesté leur présence.

— Des êtres fabuleux, fantastiques, fit Lien avec calme mais en laissant malgré lui percer son scepticisme.

— Il y a bien les Hommes Roux. Pourquoi n'a-t-on jamais pu élucider le mystère de leur résistance au froid et de leur simple présence ? Ils sont nus par moins cinquante degrés et leur haleine ne provoque même pas de vapeur.

— C'est exact, dit Lien. Leur métabolisme s'est adapté, voilà tout.

— C'est facile à dire. Il y a un siècle qu'ils sont apparu et ce fut la grande panique. On pensait qu'ils allaient attaquer, démolir les dômes, piller les convois. Vous avez lu comme moi ce que fut la grande peur de l'an cent cinquante de l'ère glaciaire ? Ils auraient mis cent cinquante ans avant d'oser se montrer ? Pourquoi des animaux encore plus sauvages, encore plus monstrueux n'observeraient-ils pas une prudence encore plus grande ?

Farell se versa un peu de vodka et parut défier Lien qui baissa les yeux.

— On a tué un être fabuleux il y a deux ans. Une sorte de garou qui mesurait trois mètres et avait une gueule d'ours. J'ai vu la fourrure de ce monstre.

— Dans une fête foraine, fit Lien, qui regretta aussitôt son ironie.

— Non. Chez un chasseur de loups du Grand-Nord. Il avait vu ce monstre, mi-homme mi-ours, foncer sur lui.

— Si nous en revenions aux loups ? Je propose que

demain nous prenions le loco-vapeur pour nous rendre à Cross Station par exemple. Nous traverserons la meute et nous verrons s'il y a réellement quelque chose qui les empêche de quitter notre environnement ou bien s'ils sont attirés par notre équipage.

Il y eut des murmures d'approbation et Farell se calma à son tour :

— Nous embarquerons tous dans le loco-vapeur ?

— Sauf l'équipe de Sécurité, bien entendu. Il faudra des volontaires pour rester sur place.

Cela jeta un froid.

— Nous en parlerons demain au petit déjeuner, dit Lien sèchement. Maintenant chacun dans sa cabine ou au travail. Et j'exige que les volets extérieurs soient tous baissés jusqu'à l'aube.

Depuis longtemps il n'avait pas usé d'un tel langage de chef et chacun en fut impressionné. Il n'y eut pas d'autre incident jusqu'à l'aube. Celle-ci était toujours lente à apparaître depuis que la Lune avait explosé pour former tout autour de la Terre un nuage de poussière arrêtant les rayons du soleil. Depuis deux siècles et demi, l'astre n'était plus visible. Il n'y avait plus de lever ni de coucher, juste cette lumière laiteuse qui succédait à la nuit. Et le froid était apparu en quelques mois.

Lien songeait souvent à cette période horrible. Il avait fallu que la Lune soit transformée en poubelle atomique pour qu'un beau jour la masse critique du plutonium soit atteinte et que le satellite de la Terre vole en éclats. Il conservait dans ses bagages une collection de cartes postales sur des levers et couchers de soleil en différents points du monde. Sur la mer Méditerranée, aujourd'hui banquise totale, sur les montagnes que la glace nivelait peu à peu. Deux cent cinquante ans après, ces images faisaient sourire et maintenant il avait parfois les larmes aux yeux lorsqu'il les contemplait.

Il se souvenait que lorsqu'il avait dix ans, une comète avait réussi à traverser le champ des poussières lunaires, ceinturant la Terre à trois cent mille kilomètres et que pendant quelques minutes le ciel, le ciel bleu était apparu. Des milliers de personnes éblouies avaient été frappées de cécité et la glace s'était soudain mise à fondre durant quelques minutes. Il avait bien failli ne pas assister à l'événement car, par jeu cruel, ses camarades l'avaient enfermé dans un placard.

Trois hommes se portèrent volontaires pour rester sur place, dont Yan qui voulait effacer le souvenir de son coup de folie. Les autres s'installèrent dans le loco-vapeur, avec Lamo au poste de commandes. On décrocha automatiquement l'attelage et la motrice commença d'avancer lentement.

Trois loups installés sur la voie provisoire levèrent leur museau en même temps puis se dressèrent et s'écartèrent juste à temps.

— Dommage, fit Lamo entre ses dents, j'aurais bien aimé les écrabouiller.

Il surprit le regard désapprobateur de Lien qui détestait ces manifestations passionnelles et murmura de vagues excuses.

— Si jamais l'aiguillage refuse de fonctionner ? demanda Farell. Nous n'avons rien prévu.

— Si, dit Lien. J'ai embarqué une lance à plasma.

Lamo ralentit à l'approche de la voie de raccordement et lança son signal radio pour l'aiguillage. Mais ce dernier refusa obstinément de bouger.

— Stop, dit Lien.

— On peut s'approcher encore un peu, dit Lamo.

Mais lui aussi découvrait l'incroyable. Les deux rails provisoires qu'ils avaient disposés deux jours auparavant n'existaient plus. Le loco s'était arrêté à moins de dix mètres de la cassure brutale. Tout avait disparu. Tout leur matériel volant. Les rails, les traverses souples et l'aiguillage.

— Je rêve ou quoi ?

— Non, dit Lien, personne ne rêve. Il n'y a plus rien.

— Juste ces saloperies, dit Farell.

Une dizaine de loups énormes venaient d'apparaître entre les congères.

— Vous voyez ce que je vois ? Leurs côtes comme s'ils n'avaient que la peau sur les os, et cette bave qui se gèle sur leur gueule ?

Ils étaient hideux, Lien en convint. Différents des autres, gras et plus paisibles. Ceux-là avaient des yeux de tueurs impatients.

— Pas question de descendre pour examiner l'état de la voie, dit Farell. De toute façon quelqu'un a fauché trente mètres de rails et un aiguillage. Le tout représente quand même quelques tonnes. Le démontage est assez facile, mais il faut tout emporter… Quand je vous le disais qu'on nous avait envoyé ces loups pour nous occuper l'esprit. Pendant ce temps ils sabotaient la voie.

Lamo s'adossa à son pupitre de commandes et demanda d'une voix douce :

— Combien de temps pouvons-nous tenir en produisant nous-mêmes notre énergie ?

Lien trouva la question normale mais le prit de haut :

— Vous croyez que c'est le moment de faire un bilan ? Nous le ferons lorsque nous serons tous ensemble.

— On rentre ?

— Bien sûr.

Il n'y avait que quelque cent mètres pour se raccrocher avec le reste du train. La petite équipe restée sur place devait observer leur retour et s'interroger avec anxiété sur le motif qui les forçait à rentrer.

Lien pensa qu'il leur restait pour deux jours de charbon liquide et pour un jour de batteries, à condition d'économiser le maximum. Il comptait se rendre à Cross Station au plus tard le lendemain pour ramener, outre le matériel de forage, le combustible nécessaire. La foreuse, par exemple, engloutissait des dizaines de kilowatts à l'heure.

Tout le monde se retrouva dans la salle à manger et Lien dut faire un effort pour aller affronter le silence pesant de la réunion.

— Je crois que nous sommes en présence d'une volonté consciente qui veut nous isoler. Il nous est impossible de rejoindre le réseau de la Compagnie tant que nous n'avons pas rétabli l'aiguillage volant et les rails de raccordement. Sans armes nous ne pouvons éloigner les loups. Mais nous pouvons trouver des astuces pour les tenir à distance le temps nécessaire aux réparations.

— Allez-vous expédier un message radio ? demanda Yan.

— Pas pour l'instant. La situation n'est pas désespérée et vous connaissez les instructions en temps de guerre. Nous devons nous débrouiller seuls, sauf si la situation est vraiment désespérée.

— Attention, fit Yan. Si vous attendez demain, les secours mettront encore deux jours pour nous parvenir et nous trouveront tous gelés.

— Ne jouez pas les mauvais prophètes, dit Lien, nerveux. En nous cantonnant dans un seul endroit nous pouvons tenir près d'une semaine. Mais nous réparerons la voie et nous irons à Cross Station chercher le reste de notre matériel. Ce ne sont pas quelques loups qui nous en empêcheront.

— Pas les loups, mais ce qu'il y a derrière, dit Farell. Nous n'avons pas résolu ce problème. Les loups n'ont pas ôté les rails tout de même. Tu te souviens de ce que nous avons vu le premier jour de notre arrivée dans le coin ?

— Non, dit Lien, sincère.

— Un Homme Roux. Si c'étaient eux…

— Tu ne vas pas t'imaginer qu'ils sont capables de telles choses ? Ils redoutent tout ce qui est technique. Ils n'oseraient pas toucher à un rail. D'autant plus qu'ils savent que la plupart sont électrifiés et dangereux.

— Pourquoi n'évolueraient-ils pas ? Il y a un siècle qu'ils nous approchent. Ils ont pu apprendre des tas de choses. Nous les considérons toujours comme des primitifs, mais si nous nous trompions ? S'ils étaient plus organisés que nous ne le pensions ?

— Pas de conclusions hâtives et imaginaires, dit Lien. Notre problème, c'est de nous raccorder au réseau.

— Le cordon ombilical est rompu, lança quelqu'un, et Lien ne sut qui faisait preuve d'autant d'humour alors que la situation était aussi sombre,

D'ailleurs personne ne parut apprécier et seul l'auteur de cette boutade en dégusta l'amère justesse. Il avait déjà ressenti cette impression d'une coupure totale avec la Compagnie mère, et chaque fois n'avait eu qu'une hâte, réintégrer le sein sécurisant. Sur ce monde de glace, seule la ligne de chemin de fer permettait une vie convenable, voire une survie. La Compagnie fournissait le courant électrique, donc la chaleur. Même si on ne pouvait pas se déplacer, on avait chaud et la moindre ferme isolée n'avait qu'à se raccorder à la voie la plus proche pour obtenir une température acceptable. Il ne comprenait pas ces marginaux qui prenaient des risques insensés pour devenir entièrement libres.

— Ne vous inquiétez pas, dit-il d'une voix émue. Nous nous en sortirons comme chaque fois.

Quelques sourires timides commencèrent d'apparaître sur les bouches crispées.

— Nous allons étudier toutes les possibilités pour éloigner les loups. Pour rétablir la voie et passer nous avons besoin d'une demi-journée de tranquillité.

Il se tourna vers Yan :

— Les explosifs, les chalumeaux, les lance-flammes, tout sera mis en œuvre. On peut aussi disposer des sortes de rigoles de charbon liquide enflammé.

— Il gèlera avant.

— Non, si on le réchauffe suffisamment. Je sais que c'est dangereux mais on fabriquera des sortes de marmites norvégiennes pour conserver le combustible à température élevée. Les loups ont peur du feu. C'est leur plus grande crainte, d'ailleurs.

Puis il fit signe au cuisinier de préparer le repas.

— Soignez le menu, lui lança-t-il gaiement. Nous avons besoin de nous regonfler le moral. Nous discuterons de toutes les mesures à prendre en mangeant.

Au début, ce fut assez laborieux. Les hommes mangeaient du bout des lèvres, restaient silencieux, et Lien eut beaucoup de mal à les faire sortir de leurs préoccupations. Farell, qui depuis l'apparition des loups se comportait étrangement, revint à de meilleurs sentiments et vola à son secours :

— Nous disposons heureusement d'un matériel de rechange. Nous ne ferons passer que le loco-vapeur, ce qui nous permettra un ancrage plus rapide que le précédent.

Le cuisinier servit du vin de fruit et Lien remplit les verres avec un entrain qui était de moins en moins factice.

— Mais que décidez-vous pour l'appel radio ? demanda Yan qui n'abandonnait pas son idée. Ne faudrait-il pas au moins mettre les services de Sécurité de Cross Station au courant ?

— Pourquoi pas, dit Lien, conciliant. Simplement les avertir et leur dire que nous les rappellerons régulièrement.

— Chut, dit Lamo, écoutez.

Malgré l'isolation du wagon, ils pouvaient entendre les loups hurler à la mort.

CHAPITRE V

Ce fut un certain sergent Tod de la Sécurité de Cross Station qui répondit à son appel radio. Il écouta avec attention les explications de Lien avant de répondre :

— Que voulez-vous exactement ? Du secours ?

— Pas pour l'instant. Nous allons essayer de nous en sortir par nous-mêmes. C'est seulement si nous échouons que nous ferons appel à vous.

— Tâchez de l'éviter, répondit le sous-officier. Nous sommes sur les dents depuis avant-hier et nous ne pourrons certainement pas intervenir dans ce secteur.

— Que se passe-t-il, sergent ? demanda Lien, surpris.

— Ça ne vous regarde pas. A propos, vous n'avez aucun vol à signaler ?

— Si, celui d'un aiguillage volant. Le tout représente une valeur de…

— On se fout de la valeur. Il s'agit d'un matériel stratégique. Vous allez avoir de gros ennuis.

— Matériel stratégique ? Mais le front est à des milliers de kilomètres, en Grande Sibérie et…

— Taisez-vous ! Vous devez venir à Cross Station faire votre rapport.

Lien soupira :

— Je le voudrais bien, mais je vous ai expliqué…

— N'abusez pas de la situation, répliqua le militaire. Nous vous attendons demain.

Il coupa la communication et Lien découvrit les visages perplexes de ses compagnons.

— On est presque accusés de sabotage si je comprends bien, dit Farell.

— Pourquoi sont-ils sur les dents ? demanda Lamo. Comment a-t-il pu deviner que nous avions eu des vols de matériel ?

La nuit les surprit en pleins préparatifs. Dès le lever du jour, ils pourraient raccorder à nouveau la voie provisoire au réseau et tout serait différent. Mais cette nuit-là, les loups hurlèrent pendant de longues périodes éprouvantes pour l'équilibre nerveux.

Lien se leva vers trois heures et se rendit à la salle à manger. Il n'y avait personne, juste de quoi faire du thé et il s'en confectionna une tasse.

Yan entra comme un fou et Lien sursauta :

— Qu'y a-t-il ?

— J'ai enregistré ça.

Il montra un rouleau qu'il étala sur la table. De son doigt il indiqua ce que son sismographe avait surpris.

— Ça vient de la voie secondaire. Et ce n'est pas un tremblement de terre. Tu sais ce qui vient de passer à quelques centaines de mètres de nous ? Un convoi de près d'un kilomètre de long.

— Sur cette ligne abandonnée et non électrifiée ?

— Exactement. Un convoi. Un très long train. Tu comprends pourquoi on a voulu nous éloigner ? Ils ont eu peur qu'on ne revienne s'installer là-bas.

Lien se leva et fit quelques pas pour essayer de mettre ses idées au net. Depuis l'apparition des loups, tout le monde semblait l'agresser de vérités premières et de paroles délirantes. Il avait du mal à s'y retrouver.

— Ecoute, calme-toi, bois du thé. Cette ligne est inutilisée. Relis les instructions ferroviaires. Je l'ai fait moi-même ce soir. Pas la moindre ferme. C'est une région difficile que celle du secteur de Bia. La glace s'y accumule, y crée des congères géantes, des falaises, des crevasses comme des gouffres. Cette voie est juste capable de supporter un convoi comme le nôtre, quatre voitures, au maximum cinq. Un convoi d'un kilomètre en comporte une trentaine. Les rails se distordraient faute d'entretien. Les traverses ne sont plus solidement ancrées. Elles flottent sur la glace. Cette voie ne peut supporter un tel poids... Et plus loin elle disparaît sous des montagnes de glace. Des montagnes, tu comprends, oui ?

— Mes appareils n'ont pas la berlue. Ils ont enregistré un phénomène sismique qui provenait de la voie ferrée, c'est tout. Ici, avec le hurlement des loups et l'isolation acoustique et thermique, nous n'avons rien entendu.

— Un convoi avec un loco-vapeur, hein ?

— Pourquoi pas ?

— Il n'existe pas de loco-vapeur capable de tirer un kilomètre de wagons, fit Lien, catégorique.

Attirés par leur discussion véhémente, les autres arrivaient : Farell, Lamo, tous enfin. Ils écoutaient, regardaient le graphique et restaient perplexes

— Si, se défendit Yan. Les gros locos qui tirent les palais des gouverneurs et des pontes de la Compagnie par exemple. Et pour tirer cette ville, F-Station, combien y avait-il de machines ?

— Machines électriques, rectifia Lien.

— On n'en sait rien en fait.

Farell leva la main et ils se turent. Dehors les loups ne hurlaient plus. Sur la table en plastique, la tasse de thé de Lien vibrait doucement. Comme un fou il se précipita dans le sas de sortie, ouvrit la porte extérieure. Et cette fois ils n'eurent aucun doute. Tout y était, le halètement de la machine à vapeur, les cliquetis, le tempo des traverses, le grondement sourd de la masse en mouvement. Quelqu'un referma la porte, entraîna Lien dans la salle à manger. En moins d'une dizaine de secondes il était devenu violet et ils durent le frictionner, lui faire boire de l'alcool. Comme son côté droit gardait une vilaine apparence, on lui fit même une piqûre destinée à stimuler la circulation sanguine dans sa chair déjà gelée.

Lorsqu'il reprit conscience, il était dans sa couchette, enveloppé dans une combinaison électrique. Farell le regardait en souriant.

— Tu as commis une imprudence et nous avec toi.

— C'était un convoi ? Sur cette ligne désaffectée…, murmura-t-il, accablé.

— Oui. Les sismographes ont confirmé. Un convoi de près de deux kilomètres de long.

— Impossible.

— Si…

Lien se dressa sur ses coudes :

— Lance un message. Demande le sergent Tod et raconte-lui ce que tu as vu.

— Bien. Veux-tu autre chose ? Ta joue ?

Lien la pinça et sentit un léger picotement :

— Ça ira. Mais préviens vite les autorités. Il y a des trains qui roulent sur cette voie abandonnée depuis des années. Ou alors nous avons tous eu des hallucinations.

— Pas les sismographes.

— Oui, fit Lien, songeur, pas les sismographes.

Lorsque Farell revint, le visage décomposé, Lien se levait, n'éprouvant plus qu'un léger étourdissement.

— La radio ne fonctionne plus. J'ai l'impression d'émettre depuis une cage de Faraday. Rien ne passe.

— Allons donc ! Il faudrait qu'un champ électromagnétique énorme nous enveloppe entièrement.

— Viens essayer.

Farell n'exagérait pas. Leur radio était muette. Son ami le regarda avec des yeux pleins de terreur :

— Et si l'ennemi avait débordé le front… S'il nous envahissait sans que nous le sachions en envoyant des convois derrière les lignes, des commandos spéciaux qui attaqueraient nos arrières ?

— Je t'en prie, c'est impossible.

Dans la voiture des appareils ils étaient tous regroupés autour des sismographes. Yan leur expliquait qu'il avait affiné leur précision depuis le passage du premier train et que désormais, si jamais un autre convoi arrivait, il en serait prévenu au moins dix minutes avant qu'il ne roule en face de leur campement.

— Vous êtes sûr de la longueur du second ? Deux kilomètres sur cette ligne désuète me paraît quelque chose de fabuleux.

— Nous vivons dans un monde fabuleux, dit stupidement Farell.

Yan confirma. Depuis tout à l'heure il s'était calmé et avait retrouvé toute sa rigueur scientifique.

— Je peux même dire deux kilomètres trois cents.

— Cela représente entre cinquante et quatre-vingts wagons… Seule une ligne régulièrement entretenue peut supporter ce tonnage, dit Lien qui dut s'asseoir.

Son sang devait charrier des cristaux congelés. Il pouvait mourir d'un instant à l'autre d'une embolie, d'un infarctus.

— Notre devoir… , commença-t-il.

C'était ridicule. Il ne pouvait pas parler ainsi, même si la Compagnie avait merveilleusement assuré leur survie, celle des hommes, depuis le début de l'ère glaciaire.

— Nous devons avertir la Sécurité

— Attends, dit Yan. Les convois roulent en direction du sud, pas du nord.

Cette fois il ferma les yeux. L'hypothèse de Farell sur une invasion de commandos de la Compagnie ennemie ne tenait plus.

— Bien, dit-il. De toute façon il s'agit d'une anomalie si l'on s'en réfère aux instructions ferroviaires.

— Il s'agit de la ligne classée en catégorie « S » avec deux « X » à côté de son numéro qui est soixante-huit. Ce qui indique que la ligne est abandonnée purement et simplement et qu'on n'a même pas jugé bon de récupérer les rails et les signaux. Elle desservait une petite mine de charbon exploitée par des particuliers mais fermée depuis deux ans. Elle était creusée dans la paroi d'une montagne qui dépassait de la glace. L'exploitation en était très déficitaire. Un jour, la Compagnie a refusé d'entretenir la ligne et les gens sont partis.

Il n'y eut pas d'autres convois au cours de la nuit et ils purent dormir deux heures avant de se rendre à bord du loco-vapeur jusqu'à l'interruption des rails.

Tous vêtus de combinaisons isothermes, ils sortirent soudain, tandis que les loups maigres du deuxième groupe les fixaient avec férocité. Mais dès que le lance-flammes entra en action, ils reculèrent, laissant le temps d'installer toute une protection de brûlots de chaque côté de la voie. Les rails de secours furent alors mis rapidement en place grâce à la petite grue qui équipait le loco. L'ajustement de l'aiguillage demanda beaucoup plus de travail et de soin mais les loups restaient à distance malgré leur faim. Ils devaient jeûner depuis des semaines pour avoir atteint un état aussi squelettique.

Lorsqu'ils approchèrent de la ligne secondaire à laquelle ils voulaient enfin se raccorder ils aperçurent les traces indéniables que laisse un train de voyageurs. Deux convois de trois kilomètres en tout chargés d'hommes, peut-être de femmes et d'enfants. Deux trains qui roulaient en direction du sud.

— Si j'essayais la radio ? proposa Farell.

Sans attendre, il se précipita vers le loco et revint cinq minutes plus tard, très satisfait :

— J'ai pu émettre. Le sergent Tod m'a paru très sceptique. Nous avons ordre de revenir immédiatement à Cross Station.

— On s'y emploie, bougonna Lien qui travaillait à la mise en place de l'aiguillage volant.

A midi, le loco s'engagea prudemment sur la voie S 68 XX et le système résista.

Lien ne se détendit que lorsqu'ils eurent quitté la S 68 pour la L 34. L'apparition de la première ferme d'élevage fut saluée par des ovations mais jamais personne ne s'en douta sous le dôme transparent où poussait le maïs nain.

— J'ai emporté les graphiques du sismographe, dit Yan. Ils ne nous croiraient pas sinon. Tu crois que c'est très important ?

— Je l'ignore, dit Lien. As-tu déjà entendu parler de la Voie Oblique ?

— Comme tout le monde. On serait tombé dessus par hasard ?

Depuis qu'on les avait désignés pour l'étude glaciologique de ce secteur, les événements se succédaient, insolites ou même étranges. La fille du gouverneur de la 17e Province l'invitait à une soirée, l'entraînait dans un milieu marginal, couchait avec lui et lui faisait attribuer un loco-vapeur. Il ne croyait pas que son charme seul avait agi sur Floa.

— Dans une heure : Cross Station, annonça Lamo qui veillait à la conduite du LB 117.

Bien que sur une ligne secondaire, celle-ci se composait de plusieurs douzaines de voies, au fur et à mesure qu'ils se rapprochaient de Cross Station.

— Hé ! cria soudain Lamo, nous sommes pris en charge.

Lien ne s'en inquiéta pas trop, pensa que la Sécurité de la Compagnie désirait les interroger avant qu'ils ne fassent part de leur histoire à d'autres.

— Nous n'allons pas vers Cross Station, fit Lamo un peu plus tard. On nous détourne.

— Le sergent Tod parlait de difficultés la dernière fois que je l'ai eu à la radio. Il est possible qu'il se soit passé des événements graves à Cross Station.

— Une gare pour l'expédition du bétail, fit Yan sans conviction. Je n'y vois pas les maquignons se bagarrer avec les producteurs pour le prix du renne. Il y a autre chose.

Ils s'éloignaient de Cross Station en direction de l'est et quelqu'un plaisanta en disant qu'on les envoyait directement sur le front, mais personne ne rit.

— Ce n'est pas une grande ligne en tout cas, dit Lamo qui piochait fiévreusement dans ses instructions ferroviaires. J'ignore tout d'elle. Je ne la trouve pas dans ce district.

Deux voies seulement. Et ils ne croisaient aucun autre convoi, même pas un patrouilleur de la Sécurité ou une draisine d'entretien. La voie s'enfonçait entre deux parois de glace et soudain Lamo enregistra une pente de plus de 3 %.

— Hé ! ça devient dangereux.

— Renverse la vapeur.

— C'est ce que je fais.

— Nous aurions dû nous arrêter plus tôt.

— Pourquoi pas maintenant ?

Lien secoua la tête :

— C'est interdit sur une ligne comme celle-ci. Il nous faut une voie de garage.

A son tour il feuilletait les instructions mais ne parvenait pas à découvrir cette ligne. Soudain ce fut l'obscurité et Lamo s'affola un peu avant de donner la lumière.

— Un tunnel de glace !

Ce n'était pas exceptionnel et il y en avait sur toutes les lignes malgré le danger que cela représentait.

— Maintenant, c'est de la roche, dit Yan. Nous sommes sous terre. Et notre vitesse reste constante.

D'après sa montre, Lien estimait qu'ils auraient dû se trouver à Cross Station depuis au moins deux heures. La Sécurité de cette gare aurait été tout aussi qualifiée que n'importe laquelle pour !es interroger. Donc l'affaire était jugée d'importance capitale et la Compagnie les dirigeait vers un centre d'enquêtes et de recherches policières. Peut-être auraient-ils affaire aux services de renseignements des opérations militaires.

Le loco-vapeur ralentit et vint s'arrêter le long d'un petit quai sur une voie de garage qui venait buter contre la roche du tunnel.

— Il n'y a personne.

— Restez calme. On va s'occuper de nous.

Soudain apparut un phare puissant dans le lointain, ce qui annonçait un convoi important.

Une minute plus tard un gros torpilleur de la Compagnie s'immobilisait à côté d'eux et un sas articulé fut établi. Une demi-douzaine de gardes en armes envahirent le loco-vapeur.

— Mains en l'air ! hurla un sous-officier à l'air féroce.

— Je suis le glaciologue Rag et nous avons signalé que…

Le sous-officier lui envoya son poing en pleine figure. Le reste de l'équipe voulut réagir avec fureur mais, sous la menace des armes, dut y renoncer. Lien s'était à moitié affalé et se releva en pressant sa main sur sa bouche, l'en retira pleine de sang.

— Embarquez dans le torpilleur !

— Je suis responsable de ce loco-vapeur, fit Lien, malgré ses lèvres tuméfiées.

Mais on le poussa brutalement en avant et il se retrouva dans une pièce entièrement métallique du torpilleur sur rails. L'engin démarra avec une puissance folle qui les fit tous basculer. Ils se retrouvèrent pêle-mêle dans le coin opposé à la marche.

— Je crois, dit Lien, que nous sommes entre les mains de la Sécurité Spéciale.

— Mais nous n'avons commis aucun crime.

Lien hocha la tête :

— En effet. Mais ils doivent en juger autrement. Ils ne m'auraient pas traité aussi sauvagement si nous n'étions pas considérés comme coupables.

Pendant une demi-heure le torpilleur fonça dans une direction inconnue. Ils ignoraient où ils se trouvaient, sous terre ou à la surface. Même Yan, qui avait un certain sens de l'orientation, n'était absolument pas sûr de ses intuitions.

— On ralentit.

Le torpilleur dut s'accrocher à un autre ensemble ferroviaire car il y eut un choc parfaitement révélateur. Une minute plus tard, le même sous-officier pénétrait dans la cellule et leur faisait mettre les mains sur la tête.

— Sortez d'ici !

Ils traversèrent un sas en soufflet, longèrent un couloir avant de pénétrer dans une sorte de salle d'attente. Il n'y avait aucune ouverture sur l'extérieur. On les isola sur des sièges séparés. Et l'attente commença.

— Le glaciologue Lien Rag, lança une voix appartenant à quelqu'un d'invisible.

Deux gardes vinrent le chercher et le poussèrent dans l'ouverture d'une porte indécelable jusque-là. Il se retrouva dans un bureau austère où tout était en métal, en conclut qu'on les avait embarqués à bord d'une importante unité militaire.

Un gros homme était assis derrière une table stricte et le regardait avec sévérité. Il portait les insignes de commandant.

— Approchez.

Il obéit. Le commandant appuya sur un bouton et un hologramme apparut derrière lui.

— Vous connaissez cet homme ?

— Absolument pas. C'est un sergent, mais je ne le connais pas.

— Vous mentez. Il s'agit du sergent Tod.

— Je ne le connais pas. J'ai eu un contact radio avec lui, c'est tout, pour lui faire part de nos difficultés. Ce matin, un de mes collaborateurs lui a signalé que deux convois exceptionnels avaient circulé sur la ligne S 68 pourtant classée double X et…

— Taisez-vous. Le sergent Tod est accusé de trafic de bons de combustibles et vous aviez avec lui des échanges codés pour mettre au point votre petit trafic.

— Mais c'est faux, fit Lien abasourdi et terrifié. Je ne connais pas le sergent Tod, je ne l'ai pas rencontré.

— A Grand Star Station, on vous a remis des bons de combustibles. Qu'en avez-vous fait ?

— Je ne les ai pas sur moi… Ils sont restés sur mon lieu de travail. Nous sommes partis très vite et…

— Vous mentez, dit le commandant. Vous les avez revendus. A Cross Station vous avez été contacté par cet individu.

Nouvel hologramme. C'était bien le garçon chevelu qui lui avait proposé d'acheter ses bons.

— C'est exact.

— Vous avouez ?

— J'ai refusé ce trafic méprisable.

Le commandant haussa les épaules :

— Nous avons toutes les preuves. Vous avez vendu quatre bons pour mille dollars. Où est cet argent ?

— C'est faux ! Je proteste ! Il s'est produit des événements suspects qui n'ont rien à voir avec un trafic de combustible… Nous avons découvert que des trains circulaient sur cette voie soi-disant abandonnée.

— Des trains, vraiment ? fit le commandant, ironique. Des trains de quelle importance ?

— L'un faisait un kilomètre, le second plus de deux. Mon collaborateur Yan Charm peut en apporter la preuve. Il dispose des graphiques des sismographes qui…

Le commandant éclata d'un rire grossier qui hérissa Lien. Celui-ci eut envie de lui sauter à la gorge et de lui marteler le visage à coups de poing. Cette pulsion inattendue le laissa pantois. Comment pouvait-il avoir de pareilles idées de violence ?

— Des trains de plusieurs kilomètres sur une voie classée double X… C'est absurde !

Il cessa de rire et regarda Lien avec un petit sourire de pitié.

— Votre histoire est lamentable… Elle ne tient pas debout.

— Les graphiques.

— Ils sont truqués.

— Je vous jure que…

— Vous êtes fou, Lien Rag, simplement fou.

— Je vous assure que nous pouvons vous faire un récit très cohérent de ce qui s'est réellement passé au point Bia.

— Un récit cohérent ! Pauvre imbécile !

— Pourquoi m'insultez-vous ?

Le commandant parut un peu désarçonné par cette interrogation, mais cela ne dura guère.

— Je vous inculpe pour trafic au détriment de la Compagnie.

CHAPITRE VI

C'était une cellule capitonnée, parfaitement étanche à tous les bruits et aux vibrations. Lien ignorait si son incarcération s'effectuait à bord d'un convoi militaire ou ailleurs. Il resta deux jours en isolement total, ne recevant la nourriture et l'eau que par un guichet à double porte. Il ne pouvait prendre les aliments que lorsque la porte extérieure était refermée, si bien qu'il ne pouvait voir le visage de son geôlier.

Il conservait encore une certaine notion du temps bien qu'on l'eût dépouillé de sa montre. Il songeait à Floa Sadon qui possédait une montre greffée fonctionnant sur l'influx nerveux.

Au milieu de la deuxième journée, on vint le chercher non sans lui avoir fait enfiler une camisole de force et c'est ce qui l'inquiéta le plus. Allait-on le déclarer complètement fou et l'expédier à bord d'un hôpital psychiatrique ? Ces derniers circulaient sur rails sans jamais s'arrêter. De même que les pénitenciers pour droits communs. Seuls les camps de concentration se fixaient pour de longues périodes en certaines zones lointaines.

Dans le bureau du commandant se trouvait déjà un autre détenu portant la même combinaison de contention. Et il reconnut le sergent Tod d'après l'hologramme que lui avait présenté le commandant. Ce dernier se nommait Vicra, comme l'indiquait une plaquette que Lien n'avait pas découverte la première fois.

— Persistez-vous à nier le trafic dont vous êtes accusé, glaciologue Rag ?

— Absolument. Vous trouverez les bons de combustibles dans le convoi que je dirigeais au point Bia.

— Une perquisition n'a rien donné. Et le sergent Tod ici présent a tout avoué. Vous lui avez vendu ces bons pour mille dollars. L'intermédiaire chevelu, un marginal nommé Saho, est en fuite, mais le sergent a reconnu également qu'il travaillait pour lui.

— Mais c'est faux ! hurla Lien. Je n'ai jamais rencontré le sergent Tod. Je n'ai eu que des contacts radio avec lui. Tout ceci n'est qu'une pure invention… Ou alors une machination.

— Je vous conseille de faire attention à vos paroles, dit le commandant Vicra. Vous n'ignorez pas que tout trafic de denrées, en temps de guerre, ne constitue pas un délit justiciable. Je suis ici seul juge pour décider de votre culpabilité et de la peine encourue.

— Mais la guerre est éternelle ! s'exclama Lien, indigné.

— Seriez-vous aussi un propagateur de fausses nouvelles ? En dix ans, il y a eu trois trêves.

— Je n'en ai pas eu connaissance, murmura Lien.

Il se rendit compte qu'il entrait dans le jeu du commandant en acceptant la discussion. Il fallait nier,

nier jusqu'au bout toute participation à un trafic et exiger qu'une enquête soit enfin décidée sur le passage des convois sur la ligne S 68 XX.

— Je récuse le témoignage accusateur du sergent Tod, dit-il avec une force tranquille. Il appartient à la Sécurité et peut avoir été l'objet d'une intimidation. En revanche je demande que mes compagnons et collaborateurs comparaissent devant vous, en particulier Farell, Yan Charm et Lamo. Il s'est passé sur la voie S des événements beaucoup plus importants que cette stupide accusation de trafic de combustibles.

— C'est à moi d'apprécier l'importance de l'accusation. Vos compagnons ont signé une déposition sur les fameux événements. Il n'y a jamais eu un seul train sur la S 68 XX. Aucun convoi ne peut rouler sur des rails classés double X. Vos collaborateurs ont indiqué que, depuis quelque temps, vous donniez des signes de nervosité suspecte.

— Il y avait les graphiques des sismographes.

— Des experts les ont examinés. Les appareils ont simplement enregistré des contractions glaciaires. La région est truffée de crevasses et de galeries souterraines Les glaces ne cessent de se contracter et de se dilater. Je ne pense pas que monsieur le glaciologue de deuxième classe Lien Rag démente ces précisions scientifiques ?

Lien resta silencieux. C'était exact, les sismographes n'avaient pas enregistré un phénomène naturel, mais bel et bien le passage de deux convois.

— Il y avait des traces du passage de deux trains, dit-il. Comme toujours, elles sont révélatrices.

— Vraiment, fit le commandant avec ironie, tandis que le sergent Tod riait obséquieusement. Des milliers de tonnes sur une voie classée double X… Et de plus, cette voie n'est pas sous tension. Seuls pourraient y circuler des locos-vapeur. Ceux capables de tirer des tonnages pareils sont tous répertoriés et surveillés. Il n'en manque pas un à l'appel.

Jusque-là, Lien pensait qu'on voulait le forcer à abandonner ses affirmations sur l'existence de convois clandestins, pour que le bruit ne se répande pas que des convois pouvaient échapper à la surveillance de la Compagnie, ce qui aurait pu créer quelque stupeur dans le public. Il avait cru avoir découvert la fameuse Voie Oblique dont tout le monde lui rebattait les oreilles, mais brusquement il devinait que la voie S 68 XX avait une tout autre importance pour la Sécurité.

Désormais il devait abandonner ses impulsions stupides pour se comporter avec une prudence pleine de ruse. Sinon il n'en réchapperait pas.

— J'ai cru que des malfaiteurs ou des sortes de pirates du rail avaient pris possession d'un convoi, dit-il. Je ne faisais que mon devoir en rendant compte.

— Vous avez inventé cette histoire stupide pour couvrir vos trafics, répliqua le commandant. Si le sergent Tod n'avait pas été pris de scrupules, vous auriez pu nous abuser. Mais vous êtes découvert et vous feriez mieux d'avouer, sinon vous serez condamné à cinq ans de détention.

Il ne comprenait pas comment on avait pu le laisser aller sur le site de Bia, si l'endroit était considéré comme zone interdite par la Sécurité. Il ignorait ce qu'elle pouvait bien fabriquer dans ce secteur, mais on aurait pu aisément l'éliminer en le dirigeant vers un autre site d'expériences et d'études.

Le rôle de Floa commençait à prendre du relief. Elle n'avait pas agi par pure amitié en lui faisant octroyer un loco-vapeur et des bons de combustibles. Il y avait aussi la réflexion de son père, le gouverneur, lorsqu'il lui avait été présenté au début de la réception dans son palais. Le gouverneur Sadon avait paru impatient qu'il se rende sur le site de Bia pour y étudier l'accumulation plus importante qu'ailleurs des glaces. Il lui avait même promis la première classe. Et la Sécurité prise de court avait dû monter une machination pour les éliminer, lui et son équipe.

— Vous pouvez disposer, sergent Tod. Votre attitude de repentir vous sera bénéfique. Vous n'aurez qu'une condamnation de principe mais vous serez dégradé.

— Je vous en remercie, commandant, et vous en garderai une éternelle reconnaissance.

Lien pensa qu'on avait pu lui présenter n'importe qui en l'affublant du nom de Tod. L'homme avait joué son rôle et allait disparaître, son accusation portée.

Il se retrouva seul avec le commandant et pensa que ce dernier allait prononcer la sentence. Mais Vicra ouvrit un autre dossier et en lut quelques feuillets durant une minute ou deux. Il releva la tête et fixa Lien avec une expression sournoise :

— Vous avez intrigué très longtemps pour qu'on vous attribue un loco-vapeur. Votre première demande date de deux ans et vous n'avez cessé de la renouveler. Pour parvenir à vos fins méprisables, vous n'avez pas hésité à faire la connaissance de personnalités que vous avez abusées.

— Mais c'est faux ! s'exclama Lien, oubliant ses nouvelles règles de prudence. Je sais que la fille du gouverneur de la 17e Province a bien voulu intervenir pour moi, mais je n'ai rien demandé.

Il eut l'impression que le commandant Vicra se pourléchait soudain comme un gros chat. Il avait aperçu dans les zoos plusieurs spécimens de cette espèce à peu près disparue et avait regretté, à cette époque, de ne pas pouvoir en posséder un. Au début de l'ère glaciaire, alors que la population mondiale était en proie à ce qu'on avait appelé La Grande Panique, ces animaux étaient devenus les victimes des chiens affamés et avaient pratiquement disparu, ce qui expliquait aussi la prolifération des rats.

— Vous n'avez rien demandé ? Vous voulez dire que Floa Sadon, fille de Son Excellence, a usé de son influence pour que vous soit attribué ce LB 117 qui vous a permis de toucher des bons de combustibles ? Lien se hâta de faire marche arrière :

— En fait je n'en sais rien. J'avais déposé ma demande et le lieutenant Skoll m'avait dit qu'il faudrait attendre huit jours avant d'avoir une réponse. Or, le lendemain de mon entrevue avec lui, j'avais ce loco-vapeur.

— Mais vous saviez que vous le deviez à l'intervention de Floa Sadon ?

— Le lieutenant m'a parlé de Son Excellence qui avait insisté pour que ce loco me soit attribué. La veille, j'étais invité à une réception et le gouverneur a paru souhaiter que je fasse une étude rapide du secteur de Bia.

— Le gouverneur a souhaité cela ?

— C'est ce que j'ai cru comprendre, fit Lien, qui n'aimait pas du tout l'expression de Vicra en cet instant.

— Vous connaissiez sa fille depuis longtemps ?

— Seulement depuis cette nuit-là, commandant.

— Seulement cette nuit-là. Je sais que de nos jours les rencontres entre jeunes gens sont rapides, mais tout de même. Etes-vous devenu son amant ?

Lien se raidit et ne répondit pas. Le commandant gloussa et prit une autre feuille :

— Vous avez assisté à une réunion de marginaux à deux cents kilomètres de Grand Star Station. Il y avait là une fille prénommée Ariel qui est recherchée pour bestialité.

— Bestialité ?

— Elle fornique habituellement avec les Hommes Roux. C'est un délit puni par un emprisonnement de dix ans et un traitement psychiatrique à la fin de la détention pénale.

— Les Hommes Roux ne sont pas des animaux.

Il faillit se mordre les lèvres pour sa sottise. Vicra s'appuya contre le dossier de son fauteuil et croisa les bras avec un sourire qui découvrait ses dents trop parfaites. Elles devaient toutes être fausses.

— Vraiment, ce ne sont pas des animaux ?

— Non. Je ne le pense pas.

— Vous excusez l'ignoble conduite de cette fille ? Vous aimez vous délecter à la pensée qu'elle se laisse pénétrer par les sexes énormes de ces individus ?

Monté de son subconscient, un sentiment de dégoût s'empara de Lien Rag et noya les protestations de son esprit. Il ne put réprimer une grimace et la regretta toute sa vie. Il avait donné à cet homme détestable la meilleure preuve de son racisme envers les Hommes Roux et ce dernier parut s'en contenter.

— Les fréquentations de Floa Sadon sont très suspectes.

— Je ne savais pas où nous allions lorsque nous avons quitté la réception dans le palais du gouverneur.

Il eut l'impression de commettre une petite lâcheté et d'accuser Floa. Le commandant y parut sensible car son visage se teinta d'un brin de bienveillance.

— Je vous l'accorde. Mais n'empêche que vous n'avez pas protesté ni averti la Sécurité. Et tout cela pour vous concilier les bonnes grâces de cette fille dont vous espériez tirer quelque bénéfice.

— Absolument pas. C'est une très jolie fille et la seule faveur que je voulais obtenir, c'était de faire l'amour avec elle.

— Y êtes-vous parvenu ?

— Je refuse de répondre.

— Est-elle vraiment frigide ? demanda le commandant avec une expression de grande lubricité.

Lien resta silencieux.

Il s'était déjà laissé avoir au sujet des Hommes Roux et ne voulait pas trahir la confiance de Floa. Elle avait dû faire semblant de jouir entre ses bras mais il n'en était pas tout à fait certain.

— Fait-elle aussi l'amour avec les Hommes Roux ? C'est une dépravation très à la mode et contre laquelle nous avons beaucoup de mal à lutter. On dit que certaines femmes de hauts personnages possèdent même des Hommes Roux encagés pour satisfaire leur libido.

Soudain il réalisa qu'il se laissait aller à révéler ses propres fantasmes et changea complètement d'expression. Son visage se fit brutal :

— Vous avez vu comment le sergent Tod s'est tiré

d'affaire ? Il a fait son devoir en vous dénonçant et en s'accusant. Vous pouvez faire également le vôtre si vous le désirez. La Compagnie en a assez d'être pillée, violée, d'abriter des gens qui ne pensent qu'à l'exploiter et à profiter d'elle. Certains occupent des postes importants ou appartiennent à une famille honorable et abusent ainsi de leurs privilèges.

Lien écoutait avec attention, le cœur battant plus vite. Le commandant Vicra n'était-il pas en train de lui suggérer comment il pouvait se tirer de ce guêpier ?

— Etes-vous vraiment certain que Floa Sadon n'a jamais eu des goûts pervers et contre nature pour les Hommes Roux ?

— Je l'ignore.

— Il y avait un Homme Roux dans cette réunion de marginaux. Vous savez pourquoi ces gens-là en invitent toujours un ? Et principalement des mâles ? Pour s'exciter sur la taille de leur sexe. Ce ne sont que des bêtes que la nature a pourvues généreusement. Il y a aussi cette fourrure rousse qui ressemble à de la laine. Je suis certain que Floa Sadon a copulé avec eux.

Lien luttait contre un nouveau dégoût. C'étaient des hommes, rien que des hommes. Et Floa avait parfaitement le droit de coucher avec eux, et avec qui lui plaisait, dans le fond. De quel droit la Compagnie jugeait-elle le comportement amoureux des gens ? Elle aurait tout aussi bien pu aimer les autres femmes ou prendre un loup comme amant. Il ne fallait surtout pas tomber dans le piège que lui tendait le commandant.

— Si nous avions un tel témoignage, dit le commandant, nous pourrions ensemble mettre un terme aux agissements scandaleux de cette fille. Le commandement supérieur de la Sécurité saurait apprécier une telle attitude. Vous devriez y réfléchir, monsieur le glaciologue…

— Vous êtes ignoble, dit tranquillement Lien.

CHAPITRE VII

Même lorsqu'on l'avait torturé sans la moindre pitié il n'avait jamais perdu conscience et l'avait regretté. Avec un sentiment insupportable d'épouvante, il avait suivi de bout en bout le processus des sévices que ses bourreaux, des sous-officiers de la Sécurité, lui avaient fait subir. Le commandant Vicra ne lui avait certainement pas pardonné de se faire traiter d'ignoble, mais surtout d'avoir refusé la perche tendue. Il ignorait pourquoi cet homme voulait qu'il dénonce Floa Sadon et l'accuse de bestialité et de prévarication. Il s'était cramponné à son refus comme à la seule planche de salut possible, avec aussi beaucoup de lucidité et de calcul, pensant que si quelqu'un pouvait quelque chose pour lui, c'étaient bien Floa Sadon et son père. Il n'avait pas l'esprit chevaleresque assez fou pour accepter d'un cœur joyeux les coups et les mauvais traitements. Il n'avait pas aimé d'être exposé nu au-dehors durant quelques secondes, au point de ne plus sentir les extrémités de ses membres. On lui avait fait subir ensuite un traitement de réchauffement brutal qui avait été horrible. Pour finir on l'avait, pendant quarante-huit heures, soumis à des décharges électriques qui le tétanisaient à des intervalles irréguliers. L'attente de ces décharges étant la pire des choses, car elle pouvait durer aussi bien une heure que quelques secondes.

Et puis, soudain, il se produisit un certain affolement autour de lui. On le conduisit dans une sorte d'infirmerie où on le soigna énergiquement mais sans brutalité. Il commençait à reprendre espoir lorsqu'on l'habilla pour le transférer dans un petit convoi pénitentiaire en route vers le nord. Il se trouvait à cette heure dans un compartiment grillagé en compagnie de deux autres détenus de droit commun. L'un avait tué des enfants pour les dépecer et l'autre avait trafiqué des denrées alimentaires.

Le convoi fut immobilisé deux jours sur une voie secondaire avant de poursuivre sa route vers une petite gare sans importance nommée Line Station. Lien pensa que l'endroit devait son nom au passage d'un pipe-line de charbon liquide ou peut-être même de pétrole, denrée bien plus rare depuis le début de l'ère glaciaire.

Par la lucarne de son wagon où ne régnait qu'une température minimale, il aperçut la verrière antique et réduite. Un trou perdu et il commençait à abandonner tout espoir. Il avait pensé que tôt ou tard la nouvelle de son arrestation arriverait aux oreilles du gouverneur Sadon et que ce dernier interviendrait. Mais il avait dû se faire des illusions. Son nom n'avait jamais été retenu par la mémoire du gouverneur de la 17e Province, et il achèverait sa vie dans une colonie pénitentiaire ou, pire, dans un camp de concentration.

Un peu avant midi, le gardien-chef vint avec deux subordonnés ouvrir la grille et le faire sortir. Il songea d'abord à refuser. Personne ne lui avait dit à quelle peine il était condamné et il aurait voulu forcer l'administration pénitentiaire à lui révéler la vérité. Il songeait à la résistance passive et à la grève de la faim.

— Où me conduisez-vous ?

— Vous êtes transféré dans un autre convoi.

Mais on lui fit revêtir des vêtements civils mal coupés avant qu'il ne descende sur les quais en compagnie d'un seul garde. Sans chaînes ni autre surveillance. A sa grande stupeur il fut dirigé vers un petit tortillard infect composé de quatre wagons miteux dans lesquels on devait claquer des dents une fois passé le sas de la gare. Le garde lui indiqua la place où il devait s'asseoir, entre une grosse femme qui donnait le sein à un enfant et un jeune garçon boutonneux. Il se crut reporté plusieurs siècles en arrière, dans un de ces films où l'on voyait des gens de la campagne sous formes de caricatures outrées.

— Où allons-nous ? demanda-t-il à la cantonade. Mais personne ne daigna lui répondre. On l'avait vu arriver avec un garde pénitentiaire et on se méfiait de lui. Même la nourrice cachait son sein, comme si la vue de cette mamelle veinée de bleu aurait pu lui donner des idées de viol.

L'omnibus démarra, avec des chocs divers, un quart d'heure plus tard. Comme prévu, dès le sas franchi, la température dut tomber aux alentours de zéro. Chacun s'enveloppa dans ses couvertures et manteaux tandis qu'il restait seul à claquer des dents dans ses vêtements légers.

Le train s'arrêtait devant chaque ferme sous dôme

et peu à peu le wagon se vidait. Bientôt il ne resta plus que l'adolescent qui lui sourit timidement.

— Nous allons à River Station, dit-il.

Lien sursauta, n'en croyant pas sa chance :

— La capitale de la 17e Province ?

— Oui, bien sûr… Je poursuis mes études là-bas. Mais je vais bientôt être mobilisé.

Voyant que Lien claquait des dents, il ouvrit ses bagages et en sortit une couverture dont le glaciologue s'enveloppa.

— Est-ce que le palais du gouverneur se trouve là-bas ?

— Je l'ignore. Je viens de passer quinze jours chez mes parents. Lorsque je suis parti, il n'y était pas encore.

Lien réalisa qu'il ne s'était même pas écoulé quinze jours depuis qu'il avait quitté la grande gare tentaculaire de Grand Star Station.

— Nous y serons dans deux heures. Voulez-vous manger quelque chose ? Ma mère m'a donné un poulet rôti.

Jamais il n'apprécia autant cette chair fade que d'ordinaire il détestait. Le garçon ravi, de sa compagnie, ne cessait de parler. Il faisait des études de médecine.

— J'ai une bourse de la Sécurité, dit-il fièrement. Je deviendrai médecin militaire.

Lien pensa avec amertume à ceux qui l'avaient torturé sous l'ordre du commandant Vicra. A présent les praticiens ne se contentaient pas de soigner les malades.

— Tu n'aurais pas préféré devenir médecin civil ?

— Oh ! tant pis. On n'a pas beaucoup d'argent, vous comprenez ?

A River Station il était attendu par une imposante draisine et par un des valets du gouverneur, qui parut surpris qu'il n'ait pas de bagages et le toisa à cause de ses vêtements minables.

— Où me conduisez-vous, au palais ?

— Non, pas exactement.

Sans atteindre la taille de G.S.S., River Station était quand même un endroit important car plusieurs centaines de voies s'y recoupaient et il y régnait une grande activité. Capitale de province, les convois administratifs étaient nombreux et la plupart n'avaient même jamais roulé en dehors du dôme protecteur. Lien se demandait comment faisaient ces fonctionnaires pour accepter de passer une vie entière dans un tel endroit. Certes il y avait quelques occasions de se divertir, des cabarets, des restaurants, mais en nombre limité. Tout le monde devait se connaître très vite.

La draisine s'arrêta devant une construction qui occupait au moins quatre voies. Lien avait déjà remarqué qu'il régnait une bonne température sous le dôme de River Station, plus élevée même qu'à G.S.S., et se souvint qu'on avait effectué des forages géothermiques importants dans la région. Il avait même à l'époque eu en main les rapports de glaciologie.

Une jeune fille l'accueillit avec un très grand respect et le conduisit dans une chambre spacieuse qui possédait une mezzanine.

— Le docteur sera là dans quelques minutes.

— Comment, le docteur ?

— Ce sont les instructions de Mlle Floa.

Il resta seul, s'amusa à faire couler les robinets

d'eau et à respirer le parfum des savonnettes. Lorsqu'on frappa, il alla ouvrir la porte et découvrit un grand gaillard aux yeux bleus et à l'expression flegmatique.

— Je dois vous examiner. Déshabillez-vous et allongez-vous sur le lit.

Lien soupira mais obéit.

— Vous n'êtes pas très propre, remarqua le médecin sans la moindre trace de reproche.

— Je sors de prison. J'ai passé quatre jours aux mains de la Sécurité.

— Je m'en fous. Je suis là pour voir si vous avez des traces de coups, mais je ne tiens pas à m'aliéner la Sécurité. Floa a parfois des idées extravagantes.

Lien se retint pour ne pas lui coller sa main sur la figure.

— Vous vous moquez que j'aie été torturé ?

— C'est devenu un système de défense un peu trop usé.

Du coup Lien se releva, complètement nu, et alla ouvrir la porte :

— Foutez le camp.

— Hé ! ne vous fâchez pas… Je ne pouvais savoir que vous étiez si susceptible.

— Foutez le camp !

— Non, je tiens à ma place. Mille excuses. C'est quoi, ces traces de brûlures sur les testicules ?

Lien avait envie de l'étrangler :

— Vous n'avez jamais entendu parler des sévices électriques ?

— Ah ! c'est ça ? Dites donc, vous n'avez pas dû rigoler… Mais il n'y a rien de bien grave.

— Vous êtes attaché à la maison du gouverneur ?

— Si vous voulez, mais j'appartiens aussi à l'hôpital de seconde classe de la Compagnie. De toute façon, celui de première classe vient d'être dirigé sur le front pour une période de six mois. Je m'en fous, je suis réformé depuis l'an dernier. Je vois à la blessure de votre jambe droite que vous avez fait la guerre. Très bien, je ferai mon rapport. Vous avez été indubitablement maltraité par la Sécurité.

— Vous n'avez pas l'air très convaincu.

Le docteur rangea sa trousse d'un air absorbé, puis releva enfin la tête :

— Je ne suis pas très chaud quant à cette petite lutte pour le pouvoir. Je ne possède aucune action, moi. En possédez-vous ?

Lien secoua la tête. Il se souvint que Floa était une des plus grosses actionnaires de la Compagnie. Que voulait dire le docteur avec cette histoire d'actions ?

— Il avait été décidé que de nouvelles actions seraient distribuées aux gens méritants, que le capital de la Compagnie sera plus parcellisé qu'il n'est. Autrefois, c'était la démocratie que l'on essayait de répartir le plus justement possible… Mais en fait le pouvoir appartenait toujours à quelques-uns, particuliers ou groupes. Il en est ainsi pour les actions.

— Je ne comprends pas.

Le docteur le regarda avec une sorte de pitié moqueuse :

— Alors vous ne savez pas pourquoi vous avez été torturé ?

— Mais je ne possède aucune action de la Compagnie.

Il salua de façon désinvolte et s'en alla. Lien, songeur, se rendit à la salle de bains et commença à remplir la baignoire. Peu à peu, une fois plongé dedans, un grand bien-être l'envahit et il ferma les yeux. Les paroles du docteur continuaient à le préoccuper.

— On n'a pas l'air tellement mal en point, fit une voix de femme.

En même temps que sa voix il reconnut son parfum poivré et léger, ouvrit les yeux. Elle s'appuyait contre l'embrasure de la porte, goguenarde, avec cependant une lueur plus tendre dans son regard vert. Un manteau de loup noir lui descendait jusqu'aux pieds recouverts de cuir fin, noir également. Angoissé, il pensa que six mois de son salaire n'auraient pu payer le tout et que jamais il ne pourrait entretenir une femme aussi élégante.

— J'ai lu le rapport du docteur. Ils ne t'ont pas trop estropié.

— Sinon tu ne serais pas venue ?

— Non. Ils auraient pu t'inoculer une maladie dangereuse, te mutiler. Te châtrer, par exemple. Il paraît qu'il n'en est rien.

Rendu furieux, il se dressa hors de l'eau savonneuse et lui montra son bas-ventre :

— Te voila rassurée ?

— Entièrement. Mais tu as des traces de brûlures, fit-elle, tandis que ses lèvres se retroussaient cruellement. Ils t'ont torturé le sexe ? Ça fait mal ? On dit qu'à la fin ça fait éjaculer, est-ce vrai ?

Il saisit un linge épais et douillet, s'en enveloppa les reins, la bouscula presque pour passer.

— Te voilà bien énervé, dit-elle. Tu devrais me remercier. Sans moi et sans mon père tu serais en train de rouler dans cette colonie pénitentiaire. Tu y aurais pourri. Il est rare qu'on en revienne, tu sais.

— Oh ! je sais ce que je te dois, dit-il ironiquement. Je le sais parfaitement.

La jolie fille fronça les sourcils. Elle ne devait pas aimer le retrouver dans un tel état d'esprit. Elle l'avait connu plus nonchalant, moins agressif.

— Oui, je sais ce que je te dois. Ton intervention auprès du lieutenant Skoll pour l'attribution du locovapeur m'a été reprochée. On a essayé de me faire dire des horreurs sur toi, de devenir un témoin à charge.

Floa pâlit, et ce fut visible malgré son épais maquillage.

— C'était le commandant Vicra, n'est-ce pas ?

— Pourquoi cherchent-ils à t'abattre ?

Les quelques réflexions désabusées du médecin avaient été le révélateur qu'il cherchait en vain depuis son arrestation. Il croyait enfin comprendre le pourquoi des choses.

— Oublie tout ça, dit-elle. Tu ne risques plus rien. Tu retrouveras ton poste et désormais tu seras attaché aux services techniques du gouvernement de Province.

— Auprès de ton père ?

— Oui, mais tu seras libre.

— Pourquoi m'as-tu envoyé là-bas ?

— Mais que vas-tu inventer là ? fit-elle avec une moue de petite fille. Moi qui songeais à ce que seraient nos retrouvailles ! Tu as oublié la nuit que nous avons passée ensemble ?

— Tu as déjà été pénétrée par un Homme Roux ?

— Tu es fou ? Pourquoi m'insultes-tu ?

Elle avait eu le même haut-le-cœur que lui dans le bureau du commandant. Un réflexe raciste qui ne trompait pas, venu du fond d'elle-même.

— Me prends-tu pour Ariel ?

— Ils voulaient que je t'accuse de bestialité, entre autres. Que se passe-t-il entre la Sécurité et toi ? Pourquoi t'en veulent-ils ?

— Plus tard, fit-elle en s'approchant de lui. Plus tard.

— Une question d'actions ?

Floa cessa de marcher et le fixa avec des yeux méchants.

— Tu es moins idiot que tu ne le parais.

— Tu possèdes un gros paquet d'actions de la Compagnie. Je suppose que tu assistes aux conseils d'administration et que tu as une voix prépondérante ?

Avec un sourire ambigu elle ouvrit son manteau de loup noir et apparut nue. Ses bottes cuissardes montaient jusqu'en haut de ses jambes, fines et souples, épousant fidèlement le fuselé de la chair. Le cuir mettait en relief la blondeur presque fauve du pubis.

Floa s'approcha, vint tout contre lui et, du bout des doigts, avec des gestes délicats, elle dénoua sa serviette qui lui ceignait les reins. Une main légère le palpa, des doigts experts le cerclèrent :

— Pas trop de dégâts, murmura-t-elle.

Il la saisit à pleins bras et chercha sa bouche. Ce fut un baiser sauvage, à goût de sang. Puis il glissa le long de ce corps délié et blanc pour baiser ses seins et son ventre. Elle appuya sa tête contre elle, enfonçant ses ongles dans sa nuque.

Cette fois il fut certain que sa frigidité n'était qu'une légende. Il la reverrait toujours, d'abord debout avec son manteau de fourrure et ses cuissardes, en train de gémir, puis sur le lit, écartelée et prise de folie érotique.

Lorsqu'il se réveilla, la nuit était venue et il crut qu'elle était partie. Mais elle dormait paisiblement, pelotonnée dans l'angle que faisait le lit avec la cloison. Malgré ses bottes d'ogresse, elle ressemblait à une enfant.

CHAPITRE VIII

Ce fut elle qui lui proposa d'aller au club. Ils étaient réveillés et affamés.

— Nous n'en avons que pour une petite demi-heure. C'est un endroit merveilleux.

— Un truc de marginaux ?

— La cotisation annuelle est de cinq mille dollars.

— Excuse-moi, dit-il.

Dans un placard il trouva des vêtements luxueux. Elle les avait choisis elle-même avec beaucoup de justesse. Son loco-car était sur le même quai. Elle ne portait que son manteau et ses bottes, et il était jaloux des regards des autres hommes.

Un instant il regarda vers le haut du dôme et aperçut des silhouettes informes.

— Tu regardes les Hommes Roux, remarqua-t-elle. Est-ce à cause de ce qu'a dit le commandant Vicra ?

— Non. Pourquoi sont-ils là ? Pourquoi sont-ils

apparus depuis une centaine d'années ? Où étaient-ils auparavant ?

— Tu te poses trop de questions pour être pleinement heureux, dit-elle.

Le loco-car roulait très vite comme toujours, dans la nuit polaire et embrumée. Par de profondes crevasses dans la masse de glace montaient des vapeurs de la terre. C'était en partie l'origine de ces brouillards constants qui gelaient tout aussitôt et n'étaient qu'éphémères.

Grâce à la boîte noire, le petit véhicule s'écarta de la ligne principale sans ralentir, brûlant les signaux et immobilisant une dizaine de convois sur son passage. Finalement il emprunta une voie double qui se dirigeait droit vers l'ouest. De très loin il aperçut le dôme incandescent, pensa d'abord à une ferme. Mais la voie se dirigeait droit dessus.

— C'est le club.

Passé le sas, il crut qu'il rêvait ou assistait à une séance de cinéma avec films d'autrefois aux couleurs trop crues. Lorsqu'ils descendirent du loco, ils se trouvaient au bord de la mer. Il y avait de nombreux palmiers, une plage de sable blanc immense, des paillotes où des gens nus prenaient leur repas.

— Quelle chaleur, murmura-t-il.

— Trente-deux, dit-elle. Ne reste pas ainsi, tu vas fondre.

Son manteau de fourrure sur le bras elle passa devant lui et se dirigea vers une paillote. A cause de ses cuissardes, on se retournait sur elle, mais tout le monde était nu. Il commença à se dévêtir tout en marchant.

La paillote comportait deux pièces et une salle de

bains. Il y avait un serveur qui attendait déjà sur la terrasse. Bizarrement habillé avec un sarong et une fleur dans ses cheveux noirs.

— C'est un authentique Tahitien, dit-elle. Tu sais bien, Tahiti ? Tu as bien vu un film sur cette île ?

On leur apporta des noix de coco remplies d'une boisson au goût de vanille.

— Du rhum, dit Floa. Est-ce que nous allons nous baigner ?

— Je ne m'explique pas… L'impression que nous sommes au bord d'une mer immense…

— Un effet d'optique. Le dôme rejoint le sol à moins de cinq cents mètres. C'est extraordinaire, non ?

Il leva les yeux et fut ébloui par le soleil factice.

— Ici, fit-elle, agacée, tu ne verras pas tes amis, les Hommes Roux. Pourtant ils y sont, en train de racler la glace.

Elle courut vers la plage et il la suivit. Jamais il ne s'était baigné dans un endroit pareil, juste dans des piscines tristes et fonctionnelles.

— Là-bas, dit-elle, on peut faire du surf. Il y a des rouleaux artificiels.

Ils retournèrent s'allonger dans le sable. Elle offrit son visage au soleil factice, ferma les yeux.

— Que sais-tu au sujet de ces actions ?

— Pas grand-chose, reconnut-il.

— C'est préférable, dit-elle. Sache seulement que la Sécurité est en train de lancer une vaste opération d'achat auprès des petits porteurs. Tu sais qu'il en existe pas mal. Il fut une époque où, pour récompenser les gens, on leur attribuait deux, cinq ou dix actions.

— Je sais que l'attribution de la Croix de guerre entraîne également celle de dix actions.

— Oui, on a limité cette distribution car ces petits porteurs représentaient un danger.

— Le morcellement du capital n'était qu'un leurre, fit-il, sarcastique.

— Le danger est qu'un individu ou un groupe peut tout racheter. Il aurait fallu créer des actions spéciales non cessibles durant un certain délai, mais l'injustice entre les gros porteurs et les petits aurait été trop flagrante.

Lien tourna la tête vers sa compagne et admira son profil d'une perfection totale :

— Combien en possèdes-tu ?

— Ça ne te regarde pas, dit-elle tranquillement. La Sécurité est en passe de devenir le plus gros porteur. Si jamais elle obtient la majorité, la Compagnie se transformera en dictature militaire.

— Mais qu'est-elle d'autre ? fit-il, amer.

— N'exagérons rien. La Sécurité est encore contrôlée. Sinon tu ne serais pas ici en ce moment

— Pourquoi m'as-tu envoyé sur le site de Biabystok ?

Elle s'assit et cercla ses genoux de ses bras minces :

— Nous avons des informations sur cette voie oubliée… Mais je te fais remarquer que nous ne t'avons pas envoyé. En fait mon père a trouvé le biais d'une étude glaciologique et le hasard t'a désigné. J'ai voulu te connaître pour savoir le genre d'homme que tu étais. J'ai pensé que si quelque chose d'étrange se passait là-bas sur le site, cela ne t'échapperait pas et je ne me suis pas trompée.

— J'ai bien failli y laisser ma peau.

— Je veillais sur toi. Que s'est-il donc passé en fait ?

Il lui parla des loups, de la disparition de l'aiguillage volant, du passage des deux convois.

— Tu es certain ?

— Le commandant Vicra m'a traité de fou à ce sujet.

— C'est tellement surprenant ! Cette voie figure sur les instructions ferroviaires en classement double X. Et j'ai retrouvé dans la bibliothèque de la Province les consignes de sécurité datant de vingt ans. Elle était déjà en partie abandonnée. Trop dangereuse à cause des mouvements de la glace. Il y avait une mine voici encore deux ans. Mais depuis, elle est fermée.

— J'ai cru qu'il s'agissait de la Voie Oblique, dit-il.

Elle eut un petit sourire condescendant. Il s'assit lui aussi et regarda autour de lui. Il y avait bien deux à trois cents personnes rassemblées là. Des familles entières, des amoureux et des vieillards.

— Ce sont tous de gros actionnaires ? demanda-t-il.

— Non. Des gens très riches. On peut être très riche, plus que moi par exemple, et ne pas posséder une seule action de la Compagnie. Il y a des industriels qui se contentent du pouvoir qu'ils possèdent dans leur entreprise et ne s'intéressent pas à la Compagnie. Mais le club appartient à la Compagnie.

— Combien de gros actionnaires alors ?

— Une dizaine. Mais arrête de me parler de ça… Il faut que nous allions sur le site de Bia. Et sans tarder, ajouta-t-elle en sautant.

Il frissonna et secoua la tête :

— Pour rien au monde je ne retournerai là-bas. Je ne veux pas retomber entre les mains de Vicra.

— Tu ne risques rien. Tu es sous la protection du gouverneur. Personne n'oserait s'attaquer à toi.

— Je suis toujours accusé de trafic de bons de combustibles.

— Non, il n'y a plus de traces de cette accusation. Père y a veillé.

— C'est vraiment un père efficace, dit-il. Très paternel avec moi, en tout cas.

Elle lui jeta un regard aigu mais ne répondit pas. Il la suivit dans la paillote :

— Nous n'avons rien mangé, fit-il remarquer. Nous venions ici pour cela.

Elle décrocha le téléphone et commanda un pique-nique. Le mot le surprit. S'y accrochaient des vieilles images floues d'herbe et de ruisseau.

— Il y a des mots qui devraient être interdits pour indécence, dit-il. Celui-là me fait toujours un peu mal.

— Il y a un club campagne pas très loin. Nous pourrions aller déjeuner sur l'herbe et nous baigner dans une rivière, y pêcher aussi. Puis nous irons sur le site de Bia.

On leur apporta un panier garni. Quand il fut dans le loco-car, il grelotta. Celui-ci n'était chauffé qu'à vingt degrés et il appréhenda la gare de River Station où il ne faisait que quinze degrés. Il eut un regard plein de regret pour la plage tahitienne.

— Nous reviendrons, promit Floa.

Mais il ne se faisait guère d'illusions : ils ne resteraient pas longtemps ensemble. Tout les séparait et elle se lasserait vite.

Au bout d'une demi-heure, il comprit qu'elle se rendait droit sur le site et en éprouva une colère noire.

— C'est de la folie. Nous n'avons aucun équipement. De toute façon l'aiguillage provisoire aura disparu… Il y a des loups… Nous courrons un danger immense.

— Calme-toi, dit-elle. Il y a tout ce qu'il faut dans ce loco-car. Des armes et du matériel.

Il se jeta sur une des banquettes et ferma les yeux. Cette fille ne connaissait pas le véritable danger. Elle suivait ses impulsions mais n'avait certainement jamais souffert ni du froid ni de rien. Leur expédition risquait de tourner à la catastrophe.

— Même en faisant semblant de dormir, tu es agité, dit-elle. Arrête de te faire du souci. Ce séjour à la Sécurité t'a vraiment diminué.

Cette réflexion méchante le vexa et il regarda au-dehors. La nuit se dissipait un peu. Ils avaient dû en passer la plus grande partie dans ce club et il ne s'en était même pas rendu compte.

— Ils ne dorment jamais, là-bas ?

— Ils le peuvent dans des chambres obscures, mais on n'y vient pas pour dormir. On sommeille sur la plage et on profite de la chaleur et de l'eau. Jusqu'à satiété. En général, les séjours ne dépassent pas trois jours. Ces gens-là ont de grandes responsabilités, tu sais.

Il alla s'asseoir à ses côtés et à nouveau ils croisèrent des convois immobilisés par leur véhicule prioritaire. Le plan de marche s'inscrivait dans tout le système électronique du district avec un quart d'heure d'avance sur leur passage. Ils étaient en parfaite sécurité mais il ne pouvait s'empêcher d'être anxieux, à la pensée que, si un seul signal ne fonctionnait pas, ils croiseraient la route d'un express ou d'un train de marchandises.

— Toujours autant de trains blindés, remarqua-t-il. Il en sort combien par jour ?

— Je ne sais plus, mais c'est impressionnant.

— As-tu des nouvelles de la guerre ?

— Elle devient féroce. L'ennemi emploie un missile nouveau très efficace qui fait mouche à des centaines de kilomètres.

— Je me demande, murmura-t-il, comment ils n'ont pas encore songé à ressusciter les avions.

— Ils sont interdits par la nature même des Compagnies. Ce sont des sociétés ferroviaires. De toute façon aucun avion ne peut plus voler depuis le début de l'ère glaciaire. Les températures au-dessus de nous, à mille mètres par exemple, atteignent des records inouïs. Il faudrait retrouver d'anciennes techniques pour obtenir des métaux qui résisteraient. Il y a aussi des problèmes de moteur et d'énergie.

Soudain il se reconnut. Ils étaient sur la ligne L 34 et dans quelques instants rencontreraient la S 68 XX.

— Attention, dit-il, il faut repartir en marche arrière.

— Je sais. J'ai lu le manuel des instructions.

— Quel manuel ? Sur les nôtres, ce n'était pas précisé.

Elle lui indiqua le livre dans une boîte à gants et il le consulta avec curiosité.

— Ce n'est pas celui que nous possédions.

— Il existe plusieurs éditions, dit-elle. Celle-ci est

d'un tirage limité à une centaine d'exemplaires. Certaines voies y figurent qui ne sont pas répertoriées ailleurs. Par exemple la voie qui conduisait au club. Il est inutile que le public connaisse l'existence de ces lieux de repos luxueux. N'importe quel crétin qui posséderait cinq mille dollars pourrait y avoir accès.

— Tu es pour l'élite, fit-il avec un rire grinçant.

— Exactement. Crois-tu que je sois pour un égalitarisme stupide alors que je mène une vie très agréable ?

— Tu es quand même menacée. Par la Sécurité. Elle veut te faucher tes actions, n'est-ce pas ? Mais pourquoi toi ?

Avant de répondre, la jeune fille passa de la traction électrique à la vapeur avec beaucoup de doigté. Néanmoins le frémissement du loco-car fut complètement différent et Lien dut s'avouer qu'il associait cette trépidation de la vapeur à une atmosphère de puissance et de luxe. Il était sensible aux vagues promesses que laissait entrevoir l'heure présente.

— Parce que je suis jeune et femme. Ce sont tous des brutes. Même les plus élevés en grade. Ils méprisent ce que je représente, la jeunesse, la féminité et le luxe dont je m'entoure. Ils voudraient établir une dictature stricte et austère. Le pouvoir dans le rationnement de tous les plaisirs et des besoins élémentaires. Sais-tu qu'ils ont des relations étroites avec certaines sectes de fanatiques dont les Néo-Catholiques ?

Elle ralentit et, avec une infaillible justesse, s'arrêta à hauteur de l'aiguillage de la S 68 XX. Le système fonctionna sans heurts et elle commença de reculer pour s'engager dans la petite voie oubliée. Lien éprouva une telle émotion qu'il ne put parler durant plusieurs minutes. Il ignorait tout du sort de ses compagnons. Farell, Yan, Lamo. Le commandant Vicra lui avait dit qu'ils avaient été libérés mais il en doutait.

CHAPITRE IX

Lien n'eut que quelques hésitations pour retrouver l'endroit où son équipe avait posé un aiguillage volant. Il reconnut les congères environnantes.

— Il n'y a plus rien, dit la jeune femme. Même pas la voie provisoire. Il va falloir sortir.

Elle passa à l'arrière du véhicule et revint avec une combinaison isotherme et une sorte de carabine. Lien n'avait jamais vu ce modèle-la.

— C'est pour la chasse, expliqua-t-elle. Elle fonctionne à l'air comprimé mais est très efficace.

— N'est-ce pas interdit ?

— J'ai un permis spécial. Je dois te laisser aller seul. Il y a peut-être encore des loups Si tu en abats un seul, les autres se jetteront sur son cadavre pour le dévorer.

A quelques mètres il se retourna pour lui faire un signe, puis disparut derrière des congères. De toute façon la visibilité était encore trop limitée pour qu'elle puisse le suivre du regard.

Au bout d'une heure, alors qu'elle avait à plusieurs reprises lancé un signal sonore, il réapparut lourdement chargé. Lorsqu'il fut à quelques mètres, elle vit qu'il portait des sortes de sacs.

Elle lui servit une tasse de thé, attendit qu'il parle.

— Ils sont tous là-bas, dans le convoi. Le locovapeur a été même ramené sur les lieux. Il y a Farell, Yan, Lamo, enfin tout le monde. Morts de froid. Plus de combustible dans la soute. Et quelque chose les a empêchés de sortir. Les loups ou les hommes de la Sécurité. Je ne sais pas. J'ai emporté quelques affaires. Vicra m'avait laissé entendre qu'ils auraient la vie sauve.

Appuyée contre le pupitre de conduite elle le regardait d'un air réfléchi.

— Rien n'a été pillé. Ils sont morts, c'est tout. Les combinaisons isothermes avaient disparu. Ils ont essayé de faire du feu avec des dossiers, des livres. Dérisoire ! C'étaient des témoins. Comme je le suis. Nous devons filer d'ici au plus vite.

— Calme-toi, dit-elle. Tu devrais essayer d'aller dormir à côté pendant que je conduis.

— Nous rentrons ?

— Non. Nous allons essayer de suivre cette voie abandonnée tant que nous le pourrons à petite vitesse. Je dispose d'un analyseur de rails fonctionnant par laser. En avançant à dix à l'heure nous ne risquons absolument rien.

— Tu oublies les hommes de la Sécurité. Ils peuvent être tapis tout autour… Nous guetter.

— Je t'en prie, calme-toi maintenant. Veux-tu un comprimé euphorisant ?

— Fous-moi la paix avec tes sales drogues… Mes

copains sont morts et je suis en sursis. Es-tu capable de comprendre ça ?

— Tu es le protégé du gouverneur Sadon, ne l'oublie pas, et d'une des plus importantes actionnaires de la Compagnie.

Il haussa les épaules :

— Tu crois que ça les empêchera ?

— Nous sommes reliés par radio avec River Station.

— Nous aussi nous en avions une et ils nous ont paralysés dans un champ électromagnétique.

— Ils n'oseront pas s'attaquer à moi, dit-elle sèchement. Je veux savoir pourquoi deux trains d'une longueur surprenante ont emprunté cette voie déclassée.

Essayant de ne plus voir les cadavres de ses amis devant ses yeux, il la laissa faire. Un peu plus tard, alors qu'ils roulaient au fond d'une gorge impressionnante taillée dans la glace, il se plongea dans la lecture du manuel des Instructions ferroviaires.

— Nous devons ressortir sur une sorte de plateau mais la pente est de quatre pour cent.

— Je suis équipée d'électro-aimants.

L'analyseur de rails donnait sur un petit écran un graphique à peu près normal. En certains endroits les soudures paraissaient plus faibles, mais pour le petit loco-car la marge de sécurité restait suffisante. C'était sans importance.

— Ils signalent un pont sur une crevasse insondable. Un pont très dangereux qui risque d'être démoli.

— Nous devons nous arrêter, dit-elle d'une voix sourde.

Il leva les yeux et vit les Hommes Roux, au moins une centaine, et pour la première fois il aperçut les femmes de très près, fut saisi par leur beauté sauvage. Malgré la fourrure qui recouvrait leurs corps, il distinguait leurs seins fermes, leurs jambes musclées. Ces êtres-là ne paraissaient pas connaître le vieillissement et la décrépitude.

— Je crois que nous risquons d'avoir des ennuis, dit-elle.

— Fais marche arrière.

Elle lui désigna l'écran de télévision qui servait de rétroviseur. Ils avaient fait basculer d'énormes blocs de glace sur la voie. Il se souvint d'un vieux western qui montrait des Indiens attaquant une colonne d'émigrants au fond d'un canyon. Mais dans le film, la cavalerie intervenait pour les sauver.

— Tu ne crois pas qu'ils sont en fait dirigés par la Sécurité ?

— Ce n'est pas le genre de question que je me pose en ce moment, dit Floa. Je peux dégager la voie à l'arrière grâce à mon laser, mais ce sera long. Ils peuvent nous attaquer et ils finiront par ouvrir une brèche. Tu as vu les outils dont ils disposent ?

Lien sursauta. Tous ces outils, des pioches, des pelles, des barres à mine appartenaient à la Compagnie et figuraient ordinairement dans l'inventaire de chaque loco.

— Ce ne sont pas des outils ordinaires, dit-il. Ils ont dû piller un loco.

Soudain, un des Hommes Roux se présenta à la porte du sas et frappa de son poing à la double vitre. C'était un géant athlétique mais Lien fut frappé par la douceur de son regard. Il n'y avait aucune menace dans son expression et il en fit part à Floa, qui n'était pas du même avis.

— Ils sont comme des animaux. Un fauve qui dépèce une proie n'a pas nécessairement l'air féroce. Je n'ai aucune confiance.

— Mais chez tes amis marginaux il y en avait un...

— Un seul, et à peu près civilisé, mais ceux-là habitent cette zone désertique...

Soudain elle poussa un cri et désigna l'une des femmes :

— Regarde ce qu'elle porte autour du cou...

Une sorte de chaîne métallisée avec une plaquette qui portait deux lettres réunies par un tiret : F-S.

— F-Station, dit-elle, les yeux exorbités.

— Que veux-tu dire par là ?

— Tu te souviens de toute cette ville envoyée en exil ? Le soir de notre rencontre nous l'avons longée en route vers le nord... Elle occupait des centaines de voies. Les gens avaient reçu l'ordre de porter cette plaquette autour du cou.

— Et cette femme rousse n'est pas la seule, dit Lien. Ils en ont tous. Ou presque.

Mais le géant s'impatientait, tapait de son poing et criait des mots qui leur parvenaient comme un murmure mais sans perdre leur ton impératif.

— Il faut faire quelque chose, dit Floa. Sinon il va prendre un outil pour tout casser.

— Je vais essayer de parlementer avec lui, dit Lien.

Il enfila à nouveau sa combinaison isotherme et passa dans le sas. Un instant, il hésita avant d'ouvrir la seconde porte sur l'extérieur puis osa. L'Homme Roux descendit alors sur la glace et Lien l'y rejoignit.

Il faillit rester sur le marchepied pour être à hauteur du personnage tant ce dernier était grand.

Ils se regardèrent pendant quelques secondes puis l'homme le saisit par le bras mais le lâcha aussitôt avec une expression de dégoût. Le contact du tissu isotherme ne paraissait pas lui plaire. Il lui fit signe de le suivre.

Lien passa au milieu des femmes qui le regardaient effrontément. L'une d'elles lui bloqua carrément le passage et commença de lui palper le ventre, doutant qu'il fût réellement un homme. Il pensa avec terreur que si jamais elle trouvait le système d'ouverture prévu à cette hauteur il n'en serait réellement plus un dans cette température de moins soixante degrés.

Elle trouva entre ses doigts sans avoir à le dénuder et dit quelque chose d'incompréhensible qui fit rire tout le monde, et le laissa aller. Jamais il n'avait ressenti une telle humiliation au sujet de son sexe.

Derrière son guide, il suivait la piste entre les deux rails recouverts de glace. Il fallait le perfectionnement du loco-car pour avoir réussi la performance de parcourir plusieurs kilomètres.

Et puis ce fut le pont effondré. Un vieux pont dont le tablier pendait dans un abîme. Il lui parut impossible d'aller plus loin. Sujet au vertige, il redoutait de découvrir une crevasse insondable.

Mais son guide lui cria quelque chose et il fit quelques pas prudents. Comme il regardait aussi loin que possible en face, il aperçut la paroi opposée de la crevasse et découvrit que les Hommes Roux avaient creusé un chemin de descente dans l'abîme. Et son guide l'entraînait sur cette voie étroite excessivement fréquentée.. Il y avait des hommes et des femmes, et pour la première fois il vit aussi des enfants, qui montaient et descendaient. Au retour ils avaient tous les bras ou le dos chargés d'objets les plus ahurissants. Beaucoup d'étoffes mais aussi des sièges, des ustensiles, des livres, beaucoup de livres, des vêtements en ballots. Et surtout de la nourriture.

Pendant une demi-heure il resta collé au dos de son guide sans tourner la tête vers le vide. Il ignorait combien de temps durerait cette descente mais il n'était pas près de jauger le fond de la crevasse. Il comptait sur les sons étouffés par sa cagoule pour lui indiquer le moment où ils approcheraient.

Jamais il n'avait vu autant d'Hommes Roux rassemblés en un seul endroit. Même à Grand Star Station, sur le dôme, ils étaient beaucoup moins nombreux. Cette tribu devait dépasser les cinq cents membres. Les enfants y étaient nombreux, capables de marcher à un âge où les autres restaient encore au berceau. Ils semblaient bien nourris mais leur toison pouvait cacher leur maigreur. Il en vit un qui remontait avec un bloc de lait surgelé qu'il léchait avec gourmandise. Un autre avait les mains pleines de sucre en poudre dans lequel il plongeait régulièrement son visage.

Et puis il sut qu'il pouvait enfin regarder sans être pris de vertige et vit les wagons écrasés, entremêlés dans leurs structures métalliques, entassés sur une hauteur incroyable. Pas exactement les wagons d'un express ou d'un omnibus mais ceux qui constituaient les bâtiments d'une ville sur rails comme l'était par exemple F-Station. Certaines carcasses appartenaient même à des quartiers construits en néo-gothique ou à l'imitation des maisons à colombages de certains pays.

Oubliant la présence de ces médailles au cou des femmes et des enfants, il pensa que la Sûreté avait envoyé dans cette crevasse une partie de la ville de F-Station pour punir les habitants en les privant de leurs maisons. Peut-être parce que les anciens occupants avaient aussi été dirigés sur un camp de concentration.

Mais alors que le chemin de descente passait sur un pont naturel en glace, il vit les cadavres. Les Hommes Roux les avaient entassés en piles régulières dans un resserrement de la crevasse. Des sortes de pyramides parfaites. Les hommes d'un côté, les femmes d'un autre et les enfants encore à part.

Il cessa de marcher, s'appuya contre la paroi. Les êtres roux qui allaient et venaient le bousculaient un peu mais il ne pouvait plus bouger de là, fasciné par cette horreur. Il essayait de compter mais ne faisait que répéter certains chiffres. Son guide, s'apercevant qu'il ne suivait plus, remonta vers lui :

— Venir.

Lien Rag sursauta, comme tiré d'une profonde torpeur :

— Vous parlez comme nous ?

— Venir.

Bientôt il tourna le dos aux pyramides macabres mais se retourna à plusieurs reprises pour les regarder. Ils approchaient d'un premier palier où les wagons étaient le plus nombreux. La crevasse devait encore s'enfoncer en se rétrécissant mais les deux trains l'avaient comblée en partie. Deux trains de plus de trois kilomètres de long à eux deux. Des dizaines de wagons, des milliers de personnes. Les gens les plus inquiétants pour la Compagnie avaient tous terminé leur vie dans cet abîme tandis que le reste de F-Station filait vers la déportation.

— Là, dit l'Homme Roux.

Il paraissait terrorisé et Lien comprit la raison de son effroi.

Couchée sur le flanc, une vieille machine à vapeur gigantesque continuait de fonctionner. Il connaissait bien ce type de loco qui datait de près de deux siècles et dont l'eau était réchauffée par des déchets radioactifs. Il voulut reculer en entraînant l'homme, mais ce dernier secoua la tête :

— Non… Toi venir et arrêter…

Une machine des plus sommaires fabriquée à l'époque de la Grande Panique, quand il fallait faire vite et n'importe comment. Des déchets vieux de trois cents ans étaient enfermés dans un container de plomb et d'acier plus ou moins étanche. Ce foyer réchauffait l'eau d'une chaudière tubulaire et le mouvement était transmis à des pistons de conception ancienne. Plus tard toutes ces machines avaient été mises au rebut, enfermées dans des cavernes profondes pour éviter que leur radioactivité ne se propage. Mais la Sécurité n'avait eu aucun scrupule à les sortir de leurs abris pour les atteler à ces deux convois destinés à basculer dans la crevasse.

— Oui, dit Lien, c'est dangereux, très dangereux… Il faut partir d'ici très vite.

— Toi venir… arrête ça.

Ce qui devait surtout les effrayer, c'était le halètement de la chaudière qui continuait à fonctionner plus ou moins bien malgré l'énorme chute. L'eau se réchauffait, se transformait en vapeur qui s'échappait par des soupapes ou même par l'ancien tiroir. Lien désespérait de lui faire comprendre qu'il ne pouvait en approcher sans risques mortels.

— Vite…

— Non… Il faut remonter… Tout le monde, dit Lien, en faisant un geste circulaire du bras. Ça, c'est mauvais. Ça peut exploser.

Jamais les Hommes Roux de cette tribu n'avaient dû approcher des grandes lignes ferroviaires ni voir de loco-vapeur. Ils vivaient dans ce territoire hostile loin des hommes et de leurs techniques, peut-être ignorant même leur existence. Pourtant celui-là connaissait quelques mots du langage officiel de la Compagnie. Il avait dû se trouver en contact avec des gens civilisés.

Lien, tout en contemplant les restes de la grosse machine, imaginait ce qu'avait dû être la nuit de cette tribu lorsque les deux convois lancés à toute vitesse avaient basculé dans le vide. Néanmoins ils avaient su vaincre leur appréhension pour venir piller les épaves. Une femme s'approchait avec des boîtes de conserve et les montrait à son compagnon qui les flairait avec circonspection.

— Oui, dit Lien, elles sont bonnes.

Il en prit une, l'ouvrit en tirant sur la languette. Elle contenait des boulettes de soja aromatisées à la viande et malgré son horreur de ce plat, il en porta une à ses lèvres. La femme lui arracha la boîte et se pencha en arrière, la vida toute dans sa bouche.

Le géant le saisit soudain aux épaules et le poussa à reculons vers la machine. Puis, voyant que Lien refusait encore, il ramassa une ferraille tordue et l'en menaça. Des gosses voyant cela arrivèrent avec d'autres débris et se mirent à le bombarder.

— Ecoutez... Il y a de la radioactivité très certainement. Même cette vapeur est...

Il dut céder devant les risques d'être assommé par des boulons ou blessé par des débris de verre. Il alla se mettre à l'abri d'un bogie mais les enfants l'en délogèrent vite. Il ne lui restait plus qu'à marcher vers la machine fumante. Non seulement il risquait d'être salement contaminé et de mourir à plus ou moins longue échéance, mais comme la vapeur fusait à l'improviste de n'importe où, il n'eut plus que la crainte d'être ébouillanté.

Un jet fusa brusquement à coté de lui. Il fit un écart affolé, ce qui provoqua le rire des gosses. Il contourna le monstre couché, espérant découvrir une vanne quelconque qui viderait la chaudière. En agissant ainsi il ferait une saloperie, mais provisoirement la machine resterait inerte, même si la charge de déchets radioactifs continuait la terrible dispersion de rayonnement mortel.

Il essaya de se souvenir du plan de ces locos qu'il avait dû examiner très superficiellement à une époque, mais il avait tout oublié. Et puis il se souvint que la chaudière était alimentée par un réservoir autonome. Il suffisait de le trouver et de rompre la canalisation d'arrivée. Comment ? Il l'ignorait mais il devrait y parvenir.

Ce fut plus facile qu'il ne l'avait pensé. Le réservoir de la machine était crevé, béant, mais son système de réchauffement continuait à fonctionner et faisait fondre la glace environnante dont l'eau coulait dans la canalisation d'alimentation. Il n'eut qu'à découpler le système de réchauffement et attendit patiemment à distance.

Bientôt les jets de vapeur commencèrent à s'espacer imperceptiblement. La chaudière commençait à se vider. Et puis tout à coup il pensa qu'elle risquait d'exploser et il préféra affronter les projectiles des gosses que de rester sur place.

CHAPITRE X

Amusée malgré la situation, Floa promena un compteur de radiations sur lui lorsqu'il sortit de la douche.

— Légèrement radioactif, dit-elle, mais ça peut aller. Tu étais vraiment paniqué tout à l'heure.

— Ils sont toujours là, fit-il, agacé par cette ironie.

— Toujours. Je crois qu'ils vont désormais nous utiliser pour les tâches qui les rebutent ou les effraient. Tu as réussi à débrancher cette chaudière et ils doivent penser que tu es un grand sorcier.

— Je t'en prie.

La chaudière n'avait pas explosé et il était remonté à peu près sain et sauf de la crevasse infernale. Mais il ne pouvait oublier les pyramides de cadavres.

— Tous les contestataires de F-Station, certainement, dit-il. Un millier de morts, peut-être plus.

— Je comprends comment la Sécurité résout ses problèmes. Le conseil d'administration sera heureux de l'apprendre.

— Comme s'il ne le savait pas déjà.

— Fais-moi l'honneur de me croire, répliqua-t-elle, vexée. Il faut que je descende et que je fasse des photographies.

— Ils n'accepteront peut-être pas que tu ailles en bas. Et cela risque d'être dangereux.

— Tu as peur qu'ils me violent, fit-elle avec un frémissement dans la voix qui lui déplut. J'ai vu cette femme qui te pelotait outrageusement. J'ai bien cru que tu allais y passer… Mais par cette température il aurait fallu être fou pour parvenir à…

Il se rendit à l'arrière, se confectionna un sandwich qu'il mangea sans appétit en buvant de la bière. Elle finit par le rejoindre et l'embrassa tendrement en signe de paix.

— Je suis très nerveuse, dit-elle. Nous sommes en train de gaspiller du combustible. Si dans quarante-huit heures ils ne nous laissent pas repartir, ce sera le désastre. Ou nous forçons le passage et ce sera risqué, ou bien je lance un appel radio. La Sécurité viendra à notre secours, mais tu imagines mon humiliation et celle de mon père.

— Pour forcer le passage il faut utiliser le laser et risquer d'en tuer plusieurs.

— Tu hésiterais ?

— Je refuse.

— Tu es idiot, dit-elle. Tu préfères crever ?

— On doit pouvoir négocier. Mon guide se nomme Nou et je crois qu'il éprouve quelque sympathie pour moi.

— En te faisant lapider par les gosses ?

— C'est de la vieille histoire, dit-il.

Les Hommes Roux se tenaient à distance du loco-car mais il y avait toujours des yeux dirigés vers eux.

— Ce ne sont que des pilleurs d'épaves, dit-elle

— Ils ont profité de l'aubaine, ils ne l'ont pas provoquée. Si tu appelles la Sécurité par radio, ils viendront, certes, mais nous feront disparaître. Je sais, je sais…

Il leva la main pour l'empêcher de parler à sa place :

— Je sais que Floa Sadon est un personnage important, mais chaque jour il arrive des accidents à des personnages importants et, en définitive, lorsque nous serons morts, toi et moi, nous nous foutrons bien des ennuis que ton père créera à la Sécurité. Non, il faut que nous nous en sortions seuls.

Ce fut vers le soir qu'apparut le curieux personnage habillé d'une combinaison isothermique noire et portant une croix d'argent brodée sur la poitrine et le dos. Floa identifia bientôt le nouveaux venu :

— C'est un père des Missions néo-catholiques.

— Tu connais ces gens-là ?

— Père a accepté que cette secte soit agréée dans la Province 17. Ces gens-là, comme tu dis, commencent à prendre de l'importance.

— Je me demande ce qu'il veut.

— Ils ont décidé d'aller vers les Hommes Roux pour leur apprendre notre langue et les évangéliser. Ces sauvages adorent n'importe quoi. Tu sais que ceux qui travaillent sur les dômes pensent que nous sommes des dieux enfermés dans une bulle de glace ? Et ils sont émerveillés de nous voir bouger sans la moindre gêne.

— A la fin ils doivent être blasés… Je n'ai jamais eu l'impression d'être un objet d'adoration pour les nettoyeurs de glace de G.S.S.

Floa colla son nez à la vitre et parut vexée que le missionnaire ne vienne pas directement vers eux. Il allait d'un groupe à un autre, tapotait des épaules, caressait la tête des enfants. Jamais il ne parut s'intéresser au loco.

— Il finira bien par regarder vers nous, fit la jeune fille, exaspérée.

— Sais-tu comment il est venu jusque-là ?

— Je l'ignore. En traîneau, peut-être. Ils ont l'autorisation d'utiliser ce genre d'engin.

— Ils sont vraiment choyés, fit Lien, qui se méfiait de toute religiosité et superstition.

Elle finit par tourner le dos à ce qui se passait à l'extérieur.

— Allons faire l'amour, proposa-t-elle.

— Mais si ce type vient nous voir ?

— Et alors ? Tu veux l'inviter ?

Elle défit sa combinaison, qu'elle portait à tout hasard depuis qu'il l'avait laissée seule, et apparut entièrement nue. Lien eut un regard pour le religieux avant de la suivre dans la partie arrière du loco-car. Mais soudain il s'immobilisa et pâlit au point qu'elle crut qu'il allait vomir. Elle comprit et secoua la tête :

— Je croyais te faire oublier tes amis et ces pyramides de cadavres. C'est plutôt raté.

Il retourna dans la cabine et elle le rejoignit avec une bouteille de vodka.

— Tiens, bois ça. Sais-tu pourquoi l'alcool s'appelle toujours vodka depuis le début de l'ère glaciaire ? Le premier qui a été remis en vente après la Grande Panique a été de la vodka retrouvée dans un bateau russe coincé dans la banquise en mer du Nord.

Il prit le verre qu'elle lui tendait, le vida d'un coup, le laissa remplir à nouveau.

— Voilà le prêtre, dit-il.

Derrière le Plexiglas de sa cagoule protectrice apparaissait un visage glabre et il fut déçu, s'attendant à un barbu. Le missionnaire traversa le sas et ôta sa cagoule :

— Eh bien, je ne pensais pas trouver qui que ce soit dans cette terre désolée. Que faites-vous donc ici ?

— Nous sommes venus pour les deux trains qui sont tombés dans la crevasse.

— Journalistes, fit-il d'un drôle de ton.

— Non, répondit Lien. Vous avez vu les restes des deux convois ? Les cadavres ?

— Si vous aviez l'équivalent de ce verre vous me feriez plaisir, dit le missionnaire. Oui, j'ai vu ces épaves, ces cadavres, mais j'ignore de quoi il s'agit.

— D'un crime abominable de la Sécurité…

— Au fait, mon nom est Pierre. Père Pierre, si vous voulez bien. Vous parliez de ces malheureux voyageurs… Vous savez, l'accident remonte à une très lointaine période… Vous avez vu le type de la machine…

— Comment pouvez-vous dire ça ? fit Lien, furieux, alors que la machine fumait encore… Je suis descendu il n'y a pas deux heures… J'ai vu la vapeur sortir de la chaudière et un certain Nou m'a forcé à couper l'alimentation en eau.

— Ah ! ce brave Nou, le chef de la tribu. Un garçon extraordinaire.

— Vous entendez ce que je dis ? hurla Lien. Il y avait encore de la vapeur et ces gens ne sont morts que depuis quelques jours. Exactement…

Le père Pierre regarda Floa et lui sourit :

— Je comprends la commotion de votre ami.. Mari, peut-être ?

— Non, vous avez dit juste, simplement ami.

Comment pouvait-elle garder ce ton froid, ne pas s'indigner elle aussi ?

— Je suis descendu plusieurs fois au fond de cette crevasse pour prier pour ces pauvres gens.

— Et les plaquettes, dit Lien entre ses dents, les plaquettes avec les lettres F-S… Vous n'avez pas entendu parler d'une ville condamnée à l'exil pour rébellion contre la Compagnie ? Ces deux convois venaient de cette ville. Ce n'étaient pas deux trains ordinaires mais ils appartenaient à une ville sur rails. Les wagons avaient plusieurs étages… Ils ne peuvent pas emprunter des tunnels et c'est pourquoi on fait faire de tels détours à cette ville proscrite…

— Voyons, dit le père, je vous assure que vous vous trompez. J'ignore ce que signifient ces plaquettes, mais cet horrible accident date de deux siècles au moins… Le froid seul peut vous induire en erreur… Ces cadavres sont parfaitement conservés et…

Lien regarda Floa qui réchauffait un verre d'alcool dans sa main, l'air complètement indifférent à cette discussion. Trop indifférent. Etait-ce sa façon de lui faire comprendre qu'il devait se méfier du père, ne pas insister ?

— Vous avez pu voir que la machine est d'un type ancien ? Elle fonctionne depuis deux cents ans à cause du réacteur atomique… En fait, un simple container blindé qui sert de foyer et pourvu d'un réseau primaire de refroidissement en vase clos. Ce réseau alimente la chaudière et produit la vapeur. C'est simple, fruste et très dangereux. Mais on ne se souciait plus de la radioactivité. Le froid était venu et on cherchait désespérément tous les combustibles. A cette époque il y avait des prospecteurs qui gagnaient des fortunes en retrouvant les anciens silos de déchets radioactifs, les mines de sel bourrées de ces produits dangereux. Il y a eu des accidents effroyables, des villes entières décimées par cette course aux combustibles. Mais il y avait aussi des gens qui mouraient de froid. On préférait mourir au chaud.

Lien ne parvenait pas à recouvrer son calme. Le père mentait avec une audace inouïe et le glaciologue comprenait que ce n'était pas un mensonge impudent mais calculé. Toute cette histoire pouvait effectivement passer pour une vieille histoire.

— Le réacteur continue à produire de la chaleur et il provoque de la vapeur d'eau…

Nou, l'Homme Roux, l'avait forcé à débrancher l'alimentation en eau. Etait-ce calculé dans l'esprit de l'homme primitif ? Ou bien le père Pierre y était-il pour quelque chose ?

— Ce fut un accident horrible, mais on doit en retrouver trace dans les archives, continuait le religieux. Le pont a dû craquer sous le poids du premier train. Il y eut à cette époque une sorte de ruée vers le sud. On affirmait que, vers l'équateur, le soleil était visible sous forme d'une tache d'un rose léger dans le ciel gris. On disait qu'il n'y faisait que zéro degré et que parfois la température montait très légèrement et qu'il n'y avait pas de glaces. En fait, ce n'était qu'une légende. Comme toutes les autres.

Le commandant Vicra l'avait traité de fou et le

religieux pensait que la vue des cadavres l'avait traumatisé.

— Ecoutez, fit-il avec conviction. J'étais dans cette région il y a huit jours. Je suis glaciologue, je dirigeais une équipe de spécialistes et nous disposions d'instruments perfectionnés. Des sismographes très précis. Une nuit nous avons enregistré le passage de deux trains sur cette voie. Je sais qu'elle est vétuste et classée en catégorie double X. Mais je me suis rendu compte qu'en fait elle était encore très solide, qu'elle pouvait supporter de grosses charges. Ces deux trains mesuraient l'un un kilomètre, l'autre plus de deux.

Le père Pierre regarda Floa. Un simple clin d'œil mais que Lien surprit.

— Non, je ne suis pas fou.

— Bien sûr, murmura le père Pierre. Votre histoire est troublante. Mais vos appareils…

— J'ai montré les graphiques à un commandant de la Sécurité mais ils ont disparu.

Comme ses explications paraissaient vaines, soudain. Il ne pouvait rien prouver. Même les cadavres empilés ne prouvaient rien. Et si vraiment il devenait trop gênant, on ferait sauter le haut de la crevasse et des milliers de tonnes de glace enfouiraient définitivement les victimes de la Sécurité.

— Je comprends, fit le prêtre sur un ton qu'il devait employer avec les enfants ou les Hommes Roux. Je comprends parfaitement.

Lien lui tourna le dos et alla coller son front à une vitre de la cabine. Il y avait là une femme qui allaitait un tout petit bébé. Un nourrisson déjà très vigoureux. La femme leva les yeux et le regarda. Il lui sourit mais elle resta inerte.

— Vous venez les évangéliser ? demanda-t-il.

— Non, répondit le missionnaire. Non… Le concile de la Nouvelle Rome doit se prononcer sur l'existence ou non de leurs âmes. Nous ignorons qui ils sont, d'où ils viennent. Si par hasard ils sont d'origine animale, ce serait un sacrilège que de vouloir les instruire dans la religion et de leur donner les saints sacrements. Mais cela n'empêche pas qu'on vienne à eux, qu'on essaie de les aider, de soulager leurs souffrances.

— Ils ignorent la pire de toutes, fit Lien en haussant les épaules. Ils ne souffrent pas du froid.

Assise sur un bloc de glace, la femme le regardait toujours en donnant le sein à son enfant. Elle était nue. Seule la pointe longue et dure de son sein droit émergeait de sa fourrure clairsemée. Une tache d'un rose beige. Plus bas, le sexe s'épaississait de poils plus sombres.

— Ce sont quand même des êtres perdus, murmura le père. Il fut surpris car il ne l'avait pas entendu se rapprocher de lui.

— Je les trouve très beaux.

— Ce ne sont que des animaux, dit le père d'une voix étrange. Ils troublent les sens par leur apparence humaine. Ils peuvent inciter au péché de la chair mais c'est comme vouloir forniquer avec une chèvre ou une femelle de renne.

Brusquement il vint à l'esprit de Lien que le père avait du être souvent tenté au cours de son apostolat et un sourire moqueur naquit sur ses lèvres.

— Moi aussi, je les trouve beaux, dit Floa en les rejoignant. Je comprends que certains hommes ou certaines femmes cherchent à s'unir à eux.

— Ne parlez pas ainsi devant moi, dit le religieux qui transpirait.

C'était peut-être sa combinaison isotherme qui lui donnait si chaud dans un endroit aussi tempéré. Pourtant il avait largement ouvert le vêtement.

— Ils ne veulent pas nous laisser repartir, dit Floa sans transition. Ils ont coupé le chemin de retour avec des blocs de glace. Nous pourrions nous servir du laser mais nous y répugnons. Pouvez-vous intervenir pour nous ?

Le père Pierre ne répondit pas tout de suite. Il regardait toujours la femme qui allaitait.

— Des enfants sont nés de ces unions… Oh ! pas dans notre civilisation sur rails — les fautives ont eu tôt fait de se faire avorter — mais dans les déserts de glace il y a des enfants métis, bâtards, qui souffrent de leur condition. Le père inconnu ne leur a apporté qu'une certaine forme d'intelligence, là où la résistance au froid est nécessaire. Comme ils claquent des dents et frissonnent, ils deviennent la risée des tribus et sont voués à s'exiler.

Il sortit soudain de sa rêverie douloureuse :

— J'ignore pourquoi Nou vous retient ici. Il n'a pas daigné m'en informer et j'ai pour règle de ne pas intervenir dans leurs affaires.

— Vous voulez dire que vous ne ferez rien ? lança Lien, irrité.

— Je n'ai rien dit de tel mais je dois agir avec prudence. Prenez patience.

— Bientôt nous n'aurons plus de combustible, dit Floa, agacée.

— De toute façon je vais rester dans le coin. Je ne vous laisserai pas tomber.

Ils le virent longer la voie, se diriger vers la crevasse.

— Il sait très bien que ces deux trains sont tombés récemment, dit Lien, furieux.

— Oui, il le sait très bien, dit Floa, mais les Néo-Catholiques possèdent un important lot d'actions de la Compagnie...

CHAPITRE XI

Ce fut une nuit exténuante. L'un et l'autre ne parvenaient pas à dormir. Ils n'avaient pas quitté leurs combinaisons isothermes mais ne pouvaient réduire la température du véhicule à cause de certains instruments trop sensibles aux variations. Ils étouffaient. De temps en temps, l'un d'eux allait jeter un coup d'œil à l'extérieur, mais ne voyait rien.

— Ce religieux nous a laissés tomber, dit Lien. Il ne prendra aucun risque pour nous.

— A moins qu'il ne soit en train de s'envoyer une femme rousse, suggéra Floa. Tu as vu son regard libidineux ? Et cette façon de parler avec angoisse des petits bâtards nés de ces unions avait quelque chose de coupable.

De temps en temps, ils buvaient un peu de vodka en cachette l'un de l'autre, mais l'odeur sucrée de l'alcool se répandait alors dans l'habitacle.

— Et s'ils refusaient de nous laisser repartir ? dit

Floa alors qu'elle grignotait un biscuit. Je pourrais entrer en communication avec mon père, lui expliquer tranquillement la situation. Mais la Sécurité intercepterait notre conversation. Il n'a pas le droit de recevoir directement des messages codés.

Ce fut l'aube. Les Hommes Roux avaient disparu ! Juste quelques traces, des déchets et des ordures. Floa, folle de joie, courait d'une vitre à l'autre.

— Je crois que cette fois ils ont filé... Nous allons liquéfier ces congères au laser et filer nous aussi.

— Et tes photos ?

— Quelles photos ?

— Dans la crevasse. Les cadavres...

— J'y renonce, fit-elle avec véhémence. Tu n'as pas compris le message du religieux ? Il nous a mis en garde. Nous devons oublier cette histoire, même moi, surtout moi, dans l'intérêt de la Compagnie.

— Dans l'intérêt de la Compagnie, répéta Lien. Pour cet intérêt, on doit liquider mille ou deux mille personnes, tuer mes camarades...

Soudain il saisit l'appareil électronique de la fille et se dirigea vers le sas.

— Lien !

Il referma la porte première, la coinça le temps de s'équiper hâtivement, tandis qu'elle tambourinait fiévreusement.

— Reviens, criait-elle faiblement.

Il se retrouva au sol, marcha vers la crevasse. Elle apparut en haut du marchepied et hurla :

— Je ne t'attends pas, je pars.

Puis elle rentra à cause du froid, mais bientôt elle le relança avec le haut-parleur du véhicule. Elle klaxonna violemment puis sa voix coléreuse envahit le silence glacé et dut porter à des kilomètres.

— Ecoute-moi bien, Lien. Si tu ne reviens pas, je m'en vais et je te laisse dans le coin. Tu te démerderas. J'en ai marre, moi, de ces histoires !

Elle continua à l'interpeller, tantôt menaçante, tantôt suppliante. Il atteignait le bord de la faille immense, cherchait le chemin qui descendait, entaillé dans les parois, en forme de vrille irrégulière, mais il n'en voyait plus l'amorce. Il finit par s'allonger au bord du vide et, luttant contre le vertige, regarda en dessous de lui. Le chemin existait toujours mais à dix mètres au-dessous. Les Hommes Roux l'avaient effacé plus haut avec leurs outils. Il aurait dû travailler toute une journée pour le reconstituer. Il pensa que le loco-car disposait d'un treuil. En s'approchant, Floa pouvait le laisser descendre jusqu'au chemin interrompu d'où il rejoindrait le fond. Oui, il était capable de dominer son vertige pour pouvoir faire ces photographies accusatrices.

Il remonta la voie vers l'endroit où se trouvait le loco-car, mais le vent qui commençait de souffler l'obligea à baisser la tête et c'est ainsi qu'il dépassa l'endroit où le véhicule aurait dû l'attendre. Floa était partie. A coups de laser furieux elle avait éparpillé les blocs de glace, les repoussant ensuite avec le bouclier en forme de soc qui servait de chasse-neige.

Dans le fond, il n'était pas surpris. Elle avait fini par comprendre où était son intérêt. Il ne fallait pas que la Compagnie soit accusée de ce génocide. Elle ne pouvait entrer en conflit avec les siens. Elle aimait sa vie luxueuse, ses privilèges, n'était pas prête à y renoncer. En l'abandonnant, elle rompait avec le remords, une forme d'amour qu'elle devait mépriser, dans le fond. Elle n'aimait que les étreintes sexuelles et variées. Ce néo-romantisme insolent qui les rapprochait l'un de l'autre devait lui paraître encombrant.

Il continua de marcher au milieu des rails jusqu'à ce qu'il sorte enfin de l'étroit canyon long de plus d'un kilomètre. Le loco-car s'y trouvait, juste après une courbe de la voie assez accentuée. Elle avait dû oublier d'arrêter la sortie dc la vapeur et celle-ci fusait avec un petit bruit rassurant en direction de la glace des bordures. Et soudain il fut heureux. Lui aussi avait envie de vivre sans souci, de profiter des meilleures choses de l'existence. Mais il ne le lui avouerait jamais.

— Donne, dit-elle.

Elle tendit la main vers l'appareil de photographie. Il refusa de le lui donner.

— Ne fais pas l'imbécile, dit-elle.

— Que veux-tu en faire ? Accuser la Sécurité ?

— Donne.

— Non. Tu as réfléchi grâce aux paroles du père Pierre. Tu sais désormais où est ton intérêt. Le besoin de protéger la Compagnie devient un autre patriotisme et les impératifs de la Companie, de nouvelles raisons d'Etat.

— Ne discute pas. Donne-moi cet appareil.

Elle prit sa carabine et pointa le canon vers lui.

— Tu tirerais ?

— Oui.

— Tiens, dans ce cas.

Il lui lança l'appareil. Elle sursauta lorsqu'il éclata d'un rire fou, appuya sur un bouton et découvrit l'écran vide de l'appareil de photographie.

— Tu n'as pris aucun cliché ?

— Aucun, le chemin est interrompu.

Elle eut un sourire narquois, lui jeta sa carabine.

— Bon échange de procédés. Il n'y avait pas de chargeur dans cette arme. Nous sommes quittes.

— Tu t'en vas le cœur léger ?

— Non, mais je veux vivre heureuse. Eux, derrière nous, tes camarades, sont morts. Nous sommes vivants. Bien vivants dans un monde glacé. Pour survivre, il faut s'endurcir. Mais ne crois pas que je vais oublier ton récit. Un jour nous aurons notre revanche. Nous découvririons qui a donné l'ordre d'envoyer ces trams vers la crevasse, qui a provoqué la mort de milliers de personnes. Tu sais, je pense que les locomotives étaient téléguidées.

Lien eut alors une révélation :

— L'écran électromagnétique, la cage de Faraday. Ils ont envoyé du courant dans les vieux rails pour une nuit. Pour que le servomoteur des commandes des vieilles machines soit alimenté... Oui, voilà pourquoi la radio ne marchait pas. Un courant de haute fréquence.

Lentement le loco-car roulait vers le bout de cette ligne oubliée. Ils passèrent à la hauteur du convoi des glaciologues.

— Un linceul de glace, fit Lien avec un humour sombre, pour des glaciologues. N'est-ce pas l'idéal ?

Ils roulaient depuis des heures lorsqu'il lui demanda où ils allaient. Elle répondit qu'elle devait passer à River Station. En cours de route elle avait dû s'arrêter pour prendre du combustible et avait téléphoné à son père.

— Je préférerais aller au club, dit-il.

— Nous pourrons nous y rendre ensuite.

— Que te veut ton père ?

Elle parut gênée et il comprit :

— Il n'aime pas te savoir en ma compagnie ? Il pense que ton caprice dure un peu trop, cette fois ?

— Pas tout à fait, mais il désire te voir. Tu sais, il est toujours inquiet à mon sujet. Ces actions que j'ai héritées de mon grand-père maternel lui donnent du souci. Il pense, et il a raison, que je suis exposée à toutes sortes de dangers.

— Y compris celui des coureurs de dot ?

— Ne t'inquiète pas, il est capable de tout admettre.

— Même une mésalliance ? fit Lien, un peu sèchement.

Elle voulut l'embrasser mais il s'éloigna d'elle :

— Je n'ai pas envie de t'épouser. J'espère reprendre du travail dès que possible. Je pense qu'on pourra me confier une autre mission.

— Ne commence pas à parler ainsi. Je suis libre de mes décisions. Moi, je veux que tu vives avec moi, c'est tout.

— Je ne suis peut-être pas fait pour cette vie de confort et d'oisiveté.

— C'est pourquoi tu désires te rendre au club ?

Ce besoin d'oublier tout, de vivre luxueusement quelques heures, voire deux jours ou trois, était-ce déjà se compromettre avec une existence factice ? Elle croyait qu'il accepterait cette vie dorée, mais elle ne soupçonnait pas sa force intérieure.

— Tu es coincé, hein ? remarqua-t-elle en riant.

— D'accord, reconnut-il.

Ce fut River Station et la voie prioritaire vers le

palais du gouverneur. Il y avait sur les lignes des employés qui regardaient passer le loco-car et Lien croyait comprendre leurs sentiments. Au-dessus d'eux des Hommes Roux nettoyaient la glace qui ne cessait de s'entasser sur le dôme. Il pouvait voir leurs silhouettes indécises en plusieurs endroits de la verrière. Il pensait à Nou et à sa tribu qui erraient quelque part dans l'immensité des glaces. Il se demanda si, chez l'ennemi, il existait des Hommes Roux, posa la question à Floa qui, préoccupée par la manœuvre d'arrivée, lui répondit distraitement qu'elle ne savait pas, qu'elle ne s'était jamais posé la question.

Et si, les hommes libres, c'étaient ces nomades nus qui peut-être franchissaient clandestinement le front pour pénétrer chez l'ennemi et vice versa ?

— Ton père doit avoir une immense bibliothèque.

— Oui, elle est assez extraordinaire.

Il s'en réjouit. Il pourrait consulter tous les ouvrages écrits sur ces hommes du froid, apprendre peut-être enfin d'où ils venaient.

— Terminus, dit-elle gaiement. Nous allons voir ce cher papa. Il a dû s'inquiéter terriblement.

CHAPITRE XII

— Tu n'es pas encore habillé pour cette soirée ?

Floa venait de surgir dans la bibliothèque du palais où Lien était en train de lire. Il sursauta, comme pris en faute, et leva des yeux éblouis car la jeune femme venait d'allumer le lustre central alors que jusque-là il se contentait d'une petite lampe posée sur sa table.

— Excuse-moi, dit-il. J'étais passionné par cet ouvrage.

Elle le lui arracha presque des mains, lut le titre et haussa les épaules.

— *Deux ans avec les Hommes du Froid*, de Greog Lukas. Mais ça date de quand, cette idiotie ?

— Cinquante-trois ans exactement. Ne me perds pas la page. Lukas a fait des constatations extraordinaires sur les Hommes Roux, et je m'étonne que jamais personne n'ait songé à utiliser ses découvertes. Ce livre est complètement oublié.

Elle le prit par la main, l'entraîna jusqu'à l'ascenseur qui conduisait à leur appartement. Il disposait de deux chambres, d'un salon et d'une salle de bains immense avec une piscine comme baignoire. Le gouverneur exigeait qu'ils fassent lit à part en attendant leur mariage, prévu pour dans trois mois.

— Par exemple, il a étudié le métabolisme basal de ces gens-là. Il est évidemment différent du nôtre puisqu'ils peuvent lutter contre des froids intenses. Le nôtre s'est déjà modifié au cours des deux siècles et demi de l'ère glaciaire…

Floa hochait la tête comme si elle était très attentive, mais lui ôtait sa veste d'intérieur, dénouait son pantalon de pyjama.

— Nous avons pris l'habitude de vivre dans des températures sans à-coups et souvent inférieures à quinze degrés. Dans les villes sous dôme, il ne fait jamais très chaud… Dix degrés, souvent moins. Il n'y a que dans ce palais qu'on est surchauffé et au club que l'on retrouve un climat torride…

Il sourit parce que Floa lui caressait le bas-ventre tout en l'aidant à se changer. Il adorait cette espièglerie sensuelle qu'elle mettait dans tous ses gestes.

— Hé ! dit-il, c'est pour quelle heure la réception ?

— Nous n'avons pas le temps, dit-elle en donnant une tape légère sur son sexe qui se relevait sous les attouchements légers.

— Je vais être excité toute la soirée et me jeter sur la première femme venue.

— Choisis la générale Harriss. Elle te dévore des yeux quand tu es quelque part.

— Elle est énorme et prétentieuse… Mais pour en revenir à Greog Lukas, c'est un type exceptionnel…

— Qui est-ce ?

— Mais celui qui a vécu chez les Hommes Roux, fit-il, désespéré.

Agacé, il l'écarta pour enfiler cet habit un peu ridicule, à la mode depuis quelque temps. Des culottes bouffantes sur des bottes souples et une tunique brodée en rouge et vert. Sur la tête, une toque en fourrure de loup. Floa portait une tunique semblable qui s'arrêtait aux genoux mais était fendue jusqu'à la taille sur le côté droit. Et pour ne pas rompre la ligne suave de sa jambe, elle ne portait pas de slip.

— C'est indécent, dit-il, mais coquin… J'y pense, ça me rappelle la tenue de fête des anciens Lapons. Tu as déjà entendu parler des Lapons ? Ils sont complètement assimilés depuis des siècles, se sont mariés avec des non-Lapons…

— Où veux-tu en venir avec tes Lapons ?

— Si les Hommes Roux descendaient d'eux ? Mais je n'y crois guère.

Ce fut dans le loco-car conduit par un chauffeur du palais qu'elle se fâcha, lui reprochant de ne plus penser qu'à ces Hommes Roux et de passer ses journées dans la bibliothèque du palais.

— Il y a un mois que nous sommes à River Station et nous ne sortons presque jamais.

— Nous sommes allés régulièrement au club.

— Il y a quand même d'autres endroits… Moi, j'aime bien les cabarets et il en passe régulièrement dans cette ville. Certains sont excellents. Tu n'as pas voulu m'accompagner pour voir ces travestis, la dernière fois.

— J'ai horreur de ce genre de spectacle.

— Tu fais de la ségrégation sexuelle, dit-elle, véhémente. Je ne croyais pas que mon fiancé deviendrait un rat de bibliothèque.

— Pardonne-moi, dit-il, soudain sincère, je ne voudrais pas te gâcher la vie.

Son futur beau-père lui avait fait obtenir un congé avec solde de six mois comme conseiller scientifique. Il devrait fournir un mémoire sur la glaciologie qui serait présenté à l'Académie des Sciences de la Compagnie. En fait il ne songeait qu'aux Hommes Roux, avait déjà découvert une demi-douzaine d'ouvrages sur ces êtres primitifs, mais sans élucider leurs origines.

Floa l'attira vers elle et ils s'embrassèrent avec passion. La main de Lien glissa sous la tunique brodée et vint folâtrer dans la blonde toison de sa femme qui commença de haleter. Il se contentait de caresses diffuses lorsqu'elle lui dit en mordillant son oreille :

— Fais-moi jouir, ce sera un acompte sur cette nuit. On risque de rentrer tard et fatigués.

Il plongea ses doigts dans le creux fiévreux de sa compagne mais bientôt se détacha de son acte pour s'évader dans les grandes steppes glacées où erraient les tribus des Hommes Roux. Le plaisir de Floa le surprit en pleine rêverie.

— Pour te punir de ton indifférence de ces derniers jours, je ne te rendrai pas la pareille, dit-elle. Tu devras attendre ce soir.

— Cruelle, va, dit-il.

Floa s'arrangeait toujours pour arriver en pleine réception et créer l'événement. Elle était certainement la plus belle de l'assemblée et lorsqu'elle se laissa débarrasser de son manteau de loutre par un valet, sa nouvelle robe coupa le souffle à tout le monde.

Plus tard Lien se retrouva seul au buffet en train de boire un mélange de vodka et de jus d'orange. Ce fruit était cultivé sous dôme depuis quelque temps et valait une fortune. Il n'apparaissait jamais dans les magasins ordinaires, mais les nantis et les pontes de la Compagnie disposaient de boutiques secrètes où l'on trouvait tout ce que l'on voulait, même des aliments que Lien avait crus disparus de la surface du globe depuis deux cent cinquante ans.

— Vous êtes bien le glaciologue Lien Rag ? lui demanda un petit homme à lunettes vêtu d'une époustouflante veste brodée, trop grande pour lui... Je me souviens que nous nous sommes rencontrés dans un colloque sur l'évolution de l'ère glaciaire, il y a trois ans. C'était à Scientific Station. Mon nom est Harl Mern.

— Je me souviens parfaitement de vous, dit Lien, soudain émoustillé. Vous aviez fait une conférence sur la faune nouvelle... Notamment sur la prolifération des loups et des carnassiers à fourrure. Mais vous deviez aussi parler des Hommes Roux... Malheureusement le colloque a été abrégé, je crois.

— C'est exact, dit Harl Mern en regardant autour de lui avec suspicion. Le prétexte était qu'un commando ennemi s'était infiltré dans la ville et que les circonstances exigeaient leur capture, mais en fait j'ai su qu'il n'en était rien... On voulait simplement m'empêcher de parler des Hommes Roux.

Lien se demanda si ce hasard était vraiment fortuit et éprouva une inquiétude réelle. On devait savoir qu'il se passionnait pour les Hommes Roux. Ne lui envoyait-on pas Harl Mern pour le faire parler, pour tester ses connaissances sur le sujet et en tirer des conclusions dangereuses pour lui ?

— Mais je préfère m'en abstenir ici, dit le zoologue.

Manœuvre pour lui inspirer confiance ou sincérité ? Lien resta sur ses gardes.

— Savez-vous ce que je suis devenu depuis ? Gardien de zoo... Enfin directeur, si vous voulez, d'un zoo itinérant qui circule de ville en ville et sur le front. Je prépare sa venue à River Station et c'est pourquoi je suis ici ce soir, invité par hasard parce que la générale Harriss s'intéresse aux animaux.

— Vous ne faites plus d'études sur la faune de la nouvelle ère glaciaire ?

— Il me faudrait du temps et des crédits. Non, c'est terminé, comme l'étude que j'avais entreprise des Hommes Roux... On trouve que le sujet n'est pas du domaine de la zoologie... Pardi ! je le savais bien, mais comme je me suis toujours passionné pour eux, il fallait bien trouver un biais... L'anthropologie est devenue une science suspecte depuis une centaine d'années et rares sont les étudiants qui peuvent opter pour cette branche. On m'a refusé de poursuivre ce genre d'études mais, grâce aux animaux, j'ai quand même pu accéder à de nombreux ouvrages et thèses.

Il sortit des espèces de cigares rouges que l'on appelait des *bouts* et qui étaient légèrement euphorisants. Lien refusa d'en prendre et il remarqua que les mains du savant tremblaient légèrement lorsqu'il saisit un chandelier pour allumer son *bout*.

— Vous ne vous intéressez pas aux Hommes Roux ? demanda-t-il à voix basse.

— Oh ! parfois je me pose des questions, dit Lien, très réservé...

— En avez-vous vu de très près ? Rares sont les personnes qui en ont eu l'occasion... Pourtant ils sont en permanence au-dessus de nos têtes en train de nettoyer les dômes, mais ceux-là ne sont pas tellement dignes d'intérêt... En vivant à proximité de nous ils se déforment rapidement, perdent leur spontanéité et leur identité... Il faudrait vivre avec les tribus nomades.

— Comme Greog Lukas, laissa échapper Lien qui le regretta aussitôt.

Si ce type était un agent de la Compagnie, il devinerait que son interlocuteur lui avait menti en prétendant ne pas s'intéresser totalement aux Hommes du Froid.

Harl Mern lui saisit le bras dans sa petite main nerveuse et serra avec force :

— Lukas... Vous connaissez Lukas ?

— J'ai lu son ouvrage...

— *Deux ans avec les Hommes du Froid*... Un ouvrage introuvable... Je n'ai disposé que de quelques extraits photocopiés il y a vingt ans et dans un état déplorable.

— L'ouvrage est à la bibliothèque du palais.

Le zoologue fit une sorte de petit bond effrayé :

— Vous pouvez accéder à la bibliothèque du palais du gouverneur ?

— Il se trouve que je suis sentimentalement lié avec sa fille, dit Lien avec quelque gêne.

— Je suis très heureux pour vous, dit le petit homme, très heureux... Mais excusez-moi, il faut que j'aille dire bonjour à un ami et...

Lien fut surpris par son brusque départ. Il se hissa sur la pointe des pieds et l'aperçut qui se dirigeait vers la sortie.

— Excusez-moi.

Bousculant les invités et se faisant traiter de rustre, il réussit à rejoindre Mern alors qu'il recevait d'un valet méprisant un vieux manteau en fourrure de chien.

— Attendez... Nous n'avons fait que commencer à discuter.

— Il faut que je parte... Je vous assure...

— Je vais vous raccompagner...

Il demanda son manteau et rattrapa le zoologue sur le perron. Ils marchèrent en silence sur les quais déserts de cette partie de la ville, traversèrent un alignement de casernes sur rails avant de pénétrer dans un quartier populaire constitué de petites unités d'habitation sur rails elles aussi. Certaines familles ne disposaient que de deux mètres carrés par personne parmi les prolétaires les plus défavorisés, et de conditions de confort très difficiles. Il y avait des sanitaires collectifs et un chauffage déficient.

— Ecoutez, Harl, ce n'est pas parce que je suis fiancé à la fille du gouverneur que je suis devenu différent. Il m'est arrivé ces derniers temps de terribles aventures et je suis forcé de vivre sous la protection de mon futur beau-père, ce qui ne m'empêche pas d'être très amoureux de sa fille.

Brièvement il fit le récit des jours qu'il avait vécus et Mern l'écouta avec attention.

— Pour l'instant j'ai renoncé à lancer une accusation contre la Sécurité au sujet de cette ville dont une partie a été précipitée dans une crevasse, mais je ne me résignerai jamais à faire le silence total… J'attaque donc par un biais et j'ai l'impression que les Hommes Roux représentent un secret encombrant pour la Compagnie… Je ne cesse de lire des ouvrages sur eux. Avant le Lukas, j'ai lu l'étude génétique de Tiaras… C'est assez dur pour moi, qui ne connais rien à la biologie, mais enfin certaines idées m'ont troublé…

Harl Mern s'arrêta pour allumer un autre *bout* et en fait il en profita pour regarder avec attention derrière eux :

— Vous comprenez que je sois très méfiant… Pouvez-vous encore me citer un autre ouvrage de référence pour que je vous croie ?

— Libizcn ; *Superstitions et croyances.* Il y a un chapitre consacré à l'ensemble des religions de ces êtres primitifs. Dacan, qui consacre aussi un chapitre à la croissance rapide des enfants roux. Comme des animaux, ils sont capables de marcher et de courir au bout de quelques jours, paraît-il.

— C'est suffisant, dit Mern, soulagé, je vois que vous vous intéressez vraiment à eux. En fait l'exposé que je devais faire à Scientific Station était basé sur tous ces écrits.

— Vous aviez étudié le métabolisme basal de ces gens-là, disait-on dans les couloirs du colloque... A leur glande thyroïde et à l'absence d'une enzyme ?

— C'est exact... Mais ne restons pas ici... Ce quartier ne me plaît guère.

— Où logez-vous ?

— Au Terminus, tout simplement, aux frais de la Compagnie. Oh ! je ne suis pas trop mal loti, en fait. J'ai une paie convenable, mais ce sont ces voyages sans fin qui m'épuisent car je ne peux me consacrer à un travail sérieux. Pour en revenir à Libizcn, je crois que c'est surtout chez lui que l'on peut découvrir l'origine des Hommes Roux...

— Son chapitre m'a paru assez court, fit Lien avec une moue peu convaincue.

Mern s'arrêta pour rallumer son cigare rouge. Il paraissait respirer difficilement. Peut-être abusait-il de ces *bouts*. On disait qu'il ne fallait pas en fumer plus de cinq par jour, et pour les acheter il fallait une autorisation spéciale. L'usage des drogues n'était pas interdit, mais la Compagnie désirait savoir qui les utilisait et dans quelles proportions. Si Mern continuait ainsi, il perdrait un jour son poste de directeur de zoo pour se retrouver gratte-papier dans une administration quelconque.

— Oui, bien sûr, mais il y avait les notes de Libizcn qui ont paru après sa mort mais qui demeurent introuvables. On m'a dit qu'il y donne des détails inédits sur les religions des Hommes Roux. Et qu'un être fabuleux y revient sans arrêt. Un être qu'ils appellent le Loup Rouge.

— Oui, bien sûr, fit Lien, un peu déçu… N'est-ce pas un peu normal, pour des êtres primitifs qui côtoient sans arrêt des loups dangereux, que de déifier ceux-ci sous la forme d'un animal mythique ?

— Non, ce n'est pas ce que Libizcn veut signifier, mais hélas je n'ai pu avoir la totalité de ses notes. Juste des fragments et il paraîtrait que l'explication de ce savant est stupéfiante… Malheureusement…

Il poussa soudain un soupir d'effroi. Une patrouille de la Sécurité approchait. Trois hommes silencieux qui n'eurent même pas un regard pour les deux noctambules qui devisaient en marchant lentement.

— Il faudrait donc essayer de retrouver ces notes perdues ? demanda Lien.

— Voilà. Je vais, si vous le voulez, tâcher de regrouper mes idées. Dans mes bagages j'ai des références… Je reste ici jusqu'à demain soir… Mais je ne veux pas vous rencontrer au palais du gouverneur.

— Je peux venir à votre hôtel, dit Lien. Demain matin ?

— Nous pourrions déjeuner ensemble, proposa timidement le petit homme… Je suis toujours seul à table sinon… Vers midi ?

— C'est entendu, dit Lien, qui se demanda comment il ferait pour expliquer à Floa qu'il devait sortir.

Puis il pensa qu'après la soirée chez la générale elle se lèverait trop tard pour assister à son départ.

— C'est entendu, dit-il. Mais je vous accompagne jusqu'au Terminus.

— Pour en revenir à la glande thyroïde de ces

gens-là, elle a subi des transformations totales… Et sans que l'on puisse vraiment dire que ce sont des crétins ou des idiots congénitaux. Mais il est possible qu'ils ne jouissent pas de toutes leurs facultés mentales, nerveuses et biologiques.

— Vous avez pu en examiner ?

— Figurez-vous que j'ai pu en autopsier un qui avait été retrouvé mort — en partie dévoré par les loups — par mon équipe. J'ai pu faire quelques prélèvements mais il y avait dans notre groupe un agent de la Sécurité qui a donné l'alerte. Deux jours plus tard on venait me décharger, ce fut le terme utilisé, des restes macabres. A cette époque on accusait les Hommes Roux d'être des porteurs de germes infectieux, et surtout du virus de la rage. Celui-ci avait été mordu par des loups, donc son corps était suspect. Je ne me doutais pas à cette époque qu'il y avait un interdit aussi absolu concernant ces primitifs. Je dis « absolu » mais pas net, car aucune loi n'interdit de s'intéresser à eux. Seulement, aucune recherche, aucune expédition, aucune étude sérieuse n'est encouragée. Et la disparition de l'anthropologie vient certainement de cet interdit.

Ils venaient d'arriver devant l'hôtel Terminus, un vaste ensemble assez vieillot entreposé sur un quai ancien et branlant. Certainement pas un palace. Lien pensa qu'un savant comme Harl Mern méritait mieux et en fut brusquement empli d'une colère froide.

— Mais où étais-tu passé ? demanda Floa lorsqu'il réapparut dans les salons de la générale.

— Je suis sorti un instant, dit-il sans préciser pourquoi.

— Fais-moi danser.

A sa façon de pousser son ventre contre le sien, il devina que tous ces hommes libidineux qui l'avaient serrée contre eux avaient fini par l'exciter au plus haut point.

— Dire qu'il faut rester encore au moins deux heures, soupira-t-elle. J'ai envie de me retrouver seule avec toi.

Elle chuchota à son oreille ce qu'elle désirait qu'il lui fît et ce qu'elle lui ferait en échange. Ces promesses érotiques le troublèrent mais il n'oubliait pas le petit homme avec qui il devait déjeuner le lendemain. Mieux valait que Floa dorme tard le lendemain matin.

— Tu as raison, dit-il, nous devons patienter.

— Je ne sais pas si je pourrai tenir... Tu es sûr que tu n'as aucun prétexte valable, toi qui as tant d'imagination ?

— Non, dit-il fermement, aucun.

Fâchée, elle refusa de danser avec lui par la suite et s'afficha assez impudiquement avec la plupart des hommes de la soirée tandis qu'il buvait un autre verre au buffet en compagnie d'un groupe discutant de la chasse aux loups.

C'est alors qu'il aperçut le lieutenant Skoll, celui de la Sécurité de Grand Star Station, qui se trouvait à l'autre bout du salon et regardait précisément dans sa direction. Il en fut terriblement affecté et but son verre d'un trait, le fit remplir à nouveau. Il lui fallait vérifier qu'il ne s'était pas trompé, que c'était bien l'Asiate qui figurait parmi les invités. Mais il eut beau parcourir les salles de réception, visiter les cuisines et les coins-toilettes, il ne le retrouva pas.

Pourquoi ce lieutenant avait-il été invité à cette réception ? Que faisait-il à River Station ? Est-ce que son futur beau-père était seulement au courant de sa venue dans sa capitale de Province ?

Il fallut la frénésie de Floa pour lui faire oublier cet homme. Dans le loco-car, elle se jeta sur lui et il dut lui demander d'être raisonnable, car elle désirait faire l'amour dans le véhicule sans se soucier du pilote.

Dès qu'il eut refermé la porte de leur appartement privé, elle lui arracha ses vêtements tout en se déshabillant elle-même. Elle tenait toujours ses promesses.

CHAPITRE XIII

Vers onze heures, en prenant de grandes précautions, il réussit à se glisser hors de leur appartement. Il descendit aux cuisines boire du thé et se hâta de quitter le palais avant que Floa ne se réveille. Il emportait avec lui le livre de Greog Lukas qui faisait tant envie à Harl Mern. Il espérait que le savant pourrait le photocopier et le lui rendre rapidement car il ne l'avait pas terminé.

Mais une surprise désagréable l'attendait à l'hôtel Terminus. Le réceptionniste lui annonça que Mern avait dû prendre le train de sept heures du matin pour Grand Star Station où il avait été rappelé par un coup de fil.

— Il paraît que le zoo a des problèmes… Certains animaux seraient malades. On avait besoin de lui là-bas.

— Quand doit-il revenir ?

— Je l'ignore. Il n'a pas demandé qu'on lui conserve sa chambre.

Lien pénétra dans le premier bar venu pour boire un thé à la vodka et réfléchir à la situation.

Toujours aussi naïf, il n'avait pas songé un seul instant que son long aparté avec Harl Mern ait pu avoir des témoins et surtout des conséquences fâcheuses pour le savant. On n'osait pas s'attaquer à lui, futur gendre du gouverneur, mais on avait dû intimider Mern pour le forcer à quitter aussi vite River Station.

Et puis il se souvint avoir aperçu le visage énigmatique de ce lieutenant Skoll. Y avait-il une relation entre lui et le départ précipité du zoologue ?

Avec regret, il songeait à ces indications précieuses sur les notes de Libizcn que le zoologue devait lui donner. Il était certain que la bibliothèque du palais recelait quelque part ces notes puisque tout ce qui avait été publié depuis le début de l'ère glaciaire se retrouvait sur les rayons du gouverneur. En fait cela ne représentait que quelques milliers d'ouvrages. Au début de l'ère glaciaire, les hommes avaient eu autre chose à faire, à survivre surtout, que de s'occuper de littérature ou de culture générale. Il n'y avait qu'une centaine d'années que l'impression d'ouvrages de toutes sortes avait atteint un niveau important, sans toutefois rattraper celui d'avant la glaciation. Il avait surtout fallu apprendre à fabriquer du papier qui ne nécessite pas de bois. Bien sûr, on avait découvert et on exploitait des forêts subglaciaires, mais elles servaient uniquement à fournir du combustible. Il pensa soudain à celle de Ots et se demanda pourquoi cette forêt lui rappelait son ami Farell, sans réussir à établir un lien.

Il retourna au palais et s'enferma dans la bibliothèque pour continuer ses recherches et ses lectures. Il venait à peine d'y arriver qu'il reçut un coup de fil.

— C'est de l'extérieur, lui dit la standardiste du palais.

Il reconnut la voix de Harl Mern, cette voix poussive et rauque :

— Ne me demandez aucune explication. Mais, pour ce que vous cherchez, essayez l'Encyclopédie Nouvelle, au chapitre des religions. Ce sera un excellent fil conducteur, mais vous devrez encore chercher… Je dois m'arrêter là.

Sans autre avertissement, il raccrocha, laissant Lien assez frustré.

— Mais à quelle heure t'es-tu levé ? demanda Floa qui apparaissait, les yeux cernés et le visage fatigué, à la porte… Décidément, tu vas finir par coucher ici.

— Je me suis réveillé avant toi, dit-il, et…

— Quelle soirée stupide ! Heureusement que le retour fut superbe ; un véritable feu d'artifice, hein, mon gros loup ?

Il détestait être appelé ainsi mais cette fois il songea au Loup Rouge qui hantait la mythologie des Hommes du Froid.

— Je remonte chez nous, dit Floa, voyant qu'il louchait vers ses livres.

— A tout à l'heure.

Seul, il se précipita vers la collection d'encyclopédies. Tout un volume était consacré aux religions anciennes et actuelles. Il fut déçu, au premier coup d'œil, par le peu de lignes réservées aux Hommes du Froid, mais le contenu le fit changer d'opinion. On y citait Libizcn principalement et le Loup Rouge, déité commune aux tribus des nomades roux. Et puis il y eut un petit renvoi à un supplément de l'encyclopédie de l'édition revue et corrigée datant de trois ans.

Mais il ne figurait pas dans les rayons des encyclopédies et Lien pensa qu'il devrait étudier le catalogue pour le retrouver.

Le secrétaire responsable de la bibliothèque du palais n'y connaissait pas grand-chose. Il ne voulait pas éveiller sa suspicion. Le nom de Libizcn n'était pas très connu, mais il préférait se méfier.

Au dîner, son beau-père lui parla du lieutenant Skoll qui devenait l'adjoint de la Sécurité pour la 17e Province.

— Je n'ai pu m'opposer à cette nomination, dit le gouverneur avec une colère contenue. Mais l'homme est dangereux. La Compagnie m'offense gravement en l'envoyant ici, mais je n'ai pas dit mon dernier mot. En attendant, méfiance. Cet officier doit être chargé de vous surveiller tout spécialement.

Pendant trois jours, Lien chercha comme un enragé ce supplément à l'encyclopédie. Il y avait aussi des caisses de revues non encore ouvertes et il en profitait pour opérer un rangement, inscrivant les nouveaux titres au catalogue, si bien que le responsable habituel, ravi, le remercia avec chaleur. Lui n'avait pas le temps de se mettre à jour.

— Je dois avoir trois ans de retard. Quand je suis

arrivé ici, c'était une pagaille monstre et je n'avais qu'une demi-journée par semaine pour y remédier.

Le soir du troisième jour, Floa entra dans une colère noire :

— Je veux sortir, dit-elle, aller au spectacle ou ailleurs, mais ne pas rester dans ce palais.

Lien s'y résigna. Pourtant il ne lui restait que quelques caisses à vérifier et il était certain d'approcher du but. A moins que le supplément encyclopédique n'ait jamais été envoyé à River Station.

— D'accord, dit-il. Où allons-nous ?

— Il y a un cabaret qui vient d'arriver. Il paraît que le spectacle n'est pas mal. Des filles nues, de la musique et des magiciens. C'est le Miki.

Yeuse ! La danseuse Yeuse que Farell avait connue à Grand Star Station. Ensuite le cabaret s'était rendu dans la forêt sous-glaciaire de Ots. Voilà pourquoi il faisait le rapprochement avec son ami mort.

C'était un spectacle plus sophistiqué qu'il ne l'avait pensé. Les filles nues ne faisaient pas que s'exhiber mais dansaient agréablement et chantaient. Il y avait aussi des parodies. Yeuse l'émut par l'évocation d'un très vieux film d'avant l'ère glaciaire. Elle apparaissait habillée étrangement avec une sorte de corset et des bas résille, chantait d'une voix étrange. Malgré sa perruque blonde, il la reconnut aisément. Tout en parodiant une vamp de l'ancien temps, elle se dénudait en commençant par ôter ses longs gants noirs.

— Elle est excitante, murmura Floa, que la vue d'une fille nue ne laissait pas indifférente.

Plus tard elle réapparut dans une sorte de mini-comédie chantée mais sans sa perruque.

— Invite-la à notre table, proposa Floa, les yeux brillants et la bouche palpitante. Tu n'aimerais pas qu'elle nous tienne compagnie ?

— C'est surtout toi qui aimerais, remarqua-t-il mais sans ressentir de jalousie.

Floa lui avait déjà confié ses goûts épisodiques pour les filles.

Yeuse vint, vêtue de blanc, une longue robe sobre, comme celle d'une nonne d'autrefois mais ouverte de chaque côté. Une sorte de chasuble.

— Je suis heureuse que vous m'ayez invitée, dit-elle en fixant Lien dans les yeux.

— Hé ! souffla Floa, époustouflée, vous vous connaissez.

— J'ai appris la disparition de Farell. Vous n'étiez pas avec lui ?

Gêné, il ne pouvait échapper à ce regard sombre. Cette femme était là et il se rendait compte qu'il avait souvent pensé à elle depuis leur rencontre.

Fugitivement, sans jamais chercher à savoir ce qu'était ce sentiment de manque, cette mélancolie qui l'effleurait à n'importe quel moment. Il découvrait qu'il était amoureux de cette femme aperçue, nue durant quelques secondes, dans une coursive de son ancien convoi.

— Je suis le seul rescapé, dit-il.

— Vous avez connu Farell ? s'exclamait Floa. Comme c'est drôle ! Je comprends pourquoi il n'a pas refusé de venir ici ce soir.

Brusquement elle se distanciait d'eux, les regardait de haut comme pour les épier, les surprendre en flagrant délit de conspiration à son égard. Lien savait qu'elle pouvait être mesquine, vulgaire et excessivement cruelle.

— C'est toi qui as voulu l'inviter, fit-il remarquer.

Yeuse se tourna vers Floa et son regard lucide parut déshabiller la jolie blonde qui rougit. Lien fut surpris de la voir troublée.

— Vous êtes belle, dit Yeuse. Voulez-vous venir dans ma loge ? Je dois attendre le final.

Un compartiment étroit avec la couchette et une coiffeuse, un air confiné et le parfum secret de Yeuse, plus exactement l'odeur naturelle de sa peau, pas un extrait chimique.

— Parlez-moi de la mort de Farell, dit Yeuse.

— Non, s'écria Floa, il ne faut pas en parler, c'est de la vieille histoire. Ça ne sert à rien et c'est dangereux.

Yeuse lui prit la main et la porta à ses lèvres. Floa frissonna et son regard se fit laiteux. Par l'immense emmanchure de la chasuble blanche elle apercevait le corps de Yeuse, ses seins merveilleux, énormes et fermes, maternels avec leur aréole brune très large. Elle ne put s'empêcher de passer une langue rapide sur ses lèvres peintes.

— Oh ! après tout, faites ce que vous voulez.

Yeuse alla s'asseoir sur la banquette à côte d'elle, prit sa tête sur ses genoux et ses doigts coururent sur son visage. Lien frémit tant cette image diffusait de sensualité contenue. Elles se seraient dévorées devant lui de baisers impudiques qu'il n'aurait pas éprouvé une émotion plus grande.

Il raconta. Dans le détail et en essayant de ne rien omettre. Depuis le début à Grand Star Station jusqu'à son retour à River Station, après avoir rencontré le père Pierre.

Puis il se tut.

— On dit dans le nord, du côté des anciennes Terres Polaires, qu'une partie de la ville de F-Station a mystérieusement disparu.

— Je sais que les malheureux habitants se trouvent empilés dans le fond de cette crevasse.

Le gémissement de Floa s'éleva, mélange de plaisir et de crainte. Yeuse laissait ses doigts traîner sur sa nuque et sur le lobe de son oreille, petite et nacrée.

— Vous avez renoncé à clamer la vérité, fit Yeuse sans la moindre trace de reproches.

— J'ai eu peur.

— Moi aussi, gémit Floa. Nous voulons vivre, jouir et oublier ces choses affreuses.

— Il se répète un peu partout que la Sécurité prendra un jour le pouvoir. On dit qu'elle rachète des actions en sous-main, que bien des petits porteurs ont des problèmes avec les lois et que pour ne plus être importunés, ils vendent. D'autres vendent pour ne pas partir à la guerre. Petit à petit, la Sécurité ramasse ces miettes, deux actions ici, quatre là-bas… Elle deviendra majoritaire et nous connaîtrons la pire des dictatures. On dit que les Néo-Catholiques la soutiennent. Eux aussi reçoivent des actions sous forme de dons. Par intimidation, ils menacent leurs fidèles des souffrances de l'enfer. Comme si, l'enfer, ce n'était pas l'ère glaciaire que nous sommes en train de vivre.

Floa lui prit sa main aux doigts longs et maigres et la baisa à petits coups. Puis elle la glissa dans l'échancrure de son corsage et poussa un soupir de soulagement.

Une sonnerie retentit et la voix reconnaissable d'un

gnome qui jouait dans la revue retentit dans le couloir :

— Le final, le final… Dans deux minutes… Le final…

Yeuse se leva lentement et s'approcha de la coiffeuse. Brusquement elle fut nue et Floa se jeta à ses genoux, enfouit sa tête entre ses cuisses.

— Allons, dit Yeuse, il ne faut pas.

Elle aida la jeune fille à s'allonger sur la banquette puis termina ses préparatifs. Elle agrafa une grosse étoile rouge dans les boucles de son pubis et parsema son corps de paillettes argentées. Lien se leva pour en saupoudrer son dos et ses reins et Floa, mordant ses lèvres au sang, put deviner son érection.

— Dans un quart d'heure, dit-elle en sortant

Ils restèrent seuls et Lien crut lire de la haine dans le regard de Floa. Une passion brutale, irrésistible, la brûlait et dans cette pulsion sexuelle elle aurait tué pour conserver Yeuse pour elle seule.

— Va-t'en, dit-elle.

Il resta immobile.

— Va-t'en, répéta-t-elle d'une voix contractée. Quand je t'ai demandé de l'inviter, je ne savais pas ce que j'éprouverais en la voyant de près. Je pensais que nous pourrions passer une nuit à trois très perverse, mais je veux rester seule avec elle. Je ne veux pas que tu me voies me blottir contre son corps et me faire aimer. Ce n'est pas seulement une amante mais une mère, tu comprends ?

— Je l'aime aussi, dit Lien.

— Je t'en supplie. Nous allons nous déchirer. Avec une autre nous aurions pu faire une orgie, mais pas avec elle.

Il se leva et sortit du compartiment, passa prendre son manteau de fourrure pour rentrer à pied au palais. Il avait besoin de sentir cet air aigrelet qui empestait l'ozone de l'électricité et le soufre des chaudières fonctionnant au charbon. Il serrait les poings dans sa poche et continuait à éprouver un désir douloureux.

Et puis, au palais, il songea brusquement à la bibliothèque et éprouva un soulagement intense. La porte refermée et une lampe discrète diffusant un halo apaisant, il continua ses recherches et découvrit le supplément à l'encyclopédie dans la deuxième caisse qu'il ouvrit. Le renvoi à Libizcn était important. Lien apprit que c'était grâce à cet historien et spécialiste des religions que l'on avait reconstitué l'histoire des principales religions et que, de ses travaux d'érudit, étaient issus en quelque sorte les nouveaux dogmes du Néo-Catholicisme. Cette nouvelle intrigua Lien mais il continua à chercher s'il était question du Loup Rouge et lut :

Pendant des années Libizcn s'efforça de passer plusieurs semaines au sein d'une tribu primitive des Hommes Roux, toujours différente, afin d'amasser une somme de connaissances infinies et d'enregistrements rares.

Au bout de quatre ans il put révéler que les Hommes Roux étaient en quelque sorte monothéistes, puisque le Loup Rouge était leur dieu unique au milieu d'une foule de divinités secondaires et sans grande importance, appartenant toutes à la famille du Loup Rouge. Ce dernier était le symbole du Bien et celui du Mal. Les Hommes Roux lui devaient leur origine, mais aussi leurs malheurs et leurs errances perpétuelles sur les glaces.

Plus tard Libizcn émit une théorie tellement curieuse et si controversée que nous ne pouvons décemment la reproduire dans cette encyclopédie. Les querelles se sont apaisées et nous ne voulons pas les réveiller. Disons qu'on pourra consulter, si on le désire, les notes qu'a laissées cet homme hors du commun qui termina sa vie dans la ville de Fionie où, disait-il, il était certain de retrouver, tôt ou tard, les preuves de son abracadabrante hypothèse.

Lien faillit hurler de déception. C'était tout. Pas un mot sur cette surprenante théorie. Il avait l'impression d'avoir été dupé par Harl Mern.

A nouveau il relut l'article et cette fois comprit qu'il y avait un indice important. Pourquoi Libizcn avait-il terminé ses jours dans la ville de Fionie pour y rechercher les preuves formelles de son hypothèse soi-disant grotesque sur l'origine des Hommes Roux ? Il resta quelques minutes immobile puis partit à la recherche d'un petit livre qui indiquait comment s'appelaient autrefois les villes d'aujourd'hui. Qu'était donc devenue Fionie ?

CHAPITRE XIV

En se réveillant, il fut surpris de ne pas trouver Floa à ses côtés et le souvenir de la soirée lui revint. Tristement, il pensa qu'elle avait dû rester chez Yeuse pour la nuit. Il regarda dans la chambre voisine en se rendant à la salle de bains et vit qu'elle dormait. Elle avait dû rentrer tard et n'avait pas voulu le réveiller. Peut-être que cette rencontre avec Yeuse allait bouleverser leurs rapports.

Vers dix heures, il rôdait vers le cabaret Miki, qui avait été royalement installé dans le cœur de la ville. D'ordinaire, les spectacles itinérants se voyaient relégués dans la banlieue de la gare.

Le gnome était en train de fumer, assis sur le marchepied d'une voiture.

— Yeuse ? Elle ne dort pas. Elle a dû aller faire des courses ou se rendre chez le coiffeur…

Sans grand espoir, il suivit la direction indiquée et il l'aperçut qui venait vers lui. Elle souriait tendrement et l'embrassa sur la joue.

— Emmenez-moi boire un verre, dit-elle.

Il y avait un bar cossu en forme d'ancien patio espagnol. L'illusion était complète. Une chaleur de serre et un soleil factice donnaient envie de se mettre à l'ombre des tonnelles en écoutant un chanteur de flamenco.

— Vous avez remarqué, dit-elle, que depuis deux cent cinquante ans nous ne faisons que copier nos ancêtres ? Ici un bar espagnol, ailleurs une brasserie munichoise. Notre cabaret n'a rien créé d'original et en amour nous avons toujours les mêmes vices, les mêmes perversités. La preuve, cette fille, Floa. Elle voulait coucher avec moi et je n'ai pas voulu. Elle était très malheureuse.

Lien fut rassuré de savoir qu'il ne s'était rien passé entre elles.

— Nous pourrions copuler avec les Hommes Roux, mais c'est considéré comme ignoble.

Machinalement il leva la tête, mais le dôme était caché par une toile à rayures.

— J'ai souvent pensé à vous, dit-il.

— Moi aussi. Mais parce que vous étiez l'ami de Farell. Ce soir-là, il a su me convaincre et m'a ramené dans son compartiment. Je ne couche pas à tort et à travers. Je suis une femme très difficile mais j'avais besoin d'un homme et Farell était charmant. Vous allez épouser cette fille ?

— Je ne sais pas.

— Vous avez surtout besoin de la protection du père, le gouverneur, n'est-ce pas ?

Il sourit.

— Plus que jamais.

Le garçon leur apporta un vin doux et corsé à la fois qu'il appelait Xérès. Ce n'était qu'un ersatz, bien sûr ; un de plus.

— Vous continuez vos recherches ?

— Cette nuit, dit-il, j'ai trouvé un fait surprenant.

— Vous êtes rentré chez vous pendant que je jouais le final. Que s'est-il passé ? Floa n'a pas voulu m'expliquer. Ou plutôt elle m'a dit que vous aviez fait un caprice.

— Elle m'a supplié de partir.

— Au début vous aviez fait le projet de faire une partie fine avec moi ?

Il inclina la tête et Yeuse ferma les yeux à demi. Il eut l'impression qu'elle était blessée.

— Une danseuse de cabaret, c'est un peu une prostituée, n'est-ce pas ? Vous me désiriez tous les deux… Je veux savoir si vous lui auriez demandé de partir. Pourquoi n'êtes-vous pas resté ?

— Je n'ai pas osé.

— Avez-vous voulu tester ma nymphomanie

supposée ? J'ai couché avec votre meilleur ami, je pouvais coucher avec votre fiancée.

— Peut-être est-ce cela ? reconnut-il.

Elle sourit avec moins d'amertume :

— Vous êtes rentré chez vous et avez découvert quelque chose d'étonnant.

— Oui. Mais c'est très difficile à expliquer. Connaissez-vous Libizcn ?

— Non, dit-elle. Qui est-ce ?

Il lui expliqua qui était Libizcn, pourquoi il s'intéressait à lui. Comment cet homme avait édifié une hypothèse qui avait provoqué des mouvements violents à son époque.

— Il y a une cinquantaine d'années. Puis il est mort dans la ville de Fionie.

— C'est quoi cette ville ?

— Il n'y était pas venu par hasard mais pour continuer ses recherches sur le Loup Rouge des Hommes Roux. J'ai cherché à quoi correspondait cette ville qui a changé de nom depuis.

— Toutes les villes ont changé de nom. La Compagnie se les approprie toutes.

— Fionie est devenue F-Station et une partie de la ville a été envoyée dans cette crevasse avec ses habitants. En agissant ainsi la Sécurité et la Compagnie ont certainement voulu détruire à jamais la fameuse hypothèse de Libizcn.

Elle le regarda, à la fois émerveillée et soupçonneuse. Il soupira :

— Je n'invente rien, je ne suis pas fou, je n'arrange pas les faits pour soutenir ma propre théorie et alimenter mon esprit de vengeance ou de justice, comme vous voudrez. Ce sont les faits.

— Une coïncidence ?

— Oui, une coïncidence, mais d'un genre inouï. Et quand une coïncidence est de cette importance, de cette valeur, elle perd tout caractère d'imprévu. Si F-Station était Fionie où a vécu Libizcn, je ne sais combien d'années pour y rechercher une vérité primordiale, pour faire éclater sa bonne foi et son sens de la justice, j'en mettrais ma main au feu, c'est qu'au départ j'avais moi-même envie de prouver quelque chose. En voulant accuser la Compagnie de génocide, en souhaitant que la Sécurité soit flétrie, je faisais fausse route. Il fallait travailler dans l'ombre, par le biais. Les deux mille morts de la crevasse, je ne pense pas que ce chiffre soit exagéré, ne vont apparaître, hélas, c'est cruel et injuste, que comme un incident sur tout un siècle de tyrannie. Car au début, la Compagnie n'était pas aussi puissante. C'est la nécessité qui a fait que le chemin de fer a été le lien unique entre les survivants vivant tant bien que mal en communauté dans l'immensité du globe recouvert par les glaces. Peu à peu elle s'est étendue dans les moindres recoins, a tissé sa toile d'araignée, un réseau extrêmement dense et immense. Les voies s'ajoutaient aux voies, si bien que parfois il y en a des centaines sur des kilomètres de distance. Mais ce n'était pas suffisant. Il fallait que les villes fixes deviennent mobiles pour être plus dépendantes énergétiquement. Que les hôpitaux soient roulants, comme les cabarets et les écoles. Grâce aux rails, véritables cordons nourriciers, la Compagnie fournissait le courant, les marchandises, la nourriture, la culture et la distraction. Et les gens sont devenus des voyageurs-citoyens, des sortes d'éternels touristes. Je sais qu'ils travaillent pour gagner leur vie, mais, désormais, leur maison, leur vie n'ont plus de racines profondes. Il suffit que la Compagnie le décide pour que le courant soit coupé et que le froid mortel fasse des milliers de morts. Et dans le meilleur des cas, c'est le déplacement vers l'inconnu, la déportation. Mais sans violence, sans verser le sang. D'un seul coup les villages, les villes ou les maisons isolés se mettent en route sans que les habitants sachent vers quel horizon nouveau ils se dirigent. L'uniformité du monde, la glace, empêchent de regretter son ancien stationnement.

— Et Libizcn, alors ?

— Il a découvert quelque chose de primordial au sujet des Hommes Roux. D'abord qu'ils avaient un dieu unique, le Loup Rouge, symbole du Bien et du Mal. Mais derrière ce dieu il y a autre chose et Libizcn l'a cherché jusqu'à sa mort à F-Station, ex-Fionie. Et il faut que je trouve à mon tour. Je descendrai à nouveau dans la crevasse et je chercherai. Tant que je le pourrai.

— C'est de la folie, murmura-t-elle, mais je comprends.

Elle lui prit la main et la serra :

— Comment ferez-vous ?

— Je l'ignore. J'ai besoin d'un sursis, vous voyez ? Si je quitte Floa, le lieutenant Skoll me mettra la main dessus et ils me feront disparaître à jamais.

— Je vous aiderai, dit-elle. Je ne sais pas comment mais je vous aiderai.

— Je vais continuer quelques recherches livresques à tout hasard et puis je retournerai là-bas.

Il oubliait qu'il s'était enfui, bien décidé à oublier ces morts et leurs secrets quelques semaines auparavant, loin de la crevasse.

CHAPITRE XV

Le loco-car approchait du site de Bia lorsque Floa lança son appel sur les ondes. Sa voix paraissait déformée par la radio mais en réalité elle était pleine de rage.

— Lien, je te conseille de rentrer sans plus attendre, sinon je porte plainte pour le vol de mon véhicule. Je te donne jusqu'à ce soir pour revenir à River Station. Est-ce que Yeuse est avec toi ?

Le glaciologue coupa le son et se tourna vers la jeune femme brune :

— La Sécurité doit jubiler. C'est la faille dans le bouclier de protection que le gouverneur Sadon m'a apporté.

Plus tard elle voulut l'accompagner jusqu'à la crevasse en revêtant une combinaison isotherme.

— Nous devrons nous méfier des loups, dit-il. Maintenant que les Hommes Roux sont partis, ils vont revenir dévorer les cadavres.

— Sais-tu que la Compagnie possède d'importants élevages de loups ? La race était en voie d'extinction et il fallait que le no man's land conserve son caractère sauvage et dangereux. Il faut empêcher les hommes d'avoir des idées d'existence libre en dehors des rails. Déjà les communautés de marginaux sont harcelées. La Compagnie crée des légendes qui terrorisent la population.

Lien saisit le bras de la jeune femme. Ils suivaient la petite voie ferrée et soudain elle s'arrêtait net devant un champ de glace chaotique.

— Il n'y a plus de crevasse, dit-il.

Hébété, il continua d'avancer puis se jeta à quatre pattes pour gratter la glace. Mais c'était inutile. Les carcasses des trains, les cadavres se trouvaient sous des millions de tonnes de glace.

— Tout est là, Yeuse, tout est là.

Elle l'aida à se relever. Pendant une heure il essaya de trouver un effondrement, une issue qui permettrait de descendre à l'intérieur des glaces, mais en vain. Il n'était même pas certain que ce soit le bon endroit. Il retourna vers le loco-car comme un automate. Yeuse finit par lui parler :

— Ils ont voulu effacer les dernières traces de Libizcn mais y sont-ils parvenus ? Il existe toujours la ville de F-Station quelque part dans le nord. Essayons de la retrouver.

Lien l'écoutait avec un sourire indulgent. Elle voulait lui laisser un espoir, canaliser sa déception vers une impossibilité lointaine.

— On peut essayer, dit-il. Nous disposons de ce loco-car, de la boîte noire. Tant que Floa ne dépose pas de plainte, nous pourrons rouler vers le nord. Mais comment l'empêcher de déposer plainte ?

— Je sais, dit Yeuse, très pâle. Tu n'as qu'à me laisser à Cross Station. De là je rejoindrai River Station et j'irai trouver Floa.

— Pas à ce prix, Yeuse, pas à ce prix.

— Ça n'a aucune importance. Aucune. Tu iras vers le nord, tu retrouveras F-Station, ancienne Fionie. Là-bas on se souviendra de Libizcn et de sa théorie.

Elle rebrancha la radio alors qu'il repartait en sens inverse vers Cross Station. La voix de Floa ne tarda pas à s'élever et, lorsque Yeuse répondit, elle changea de ton, se fit douce et charmante.

— Je vous attends, dit-elle.

— Elle sera furieuse de te voir seule, dit Lien, et surtout que le loco-car soit entre mes mains.

— Non, elle oubliera vite.

Très impressionnée par leur marche rapide, elle découvrait le privilège de la priorité. Ils ne cessaient de couper les voies de nombreux convois, trains de voyageurs, de marchandises, mais aussi trains blindés, forteresses roulantes, flotte d'avisos et de patrouilleurs. Sans rupture dans le rythme agréable, ils arrivèrent à Cross Station. Il éprouva un véritable déchirement à la laisser sur le quai au milieu des éleveurs et des marchands de bestiaux qui ne lui avaient jamais paru aussi rustres. Mais déjà il passait le sas de sortie de la gare et fonçait vers le nord. Il lui faudrait renouveler sa provision de combustible, mais il n'avait pas voulu le faire à Cross Station où il avait été accusé, à tort, de trafic.

Le manuel des instructions ferroviaires lui indiqua le prochain dépôt où il pourrait se ravitailler et il rentra en liaison radio avec ce centre. Il donna son indicatif, on lui répondit avec beaucoup de politesse que le centre se trouvait en rupture de stock et qu'il devrait s'approvisionner plus loin. Un convoi militaire avait vidé les soutes.

Au début il ne s'inquiéta pas, réduisit sa vitesse pour atteindre le prochain dépôt, qui lui fit une réponse similaire, et cette fois il comprit que la Sécurité intervenait pour empêcher sa course vers F-Station.

— Je suis prioritaire, protesta-t-il.

— Désolé, fit une voix grossière, mais vous seriez le gouverneur de cette Province ou le général en chef que je ne pourrais pas vous fournir du carburant liquide.

En hâte il chercha la ville la plus importante à proximité. Il s'agissait de Ots Station, une ville dans la forêt sous-glaciaire.

La voie plongeait dans un tunnel de glace qui ne cessait de s'évaser, et bientôt ce fut un spectacle saisissant. La voie sur laquelle il roulait passait entre des arbres énormes, fossilisés par la glace dans toute leur splendeur. Certains avec encore leur feuillage comme les sapins et des pins, des mélèzes, des chênes aussi et des bouleaux. A perte de vue les troncs s'alignaient. La lumière de son phare faisait scintiller les voûtes de glace sur des kilomètres. Des convois de bois circulaient en sens contraire, interminables.

Il était déjà venu dans Ots Station et n'avait pas oublié cette gare consacrée uniquement au commerce du bois et qui conservait un caractère un peu spécial. Les voies de stationnement étaient encombrées de saloons, de cabarets et de boutiques genre drugstore. Les bûcherons recevaient de gros salaires et dépensaient sans compter. Des centaines de filles habitaient des wagons allant du super-pullman au vieux wagon de marchandises délabré et plein de courants d'air. Ots était aussi la seule ville de la région ne possédant pas de dôme, et l'air confiné entre le sol ancien et le plafond de glace atteignait une température supportable.

Mais au dépôt principal de carburant on refusa de le servir malgré sa carte de priorité.

— Impossible, lui dit le chef de centre. Nous venons de recevoir l'ordre de réserver nos stocks. Il doit y avoir une grande offensive sur le front et l'armée a besoin de combustibles.

Il jugea inutile d'insister et commença la tournée des bars, des bouges plutôt. Il proposait une forte somme pour l'achat de combustible, plus des bons d'achat. Bientôt il eut quelques succès. Deux hommes à l'allure inquiétante se proposèrent pour lui fournir ce qu'il désirait.

— Vous n'avez qu'à vous rendre quai 85… On vous y rejoint, dit l'un d'eux.

Un jeune garçon qui jouait avec les machines à sous dans ce bar suspect lui fit un clin d'œil.

— Très bien, je vous y attends, dit Lien.

Il marcha lentement vers son loco-car et fut rejoint par le jeune garçon :

— Ne marchez pas dans la combine. Ce sont des truands. Ils vous tueront, faucheront votre loco et votre fric…

— Il me faut du carburant, dit Lien. A n'importe quel prix.

— Mais vous ne circulez pas en traction électrique ?

— Je me suis débrouillé pour avoir une boîte noire, expliqua Lien. Si je roule en traction électrique, je dois y renoncer provisoirement et j'ai de bonnes raisons de redouter des ennuis.

— Allons chez Gaha. Quai 19.

Il monta avec lui, siffla de surprise en découvrant l'aménagement du loco-car. Il n'en avait pas souvent vu de cette catégorie.

— Vous pourrez m'emmener avec vous ? Il y a des semaines que je veux filer d'ici... Je suis requis pour couper des arbres... A cause de ma vue je suis exempté du front. Mais je veux rejoindre des copains qui vivent dans une communauté. Autonomes grâce au fumier des rennes qu'ils élèvent. Le biométhane, vous connaissez ? Ça marche bien pour eux, malgré les soldats.

— Entendu, dit Lien, si tu me fais obtenir du carburant.

Gaha était une femme énorme qui s'occupait de trafics multiples. Elle exigea deux bons et de l'argent pour remplir le réservoir du loco. Enfin ils purent quitter Ots Station. Lien régla sa vitesse sur le meilleur rapport d'économie sans trop perdre de temps. Son compagnon ne cessait de bavarder et lui apprit que des gens vivaient cachés dans l'immense forêt de Ots. Des réfractaires à l'armée et des droits communs.

— Parfois ça fait des bagarres. Ils envahissent la ville pour la piller et il y a des nuits sanglantes, je vous le jure.

Vint l'immense gare de triage de Baltic Station. C'était là que le garçon qui se nommait Farm le quitta. Il lui donna un peu d'argent.

— Je vais essayer de savoir sur quelle ligne a été dirigée la ville de F-Station, expliqua-t-il alors qu'ils se serraient la main. Si tu apprends quelque chose...

— J'ai entendu parler. On dit qu'ils l'ont envoyée sur le front pour y creuser des abris souterrains.

Lien perdit plus de deux heures avant de trouver un cheminot qui consente à lui donner quelques indications.

— On ne l'a pas laissé entrer dans Baltic Station, expliqua-t-il. Toutes les voies auraient été paralysées. On l'a scindée en plusieurs convois déjà importants puisque le plus petit occupait vingt voies et je pense que c'est sur le réseau polaire. On a retrouvé des traces de passage, vous comprenez ? Les égouts et tout le reste.

— Merci, dit Lien en essayant de lui donner de l'argent, mais l'autre refusa sèchement :

— Je suis contre ces déportations de populations. Vous avez quelqu'un dans cette ville, je suppose ?

Lien inclina la tête sans se compromettre.

— Alors faites attention car le réseau polaire est drôlement surveillé. Ceux d'en face l'ont un jour court-circuité et pendant huit jours tous les convois ont été paralysés.

— Il se rapproche du front, plus loin ?

— Oh ! il s'y trouve vraiment. Vous risquez de sauter sur une mine ou de recevoir un missile. Il y a un train de voyageurs qui a été pulvérisé cette nuit encore.

A quelques kilomètres de Baltic Station, il découvrit des traces de la guerre et bientôt roula dans un monde terrifiant. Son véhicule, qui ne lui avait jamais paru aussi minuscule, naviguait entre des monstres de métal hérissés de canons et de lance-missiles. Il aperçut une sorte de croiseur de rail, monstrueux. Long de près d'un kilomètre, ses superstructures atteignaient au moins deux cents mètres. Il roulait sur une série de voies se déplaçant parallèlement au front pour arroser les positions ennemies de toute sa puissance de feu. Le grondement de ses machines et les vibrations qu'il provoquait transformaient la région en un enfer de bruits et d'instabilité. De sa cabine de pilotage, Lien voyait les rails onduler sur la glace. Mais pour l'instant il obtenait toujours la priorité de passage grâce à sa boîte noire. Exactement la même que celles qui équipaient les loco-command-cars des généraux et des haut gradés.

Il y avait aussi les trains-hôpitaux qui s'éloignaient de la zone des combats, interminables et dépourvus de priorité. Il remarqua leur vétusté et aussi l'existence de fours crématoires à l'arrière. Certains en traînaient d'énormes qui ne cessaient de laisser échapper une fumée noire et grasse.

Soudain il se trouva dans la situation paradoxale de rouler sur une voie prioritaire en compagnie d'autres possesseurs de boîtes noires. L'encombrement était tel que sa vitesse tomba et devint ridicule. On aurait pu le suivre à pied. Et ce fut l'arrêt total, le bouchon hermétique. Il vit des généraux et des colonels véhéments qui étaient sur le point de se battre, des pilotes qui couraient aux nouvelles. Et puis le convoi agglutiné roula à nouveau, fut dispersé par plusieurs aiguillages. Lien avait programmé sa boîte noire sur le réseau polaire mais cherchait l'occasion de se renseigner sur la position exacte de F-Station.

Il y eut un premier contrôle de la Sécurité militaire. Les véhicules isolés étaient détournés sur une série de voies de garage pour vérification des identités. Grâce à la boîte noire, il y échappa, mais ne fut pas certain de pouvoir éviter les autres.

Affamé et fatigué, il s'arrêta en pleine nuit dans une petite ville nommée Méridien Station. Il trouva un restaurant ouvert, envahi par des permissionnaires du front et des prostituées. Il apprit que Méridien Station avait été créée de toutes pièces pour le repos du militaire. Il posait des questions prudentes sur F-Station et sur les possibilités de se procurer du combustible. Un gros sergent des transmissions lui proposa de lui en vendre quelques nourrices et il l'accompagna au dépôt qu'il dirigeait. Le sous-officier empila des bidons sur une draisine et ils allèrent les vider dans le loco-car de Floa.

— Vous allez à F-Station ? fit le sergent, soupçonneux. Personne ne va jamais là-bas.

— Mission secrète, répliqua Lien, sèchement. Je dispose d'ailleurs d'une boîte noire.

— Compris, fit l'homme, impressionné. Mais vous risquez gros. F-Station serait coincée sur une ligne coupée à chaque bout et sous le feu des uns et des autres.

— Quelle ligne ? Cette ville a besoin de dizaines de voies.

— On l'a divisée en quelques convois d'une longueur incroyable pour leur faire prendre l'ancien réseau du cercle.

Lien joua celui qui comprenait mais, une fois seul, consulta son manuel. Le réseau du cercle empruntait fidèlement l'ancien tracé imaginaire du cercle polaire arctique. Et ce tracé se dirigeait tout droit vers le front.

Pour l'emprunter, il devait atteindre le centre de triage de Kola Station.

Il approchait de cette ville, cerné de toutes parts par

des convois aussi prioritaires que lui lorsqu'il fut détourné sur une voie secondaire. Tout d'abord il ne s'en rendit pas compte, pensa même avec quelque suffisance que sa boîte noire le sortait de ce guêpier pour le faire bénéficier de la priorité à laquelle il avait droit. Mais le loco-car fut dès cet instant téléguidé et échappa à son contrôle. Il ralentit et s'immobilisa à un poste de surveillance.

Trois gardes de la Sécurité montèrent à bord pour vérifier son identité.

— J'effectue une mission pour la Compagnie, expliqua-t-il en désespoir de cause.

— Votre boîte noire n'a pas été alimentée par le schéma de cette mission, lui fit remarquer avec politesse le sous-officier de la patrouille.

— Il n'y a pas de schéma directeur, je dois aller prendre mes instructions à Kola Station.

— Très bien, dit le sous-officier. Nous allons vous y accompagner.

Il fut pris en remorque par leur patrouilleur et Lien détesta que le canon mitrailleur de l'engin reste constamment pointé sur lui durant la demi-heure que dura le trajet.

Toujours escorté de ses gardiens, il se dirigea vers les bureaux de la Sécurité de Kola Station. Il essayait d'imaginer un plan pour s'en tirer. Au moins leur fausser compagnie, quitte à abandonner le loco-car. Il se débrouillerait pour rejoindre F- Station.

— Conduisez-le au bureau 7, dit le planton à l'entrée. Il y est attendu.

Il commença à comprendre qu'il ne lui restait que de faibles chances de s'en tirer. S'il était attendu, cela signifiait que la Sécurité avait décidé d'interrompre là son odyssée. Ici à Kola Station, en plein territoire militaire.

— Je savais bien que je vous reverrais, dit le lieutenant Skoll lorsqu'il pénétra dans son bureau.

CHAPITRE XVI

Skoll renvoya les hommes de la Sécurité et désigna, un siège à Lien, stupéfait.

— Comment avez-vous fait pour me précéder ici ? demanda-t-il avec une vive curiosité.

— J'y suis venu directement.

— Mais vous ne pouviez prévoir que je pourrais arriver à Kola Station. Tout au long du chemin on a essayé de m'empêcher de poursuivre mon voyage en me refusant du combustible.

— J'avais donné des ordres en conséquence, dit Skoll, mais je savais que vous vous débrouilleriez.

Lien fronça les sourcils. Il ne comprenait plus. Le lieutenant avait l'air de sous-entendre qu'ils devaient obligatoirement se rencontrer à Kola Station.

— Depuis quelque temps, vous vous démenez beaucoup, Lien Rag, et vos activités m'intéressent. Vous vous rendez à F-Station, n'est-ce pas ? Et vous pensez y parvenir ?

— Pourquoi pas ? le défia Lien. Je ne désespère pas.
— Vous avez raison, murmura Lien, et je vais vous y aider.

Il sortit des cigares rouges, en alluma un après que Lien eut refusé, encore sous le coup d'un effarement méfiant.

— Vous gênez la Compagnie et la Sécurité. Depuis que le hasard vous a envoyé sur le site de Bialystok. Parce qu'elle savait qu'il se tramait quelque chose au sujet de F-Station, la fille du gouverneur vous a soutenu. Elle était partie en guerre contre la Sécurité un peu maladroitement, en espérant l'obliger à refréner ses ambitions de pouvoir si elle prouvait qu'il y avait eu génocide. Elle a pris peur par la suite et a préféré revenir s'abriter sous l'aile paternelle. Vous avez paru en faire autant mais vous ne désarmiez pas et vous avez cherché ailleurs avec un sens aigu de la direction à prendre. Vous avez une lucidité extraordinaire pour avoir orienté vos efforts vers les Hommes Roux.

Lien, toujours sur le qui-vive, attendait la suite. Le lieutenant n'avait pas à faire son instruction. Normalement il aurait dû l'arrêter et le faire transférer. Et il parlait de l'aider à rejoindre F-Station ? Inquiétant !

— J'ai interrogé Harl Mern. C'est moi qui l'ai fait partir de River Station ensuite. Je sais ce que vous cherchez et ça m'intéresse. Moi aussi, j'ai lu Greog Lukas, Tiaras, Libizcn et Dacan. Mais surtout Libizcn. Ce dernier a terminé ses jours à Fionie, devenue F-Station depuis que la Compagnie détient tout le pouvoir. Mais F-Station avait conservé le souvenir de Libizcn. Il avait fait don de ses manuscrits à la bibliothèque de la ville. Maintenant elle se trouve dans la crevasse du site de Bia. Mais Libizcn a laissé d'autres souvenirs à F-Station et je possède d'autres informations. Nous allons partir ensemble.

— Je refuse de collaborer avec un homme de la Sécurité, fit Lien, avec hauteur.

Skoll hocha la tête et se leva. Il fit le tour de la pièce en scrutant les parois, le plafond, le plancher.

— Venez, dit-il.

Interloqué, Lien le vit se diriger vers la porte. Il le suivit, sortit de la Sécurité et se retrouva dans son loco-car. Le patrouilleur de la garde avait disparu.

— Là-bas, c'était trop dangereux, dit Skoll en passant à l'arrière du véhicule.

Une fois là il défit sa veste boutonnée et souleva un fin lainage qu'il portait à même la peau. Effaré, Lien vit la toison fauve qui ornait son poitrail et paraissait recouvrir tout son corps.

— Lorsque je passe une visite médicale, je dois m'enduire de crème épilatoire bien avant. Et à tout moment je suis sur le point d'être découvert.

Bien qu'il fût pris d'un fol espoir, Lien refusait de se laisser convaincre.

— Ma mère avait connu un Homme Roux. C'était une Iakoute inculte et vivant depuis toujours dans des conditions très dures. Les siens étaient depuis longtemps habitués au grand froid et continuent de vivre comme leurs ancêtres. Elle a un jour suivi une tribu d'Hommes Roux, m'a mis au monde. Plus tard elle est revenue vivre dans une ville sous dôme comme domestique et a réussi à me faire passer pour un enfant normal. Ce n'est qu'adolescent que j'ai vu ma toison pousser abondamment. Sauf sur le visage et les extrémités. Un hasard. J'ai toujours su que mon père était l'un de ces êtres primitifs et quand je lève les yeux vers le dôme des villes, croyez que ce que j'éprouve, en voyant les miens racler la glace, m'emplit de tristesse et de colère. Voilà pourquoi je recherche mes origines.

— Vous avez une très mauvaise réputation, lieutenant.

— Je déteste les hommes qui se disent civilisés et ma férocité n'est qu'une application stricte du règlement. Attendez-moi ici.

Lien le regarda s'éloigner parmi la foule des quais en se demandant s'il ne rêvait pas. Il y avait peut-être un piège là-dessous. Le lieutenant Skoll lui avait menti pour mieux découvrir ce qu'il savait sur Libizcn et les Hommes Roux.

Il attendit deux heures, puis le vit revenir. Skoll levait parfois la tête vers le dôme de Kola Station. Si vraiment il était un métis d'Homme du Froid, Lien comprenait son désir d'éclaircir les mystères de ses origines.

— Nous partons, dit-il.

Tranquillement il glissa une carte codée dans la boîte noire.

— F-Station est coupée du réseau depuis une semaine mais nous la rejoindrons quand même.

Lien vit son premier obus éclater à une centaine de mètres de leur voie et crut durant quelques secondes qu'il n'avait jamais quitté le front. Et puis ce fut l'enfer. Skoll ne paraissait pas remarquer le spectacle extérieur. Sur une voie à cinquante mètres, un convoi de combustible explosa brusquement. Lien se retourna et vit les citernes entassées, les hommes-torches qui s'enfuyaient ou se roulaient dans la glace, cette dernière qui fondait avec des reflets huileux.

Plus loin, des grues gigantesques, fabuleux oiseaux-roc, débarrassaient les voies des carcasses d'un train blindé. Des flottes de destroyers rapides se déplaçaient à une vitesse folle. Les traits de feu des missiles trouaient l'horizon où se déroulaient les franges d'une aurore boréale. La lumière ne venait pas du soleil, mais des projecteurs et des bouches à feu.

— Trois jours que la bataille est engagée pour ce nœud vital... Il y a des sortes de marécages dans ce coin. Des sources d'eau chaude viennent jusqu'à la surface et réchauffent la banquise. Il faut sans cesse consolider les voies. Certaines sont posées sur des pontons. Mais c'est l'endroit le plus aisé pour passer : ailleurs ce sont des falaises énormes, des chaos.

Des machines poseuses de rails travaillaient à une cadence infernale. Il n'y avait même pas besoin d'ouvriers. Le chemin de fer s'ancrait dans la banquise grâce à des sortes de grappins qui se présentaient sous forme de longue fusée. Celle-ci s'enfonçait de dix mètres s'il le fallait et la tête explosait pour le déploiement du grappin. Tout de suite après, un cuirassier de dix mille tonnes pouvait rouler dessus.

Et soudain devant eux, à moins de cent mètres, les rails se soulevèrent sous l'impact d'un missile, se tordirent dans les airs comme des tentacules de pieuvre et restèrent ainsi, formant un grand huit dérisoire, un scenic-railway de cauchemar.

Le lieutenant Skoll manipula les touches de la boîte noire qui rendit son verdict. Il fallait reculer de deux cents mètres pour emprunter un aiguillage.

— Nous sommes bloqués, dit Lien, l'œil sur l'écran du rétroviseur électronique.

— Ils vont dégager.

La priorité du véhicule dut s'afficher sur les radars des véhicules suiveurs, car rapidement ils reculèrent jusqu'à ce que le loco-car atteigne l'aiguillage.

— Mais c'est à contresens, hurla Lien.

— Je sais, aucune importance.

Roulant à toute vitesse en marche arrière, ils frôlèrent la catastrophe, mais la boîte noire fonctionnait à merveille et fermait les voies en amont lorsqu'ils approchaient et, bientôt, à la suite d'une manœuvre subtile, le lieutenant put reprendre la voie normale, toujours dans la direction de F-Station. Mais le bombardement ennemi continuait. Un croiseur léger était complètement renversé sur le côté et brûlait. La glace fondait en dessous et bientôt il s'enfoncerait jusqu'aux abîmes.

— Il possède un réacteur atomique, expliqua Skoll. Il pourrait aller jusqu'au centre de la terre.

— Mais les radiations… L'endroit va devenir intenable ?

— La Compagnie s'en moque. Il faut qu'elle continue sa progression vers l'est. Lorsqu'elle aura vaincu la Sibérienne, elle s'attaquera à la Pan-Américaine. Mais ce sera une guerre encore plus dure.

Un croiseur lourd les dépassa sur les quinze voies voisines, tirant de toutes ses bouches. A chaque seconde, c'étaient cent obus et missiles qui sortaient de ses canons et lanceurs. Le spectacle était d'une beauté diabolique. Le bâtiment se paraît de couleurs superbes, des rouges et des verts, des violets et des jaunes, s'enveloppait de vapeurs irisées sur le fond gris du monde glacé.

Plus loin des corps recouvraient les voies et Skoll commença par freiner puis relança le loco.

— Non, dit Lien, pas à ce prix. Il y a des blessés.

— Ils sont condamnés par le froid. Le train-hôpital n'arrivera que dans quelques heures.

Un train blindé avait dû sauter sur une mine et s'était partagé en deux. L'explosion avait projeté les soldats tout autour. Des centaines de soldats. La plupart dénudés par le souffle et déjà violacés à cause de la basse température.

Ils passèrent. Lentement, mais ils passèrent. Lien aperçut des files d'hommes qui marchaient le long des voies comme s'ils battaient en retraite, et Skoll ne cacha pas ses craintes.

— La ligne doit être interrompue. Ils ne rentreraient pas à pied autrement.

Ce fut quinze kilomètres plus loin qu'ils aperçurent le plus terrible entassement de ferraille qu'ils aient jamais contemplé. Des centaines de voitures ordinaires, mais aussi des bâtiments de combat, des trains blindés, des forteresses.

Le loco ne cessait d'aller et venir en zigzag. En dents de scie. Skoll tentait de s'éloigner latéralement au lieu d'essayer de passer et, miracle, il existait une voie, une seule, qui se glissait entre deux monstres de métal. Un lance-missiles foudroyé sur place et un train blindé dont la motrice double avait explosé. Ils passèrent au pas, les flancs du loco éraflés par les griffes du métal tordu et, à coups de laser, ils effacèrent les aspérités trop menaçantes.

Et puis ce fut l'explication. L'ennemi avait lancé

sur les attaquants des bâtiments tout aussi fantastiques de puissance. Le choc avait dû être fabuleux. Combien d'hommes gisaient prisonniers de ces tombeaux de fer et d'acier ?

— Nous sommes en territoire ennemi. Il s'est retiré mais nous pouvons tomber sur un aviso ou un patrouilleur. F-Station se trouve sur notre gauche et nous approchons de l'embranchement. Nous aurons de la chance si les aiguillages fonctionnent encore.

Ils en essayèrent une bonne douzaine mais tous paraissaient bloqués.

— J'y vais, dit Lien qui avait enfilé sa combinaison.

A l'aide d'une barre à mine, il essayait d'en dégager un lorsque Skoll le rejoignit.

Il ne portait pas de combinaison isotherme et ne souffrait nullement du froid.

— Laissez-moi faire.

Avec une force incroyable, il pesa sur l'aiguillage et celle-ci claqua soudain avec une projection de débris de glace.

— Maintenant, dit Lien, je crois que vous descendez des Hommes Roux. Je me méfiais jusqu'à présent.

Ils roulèrent encore trente kilomètres puis ce fut une toute petite station sans dôme, juste quelques wagons isothermes disposés en bordure de la ligne.

— Plus loin, la voie est coupée. Irrémédiablement. Nous devons effectuer cinq kilomètres à pied. Y êtes-vous préparé ?

— Quoi, il n'y a que cinq kilomètres jusqu'à F-Station ?

— Non. Jusqu'au prochain moyen de transport.

Skoll dut marcher plus lentement car Lien avait du

mal à suivre. Ils empruntèrent les voies jusqu'à ce que celles-ci ne soient plus que des débris métalliques enfouis dans la glace transparente. Et puis ce fut une fumée qui intrigua Lien. Un homme de petite taille, vêtu de fourrures mais le visage protégé seulement par une couche de graisse animale, apparut. Et Skoll lui parla dans une langue inconnue.

Le Iakoute leur fit signe de le suivre et ils atteignirent un village de grosses tentes en peaux de rennes. Lien remarqua les traîneaux, les chiens attachés, à l'apparence féroce. Comme des loups à peine apprivoisés.

Skoll sortait de l'argent de ses poches, se tournait vers Lien.

— Avez-vous des dollars ?

— Oui, mais je dois ouvrir ma combinaison.

On le fit entrer sous une tente et il vit des femmes et des enfants assis autour d'un poêle antique à l'odeur épouvantable.

— De l'huile de phoque. Nous sommes ici sur une banquise. Avec le poids des glaces, l'océan a monté et la couche n'atteint ici qu'une épaisseur assez faible, à peine un mètre de plus qu'avant le début de l'ère glaciaire.

Ce fut avec un traîneau à chiens qu'ils quittèrent le campement de ces nomades. Ceux-ci leur avaient dit qu'il y avait également des Hommes Roux installés sur la banquise pour pêcher et qu'ils entretenaient des relations de bon voisinage avec eux.

Ils durent s'arrêter pour dormir et, malgré sa combinaison. Lien ne se sentit pas très à l'aise. Les chiens hurlèrent une partie de la nuit et entretinrent un climat d'insécurité.

Le lendemain, vers midi, ils apercevaient les contours de F-Station. Skoll changea alors de tenue et le fit en plein air tandis que cette vue faisait grelotter Lien. Les rails, des dizaines de voies réapparaissaient après une longue interruption. Il y avait eu une bataille terrible pour la possession de ce réseau mais les traces avaient disparu à cause du mouvement des glaces. Des centaines de morts étaient à jamais ensevelis sous la banquise et attiraient la faune sous-marine qui vivait dans ces régions.

La Sécurité était maîtresse de la cité. La Compagnie avait installé une centrale thermique pour chauffer les habitations mais elle était nettement insuffisante et, dans les rues non protégées par un dôme, soufflait un blizzard glacé.

Le poste de garde examina les papiers de Skoll avant de les laisser poursuivre. Skoll leur confia les chiens.

— La topographie de la ville a changé, leur expliqua le sergent qui commandait le poste. La ville formait un carré de un kilomètre cinq cents de côté autrefois mais, désormais, elle doit mesurer quatre kilomètres, avec des largeurs variables selon le nombre de voies qu'elle occupe.

Ils marchèrent jusqu'au soir. Skoll pénétrait parfois dans une maison sur rails, posait des questions qui souvent restaient sans réponse. Peu à peu, cependant, ils découvraient la vie de cette cité déportée. Les gens travaillaient pour l'armée. Ils fabriquaient des uniformes. Dans certaines maisons on taillait les lourds tissus isothermes, dans d'autres on les cousait avant d'en souder les coutures pour les rendre hermétiques. On fabriquait aussi des pansements, des sous-vêtements, des sacs de couchage. Mais toute la production était réservée à l'armée de la Compagnie et portait son sigle, un globe terrestre entouré par deux rails formant la lettre grecque oméga.

Il y avait un hôtel, un caravansérail plutôt, misérable et lugubre, où ils échouèrent vers neuf heures du soir. Il y régnait une atmosphère pesante que la présence des gradés de la Sécurité, attablés à boire de la bière et de la vodka, accroissait. On les surveilla étroitement tandis qu'ils mangeaient une nourriture rare et infecte sans trop oser se confier leurs impressions.

Lien dormit dans sa combinaison à cause du chauffage insuffisant, pensa à tous les habitants qui supportaient des conditions de vie effroyables.

Certes il y avait eu des troubles graves dans cette ville avant sa déportation, pas plus importants que dans d'autres cités cependant, mais la Sécurité avait pris ce prétexte pour l'envoyer dans le nord et surtout pour faire disparaître le quartier de la bibliothèque, des écoles et des imprimeurs.

— Cette ville travaillait beaucoup pour l'édition, expliqua Skoll dans le noir de leur cabine étroite. Lien couchait dans la couchette du dessus et écoutait.

— Libizcn avait laissé son empreinte culturelle. C'était un révolté, un intellectuel passionné. Il a créé des comités de réflexion sur les problèmes du monde de l'ère glaciaire et ces comités ont subsisté. Mais on n'a jamais retrouvé ses notes.

— Mais sa théorie révolutionnaire, vous la connaissez ? Cette hypothèse sur les Hommes Roux.

— Oui, je la connais.

Lien frissonna et attendit.

— Vous ne dormiriez pas si je vous la disais. Et puis, c'est très dangereux de la connaître. Il nous faut limiter les risques au maximum tant que nous n'aurons pas de preuves.

Toute la journée du lendemain ils suivirent une piste si ténue que Lien, hargneux, ne comprenait pas l'acharnement du lieutenant. Libizcn avait eu plusieurs amis sincères et Skoll avait entrepris de retrouver la trace de chacun d'eux, du moins de leur famille.

— Mais la plupart ont dû quitter la ville, voyons, protestait Lien.

Mais il suivait le lieutenant dans sa quête obstinée et bientôt ils accrochèrent une minuscule victoire. Un certain docteur Klan, ami du savant, avait un fils professeur de sciences. Mais la piste s'interrompit vite. Lon Klan gisait dans la crevasse de Bia avec ses collègues et les élèves de son collège. Il fallait tout reprendre à zéro.

A la nuit ils étaient chez une vieille dame sourde et méfiante, dont le père avait connu Libizcn comme voisin, mais elle en parlait avec réticence. Lien alla acheter dans une boutique du quartier mal achalandée des friandises qu'il paya un prix fou. Mais dès lors la vieille dame fut plus bavarde en tartinant un miel synthétique sur du pain rassis.

— Mon père discutait souvent avec lui… Ils se disputaient au sujet d'un certain Oun Fouge.

— Oui, dit Skoll, les yeux brillants et les lèvres retroussées sur ses dents de carnassier, c'est ça. Oun Fouge, qu'en savez-vous ?

— C'était un écrivain, non ? Mon père lisait beaucoup, des ouvrages scientifiques surtout.

— Vous avez encore des œuvres de Oun Fouge ?

— Je ne sais pas, je vais voir.

A nouveau pleine de suspicion, elle quitta la petite cellule où elle vivait pour se rendre au « grenier » mais ce devait être un compartiment de bagages dans un autre wagon.

— Qui est ce Oun Fouge, vous le connaissez ?

— Nous approchons, Lien, nous approchons.

Ils attendirent des heures, sembla-t-il. Une méchante ampoule distillait au compte-gouttes une lumière de fin du monde. Dans le compartiment voisin, une machine à coudre n'arrêtait pas tandis qu'un bébé pleurait. Ses sanglots ressemblaient à un râle de moribond.

Et puis la vieille dame revint avec un gros volume sur sa poitrine. Toujours méfiante.

— C'est un livre de mon père, dit-elle. Il a de la valeur pour moi. Beaucoup de valeur.

Une demi-heure plus tard ils s'en allaient. Sur le guéridon recouvert d'un tissu brodé, il y avait des billets froissés. Et Skoll emportait l'ouvrage.

Dans cette ville néo-médiévale, ils firent de grands détours prudents pour revenir à leur auberge.

— Désormais nous pouvons mourir, disparaître sans qu'on nous laisse la moindre alternative, dit Skoll. La Sécurité doit commencer à se poser des questions à mon sujet. Nous allons manger et nous coucher, mais il nous faudra partir cette nuit.

Lien fut soulagé qu'il n'y ait pas de gens de la Sécurité dans la grande salle commune de l'auberge, en fait tout un wagon sans cloison.

— Ne vous réjouissez pas, dit Skoll, inquiet. Je connais les méthodes de la Sécurité. Il faut partir.

— Mais le traîneau est entre leurs mains.

— Partir vers le nord.

— C'est de la folie.

— Non... Une journée de marche pour rejoindre le réseau de Barentz. C'est par cette ligne que la Compagnie alimente sa concession en poissons et, depuis le début de la guerre, elle a toujours veillé à ce qu'il continue à fonctionner. Mais pour l'atteindre, il nous faudra traverser un territoire interdit.

— Radioactif ?

— Je l'ignore. Il est interdit. Je ne sais même pas s'il est surveillé par des hommes ou par des instruments. Mais si nous réussissons à le traverser, nous tomberons sur la petite station de Norv... Un centre d'élevage du hareng. L'odeur nous guidera à des kilomètres à la ronde et nous nous ferons passer pour des acheteurs de poissons.

— Mais ce livre, Skoll, ce livre...

— C'est lui le plus important. Je suis prêt à me sacrifier pour lui mais jurez-moi de le ramener dans des lieux moins barbares et d'en faire connaître le contenu.

CHAPITRE XVII

Au petit matin, ils avaient dû parcourir une distance que Lien évaluait entre trente et quarante kilomètres. Ils s'arrêtaient régulièrement pour absorber un peu de nourriture, une sorte de pâte de fruits très sucrée dont Skoll s'était muni.

Lien apprit d'abord quelle était la théorie subversive de Libizcn. Spécialiste des religions anciennes et nouvelles, il avait été intrigué par ce Loup Rouge que l'on retrouvait comme constante chez les tribus des Hommes Roux. Mais parfois le nom s'altérait et n'avait plus les mêmes consonances. Chez les Hommes Roux chassant les loups, c'était bien le Loup Rouge, mais chez ceux qui vivaient le long des voies à ramasser les déchets et les épaves, c'était le Feu Rouge, et enfin il existait quelques groupes isolés d'Hommes Roux pêcheurs qui priaient une Louche Rouge, poisson mythique ressemblant à un requin. Et Libizcn eut l'idée de penser que ces différents noms provenaient en fait de Oun Fouge, un généticien mort une centaine d'années auparavant. Libizcn avait pu rencontrer des gens qui l'avaient connu, puisque l'historien était mort lui-même depuis cinquante ans. Dans ses notes secrètes, il reconstituait la vie de ce généticien, passée à essayer d'améliorer la résistance de l'homme au froid.

— Vous voulez dire que Oun Fouge aurait créé une nouvelle race d'hommes ?

— Exactement. Tout est dans ce livre que nous emportons et que Libizcn recherchait en venant habiter Fionie, c'est-à-dire F-Station.

— J'en doute un peu. En fait il est possible qu'à la mort de Libizcn, le père de celle-ci ait pris le livre.

— Mais alors les Hommes Roux…

— La Compagnie a pris peur, très peur. Elle avait établi son expansion économique et sa prise du pouvoir politique sur la permanence des conditions climatiques et la nécessité pour l'homme de se protéger du froid. Elle développait ses réseaux ferroviaires avec frénésie, éliminant les autres concurrents et les autres moyens de survie, de transports. Par exemple l'avion de nos ancêtres ou les véhicules autonomes n'ayant pas besoin de rails. Et voilà que ce Oun Fouge venait compromettre son ascension irrésistible en créant une race d'hommes capables de lutter contre le froid. Fouge a été traqué, arrêté, jeté en prison, mais ses créations n'ont pu être anéanties. Et la Compagnie a dû abandonner toute idée de génocide. D'ailleurs, les travaux de Fouge avaient des lacunes. Le développement intellectuel des Hommes Roux n'a pas été une réussite. Libizcn émet l'hypothèse qu'il leur manquerait une enzyme, je ne sais plus laquelle. Ne pouvant pas tous les faire disparaître, la Compagnie a patiemment distillé un racisme ignoble à leur encontre et il n'y a plus personne de nos jours pour envier leur sort. Aucun individu n'a jamais réfléchi à leur possibilité étonnante. Au contraire, on les considère comme des primitifs répugnants et impudiques, et les gens détournent leurs regards comme s'ils voyaient quelque chose de véritablement obscène. Mais il y a eu Libizcn et son hypothèse. On l'a fait passer pour fou et une nouvelle fois la Compagnie a gagné la partie.

Ils marchaient toujours et escaladaient une sorte de colline en pente douce. Lien s'essoufflait rapidement, pensait que son filtre de cagoule fonctionnait mal.

— Mais les Hommes Roux sont toujours là et sont la preuve vivante que l'on peut lutter contre le froid. J'en suis également la preuve, une sorte de compromis. Mon quotient intellectuel est d'une excellente moyenne et je n'ai jamais été considéré comme un crétin. Si la Compagnie connaissait mes origines, je serais perdu.

Plus tard il fit part de ses projets à Lien. Il ferait réimprimer le livre de Oun Fouge, le père et le dieu des Hommes Rouges, l'enverrait à des centaines de biologistes et de généticiens.

— Oun Fouge a joué les apprentis sorciers, il a voulu aller trop vite. Mais en s'entourant de toute la prudence nécessaire, on peut transformer l'homme enfermé dans ces villes protégées du froid pour l'amener à résister à de très basses températures.

— Ce serait la fin du monopole de la Compagnie, dit Lien. Elle ne l'acceptera jamais.

— Si des milliers de personnes sont mises au courant, dans des centaines d'endroits différents, elle ne pourra lutter contre le mouvement. Nous révélerons aussi l'affaire de F-Station, la liquidation du quartier intellectuel de la ville. Vous verrez que nous réussirons.

Mais Lien venait de s'immobiliser au sommet de la colline et paraissait statufié. De cette hauteur, ils dominaient une plaine immense cernée par d'immenses falaises de glace. Une plaine couleur vert-de-gris avec des taches plus sombres, presque noires.

— Qu'est-ce que c'est ? murmura Lien, bouleversé.

— De la végétation, fit la voix rauque de Skoll… De la simple végétation.. Et je sens sur mon visage un air chaud, brûlant… Vous devriez ôter votre cagoule.

Méfiant, Lien attendit encore un peu, mais soudain il comprit pourquoi, depuis quelques instants, son filtre donnait l'impression d'être déréglé.

— La température est largement au-dessus de zéro et ces falaises de glace continuent de fondre. Cette plaine doit s'élargir de plusieurs mètres par an.

Ils découvraient des fumerolles qui étaient presque transparentes.

— C'est une plaine d'activité volcanique, dit Skoll. Voilà pourquoi la région est interdite depuis si longtemps. La Compagnie redoute les autonomes, les isolés. Des gens pourraient venir ici sans courir trop de risques et vivre dans des conditions excellentes. On peut toujours s'enfuir lorsqu'une éruption volcanique est sûr le point de se déclencher.

Mais ils durent marcher deux heures en haut des falaises de glace avant de découvrir une sorte de cône qui permettait la descente vers la plaine. Ce cône se terminait en goulet et il en montait une odeur atroce. Malgré la chaleur, Lien remit en hâte sa cagoule pour ne plus respirer cette pestilence. L'espèce de puits donnant accès à la plaine était rempli de cadavres d'animaux.

— Attention, dit Skoll en titubant. C'est du gaz carbonique… Fréquent dans les régions volcaniques

Il s'écroula et commença à glisser vers le fond de ce puits. Lien le rattrapa in extremis, l'arrima solidement, le temps de lui enfiler sa cagoule, et le tira le plus loin possible. Le lieutenant reprit rapidement ses esprits :

— Merci… J'ai failli y rester. La Compagnie n'a pas besoin de surveiller le site. Le seul accès est mortel pour les êtres vivants qui ne se méfient pas.

— Nous ne pourrons jamais passer.

— Il le faudra. On doit se glisser entre les charognes. De l'autre côté il y aura de l'eau chaude pour nous laver. Nous avons la chance que nos filtres de cagoule arrêtent le gaz carbonique, profitons-en.

Il leur fallut retirer quelques cadavres de loups à moitié décomposés par le souffle chaud qui montait du puits oblique. Ils les tiraient par les pattes arrière, et plus ils progressaient, plus la putréfaction soudait, entremêlait les cadavres. Les loups avaient dû se précipiter à la poursuite de rennes échappés d'un élevage car ces gros ruminants obstruaient le passage de leurs corps ballonnés. L'un d'eux éclata, les recouvrant d'une boue de chair liquide et d'excréments.

Et puis ils perdirent leur calme, ne songèrent plus qu'à franchir au plus vite ce piège immense même si, tout au fond, ils devaient trouver une fange immonde.

Ce fut le premier cadavre d'Homme Roux qui faillit les décourager. Asphyxiés, ils avaient dû basculer les uns après les autres dans le puits, une vingtaine, une petite tribu. Des hommes, des femmes, des enfants. Les derniers dans l'espèce de siphon qui remontait vers la surface.

Comme vomis par la cavité ils surgirent, à moitié fous, et coururent vers une flaque d'eau tiède au pied des falaises, s'y roulèrent en haletant.

Ils traversèrent cette zone volcanique en évitant les chaudrons de sorcières et les mini-geysers.

— Des centaines de milliers de personnes pourraient vivre heureuses dans cette région, dit Skoll.

Lien songeait à la façon dont ils en sortiraient. Y aurait-il un nouveau siphon empli de gaz carbonique et de cadavres ? Comment en découvrir l'accès ?

Un animal détala soudain devant eux, une sorte de renne sauvage mais de petite taille.

— Certains animaux ont pu passer avant que le siphon ne se bouche. Ou alors il existe une autre issue.

— Et des hommes ?

— Je ne sais pas. C'est possible.

La nuit approchait et ils n'avaient rien trouvé. Juste les traces d'un troupeau d'animaux difficilement identifiables. Peut-être de petits chevaux descendant des chevaux des steppes.

— Je crois que nous devrons passer la nuit ici, dit Skoll en s'asseyant sur une bosse recouverte de lichens.

La seule végétation en fait, plus ou moins fournie. Il y avait des arbustes nains, et dans certains creux des touffes d'herbes qui ressemblaient à du blé de taille réduite. Peut-être des graines miraculeusement entraînées jusque-là.

Ils dormaient non loin d'une source chaude lorsque Lien se réveilla. Il s'éloigna pour uriner et aperçut la petite lumière. Tout d'abord il crut à une manifestation volcanique quelconque, mais comme elle restait fixe, il alla réveiller Skoll.

— Allons voir.

Lorsqu'ils approchèrent du point lumineux, des aboiements furieux éclatèrent. Puis il y eut des cris et Skoll saisit Lien à l'épaule :

— Des Iakoutes. Je crois que nous allons nous en tirer.

Une famille de Iakoutes qui, semblait-il, avait eu des ennuis avec la Sécurité et s'était réfugiée là depuis quelque temps. Ils expliquèrent qu'ils avaient traversé le bac de feu pour se réfugier là où ils espéraient élever des rennes.

A l'aube, deux hommes les conduisirent au bord du lac de feu. C'était le passage, le seul. Une eau bouillante de laquelle montait une vapeur suffocante. D'après les Iakoutes, il s'étendait sur plus d'un kilomètre, entre deux falaises de glace, qu'il rongeait peu à peu. Parfois de grands pans s'en détachaient et créaient des vagues énormes qui ravageaient tout.

Il y avait trois embarcations tirées sur le rivage. Sous ses pieds, Lien devinait un sol déjà brûlant et la perspective de s'embarquer dans ces barques faites en peau de renne lui paraissait de la folie. Depuis deux siècles et demi, aucun homme n'avait pu naviguer sur une telle étendue d'eau froide ou chaude. Seuls les gens très riches pouvaient se donner cette illusion dans des établissements comme le club, que fréquentait Floa.

Il y eut un problème pour l'achat d'un bateau, les Iakoutes refusant l'argent qui ne leur servirait à rien dans cette solitude. A tout hasard, voyant que Skoll s'énervait, Lien sortit une liasse de sa poche et la vue de cet argent amadoua les Iakoutes. Un jour peut-être ils en auraient besoin.

Lorsqu'il se retrouva avec son compagnon au milieu des tourbillons de vapeur sur une eau qui approchait de l'ébullition, Lien fut pris de terreur. Jamais cette peau de renne ne tiendrait jusqu'au bout, ils allaient s'égarer sur ce lac et périr de façon atroce.

Mais Skoll ne s'égara pas. Ils atteignirent une banquise que l'eau chaude entaillait sans arrêt. Leur canot n'aurait jamais pu refaire un trajet similaire. Le cuir recuit était à moitié plein d'eau.

Dans l'après-midi ils aperçurent le dôme de Norv Station tandis qu'une forte odeur de hareng leur parvenait.

Trois jours plus tard, le gnome qui faisait l'aboyeur devant l'entrée du cabaret Miki en tenue de bouffon de François Ier n'en crut pas ses narines. Une forte odeur de poisson lui parvenait et il regarda avec reproche un homme qui attendait à deux pas de lui.

— Dites donc, l'ami, c'est pas un zoo marin ici... Oh ! je vous connais, vous. Un ami de Yeuse ?

— Il faut que je la voie très vite.

Le nain regarda autour de lui avec inquiétude

— Elle est surveillée, souffla-t-il. Je vais voir ce que je peux faire.

Sur ses conseils, Lien dut se glisser sous le plancher du cabaret et chercher une trappe qui donnait dans les coulisses. De là il pourrait rejoindre la loge-cabine de Yeuse.

Cette trappe lui donna accès au local des costumes. Dans un couloir, il croisa plusieurs personnes que son odeur intrigua, mais il poursuivit et finit par retrouver la cabine de Yeuse.

— Mon Dieu, fit-elle en le serrant dans ses bras et en s'écartant tout de suite avec un rire nerveux.

— Nous avons voyagé dans un wagon de poissons destiné à River Station.

— Il ne fallait pas revenir, dit Yeuse. Floa a négocié avec la Sécurité. La voilà un peu plus riche. Dix pour cent d'actions de la Compagnie en plus.

— En échange de ma peau ?

Yeuse ferma les yeux.

— C'est elle la gagnante... Je crois qu'elle avait prévu que tu prendrais de la valeur aux yeux de la Sécurité et qu'elle pourrait faire une bonne affaire. Tu ne peux pas rester ici. Elle vient tous les soirs et je suis sous surveillance. Tu as retrouvé F-Station ?

Il inclina la tête.

— Que vas-tu faire ?

— Je pars pour Grand Star Station. Je ne suis pas seul. Là-bas nous allons retrouver des gens qui luttent clandestinement contre la Compagnie. Dès que je le pourrai, je te rejoindrai, où que tu sois.

Yeuse sourit pour ne pas pleurer.

— Un jour tu recevras un livre stupéfiant, dit-il. Nous allons le faire réimprimer et l'envoyer partout dans la concession de la Compagnie. Il est d'un certain Oun Fouge,

— Bien, dit-elle, la gorge serrée. Je le lirai avec attention. Quel est son titre ?

— *La Voie Oblique*.

LE SANCTUAIRE DES GLACES

CHAPITRE PREMIER

Le conseil d'administration de la Compagnie, soucieux de bien faire les choses, avait affrété un train magnifique pour aller chercher tous les actionnaires qui devaient se réunir à Grand Star Station pour une session extraordinaire. Le minimum d'actions exigées pour participer à ces travaux était cinquante, mais un porteur de trente actions pouvait récolter les mandats de petits porteurs pour atteindre le chiffre exigé. L'assemblée générale devait prendre de nouvelles dispositions sur la conduite de la guerre et sur l'orientation d'une politique économique plus rigoureuse.

Lorsque le petit porteur d'actions qui attendait sous le dôme vétuste, souvent une verrière défectueuse d'une gare lointaine, isolée dans le glacis, pénétrait dans le hall de réception, il avait l'impression d'être transporté dans un autre monde. Il oubliait le froid, la glace qui recouvrait la Terre depuis deux siècles et demi, croyait pénétrer directement dans un vieux film d'avant la nouvelle ère glaciaire.

Une hôtesse très jolie, vêtue légèrement, l'accueillait comme s'il était le plus bel homme — ou la plus belle femme s'il s'agissait d'une porteuse d'actions — du monde. Le nouveau venu était conduit dans le bureau d'un fonctionnaire de la Compagnie qui faisait le pointage des actions. L'actionnaire se retrouvait ensuite conduit par une autre hôtesse jusqu'à sa cabine-appartement d'un raffinement surprenant. Qu'il n'ait que cinquante actions dans son portefeuille (y compris les mandats des autres porteurs) ou dix mille, il avait droit au même confort, au même luxe. Ses bagages défaits, il n'avait qu'à se laisser guider par son inspiration alors que le train repartait sans heurts vers d'autres actionnaires, attendant dans une autre gare tout aussi perdue.

Lucas Beryl était instituteur dans un village-station de huit cents habitants sur le réseau du Cercle. Ce réseau suivait approximativement le cercle polaire, d'où son nom. Le village se nommait Soap Station, on y fabriquait en effet un savon grossier, en partie destiné aux troupes, à partir de la graisse de rennes. Beryl était déjà âgé d'une cinquantaine d'années, enseignait depuis trente ans. Chaque année, en récompense de son excellent travail et de son zèle, il avait reçu une action de la Compagnie. Trente actions en tout. Plus les dix que possédait sa femme. Il avait été habilité à recevoir les mandats de petits actionnaires et représentait environ près de deux cents actions. Il savait que c'était bien peu de chose par rapport à certains qui en possédaient, à titre personnel, dix mille, vingt mille et même plus mais était tout de même très flatté de l'accueil qu'on lui réservait. Ce n'était pas la première fois qu'il assistait à une réunion extraordinaire, quoique jusqu'ici il ait dû se rendre par ses propres moyens à Grand Star Station, siège de la Compagnie et capitale du territoire que possédait celle-ci.

De sa cabine il rejoignit le pont supérieur de la voiture qui était panoramique. Le train traversait une grande plaine glacée où n'existaient que des élevages sous dôme. Il aperçut des Hommes Roux qui cherchaient des détritus le long de la voie. Il ne leur accorda pas un seul regard. Soap Station, son village, était construit sous une vieille verrière en très mauvais état. Une douzaine d'Hommes Roux étaient chargés de la nettoyer pour quelques morceaux de graisse de renne. Il ne s'était jamais intéressé à eux.

Tout en suivant le pont supérieur, il atteignit le bar le plus select du train. Très intimidé, il faillit faire demi-tour lorsqu'une grosse femme très maquillée, très joviale, se précipita vers lui. Il reconnut une collègue, institutrice dans la même subdivision ferroviaire, une certaine May Claty.

— Lucas, je suis heureuse de vous trouver ici… Je me demandais si j'allais enfin voir quelqu'un de connaissance.

Avec un demi-sourire, il pensa qu'il aurait pu avoir plus de chances en retrouvant une jeune institutrice plus comestible, mais May était une brave femme. Ils s'approchèrent d'un coin du bar et le barman leur proposa du champagne. Depuis quelques années on fabriquait, sous cette appellation, une sorte de boisson fermentée directement issue de la chimie de synthèse.

— Il est excellent, ajouta le garçon, il vient des vignes d'un des principaux actionnaires.

— Mon Dieu, murmura May Claty, croyez-vous qu'il a toute sa tête ? Je n'ai jamais entendu dire qu'il y avait des vignes sous dôme.

— Moi non plus, mais essayons.

Ils échangèrent un regard ravi après avoir goûté au vin qui pétillait et allèrent s'installer dans de moelleux sièges en emportant leurs coupes.

— Je me pose des questions angoissantes, dit May... D'ordinaire, la Compagnie n'est pas aussi prévenante...

Elle regarda autour d'elle avec inquiétude, baissa le ton de sa voix.

— J'espère que je ne suis pas écoutée... Oui, je disais que ce train luxueux m'intrigue. Les autres fois, nous devons nous rendre à G.S.S. par nos propres moyens et franchement je n'y suis jamais allée. Le voyage coûtait trop cher. Ils spéculaient d'ailleurs sur l'absence des petits porteurs qui devaient confier leurs mandats aux gros et leur laisser tout pouvoir. Leur attitude nouvelle me laisse augurer de certaines difficultés. Il paraît que la Sécurité, et les Néo-Catholiques, possèdent un bon nombre d'actions et essaient de devenir majoritaires. Il y a aussi cette guerre interminable avec la compagnie sibérienne...

Lucas n'écoutait plus et regardait la créature de rêve qui venait d'entrer dans le bar. Une fille blonde, vêtue d'une robe très décolletée, arrivait en compagnie de plusieurs chevaliers servants très empressés. L'institutrice suivit son regard et hocha la tête avec un air goguenard.

— C'est la fille de notre gouverneur, Floa Sadon... Une beauté, hein ?

— Oui, dit Lucas Beryl. C'est donc elle. Il y a eu des rumeurs sur elle, non ?

— Des rumeurs ? fit May Claty, amusée par tant de prudence. Un vacarme, oui. On lui prête toutes sortes d'amours, même avec les Hommes Roux, on dit qu'elle a frayé avec un dangereux terroriste qui devait même l'épouser.

— C'est cela, dit l'instituteur… Un agent ennemi, paraît-il, qui a mis la vie de la Compagnie en danger… Curieuse fille.

— Le fait qu'elle soit l'une des dix plus importantes actionnaires lui assure l'impunité, mais il paraît que la Sécurité et les Néo-Catholiques la surveillent de près. Si elle n'y prend garde, ils récupéreront ses actions et son pouvoir.

— Croyez-vous ? demanda Beryl.

Une hôtesse leur présentait d'autres coupes de champagne et des cigares rouges. Beryl en prit un, tandis que sa collègue le regardait avec désapprobation.

— J'ai envie de savoir ce que ça donne, avoua-t-il, l'air très enfantin. Mais ce terroriste était bien un glaciologue ?

— C'est ça, dit May. Un certain Lien Rag, que le gouverneur Sadon protégeait. Si la fille n'avait pas été grosse actionnaire, il perdait son poste de gouverneur. Mais tout s'est arrangé et on n'en parle plus.

Beryl fermait les yeux à demi. Le cigare le rendait insouciant et détaché de tout. La drogue qu'il contenait n'était pas interdite, mais les fumeurs de *bouts* rouges étaient répertoriés par la Compagnie qui voulait savoir à quoi s'en tenir.

— Lucas, dites-moi, chuchota May Claty, avez-vous reçu un tract dernièrement ?

— Un tract ?

— Une sorte de publicité clandestine… Pour un

certain ouvrage scientifique... Plusieurs collègues l'ont reçu et je pensais...

Beryl se souvint de cette lettre étrange découverte dans son courrier, en effet. Il n'avait pas tellement compris le sens de ce message commercial. On lui demandait une souscription de dix dollars pour un ouvrage à paraître, un ouvrage fondamental sur les possibilités cachées de la science. Mais comme il n'y avait pas d'adresse précise où envoyer les dix dollars, il avait jeté le prospectus.

— Vous avez eu tort, lui murmura May. C'était très important... Peut-être une chance inespérée de pouvoir vivre avec ce froid épouvantable qui règne au-dehors.

Sa main potelée crispée sur sa coupe vide se tendait vers la baie panoramique, désignait l'immensité glacée, le ciel d'un gris sale.

— Nous finissons par oublier la tristesse de notre vie. Nous vivons sous globe ou sous verrière plus ou moins bien chauffés. Pour affronter l'extérieur, il faut des combinaisons spéciales, très chères. Les pauvres ne peuvent jamais. Et qu'y trouveraient-ils, sinon la glace, le froid, la désolation, les loups et quelques animaux étranges ?

— Les Hommes Roux, dit Beryl, de plus en plus euphorique.

— Oui, les Hommes Roux, soupira-t-elle.

La *Flèche d'Argent* ralentissait, devait approcher du sas d'une station.

— Chapel Station, certainement, annonça l'institutrice.

Une ville moyenne qui possédait, chose unique

dans la concession de la Compagnie, une cathédrale en glace. Le primat des Néo-Catholiques avait son siège dans cette ville. La Compagnie n'acceptait que très rarement une construction fixe. Même dans la très grande ville de G.S.S, la moindre bicoque n'était qu'une voiture sur rails, prête du jour au lendemain à être remorquée à des milliers de kilomètres de distance. La Compagnie se méfiait des sédentaires et des implantations non mobiles.

La *Flèche d'Argent* franchissait le sas du dôme. Un dôme prestigieux fait d'une nouvelle matière translucide, et surtout parfaitement isothermique.

— Les Néo ont beaucoup d'argent, murmura l'institutrice. Ils ne cessent d'enjoliver cette ville.

Sur le quai attendaient des prêtres et des missionnaires, une dizaine, ainsi que le prélat en cape rouge avec sa petite cour.

— Croyez-vous qu'ils se mêleront à nous, iront voir les filles nues d'un des cabarets et boiront du champagne ?

De leur situation élevée ils pouvaient découvrir la ville et, vers l'est, reliée à la station par un tunnel transparent, la cathédrale en glace. Une construction assez impressionnante avec son unique flèche massive. On disait qu'elle pouvait contenir des milliers de fidèles.

A nouveau, la *Flèche d'Argent* glissa sur les rails et ils quittèrent les quais d'accueil pour traverser la basse ville où se fabriquaient toutes sortes d'objets religieux.

— Curieux, dit May. Ils n'utilisent pas d'Hommes Roux pour le nettoyage du dôme. Pensez-vous qu'ils disposent d'un système inédit ?

— C'est possible, répondit Beryl, toujours extatique.

Au bar, Floa Sadon riait aux éclats et avait des attitudes très racoleuses avec tous les hommes.

— Lucas, continua May sur le ton de la confidence, vous devriez essayer de commander ce livre.

— Quel livre ?

— *La Voie Oblique*.

Il la regarda avec indulgence, attendri qu'elle puisse encore avoir des idées aussi sérieuses. Lui envisageait son voyage et son séjour sous un autre aspect, espérait bien profiter de cet extra, dans sa vie d'enseignant assez monotone.

— Vous devriez boire un peu plus de ce... de cette boisson.

— Ecoutez, Lucas. Pour faire du champagne il faut des vignes et pour les vignes de la chaleur. Il est dit dans l'acte de constitution de la Compagnie que toute activité superflue gaspillant de l'énergie sera prohibée tant que nous n'aurons pas les moyens de produire de la chaleur à bon marché. Vous vous rendez compte du prix de revient de ce champagne ? En aviez-vous seulement entendu parler ? Non, comme moi. C'est comme pour ce livre... Savez-vous qu'il explique l'origine des Hommes Roux ?

— Voyons, May, une autre fois.

— On nous les présente comme des créatures monstrueuses et débiles alors que ce sont eux qui vivent naturellement avec le froid, qui mènent une vie normale. Pas nous. La Compagnie a tout fait pour que nous les méprisions.

Lucas pouffa dans sa main et attira le regard de plusieurs actionnaires.

— Vous voyez-vous toute nue vous promenant sur le dôme d'une station ?

— Soyez sérieux, dit-elle avec une demi-gaieté… Ce n'est plus de mon âge… Mais je me contenterais de sortir par moins quarante avec cette robe-ci.

— Qui vous va à ravir.

— Ne fumez plus de *bout*, sinon vous allez me prendre pour une sorte de sirène voluptueuse.

En fait de sirène, il ne quittait pas Floa des yeux et imaginait ce qu'il ferait si jamais cette fille le rejoignait dans sa cabine.

— Nous déjeunons ensemble ?

— Volontiers.

— Je vais aller me refaire une beauté… Je vous retrouverai dans un des restaurants si vous voulez… Que pensez-vous du *Rabelais ?* On dit qu'il a une excellente cuisine à la française… Je me demande bien ce que ça signifie. Vous souvenez-vous qui était ce Rabelais ? Ça me dit quelque chose.

— Quand j'ai fait mes études préparatoires à la pédagogie, on n'avait pas encore retrouvé toutes ces bibliothèques… Mais il semble que ceux qui conçoivent ces wagons-restaurants en savent plus que nous.

Seul, il alla jusqu'au bar et commanda une vodka. On la lui servit avec un jus de citron naturel, ce qui le stupéfia. Le garçon pressa, vraiment devant lui, ce fruit jaune qu'il n'avait jamais vu que sur de vieilles photographies. Il emporta son verre pour en déguster le contenu avec une sorte de respect religieux. May avait raison. Pour produire du vin et des citrons, il fallait une énergie considérable.

Brusquement, il aperçut un campement de nomades

juste comme le train ralentissait dans une courbe. Les Hommes Roux, une tribu avec femmes et enfants, devaient être une centaine, rassemblés nus autour d'un grand feu. Ces sauvages avaient dû tuer quelques animaux errants, peut-être des loups, et les faisaient cuire sur des sortes de grils énormes ; faits de vieux rails abandonnés le long des voies. Curieusement il se souvint des paroles de sa collègue. Comment faisaient-ils pour vivre par moins quarante et plus sans vêtements et sans avoir leur sang qui se glaçait dans leurs veines ? Leur haleine même ne se répandait pas en vapeur blanche comme celle des autres humains.

Il haussa les épaules. On avait tort de les appeler Hommes. Ils étaient vraiment autre chose et May lui avait confié des pensées insensées… Elle trouvait leur vie normale… Il en était très gêné, d'autant plus qu'il existait des hommes et des femmes qui fantasmaient beaucoup au sujet des Hommes Roux. Parfois ils s'accouplaient sans la moindre retenue et sous les yeux de tous. C'était souvent le cas dans son village de Soap Station. Ces êtres-là s'unissaient sur la verrière juste au-dessus de l'école mobile. Évidemment cela intriguait fort les enfants qui ensuite lui posaient des questions embarrassantes. Ceux qui vivaient dans des fermes modèles d'élevage étaient informés plus tôt des nécessités de la vie. Mais à Soap Station, les mœurs étaient très rigides et certains humoristes disaient que c'était à cause de la fabrication locale du savon. Ceux qui le fabriquaient en devenaient plus propres et plus exigeants.

L'effet du cigare commençait à se dissiper lorsqu'il gagna le restaurant en question. Il n'attendit sa collègue que cinq minutes.

— Je me demande s'il y aura une table pour nous… Tout le monde semble se précipiter.

Il y en eut une, mais très mal placée sur le passage des serveuses et dans un coin assez obscur, éloigné des baies. Ils s'assirent avec des sourires résignés. May, à la lecture de la carte, poussa de petits cris d'admiration mais garda néanmoins toute sa lucidité.

— Vous croyez que c'est bon, un foie de canard ?

— Un canard, dit Lucas, n'a pas un foie très gros. Ils doivent en servir plusieurs à la fois. Je préfère cette croûte aux fruits de mer… Je ne savais pas qu'il y avait des arbres fruitiers dans la mer.

Lorsqu'ils furent servis, il regarda avec surprise la tranche de foie de sa compagne.

— Vous ne croyez pas qu'on vous a servi du foie de renne ?

— Il ne serait pas de cette couleur crème, voyons, dit-elle.

Elle goûta avec précaution et parut extrêmement surprise.

— Je ne sais pas ce que c'est, mais c'est merveilleux.

Lui découvrit que sa croûte était remplie d'un mélange assez curieux qui sentait le poisson et il réalisa avec confusion le sens réel des « fruits de mer ». Ce qui le rendait perplexe, c'était leur composition, car dans la vie quotidienne il n'y avait que quelques variétés de poissons.

— Je me suis méfiée du caviar mais j'ai eu tort, dit May, la bouche pleine… Il devait être fabuleux. J'ai lu un livre très ancien où l'on disait que le caviar venait du ventre de certains poissons aujourd'hui disparus. Pensez-vous qu'il puisse exister des élevages aussi spécialisés et interdits ?

— Je le crains, dit Lucas. Des produits rares réservés à une certaine classe. Ils n'auraient jamais dû nous les faire connaître.

May fronça ses sourcils qu'elle épilait en demi-cercle au-dessus de son œil légèrement protubérant. Comme chez beaucoup de femmes de cet âge, et depuis le début de l'ère glaciaire, elle souffrait d'une hypertrophie thyroïdienne.

— Ils prennent un gros risque, ne trouvez-vous pas ?

— En effet, fit-il à son tour perplexe… Nous ne manquerons pas de raconter un peu partout que dans la *Flèche d'Argent* il y avait des mets véritablement inconnus.

— Et qui ont dû coûter des quantités incroyables d'énergie.

— En attendant, si nous mangions ?

Mais il se rendit compte que sa collègue ne manifestait plus le même enthousiasme pour la nourriture. Il avait, sur le conseil du maître d'hôtel, commandé une bouteille de vin assez liquoreux et de couleur ambrée. Il porta le verre à sa bouche.

— Dieu du ciel, un nectar… Je n'ai jamais rien bu de pareil…

— Trop c'est trop, murmura May. Cela cache un piège.

— Voyons, ma chère amie…

Elle soupira :

— Ils veulent nous endormir. C'est qu'ils comptent nous arracher un vote très difficile. Pendant deux jours ils vont nous gaver de la sorte. Arrivés à Grand

Star Station nous serons bien incapables de la moindre critique.

— Que peuvent-ils bien nous demander de si extraordinaire ? Ils disposent à leur guise de tous les pouvoirs... Ils peuvent nous forcer à accomplir n'importe quoi et...

— Chut, on vous regarde.

A la table voisine, un homme au regard incisif, au crâne dénudé, les fixait avec insistance. Il devait y avoir des agents de la Sécurité dans ce train de luxe et il se sentit soudain très effrayé. Sans continuer sa diatribe, il se mit à manger avec avidité et s'efforça d'oublier cet inconnu. May évita elle aussi toute nouvelle parole excessive et plus tard ils se retrouvèrent dans une sorte de salon très calme où l'on pouvait écouter de la musique douce en regardant l'immensité glacée de la planète.

— Si je suis nulle en littérature, je puis vous dire cependant que nous voyageons en ce moment entre la Pologne ancienne et le Danemark sur la mer Baltique.

— Ça ne me dit trop rien, dit Lucas Beryl... Mais si vous me disiez que nous traversons l'ancienne Espagne, je rêverais d'orangers et de jasmin. Autrefois la Baltique n'était pas très folichonne non plus, je crois. Rien de comparable avec ce désert de glace, mais pas très gai non plus.

— Regardez ce point noir là-bas à l'horizon, est-ce un autre convoi ?

— Je le crois. Il nous dépassera très certainement. Mais si je n'ai pas la berlue, cette machine qui le traîne doit être très très grande.

— Une machine à vapeur, je vois très bien les jets et la fumée.

Brusquement, elle ne fut plus très à l'aise et se rapprocha de son collègue.

— Je n'aime pas beaucoup cette sorte de monstre noir qui s'approche de nous à toute vitesse comme s'il allait nous dévorer.

CHAPITRE II

Dans le wagon-restaurant le *Rabelais*, l'ambiance, à la fin du repas, devenait très joyeuse, surtout à la table de Floa Sadon. La jeune femme ne cessait de rire et d'enflammer ses voisins par sa coquetterie subtile. Mais aucun de ces hommes ne l'intéressait vraiment et elle n'en jugeait aucun digne de l'accompagner dans sa cabine. Elle regrettait un peu de ne pouvoir sacrifier à une sieste amoureuse et se grisait de champagne.

Leur table fut soudain recouverte par une ombre épaisse. La jeune femme regarda par la baie panoramique et tressaillit. Un convoi roulait sur la voie la plus rapprochée et cela n'avait rien de surprenant. Mais elle n'avait jamais rien vu de tel. La machine à vapeur qui se déplaçait à leur hauteur lui paraissait gigantesque. Ses roues démesurées atteignaient l'étage où se trouvait le restaurant et les bielles d'un beau noir luisant étaient énormes. Des jets de vapeur qui se solidifiaient presque aussitôt et coulaient en stalactites sur ses flancs fusaient à chaque coup de piston.

— Regardez ! cria-t-elle dans le tumulte.

Peu à peu, ses amis cessèrent de rire et de parler haut et leur silence soudain gagna les autres tables. Dans une stupeur inquiète, des dizaines de regards se portèrent sur l'espèce de monstre de métal qui persistait à se maintenir à leur niveau.

— Qu'attend-il pour nous dépasser ? murmura quelqu'un. Il dispose d'une puissance sans équivalent.

— Saviez-vous que la Compagnie possédait un tel vapeur ? demanda à Floa un gros porteur d'actions, celle-ci appartenant au conseil restreint de la Société ferroviaire.

— Non. Je l'ignorais…

— Hé, dit un autre, il n'a qu'un seul wagon d'accroché. Toute cette puissance pour une voiture unique ? Quel personnage fabuleux se promène ainsi en gaspillant tant d'énergie ? Je vous le dis, il y a des milliers de chevaux-vapeur dans ce mastodonte.

Dans le salon du haut, May Claty et Lucas Beryl demeuraient silencieux, frappés de terreur devant le spectacle sans précédent. L'instituteur se demandait quel atelier avait pu construire une si formidable machine. Il connaissait, du fait de son métier, la plupart des forges et ateliers de la concession à l'exception des usines secrètes qui fabriquaient les unités de la flotte de la Compagnie, les trains blindés, les avisos, les patrouilleurs et les cuirassés.

May s'appuyait contre lui et respirait avec difficulté. Elle avait essayé de fermer les yeux mais irrésistiblement relevait ses paupières, comme fascinée par la vapeur. Elle n'avait plus la moindre pensée, le moindre sentiment sinon cette peur paralysante. Elle ne remarquait pas, comme son compagnon, que la machine était double, pouvait circuler dans tous les sens grâce à une cabine centrale, construite entre les énormes chaudières blindées, et qui formait une sorte de coupole hallucinante avec ses hublots cerclés de cuivre qui la cernaient de toutes parts. Si bien que, vue de n'importe quel angle, on avait toujours deux de ces hublots qui paraissaient vous fixer, et Lucas pensa à cette ancienne représentation des fantômes. De la tête d'un fantôme ou d'un poulpe par exemple. Il frissonna et May enregistra ce frisson.

— Je n'ai jamais rien vu de tel, murmura-t-il. On n'aperçoit personne à travers les hublots.

Et alors, tout au long du monstre, d'autres yeux apparurent. Des paupières métalliques s'effacèrent lentement, démasquant des sortes de cavités parfaitement rondes. Lucas eut une autre image dans sa tête. Un vieux film historique montrant une bataille de vaisseaux à voiles des siècles passés. Comment s'appelaient ces ouvertures déjà, sur le flanc des navires ?

— Des sabords, murmura-t-il.

Comme May le regardait sans comprendre, il ne jugea pas utile de préciser. Il la prit par le bras et tenta de l'entraîner vers un abri. Mais, incapable de bouger, elle bascula sur lui.

— Je vous en prie, il ne faut pas rester là. Il va nous tirer dessus.

Des pensées incohérentes cahotaient dans son cerveau malmené par le fantastique de l'événement. La première était que la *Flèche d'Argent* s'était fourvoyée à proximité du champ de bataille, la seconde, qui chevauchait l'autre, qu'un commando ennemi avait réussi à pénétrer sur le territoire de la Compagnie et effectuait un raid meurtrier pour démoraliser les populations. Mais soudain il y eut un fracas effroyable. Le monstrueux vapeur tirait de toutes ses bouches découvertes. Lucas ferma les yeux, prononça un rapide adieu. Adieu à sa compagne, à la vie, à sa famille. Ils ne portaient aucun vêtement capable de les isoler du froid mortel et même s'ils échappaient aux missiles, ils mourraient gelés en quelques minutes.

— Vite !

Il espérait pouvoir rejoindre une cabine à un étage inférieur. Il n'osait pas regarder si la baie panoramique était brisée. May acceptait de marcher mais il devait la tirer. C'est alors qu'il aperçut les sortes de serpents qui ondulaient dans les airs avant de frapper le toit transparent du wagon et redescendre de l'autre côté.

— Des grappins… Comme les pirates d'autrefois.

Des grappins d'un genre nouveau. Les cordages qu'ils entraînaient paraissaient se coller immédiatement à leur proie, le wagon, et l'emprisonnaient étroitement. La *Flèche d'Argent* commença de ralentir dans une trépidation insupportable. Les mécaniciens devaient donner toute la puissance des machines, ne comprenant pas pourquoi le train de luxe devenait soudain si rétif. Lucas pensa qu'ils n'avaient pas encore découvert le titan qui les attaquait et qu'ils ne devaient pas réaliser le danger.

— Nous allons mourir, dit May en claquant des dents, enfonçant son visage dans l'épaule de son collègue.

Il caressa ses cheveux gris avec douceur, et essaya de la rassurer.

— Je crois qu'ils veulent nous capturer.

Cette fois, la *Flèche d'Argent* était presque arrêtée. Les roues s'enrayaient encore sur les rails, les portant à une température trop brusquement élevée. Des étincelles rageuses montaient bien plus haut que le dernier étage où ils se trouvaient.

Dans le restaurant, la panique était à son paroxysme. Chacun avait cru sa dernière heure venue. Seule Floa, qui gardait son sang-froid, avait compris que le monstre venait de les capturer dans ses tentacules artificiels. Elle se précipita vers un interphone intérieur et cria :

— Le chef de train, le chef de train… Dites à l'équipage de ne pas pousser la vapeur, sinon nous allons brûler.

Les gerbes d'étincelles devenaient encore plus fournies, un feu d'artifice terrifiant. Elle pensait que le métal du plancher finirait par fondre, puis l'isolant. Il y aurait d'abord des flammes, puis le froid mortel.

— Vous m'entendez ?

Mais le chef de train avait dû quitter son poste. Tout le monde perdait la tête. Ses chevaliers servants se ruaient vers les extrémités articulées du wagon. Les imbéciles ! Ils croyaient que seule la voiture-restaurant était visée. Le vapeur inconnu avait simplement attaqué au centre du convoi pour l'obliger à l'arrêt total. Elle pouvait voir les câbles tendus à se rompre, qu'un cabestan intérieur devait rider de façon scientifique. L'agresseur possédait une technique parfaite et ne devait pas en être à son coup d'essai. Mais jamais Floa n'avait entendu raconter que des convois aient été attaqués de la sorte.

Soudain, juste en dessous de la coupole aux hublots inquiétants, s'ouvrit une sorte de sas. Une porte bascula et des hommes apparurent en combinaison isotherme. Floa éprouva un certain soulagement. Un instant elle avait imaginé un être fabuleux venu d'autre part, cru que le vapeur était vide de toute présence vivante. Qu'il avait sa propre autonomie, son propre cerveau. Mais la vue de ces êtres ni difformes, ni trop grands, ni trop petits, d'apparence normale avec leurs deux jambes et leurs deux bras, la rassurait. Des bandits de grands chemins en quelque sorte, des pirates, au choix. Mais où s'étaient-ils procuré un vapeur aussi démesuré ?

Ils étaient armés, bien entendu, des sortes de pistolets très longs, certainement équipés de laser. Elle en compta une vingtaine qui se dirigeaient vers le sas du wagon.

Dans le restaurant elle était la seule femme avec les membres du personnel des cuisines qui, pris entre leur terreur et les habitudes de servilité, n'avaient pas osé se réfugier ailleurs. Elle vit entrer le premier homme, fit quelques pas vers lui. C'était un mâle et elle savait que ce qui pouvait lui arriver de plus fâcheux ne lui déplairait peut-être pas.

— Qui êtes-vous ?

L'homme ne la regarda même pas et elle en fut vexée. Il braqua le personnel qui leva les yeux. Un autre inconnu portant lui aussi cagoule le rejoignit. Du coin de l'œil, Floa vit alors que l'on installait un tunnel isothermique entre le vapeur pirate et la *Flèche d'Argent*. Le reste des agresseurs s'étaient répartis sur toute la longueur du convoi. Il y avait quelques gardes de la Sécurité à l'avant, mais elle ne pensait pas qu'ils aient beaucoup de chance de reprendre la situation en main. Si ces imbéciles tiraient, le vapeur pouvait pulvériser le convoi avec ses missiles. Certaines bouches n'avaient pas vomi des grappins d'abordage et devaient garder en réserve des charges dangereuses.

Peu à peu, les gens commencèrent d'arriver. Des deux côtés. Les chevaliers servants un peu gênés par leur fuite. Mais aussi des employés, des garçons de cabine, des femmes de chambre, des agents de circulation, puis l'équipage au complet.

Lucas Beryl et May Claty étaient toujours dans le grand salon panoramique lorsqu'un des hommes en cagoule arriva. Il leur fit signe de descendre. Le wagon-restaurant était rempli à craquer. Leur arrivée provoqua une sorte de tassement insupportable. Là où ne pouvaient tenir qu'une centaine de personnes, quatre ou cinq cents se trouvaient agglomérées les unes aux autres.

— Ce n'est pas possible, dit un gros actionnaire dans le cou de Floa qui ne put supporter la chaleur de son souffle sur sa nuque… Ils ne vont pas triompher longtemps… Les secours ne vont pas tarder.

— Quels secours ? répliqua-t-elle.

De chaque côté du wagon il n'y avait que quelques pirates. Les autres devaient piller le train car bientôt, à travers les parois du tunnel translucide, elle les vit passer ployant sous les marchandises diverses. Et même elle reconnut ses bagages, faits d'un cuir ancien retrouvés dans des fouilles.

En même temps on décomptait les prisonniers. Peu

à peu le wagon se décongestionnait et les autres pouvaient respirer plus facilement.

— Nom et profession ? demanda un pirate à Lucas Beryl.

Il répondit avec le maximum de dignité.

— Instituteur ? Dans ce cas, dirigez-vous sur la gauche.

A gauche, c'était le tunnel, le vapeur monstrueux. Que lui voulaient-ils ? Il fut poussé brutalement dans cette direction. Une minute plus tard il pénétrait dans le flanc de la locomotive, suivait une coursive, devait descendre dans les entrailles même, de l'engin. Il se retrouva, éberlué et n'en croyant pas ses yeux, dans une cale fermée par des grilles. Dans la semi-obscurité il aperçut une demi-douzaine d'autres personnes, la plupart inconnues et luxueusement habillées.

Dans le wagon-restaurant, le tri continuait sur un mode assez rapide. Ceux qui n'étaient pas enlevés étaient dirigés vers les cabines, enfermés à double tour. Ils ne savaient s'ils devaient se considérer comme des chanceux ou des condamnés. Un ou deux missiles suffiraient à réduire le convoi en carcasse meurtrière. De toute façon, le froid suffirait à les tuer si jamais la motrice ne fournissait plus de chaleur.

Ce fut bientôt le tour de Floa Sadon. Le pirate la regarda avec des yeux très durs, détailla son décolleté audacieux. Parfois un sein se découvrait entièrement selon ses mouvements.

— Votre nom ?

Elle en inventa un sur-le-champ.

— Profession ?

— Prostituée, dit-elle avec défi.

— Non, cria une voix, c'est la fille du gouverneur de cette Province, Floa Sadon. Prenez la. On vous versera une grosse rançon. Elle détient un gros paquet d'actions.

Jamais elle ne sut qui avait crié ainsi. Un serviteur, un employé, ou peut-être même un de ses compagnons de fête. Le pirate plissa ses yeux :

— Nous le savions. Vous mentez avec assurance, Floa Sadon.

— Je ne m'avoue jamais battue, dit-elle.

On l'entraîna dans le tunnel puis dans les flancs du vaisseau du rail. Lui aussi évoquait plus l'image d'un de ces navires anciens que celle d'une locomotive d'un autre âge. De toute façon, la Compagnie cédait à un certain goût du passé en baptisant flotte ses véhicules blindés, les différenciant entre avisos, torpilleurs, cuirassés et croiseurs.

Elle se retrouva dans une sorte de cage, mais seule, face à celle qui contenait ses compagnons. Elle alla s'asseoir sur une couchette étroite et attendit.

Elle ne pensait pas que les secours puissent arriver très vite. Les pirates avaient dû court-circuiter les installations, et même si la progression de la *Flèche d'Argent* ne figurait plus sur les tableaux de dispatching de Province, personne ne s'en soucierait sur-le-champ. La clientèle spéciale de la *Flèche d'Argent* devait être réputée pour ses caprices. Ils auraient pu très bien faire stopper leur train en plein désert pour esquisser quelques pas sur la banquise.

Dans cette semi-obscurité, les prisonniers ne souffraient pas du froid, mais l'endroit empestait l'huile lourde et le charbon liquide. La pulsation sourde des machines faisait vibrer toutes les tôles et finissait par remonter des pieds jusqu'au cerveau, le noyait d'une torpeur à demi paralysante. Peu à peu ils s'assirent tous, y compris Lucas Beryl qui regardait toujours dans la direction de Floa. Malgré son âge, cinquante ans bien tassés, il gardait encore un cœur naïf d'adolescent. Il s'imaginait en preux chevalier terrassant le dragon, sauvant la belle fille du gouverneur et se voyant récompensé par un peu plus qu'un chaste baiser. Peut-être était-ce cette trépidation continue qui lui redonnait une vigueur de jeune homme. Un autre aurait pensé que ce n'était pas le moment, mais lui oubliait sa situation et remplissait ses yeux de l'image très érotique de Floa Sadon. Consciente ou non, elle exposait son corps merveilleux. Il découvrait largement ses jambes, suivait avec émotion la courbe des hanches que plaquait la robe d'un modèle réduit. Floa se rendit compte de l'intérêt que lui manifestait cet homme aux cheveux déjà gris et le fixa d'un air songeur. Il se distinguait des autres en n'ayant pas l'air désespéré, ni ballotté par les événements.

— Hé, qui êtes-vous ? cria-t-elle car le grondement des machines avait augmenté d'intensité.

— Lucas. Je sais qui vous êtes. Vous êtes une très jolie fille.

— Merci.

Elle se mit à rire. Décidément, si cet homme la trouvait belle, rien n'était encore perdu. Un semblant de normalité se glissait dans le cauchemar.

— Vous êtes actionnaire ?

— Tout petit… Je suis instituteur.

— Non ? fit-elle en se retenant pour ne pas pouffer nerveusement.

Mais bientôt le grondement fut tel qu'ils durent interrompre leur conversation. Parce que le regard de cet homme la flattait et, surtout, lui redonnait confiance en son étoile, elle s'étira comme une chatte sur sa couchette, s'allongea à plat ventre, sachant combien le profil de ses fesses pouvait émouvoir un homme. Elle battit lentement celles-ci de ses talons nus. Ces gens-là l'avaient enlevée dans sa robe trop légère avec juste ces escarpins élégants. Si jamais elle devait marcher sur la glace…

Lucas ne fut pas dupe de la rouerie de la fille mais prit cela comme une attention gentille, uniquement destinée à lui faire plaisir. Il s'imaginait en train de caresser ce corps plein de jeunesse et de vitalité, oublia alors totalement sa situation et plana dès lors dans un rêve éveillé.

Les machines accumulaient de la puissance pour le départ. Depuis une cabine où elle était enfermée avec cinq personnes, May Claty, les larmes aux yeux, assistait aux préparatifs. Le monstre récupérait ses amarres, ses sabords se refermaient, son tunnel était avalé par les flancs. Bientôt il fut tel qu'il s'était présenté et commença à s'éloigner en sens contraire. Dans quelques secondes il ne serait plus qu'un souvenir terrifiant, mais elle pensait à son collègue que les pirates emmenaient avec tous ces gros porteurs d'actions riches à millions. Qu'attendaient-ils de lui ?

Dans la coupole du monstre, le chef des pirates consultait quelques documents que l'on avait découverts dans les cabines. C'était un homme de taille moyenne, métissé d'Asiatique et de Noir, très certainement. Il se faisait appeler Kurts et venait des territoires sibériens de la Compagnie du Grand-Nord. En fait on disait qu'il avait déserté voici une dizaine d'années, qu'il avait voyagé et fait le tour de la Terre, ce qui représentait un exploit unique en son genre. Il affirmait qu'il existait encore des oasis où la glace n'avait jamais recouvert le sol, que parfois le soleil réapparaissait à l'équateur dans une brume violette, que les peuples du Sud utilisaient de grands navires à voiles sur les glaces.

— Commandant Kurts.

Son second, Rando, venait de pénétrer sur la passerelle de commandement.

— Les hommes demandent s'ils peuvent profiter de la fille.

— Tout de suite ? fit Kurts, impassible.

— La bordée au repos, quatre hommes.

— D'accord, fit Kurts.

— Vous ne désirez pas user de votre droit de prise ?

— Non, elle ne m'intéresse pas.

Toujours accroché aux grilles de sa cellule, Lucas Beryl contemplait Floa qui dormait. Il ne sentait pas la fatigue, ni les secousses insupportables, ni la chaleur huileuse. Il avait l'impression de veiller sur elle.

L'arrivée de ces hommes presque nus l'avertit tout de suite d'un événement insupportable. Lorsqu'ils entrèrent dans sa cellule, Floa se réveilla et s'assit sur sa couchette. Ils voulurent lui saisir les bras et les jambes mais elle secoua la tête, ôta sa robe et s'allongea, les jambes ouvertes.

Il assista, impuissant, frappé à nouveau de vieillesse, à cette succession des quatre hommes sur la fille. Il vit même qu'elle jouait des reins, soit qu'elle apprécie, soit qu'elle joue la comédie pour les satisfaire pleinement et éviter d'être plus cruellement traitée.

Lorsqu'ils repartirent, elle remit sa robe, le regarda avec un sourire très froid. Il se détacha de la grille et alla s'asseoir sur une couchette.

Depuis la coupole, Kurts surveillait d'un œil le retour du vapeur dans son repaire. Ils devaient utiliser le réseau principal du cercle polaire et s'efforcer de ne pas trop se faire remarquer. Ils empruntaient des voies traversières dont ils possédaient les schémas sur ordinateurs. En principe, tout devait se passer au mieux et dans deux heures ils seraient à l'abri des recherches.

— Nous avons récupéré des vivres en quantité incroyable, lui annonça Rando qui venait d'effectuer un premier inventaire. Je n'ai jamais vu une nourriture aussi étrange.

Il lui apportait des boîtes de conserve et Kurts dut lui expliquer ce qu'elles contenaient. Il y avait aussi des quartiers de viande congelée, des boissons en containers capables de supporter les plus basses températures.

— Cela représente des milliers de dollars. Mais nous avons aussi des bijoux, des fourrures et des dollars. Je crois que tout le monde sera content lors du partage. Il y a aussi les rançons. Celle de la fille du gouverneur Sadon sera fabuleuse, non ?

— Nous la fixerons à dix millions de dollars.

Rando sursauta, malgré tout.

— C'est énorme.

— Elle possède pour cent millions d'actions. Ce n'est rien du tout.

— Nous avons un instituteur qui pourra nous servir de messager. Nous avons pensé qu'il serait assez adroit pour ne pas commettre d'idioties.

— Excellente idée, approuva Kurts.

Ils se dirigeaient vers des falaises inaccessibles dans le nord-est. Bientôt ils abandonneraient les voies officielles de la Compagnie pour leur propre réseau, qui était habilement camouflé à partir d'un certain point.

— L'ennui, c'est que nos stocks de carburants commencent à décliner et il n'y avait pas grand-chose dans le train de luxe.

— Nous attaquerons un train en route vers le front. Le dispatching central nous renseignera à l'insu de la Compagnie et nous attaquerons dans les meilleures conditions.

— Un convoi entier ? s'étonna le second. Mais comment le ramènerons-nous sans nous faire remarquer ? De toute façon, nous ne pourrons jamais le faire pénétrer tout entier dans notre repaire.

— Nous le disperserons en différents endroits.

Ils passèrent dans une vieille station abandonnée, à la verrière crevée et qui servait d'abri à des Hommes Roux. Ce n'étaient pas eux qui les trahiraient. Lorsque la monstrueuse locomotive passait, ils se prosternaient avec terreur. Plus loin, la voie officielle disparaissait sous un amas de glace. Mais ce n'était qu'un leurre. La glace était sur des chariots mobiles et s'écartait, automatiquement, à l'approche de la machine qui s'engageait dans un énorme tunnel creusé au laser et qui n'avait que quelques centaines de mètres de long pour déboucher dans une plaine absolument déserte que la voie clandestine traversait en direction des hautes falaises. Le commandant Kurts continuait à lire les documents trouvés. Et puis on lui apporta le diagramme de marche récupéré dans la cabine de pilotage de la motrice.

— Bizarre, dit-il à Rando, il y a quelque chose qui me paraît anormal dans cet itinéraire.

— Nous pouvons l'analyser plus en détail.

— Cette *Flèche d'Argent* ne se dirigeait pas vers Grand Star Station.

— Elle devait faire le plein des actionnaires et aller dans les stations les plus reculées.

— D'accord, mais j'ai l'impression qu'elle avait effectué à peu près le plein.

— Je vais donner ça à nos informaticiens.

Le titan roulait dans la plaine désertique que même les Hommes Roux ne fréquentaient pas. Elle avait une réputation d'instabilité et parfois des crevasses insondables fissuraient la glace sur des kilomètres. Il y avait un risque certain, même pour les pirates, à la traverser, et Kurts préférait être attentif aux écrans de contrôle.

Les immenses falaises se rapprochaient peu à peu et dans un quart d'heure ils seraient tous dans la vaste caverne qui leur servait d'asile.

CHAPITRE III

Le grand zoo de Grand Star Station avait été éloigné au maximum des habitations et casé tant bien que mal à la limite du dôme qui recouvrait la capitale, là où l'énorme hémisphère de verre subissait les plus grandes variations thermiques et où régnait une température assez basse, proche du zéro. Il fallait chauffer les cages des animaux les plus fragiles, et le directeur du zoo, Harl Mern, avait pu obtenir que l'on construise une grande verrière qui englobait la majeure partie des voitures et permettait aux spectateurs de visiter cette immense ménagerie sans être obligés d'endosser des tenues plus chaudes.

A ce niveau, le dôme n'était pas très bien nettoyé de la glace qui s'y accumulait en couche épaisse et réduisait d'autant la lumière. Le directeur passait son temps en démarches harassantes le consacrait tout entier à se procurer l'essentiel, la nourriture pour les bêtes, les autorisations de branchements électriques.

Lorsqu'il demandait de la viande pour les quelques fauves qui essayaient de perpétuer la race des lions et des tigres, il se heurtait toujours à une très grande incompréhension.

Depuis qu'ils étaient traqués par la Sécurité, Lien Rag et l'ex-lieutenant Skoll avaient trouvé refuge dans le zoo.

Lien Rag venait de changer la paille synthétique d'une sorte de gazelle qui devait mettre bas sous peu. Le mâle était mort et Harl Mern, anxieux, espérait que la mise bas se passerait bien et qu'il y aurait un mâle.

L'ex-lieutenant Skoll s'occupait des chats. Une vingtaine de petits félins retournés à l'état sauvage et que la captivité n'améliorait pas. Lorsque Lien pensait que dans le temps on pouvait prendre un de ces petits animaux sur ses genoux, le caresser, jouer avec, il devenait très mélancolique. Il aurait aimé passer ses mains dans leur fourrure, mais le risque était trop grand. Lors de la Grande Panique qui avait suivi l'explosion de la Lune et la disparition du soleil, les animaux domestiques étaient tous devenus fous. Les chiens s'étaient enfuis en bandes sauvages et les chats, trop frileux, étaient morts les uns après les autres. Il ne subsistait que ceux-là et leur histoire était assez extraordinaire. Ils descendaient d'une bande de chats que l'on avait découverts, cinquante ans après le début de la nouvelle ère glaciaire, chez une vieille dame. Celle-ci avait fini par mourir et ses chats l'avaient dévorée. Pendant cinquante ans elle les avait gardés chez elle, sacrifiant tous ses revenus pour eux. Elle avait même installé un chauffage spécial pour leur permettre de survivre.

— J'ai une nouvelle exceptionnelle pour notre journal, murmura Skoll qui se méfiait des autres gardiens du zoo.

Lien ramassa les seaux vides ayant contenu les aliments pour les chats et suivit l'ex-lieutenant jusqu'au local où l'on entreposait les excréments des animaux. Une fosse creusée dans le sol glacé. Le directeur escomptait utiliser la chaleur pour chauffer les cages.

— Quelles nouvelles ? demanda Lien en évitant de respirer en se penchant vers les fosses.

— Un train de luxe a été attaqué dans la 17e Province. Des personnages importants ont été enlevés. Il paraît que ce sont des sortes de pirates qui ont fait le coup. Les témoins parlent d'une motrice à vapeur aux dimensions fabuleuses, un véritable monstre avec des roues énormes… Semblable à ces locomotives d'avant mais dix fois plus grande.

— C'est incroyable, dit Lien. On ne peut diffuser une telle nouvelle de la sorte.

— Attends. Les personnalités enlevées sont de gros porteurs d'actions de la Compagnie.

Cette fois, l'ex-glaciologue prêta une oreille plus attentive aux paroles de son ami. Skoll l'entraîna au-dehors en direction des anciens animaux de cirque, deux éléphants, un rhinocéros, le dernier de sa race. Lorsqu'il mourrait, et cela ne saurait tarder, il n'y aurait plus que les films et les photographies pour rappeler le souvenir de cet animal. Pour l'instant, il grattait furieusement dans sa sciure et fixait les deux gardiens de son petit œil stupide.

— Floa Sadon serait parmi les gens enlevés.

— Es-tu sûr de cette nouvelle ?

— Le train en question transportait des porteurs d'actions pour l'assemblée extraordinaire qui devait avoir lieu ici. Il y avait de très gros porteurs et des petits. On leur a recommandé le silence le plus complet mais ils parlent quand même. Un type qui ne possède que le minimum d'actions n'a aucune raison de se taire. Voilà pourquoi j'ai ces informations, mais on doit m'en apporter d'autres aujourd'hui.

Songeur, Lien enferma le rhinocéros dans la moitié de sa cage, nettoya l'autre à coups de balai, remplaça la litière. Ensuite il bataillait pour faire passer l'animal dans la partie propre pour recommencer la même chose. Floa aux mains de pirates du rail. Quelle chose extraordinaire ! Il avait failli l'épouser sans l'aimer. C'était avant son aventure avec le lieutenant Skoll, lorsqu'ils avaient retrouvé le livre de Oun Fouge, le généticien créateur des Hommes Roux qui avait écrit un ouvrage sur ses expériences : *La Voie Oblique*.

A la fin du travail, ils se retrouvèrent dans le compartiment étroit qui leur était attribué, deux couchettes superposées, une table, dans des wagons vétustes. Le zoo ne restait jamais plus d'un mois dans une grande ville. Si son point d'attache était la capitale G.S.S., il allait exhiber ses animaux jusque sur le front. La dernière fois, trois wagons-cages avaient sauté sur une mine et Harl Mern avait perdu une sorte de buffle de l'ancienne Chine et toute une volière de perruches. Ces oiseaux fascinaient d'ailleurs Lien. Depuis le retour des glaces, il n'y avait plus que des corbeaux charognards qui vivaient à l'état sauvage. Eux seuls s'étaient adaptés aux nouvelles conditions de vie. Comme les rats. Les deux seules races qui se soient maintenues assez aisément.

— Je vais en ville, annonça Skoll.

Leur wagon se trouvait près des voies principales se dirigeant vers le sud de la concession. Des centaines de convois se succédaient nuit et jour, parfois des unités de la flotte, lourdes masses qui faisaient tout vibrer.

— Ce train de luxe n'était donc pas sous surveillance ? Cette histoire de pirates me paraît incroyable. Pourquoi la Sécurité ne se serait-elle pas débarrassée des gros actionnaires ? On dit qu'elle et les Néo-Catholiques auraient conclu une alliance secrète pour s'emparer du pouvoir.

— Il y a des témoins de cette attaque.

— Une locomotive fantastique… Les gens ont besoin d'un certain merveilleux, je crois.

— Tu vas à l'imprimerie ?

— Oui, tout à l'heure.

L'imprimerie clandestine se trouvait cachée dans les wagons réservés aux stocks de viande pour les fauves. La température y était maintenue assez basse et ils travaillaient dans les pires conditions, dans un réduit difficilement aménagé et où l'on ne pouvait tenir qu'à deux. Mais la machine d'impression était d'excellente qualité et ils arrivaient à produire près d'une centaine d'ouvrages par semaine, en prenant sur leur temps de repos. C'était une vieille femme à la retraite qui brochait et reliait les livres. Ils avaient lancé, grâce à un réseau de dissidents très bien organisés, une grande souscription à travers le pays. Pour se procurer le papier ils devaient le payer le double. Mais déjà ils avaient livré plusieurs centaines d'ouvrages et espéraient continuer encore longtemps.

La Voie Oblique rencontrait, même chez les gens les plus hostiles à la Compagnie, une très grande réserve et beaucoup même critiquaient cette initiative et le contenu du livre. Habitués depuis cent ans à considérer les Hommes Roux comme des animaux, à les traiter comme tels, les gens n'admettaient pas qu'ils puissent être des hommes.

« Mais regardez, leur disait Lien, ou Skoll, ils supportent des températures que nous ne pouvons même pas aborder. Nous devons nous équiper de combinaisons spéciales, très onéreuses, pour sortir en dehors des installations que nous fournit la Compagnie. Si nous voulons vivre en dehors d'elle, nous ne le pouvons pas, les Hommes Roux si. Donc ils sont plus libres que nous. Leur vie vous paraît primitive et très difficile alors qu'ils passent une existence sans souci, uniquement préoccupés de se nourrir. »

On leur rétorquait que beaucoup d'Hommes Roux nettoyaient la glace des dômes pour recevoir la nourriture. Qu'ils se transformaient eux-mêmes en esclaves.

Que le généticien Oun Fouge avait commis des erreurs. Certes il avait créé une race résistante au froid mais déficiente au point de vue mental et plus proche des animaux que des humains.

Alors Skoll se mettait dans une colère froide qui impressionnait les contradicteurs :

« Il suffit de reprendre les expériences de Oun Fouge et nous améliorerons la nouvelle génération d'Hommes Roux.

— Qui servira de cobayes ? »

C'était le grand problème. Désormais il était l'homme le plus recherché par la police de la Compagnie qui ne pardonnait jamais une trahison. Il avait dû se teindre en brun, laisser pousser sa barbe et changer son apparence générale. Mais il risquait à tout moment d'être reconnu et de disparaître après avoir été cruellement torturé.

Lien avait connu lui aussi les tortures de la Sécurité et en portait encore des cicatrices. Il avait été un bon glaciologue, avait été le témoin d'un génocide de la part de la Compagnie et depuis luttait contre elle sans se lasser.

Il travailla plusieurs heures dans l'imprimerie clandestine jusqu'à ce que l'encombrement des feuilles imprimées l'empêche de continuer. Il rentra se coucher après avoir pris une douche car la viande des animaux empuantissait tout.

L'ex-lieutenant rentra assez tard. Mais il avait des nouvelles précises sur les fameux pirates du rail. Parmi les petits actionnaires, il y avait un dessinateur qui avait pu restituer l'image de la fameuse locomotive. Il en avait fait une photographie que Skoll exhiba. Pour mieux faire ressortir la monstruosité de la machine, l'artiste avait esquissé des silhouettes d'hommes et l'effet était absolument fantastique.

Devant le silence impressionné de Lien, Skoll eut un demi-sourire dans sa barbe :

— Alors tu y crois, maintenant ?

— Je me demande d'où sortent ces pirates. Ils ont vraiment tout pillé ?

— Tout. N'aie aucun espoir. Ce ne sont pas des dissidents. Ils ne songent qu'au profit. Ils sont certainement irrécupérables pour nous. Mais d'un autre côté, voilà la Compagnie attaquée sur deux fronts. Ce n'est pas si mal.

— Floa Sadon est vraiment leur otage ?

— Mon dessinateur me l'a confirmé. Le seul qui parmi les prisonniers ne soit pas multimillionnaire est un instituteur nommé Lucas Beryl. J'ai vérifié, il est sur notre liste.

Leur liste comportait le nom des gens susceptibles d'être intéressés par *La Voie Oblique*. Pas forcément des sympathisants, mais des intellectuels capables de réfléchir sur le sujet et d'en parler avec d'autres personnes. Tout le personnel des écoles et des instituts avait été contacté.

Le lendemain, le directeur du zoo leur annonça une nouvelle assez surprenante en apparence.

— Nous quittons G.S.S., leur dit Harl Mern. Le gouverneur de la 17e Province nous réclame à River Station.

— Je n'aime pas beaucoup cette coïncidence, dit Skoll.

— Etait-ce prévu ? demanda Lien.

— Nous avions promis une visite à cette ville depuis longtemps. Maintenant le gouverneur a demandé une priorité. Il faut commencer les préparatifs de départ.

Dès la fin de la journée, un premier convoi fut prêt et put prendre la direction de cette Province. Les arrêts promettant d'être innombrables, le voyage demanderait au moins deux jours. Les convois militaires avaient la priorité sur la plupart des lignes et certains « vaisseaux » du rail roulaient sur une cinquantaine de voies, avec une longueur d'un kilomètre et des superstructures fantastiques. Tout était mis en œuvre pour impressionner les combattants ennemis mais aussi pour donner le moral aux troupes. La vue de tels mastodontes, souvent peu maniables et exposés au feu, galvanisait les courages, pensait l'état-major.

Lien et Skoll faisaient partie du deuxième convoi, celui des fauves et des animaux les plus rares.

— Je me demande si nous ne devrions pas quitter le zoo, dit l'ex-lieutenant. Ce gouverneur me paraît trop malin. Pourquoi nous attire-t-il à River Station ?

— Si nous étions repérés, nous serions déjà arrêtés. Ne penses-tu pas qu'il s'est souvenu que Harl Mern et moi nous connaissons depuis longtemps ? Il désire peut-être l'interroger sur moi en dehors de toute convocation officielle.

— Mais dans quel but ? Cela ne me plaît guère.

— Je l'ignore autant que toi.

Ils durent s'installer dans une autre cabine à peine plus confortable que la précédente et dès le départ ne manquèrent pas d'ouvrage. Il fallait circuler en combinaison isotherme en dehors des voitures-cages pour voir l'état des animaux à travers les vitres isolantes. La moindre chute du thermomètre dans la tanière des lions et c'était leur mort rapide. Il y avait aussi le rhinocéros qui devait durer encore quelque temps comme un dernier vestige antédiluvien.

Comme prévu, les arrêts se multipliaient et parfois l'électricité voyait diminuer son voltage de façon inquiétante. Les grosses unités de l'armée dévoraient des millions de kilowatts, ainsi que les trains de renforts et de munitions. La guerre n'en finissait pas et on disait que les deux Compagnies ennemies avaient signé un accord secret pour qu'elle se prolonge. Une façon de détourner sur le conflit la justification des difficultés économiques, sociales et politiques qui ne cessaient de grandir. Les Compagnies avaient réorganisé le monde selon des critères commerciaux qui se voyaient désormais mis en accusation. Une seule technique, celle du rail, avait été choisie pour subvenir à tous les besoins, surtout en énergie puisque la chaleur était vitale dans cette période glaciaire. Tous ceux qui voulaient vivre en marge devaient le faire avec des techniques appropriées et parfois y parvenaient non sans mal. On parlait de communautés qui utilisaient le fumier de renne, d'autres la géothermie. Il y en avait même qui exploitaient d'anciennes mines non répertoriées par la Compagnie, des forêts englouties sous un kilomètre de glaces. Mais la majorité des gens préféraient s'en remettre à la Compagnie. Celle-ci, comme toutes celles qui se partageaient le monde, cinq ou six, le chiffre était tenu secret, fournissait le courant électrique à partir de différentes sources, nucléaires, centrales thermiques et géothermiques.

Toute installation fixe était prohibée. Même les fermes sous dôme devaient être prêtes à quitter leur coin dans les quarante-huit heures. Un slogan indiquait : « La mobilité, c'est la vie, l'immobilisme, la mort ». Il n'était pas tout à fait officiel mais certains notables et grands pontes aimaient l'utiliser.

Au bout de deux jours, les deux hommes comprirent qu'ils n'atteindraient pas River Station avant encore vingt-quatre heures.

— Il paraît qu'ils ont saboté un nœud très important à cinquante kilomètres, ce qui explique cet engorgement, dit Skoll qui ne cessait d'aller aux nouvelles lorsque leur convoi était sur une voie de garage ou immobilisé en plein no man's land. Ce serait un commando ennemi, mais je pense plutôt à un groupe de terroristes bien de chez nous.

La nourriture des bêtes devait être sérieusement rationnée et parfois ils devaient allumer les chaudières à bois qui fournissaient de l'air chaud en circulation sous le plancher des cages. C'était rudimentaire mais efficace. Le rhinocéros supportait mal ce voyage. Il en avait accompli des centaines, le pauvre animal, et une nuit Lien se leva une demi-douzaine de fois pour aller le visiter. Il lui faisait absorber des médicaments et un peu d'alcool en le mélangeant à sa nourriture, mais l'animal n'était guère affamé et il aurait fallu le soutenir avec des piqûres. Mais le seul fusil à seringue hypodermique était resté avec le directeur.

— On va le perdre si ça continue, on va le perdre.

Puis, dans la nuit, l'embouteillage se dispersa et vers deux heures de l'après-midi ils franchissaient le sas de River Station étaient dirigés vers de vieilles voies rouillées tout au bout de la ville.

— Il y a des tramways et des draisines privées, expliqua Lien à son compagnon.

Chose étonnante, le directeur était déjà sur place. Il avait emprunté un autre réseau, avait fait effectuer à son équipage un trajet plus long mais plus dégagé et était arrivé avec douze heures d'avance. Sans attendre, il piqua le rhinocéros qui paraissait très mal en point.

— Nous allons lc mcttrc à l'écart. Il nc faudrait pas que le public vienne l'importuner.

Plus tard, au début de la nuit, Lien alla rôder du côté du palais du gouverneur. Un instant, il fut tenté d'y pénétrer et de demander audience au gouverneur. Le père de Floa l'avait toujours traité amicalement et il avait l'impression qu'il ne l'aurait pas livré à la Sécurité avec laquelle il n'était pas toujours en plein accord.

Skoll avait rencontré des dissidents et les commandes du livre continuaient à progresser, mais l'esprit des gens restait le plus souvent fermé aux thèses d'Oun Fouge.

— Pour eux, le progrès, c'est le rail, toujours le rail, la technique. Certains, même, pensent que la Compagnie a raison de combattre contre la Sibérienne, que le militarisme forge les âmes et les corps, que nous ne pouvons adopter une attitude pacifique. Même les plus libéraux tiennent un tel langage. C'est désespérant. Parfois j'ai envie de leur dire qui je suis, d'où je viens.

— Je me demande comment nous pourrions reprendre les expériences de Oun Fouge, dit soudain Lien. Comment trouverions-nous des généticiens favorables d'abord ? Et quels cobayes choisir ?

— Tu ne vas pas émettre des réserves toi aussi ?

— Non, mais je sais qu'il faut reprendre tout au départ. Les Hommes Roux sont une réussite physique mais un échec sur le plan mental. L'idée des cobayes me laisse très réservé.

— Si déjà l'on pouvait modifier le Q.I. des Hommes Roux, les faire sortir du paléolithique…

Lien resta silencieux. Il n'était pas tout à fait d'accord : il trouvait que la vie des Hommes Roux ne paraissait pas les accabler autant que celle que menaient les hommes soumis à l'autorité de la Compagnie.

Le lendemain matin, le rhinocéros allait beaucoup mieux et recommençait à manger. Le directeur annonça qu'il devait passer aux palais pour des questions administratives et ils n'y firent pas tellement attention.

Harl Mern revint un peu avant midi, très bouleversé, leur fit un signe discret mais les évita soigneusement. Ce ne fut qu'un peu plus tard qu'il réussit à trouver Lien dans la cage des oiseaux.

— J'ai été reçu par le gouverneur.

Lien tressaillit et continua à remplir les petites mangeoires. Les oiseaux colorés l'enchantaient car le nouveau monde ne possédait plus de belles couleurs aussi vives.

— Il te cherche. Il sait que je te connais. Il veut te rencontrer. Il m'a promis que ce ne serait pas un piège. Mais il affirme qu'il a besoin de toi au sujet de sa fille.

— Qu'as-tu répondu ?

— Que je ne t'avais plus rencontré depuis la

dernière fois, ici même, à ce bal offert par une générale, je crois. Mais j'ai l'impression qu'il ne m'a pas cru.

— C'est étrange, dit Lien.

Lorsque Skoll fut mis au courant, il se montra très sec :

— Pas de relations avec l'ennemi. Sadon est un profiteur de la Compagnie, tu dois l'ignorer. Que sa fille se démerde avec ces pirates. Il n'a qu'à payer une rançon s'il veut la récupérer.

CHAPITRE IV

Dans les quelques jours qui suivirent l'installation du zoo à River Station, les pirates inconnus attaquèrent un convoi de combustible. Avec une audace incroyable, l'énorme locomotive surgit non loin du champ de bataille, paralysa un train de cinquante wagons-citernes et disparut avec son butin. Le tout en moins de deux heures de temps et dans une gare de triage gardée par une centaine d'hommes de la Sécurité.

La Compagnie dut laisser les journaux et la radio s'étendre à leur guise sur l'événement. Le Vapeur-Pirate, la Locomotive du Diable, le Mastodonte d'Acier, comme l'appelèrent les journalistes, suscita dans l'opinion publique une sorte de curiosité morbide. On ne parla plus que de cela.

Après avoir laissé les médias délirer, la Compagnie fit publier un communiqué dans lequel elle affirmait que les pirates n'étaient autres que des ennemis infiltrés, des francs-tireurs organisés en commandos et que désormais tout renseignement permettant de les arrêter serait récompensé par une forte prime et une décoration honorifique.

— Nous assistons à la naissance d'une sorte de patriotisme préfabriqué par la Compagnie, déclara l'ex-lieutenant Skoll. Plus tard il y aura un nationalisme de la Compagnie, puis un chauvinisme.

Le gouverneur Sadon convoqua une nouvelle fois Harl Mern, le directeur du zoo. Le petit homme revint assez excité de cette nouvelle rencontre.

— Sadon m'a laissé entendre que si Lien Rag allait le trouver, il lui donnerait des précisions uniques sur Oun Fouge.

— C'est un piège, répliqua Skoll sans réfléchir d'avantage.

— Ça mérite réflexion, dit Lien. Le gouverneur possède dans son palais une bibliothèque exceptionnelle. Je n'ai pas eu le temps d'en faire un inventaire précis, mais je suppose qu'il a pu retrouver des documents uniques sur Oun Fouge.

— Garderais-tu un faible pour sa fille ? se moqua l'ex-lieutenant.

— Il ne s'agit pas de cela.

En fait, Lien n'avait jamais été amoureux de Floa Sadon. Il avait été fasciné par l'érotisme qu'elle dégageait, mais une seule femme conservait une place privilégiée dans son esprit. Yeuse, la danseuse du cabaret Miki. Il ne l'avait jamais revue depuis qu'il était devenu un dissident contraint à la clandestinité. Il ne voulait ni la compromettre ni risquer d'être pris en essayant de la rencontrer. Elle devait être sous surveillance étroite. La Sécurité avait dû placer un ou plusieurs de ses hommes dans le personnel du cabaret itinérant. Parfois il apprenait que la troupe se produisait à Grand Star Station ou dans une ville voisine. Comme il le lui avait promis, il lui avait fait parvenir un exemplaire de *La Voie Oblique* d'Oun Fouge et aurait aimé savoir ce qu'elle en pensait.

Toute la nuit il réfléchit à la proposition du gouverneur et le lendemain il informa Skoll de son intention d'accepter la rencontre. Son ami se montra d'une très grande froideur mais ne tenta pas de le dissuader.

— J'espère que tu prendras toutes les précautions voulues.

— Oui. Je vais me rendre à Cross Station. C'est un centre d'élevage et un marché-gare pour la viande sur pied. Principalement des rennes. Je ferai demander à Sadon de me rejoindre là-bas. Seul et incognito. Nous verrons bien.

— Et si tu tombes entre les mains de la Sécurité ?

— Je possède de quoi mettre fin à mes jours.

Harl Mern lui signa un ordre de mission le chargeant d'acheter de la viande impropre à la consommation humaine, destinée aux animaux du zoo.

Il emprunta un train de voyageurs et se retrouva dans un wagon vétuste, très mal isolé du froid. Les voyageurs s'emmitouflaient dans des vêtements, des fourrures bon marché, mais la température restait basse. De plus, le convoi était soumis au régime commun des arrêts prolongés, des détours compliqués pour laisser la priorité aux convois militaires, aux loco-cars des hautes personnalités. Lien se souvenait que, dans le temps, Floa Sadon possédait un loco-car de luxe, doté d'une boîte noire qui lui donnait tous les droits.

Dans le train, on vendait une sorte de thé bouillant, en fait une eau chaude à peine parfumée, de la mauvaise vodka que les gens absorbaient en quantité incroyable. Dans les petites gares du parcours, celles qui ne possédaient pas de dômes prestigieux mais des verrières souvent en mauvais état, on pouvait se procurer un peu de nourriture. Depuis longtemps Lien n'avait pas eu l'occasion de rencontrer les gens du peuple et redécouvrait leur vie misérable. La majorité des sujets de la Compagnie logeaient dans des wagons réduits, très mal chauffés et très mal éclairés. Ils ne pouvaient se procurer qu'une nourriture sans goût et sans variété. De la viande congelée, du pain et du germe de blé pour lutter contre le scorbut. La majorité de ces villages ou petites villes disséminés sur le parcours n'étaient habités que par des mineurs. Par un travail continu et exténuant ils arrachaient à l'ancienne surface les ressources que la nouvelle ère glaciaire avait recouvertes d'une couche épaisse. Les puits de mine traversaient cette couche qui pouvait varier de quelque cinquante mètres à plusieurs kilomètres selon les endroits. Par exemple, dans une bourgade qui portait le nom d'Auto-Station, on avait retrouvé un véritable filon. Toute une masse de ces anciens véhicules, automobiles, qui circulaient autrefois en toute liberté sans la contrainte des rails avec un moteur à explosion. Les gens, à cette époque, pouvaient aller où ils voulaient. Il suffisait qu'ils empruntent un réseau de voies appelées routes. Il avait vu des films montrant que la circulation était très importante et qu'il existait déjà des embouteillages insensés. Auto-Station n'avait pas été créée au hasard. La bourgade se trouvait à hauteur d'une ancienne ville d'Allemagne, Hambourg. De cette ville, lors de la Grande Panique, les gens avaient voulu fuir vers le sud en bateau, ces vaisseaux naviguant sur les eaux, en train ou en avion, ces autres véhicules se déplaçant dans les airs. Des milliers, on disait même des millions d'automobiles avaient été abandonnées dans Hambourg en quelques jours. Un entassement monstrueux dans les rues, les places et même dans la banlieue. Au début, la municipalité, toujours d'après ce qu'on en disait, faisait enlever les autos par d'énormes engins, puis d'autres engins s'étaient contentés de les repousser en tas gigantesques, en collines de ferrailles. Le port en avait même été rapidement rempli et bientôt les bateaux n'étaient plus revenus, les trains non plus ainsi que les avions. Les gens avaient fui à pied puisque les autoroutes et jusqu'au moindre chemin de campagne étaient engorgés par les voitures.

Les automobiles étaient découpées sur place, les différents métaux séparés avant d'être remontés à la surface par des puits de huit cents mètres de profondeur. Ces mêmes puits, grâce à un système de ventilation, permettaient de chauffer la petite cité minière. L'air allait se réchauffer dans le fond avant d'être filtré puis diffusé sous la verrière. Les mineurs étaient assez bien payés mais leur travail était épuisant.

Lien put voir des trains entiers qui étaient remplis de ferrailles diverses. Il s'était toujours passionné pour le passé. Du temps où il était glaciologue, il avait souvent atteint l'ancienne surface du globe, découvert lui aussi ces engins extraordinaires que les hommes de ce temps-là affectionnaient jusqu'à la passion. L'industrie n'étant pas toute entre les mains d'une seule Compagnie, il avait découvert qu'elles avaient des marques différentes et se souvenait de mots assez extraordinaires, Mercedes, Renault, Fiat, Ford, Toyota... Mais vers la fin de cette civilisation de gaspillage intense, les formes de ces véhicules devenaient presque identiques.

Des tapis roulants déversaient directement dans les wagons des morceaux de carrosserie, des ailes, des capots, des roues. Il y avait des piles impressionnantes de pneus que l'on refondait pour en faire du caoutchouc et aussi du carburant. Il y avait le tissu, le cuir, le plastique que l'on récupérait, du moins quand plus de deux cent cinquante années de congélation leur conservaient encore leur qualité. Mais on avait trouvé un procédé spécial pour les rénover dans cinquante pour cent des cas.

On ne remontait pas que des morceaux d'automobiles mais également du bois, du pétrole et du charbon. La ville de Hambourg possédait des réserves énormes de combustible à cette époque-là. Elle était un très grand port. On dépeçait aussi les vieux cargos qu'on y avait retrouvés.

Le kiosque à journaux vendait de stupéfiantes cartes postales. Les galeries d'exploitation suivaient le tracé des anciennes rues et avenues. Certaines maisons paraissaient intactes malgré le tassement subi sous la pression des glaces. En certains endroits la glaciation plus lente, plus régulière, avait conservé des quartiers entiers de la ville, et l'une des cartes postales intriguait fort Lien avec ses objets curieux inclus dans la glace. « L'ancien quartier de la prostitution », précisait la légende. Lien rougit en découvrant des verges postiches et des mannequins féminins très réalistes.

L'omnibus reprit sa route vers Cross Station mais il apparaissait d'ores et déjà comme certain qu'il ne l'atteindrait pas avant le lendemain matin.

Vers dix heures du soir il fut immobilisé sur une voie de garage d'une petite ville nommée Gaz Station. La locomotive fut détachée pour être dirigée ailleurs. C'était assez fréquent depuis que la guerre devenait chaque jour plus destructrice.

— La dernière fois, nous avons attendu deux jours qu'on veuille bien en atteler une autre, dit une dame assise en face de Lien ; elle aurait dû normalement descendre à la prochaine halte, à moins de cinquante kilomètres.

— Dire que je suis à moins d'une heure de chez moi.

— Prenez une draisine, conseilla un soldat en permission.

— C'est trop cher pour ma bourse.

— Si nous étions plusieurs, ajouta le soldat en regardant les autres passagers, nous diviserions la somme.

Mais il n'eut aucun succès. Lien descendit sur les quais et se dirigea vers l'unique restaurant, une gargote installée dans un wagon délabré. On lui servit de la viande et une bouillie de blé avec de la bière trop âcre pour être bue sans y ajouter de l'eau. Il apprit que toutes les locos de Gaz Station avaient été réquisitionnées.

— Vous risquez d'attendre deux jours et même plus, lui dit le serveur. Je peux vous vendre un bon sac de couchage de l'armée, dix dollars.

Il refusa. Il n'avait pas beaucoup d'argent sur lui et si ce voyage s'éternisait il en aurait besoin. Le gouverneur Sadon risquait de s'impatienter si jamais il prenait encore du retard. Mais avec son loco spécial il ne mettrait que quelques heures pour rejoindre Cross Station.

Gaz Station n'avait pas une très grande activité. On avait retrouvé de grosses réserves de gaz stockées par les anciens et on s'était contenté de brancher des pipelines dessus. Quelques dizaines de personnes suffisaient à l'entretien. A cause du danger, toute autre prospection sous-glaciaire était interdite et les gens vivaient assez misérablement de commerce et de la culture de céréales dans une ferme sous dôme installée tout à côté. Malgré le gaz, l'endroit n'était même pas bien chauffé et une fois revenu dans son wagon, Lien regretta de ne pas avoir acheté ce sac de couchage. Il retourna au restaurant mais celui-ci était fermé.

Tôt le matin, une petite locomotive vint prendre les wagons de l'omnibus mais, après quelques efforts désespérants, ne put tirer la totalité du convoi. Il fallut déménager, s'entasser dans les quelques voitures attelées et enfin l'omnibus reprit la route de Cross Station.

Vers midi ils pénétraient dans le marché-gare à

l'heure où les transactions étaient terminées. Des trains entiers de rennes attendaient eux aussi dans la station. Malgré l'isolation des wagons, on entendait les bêtes meugler désespérément et, pour se comprendre, il fallait presque crier.

Dans une des brasseries, il fit un repas plus agréable que la veille. La viande était abondante, tendre, de bon goût. Les maquignons emplissaient tous les établissements. Il était surtout question de ces locomotrices qui se faisaient rares.

Lien se précipita vers les hôtels pour avoir une chambre, mais la plupart étaient pleins. Il dut accepter de partager une cabine avec un revendeur de rennes.

Il alla ensuite téléphoner au gouverneur Sadon. Harl Mern s'était chargé des modalités de la rencontre et il n'eut qu'à indiquer en quelques mots rapides qu'il était arrivé au rendez-vous convenu. Même si la Sécurité était à l'écoute, le minimum de risques avait été pris. A Sadon de s'arranger pour voyager sans se faire remarquer et Lien réalisa qu'avec le loco-car prioritaire il se ferait repérer tout de suite.

Le soir, il se mit en quête de viande d'équarrissage mais apprit que désormais les services de l'armée la réquisitionnaient pour en faire de la nourriture pour les troupes. Il n'y avait pas un kilo de cette viande disponible.

Il était déjà dans sa couchette lorsque le maquignon qui partageait sa cabine entra, à demi saoul, une bouteille de bonne vodka sous le bras.

— Hé, l'ami, on va fêter ça.

Lien, de méchante humeur, aurait préféré essayer de s'endormir, mais l'autre le secoua sans se laisser rebuter.

— Faut boire un coup, mon vieux, si vous voulez être d'aplomb…

Il lui passa la bouteille et Lien but une gorgée.

Il faillit même s'étrangler. Le maquignon lui prit la bouteille des mains pour en descendre — sans reprendre son souffle — une bonne dose, presque le quart. Il se laissa ensuite tomber sur sa propre couchette, examina Lien avec des yeux glauques.

— T'es pas du métier, toi.

— Non, mais je cherche de la viande d'équarrissage pour un zoo.

— Y a plus de viande d'équarrissage, on vend tout et on se remplit les poches.

Il sortit une poignée de dollars de chacune de ses poches et se mit à rire stupidement. Puis il regarda à nouveau Lien et bredouilla :

— Y a la viande congelée… Celle qu'on remonte du fond… Pas chère du tout. Il y en a qui en mangent.

— Certains ont été empoisonnés. C'est une viande qui a été deux cent cinquante ans dans les glaces.

— Bah, vous pouvez toujours essayer.

Il finit par s'endormir. C'était vrai qu'on vendait au marché noir de la viande trouvée dans le fond, sous la glace. Soit qu'il s'agisse d'entrepôts frigorifiques de l'époque, soit que des troupeaux entiers se soient trouvés pris dans leur centre d'élevage. Il y avait eu plusieurs cas d'intoxication dans un petit village du sud, sur le réseau du Méridien, et on avait découvert que les habitants n'avaient eu que cinquante mètres de glace à forer pour retrouver une ancienne ville. Le malheur avait voulu qu'ils débouchent juste sur les anciens abattoirs.

Le lendemain il se réveilla le premier. Le beuglement des rennes avait fini par l'atteindre dans son sommeil. Lorsqu'il sortit, c'était encore pire et les maquignons devaient entrouvrir les wagons pour leur donner de l'air ce qui, en règle générale, était interdit par la Compagnie.

Installé dans un des bars de la ville, Lien commença d'attendre patiemment.

CHAPITRE V

Un peu avant midi un gros homme s'installa à l'autre bout de la salle et commanda une bière chaude. Il l'avala avec des petits pains sucrés.

Au bout d'un quart d'heure, Lien finit par reconnaître le gouverneur Sadon mais le déguisement du père de Floa était parfait. Il portait le vêtement en cuir des maquignons, avait rasé sa moustache grise et avait dû se rougir le visage avec une crème pour avoir cet air bon vivant des revendeurs de bestiaux, toujours prêts à boire un coup.

Lorsqu'il comprit que Lien l'avait reconnu, le gouverneur sortit et le glaciologue le suivit à distance. Sadon s'éloignait vers les bas quartiers, n'hésitait pas à descendre des quais pour traverser des réseaux de rails. C'était interdit car les draisines et les machines haut-le-pied ne ralentissaient pas pour autant. Ils se faisaient injurier par les pilotes, mais bientôt Sadon pénétra dans un groupe de voitures qui formaient une bâtisse assez lourde d'apparence. Lien s'en approcha, escalada le perron de quatre marches. Il tomba nez à nez avec une espèce de matrone qui se déplaçait en fauteuil roulant. Bien qu'elle soit en dessous de lui, elle le toisait avec un air peu commode.

— Que voulez-vous, jeune homme ? Ici c'est une maison bien et on n'accepte pas les vagabonds.

Sa tenue médiocre ne plaidait pas en sa faveur.

— Je viens avec un ami, dit-il. Il vient d'entrer et…

— Chambre 17, par la gauche.

Il inclina la tête, suivit un couloir étroit à l'air étouffant, cogna à la portière 17.

— Entrez, dit une voix de femme.

Il ouvrit et faillit refermer à cause de cette fille nue qui était à quatre pattes sur une couchette très large.

— C'est bien ici, dit la voix de Sadon. Vous n'avez rien à craindre.

Sadon était allongé sous la fille qui lui faisait l'amour en s'empalant sur lui.

— Juste une minute, dit le gouverneur, très à l'aise.

Lien se tourna vers la vitre mais comme elle était garnie de verre dépoli qui faisait miroir, il assista malgré lui au plaisir du gouverneur qui haletait de plus en plus fort, puis poussa un drôle de cri. Il y eut des murmures, la porte s'ouvrit, se referma et, lorsqu'il se retourna, le gouverneur avait le bas du corps masqué par le drap.

— Ne m'en veuillez pas. Je connais cette maison depuis longtemps. Je protège la patronne. Sans moi elle ne serait plus rien. Mais j'ai quand même profité de l'affaire pour consommer. Cette fille est très experte.

Lien s'assit sur l'autre banquette, attendit.

— Je vous remercie d'être venu, dit Sadon… J'ai besoin de vous car je ne peux me fier à personne. Ils cherchent à m'avoir et sans Floa je suis perdu.

— Si vous repreniez tout depuis le début ?

— Oui, d'accord. Vous savez que Floa a été enlevée par ces bandes de brigands ? Elle et d'autres gros actionnaires. Plus un instituteur de Soap Station. Lucas Beryl. Il a été libéré avec les exigences des pirates. Leur chef se nomme Kurts et ne s'en cache pas. Nous ignorons d'où ils viennent et l'endroit où ils se cachent, mais ils disposent d'un vapeur monstrueux capable de détruire un de nos cuirassés. Vous voyez que ce ne sont pas des petits voyous sans envergure.

— Payez la rançon et ils rendront votre fille.

— Je ne crois pas que ce soit si simple. Beryl est chargé de faire l'intermédiaire mais il est fonctionnaire de la Compagnie.

— Vous aussi.

— Justement. Je ne me fais guère d'illusions. C'est grâce aux actions que possédait ma femme, puis que ma fille a reçues en héritage que j'ai droit à ce poste. Par moi-même je ne serais rien d'autre qu'un contrôleur de la Sécurité. Vous n'ignorez pas qu'il y a un complot pour porter à la tête de la Compagnie des hommes de la Sécurité et des Néo-Catholiques. Ils ont fait un pacte, pacte du diable, mais laissons cela. Si ma fille disparaît et qu'on ne retrouve pas ses actions, je suis perdu.

— Votre fille aussi.

— Oui. Mais en prenant cette *Flèche d'Argent* qui emportait tous les actionnaires importants, puis de plus petits qui représentaient quand même quarante pour cent des porteurs, Floa ne savait pas qu'elle était condamnée.

— Ce pirate travaille pour les comploteurs ?

— Oh, non. En fait, son intervention a sauvé la vie de tous… La *Flèche d'Argent* était programmée pour être dirigée vers la zone des combats. Elle aurait été détruite par un missile, missile attribué à l'ennemi, bien sûr. Le tour aurait été joué. Mais cette espèce de pirate a tout gâché. Voilà pourquoi j'ai peur pour Floa. Les comploteurs, surtout la Sécurité, n'accepteront pas qu'elle revienne sur le devant de la scène publique.

— Un instant. Comment avez-vous su que la *Flèche d'Argent* allait être dirigée vers un piège ?

— Ce pirate, Kurts, a fait analyser les schémas de route par ses techniciens et l'a découvert. Il en a fait part à ses prisonniers et surtout à Lucas Beryl. Ce dernier est venu directement chez moi quand il a été libéré. La Sécurité ne l'a récupéré qu'après mais il a pu me raconter ce qu'il avait appris. D'ailleurs il se doutait de quelque chose. L'accueil à bord de la *Flèche d'Argent* était si fastueux, si surprenant, que lui et sa collègue, une certaine May Claty, ont eu des doutes. On leur a servi par exemple des aliments et des boissons qui sont censés avoir disparu de la surface de la Terre. En fait, des fermes-modèles abritent des vignes produisant du champagne, d'autres des oies et des canards élevés pour leur foie et ainsi de suite.

— La Sécurité a interrogé ce Beryl ?

— Oui, mais elle ne peut le torturer sans risque. Il est déjà une victime célèbre. Tous les parents des gros porteurs d'actions ont voulu le rencontrer. Ce sont des pontes de la Compagnie. Beryl est couvé, chouchouté. Mais les comploteurs préparent leur revanche. Je pense qu'ils vont essayer de localiser la planque du pirate et l'attaquer pour que les otages soient liquidés de toute façon, soit par Kurts, soit par eux.

— Mais que voulez-vous que je fasse ?

— Que vous doubliez Beryl lorsqu'il emportera la rançon, que vous le suiviez sans être repéré. Que vous retrouviez Floa et l'avertissiez du danger. Je n'ai que vous. Je vous fais entièrement confiance. Floa vous connaît.

— Que m'offrez-vous en échange ?

— L'immunité, d'abord dans la 17e Province, puis plus tard sur le domaine de la concession quand nous aurons liquidé ceux qui veulent nous abattre.

Lien fit la grimace.

— Vous aviez promis autre chose : des révélations sur Oun Fouge.

— Quoi, vous persistez à vous passionner pour cet obscur généticien ? C'est absurde. Jamais vous n'intéresserez la majorité des gens à cette affaire. Ce sera une lutte stérile qui vous prendra la vie entière sans le moindre espoir de réussite, même minime, alors que vous pouvez vivre tranquille, riche et heureux.

— Avez-vous, oui ou non, des révélations à me faire sur Oun Fouge ? répliqua très sèchement Lien.

Le gouverneur le regarda avec un sourire conciliant. Il tira sur un cordon en velours.

— Nous allons boire et manger quelque chose… Si vous voulez aussi profiter d'une jolie fille.

— Je vous ai posé une question.

— Tout à l'heure.

Une fille entrouvrit la porte, regarda avec surprise le curieux spectacle qu'offraient ces deux hommes assis face à face, le plus âgé et le plus gros à moitié dévêtu.

— Apportez-nous à boire et quelque chose à manger ; ce que vous avez de mieux.

Lorsqu'elle fut repartie, Lien insista encore et le gouverneur accepta de fournir quelques précisions rapides.

— Vous avez retrouvé l'ouvrage de Oun Fouge sur ses expériences de génétique ? Vous le faites rééditer à des centaines d'exemplaires et j'en ai eu un entre les mains. *La Voie Oblique* explique bien des choses mais il est incomplet. Ce qui vous manque, ce sont tous les travaux de Oun Fouge, les résultats précis de ses expériences et pas seulement le récit qu'il en fait.

— Vous avez tout cela ?

— J'ai mieux.

La fille revenait avec de l'alcool, des tartines recouvertes d'un pâté et d'autres de confiture. Mais tout cela avait très bon goût. La patronne de ce lupanar devait avoir de bonnes adresses, et surtout les moyens.

— Je sais où se trouve l'ancien laboratoire d'Oun Fouge.

— Vous bluffez ou quoi ?

Le gouverneur mangeait goulûment et ne pouvait répondre la bouche pleine. Il remplit les verres d'une vodka au goût délicieux. Lien n'avait jamais bu la même.

— Pour ses expériences, Oun Fouge a eu besoin de beaucoup de place, d'énergie, de cobayes… Cobayes humains, j'entends.

Lien frissonna.

— Ce Fouge n'était pas un sentimental, d'après ce que j'en sais. Il voulait créer une nouvelle race d'hommes pouvant résister au froid. Il lui fallait travailler sur des êtres vivants. Je crois qu'au début il a utilisé des animaux… D'abord des rats, puis des rennes… Il doit exister quelque part un troupeau de rennes qui résiste à nos basses températures. Je sais que la Compagnie donnerait une fortune pour les retrouver.

— Mais de quoi se nourrissent-ils puisque l'herbe n'existe plus naturellement ?

— C'est pourquoi ils sont remontés vers le Nord, là où la couche de glace est la moins épaisse, là où des sources chaudes dénudent des prairies de lichens. De toute façon ces animaux seraient fort intéressants puisqu'on pourrait les laisser dehors en se contentant de les nourrir.

— Mais ce laboratoire ?

— Il existe quelque part. La Compagnie ne l'a jamais retrouvé.

— Vous êtes sûr ?

— Absolument. Lorsque Oun Fouge est tombé malade, il a dû le quitter et revenir dans une ville. F-Station. Mais le laboratoire a dû fonctionner grâce à ses assistants, je suppose. Il lui fallait deux générations pour savoir si sa découverte était satisfaisante.

Au minimum trente ans. Je ne crois pas qu'il a pu rester en vie jusqu'à la fin de ce délai obligatoire.

— Il n'a jamais su s'il avait réussi ? Mais alors, *La Voie Oblique ?*

Sadon avala un verre d'un coup, se remit à manger avec appétit.

— La première partie est exacte, mais dans la seconde il n'émet que des hypothèses et des extrapolations. En fait, je pense que son ouvrage a été terminé par quelqu'un d'autre ou par plusieurs personnes. Il ne parle jamais du crétinisme de ces créatures, les Hommes Roux. Il oublie complètement. Il a dû modifier leur système thyroïdien et c'est très dangereux.

— Peut-être est-ce une sorte d'obligation pour survivre dans le froid, devenir un homme avec un Q.I. de six ans et même moins.

— Si c'est à ce prix, merci !

— Vous oubliez que vous êtes un privilégié de la Compagnie et que les quatre cinquièmes de la population sont dans une sorte d'esclavage.

— Elle ne souffre ni de faim, ni surtout de froid, protesta le gouverneur.

— Elle bouffe de la saloperie et grelotte à longueur de vie dans des maisons mobiles mal calorifugées. Vous le savez bien. Quand vous allez vous prélasser dans votre club qui est à l'image de l'ancienne Tahiti, lorsque vous vous baignez dans une fausse mer à trente degrés, vous ne vous souvenez pas que les gens n'ont pas plus de dix degrés dans leur cellule d'habitation et qu'ils n'ont que des aliments de mauvaise qualité.

— Ils ne voudraient pas devenir des Hommes Roux.

— La Compagnie a su les en dissuader. La Compagnie a besoin d'esclaves pour qu'une minorité profite au maximum des ressources réservées que l'on ne peut distribuer à la masse. Pour produire ces biens, il faut du monde.

— Si nous en revenions à notre marché ? Si vous ramenez Floa saine et sauve, je vous donne les coordonnées de ce laboratoire.

— Je ne suis pas forcé de vous croire. Cette histoire peut être fausse et, si elle est vraie, vous pouvez vous dédire au dernier moment.

— Non, dit Sadon, je tiendrai parole. Mais j'ai pensé que vous feriez de telles objections.

Il attira ses vêtements posés sur le fond de la couchette et fouilla dedans. Il en tira un petit carnet noir qu'il tendit à Lien.

— Lisez ceci.

— Qu'est-ce que c'est ?

— Le journal de bord d'un assistant d'Oun Fouge. Il raconte ses derniers jours au laboratoire et comment il s'en est enfui lorsqu'il a appris la mort d'Oun Fouge.

— Mais comment l'avez-vous entre vos mains ? C'est un document inestimable.

— La bibliothèque du palais, de mon palais, a toujours été très renommée. Il y a cinquante ans il y avait un certain Rosal qui lui aussi s'est intéressé — malgré le danger d'être poursuivi par la Compagnie — à Oun. Il a fait des recherches très longues, durant toute sa vie. Voici l'origine de ce carnet noir. Vous auriez pu le trouver vous-même dans ma bibliothèque quand vous habitiez chez moi au palais.

CHAPITRE VI

Depuis son enlèvement par les pirates du rail, elle n'avait jamais revu la lumière du jour, ni n'était sortie du monstre de métal toujours sous pression. Lors de la dernière attaque contre le train de carburant elle y avait participé, du moins visuellement, depuis le dôme-passerelle de l'énorme locomotive.

— Je ne sais pas si je te libérerai, lui disait Kurts avec un sourire énigmatique.

Après que tous ses hommes eussent découvert les charmes de Floa, il avait daigné s'intéresser à elle. Depuis il montrait une sorte de sentiment bizarre à son encontre. Il avait l'air de la tolérer à ses côtés mais en fait il ne pouvait plus se passer d'elle.

Floa ne révélait jamais le fond de sa pensée. Elle avait dû subir, plus qu'à son gré, les étreintes des vingt hommes de l'équipage, du dernier des soutiers jusqu'à Rando, le second, qui faisait preuve de sadisme en la frappant au sang avec une badine en acier. Et puis Kurts avait jeté son dévolu sur elle, se la réservait sans que personne songeât à la lui disputer. Ce chef pirate était absolument incontesté et il n'y avait aucun challenger fourbissant ses armes pour lui succéder.

Elle avait le droit de se déplacer à l'intérieur de l'énorme machine mais ne devait pas en sortir. Depuis le dôme, elle pouvait découvrir l'immense caverne de glaces où les pirates s'abritaient entre deux coups de main. Celle-ci regorgeait de wagons remplis de butin, depuis les aliments les plus divers jusqu'aux citernes de carburant en passant par les étoffes, les bijoux, et tout ce qu'elle ignorait. Il y avait aussi des wagons servant d'habitations à des gens qu'elle n'apercevait que de très loin. Il semblait y avoir des femmes, des enfants, une cinquantaine de personnes, une petite tribu. Une centrale fournissait la chaleur dans les habitations mais pas dans la caverne où il fallait se déplacer avec une combinaison spéciale.

Lorsqu'elle sortit de sa prison de cale — où les autres prisonniers attendaient dans l'angoisse que leur sort soit réglé — elle était sale, en haillons. Les hommes qui la violaient avaient achevé de déchirer cette robe légère qu'elle portait lors de l'attaque de la *Flèche d'Argent*. Nue mais très droite, elle était remontée du fin fond de la machine pour être conduite dans l'appartement de Kurts. Un véritable appartement, pas une simple cabine. Elle y avait découvert une salle de bains avec une baignoire en émail, une robinetterie d'or. Une isolation parfaite. C'était le seul endroit où le halètement constant de la machine n'était pas perceptible, même pas un frémissement sous les pieds.

Dans une penderie, elle avait découvert les robes les plus extraordinaires. Des robes à la mode du jour, mais aussi des robes très anciennes datant certainement d'avant l'ère glaciaire et elle s'était demandé d'où le chef pirate les tenait. Il n'avait jamais voulu lui dire la vérité.

Ce jour-là elle avait négligé ces habits merveilleux pour pénétrer, une fois sortie de la baignoire, nue dans le salon de Kurts, qui l'avait regardée avec une demi-surprise.

— Rien ne vous a plu ?

— La seule raison de ma présence, dit-elle, c'est l'intérêt que vous portez à mon corps. Eh bien, le voilà, faites-en ce que vous voudrez.

— Vous préférez retourner à fond de cale ? demanda-t-il.

— Parce qu'en plus vous voulez que je m'habille ?

— Exactement.

Elle choisit une sorte de pyjama d'intérieur et revint le trouver. Il haussa les épaules. Elle s'assit sur le divan, puis s'y allongea voluptueusement, ferma les yeux et s'endormit. Elle se réveilla huit heures plus tard et seule. Elle voulut rejoindre l'extérieur mais la seule issue qu'elle trouva était gardée et l'homme de faction lui indiqua la petite cafétéria où elle pourrait prendre son déjeuner. Elle ne souleva aucune curiosité parmi les sept ou huit hommes en train de manger.

Plus tard elle visita la Loco, découvrit la salle des machines. Quatre soutiers s'y trouvaient ainsi que des mécaniciens, et ils ne cessaient d'alimenter le foyer, énorme, une gueule fantastique. Un tapis roulant amenait le charbon solide mais le foyer pouvait aussi être alimenté par des brûleurs utilisant n'importe quel combustible liquide.

Enfin elle surgit dans le dôme, sorte de passerelle de commandement. Kurts s'y trouvait et préparait l'expédition contre les wagons-citernes. Il lui expliqua qu'il recevait en même temps que le dispatching central toutes les données que son ordinateur utilisait au mieux pour suivre un réseau secondaire moins fréquenté.

— Mais d'où venez-vous ?

— Du Sud.

— Que venez-vous faire dans cette concession ?

— C'est paraît-il l'une des plus riches du globe. Lorsque nous aurons ramassé un gros butin nous repartirons. Mais nous avons tout le temps d'y songer.

— Vous travaillez pour nos ennemis ?

— Nous travaillons pour nous uniquement.

La Locomotive était un véritable monde clos qui pouvait vivre sur lui-même. Ses réserves en vivres et charbon lui garantissaient une autonomie de plusieurs semaines. Il y avait des cabines spacieuses pour l'équipage, des soutes énormes. Mais en général les pirates décrochaient les wagons pour les ramener dans leur repaire.

Ce jour-là, Kurts lui révéla ce qu'il avait découvert au sujet du schéma de route. Elle ne voulut pas le croire immédiatement et il la conduisit devant un terminal d'ordinateur. Elle put voir que le programme de la *Flèche d'Argent* aurait dû l'entraîner vers le champ de bataille.

— Lucas Beryl a été lui aussi averti de ce complot. Il le révélera à votre père et aux membres des familles.

— La Sécurité le fera abattre.

— Je ne pense pas.

— Combien lui avez-vous donné ?

— Huit jours. Il doit avoir fait expédier un message radio sur une certaine fréquence.

— C'est lui qui transportera la rançon ?

Kurts eut un rire amusé.

— Il ne pourrait pas la transporter. Il lui faudra une draisine, un loco-car plutôt. C'est ainsi que vous appelez les véhicules indépendants avec une boîte noire ? Il circulera durant plusieurs jours sur tous les réseaux et nous interviendrons au bon moment.

L'attaque de ce train de carburant fut assez impressionnante. Dans la nuit, la Locomotive sortit de son abri, rejoignit le réseau de la Compagnie et, tel un monstre d'épouvante, traversa plusieurs localités en partie abandonnées. Mais plus loin elle profita de l'obscurité pour atteindre la gare de triage où se trouvait le convoi.

Les gardes de la Compagnie virent arriver cette forme étrange qui pulvérisa les portes du sas tout proche. Ils n'eurent que le temps de rabattre leur cagoule protectrice, le froid se ruant dans les lieux d'un seul coup. Mais ils furent très démoralisés par cette opération coup de poing et n'offrirent que peu de résistance. Les pirates descendirent pour manœuvrer les aiguillages et atteler le convoi. Avant que les employés n'aient eu le réflexe de réagir, ils repartaient.

Certains nœuds ferroviaires importants, automatiques et sélectifs, étaient équipés d'une mémoire pouvant enregistrer toutes les caractéristiques, celles d'un long convoi comme celles d'un loco-car. On aurait pu ainsi retrouver la trace des pirates jalonnée par ces aiguillages enregistreurs. Mais Kurts avait trouvé le moyen de les saturer d'informations. Si bien que la Compagnie ne pouvait s'en servir pour remonter la piste. Kurts utilisait des électroniciens très savants. Il les payait à prix d'or, mais ces hommes-là aimaient aussi l'aventure. Dans les concessions qui se partageaient la Terre, ils s'ennuyaient à mourir. Leurs recherches étaient constamment surveillées par les Compagnies qui se méfiaient du progrès. Une seule découverte pouvait libérer les gens de leur autorité. Il aurait été facile de créer des véhicules n'utilisant pas les rails par exemple, ou autonomes en énergie. Les Compagnies interdisaient l'orientation des laboratoires vers ce genre de mise au point. Le rail restait l'unique impératif et la source de toute vie et de toute prospérité.

— Les Compagnies se méfient même des traîneaux à chiens. Elles contrôlent tous les élevages.

— Les missionnaires néo-catholiques les utilisent pour aller évangéliser les Hommes Roux, dit Floa qui se souvenait de ce détail.

— Oh, certains utilisent même des voiles, ou encore des moteurs miniaturisés. Les Compagnies les font arrêter comme criminels.

— Vous auriez pu utiliser un véhicule n'ayant nul besoin des rails, fit-elle remarquer.

— C'est exact, mais nous laisserions des traces beaucoup plus visibles, en fait. Il n'existe aucun système pour effacer les traînées des patins sur la glace alors qu'il est si facile d'affoler les mémoires électroniques.

Elle ne l'avait rejoint dans son lit que la deuxième nuit, alors qu'il s'était endormi. Elle le caressa avec beaucoup de douceur et d'expérience et eut le plaisir pervers de le faire jouir tout en gardant sa parfaite lucidité, et de regagner sa propre chambre sans exiger de contrepartie. Mais il surgit chez elle au petit matin et la prit farouchement après une lutte assez âpre. D'ailleurs, leurs relations amoureuses restaient à base de joute physique.

Floa se souvenait des regards de cet instituteur qui avait été choisi comme messager des pirates. Cet homme était tombé amoureux fou d'elle. Il la couvait d'un regard persistant. Quand l'équipage s'était relayé dans sa geôle, elle avait cru qu'il allait devenir fou. Ses compagnons avaient dû l'arracher aux grilles et l'empêcher de crier des injures menaçantes aux pirates.

Kurts était donc certain que cet homme ferait le maximum pour que ses conditions soient remplies. Lucas Beryl devait avoir le désir le plus sincère, le plus pressant de revoir la jeune femme. Et Floa se promettait de se montrer gentille avec lui. Sincère lorsqu'elle faisait une telle promesse, elle l'oublierait tout aussi spontanément lorsqu'elle serait libre.

Désormais, elle passait beaucoup de temps à essayer les toilettes entreposées dans la penderie. Elle se changeait constamment et parfois surprenait les hommes d'équipage par des robes d'un autre âge.

— Certaines viennent d'un musée enfoui sous la glace, lui avoua Kurts. Celle-ci est une robe de marquise ayant connu Louis XV.

Elle ne savait pas qui était Louis XV. Ni Catherine de Russie, dont elle endossa un jour une cape en zibeline.

— Tu portes au moins un million de dollars, lui fit constater Kurts.

— Mais je n'en suis pas indigne, répliqua-t-elle avec orgueil. Si je le voulais, je pourrais me la payer.

— Voilà pourquoi ta rançon est si élevée, dit-il avec cynisme, ce qui la fit pâlir de rage.

— Tu as donc trouvé un tel musée ?

— Bien entendu. Dans le Sud, à l'emplacement d'une ville qui s'appelait Paris. C'était la capitale de la France. Il y avait de nombreux pays à cette époque. Mais la guerre les avait regroupés en blocs farouchement ennemis. Puis, lorsque la lune explosa et que débuta la Grande Panique qui devait durer près de cinquante ans, tout s'effondra. Il n'y eut plus de pays, rien que des groupes isolés.

— Mais comment sont nées les Compagnies ?

— Petit à petit. La technique était redescendue à un tel niveau que les hommes ne pouvaient faire circuler sur la glace que des traîneaux à chiens. Mais dans l'Est il y avait un grand centre de matériel ferroviaire et tout est parti de là. On a commencé à relier certains centres par une seule voie, puis par deux voies.

— Maintenant, dit-elle avec un certain orgueil, il y en a parfois des centaines côte à côte.

— Des hommes ont compris que le pouvoir sur les autres serait obtenu grâce aux rails. Il fallait que les gens deviennent des assujettis non seulement à ce mode de transport mais le rail devait tout fournir, l'électricité donc la chaleur, le ravitaillement, puis les communications et l'asservissement.

— Dès que le rail a surgi, la Grande Panique a cessé et les hommes ont connu la fin de leur grande misère. Ils ont pu vivre à peu près convenablement. Pas comme avant lorsqu'il n'y avait pas de glaces, mais du moins pas trop mal.

— Certains vivent même très très bien, dit-il.

— C'est à moi que tu penses ?

— Toi et tous les autres, ces gros actionnaires qui sont sous nos pieds dans leur geôle obscure. Tu n'as pas l'air de trop te soucier d'eux.

— Je les déteste. Ils sont laids et idiots.

— Tu n'es pas indulgente.

Ils vivaient comme des inconscients, ne voyaient pas que cette Sécurité dont ils ne cessaient de renforcer les pouvoirs, ces Néo-Catholiques qui avaient droit à leurs dons et leurs faveurs, préparaient la prise du pouvoir. Ils se laissaient aller à la mollesse de leur vie luxueuse et aux raffinements les plus absurdes. Par exemple certains ne mangeaient que du filet de langue de renne. Parce qu'il y avait dans la langue de renne une partie plus tendre surnommée filet qui se vendait horriblement cher.

— La Sécurité et les Néo les boufferont, dit-elle.

— Tout comme toi. Et les Néo finiront par instaurer une institution que l'on a connue il y a des siècles, l'Inquisition. Ils brûleront les livres, les femmes qu'ils accuseront de sorcellerie. La Sécurité leur laissera le pouvoir spirituel et le droit de condamner les gens pour impiété.

— Mais que faudrait-il faire ? murmura-t-elle.

Kurts ricana :

— Il faut détruire cette nouvelle civilisation qui, à peine née, est déjà en pleine décadence.

CHAPITRE VII

Les Hommes Roux chargés de nettoyer le dôme de River Station ne dégageaient de la glace que la partie centrale mais négligeaient les parois qui venaient s'ancrer profondément dans la surface glacée de la Terre. Là persistaient de véritables murs de glace qui filtraient le jour déjà parcimonieux d'un soleil perpétuellement caché. Si bien que le zoo n'était pas très bien éclairé et que l'électricité fonctionnait nuit et jour. Au bout de quelques jours, les Hommes Roux creusèrent, dans la glace des parois obliques, des sortes de puits et passèrent une partie de leur journée à se pencher pour regarder les animaux.

Harl Mern découvrit le premier puits un matin et toutes ces têtes hirsutes qui formaient un cercle attentif aux allées et venues des lions dans leur cage. Il appela tous ses employés pour leur montrer l'étrange spectacle puis, dans la journée, les Hommes Roux creusèrent d'autres puits au-dessus du rhinocéros, des singes, des chats. Si bien qu'en fin de soirée il y en avait une quinzaine. Les Hommes Roux, installés sur le dôme, donnaient l'impression de s'être tous regroupés à cet endroit et Skoll, qui alla en ville, se rendit compte que le nettoyage avait cessé et que la glace commençait de s'accumuler sur le dôme.

L'atmosphère au-dessus du dôme chauffé se vaporisait et coulait, formait une bouillie qui prenait rapidement. D'abord sur les côtés du demi-globe, mais remontant lentement vers la calotte. Il n'existait aucun contrat véritable entre la Compagnie et les Hommes Roux. Ces derniers nettoyaient la glace avec leurs mains ou des outils rudimentaires, bouts de ferraille, morceaux de bois, et la Compagnie faisait déposer des caisses de vivres à l'extérieur de l'un des sas, toujours le même, celui du sud.

Les jours suivants, l'intérêt des Hommes Roux pour les animaux ne cessa de s'accroître et lorsque Lien revint de Cross Station, après un voyage aussi long et aussi difficile qu'à l'aller, il fut surpris de la lumière glauque qui régnait sur River Station. Il se rendit compte en levant la tête que le dôme était partiellement envahi par les glaces et que les Hommes Roux n'étaient pas à leur poste habituel.

C'est au zoo qu'il apprit la raison de cette interruption de travail. Ils étaient des centaines penchés sur les puits forés dans la glace et chacun avait désormais l'impression d'être examiné comme un microbe dans un microscope. C'était une impression désagréable, voire insupportable pour certains qui finissaient par injurier les Hommes du Froid et par leur montrer leur colère. Mais les Hommes Roux restaient penchés sur leurs puits.

Le soir, Lien montra le carnet noir trouvé par Rosal, le bibliothécaire, et écrit par un assistant d'Oun Fouge, un certain Kallyst. Le généticien décrivait le laboratoire qui ne cessait de péricliter depuis le départ du maître, les mœurs et les vices des gens qui finissaient par oublier leur mission pour boire beaucoup, manger et forniquer comme l'écrivait ce Kallyst, qui montrait un certain esprit puritain. Des instruments précieux, des résultats d'analyses et même des cultures uniques étaient détruits, pour rien, par bêtise, pour s'amuser. Mais il y avait aussi des bagarres, des jalousies, des inquiétudes pour le ravitaillement qui n'arrivait pas régulièrement.

— Le gouverneur aurait pu faire rédiger ces pages par un spécialiste, dit Lien, mais je préfère penser qu'elles sont authentiques. Dans les dernières, Kallyst apprend la mort d'Oun Fouge et, l'un des premiers, quitte le laboratoire. En fait, c'était plutôt un grand centre scientifique. Kallyst dit que ses compagnons avaient jeté à la porte les sujets d'étude, des Hommes Roux, enfin des enfants dont l'âge s'échelonnait entre quatre et quinze ans. Ils avaient peur de manquer de nourriture. N'oubliez pas que tout cela se déroulait il y a cent ans et que les conditions de vie étaient encore très difficiles.

— Les Compagnies n'avaient pas encore étendu leur règne de façon aussi méthodique et rigoureuse qu'aujourd'hui. Les grands réseaux de voies commençaient à se développer mais le laboratoire justement, d'après le gouverneur Sadon, n'était pas encore relié à une voie, même secondaire. Il y avait une bonne journée de traîneaux à chiens pour rejoindre un centre habité. C'est tout ce que cet homme a voulu me dire. Maintenant il faut que j'essaie de sauver sa fille. Il a moins peur de ce pirate que de la Sécurité et des Néo-Catholiques.

Harl Mern ne cessait d'examiner le carnet sous toutes les coutures, le feuilletait, regardait le papier en transparence, le flairait, frottait une feuille entre ses doigts.

— En principe il est d'époque. L'encre a pâli. En ce temps-là, on n'avait pas de gros soucis pour toutes ces questions secondaires. On fabriquait du mauvais papier, de l'encre qui se décolorait. On avait tellement d'urgences à satisfaire... Le récit est cohérent, il n'y a pas d'anachronisme... Par exemple la race de chiens utilisée pour tirer les traîneaux. Cette race a été ensuite décimée par un mal mystérieux. Il n'en reste plus que quelques meutes sauvages. Les Compagnies sont à l'origine de cette épizootie. Les traîneaux à traction animale retardaient l'implantation des voies et d'autant la mainmise autoritaire des Compagnies.

— Je me méfie quand même, dit Skoll.

A son tour il prit le carnet et le feuilleta en lisant une ligne de temps en temps. Issu lui-même d'un Homme Roux et d'une Iakoute, c'étaient en quelque sorte ses origines qui pouvaient apparaître dans ce récit.

— Ce Kallyst ne paraît pas avoir une très grande considération pour les enfants nés après des manipulations génétiques, remarqua-t-il. Il les traite même avec mépris.

— Les caractères de débilité devaient être assez nombreux, tenta de dire Harl Mern... Oun Fouge avait dû partir un peu au hasard, ne penser qu'à la lutte contre les conditions climatiques, oubliant le reste. En cent ans les Hommes Roux n'ont cessé de s'adapter et de s'accroître. S'ils étaient vraiment des débiles profonds, ils se seraient éteints. Donc ils ont une forme d'intelligence qui n'est pas la nôtre.

Le lendemain matin, Lien se trouvait au travail. Il véhiculait des brouettes de fumier depuis une heure lorsqu'il s'approcha de la cage aux chats. Et parmi les rares visiteurs à cette heure matinale, il reconnut Yeuse, la danseuse du cabaret Miki. Il décida immédiatement de s'éloigner, de se cacher, mais seul son cerveau prit cette décision. Lui continua de s'approcher.

La jeune femme se retourna et réussit à garder son sang-froid.

— Est-ce qu'on peut les caresser ? demanda-t-elle d'un ton condescendant.

— C'est dangereux, madame.

Il s'approcha et chuchota :

— Tu n'aurais pas dû venir.

— Je n'ai pas pu résister.

— Le cabaret n'est pas installé à River Station pourtant.

— J'ai un engagement d'un mois dans une boîte de la ville, *l'Etuve*.

Une boîte un peu spéciale. Spectateurs et artistes évoluaient dans une atmosphère saturée de vapeur. Il fallait obligatoirement se dénuder pour supporter la chaleur et l'humidité. L'ambiance était très particulière avec ces fantômes qui erraient dans ce brouillard artificiel, se frôlaient, échangeaient ou volaient des caresses, recherchaient les endroits les plus chauds pour aller un peu plus loin si c'était possible.

— C'est un bordel.

— Pas tout à fait. Je suis capable de me défendre… Personne ne peut m'obliger à coucher avec n'importe qui.

— Depuis quand ?

— Deux soirs. Je suis déjà venue ici mais en vain.

— J'étais à Cross Station… Comment m'as-tu retrouvé ?

— A River Station je t'ai déjà rencontré mais j'ai préféré m'abstenir. J'ai seulement appris que tu travaillais au zoo. Lorsque j'ai su que celui-ci s'installait pour quelques semaines à River Station, je n'ai eu qu'à signer un contrat qui m'était proposé depuis plusieurs semaines.

— Mais le Miki ?

— Je le rejoindrai dans quelque temps.

Ils ne pouvaient plus rester ensemble. Il le lui dit.

— Viens à *l'Etuve* ce soir.

— J'essaierai.

Elle quitta la cage des chats et lui retourna à son fumier. Il avait la tête en feu et frissonnait. Jamais il n'avait aimé une femme comme il aimait Yeuse. Sa féminité n'avait pas le trouble pervers de Floa mais entre eux s'établissait comme un courant de compréhension totale. Il était certain que jusqu'à leur mort ils seraient toujours unis par des liens invisibles.

Lorsqu'il revint avec sa brouette vide, elle avait disparu et il soupira de soulagement et de mélancolie. Sadon lui avait promis l'immunité au sein de sa Province. Comme un imbécile il avait choisi autre chose, l'endroit où se trouvait le laboratoire d'Oun Fouge. Il aurait pu vivre heureux avec Yeuse qu'il ne pouvait désormais rencontrer qu'à la sauvette.

— Lien Rag, dit une voix à la fois douce et autoritaire.

Il sursauta, se retourna et ne reconnut pas tout de suite le moine barbu qui lui souriait. Un Néo-Catholique ! Il ne fréquentait guère ces gens-là.

— Vous hésitez ? Je suis frère Pierre… Nous nous sommes rencontrés assez loin d'ici, sur l'ancien site de

Bia. Vous aviez des ennuis avec les Hommes Roux… Vous voyagiez dans un loco-car de luxe en compagnie de la fille du gouverneur.

— Que me voulez-vous ? dit Lien sèchement.

— Soyez tranquille. Je ne suis pas un délateur. Je sais que vous vous cachez… Vous avez été trop curieux, mon frère, trop curieux et vous êtes traqué…

— Comment m'avez-vous retrouvé ? dit Lien que ces deux visites effrayaient.

Il se croyait en sécurité, et Yeuse, puis ce moine, le découvraient. Frère Pierre sourit dans sa barbe, montrant des dents très blanches. On aurait plutôt attendu des chicots. Lien pensa qu'elles étaient artificielles.

— Cette jeune femme, Yeuse, vous aime plus que sa propre vie. Je savais qu'elle vous retrouverait et ne pourrait résister au désir de vous rencontrer. Je l'ai fait surveiller discrètement par des amis à moi, des prêtres, des moines, des missionnaires. Nous formons désormais une grande famille. Il y a aussi nos fidèles qui sont nos meilleurs collaborateurs.

— Vos indicateurs, ricana Lien.

— Ne soyez pas aussi agressif. Je ne vous veux pas de mal. Je peux vous aider. Vous n'ignorez pas que j'appartiens à la congrégation des missionnaires et je suis chargé par la Nouvelle Rome d'évangéliser les Hommes Roux.

— Tiens, se moqua Lien, vous doutiez qu'ils aient une âme, la dernière et unique fois que nous nous sommes rencontrés.

— Depuis de nombreuses années les rapports s'accumulent et le Tribunal de la Nouvelle Rome devra bientôt prendre une décision sur leur cas. Nous pensons qu'ils seront classés comme humains. Je sais que vous vous intéressez beaucoup à eux. Je ne connais pas très bien leur histoire, leur origine. Certes, ils sont nés de façon bien mystérieuse et certains de mes amis disent que c'est le Mal qui les a créés.

— Regardez-les, dit Lien avec colère, vous trouvez qu'ils ressemblent à des démons ?

Frère Pierre suivit son regard. Le dôme n'était qu'à cinq mètres au-dessus de leur tête, recouvert de glace. Le puits avait environ sept ou huit mètres et tout en haut une dizaine de têtes barbues les regardaient.

— Non, bien sûr. Mais les théologiens s'interrogent encore sur leur origine. S'il s'agit d'une mutation involontaire, nous n'aurons pas la moindre difficulté. Les particules lunaires qui nous entourent sont chargées de radioactivité. Même à plus de trois cent mille kilomètres de distance elles peuvent avoir des effets pernicieux. Elles ont peut-être été à l'origine de ces mutants. Mais il y a d'autres thèmes, évidemment. Un groupe a pu se trouver au contact d'une ancienne source de radioactivité, une ancienne centrale, un dépôt de déchets, un silo d'armes thermonucléaires. Nous ne croyons pas à une évolution naturelle de l'organisme s'adaptant au froid polaire. Il aurait fallu des milliers d'années. En deux cent cinquante ans, il a fallu une intervention involontaire ou volontaire.

Lien se dirigeait vers la cage du rhinocéros qui allait très bien désormais et mangeait tout aussi goulûment qu'auparavant. Il semblait reconnaître son soigneur, relevait sa gueule monstrueuse et bâillait de façon particulière. Tout cela parce que Lien lui jetait un morceau de sucre.

— Je suis à la recherche d'ouvrages concernant les Hommes Roux, dit frère Pierre… Bien sûr, j'ai eu entre les mains ce livre diffusé clandestinement, *La Voie Oblique* d'Oun Fouge, mais j'ai du mal à croire que ce généticien a pu être à l'origine des Hommes Roux et apparaisse dans leur religiosité sous l'appellation de Loup Rouge.

Ces réticences ne paraissaient pas sincères. Lien avait au contraire l'impression que le livre avait justifié l'intervention du missionnaire dans sa vie, que frère Pierre ne s'était à nouveau intéressé à lui qu'à partir du moment où il avait lu ce livre. Mais l'hypocrisie des Néo-Catholiques n'était pas le moindre de leurs vices et de leurs qualités.

— Il est peut-être apocryphe, avança frère Pierre en regardant son vis-à-vis avec insistance.

— C'est possible, dit Lien, très prudent.

— Quelqu'un a pu écrire ce livre en exagérant, en interprétant, en falsifiant. Ce qu'il faudrait, ce sont les notes, les résultats d'expériences…

— Je comprends, dit Lien… Mais que dirait le Tribunal de la Nouvelle Rome si Oun Fouge était vraiment le créateur des Hommes Roux ? S'il était une sorte de démiurge, un homme qui se serait pris pour Dieu ?

— Vous êtes presque blasphémateur… Ce n'est quand même pas l'esprit de ce savant… Il a surtout songé à adapter les hommes aux nouvelles conditions climatiques si l'on en croit cet ouvrage.

— Vous ne le condamneriez pas ? s'étonna Lien.

— Ce n'est pas à moi d'en décider.

— Le Tribunal a-t-il reçu un exemplaire de *La Voie Oblique ?*

— Je l'ignore, dit le missionnaire.

— Que me voulez-vous exactement ?

Le religieux regarda autour de lui d'un air perplexe.

— N'auriez-vous pas un endroit où nous pourrions discuter de façon plus confortable ?

Il leva malgré lui les yeux vers les Hommes Roux toujours groupés autour des puits d'observation.

— Ils vous gênent ?

— Non. De toute façon je ne m'intéresse qu'aux tribus errantes, pas à ceux qui vivent sur les dômes, les verrières ou le long des voies ferrées. Ces derniers sont en quelque sorte dévoyés par notre mode de vie. Ils mangent nos déchets, les reliquats de notre nourriture, ils nous considèrent souvent comme des demi-dieux familiers et capricieux. Ce que je veux retrouver, c'est l'âme primitive, celle qui croit en ce Loup Rouge. Je sais que je peux les amener à Dieu et à la religion catholique sans difficulté.

— Venez un peu plus loin. Il y a un cabaret assez miteux mais sympathique. Si vous n'avez pas peur de ces gens qui vivent à la limite des dômes, là où la température est la plus basse et les quartiers les plus mal famés.

— Je ne crains que Dieu, répondit frère Pierre, ironique, vous le savez bien.

Il y avait là tout un entassement de wagons vétustes, à peine capables de rouler. La faune qui les occupait ne vivait que de rapines, d'expédients ou de petits travaux.

CHAPITRE VIII

La plupart des gens se dénudaient dans l'espèce de sas qui séparait la rue du cabaret. Les habitués se mettaient entièrement nus mais les nouveaux venus gardaient quelques vêtements. Les femmes non prévenues avaient quelque réticence, surtout due à une certaine coquetterie, à quitter leur robe du soir. Il y avait des petites scènes cocasses, des rires chatouillés.

Le sas passé, c'était tout de suite l'atmosphère d'un hammam. Saturée de vapeur, la salle ne paraissait peuplée que de fantômes. Lien s'était dévêtu presque totalement, ne gardant qu'un slip, et il errait entre les groupes, heurtant parfois un corps indéterminé, sentant des mains qui le frôlaient lui aussi. Des formes indistinctes se plaçaient en embuscade pour agresser les arrivants, les palper rapidement avant de disparaître. A la troisième fois, alors qu'une main habile venait de saisir ses organes génitaux, il réussit à coincer le profiteur, en fait une profiteuse déjà âgée et mafflue qui poussa un cri de désespoir. Il la lâcha aussitôt et essaya de se rapprocher de la scène.

Plusieurs filles dansaient habillées ! Dont Yeuse. Des tissus spéciaux qui s'imbibaient vite d'humidité et se plaquaient à leurs formes. Puis arrivèrent aussi des garçons et on applaudit très fort lorsque leur collant devint comme une deuxième peau sur leur corps. Un spectateur monta sur scène et essaya d'embrasser quelqu'un au hasard, une fille, un garçon, mais il n'y réussit pas et sauta à nouveau dans les nuages, puis disparut.

Peu à peu la première fournée de danseurs se répandit dans la salle. Lien avait trouvé une sorte de niche munie de matelas de tissu imperméable. Il ruisselait mais n'était pas trop mal à l'aise. Juste seulement un peu honteux de son excitation génésique presque douloureuse. Il aurait voulu ne la devoir qu'à la perspective de revoir Yeuse mais tous ces frôlements subis avaient fini par l'enflammer et il en était gêné.

La jeune femme le trouva tout de suite et l'embrassa avec une sorte de fureur. Il aurait voulu lui expliquer les raisons de son trouble, mais en moins d'une minute ils étaient en train de faire sauvagement l'amour. Elle le mordait et il la besognait avec fureur comme si c'était la dernière fois qu'il la prenait. Ils eurent une jouissance simultanée, presque exhibitionniste. Ils savaient qu'ils étaient entourés de voyeurs mais s'en moquaient.

Ensuite ils s'enlacèrent dans l'espèce de niche et restèrent silencieux. Puis Yeuse dut aller danser à nouveau, pour une sorte de strip-tease assez triste. Ce qu'elle faisait au cabaret Miki était beaucoup plus élaboré, intellectuel. Elle imitait ces vieilles artistes d'avant l'ère glaciaire que les gens pouvaient voir revivre grâce à ces films retrouvés. Mais ici, à *l'Etuve*, tout était fait pour rendre les gens amoureux, pour les faire s'unir au hasard des rencontres. Il n'y avait, semblait-il, aucun tabou sexuel et il se demanda comment la Sécurité et les Néo-Catholiques supportaient l'existence d'un tel endroit. Et s'il était tombé dans un piège ? Lorsque Yeuse revint, il lui fit part de ses craintes :

— Je sais, dit-elle, que tout est possible mais la Sécurité essaie surtout de repérer les gens importants pour avoir un moyen de pression sur eux. Par exemple le juge trop libéral que l'on a surpris dans les bras d'un beau danseur, ou l'actionnaire importante qui aime trop les petits jeunes gens… Je ne pense pas qu'ils s'intéressent à un gardien de zoo. Pour l'instant, bien entendu.

Ils se caressaient tendrement, redécouvraient leurs corps après des mois de séparation. Ils ne vivaient que pour cet instant, oubliant tout le reste. Par moments, la vapeur était si épaisse qu'ils avaient l'impression d'être seuls. Mais il y avait toujours une tête aux yeux hagards pour venir voir ce qu'ils faisaient, des corps obscènes qui paraissaient s'offrir alors que le visage restait caché ; des timides qui proposaient leur complicité mais qui disparaissaient vite.

— Je voudrais aller ailleurs, dit Lien.

— Ailleurs, c'est dangereux. Ici nous sommes dans une foule de détraqués sexuels. Ailleurs nous serions vite repérés. Ici nous n'intéressons personne. Il y a des notables, des dirigeants qui monopolisent les hommes et les femmes de la Sécurité.

— Tu les as identifiés ?

— Certains sont des danseurs, des danseuses, d'autres des clients, et pas les moins luxurieux, tu peux me croire.

Une nouvelle fois ils basculèrent dans le désir, le

prolongèrent au-delà de leur résistance. Lien fermait les yeux pour ne pas rencontrer d'autres yeux concupiscents et il n'aurait jamais pensé pouvoir se montrer aussi ardent dans de pareilles circonstances.

Yeuse retourna danser, revint avec des boissons fraîches à peine alcoolisées et des friandises.

— On perd plusieurs kilos ici, dit-elle, c'est pourquoi on voit tant de gros. Et les gros, dans cette période, ce sont surtout les nantis. La nourriture habituelle des gens moyens permet tout juste de survivre.

— J'ai eu une drôle de visite, dit-il.

Il lui parla de frère Pierre et elle devint très pâle.

— J'aurais dû me méfier, murmura-t-elle... Je ne pensais qu'à la Sécurité, pas à ces fanatiques. Au cabaret Miki, ils ont plusieurs adeptes et n'ont eu aucun mal à me faire surveiller. Je suis désolée.

— Il ne me veut aucun mal, c'est du moins ce qu'il m'a affirmé. Il s'intéresse surtout aux Hommes Roux, pense à juste titre que j'en sais un peu plus que la moyenne sur eux.

— Que veulent-ils à ces Hommes Roux ? Ne peuvent-ils pas les laisser vivre à leur guise ? Ils doivent être scandalisés par leur nudité. Les femmes sont très belles avec leur fourrure rousse, leurs seins toujours magnifiques, les hommes ont des sexes très apparents. Ça doit choquer ces nouveaux puritains. Ils vont essayer de les vêtir.

Lien sourit.

— Pour l'instant je dois ménager frère Pierre.

— Tu dois le revoir ?

— Il m'a dit qu'il reviendrait. Il faut aussi que

j'aille dans le village de ce Lucas Beryl, l'instituteur qui sert d'intermédiaire entre les pirates et la Compagnie. Sadon craint pour sa fille et surtout pour son poste si Floa disparaît. Il veut que je surveille l'opération.

— Ce sera dangereux, murmura Yeuse, qui frissonnait malgré la chaleur épouvantable.

— Je dois le faire.

— Tu fais confiance à ce gouverneur que l'on accuse de toutes les prévarications ?

— Je n'ai pas le choix, il détient des informations uniques sur les Hommes Roux.

— Mais que voulez-vous faire vous-même avec les Hommes Roux ? Ne crains-tu pas que Skoll et les autres soient également des fanatiques comme les Néo-Catholiques ?

Lien se posait de plus en plus fréquemment ce genre de question, mais emporté par les événements, l'obligation de vivre dangereusement, les recherches sur Oun Fouge, le travail au zoo, les contacts avec les dissidents de toute nature, l'impression du livre, il n'avait jamais eu le temps d'y répondre correctement et peut-être ne le désirait pas.

Il regarda Yeuse dont le corps ruisselait de transpiration et de vapeur. Lui-même était dans le même état et le matelas imperméable conservait cette eau dans ses creux. Ils durent le retourner pour la vider dans les caillebotis. Il perçut une vague odeur de moisi et de pourriture et trouva l'endroit hostile.

— Il faut que je parte, dit-il.

— Quand nous reverrons-nous ?

— Je ne sais pas. Il faut que je me rende à Soap

Station, que je voie qui est cet instituteur. Je ne sais pas encore comment je vais procéder pour remplir cette mission.

Il put attraper le tramway de grande ceinture qui faisait le tour du dôme. A cette heure il allait plus vite que dans la journée. Il passa devant le palais du gouverneur tout illuminé. Puis ce furent les faubourgs assez misérables, mais du côté du zoo c'était encore pire.

Skoll avait travaillé à l'impression de l'ouvrage et il paraissait de mauvaise humeur. Il n'aimait guère les derniers événements, la rencontre de Lien avec le gouverneur, celle avec Yeuse puis avec frère Pierre.

— Nous allons nous faire prendre… Il y a trop d'allées et venues autour de nous. Nous avons besoin de discrétion, de nous faire oublier totalement. L'important, c'est la diffusion de ce livre, ce sont les rencontres avec les groupes d'opposants.

— D'accord, fit Lien, conciliant. Mais j'accepte la mission de Sadon.

— Ce laboratoire remonte à un siècle. Qu'espères-tu trouver de profitable ? Dans ce carnet noir, ce Kallyst dit que les assistants n'avaient plus la foi scientifique, qu'ils laissaient tout se dégrader et cassaient même, au besoin.

— Il doit quand même y avoir quelques éléments importants à récupérer, des indices.

Comme pour se rendre à Cross Station, il emprunta un train de voyageurs, un express un peu plus rapide mais guère plus confortable. A nouveau il eut froid, dut descendre pour attendre la correspondance. En fait, il avait calculé qu'il devrait changer trois fois de train. Toujours aussi coopératif, le directeur du zoo l'avait chargé d'acheter des déchets de savon qui pourraient servir pour le nettoyage des cages. Ainsi il espérait ne pas trop attirer l'attention sur lui.

Il attendit des heures dans une petite ville minière, une de plus. Toute l'économie dépendait des anciennes ressources terrestres. Il fallait descendre jusqu'à l'ancienne surface si l'on ne voulait pas disparaître. Ici on exploitait des tourbières sous-glaciaires. On brûlait directement la tourbe pour produire du courant électrique. Le sol de la petite ville en était recouvert d'une couche qui isolait de la glace.

A la nuit, son train, juste une voiture automotrice et quelques voyageurs, pénétrait sous la verrière de Soap Station. Une verrière, pas un dôme. Ces colonnes de fer, ces arcs-boutants, ces volutes donnaient un certain cachet artistique à cette bourgade, mais ça ne valait pas un dôme qui isolait beaucoup mieux du froid. Il partit à pied le long d'un quai, ayant vu une vague pancarte qui signalait un hôtel. Une odeur acide flottait dans l'air. Plusieurs fabricants de savon étaient installés là. La Compagnie tolérait quelques entreprises privées dans les domaines qui lui paraissaient négligeables et sans importance stratégique.

Le petit hôtel qu'il découvrit après avoir tourné à droite avait un charme peu commun. Il était protégé par des ferronneries assez gothiques d'apparence, était agrémenté d'un jardin où poussaient quelques plantes vertes. Il ne vit pas de fleurs mais resta un moment assez surpris par cette verdure. On n'en voyait que dans les fermes modèles qui faisaient pousser des céréales ou des légumes sous dôme. Jamais dans les villes. L'hôtel était composé de plusieurs wagons anciens mais soigneusement restaurés. Des wagons en bois verni qui devaient remonter à la période tempérée et qu'on avait sauvés de l'enfouissement glaciaire.

Les patrons étaient chaleureux, aux petits soins. Il fut logé dans une chambre. Pas dans une cabine. Tout autour, il y avait également des plantes vertes. Ce n'est que plus tard qu'il découvrit qu'elles étaient dans des bacs sur roues. La Compagnie ne tolérait pas une installation fixe. Il se renseigna sur les déchets de savon et on lui indiqua une petite fabrique qui en vendait à des éleveurs de rennes. Puis la conversation vint tout naturellement sur l'instituteur qui avait été enlevé par les pirates. Les hôteliers qui lui avaient confié leurs actions pour l'assemblée extraordinaire de Grand Star Station étaient heureux de les avoir récupérées.

Le lendemain, il acheta plusieurs sacs de déchets de savon qu'il fit livrer au zoo à River Station, puis il pénétra dans l'école qui était aussi coquette que l'auberge. Il y avait du gazon et même un jet d'eau.

Il avait décidé de jouer franc jeu avec Beryl.

— Le gouverneur Sadon m'a chargé de veiller sur vous, puis sur sa fille. Il craint des interventions étrangères qui compromettraient les tractations. Je préfère que vous soyez au courant.

— J'ai le plus grand désir de préserver la vie de Floa Sadon, répondit l'instituteur.

Lien fut frappé par le ton passionné de cette déclaration. Il examina discrètement le visage de l'homme et comprit que Beryl était éperdument amoureux de Floa.

— Je sais les dangers qui la guettent, dit-il. Elle

représente un joli paquet d'actions et son père lui doit sa situation, en quelque sorte.

Lien n'avait plus rien à lui apprendre.

— J'attends désormais un signe des ravisseurs. Les familles me remettront le montant des rançons et j'attendrai ensuite un nouvel avis. A partir de cet instant, je serai étroitement surveillé, mais d'ores et déjà je sais que la Sécurité est à l'affût.

— Ici même ?

— Il est arrivé de nouveaux employés de la Compagnie. On parle de reconstituer un deuxième réseau depuis longtemps abandonné qui rejoindrait directement celui du Cercle. En fait, ils ne sont là que pour moi. Mais les familles des prisonniers sont assez puissantes pour trouver une ruse et me permettre de quitter ce village sans attirer leur attention.

— Je reste quelque temps ici. Je dois surveiller l'expédition de la marchandise que j'ai achetée.

CHAPITRE IX

Ce soir-là, dans le petit hôtel, il y avait un banquet d'anciens combattants du village.

— Ah, lui dit l'aubergiste, ce sont tous de braves garçons mais s'ils ne sont pas à la guerre, c'est qu'ils ont été réformés et certains sont dans un état pitoyable. Vous verrez… Vous avez de la chance de ne pas être mobilisé, vous savez.

— Je l'ai été, dit Lien, mais comme j'ai été blessé à une jambe, je suis libéré de mes obligations militaires.

— Ne soyez pas trop rassuré pour autant. Il paraît qu'ils reprennent ceux qui n'ont été que légèrement blessés et que pour être sûr de ne pas retourner au front, il faut avoir perdu un membre, un œil, enfin, être vraiment estropié.

Les sentiments assez pacifistes que l'hôtelier semblait manifester surprirent Lien. En général, dans les petits villages loin de l'effervescence des grands centres, on était assez traditionaliste et l'on pensait que, si la Compagnie faisait la guerre à la Sibérienne, c'était pour une juste raison.

— Nous avons perdu un fils de vingt ans, lui dit la patronne… Il était quartier-maître sur un aviso de reconnaissance. Ils sont allés trop loin sur le réseau ennemi et ont sauté sur une mine. Il a été porté disparu mais nous savons qu'il est mort.

L'arrivée des anciens combattants lui causa un choc. Le premier dut être porté par ses parents jusqu'à sa chaise ; il n'avait plus de jambes. L'autre, aveugle, était guidé par son jeune frère. Puis ce fut presque un défilé cauchemardesque. Les moins atteints tiraient une jambe, avaient la moitié du visage emportée. Lien savait la raison de leur si grande détresse physique. Ces jeunes gens n'avaient jamais eu de spécialité professionnelle. Depuis toujours ils travaillaient aux fabriques de savon. On les avait enrôlés dans les unités de choc. Lui, par exemple, avait eu assez de chance, même s'il avait été blessé. Moins grièvement que ceux-là que l'on installait autour de la grande table. La patronne avait soigné son menu. Il y avait des poules qui cuisaient à la broche, un cuissot de jeune renne très tendre et des légumes verts cultivés dans le village même. La terre n'était que de la tourbe venant de la station voisine.

Et puis le chef de Station, en grand uniforme, assisté de son adjoint, vint présider le repas. Comme partout il faisait office de maire et d'officier de la Sécurité. En passant près de la table de Lien, il lui jeta un regard soupçonneux mais alla vite serrer les mains des réformés.

On apporta de la bière et de la vodka. Il fallut en aider certains à boire à la santé de la Compagnie. Puis le chef de Station se crut obligé de faire un discours.

— Vous avez tout sacrifié pour que la Compagnie ne devienne pas la proie des envahisseurs. Si vous vous étiez comportés comme des lâches, nous ne serions pas aujourd'hui ici dans cette salle en train de nous réjouir. Aux dernières nouvelles, nous avons opéré une percée extraordinaire dans le Nord-Est. Nous avons atteint un grand centre de communication de l'ennemi. Nous avons fait des prisonniers, récupéré du carburant et…

Ecœuré, Lien aurait voulu se boucher les oreilles. Dans sa situation il ne pouvait se permettre la moindre intervention, mais cet homme exagérait. Il plastronnait, bombait le torse, levait son verre. Lui, il avait tous ses membres, le visage intact, pas la moindre égratignure. La Compagnie possédait là un excellent élément et le remerciait en lui évitant les horreurs de la guerre.

— Vous n'avez pas faim ? murmura la patronne en lui apportant son morceau de jeune renne.

— Je ne peux supporter ces discours odieux, avoua-t-il.

Il essaya d'oublier l'homme, parla avec la patronne.

— Les Hommes Roux ? Il y en a dans le coin, bien sûr… On se demande comment ils peuvent résister au froid. Tous les mois ils viennent nettoyer la verrière. On leur donne de la nourriture. Il y a aussi les enfants. Ils regardent de tous leurs yeux ceux qui vont à l'école, les nôtres qui jouent. Eux, ils n'ont pas l'air de s'amuser. Ils travaillent comme des adultes pour pas grand-chose, et puis ils disparaissent. Ils me font peur, mais je les plains. Vous savez qu'ils ne veulent jamais entrer dans le village ?

— La Compagnie l'interdit.

— Le chef de Station est très strict sur ce point mais des fois on voudrait les faire entrer. Il y aurait du travail pour eux. Mais ils ne veulent pas franchir le sas. Ils semblent redouter la chaleur comme la pire des choses.

Il terminait son repas lorsqu'une jeune femme vêtue d'un manteau de fourrure pénétra dans la salle. C'était à la même heure, la veille, qu'il était arrivé ici et il pensa que le train venait d'entrer en gare.

Et puis il reconnut Yeuse. Elle vint vers lui, s'assit lentement en face. Il sut qu'un malheur avait dû arriver à River Station.

— Skoll a été arrêté. Ce matin.

— Le directeur ?

— Laissé en liberté.

— Ils ont perquisitionné ?

— Je ne crois pas.

Lien soupira de soulagement. Dans ce cas ils n'avaient pas découvert l'imprimerie clandestine dans les wagons qui recevaient la viande pour les fauves.

— J'ai préféré venir te prévenir, plutôt que de te téléphoner ou d'envoyer un message.

Il serra sa main dans les siennes.

— Tu as pris d'énormes risques.

— Ce n'est rien.

— Ton contrat avec *l'Etuve* ?

— De toute façon j'en avais assez. Je retournerai au Miki. Là-bas il n'y a pas de problèmes.

— Auprès de moi ta vie est en danger. Ils peuvent m'abattre pour éviter bien des ennuis, bien des questions… Sais-tu où se trouve le lieutenant Skoll ?

— Il aurait été transféré sans attendre à G.S.S.

— Bien sûr, à River Station ils se méfient du gouverneur.

Elle remarqua la table des anciens combattants. Après un début de repas très silencieux, triste, l'ambiance s'animait un peu sous l'effet de la bière et de la vodka. Le chef de Station se multipliait d'ailleurs avec une impudence révoltante, servant à boire et racontant des plaisanteries douteuses.

— Les pauvres gosses, dit Yeuse.

Ce mot de gosse le surprit et il se rendit compte que Yeuse n'était plus très jeune. Elle avait dépassé la trentaine et ces jeunes gens la touchaient comme s'ils étaient tous ses fils. Il vit des larmes dans ses yeux.

— Alors, monsieur, vous ne refuserez pas de boire à la santé de ces héros ?

L'odieux chef de Station, sa casquette à deux étoiles posée de travers sur son crâne chauve, se tenait debout sur ses courtes pattes devant leur table, une chope à la main. Lien le regarda, regarda sa chope, la saisit.

— Je bois à leur jeunesse et à leur santé perdue.

L'homme eut un haut-le-corps, grimaça :

— Ça signifie quoi, monsieur ?

Les yeux d'Yeuse suppliaient. Il se savait en mauvaise posture, mais en cet instant il était prêt à n'importe quelle imprudence pour moucher ce grotesque.

— Ce que vous voudrez. Peut-être qu'il était inutile d'en faire des héros sans bras, sans jambes, sans yeux, sans visage… Oui, je crois que c'était inutile.

— Ah ça ! Vous parlez contre la guerre ? Vous êtes un défaitiste ?

Il se tourna vers la tablée soudain fort silencieuse.

— Mes amis, pendant que vous luttiez pour notre liberté, il y en avait qui se proclamaient pacifistes et profitaient de la vie.

Il regardait Yeuse et devait être choqué par son élégance naturelle et sa beauté sereine.

— Vous deviez être un planqué, n'est-ce pas ?

— Et vous ? demanda calmement Lien.

Le chef de Station pâlit atrocement, puis d'un seul coup ses veines libérèrent un tel flot de sang qu'ils crurent qu'il allait s'écrouler.

— Moi, monsieur, je suis requis. Je fais mon devoir comme les autres.

— Soap Station est loin, bien loin du front, dit Lien avec un sourire suave.

— Me traitez-vous de lâche ?

— Je ne trouve aucun mot pour vous qualifier. Surtout quand vous vous moquez de ces pauvres gosses. Vous croyez qu'il suffit d'un repas d'anciens combattants pour leur faire oublier leur misère actuelle ?

— Qui êtes-vous ? N'oubliez pas que je suis officier de la Sécurité et que j'ai le droit de vous demander vos papiers.

Lien sortit son fascicule de mobilisation, le posa sur la table. Le chef de Station parut surpris mais il le prit, l'ouvrit, vit la notification de blessure. Brutalement, il réalisa qu'il avait commis une gaffe. L'autre plaqua le livret sur la table, s'éloigna vers les anciens combattants.

— Tu l'as mouché, dit Yeuse, ravie.

— Ne te réjouis pas trop vite. Il a lu mon nom. Tout à l'heure il rentrera à la station et consultera la liste des gens recherchés par la Sécurité.

— Que devons-nous faire ? Il n'y a pas de trains avant demain matin.

L'aubergiste apporta un petit flacon ambré et le déposa sur la table.

— Je crois que c'est assez bon. Il y a des années que je ne me suis pas senti aussi joyeux. Je vous remercie, monsieur, de lui avoir répondu comme vous l'avez fait.

— Oh, je ne prenais pas grand risque, dit Lien.

— Fou, dit Yeuse lorsque le patron se fut retiré. Tu as pris un risque mortel.

— Je ne voulais pas gâcher la joie de cet homme, ni le mettre dans l'obligation de nous aider. Il le ferait mais ils ont déjà perdu un fils à la guerre. C'est assez pour eux.

— Que vas-tu faire ?

— Il ne doit pas être aisé de se cacher dans ce village. Il n'y a pas de draisine-taxi, très certainement. Ni beaucoup de véhicules particuliers. Nous sommes pris au piège comme des rats.

— Si tu téléphonais à Sadon, le gouverneur ? Ici nous sommes toujours dans la 17e Province même si nous nous trouvons à la périphérie.

— C'est une bonne idée, dit Lien.

Ils se rendirent à la réception et le vieux monsieur forma le numéro du palais du gouverneur sans le savoir. Il patienta un long moment puis secoua la tête.

— On dirait qu'il n'y a pas de tonalité. Il est fréquent que nous soyons en dérangement. Je pourrais essayer dans un moment.

Les anciens combattants chantaient sous la direction du chef de Station. Ils resteraient encore une heure ou deux, ce qui correspondait au sursis dont ils disposaient avant qu'il ne rentre consulter sa liste.

— Nous verrons demain, décida Lien, allons nous coucher, maintenant.

Yeuse fut surprise par la chambre.

— Un vrai lit, remarqua-t-elle, des rideaux à fleurs, c'est si joli.

— Malheureusement nous ne pourrons pas en profiter, dit Lien. On va filer par la fenêtre.

— Tu sais où aller ?

— Chez l'instituteur. C'est la personne la plus intouchable du village. S'il lui arrivait quoi que ce soit, les familles des actionnaires enlevés par le pirate feraient un beau scandale.

— Mais acceptera-t-il de nous aider ?

— Souhaitons-le.

Beryl n'était pas encore couché et corrigeait des devoirs dans sa salle de classe. Il sursauta lorsque Lien entra, suivi d'une jeune femme.

— Vous avez oublié de me dire quelque chose ?

— Nous sommes traqués par la Sécurité. Il faut que vous nous aidiez.

Lucas Beryl sursauta.

— Mais je suis fonctionnaire de la Compagnie… Je ne puis vous porter secours… Qu'avez-vous fait de si grave ?

— J'imprime clandestinement *La Voie Oblique* de Oun Fouge.

— Mon Dieu, je n'ai pas fait assez attention à votre nom. Lien Rag, le glaciologue ? Votre photographie a longtemps été en bonne place à la station… Vous ne pouvez pas rester ici…

Il les entraîna dans une pièce voisine du wagon scolaire, une sorte de débarras. Il déplaça quelques affaires et mit au jour une banquette étroite.

— Je n'approuve pas ce que dit Oun Fouge… Si vraiment il a créé les Hommes Roux, c'est une erreur. Ce sont des crétins sans intelligence, tout juste bons à courir par moins cinquante degrés.

— Ce n'est déjà pas si mal, fit Lien avec un sourire conciliant.

— Je suis contre ces manipulations.

— Vous approuvez tout ce que fait la Compagnie ? Les intrigues, la Sécurité, les Néo-Catholiques ? Tout ce qui nous accable, nous écrase parce que nous sommes prisonniers de ces dômes, de ces verrières ? La Compagnie a créé une sorte de système sanguin, les réseaux de voies ferrées, pour mieux nous tenir dans ses griffes. Vous approuvez sans réserve ?

— Non, bien sûr.

Beryl essuya la sueur de son visage. Depuis son enlèvement par les pirates, il vivait des événements inouïs. En cinquante ans, il n'avait jamais connu de telles aventures.

— Je veux bien vous cacher pour la nuit, mais demain... Demain vous devrez partir.

— Essayez d'aller téléphoner au gouverneur Sadon pour lui expliquer la situation, répondit Lien en s'asseyant sur la banquette.

CHAPITRE X

Ils avaient fini par s'endormir lorsque Lucas Beryl, très excité, pénétra dans le local. Lien regarda l'heure et vit qu'il n'était que cinq heures du matin.

— Que se passe-t-il ?

— Il vient d'arriver un convoi blindé de la Sécurité. Ils sont en train d'encercler l'école.

— Vous avez pu téléphoner au gouverneur ?

— Oui. Il m'avait dit qu'il viendrait le plus rapidement possible. Le chef de Station a dû prévenir ses supérieurs comme vous le redoutiez.

Un convoi blindé de la Sécurité se composait de plusieurs voitures autonomes. Elles quadrillaient tout le pâté de wagons autour de l'école. Il y en avait même une juste en face avec son canon-mitrailleur pointé. Ils n'avaient pas jugé utile de mettre le canon-laser en batterie.

— Si le gouverneur n'envoie pas quelqu'un, nous sommes perdus, dit l'instituteur.

— Du calme... N'oubliez pas que vous êtes l'intermédiaire avec les pirates. Vous ne risquez rien. Si leur pression devient trop forte, je sortirai me constituer prisonnier. Vous garderez Yeuse avec vous.

— Je ne veux pas, dit-elle calmement.

— Tu me seras plus utile libre que captive.

Dans les cités plus importantes, la population se gardait bien de s'attrouper lorsque la Sécurité faisait une opération de maintien de l'ordre, mais à Soap Station les habitants conservaient une certaine innocence, une ignorance rurale. Poussés par la curiosité, ils arrivaient de toutes parts, même les ouvriers savonniers, les hommes qui manipulaient la potasse avec leurs mains rongées, les femmes qui conditionnaient les pains de savon et avaient la peau étrangement blanche.

A l'intérieur des blindés, les hommes de la Sécurité devaient s'étonner puis s'inquiéter un peu, étant dans l'ignorance de ce que pourraient faire les villageois en cas de violences trop flagrantes. L'instituteur était un personnage important, la preuve, tous les petits porteurs d'actions lui avaient confié sans hésiter leur bien pour les représenter à l'assemblée générale.

Il y eut soudain un drôle de bruit, un crachotement amplifié, puis une voix parla dans un haut-parleur.

— Le capitaine Suno vous salue, population de Soap Station, et tient à vous expliquer les raisons de ce déploiement des forces de police dans votre charmant village. Un complice des pirates qui ont déjà enlevé plusieurs personnalités se cache dans l'école et tient votre instituteur Beryl en otage. Nous avons ordre de l'arrêter. Nous vous prions de vous éloigner, de reprendre votre travail. La Compagnie a besoin que les efforts de chacun soient les plus efficaces possible dans ce conflit qui nous oppose à des envahisseurs sanguinaires. La production ne doit pas se ralentir. Faites votre devoir, nous ferons le nôtre.

Mais les villageois, même s'ils approuvaient de hochements de tête le ton de cette péroraison, ne bougeaient pas pour autant. Il n'y avait pas tellement de distractions à Soap Station, et celle-ci était exceptionnelle.

Si bien que le capitaine Suno s'énerva un peu et fit envoyer quelques jets de vapeur dans tous les sens. Les curieux reculèrent un peu en riant comme d'une bonne blague mais ne se dispersèrent pas.

— Lien Rag, nous vous demandons de sortir. Si vous n'êtes pas au-dehors dans trois minutes, nous envoyons des gaz incapacitants.

Lien n'avait pas prévu cette tactique. Les gaz les paralyseraient tous, lui-même ainsi que Yeuse et Beryl. Ils embarqueraient tout le monde puis disparaîtraient. Le gouverneur aurait le plus grand mal à le faire délivrer puisqu'il était recherché pour rébellion, abandon de poste, propagation de fausses nouvelles en état de guerre et bien d'autres choses encore.

— Je vais me rendre, dit-il. Il faut que vous restiez en liberté.

— Attendez encore un peu. Le délai ne se termine que dans deux minutes et je suis sûr qu'ils le renouvelleront en partie.

— Essayons, murmura Lien.

Angoissés mais s'efforçant de le cacher, ils

laissèrent s'écouler les deux minutes restantes. Le haut-parleur tonna alors :

— Le délai est écoulé, une dernière fois, Lien Rag, sortez.

— J'y pense soudain, fit l'instituteur, très excité. Il faut que je le trouve…

Lien ne fit pas tellement attention. Il se dirigeait vers la porte, mais Beryl revint avec un porte-voix.

— Je l'utilise avec les gosses quand ils sont dans la cour… Essayez de parlementer.

S'approchant d'une fenêtre, Lien l'ouvrit et, après une seconde d'hésitation, répondit :

— Capitaine Suno, je suis prêt à sortir. Mais je veux des garanties. Contrairement à ce que vous prétendez, je ne suis pas un pirate. J'ai même l'accord du gouverneur pour me trouver ici à Soap Station. J'exige que la population se porte garante de la régularité de mon arrestation.

Il y eut un silence total. Puis les machines du blindé grondèrent. Des jets de vapeur l'enveloppèrent. Mais la réaction était trop tardive. Tout le village avait entendu. Et les gens s'interrogeaient. Le mot gouverneur avait eu son impact. La Sécurité n'était qu'un corps organisé au service du gouverneur. Il était impossible qu'elle aille contre la volonté de ce dernier.

Le capitaine Suno dut le comprendre car il fit taire le grondement de ses moteurs, cessa de faire envoyer de la vapeur et prit la parole avec un énervement sensible :

— Cet homme ment. Nous sommes ici sur l'ordre du gouverneur. C'est un dévoyé recherché sur toute la concession de la Compagnie. Hier encore, il a insulté les anciens combattants dans la salle de l'hôtel. Il est capable de toutes les ruses pour retarder son juste châtiment.

Dans les villages, si le chef de Station était à la fois maire et officier de police, il existait une organisation, un conseil de consultation. Dans les villes plus importantes, il était choisi avec le plus grand soin. Mais dans les bourgades comme Soap Station il se composait d'anciens, de notables et de héros de la guerre. Si bien qu'il lui arrivait parfois de ne pas être tout à fait d'accord avec le représentant de la Compagnie qui, lui, changeait tous les trois ou quatre ans.

Un homme âgé, suivi de deux autres, s'avança en direction du blindé en levant une main.

— C'est le syndic du conseil, souffla Beryl. Parfois il est assez borné mais il n'aime pas trop le chef de Station. De toute manière il cherche toujours l'occasion de se faire remarquer, et cette fois c'est tout à fait honorable. Il s'appelle Brian.

Le syndic parlait, mais à cette distance on ne pouvait entendre. Et puis la tourelle du blindé s'ouvrit et le capitaine Suno sortit son torse, puis tout son corps pour sauter entre les rails. Il s'approcha de Brian et commença une discussion assez passionnée avec lui.

— Monsieur Brian, cria soudain Lien dans le porte-voix… Allez donc téléphoner au gouverneur Sadon lui-même. Vous aurez la preuve de ce que j'avance et aussi celle que le capitaine Suno n'exécute pas les ordres directs de la Compagnie, mais ceux de ses chefs.

— Donnez-moi ça, dit Beryl, soudain décidé.

Il lui arracha le porte-voix :

— Brian, ici Beryl. Vous me connaissez. Je ne suis pas homme à parler sous la contrainte et…

Suno se tourna vers son blindé et fit un signe.

— Terminez vite, cria Lien, ils vont couvrir votre voix.

— Je ne suis pas menacé, cria l'instituteur, je vous demande d'aller téléphoner au gouverneur et…

A ce moment-là le blindé donna l'impression qu'il allait exploser. La vapeur s'échappa avec des sifflements fantastiques que l'on dut entendre dans tout le pays. Quelques vitres de la verrière se brisèrent sous l'onde du choc sonore. La population sursauta, les gens se bouchèrent les oreilles tandis que leurs expressions devenaient sévères. Suno comprit son erreur. Les ruraux n'étaient pas aussi conditionnés que les citadins. Ils ne faisaient aucune paranoïa vis-à-vis des forces de l'ordre. Les gens commencèrent d'avancer. Brian voulut les retenir mais ils l'engloutirent dans leur masse qui soudain emporta aussi le capitaine Suno.

— Arrêtez, cria Beryl, sinon ils vont tirer.

Mais personne ne pouvait l'entendre avec ces sifflements horribles. Il y eut aussi la vapeur qui, un temps recouvrit toute la scène, le blindé et les gens.

— Pourvu qu'ils ne tirent pas, murmura Beryl.

Par chance la vapeur empêcha également les mitrailleurs de distinguer nettement ce qui se passait, et de plus, leur chef pouvait être atteint. Ils restèrent sur leurs gardes mais personne ne tira. La vapeur finit par s'épuiser et, pour en conserver un minimum en cas de départ imminent, le pilote la coupa. Et l'on y vit un peu plus clair tandis que les oreilles n'étaient plus agressées. Brian avait réussi à s'écarter avec le capitaine Suno et les gens paraissaient moins décidés à la violence mais gardaient des visages soupçonneux.

— Brian fait signe, dit Lien.

— J'y vais seul, dit Beryl. L'essentiel, c'est de gagner le maximum de temps. Le gouverneur finira par envoyer quelqu'un.

— Je pense qu'il l'a déjà fait mais que la Sécurité a dû trouver le moyen de le retarder. Comme elle contrôle les nœuds ferroviaires, les aiguillages et les dispatchings, elle peut très bien envoyer un loco-car dans une autre direction, même si ce dernier est muni d'une boîte noire de priorité.

Beryl sortit et se dirigea vers le syndic et le capitaine. Il y eut une longue discussion avant que l'officier ne revienne dans son blindé, certainement pour envoyer un message radio.

La foule ne se dispersait pas pour autant. Ces gens-là, qui n'avaient été que de simples curieux plutôt favorables à l'opération de police, se sentaient désormais responsables d'un certain esprit de justice.

Il y eut une demi-heure d'incertitude et Lien eut peur que les gens ne finissent par se lasser pour rentrer chez eux. Déjà quelques personnes s'en allaient.

Et puis, sans autre explication, le blindé lança un coup de sifflet strident, roula lentement en s'éloignant de l'école.

— Ils s'en vont, dit Yeuse.

— Je ne sais pas exactement.

— J'en suis sûre, moi.

Beryl confirma la nouvelle. Les quatre blindés qui

encerclaient le pâté de maison, venaient de se reformer en un convoi unique qui était en train de passer le sas. L'instituteur revint avec le syndic du conseil de consultation. Il s'inclina devant Lien, qui le remercia :

— Je ferai part au gouverneur de l'efficacité de votre intervention. Sans vous, ses ordres auraient été bafoués.

L'homme se rengorgea, accepta un pot de bière tandis que la foule se dispersait lentement. C'est alors qu'arriva le loco-car du gouverneur, portant les insignes caractéristiques de ce haut fonctionnaire.

Ce fut le directeur du zoo, Harl Mern, qui en descendit. Cette fois le syndic fut certain de ne pas avoir commis d'impair et s'en alla très satisfait et excessivement flatté des compliments qu'il avait reçus. C'était le plus gros savonnier de la bourgade et il espérait que le gouverneur se souviendrait de ses services.

— Il y a eu un cafouillage monstre, dit Mern. Nous devrions être là depuis l'aube. Mais nous avons été détournés parce que deux convois avaient déraillé. Je crois qu'il s'agit d'une ruse. S'ils avaient eu le temps de vous arrêter nous n'aurions rien pu faire.

Il regarda Beryl.

— Les pirates ont donné leur accord. L'argent des actionnaires se trouve dans le loco-car sous forme de lingots d'or. Un poids considérable. Le gouverneur m'a chargé de venir ici et de vous accompagner le temps qu'il faudra.

— Très bien, dit Beryl, je suis prêt à partir. Tout était prévu.

Depuis son retour, il avait envoyé femme et enfants dans une autre ville sous prétexte de les mettre en sécurité, mais en fait il ne pouvait plus supporter la présence de sa famille alors que Floa Sadon tenait une telle place désormais dans son esprit.

Le loco-car était celui de Floa, une merveille de techniques sophistiquées. Il était piloté par un garçon rétribué par le gouverneur et répondant au nom de Sorgi. Il expliqua que selon les instructions données par les pirates il devait emprunter le réseau du Cercle.

— Cela jusqu'à Botnie Station. Là nous emprunterons un réseau secondaire dit Polaire II. Nous devons recevoir d'autres instructions par la suite.

— Mais de quelle façon, par radio ?

— Nous l'ignorons.

Lorsque le loco-car pénétra dans une ville de correspondance, Lien annonça à Yeuse qu'elle allait descendre reprendre un train pour Grand Star Station.

— Il faut que tu retournes là-bas. Je ne veux pas que tu sois mêlée à ces histoires. De plus, les pirates pourraient s'étonner de ta présence et l'affaire risquerait d'être compromise.

Elle ne souleva aucune objection et fut très digne. Lorsqu'il la laissa sur le quai, Lien éprouva un remords, l'impression qu'ils se séparaient à nouveau pour longtemps. Mais déjà elle avait disparu au milieu des autres voyageurs.

Bientôt ils furent au milieu de l'énorme trafic du réseau du Cercle. Malgré la quelque centaine de voies, la circulation devenait presque anarchique. La Compagnie ne respectait plus les distances réglementaires et les relais électroniques, saturés, s'affolaient, si bien qu'il y avait des balises nouvelles sur le parcours.

— Notre priorité ne sert plus à rien, expliqua Sorgi. Les mémoires ne peuvent plus rien ingurgiter. Si nous n'avions pas cet impératif de rejoindre Botnie Station avant la nuit nous ferions mieux d'attendre que ça se tasse.

— Ce sont en particulier des convois militaires, dit Harl Mern, qui ralentissent tout. Pourtant ce n'est pas tout à fait la direction du front.

— En se dirigeant vers l'Ouest, ils atteindront les limites de la concession. Au-delà, c'est la Panaméricaine. Je ne pense pas que cette compagnie ait accordé un droit de passage aux troupes pour prendre la Sibérienne à rebours ?

Lien secoua la tête. Il y avait quelque chose d'assez inexplicable en effet. Parfois ils roulaient en compagnie de « vaisseaux » impressionnants. Des croiseurs à la superstructure vertigineuse, des avisos en grappe, des contre-torpilleurs rapides et qui n'utilisaient que trois paires de rails. Il y avait aussi des trains blindés contenant le ravitaillement et les troupes d'infanterie.

— La Panaméricaine n'est pas disposée à nous laisser traverser son territoire…

— Est-ce que nous nous préparerions à l'attaquer ? murmura le directeur du zoo.

— C'est fort possible.

— Ce serait de la folie pure. La Panaméricaine est réputée comme étant la plus puissante du globe. Ils possèdent des missiles à longue portée et des charges nucléaires. Si jamais nous commettons cet acte insensé, ce sera l'Apocalypse.

— Une simple démonstration de force alors ?

Pour atteindre Botnie Station, Sorgi dut faire des acrobaties de conduite, de diplomatie et ne pas respecter les ordres qu'une voix hystérique vociférait dans leur radio. Les convois militaires évitaient la ville. Celle-ci — pleine à craquer puisque les convois civils étaient bloqués sur place depuis la veille ou détournés en cours de voyage — refusait d'admettre une personne de plus. Même leur loco-car prioritaire paraissait indésirable.

Ils durent trouver une voie de garage à la périphérie de la ville et partir à la recherche d'un dispatching, une sorte d'asile de fous où régnait une pagaille sans précédent. Lien et Sorgi trouvèrent enfin un contrôleur de la traction et lui soutirèrent des renseignements indispensables pour pénétrer dans la ville. Il leur donna une carte perforée et le loco-car put enfin se présenter devant le sas sud de la ville.

Un autre contrôleur monta à bord et leur annonça qu'il ne pouvait les diriger vers les quais habituels de la traction, mais qu'ils devraient errer dans la ville à la recherche d'un stationnement. Ce qui promettait des heures et des heures d'errance. Les draisines-taxis se taillaient la part belle des voies de garage, puis venaient les tramways, puis les loco-cars particuliers, les engins de manutention, ceux de la voirie, des services de pompiers et de la Sûreté. Un véritable casse-tête.

— Nous devons passer impérativement la nuit ici avant de prendre Polaire II. Ce sont les ordres. Mais si ça continue, nous allons rouler à petite vapeur tout ce temps-là et gaspiller notre carburant. Il va falloir d'ailleurs faire le plein très bientôt. Je me demande si les stocks existent encore dans cette ville. Tout est sens dessus dessous.

Ils étaient très fatigués et auraient souhaité pouvoir se reposer quelques heures dans un endroit tranquille. Mais d'autres loco-cars, d'autres trains de voyageurs cherchaient une voie de garage et tournaient en rond, tandis qu'une foule exacerbée emplissait les quais.

CHAPITRE XI

A cause de l'or, ils avaient décidé de monter une sorte de garde. Vers dix heures du soir ils avaient pu trouver une place de stationnement dans un faubourg populeux où le luxueux loco-car attira un peu trop l'attention. Le sigle du gouverneur n'impressionnait pas tellement les gens qui ricanaient, lançaient des lazzi. Mais avec la nuit, tout redevint, en apparence, tranquille et ils craignaient moins les contestataires que les véritables truands à l'affût d'un bon coup. Il y avait dans les soutes autant d'or que dans le budget de la Province.

Lorsque Lien alla se coucher, vers six heures, la nuit était restée calme. Il passa son arme — une carabine à air comprimé très puissante et pouvant tirer en rafale — à Beryl, qui se réveilla sans difficulté.

— Il n'y a plus qu'à attendre le lever du jour pour prendre le réseau secondaire de Polaire II en espérant qu'il sera moins saturé.

Beryl prépara le petit déjeuner, du thé, des toasts avec du beurre de renne et du miel synthétique. Le pilote Sorgi dormait encore, épuisé par la journée de la veille. Harl Mern étudiait ses documents sur Oun Fouge comme toujours. Il avait expliqué à Lien comment l'ex-lieutenant Skoll avait été appréhendé.

— Certainement sur dénonciation. Quelqu'un avait dû le reconnaître. Le plus surprenant, c'est qu'ils ne vous ont pas cherché, ni n'ont fait de perquisition.

Lien pensa à frère Pierre qui était peut-être à l'origine de cette arrestation. Les Néo-Catholiques étaient les alliés de la Sécurité. Ils avaient pu établir un pacte tacite. On arrêtait Skoll mais, puisque le missionnaire avait besoin du glaciologue, on le lui laissait, quitte à essayer de l'arrêter plus tard comme à Soap Station. Voilà pourquoi le capitaine Suno avait capitulé si vite.

L'arrestation eût-elle été aisée et discrète que frère Pierre n'aurait jamais su la vérité.

Ils déjeunaient lorsqu'on frappa à la portière et qu'un jeune garçon tendit une lettre.

— On m'a chargé de vous remettre ceci.

— Attends, dit Lien en lui donnant un billet, qui t'a chargé de cette commission ?

— Un voyageur sur les quais.

Il s'en alla et Lien décacheta la lettre, puis en fit la lecture à ses compagnons.

— Polaire III (Trois).

Le chiffre était écrit en toutes lettres pour éviter les confusions. Sorgi sortit son manuel des instructions ferroviaires et découvrit que Polaire III était une double voie qui desservait des centres miniers et des lieux de pêche. Lien se souvint d'avoir déjà dû voyager dans un wagon rempli de harengs et la perspective de retrouver ces odeurs ne l'enchantait pas.

— Curieux, dit Beryl. Sur ces voies sans importance nous serons plus aisément repérés. Même si les pirates effacent les traces de notre passage dans les mémoires des aiguillages, la Sécurité finira par retrouver notre trajet. Il y a aussi les témoins que l'on ne peut pas liquider.

— Kurts doit avoir ses raisons, répondit Lien. Il faut nous mettre en route. Rien que pour traverser cette ville trop encombrée de convois et de gens, il nous faudra peut-être la matinée.

Mais la circulation allait un peu mieux et leur priorité noire leur servit beaucoup plus que la veille. Ils passèrent le sas du Nord-Est une heure plus tard à peine, et tout de suite se retrouvèrent dans un immense désert blanc assez chaotique. Il y avait eu au début de l'ère glaciaire de grands bouleversements entre les anciennes glaces du pôle et les nouvelles, si bien que les trains circulaient au fond de gorges impressionnantes. Levant les yeux, Lien avait du mal à voir le ciel.

— Le moindre bloc qui se détache et c'est la mort, dit Sorgi, qui paraissait terrorisé.

— La glace a été fixée par un procédé spécial mais les éboulements ne sont pas exclus. Au lieu de quelques centaines de kilos, c'est toute la paroi qui s'effondre.

Plus loin un panneau immatériel, une sorte d'hologramme qui apparaissait au passage de chaque convoi, annonçait qu'il fallait éviter les coups de sifflet, que mieux valait respecter les limitations de vitesse. Enfin ils surgirent sur un plateau et soupirèrent de soulagement. Ils avaient rencontré quatre convois de wagons de marchandises.

Puis ce fut la première station, juste la gare et quelques habitations mobiles sous une verrière anachronique. Le loco-car s'immobilisa malgré la volonté de Sorgi.

— Il se passe quelque chose d'anormal.

— Un coup des pirates, très certainement, dit Beryl qui piaffait d'impatience.

Il pensait de plus en plus à Floa, espérait qu'il revêtirait à ses yeux la gloire d'un héros.

— Voici quelqu'un.

C'était un chef de Station âgé qui s'efforçait de marcher rapidement et droit mais qui devait avoir déjà avalé pas mal d'alcool. Il faisait un froid épouvantable dans sa station.

— Bien le bonjour, dit-il d'une voix bafouillante. Ça ne se réchauffe pas, on dirait.

Il rit tout seul de sa plaisanterie, jeta un coup d'œil dans la cabine de pilotage du loco, soupira :

— Faut revenir en arrière. Eboulement sur la ligne. Vous ne pouvez plus passer.

— Mais c'est impossible, protesta Lucas Beryl. Nous devons passer par tous les moyens.

— Hé hé, fit le chef de Station, c'est pas possible.

— Du calme, Lucas, dit Lien. Rien n'est fait au hasard dans cette affaire, et si éboulement il y a, c'est pour une raison bien précise.

— Faut passer sur la plaque tournante, mes amis ! s'exclama le chef de Station. Pour vous retrouver dans la bonne direction.

Plus tard, en route pour le Sud, ils observaient un silence perplexe. Etait-ce vraiment un coup des pirates ? Lien pensait qu'ils avaient pu bloquer toutes les voies pour isoler leur loco-car. Dans ce cas, l'échange de la rançon contre les prisonniers n'allait pas tarder à être possible.

Soudain il saisit l'exemplaire des instructions ferroviaires et le compulsa fébrilement.

— Il y a un aiguillage à quelques kilomètres d'ici. Une voie unique dessert une sorte de forteresse militaire… Mais je suppose que c'était une installation importante lorsque la Compagnie n'avait pas encore agrandi sa concession ?

— Une forteresse, vraiment ? s'étonna Harl Mern… Construite en dur ?

— Tout de même pas. Y compris dans ses installations vitales, la Compagnie ne dévie jamais de son unique règle. La mobilité.

— Vous croyez que nous serons détournés sur ce fort abandonné ?

Sorgi ralentit encore l'allure. La voie amorçait une grande courbe pour éviter une série de collines de glace et, lorsqu'ils en sortirent, ils aperçurent les silhouettes. Trois exactement, qui attendaient près de l'aiguillage.

— C'est bizarre, dit Lucas Beryl, mais les pirates portent d'habitude des combinaisons noires. Je les ai vus les revêtir à plusieurs reprises et ceux-là ont des combinaisons plus claires, presque jaunes.

— Incroyable, fit le pilote en freinant sèchement, ce sont des Roux.

Trois Roux, des mâles, sur le côté de la voie. Et le

loco passa sur l'aiguillage, obliqua d'un coup sur la gauche. Ils se retournèrent avec effarement, virent que les trois Roux remettaient l'aiguillage en place.

— Pas possible, répéta Sorgi… Pas possible. Ils ne sont bons qu'à racler la glace sur les dômes… Ces types-là sont incapables d'une telle opération. Ou alors on les a entraînés pendant des jours et des jours. Tout le monde sait que les Roux sont des crétins.

Brusquement Lien oublia les trois Hommes Roux, pensa à son ami Skoll, l'ancien lieutenant, issu d'un père Roux et qui usait de crème épilatoire pour faire disparaître ces poils qui auraient pu trahir ses origines. Dans quinze jours ils repousseraient. Les gens de la Sécurité découvriraient à qui ils avaient affaire et risquaient de se montrer impitoyables.

— Il semble que ceux-ci soient évolués, rétorqua Harl Mern. Je suis certain que leur crétinisme n'est qu'une légende.

— Ne blasphémez pas, dit le pilote. Ce sont des animaux, rien que des animaux. On peut les dresser à faire une chose, une seule. Mais c'est tout.

Ils roulèrent au moins une heure à cinquante kilomètres de moyenne avant d'apercevoir l'ancienne forteresse. Elle devait remonter à cent cinquante ans et on avait dû l'amener par trains entiers pour reconstituer cette espèce de château fort sur roues, ces mâchicoulis, ces poternes, ce donjon central trapu. L'ensemble donnait une impression de fantastique et de dérisoire à la fois.

— En voilà d'autres !

Des Hommes Roux. Ils se tenaient devant l'espèce de poterne dans laquelle la voie ferrée s'engouffrait.

Des hommes, des femmes, des enfants. Une tribu certainement importante. Mais à l'intérieur c'était un autre spectacle dans la cour de la forteresse. Dans des enclos séparés par des barrières en bois il y avait des animaux et c'était absolument stupéfiant. Ils virent d'énormes chiens, des rennes qui pouvaient vivre par moins cinquante degrés, ainsi que des sortes de petits chevaux couverts d'une fourrure blanche et qui avaient une drôle de tète. Une tête très grosse de bœuf ancien ou de gros chien.

— Eux aussi sont nés des expériences d'Oun Fouge. Souvenez-vous du carnet noir de cet assistant du savant, Kallyst. Il écrit que les animaux ont été libérés et doivent former une harde dans le Nord. Mais il ne parlait pas de ces chevaux.

Des traîneaux attendaient d'être attelés. Il y avait aussi des bâts, des stocks de foin. La tribu formait un cercle autour du loco et attendait. Lien endossa sa combinaison isotherme et fut le premier à passer le sas.

Un passage s'ouvrit dans la foule des Roux et il l'emprunta jusqu'au bâtiment central de la forteresse. Là, il y avait une sorte de grande salle qui devait servir de cuisine si l'on se fiait aux grands fourneaux qui laissaient échapper des flammes. Mais la température devait être maintenue assez basse par les Hommes Roux car aucune des ouvertures n'était fermée.

Une femme plus grande que lui apporta un bol d'un liquide brûlant. Le bol était fait de bois très dur et, pour la première fois, il eut en main un objet artisanal dû certainement à la dextérité des Roux.

— Merci, dit-il.

Pour défaire sa cagoule sans affronter la basse

température, il s'approcha des fourneaux et découvrit son visage. A cet endroit il ne devait faire que moins cinq et c'était supportable. Il avala le liquide, une sorte de bouillon de viande très agréable et très parfumé. Il vit que c'étaient des bouses de rennes séchées qui alimentaient les feux.

— C'est incroyable, dit, en se répétant, le pilote qui le rejoignait.

Il refusa avec méfiance un bol de soupe. Harl en prit un ainsi que Beryl qui regardait autour de lui avec impatience. Il trouvait que la libération de Floa n'allait pas assez vite.

— Beryl, dit une voix d'homme.

Un Roux approchait. Il portait une sorte de ceinture d'où pendait un étui. Avec un revolver ancien modèle, à poudre. C'était tout simplement inimaginable.

— Vous devez me remettre la rançon des prisonniers, dit cet Homme Roux.

Il parlait lentement, sans efforts apparents cependant. Harl Mern savait que les Roux utilisaient un langage propre fait d'une centaine de sons et de gestes. Un peu comme le langage des singes qu'il possédait dans son zoo.

— Je dois la remettre... A vous ! s'exclama Beryl.

— Oui. A nous... Tout est prévu.

Il désigna les traîneaux, les bâts de charge. En une vision rapide, Lien imagina la caravane de traîneaux et de rennes de somme en train de se diriger vers quelque destination inconnue. Cette pensée l'émut profondément car, pour la première fois depuis sa naissance, il découvrait un mode de locomotion que la Compagnie avait cru anéantir et qui survivait, grâce à ces hommes étranges qui ne craignaient pas le froid. Pour eux, les bienfaits de la Compagnie n'avaient aucune valeur. Ils les ignoraient même. Ils pouvaient vivre libres, en dehors des rails, et Lien en aurait pleuré d'admiration. Jamais il ne s'était senti aussi proche d'un groupe que de celui des Hommes Roux.

— Je m'appelle Lien, dit-il à celui qui venait de parler.

— Il n'y a que Beryl qui m'intéresse, répondit l'autre sans intention vexatoire mais avec une logique imperturbable.

— C'est la fin de tout, dit Sorgi, le pilote du loco-car. Je préfère revenir à la voiture plutôt que de supporter ça. De plus, ça pue dans le coin.

— Juste la bouse de rennes, lui fit remarquer Harl Mern.

— Vous n'allez quand même pas verser la rançon à ces… êtres-là ? Il faudrait quand même savoir si ce Kurts les a réellement chargés de l'opération.

Lien, bien que déçu par l'accueil de l'Homme Roux, fut choqué par cette méfiance de Sorgi.

— Que feraient-ils de l'or ? Pouvez-vous me le dire ? Ils n'en ont pas besoin, eux qui possèdent tout. La liberté, la résistance au froid.

— L'or reste l'or. Même après la Grande Panique il a conservé tout son prestige.

— Je crois, dit Harl, que nous pouvons leur faire confiance. On va commencer à décharger.

CHAPITRE XII

C'est alors que Beryl rejoignit le loco-car en compagnie de Sorgi. Lien et Harl n'y prêtèrent pas tout de suite attention tant était grand leur émerveillement de voir les Hommes Roux parler, vivre en société organisée. Certains étaient en train d'atteler des chiens de traîneaux, d'autres plaçaient les bâts sur les reins des ruminants.

— Ils parlent, ils mangent du cuit, ils façonnent des objets.

Mern montrait des bols, des sortes de plats, des cuillères toujours en bois. Il ramassa l'une d'elles et essaya de savoir de quel arbre provenait ce bois.

— Ils doivent avoir découvert une forêt. Dans ces régions, la couche de glace varie de cinquante à quelques mètres à peine. Il est même possible que des arbres résistants comme les bouleaux dépassent de la couche de glace.

— Regardez, fit Lien, bouleversé.

Une femme était assise à l'écart et tenait un très jeune enfant sur les genoux. Elle ne lui donnait pas le sein mais le nourrissait d'une sorte de bouillie dont elle enfournait des cuillerées dans sa bouche.

— Auraient-ils compris que l'alimentation lactée trop prolongée occasionne l'arriération ? S'ils ont un jour compris cela, ils peuvent désormais avancer à grands pas vers une civilisation…

— Est-ce souhaitable pour eux ?

— Espérons qu'ils ne seront pas aussi stupides et fous que nous l'avons été et que nous continuons à l'être.

Le chef, du moins celui qui avait l'étui à revolver, les suivait pas à pas.

— Maintenant il faut la rançon que l'on va charger dans les traîneaux et sur les rennes. On dit qu'elle est très lourde ?

— Oui, dit Harl, c'est de l'or.

Mais ce mot n'eut aucun effet sur le Roux. Il regarda vers le loco.

— Beryl n'est pas revenu.

— Nous allons les rejoindre, dit le directeur du zoo qui redevenait l'ethnologue passionné.

Lien lui fit signe de continuer ses observations et retourna vers le loco-car. Mais il découvrit la porte du bas fermée à double tour et frappa.

— Hé, là-dedans, ouvrez.

Par le système d'intercommunication, ce fut Beryl qui répondit :

— Désolé, mais je refuse de donner l'or si les otages, et surtout Floa Sadon, ne sont pas remis en échange.

— Mais voyons, Lucas… Sorgi, faites-lui comprendre.

— Je suis d'accord avec lui, répondit Sorgi. Les instructions du gouverneur sont précises. Sa fille contre l'or.

— Vous pensez bien que Kurts ne pouvait prendre

ce risque. Il va libérer les otages à l'autre bout de la concession pour brouiller les pistes.

— Je ne donnerai pas cet or à ces animaux sauvages ! hurla Sorgi.

— Beryl, vous ne pouvez approuver cette haine inattendue contre ces hommes-là.

— Désolé, mais pas de Floa, pas d'or.

Lien se retourna pour avertir Harl et se heurta à l'Homme Roux.

— Ils sont stupides. Je ne comprends pas leur refus. Regardez.

Il fit un geste et une énorme herse descendit dans la poterne, bloquant le passage. Lien voulut lui dire qu'il suffirait d'un coup de laser pour faire fondre la grille. D'ailleurs, comme s'il suivait sa pensée par télépathie, Sorgi n'hésita pas une seconde, et même au risque de tuer une femme ou un enfant, il envoya un coup de laser sur les grilles. Mais elles ne fondirent pas. Lien vit l'Homme Roux sourire légèrement.

— Il y a une protection invisible. Nous l'avons aussi mise en place en même temps que la grille.

La voix de Sorgi sortit de l'interphone.

— Ne me dites pas que ces sauvages ont trouvé le moyen de lutter contre le laser ?

— L'installation était déjà en place, mon vieux. Ils ont simplement su l'utiliser. Vous feriez mieux de décharger l'or, sinon ils vont finir par se fâcher.

— Que pourraient-ils faire ?

— Ne les poussez pas à bout. Le car pourrait être détruit et vous le savez bien.

— Où est Floa ? hurla Beryl.

L'instituteur faisait une fixation amoureuse peu commune sur ce symbole d'érotisme qu'était Floa.

Lien n'avait jamais rien vu de tel et pensait que Beryl aurait besoin d'un séjour en hôpital psychiatrique pour l'oublier, sinon il risquait de devenir fou furieux.

— Savez-vous quand les otages seront libérés ? demanda-t-il à l'Homme Roux.

— Oui. Dans quelques instants, dans un lieu très lointain, Iron Station.

C'était en effet dans le Sud de Grand Star Station. Kurts avait tout prévu.

— Vous avez un moyen de le prévenir quand vous aurez la rançon ?

— Oui, dit l'Homme Roux. J'ai une radio.

Il n'avait même pas l'air de remarquer l'étonnement de son interlocuteur. Il se retourna vers ses compagnons et dit quelques mots dans sa langue natale. A ce moment-là, Harl Mern revint, les yeux brillants, fébrile sous sa cagoule :

— C'est extraordinaire..

Un autre Homme Roux apportait une petite boîte qu'il tenait dans la main, un émetteur codé qui ne pouvait être déchiffré que par un appareil similaire.

— Vous ne savez pas ? Ils saignent les rennes pour récupérer de la nourriture sans les tuer. Juste une petite quantité chaque fois. C'est inouï, inouï.

Lien se tourna vers le loco-car.

— Ne vous obstinez pas. Laissez-nous prendre la rançon. Vous avez entendu ? Au signal, Kurts abandonnera les otages dans Iron Station.

— Rien ne me prouve qu'il laissera partir Floa, répliqua l'instituteur. Il est impossible qu'un homme normalement constitué laisse partir une fille comme elle.

— Ecoutez, Beryl. J'ai été son amant, j'ai même

failli devenir son mari et j'en suis absolument guéri comme vous pouvez le voir.

— Vous mentez ! hurla Beryl.

— Il faut quand même en finir. Nous n'allons pas rester ainsi, vous dans le loco-car et nous dehors.

— Je propose de donner la moitié de la rançon, dit Sorgi. On téléphonera à Iron Station pour savoir si les pirates tiennent parole. S'ils le font, nous donnerons le reste. De toute façon ces sauvages ne savent pas compter.

— Il faut cent lingots, dit le chef des Hommes Roux. Dix fois deux mains.

Seul Harl Mern partit d'un fou rire irrésistible.

— On en donne cinquante d'abord, cria Sorgi, furieux.

L'Homme Roux ne répondit pas mais tourna le dos et se dirigea vers les siens.

— Que fait-il ? criait Beryl, inquiet.

Ils ne comprirent qu'au bout de quelques minutes. Les Hommes Roux s'en allaient avec leurs femmes, leurs enfants, les traîneaux et les rennes. Le chef ne voulait plus discuter. Il n'était pas habitué à tant de finasseries et croyait que les gens du Chaud ne voulaient plus échanger leur or contre les otages.

— Attendez, dit Beryl... On peut encore s'entendre.

— Non, cria Sorgi, on n'a pas de garanties.

Puis ce fut un vacarme inattendu, des grognements, des respirations haletantes et Lien comprit qu'ils se battaient à l'intérieur du loco. La porte s'ouvrit et ce fut Beryl qui apparut. Le visage marqué de coups et sans sa cagoule.

— Ne faites pas l'imbécile, mon vieux, vous allez avoir les oreilles et le nez gelés.

Beryl réalisa son erreur et mit sa cagoule en place. Il désigna l'Homme Roux et ce fut Lien qui alla chercher ce dernier.

— On va vous donner la rançon.

— Cent lingots ?

— Oui, cent lingots.

Au prix de l'or, c'était une fortune colossale. Un ouvrier aurait pu vivre toute une vie avec un seul lingot de un kilo. Lui et une famille de cinq personnes.

A moitié groggy, Sorgi les regarda vider les soutes. Ils se succédaient pour aller emplir les bâts et les traîneaux que tiraient les chiens. Les chevaux ne devaient servir que pour les hommes. Lien regarda une nouvelle fois leur tête étrange, pensa à toutes les légendes sur les animaux fantastiques qui hantaient les grands espaces glacés, à ces monstres imaginaires ou non, à ces garous que l'Homme du Chaud aimait évoquer pour se faire peur. Ces chevaux étaient comme une première preuve que certaines bizarreries existaient. On avait cru les Roux complètement stupides, tout juste bons à racler les dômes des villes et voilà qu'ils parlaient, qu'ils vivaient en tribus organisées.

Mais Kurts, là-dedans, que venait-il faire ? Comment avait-il fait pour capter la confiance des Hommes du Froid ? Il posa la question au chef de tribu.

— Kurts ? Mon frère.

Lien sursauta.

— Votre frère ?

Le Roux montra alors son poignet. Sous la fourrure on distinguait une cicatrice.

— Nous avons échangé nos sangs.

— Si vous envoyiez le message maintenant ? supplia Beryl qui venait de transporter le dernier lingot d'or.

— Oui, dit l'Homme Roux.

Avec dextérité il manipula les touches de son petit appareil, l'approcha de sa bouche.

— Kurts ?

Il répéta plusieurs fois ce nom, puis soudain le pirate répondit :

— Salut, Gavalo. Tu as les lingots ?

— Je les ai.

— Dis-leur que les otages seront tous à Iron Station.

— Même Floa, hurla Beryl.

Pour toute réponse, Kurts eut un rire énorme et la communication fut coupée. Lien surveilla Beryl de près. Au cas où l'instituteur se montrerait d'une violence désespérée. Mais il se résigna. La herse de la poterne fut relevée et la caravane sortit de la forteresse. Bientôt il n'y eut plus que des traces dans la glace, des bouses et du crottin. Lien alla sur le pont-levis et regarda les silhouettes menues qui ne cessaient de décroître dans la lumière blafarde de cette ère nouvelle si difficile. Il avait envie de se mettre à courir pour les rejoindre et partir avec eux. Il ne sentait pas ses larmes couler sous sa cagoule.

— Gavalo, murmura-t-il, il s'appelle Gavalo.

Lorsqu'il revint, Harl Mern lui montra une cuillère en bois qu'il avait réussi à subtiliser.

— Une merveille… Je la montrerai aux sceptiques, aux raisonneurs, à ces orgueilleux qui s'imaginent qu'ils détiennent seuls le savoir et la technique.

— Alors, cria Beryl, revenez… Il faudra qu'on téléphone à Iron Station pour savoir si Kurts a tenu parole.

Lorsqu'ils furent près de lui, il demanda avec inquiétude :

— Pourquoi s'est-il mis à rire ? Vous ne croyez pas qu'il va la garder pour en faire son esclave ?

Personne ne lui répondit. Lorsque le loco sortit de la forteresse, la caravane avait disparu à l'horizon où se déroulaient les franges d'une aurore boréale.

CHAPITRE XIII

Malgré l'habileté de Sorgi le pilote, ils ne purent éviter le grand embouteillage du réseau du Cercle. Bien que, sur les voies descendantes, ils se retrouvaient dans une circulation telle que les convois, les grands comme les petits, se suivaient à vue. Ils remarquèrent cependant l'absence d'unités de combat. Et puis, à la faveur d'une remontée spectaculaire des trains grâce à une voie réservée aux prioritaires légers, ils découvrirent la vérité. On évacuait les villes les plus exposées côté panaméricain.

— C'est pas possible, murmura Lien, on ne va pas entreprendre une autre guerre, ouvrir un autre front !

Les « maisons mobiles » étaient parfaitement reconnaissables à leurs étages, à leur apparence extérieure. La Compagnie avait beau exiger une mobilité totale, demander que l'on soit prêt à évacuer une zone en quelques heures, les habitants transformaient rapidement leurs logements, leur donnaient l'apparence de maisons en dur solidement implantées. Il y avait des quartiers à briques apparentes, d'autres à colombages, alors que certaines villes préféraient le faux bois ou le béton brut. Et lorsque la Compagnie exigeait une évacuation, lorsqu'il fallait envoyer sur les rails des quartiers entiers, le spectacle était extraordinaire et désolant à la fois. Lien ne pouvait s'y habituer. Ces maisons détachées d'un quartier, d'une rue, présentaient des blessures émouvantes. Il avait fallu les réparer à la hâte, les calfeutrer. De plus la circulation en plein air dans une température oscillant entre moins vingt et moins cinquante nécessitait un chauffage intensif. Mais l'exode exigeait trop d'énergie, et les malheureux déportés grelottaient dans leurs demeures. On pouvait voir leurs silhouettes vagues à travers les vitres recouvertes de plusieurs pouces de givre. Certains pouvaient encore communiquer avec leurs proches voisins grâce à des corridors communs, continuer à se rendre dans des boutiques d'alimentation. C'étaient des privilégiés car la majorité ne pouvait que rester cloîtrée chez elle à se geler, à attendre les arrêts pour la distribution de rations. Tous savaient qu'ils ne retrouveraient pas avant longtemps des conditions de vie supportables. Certaines villes sous dôme pouvaient accueillir un quartier ou deux, quelques maisons, mais il restait toujours des îlots que l'on ne parvenait pas à caser. Il fallait les abandonner sur des voies de garage à l'extérieur des dômes, condamner les gens à une vie effroyable et à une mort lente pour les moins résistants, les vieux, les enfants, les malades.

On ne construisait presque plus de dômes, d'ailleurs, mais de nouveaux wagons isothermiques très rationalisés, si bien que de nouveau les villes apparaissaient çà et là avec une population tout à fait différente. Les gens ne sortaient de chez eux qu'équipés de combinaisons spéciales. Certes ils pouvaient échanger des conversations, c'était prévu, mais il leur était impossible de manger ensemble, de boire ensemble en dehors des voitures-bars, des voitures-restaurants où la surveillance de la Compagnie était stricte. Ainsi peu à peu les libertés se ratatinaient comme se ratatinaient les épidermes sous la morsure du Grand Froid.

— Vous préférez cette débâcle à la vie des Hommes Roux ? demanda Lien à Beryl et au pilote. Vous croyez être à l'abri de telles migrations de populations, mais qui vous dit qu'un jour, soit que les ennemis fassent une percée, soit que l'idée en prenne la Compagnie, vous ne serez pas forcés de quitter Soap Station ou River Station et de vivre de la sorte, comme des errants ?

Aucun d'eux ne répondit. Peut-être avaient-ils eux aussi éprouvé une sorte de nostalgie ou de regret lorsqu'ils avaient vu disparaître vers l'horizon la caravane des Hommes Roux. Ils devaient garder l'image de cette colonne d'hommes libres, nus dans le froid, de cette aurore boréale qui déroulait ses fastes colorés, les seules couleurs désormais de ce monde monochrome, de ce monde gris, sale et organisé comme une ancienne termitière.

Tout ce que Sorgi put faire, ce fut d'éviter Botnie

Station et son encombrement et de passer à peu près inaperçu des agents de la Sécurité. Certes, ils devaient être recherchés mais il y avait d'autres loco-cars, certains encore plus luxueux, et par précaution ils avaient fait disparaître la marque du gouverneur. D'ailleurs, le véhicule était comme tant d'autres recouvert d'une pellicule de glace qui l'uniformisait. Il suffisait de libérer de la vapeur dans les arrêts pour que celle-ci remonte le long des flancs et se fige.

Ils se relayèrent à la conduite de l'engin, sauf Beryl qui n'avait jamais conduit quoi que ce soit. Ils dormaient, mangeaient, patientaient dans les embouteillages, contournaient Grand Star Station puis filaient vers le sud pour tenter d'atteindre Iron Station, une vieille cité minière. On avait retrouvé d'anciennes mines après avoir percé quatre cents mètres de glace. Des installations fantastiques qui remontaient à un quart de siècle. Les puits dans la glace avaient été protégés par une couronne d'acier pour éviter les éboulements. Des dizaines de mineurs avaient péri dans des catastrophes et, d'un coup, le fer s'était épuisé. Depuis, la bourgade vivotait. On avait installé une centrale thermique basée sur le principe de Claude, sur la différence des températures, mais les habitants cultivaient des champignons dans les anciennes mines de fer, raclaient un peu de minerai qu'ils faisaient fondre dans de mini hauts fourneaux pour fabriquer quelques ustensiles de ménage.

Ils décidèrent de suivre une sorte de spirale pour atteindre la cité et désorienter leurs éventuels poursuivants.

Alors qu'ils roulaient à petite allure sur une voie secondaire — six voies, baptisées Stockholm IV par le manuel des instructions ferroviaires — et que Sorgi voulut l'abandonner pour un réseau encore plus réduit, deux voies seulement, l'aiguillage refusa de fonctionner. Il essaya à plusieurs reprises mais ne put obtenir de résultat. Lien descendit sur la voie. L'aiguillage ne pouvait être manipulé à la main.

— Allons un peu plus loin, il y a une autre voie qui nous permettra de rattraper la précédente.

Mais ils se heurtèrent à la même résistance des servo-mécanismes.

— Les relais ont reçu une programmation rigide et il faudrait avoir un autre code, expliqua Sorgi.

— La Sécurité ?

— Certainement. Et nous ne pouvons retourner sur nos pas. Nous sommes obligés de rouler. Derrière nous il y a un autre convoi et notre système anti-collision se suppléerait à nous si nous tentions de nous arrêter. Il faut continuer et respecter une vitesse minimum.

— Il y a une petite station dans vingt kilomètres, juste une halte non habitée avec une voie de garage. Nous pourrions essayer de nous y arrêter pour faire le point.

Mais Sorgi n'eut pas à télécommander le relais de l'aiguillage, celui-ci était déjà sollicité et ils se retrouvèrent sur la voie de garage sans l'avoir voulu.

— Cette fois, c'est la nasse, constata Harl Mern avec résignation. La Sécurité a bien choisi l'endroit pour nous isoler et s'emparer de nous.

— Le convoi qui nous suivait arrive, dit Sorgi, l'œil toujours fixé à son tableau de bord. Il va même apparaître sur mon écran rétroviseur.

Ce fut une attente de quelques secondes puis ils

poussèrent un cri de surprise, sauf Beryl, qui précisa d'une voix surexcitée :

— C'est elle, la Locomotive, le Monstre, le Mastodonte. Kurts a tenu parole.

Lien regardait de tous ses yeux. Sur l'écran, il voyait la machine fabuleuse grandir, noire, brillante, faite d'un acier spécial très certainement, avec un avant qui rappelait vaguement un crâne humain. La chaudière doublement gonflée pouvait figurer les orbites et, dessous, la herse anticongères formait des sortes de dents qui avançaient à l'oblique. Des tuyaux de cuivre, des lanternes judicieusement placées pouvaient accroître cette illusion.

— C'est Old Nick, dit-il, la gorge serrée… Souvenez-vous… Le pavillon noir des pirates dans ces vieux films que l'on nous montre de temps en temps…

— Oui, dit Beryl, je n'avais pas établi le rapport. Il faut dire que je ne l'ai jamais vue ainsi de face, mais de profil. Elle est encore plus monstrueuse, vous verrez. Elle doit atteindre vingt, peut-être vingt-cinq mètres de haut. A l'intérieur c'est tout un monde, un château sinistre et confortable à la fois. Il y a des cabines, des salles, des soutes et des geôles, des coursives sans fin, des escaliers vertigineux et des ascenseurs.

Le colosse ralentissait et venait se ranger à côté du petit loco-car. Une masse sombre d'acier noir, de cuivre luisant, et sans l'étanchéité du loco ils auraient pu respirer une odeur de soufre venant du charbon brûlé, celle du métal surchauffé. Mais les micros captaient son souffle puissant qui devenait un halètement de bête fantastique alors qu'elle s'immobilisait.

Il y eut un temps mort, un silence, comme si la

Terre cessait de tourner, comme si la vie elle-même suspendait son cours. Un instant à la fois terrifiant et privilégié. Lien pensa que jamais plus il ne vivrait le même. Comme pour la caravane des Hommes Roux, il sentit son cœur se serrer en sachant qu'il ne monterait pas à bord de cette machine extraordinaire, qu'il ne s'enfuirait pas loin de ce monde modelé par la Compagnie, avec ces pirates, eux aussi des hommes de la liberté.

— Nous envoyons un tunnel de passage, dit une voix dans leur radio.

Le tunnel se présenta au sortir d'une trappe et vint s'accrocher à leur sas selon les normes en vigueur. A nouveau il y eut quelques secondes d'attente avec le seul bruit de la respiration puissante de la Machine et celle, plus impatiente et moins impressionnante, de Beryl.

Etourdis, éberlués, les actionnaires de la Compagnie apparurent au bout du tunnel et marchèrent vers le loco-car. Sorgi alla ouvrir les portes des cabines arrière car ils ne tiendraient pas tous dans le poste de pilotage.

Les actionnaires semblaient disposés à prendre leur revanche après des jours d'angoisse et de traitements humiliants. Ils gémissaient, parlaient tous à la fois, faisaient des demandes incongrues et impossibles à satisfaire. L'un réclamait du champagne, l'autre un masseur pour ses muscles atrophiés, une femme exigeait que la présence de la Locomotive soit signalée afin que la Sécurité attaque.

— Mais Floa Sadon, hurla Beryl, où est-elle ?

— Oh, elle ne veut pas venir… Elle a pactisé avec ce bandit…

— Non, fit Beryl, c'est impossible.

Et puis apparurent deux pirates en combinaison noire et cagoule malgré la température clémente du tunnel. Ils portaient la jeune femme qui se débattait avec force et hurlait. Les deux inconnus la poussèrent dans le sas et aussitôt le tunnel se retira avant même qu'ils ne soient revenus dans le ventre de la machine.

— Non, cria Floa, je ne veux pas… Je veux revenir là-bas.

La trappe se refermait. Lien regarda vers le haut, vers la coupole aux vitres fumées mais ne vit rien. Il distingua les traces des sabords. Une fumée noire sortit par l'une des cheminées, puis quelques jets de vapeur. Et la Locomotive s'éloigna lentement, puis accéléra et disparut.

— Ce sont eux qui nous avaient orientés ici, dit Sorgi.

Floa se débattait désormais entre les bras de Beryl qui essayait de la calmer, et soudain elle le griffa cruellement. Il poussa un cri, plus de désespoir que de douleur, puis la lâcha. Lien, en voyant son visage strié de traces sanglantes, s'approcha de Floa, lui prit les poignets juste comme elle levait les mains sur lui et l'entraîna vers la petite cabine où il l'enferma à clé.

— Il faut comprendre, l'excusa Beryl sans penser à essuyer le sang qui coulait de son visage.

— Comprendre ? Elle a visé vos yeux. Vous pourriez être aveugle en ce moment, dit Lien.

— Elle n'est pas responsable, répéta Beryl… Je vais aller lui préparer du thé…

— Il y a le compte, déclara Sorgi. Notre mission est terminée. C'est bien votre avis ?

— Oui, dit Lien, mais le gouverneur doit tenir ses promesses.

— Pour ma part, je ne regrette pas ce voyage, dit l'ethnologue. Cette cuillère en bois est un véritable trésor… Et le souvenir de cette caravane d'Hommes Roux me hantera longtemps.

— A propos du gouverneur, dit Sorgi, je suis chargé par lui de vous remettre quelque chose. Je ne devais le faire qu'une fois sa fille en sécurité. Bien sûr, il nous reste à rejoindre River Station et ce n'est pas encore gagné. Mais je ne crois pas le trahir en vous donnant cette enveloppe.

Il ouvrit un coffret secret et en tira l'enveloppe en question.

— Pour éviter les ennuis avec la Sécurité, dit Lien en la prenant, il faut lancer des messages annonçant que tous les otages sont sains et saufs et qu'ils seront à River Station dans moins de trois heures. Insistez sur ce délai.

— Il est juste, remarqua Sorgi. Il suffit d'un embouteillage dans certains secteurs pour que nous le dépassions.

— Justement, la Compagnie mettra tout en œuvre pour qu'il soit respecté et éviter que les familles ne se mobilisent.

Il décacheta l'enveloppe et parcourut d'abord la lettre que lui écrivait le père de Floa, puis regarda le reste. Harl Mern, qui le surveillait, comprit qu'il détenait un document exceptionnel.

— Vous avez l'air très satisfait, murmura-t-il, et c'est un adjectif insuffisant.

— Oui, dit Lien… Le gouverneur m'envoie ce document qui me permettra de retrouver l'ancien centre d'expérimentation et de recherches d'Oun Fouge.

Harl Mern ne put réprimer un tressaillement. Toute sa vie consacrée aux Hommes Roux n'avait été qu'une longue suite d'échecs, d'espoirs, de demi-certitudes et d'hypothèses. En quelques mois, le destin, enfin, lui était plus favorable. On retrouvait le livre le plus important d'Oun Fouge, *La Voie Oblique*, du moins celui où il vulgarisait ses découvertes. Il avait eu l'occasion de rencontrer des Roux organisés en tribus nomades et non plus en hordes sauvages. Maintenant il était question de ce centre ancien où le généticien avait imaginé des hommes insensibles au froid, du moins à la nouvelle température rigoureuse de la Terre, et voilà que c'était ce garçon, ce Lien Rag, qui détenait le secret de sa situation géographique. Il y avait là une injustice intolérable qui le faisait trembler de tout son corps.

— Qu'est-ce qu'il a ? s'étonna Sorgi qui mettait le loco-car en marche, profitant d'un creux entre deux convois annoncés.

— Je comprends ce que vous éprouvez, dit Lien. Mais pour atteindre ce laboratoire, il faut un entraînement physique que vous n'avez plus. De plus, il doit être enfoui sous les glaces et depuis cent ans la couche peut avoir atteint des dizaines de mètres. N'oubliez pas que, pour cette recherche, je suis tout à fait apte…

— Je ne suis pas si vieux, gémit Harl Mern. Je veux vous accompagner.

— Non. Je reviendrai vous chercher. D'après ce que me dit le gouverneur, c'est en pleine solitude. Il faudra aller à pied… Dans une région désolée et de mauvaise réputation. La Compagnie a essayé d'y installer un réseau, une simple voie, mais chaque fois elle a été mystérieusement détruite. On a retrouvé les rails tordus, tordus comme par une main de géant. Les draisines de reconnaissance ne sont jamais revenues, pas plus qu'un aviso... Il y a eu une expédition à pied, chose exceptionnelle de la part de la Compagnie qui dispose de poseurs de rails automatiques très perfectionnés. Les expéditions ont également disparu sans laisser de traces.

— A deux, nous pourrions...

— Je vais essayer seul...

— Mais ce document... il sera perdu si jamais...

— Non. Le gouverneur ne m'a envoyé qu'une photocopie...

— Je n'aurai jamais de moyens de pression assez irrésistibles pour le convaincre, plaida Harl Mern, de plus en plus malheureux.

— Dès que je serai au point extrême de la civilisation, je veux dire que lorsque je devrai abandonner les réseaux de la Compagnie, m'écarter des rails, je vous enverrai un double de ce document. Je vous le promets. J'ai besoin que vous restiez en arrière. Il y a Skoll.

Il entraîna Mern à l'écart. Sorgi était un fidèle du gouverneur, mais pas forcément un dissident envers la Compagnie.

— Il faut le faire évader, chuchota-t-il. Avant que ses poils ne repoussent et ne le trahissent. Ils sont capables de le tuer, alors qu'il représente une chance unique. Pour un scientifique comme vous, Skoll doit avoir une importance capitale.

— Mais comment ferai-je ?...

— Il y a les groupes de dissidents. Vous trouverez une solution.

Beryl passa avec du thé et des gâteaux, alla ouvrir la cabine où était enfermée Floa. Ils l'entendirent parler avec douceur et échangèrent un sourire indulgent. L'instituteur allait-il réussir à calmer cette tigresse humaine ?

— Vous avez besoin d'argent pour vous équiper. Il ne faut pas revenir à River Station.

— Tout est prévu, dit Lien. Le gouverneur m'a donné ses instructions. Je crois que lui aussi attend avec impatience des nouvelles de ce laboratoire et de cette région qui forme une verrue entre sa Province et la voisine.

Beryl sortit de la cabine de Floa comme assommé. Il paraissait ivre et les regardait comme un fou :

— Elle m'a dit qu'elle aimait ce Kurts… Parce qu'il descendait des Hommes Roux. Elle a forniqué bestialement avec lui.

CHAPITRE XIV

Il quitta le loco-car dans une gare de triage qui se nommait simplement Y Station à cause de l'embranchement des réseaux qui s'y recoupaient. Ici, pas d'activités autres que celles du rail, quelques boutiques, une vie assez triste. Les familles de cheminots vivaient repliées sur elles-mêmes et sur leurs privilèges. Tout le personnel de la Compagnie, du simple lampiste au grand directeur de secteur, disposait d'un salaire élevé, d'avantages de toute nature. Ils logeaient dans des cabines plus spacieuses, faisaient leurs achats dans des boutiques réservées où ils trouvaient des marchandises rares. Leurs enfants bénéficiaient d'un enseignement bien meilleur, et en général suivaient la même filière que leurs parents. Ils formaient une caste à part et auraient défendu les intérêts de la Compagnie au péril de leur vie. Celle-ci les mettait à la retraite assez tôt, vers quarante ou quarante-cinq ans selon les postes, mais les réutilisait dans ses services de renseignements et dans la Sécurité. Ils formaient le noyau dur de cette organisation et tous avaient le droit au port d'arme.

Lien ne passa qu'une heure et demie dans Y Station mais ne put s'empêcher d'être angoissé. Ces gens-là pouvaient l'identifier, le dénoncer. Il se mêla aux autres voyageurs en attente mais regardait discrètement autour de lui.

Il devait s'éloigner dans le Nord-Ouest en changeant fréquemment de train avant d'atteindre une gare terminus qui se nommait Dog Station. A l'époque héroïque, on abandonnait là son train pour partir en traîneaux à chiens. C'était également de là que toutes les expéditions s'étaient élancées dans le no man's land pour y disparaître à jamais. Il avait emporté un exemplaire des instructions ferroviaires, ce qui était déjà un délit qui pouvait l'envoyer en prison pour trois mois. Il devrait éviter de le consulter en public. D'après la carte ferroviaire de ce secteur, il y avait, plus au nord, une autre station qui formait également terminus en bordure de ce plateau inexploré depuis cent ans. Une gare qui se nommait, elle, Hills Station.

Son train arriva, un express aux voitures assez confortables. Sur ce réseau, il semblait que la Compagnie fît un effort particulier de chauffage. Il put même aller prendre un repas de bonne qualité au restaurant, lia conversation avec un ingénieur des pétroles qui allait expertiser la quantité de certains réservoirs découverts depuis peu à une profondeur de trois cents mètres sous la glace. Il continuait son voyage alors que Lien descendit dans une autre gare de transbordement, X Station tout simplement. Deux réseaux d'importance moyenne s'y croisaient. Tout autour, les installations habituelles de la Compagnie, les docks, les réserves de combustible, les bureaux et les habitations. Le tout bien ordonné à angle droit, comme le croisement des voies, un dôme récent nettoyé automatiquement sans avoir plus besoin d'Hommes Roux. Lien n'en voyait plus tellement depuis qu'il avait quitté ses compagnons. Juste quelques groupes le long des voies qui ramassaient les déchets.

Lorsqu'il atteignit, dans la nuit, à bord d'une seule voiture motrice dont il était le seul passager, la gare de Dog Station, ce fut pour apprendre qu'il n'y avait pas un seul hôtel, que personne ne venait jamais là sans y être attendu. Il expliqua qu'il s'était fié au nom de la station.

— Je cherche des chiens, dit-il.

L'unique employé de gare le regarda avec suspicion.

— Des chiens ?

— Pour les zoos, bien sûr, dit Lien.

Il aurait bien payé un verre à cet homme, mais il

n'y avait pas de bar dans la gare. Une seule buvette dans le pays, mais à cette heure, elle était fermée. Flairant quand même la bonne affaire, le cheminot lui proposa une cabine pour cinq dollars.

— Juste le confort, mais il y fait bon, vous verrez. Quand il fera jour, vous verrez bien.

— Mais trouve-t-on des chiens ?

— Oh, j'en sais trop rien. Pas dans le patelin toujours. Paraît qu'il y aurait un élevage... Mais ce sont des drôles de gens qui habitent par là...

Il désignait l'extérieur, la noire étendue glacée au-delà de la verrière qui ressemblait à une sorte de serre-tunnel avec ses arceaux en fer forgé décorés de feuilles d'acanthe.

— Des marginaux ?

— En quelque sorte, oui.

Pour deux dollars de plus, il obtint une bouteille de bière et une sorte de sandwich. La cabine était chaude, en effet, et il dormit sans inquiétude. Le même cheminot vint le réveiller après le départ de la voiture automotrice à six heures du matin.

— Les éleveurs de chiens viendront certainement aujourd'hui. C'est jour de marché.

— Un marché de quoi ? s'étonna Lien qui ne connaissait que les marchés-gares spécialisés, comme ceux des bovins, ceux des céréales.

— Ben, un marché, quoi ! On trouve un peu de tout. De la viande séchée ou salée. De la congelée, bien sûr, mais c'est moins rare. Des légumes, des étoffes. Un peu de tout.

Lorsqu'il atteignit le centre du village, le marché se tenait sur ses wagons-plates-formes regroupés et formant une belle place publique. Non seulement les marchandises mais les gens qui allaient et venaient étaient assez extraordinaires. Ailleurs on n'aurait pas accepté ces barbus, ces chevelus, ces filles aux robes bariolées, on se serait méfié de ces monceaux de nourritures inattendues. Il ne connaissait pas ces quartiers d'animaux salés ou fumés. Une fille au visage constellé de taches de rousseur, au nez espiègle, vêtue de lainages douillets, lui dit que c'était du porc. Du jambon de porc. La laine qu'elle portait venait de moutons qu'ils élevaient eux-mêmes.

— Elevez-vous des chiens ?

— Des chiens ? Nous en avons quelques-uns, dit-elle, méfiante. Mais nous ne les mangeons pas.

Il se mit à rire.

— Nous les utilisons pour le traîneau. Il faut bien tirer les charges lorsque nous venons au marché.

— En vendez-vous ? demanda-t-il.

— Vendre nos chiens ! s'exclama-t-elle, scandalisée... Nous les aimons trop pour cela.

— On m'a dit que je pourrais en trouver ainsi qu'un traîneau et des provisions.

La jeune femme fit comme si elle n'avait rien entendu et le laissa tomber. Il continua parmi les marchandises exposées. Comment la Compagnie pouvait-elle tolérer une chose aussi extraordinaire que ce marché, ces gens marginaux ? Ils utilisaient des traîneaux, des chiens. Il estima qu'il devait exister plusieurs dizaines de ces humains qui refusaient le rail. Il remarqua que des gens de Dog Station achetaient énormément de marchandises, de denrées alimentaires. Les échangeaient plutôt. L'argent n'avait plus grande importance. L'objet qui paraissait avoir le plus de prix, c'étaient les tuyaux de toute nature, en fer, en acier ou même en plastique épais. Plus tard on lui expliqua que ces gens-là les utilisaient pour le chauffage de leurs igloos. La plupart avaient construit des maisons en neige, les avaient doublées intérieurement de matériaux imperméables pour que l'eau de fonte n'envahisse tout d'humidité, et ils vivaient très bien, disait-on, sans paraître souffrir du froid. Ils élevaient par le même procédé des porcs et des moutons grâce à des serres sous lesquelles ils faisaient pousser des céréales et de l'herbage. C'était le fumier de ces animaux qui leur fournissait l'eau chaude et même, pour certains, le biométhane.

Il continuait sa promenade en regrettant de ne pas avoir de traîneau pour faire ses provisions. Il y avait des occasions extraordinaires, des quartiers d'un lard beaucoup plus fin que celui de renne, des légumes secs. Toutes ces denrées manquaient terriblement, d'habitude. Ici elles abondaient car aucun trafiquant n'avait encore découvert ce pactole que la Compagnie tolérait. En fait, Lien pensait que les cheminots de l'endroit évitaient tout rapport précis sur ces activités pour ne pas provoquer la venue des inspecteurs de la Compagnie et de la Sécurité.

— C'est vous qui cherchez des chiens ?

L'homme était de petite taille, trapu. Son visage était plat et ses yeux fendus. Certainement un descendant de Lapons ou de Iakoutes.

— Des chiens, un traîneau, des provisions.

— Où voulez-vous aller ?

— Vers le Nord-Ouest.

— Au pays des Garous ?

— J'ignorais qu'on appelait ainsi cet endroit.

— Tous ceux qui y sont allés ne sont pas revenus. Le poste le plus avancé est un monastère néo-catholique qui essaie d'entrer en contact avec les tribus d'Hommes Roux.

— Cela aussi je l'ignorais.

— Vous ne savez rien et vous persistez quand même dans votre folie, dit le Lapon en souriant. Je peux vous aider. J'élève des chiens de traîneaux et j'ai de bons traîneaux en matière plastique.

— Et en bois ?

— J'en ai un seul. Mais il vaut très cher.

— Combien de dollars ?

— Il ne s'agit pas de dollars. En ce moment je manque de nourriture pour mes chiens et je risque d'en perdre la moitié. C'est-à-dire qu'ils se nourriront eux-mêmes en mangeant les plus faibles, les jeunes et les femelles. La viande de porc et de mouton est trop chère.

— La viande fossile vous intéresse ?

— Celle que l'on retrouve sous la glace ? J'en ai eu tout un stock l'an dernier. Mes bêtes la mangeaient avec appétit. Elles ne veulent que de la viande ou du poisson congelé. Mais pour le poisson, c'est de plus en plus dur, avec la guerre. Avant, j'en recevais des colis de Norv Station.

— Je peux vous avoir un wagon de viande fossile. J'ai une adresse.

— Oui, mais les transports sont longs.

— Je peux aussi obtenir une priorité.

Le Lapon recula et l'inspecta des pieds à la tête.

— Qui êtes-vous donc ? Un gros actionnaire ou un de ces maudits Néo-Catholiques ?

— Ni l'un ni l'autre, mais j'ai des amis.

Rapidement il combinait tout. Harl Mern pouvait se procurer de la viande fossile à Cross Station, le marché-gare de la viande. Un wagon ne coûterait pas très cher, mais l'important était de le faire parvenir à Dog Station le plus vite possible. Le gouverneur Sadon seul pourrait obtenir une priorité.

— Un wagon, avez-vous dit ? J'ai de quoi les nourrir pendant six mois et de garder un beau tas de viande pour les moments de disette. Je suis votre homme. Dix chiens, le traîneau en bois et de quoi vous remplir la panse pendant deux mois, sans parler de la bière en outre de peau et de la vodka que je distille moi-même. Ici on cultive sous serre des sortes de baies qui ne servent qu'à ça. Vous m'en direz des nouvelles.

— Vous vous chauffez au fumier de vos chiens vous aussi ?

— Non. J'ai creusé un tunnel en pente vers une ancienne forêt. Je dispose de tout le bois que je peux souhaiter. Mais on ne peut en faire des traîneaux, de celui-là. Les arbres d'avant la glace sont tout petits.

— Je pense que d'ici deux jours le wagon sera ici. Je me rends au bureau des messages.

— Mon nom est Vikö. Je vous attends. Vous passerez ces deux jours chez moi.

Vikö devait se méfier de ses amis, craindre une meilleure proposition qui lui ferait perdre ce wagon de viande fossile.

Lien expédia le message à Harl Mern. Il n'indiqua pas son nom, mais Mern comprendrait en voyant le nom de la station. En même temps il lui expédiait le double du document situant l'ancien laboratoire de Oun Fouge. Il lui recommanda d'obtenir la priorité grâce au gouverneur.

Les traîneaux attendaient en dehors de la station. Les chiens étaient sagement assis dans la glace, défendant chacun leur charge en cas de besoin. Lien compta une vingtaine de traîneaux. Certains, très imposants, étaient tirés par une vingtaine de chiens, d'autres seulement cinq. Il aperçut la fille aux taches de rousseur qui se retourna, le reconnaissant.

— Voyez, j'ai trouvé, pour les chiens.

Elle sourit gentiment et s'éloigna. Il aida Vikö à charger ses achats. Puis le Lapon distribua un peu de sucre et de poisson congelé à ses bêtes, expliqua qu'elles ne supportaient pas la viande dégelée.

Grâce à sa combinaison, Lien put courir aux côtés du Lapon qui lui ne portait que d'épaisses fourrures de loup et protégeait son visage avec une sorte de masque en bois, laissant deux fentes pour les yeux et pour la bouche. De temps en temps il devait l'ôter pour nettoyer le givre.

Au bout d'une heure de course, Lien commença à donner des signes de faiblesse. Le Lapon abandonna plusieurs ballots sur la glace et lui dit de monter dans le traîneau. Il reviendrait plus tard chercher les ballots.

Lui aussi habitait une sorte de tunnel creusé sous la glace et doublé de planches de bois vernies. L'intérieur était agréable et chaud. Un énorme poêle diffusait une bonne température et la femme du Lapon, Rania, et ses gosses — au moins six — compta Lien, se montrèrent très accueillants. Il visita l'élevage des chiens, en plein air, la serre qui fournissait des céréales, des légumes, et surtout les fameuses baies violettes, minuscules, dont Vikö faisait de l'alcool.

— Demain on visitera la forêt souterraine. Il faut que j'aille chercher du bois.

Il mangea un ragoût de porc très gras, très odorant, avec des galettes faites d'une farine de blé arctique. Le tout était excellent et il dormit dans un recoin de l'immense igloo. Le lendemain il put boire du lait de renne puis suivit son compagnon dans le tunnel qui descendait une centaine de mètres jusqu'à la forêt sous-glaciaire. Ils devaient freiner l'ardeur des chiens, empêcher que le traîneau ne glisse plus vite qu'eux et ne les emporte sur la pente très raide.

— Au retour, il faudra sabler en certains endroits.

— Sabler ?

— Vous verrez.

C'était en effet une toute petite forêt. Les arbres ne dépassaient pas deux mètres et jamais leurs troncs n'empêchaient les deux mains de se rejoindre lorsqu'on en faisait le tour avec les doigts. Il fallut les débiter à la hache mais ils craquaient très vite car la sève était gelée depuis longtemps. Le Lapon avait creusé des galeries étroites et le travail n'était pas très commode. Lien avait visité une forêt immense exploitée industriellement et dont la voûte se situait à des dizaines de mètres, soutenue par les branches des arbres et quelques étayages.

Ils chargèrent le traîneau, puis Vikö ramassa du sable. Il en remplit un sac avec des morceaux congelés, ensuite le tapa avec force avec un gourdin et le réduisit en poussière. Le long de la remontée il en jeta sous les patins, et les chiens, hargneux à la tâche, remontèrent la lourde charge.

Plus tard, le Lapon accepta de lui faire une carte modeste du no man's land, du pays des Garous, comme il disait lui-même. Il situa le fameux monastère et Lien vit que l'endroit était sur son trajet :

— Tu pourras y dormir, y manger. Ces gens-là sont hospitaliers, mais ne te laisse pas endoctriner, sinon tu ne repars plus. Il y a des jeunes déserteurs là-bas, des dissidents qui ont eu le tort de les écouter un peu trop longtemps.

— D'accord, dit Lien, je ne les aime pas trop.

— Ensuite c'est le désert, le pays des Garous. Je vois que tu ris. Mais ce sont des choses vraies, tu sais.

Il alla fouiller dans un vaste coffre en bois et en sortit une grande fourrure enroulée comme un tapis. Il la plaça au centre de l'igloo et l'étala. Lien sursauta. C'était la fourrure d'un animal qui avait un corps de grand loup et une tête presque humaine, du moins humanoïde, plus proche d'un singe que d'un homme, mais néanmoins cette dépouille provoquait un grand malaise.

— C'est toi qui l'as tué ?

— Il s'est pris dans un piège, il y a deux ans. Je n'ai pas voulu la vendre. Je me méfie de la Compagnie. Ils enverraient des gens, voudraient essayer de capturer cet être vivant.

— Tu ne le piégeais pas spécialement ?

— Non, dit le Lapon. Ce n'est pas eux que je piège.

— Les loups ?

— Oui, les loups parfois.

— Mais quoi encore ?

— Les Roux.

Lien sursauta.

— Tu pièges les Roux ? Mais pourquoi ? Ce sont des hommes comme nous. C'est criminel…

— Ce ne sont pas des hommes. Ce sont des démons. Je préfère les loups à ces monstres-là.

— Mais c'est absurde. Est-ce que tu en prends beaucoup ?

— De moins en moins, ils se méfient. Je mets pourtant de la viande dans le piège. L'ennui, c'est que souvent les petits se prennent. Les petits ne valent rien.

Lien ne comprenait pas encore.

— Le mieux, ce sont les mâles adultes. Quand j'en prends un, je sais que je gagnerai de l'argent, beaucoup d'argent.

— Mais il n'y a pas de prime pour ça. La Compagnie les laisse agir en paix… Personne ne demande leur destruction.

— Non, mais leur sexe vaut cher. C'est pour cela que je les piège. On me les achète à Dog Station et il paraît qu'ensuite on en fait un médicament qui donne des forces aux vieillards et aux impotents. On m'a dit qu'il se vendait ensuite mille dollars la pincée, et seuls les hauts personnages de la Compagnie peuvent en acheter.

Dans la nuit, la tempête se leva, et comme toujours elle fut effroyable. Elle abattit la cheminée du poêle et la fumée envahit l'igloo. Ils faillirent être asphyxiés et, à la lueur de lampes à huile, durent remettre le tuyau en place. Le vent hurlait à la moindre aspérité et les chiens de traîneaux hurlaient avec lui, ce qui faisait un vacarme infernal et terrifiant.

La tempête dura deux jours. Elle projetait des congères entières contre le monticule de l'igloo et depuis longtemps les issues étaient bloquées par des couches impressionnantes. Les deux hommes creusèrent un tunnel de secours sans le faire déboucher au-dehors. En cas de besoin, ils pourraient s'enfuir par là, mais ce serait pour se réfugier, s'ils pouvaient l'atteindre, dans le tunnel qui descendait vers l'ancien sol de la planète.

Lorsque le vent tomba, ils partirent pour Dog Station. Malgré la tempête, le wagon de chair fossile était arrivé depuis la veille.

CHAPITRE XV

Il marchait trois heures, arrêtait les chiens pour leur donner un peu de viande. Lui-même suçait de la graisse de porc ou quelque chose de sucré avant de reprendre sa marche vers le Nord-Ouest. Il ne faisait halte que vers cinq heures, un peu avant la nuit, construisait hâtivement une sorte d'igloo, attachait les chiens, le traîneau. Dans son abri, il essayait de se faire du thé, un repas chaud mais n'y parvenait pas toujours. Il dormait très mal, grelottait dans sa combinaison qui n'évacuait pas très bien sa transpiration, si bien qu'une fois allongé il baignait dans sa sueur glacée. Le lendemain, il se levait à la nuit, donnait à manger aux chiens, les attelait et repartait.

Pendant deux jours, il n'avança que de quarante kilomètres en tout, alors qu'il avait misé sur soixante. Mais le troisième jour, la forme arriva et il abattit des étapes plus longues. S'il maintenait ce rythme, il atteindrait le monastère dans moins de trois jours.

Le soir, il consultait la carte du gouverneur et celle de Vikö, se demandait s'il était dans la bonne direction. Le Lapon lui avait certifié que le monastère était construit en dur, comme le sol ancien de la planète, mais il n'y croyait guère. Les légendes allaient vite dans la région complètement abandonnée. En fait, ce n'était pas tout à fait le mot. C'était juste une grande étendue, trente mille kilomètres carrés peut-être laissés en l'état. De chaque côté des réseaux importants de voies ferrées existaient, des centaines de trains y circulaient nuit et jour, et il n'était pas impossible que la guerre ait éclaté dans l'Ouest à moins de mille kilomètres. La guerre avec la Panaméricaine.

Il dut abattre, et écorcher, un chien malade, puis donner la viande aux autres qui ne la mangèrent que lorsqu'elle fut gelée. Il en fut malade d'horreur et vomit à plusieurs reprises. Mais le réalisme le plus féroce s'imposait s'il voulait aller jusqu'au bout et économiser ses provisions. La nourriture des chiens prenait les trois quarts de la charge. Son équipement et sa propre nourriture le dernier quart. Déjà il se rationnait un peu car il craignait de ne pas trouver de vivres chez les Néo-Catholiques du monastère.

Au bout du temps qu'il s'était accordé pour apercevoir le monastère qui, selon Vikö, était visible de très loin parce que situé sur une hauteur, il commença à craindre d'avoir trop obliqué vers l'ouest. Il essaya de reconstituer son itinéraire sur la carte mais ce fut très difficile.

Ce soir-là il construisit un igloo pour la nuit avec la rage du désespoir et se coucha une fois qu'il eut donné à manger aux chiens. Il s'endormit après avoir bu un peu d'alcool de baies, mais fut réveillé en pleine nuit par les hurlements des chiens. Il pensa aux loups et frissonna. Comme armes, il n'avait qu'un couteau de chasse et une sorte de harpon que lui avait donné le Lapon, dans le cas où justement il serait attaqué par des fauves.

Il quitta l'igloo avec sa lampe la plus puissante et essaya de distinguer quelque chose. Ce qu'il craignait le plus, c'était de déchirer sa combinaison et d'être assailli par le froid mortel. Il ne vit rien et retourna se coucher. Le lendemain matin, il aperçut plusieurs traces inquiétantes dans la glace qu'il avait entaillée la veille pour son igloo. Des traînées, comme si des griffes puissantes avaient essayé de fouiller dans ce trou. On n'avait pas touché au traîneau à cause des chiens.

Il prit la décision d'aller vers l'Est. S'il manquait le monastère, il finirait par rejoindre d'ici quatre jours environ un réseau secondaire de la Compagnie. En le suivant vers le Sud il pourrait atteindre une station importante. Il repartirait plus tard avec un meilleur équipement, d'autres chiens et d'autres traîneaux. Si jamais Skoll réussissait à s'évader, quel compagnon merveilleux il ferait !

Il marcha toute la journée et rencontra des traces de plus en plus terrifiantes. D'abord des excréments énormes, qui n'étaient pas ceux d'un ruminant mais d'un carnassier colossal. Puis une tanière dans un repli de glace où il put récupérer une sorte de poil laineux d'un gris soyeux. Les chiens frémissaient, gémissaient et parfois brusquement. Lorsque leur route croisait la piste d'un animal qui les effrayait, ils s'arrêtaient net, grattaient la glace de leurs ongles pour s'enterrer. Il devait les frapper sauvagement, lui qui aimait les animaux, pour les obliger à repartir. Même la viande congelée ne réussissait pas à les amadouer.

En fait, il avait déjà renoncé à cette expédition solitaire et ne pensait qu'à une seule chose, retrouver la voie ferrée, descendre vers une cité pour oublier la glace, le froid, l'inconfort et la mauvaise nourriture. Il n'osait même pas songer aux animaux fabuleux qui paraissaient hanter l'endroit. Déjà dans son esprit il réorganisait sa nouvelle tentative. Avec l'argent que commençait à rapporter l'impression de *La Voie Oblique*, il pourrait acheter un meilleur équipement. Il y avait des tentes spéciales pour ceux qui devaient coucher dans la glace, des rations moins encombrantes mais plus monotones aussi. Un temps, la Compagnie avait songé à fabriquer des traîneaux automoteurs mais, comme toujours, avait craint que le procédé ne se développe, ne fasse fureur, ne soit reproduit clandestinement. En quelques années, toute son emprise sur la population aurait pu s'effondrer. En restant elle-même l'esclave du rail, elle en arrivait à un comportement complètement illogique. Pour consolider son autoritarisme, son despotisme, elle avait besoin d'une police extrêmement mobile. Mais les véhicules sur rails limitaient cette mobilité, la rendaient très compliquée. Un fugitif sur un traîneau à chiens dans cette région pouvait narguer la Sécurité, ce qui expliquait la multiplication des marginaux fuyant cette société étouffante.

Il ruminait toutes ces pensées en excitant ses chiens de la voix. Il fonçait vers l'est et savait que bientôt il apercevrait sinon les voies, au moins quelques trains. Dès lors, il n'aurait qu'à se diriger vers le sud. Il abandonnerait ses chiens longtemps avant la station, de crainte que la Sécurité ne lui pose des questions gênantes.

A midi, il découvrit une grosse masse sombre à l'horizon. Ce devait être un convoi immobilisé en pleine solitude, peut-être même une nouvelle station en construction. Tout était possible. Mais en approchant il vit la masse noire qui grandissait, qui montait vers le ciel avec une majesté sévère. Ce n'était ni un train ni une station. Tout simplement le monastère des Néo-Catholiques qui habitaient la partie supérieure d'un ancien gratte-ciel. De plusieurs gratte-ciel même, constata-t-il lorsqu'il changea la direction de sa marche. L'ensemble des bâtiments avait des centaines de mètres de long et un drapeau blanc, frappé de la croix noire, y flottait en haut de la tour la plus élevée.

CHAPITRE XVI

En abattant les murs qui séparaient trois fenêtres de l'ancien gratte-ciel, on avait réalisé un immense porche que fermait une épaisse double porte en bois. Il s'approcha tandis que ses chiens se couchaient dans la glace. Un guichet s'ouvrit.

— Que demandez-vous, voyageur ? s'enquit une voix rude.

— L'hospitalité, simplement.

Le guichet se referma et il dut patienter une dizaine de minutes avant de pénétrer avec son attelage dans un hall immense. Il était éclairé par des vitraux très colorés représentant des scènes allégoriques d'autrefois. Ce sommet de gratte-ciel avait abrité dans le temps les bureaux d'une importante centrale syndicale et le travail sous toutes ses formes, industriel, agricole, intellectuel était honoré en dessins peu talentueux.

Il défit sa cagoule mais ne trouva pas la température très clémente. A peine plus de zéro. Le frère portier lui expliqua que la vie, l'ascétisme des moines exigeaient des conditions de vie rigoureuses.

— Nous chauffons juste ce qu'il faut pour pouvoir vivre sans combinaison spéciale. Il fait deux degrés au-dessus de zéro, ce qui est très convenable. Laissez vos chiens ici. Je vais vous conduire à frère Jean, notre supérieur.

L'escalier était recouvert d'un tapis très moelleux rouge et or et le supérieur occupait un immense bureau dont les baies anciennes avaient dû être réduites pour éviter les déperditions de chaleur.

— Dieu soit avec vous, dit le moine à la tête rasée et aux yeux très enfoncés dans les orbites d'un visage maigre.

— Mon nom est Lien Rag, je suis glaciologue et j'effectue une mission de reconnaissance dans ce désert.

— Soyez le bienvenu. Vous pourrez ici admirer les différentes couches glaciaires en descendant jusqu'au rez-de-chaussée ancien de cette construction. Nous n'occupons que le quatre-vingt-dix-septième étage et le quatre-vingt-dix-huitième. Nous avons déblayé tous les autres jusqu'à l'ancienne surface. Toutes les baies avaient évidemment cédé et ce n'était qu'un bloc de glace de deux cent quatre-vingts mètres de haut. Ce travail de titan avait pour but de nous procurer le minimum d'argent en revendant les antiquités que nous découvrions dans les étages inférieurs. Nous avons même atteint l'ancienne chaufferie qui a pu être remise en état et c'est elle que nous utilisons pour rendre la température supportable.

— Mais comment vous procurez-vous le carburant ? s'étonna Lien. Il n'y a pas de rails qui vous relient aux Réseaux ?

— Nous utilisons des traîneaux-citernes tirés par des chiens et nous allons à la station la plus proche les remplir. On va vous conduire à votre cellule. Vous y serez servi pour vos repas. En ce moment, nous observons un jeûne car nous approchons de Pâques. Mais vous pouvez circuler librement comme vous l'entendez. Pour descendre dans les profondeurs il n'y a que l'escalier. Pour économiser l'énergie, nous n'utilisons les monte-charge que très rarement.

Sa cellule était un ancien bureau très petit doté cependant d'une sorte de salle de bains. L'eau n'était ni très froide ni très chaude mais il apprécia la douche qu'il prit. Lorsqu'il revint dans la cellule, il trouva un plateau avec une sorte de bouillie fumante dans une écuelle, un pot de lait, du pain presque noir et de la confiture synthétique. Il mangea et se coucha, dormit enfin comme il le souhaitait depuis de longs jours.

Au réveil, un jeune moine très souriant lui apporta

du thé, du pain noir et du miel synthétique. Il bredouilla quelques mots puis s'enfuit presque.

Il avait achevé son déjeuner lorsqu'on frappa à sa porte ; surpris, il reconnut frère Pierre dans sa robe de bure.

— Est-ce le hasard, fit-il, soudain soupçonneux, qui veut que nous nous rencontrions ici ? La dernière fois, c'était à River Station, dans le zoo.

— Comme je m'occupe de l'évangélisation des Hommes Roux, c'est normal que je sois dans cette région où errent des tribus nomades. Mais en fait le supérieur m'a fait prévenir. Je n'étais pas très éloigné d'ici et j'ai pu arriver cette nuit.

— En traîneau à chiens ? demanda Lien, éberlué.

— En traîneau, bien sûr, puisqu'il n'existe pas de liaison ferrée avec le réseau. De toute façon, la vie de ces moines doit se dérouler dans la prière, la contemplation et la méditation. Une voie pourrait leur amener des éléments de distraction. Que venez-vous chercher si loin avec un équipement qui n'est pas celui d'un glaciologue ? Vous n'avez pas abusé le supérieur, vous savez ? Votre mission est-elle en relation avec les recherches sur les Hommes Roux ?

Lien savait qu'il ne pouvait pas bluffer. Il découvrait l'ambiguïté de sa position. Ce monastère pouvait se refermer sur lui. On disait que les Néo-Catholiques défendaient leur foi avec fanatisme à l'occasion et on parlait d'Inquisition dans certains cas. Il n'était pas immédiatement menacé mais préférait composer avec ces religieux-là.

— Je recherche les traces d'un établissement que Oun Fouge a créé il y a un peu plus de cent ans. Disons environ cent vingt ans, peut-être cent trente.

Frère Pierre s'assit de l'autre côté de la petite table, croisa ses doigts :

— Quel genre d'établissement ?

La question demandait une réponse claire, or Lien ne voulait pas parler de laboratoire ou de centre d'expérimentations génétiques.

— Je pense que Oun Fouge possédait une sorte d'hôpital dans lequel il pouvait suivre l'évolution de ses sujets d'expérimentation.

— Des cobayes ?

— En quelque sorte.

— Des humains ?

— Pas forcément. Il y avait des rennes, des rats, des chiens, d'autres animaux. Si bien qu'on rencontre dans cette région des rennes et des chiens qui supportent de très basses températures.

— Cela existait avant le début de l'ère glaciaire, répliqua sèchement frère Pierre. Il n'aurait pas perdu son temps avec des animaux déjà adaptés.

— Il a pu abaisser encore leur taux de résistance au froid. Si les chiens étaient à l'aise par moins vingt, ils se terraient dans la neige lorsque le thermomètre descendait encore. Il y a des livres et des romans du temps passé qui le racontent.

— Laissons les animaux. Parlons des Hommes Roux. Dans ce livre que vous diffusez clandestinement, *La Voie Oblique* d'Oun Fouge, vous ne parlez que des hommes, pas des animaux.

— Ce n'est pas moi qui l'ai écrit mais ce savant.

— Je pense qu'il est en partie apocryphe.

Frère Pierre sortit de sous sa robe des cigares rouges, des *bouts* euphorisants. Lorsqu'on en fumait plusieurs on était aussi halluciné qu'après une bouteille de vodka mais avec moins de lourdeur.

— Non, merci, dit Lien, je n'en fume que rarement.

— Savez-vous qu'il existe des Hommes Roux sur toute la surface de la planète ? Dans les cinq Concessions ? On en a retrouvé aux Antipodes.

— En cent ans, ils ont eu tout le temps de se répandre dans toutes les directions, dit Lien.

— Oui, mais je crois qu'ils n'ont qu'une origine. Les Hommes Roux se tournent vers le Nord, exactement vers cette région déserte pour faire leurs prières. Ils honorent leur lieu d'origine comme, dans le temps, les musulmans se tournaient vers La Mecque, par exemple.

Les musulmans existaient toujours dans certaines concessions. Lien l'avait lu quelque part. Il y avait aussi des Marxistes qui adoraient un certain dieu Lenista.

— Voulez-vous voir les différentes couches de glace qui se sont accumulées depuis le début de cette nouvelle ère ?

Lien suivit frère Pierre et ils descendirent le grand escalier. De temps en temps ils pénétraient dans un ancien bureau, un ancien appartement. Les moines avaient tout enlevé, tous les vestiges de l'ancienne civilisation, pour les revendre à des antiquaires. Ils avaient dû faire une fortune. Lien jetait un coup d'œil à la glace qui ne cessait de forcer l'encadrement des fenêtres et qu'il fallait sans cesse tailler.

— Ces ouvertures servent en quelque sorte de soupapes. Sinon les murs seraient défoncés.

Lien découvrit que des moines qui voulaient faire pénitence ou s'isoler habitaient dans les plus bas étages et y vivaient dans des conditions très pénibles. La température y était encore plus rigoureuse et ils devaient aller chercher leur nourriture dans les étages supérieurs.

— Il y a des tribus de Roux qui remontent depuis le sud pour venir en pèlerinage dans cette région. Le saviez-vous ?

Lien secoua la tête.

— Ils marchent pendant des jours, des semaines. Certes ils sont aguerris, mais certains mettent jusqu'à une année entière pour arriver ici et puis ils repartent. Nous n'avons pas d'autres précisions sur l'endroit exact où ils vont.

Brusquement très inquiet, Lien se demanda s'il était au courant de ce document unique que le gouverneur Sadon lui avait fait parvenir et qui indiquait l'emplacement des anciens laboratoires d'Oun Fouge.

— Il court tellement de légendes sur le pays des Garous.

— Peut-être justifiées, dit Lien.

Il raconta au religieux l'incident de cette dépouille de loup à la tête humaine.

— Ce territoire est un sanctuaire, dit frère Pierre, et tant qu'il conservera son mystère, rien ne sera possible.

— Que voulez-vous dire ? demanda Lien.

— Je trouve absurde que la Compagnie n'ait rien vraiment tenté. Après trois ou quatre petits échecs, elle a renoncé complètement. Si ce territoire produit des fantasmes et des légendes, c'est sa faute.

Lien le trouvait sévère. Qu'importaient à la Compagnie quelques arpents de neige abandonnés aux Hommes Roux et à quelques animaux mutants ?

— Nous voici au rez-de-chaussée, dit le missionnaire. Voyez comme ce hall était immense, prétentieux. Il y avait là des hôtesses aux formes suggestives, des sièges moelleux, des plantes vertes. Le marbre est resté mais il est fissuré et la moquette a pourri. Ainsi passe toute gloire. L'homme ne mettait plus aucun frein à son orgueil et à sa présomption. Dieu lui a envoyé un terrible châtiment.

Ils descendirent dans le sous-sol et Lien découvrit la chaufferie, une énorme machinerie qui produisait de la chaleur mais aussi du courant électrique. Il découvrit que les réserves de combustible étaient énormes. Comment avaient-elles pu être amenées jusque-là par de simples traîneaux-citernes tirés par des chiens ?

Ils remontèrent lentement mais il remarqua que le missionnaire était en excellente forme. C'était un coureur des Glaces qui avait l'habitude des efforts soutenus.

— Que me voulez-vous exactement ? demanda Lien entre le cinquantième étage et le suivant. On vous a prévenu que j'étais ici et vous êtes accouru. Comment avez-vous fait si vite ? Encore un mystère de plus.

— Je suis certain que vous avez un but et j'aimerais vous accompagner, dit le religieux.

— Tiens, pour une fois vous paraissez tout à fait franc.

Le missionnaire eut un mouvement d'humeur.

— Me considérez-vous comme un menteur habituellement ?

— Sur le site de Bia, là où deux trains appartenant à la ville de F-Station ont été précipités dans d'énormes crevasses par ordre de la Compagnie, vous avez essayé de me faire croire que c'était un accident remontant très loin dans le passé, alors qu'il s'agissait de tout un quartier de F-Station exterminé pour qu'on ne retrouve pas trace de Oun Fouge et de son œuvre.

— Notre Église doit composer avec le pouvoir de la Compagnie.

— Vous reconnaissez donc aujourd'hui que je disais la vérité ?

— Oui, en tête à tête seulement. Mais ça n'a plus d'importance.

— Des milliers de morts n'ont pas d'importance ?

— La marche de l'humanité vers la Lumière ne peut s'interrompre chaque fois qu'une erreur est commise.

Ils remontèrent une dizaine d'étages dans un silence hostile.

— Je peux vous accompagner, dit alors le missionnaire. Nous aurons de gros moyens. Nous pourrons partir avec plusieurs compagnons, des moines habitués au froid, aux courses les plus longues sur la glace. Seul, vous n'avez pas tellement de chances. Il y a des dangers, c'est vrai. Des animaux fabuleux. Ce que vous recherchez, c'est le centre des recherches d'Oun Fouge, le seul. Pas simplement un hôpital comme vous me le disiez, mais le seul endroit où pendant des années, plus de vingt, il a cherché. Puis il a quitté le centre, pour des raisons diverses…

— Parce qu'on l'a arrêté, bien entendu. Que croyez-vous ? La Compagnie voulait se débarrasser de lui. Il venait de créer un homme insensible au froid et qui échappait au système de la Compagnie qui, lui, est basé sur la chaleur. Pour garder son pouvoir elle devait se débarrasser d'Oun Fouge et désigner les Hommes Roux comme des sous-hommes, des animaux sans intelligence tout juste bons à nettoyer les dômes des villes. Une trouvaille que de leur avoir confié ce travail. Ainsi tout le monde a pu les voir au-dessus de sa tête, nus, velus et obscènes, les prendre en violent dégoût. Ils s'accouplaient sans se cacher et c'était vraiment la preuve qu'ils étaient des bêtes sans intérêt. Durant cent ans la Compagnie a entretenu l'équivoque, masquant la réalité.

Lien dut s'arrêter de grimper les escaliers car son excitation indignée l'essoufflait. Plusieurs marches au-dessus, frère Pierre le regardait d'un air réfléchi. D'apparence il était assez quelconque, bon enfant, et n'avait pas la tête de fanatique du supérieur de ce monastère par exemple. Mais Lien commençait à découvrir sa véritable nature, sa force morale, sa détermination.

— Alors je peux partir avec vous ?

— Non, dit Lien, je préfère partir seul. Si j'échoue et si je peux revenir ici, alors seulement j'accepterai votre collaboration. Mais je veux d'abord tenter seul cette aventure.

— Orgueilleux, laissa tomber le religieux en reprenant son escalade.

Lien alla voir ses chiens qui avaient été mis à part dans un local et semblaient bien nourris. Il demanda à celui qui l'accompagnait s'il pouvait voir les chiens du monastère, mais l'autre lui répondit que ce n'était guère possible.

— Notre système d'éducation et d'entraînement est si particulier que pour l'instant nous désirons observer la plus grande discrétion.

Trouvant cette réponse plutôt bizarre, Lien essaya d'en savoir plus mais se heurta à de vagues réponses. Par contre, on lui promit tout ce qu'il voudrait pour son voyage, un supplément de nourriture pour les chiens et pour lui-même, des rations qui tiendraient moins de place. En échange, il donna la nourriture qu'il avait achetée à Vikö le Lapon. Il commença de charger son traîneau en équilibrant les poids et les masses.

Le soir il fut invité à la table du supérieur, le carême étant interrompu en son honneur. Le frère Pierre était également de la petite soirée. Il mangea et but moyennement en écoutant de la très vieille musique enregistrée sur disques, la *Symphonie du Nouveau Monde* de Dvorak. Mais il alla se coucher assez tôt, comme tous les autres convives.

CHAPITRE XVII

Le lendemain il se leva un peu étourdi, comme s'il avait trop bu la veille mais ce n'était pas le cas. Lorsqu'il fut prêt au départ, il alla prendre congé du supérieur pour le remercier, demanda à rencontrer le frère Pierre mais il lui fut répondu que le missionnaire avait quitté le monastère.

Au début, pour tromper d'éventuels observateurs ou suiveurs, il prit la direction de l'Est et n'obliqua vers le Nord que dans l'après-midi.

Son voyage infernal devait durer près d'une semaine mais il finit par trouver les anciens laboratoires d'Oun Fouge, le Sanctuaire des Hommes Roux.

Durant deux jours il avança sans ennuis et à une allure excellente. Puis vint la tempête de grêle. Il n'eut que le temps de se construire un abri sous la glace, découpant celle-ci à la bêche et, ne pouvant se permettre de voir grand, ce ne fut qu'un trou où il attendit toute une journée dans la position du fœtus de pouvoir ressortir sans danger. Il y avait des grêlons de plusieurs kilos qui se fracassaient sur le sol et explosaient avec un bruit d'obus.

Lorsqu'il put sortir, il découvrit trois chiens morts, deux autres blessés et le chargement du traîneau saccagé. Il tua les chiens qui souffraient, fit geler la viande et continua en tirant lui aussi le traîneau. Mais les chiens survivants, imbus de leur rôle, détestaient cet homme qui se permettait de les remplacer et commencèrent de le haïr férocement. Ils voulurent le mordre et il dut courir en avant pour les fuir. Le soir, à l'étape, il dut en tuer un qui lui sautait à la gorge.

Le lendemain, il dut abandonner des provisions. Il construisit un igloo pour les mettre à l'abri, le ferma et nota ses coordonnées. Au retour, il trouverait là de la nourriture pour les chiens et pour lui-même.

Le voyage horrible se poursuivit ; un soir il aperçut des traces suspectes, des coups de griffes, et peu après il découvrit l'horreur totale. Des chiens-garous. Certains avaient le corps humain et les pattes avant et la tête d'un chien, ou alors les autres n'avaient que la tête d'humaine. Ils attaquèrent dans une pagaille stupide avec des aboiements furieux, des cris gutturaux.

Il en tua deux avec son harpon mais ils réussirent à lui voler deux autres chiens et les emportèrent pour les dévorer. Il ne lui en restait plus que quatre.

Il campa sur place, passa la nuit à étudier comment il pourrait poursuivre son voyage. Il n'était plus qu'à deux, peut-être trois jours maximum du Sanctuaire. Il pouvait construire un autre igloo-silo qu'il retrouverait en revenant. Les quatre chiens ne tiraient plus que le minimum.

Les chiens se nourrirent des cadavres des deux garous mais il ne voulut pas voir ce spectacle et le lendemain fit faire un détour à son attelage à cause de ces squelettes étranges auxquels adhéraient des stalactites de chair.

Il vit d'autres traces, mais celles-là n'étaient pas terrorisantes. Des traces de traîneaux, de plusieurs traîneaux énormes, l'écartement des patins atteignait deux mètres cinquante et c'était à peu près celui des rails de la Compagnie, de toutes les Compagnies d'ailleurs. Pour tirer ces traîneaux grands comme des wagons, il aurait fallu cinquante ou cent chiens, et ces chiens auraient dû laisser des traces de griffes. Ils s'arcboutaient dans la glace dans les endroits difficiles.

La fièvre le prit. Il souffrait de malnutrition, devait avoir un début de congestion pulmonaire.

Il continuait et titubait, se méfiant des chiens dont la haine croissait. Il n'était plus qu'à quelques heures des anciens laboratoires d'Oun Fouge. Il grimpait une faible pente et ensuite il découvrirait une sorte de vallée à peu près ronde. Dans les derniers mètres, il continua à quatre pattes tandis que les chiens s'arrêtaient dans le bas pour souffler. Et il vit.

Une fumée noire épaisse, une véritable colonne diabolique montait vers le ciel désormais mort de la planète. Il y avait aussi des flammes énormes. Et à distance il pouvait les voir, les fameux traîneaux. Quatre exactement dont un traîneau-citerne. Des engins sans chiens. L'un d'eux manœuvrait et il vit que c'était un réacteur, comme sur les anciens avions, qui le propulsait. Il pouvait atteindre des vitesses terrifiantes. Ils avaient dû venir là en quelques heures.

Il se souvenait du repas offert par le supérieur du monastère, de son étourdissement le lendemain. On l'avait drogué, on avait recopié sa carte.

Frère Pierre, bien sûr. Lui seul avait pu avoir l'idée horrible de détruire ce sanctuaire au nom de son Dieu. Chargé d'évangéliser les Hommes Roux, il avait choisi la méthode forte pour les détourner de leur dieu païen.

Il descendit en hurlant comme un fou, trouvant les dernières forces pour se ruer vers frère Pierre et les moines qui l'accompagnaient. Ils avaient amené du carburant pour mettre le feu aux anciens laboratoires. Ils avaient déjà tout brisé, tout brûlé, tout saccagé. Il les maudissait mais il ne put les atteindre et, dans un dernier cri de rage impuissante, il s'écroula.

Les religieux le ramenèrent à leur monastère et le soignèrent d'une double pneumonie. Il resta plusieurs semaines couché et, lorsqu'il fut en meilleur état, le supérieur lui remit une lettre de frère Pierre.

Considérant que vous m'avez apporté une aide précieuse pour retrouver cet endroit dangereux que constituaient les anciens laboratoires de ce Oun Fouge, je suis intervenu auprès de la Compagnie pour que vous soyez réintégré comme glaciologue de première classe avec un rappel de votre salaire et une prime pour vos efforts. Ce laboratoire contenait des virus et des bactéries qui auraient pu annihiler toute vie humaine sur Terre. En le détruisant, grâce à votre collaboration, nous avons fait œuvre de purification. Frère Pierre.

Lien replia lentement sa lettre.

— Œuvre de purification, murmura-t-il. L'odieux menteur.

— Une jeune femme vous attend à la station la plus proche. Une certaine Yeuse. Les femmes n'étant pas admises dans ce monastère, vous pourrez la rejoindre dans deux ou trois jours, je pense, lui dit le frère supérieur.

LE PEUPLE DES GLACES

CHAPITRE PREMIER

Le patrouilleur de reconnaissance des glaces PR-17 s'enfonçait depuis une heure dans les lignes ennemies sans rencontrer la moindre résistance, ni le moindre signe de vie. Le sergent Malcolm avait reçu ordre d'essayer d'atteindre la petite bourgade panaméricaine de Glass Station, à cinquante kilomètres à l'ouest. Une cité industrielle où l'on fabriquait de la verrerie pour la table et des vitres de wagons et de serres.

Le sergent avait emprunté un réseau secondaire de la Panaméricaine, pensant qu'ils finiraient par être arrêtés par une coupure des rails. Mais ces derniers étaient intacts comme si l'ennemi, en se retirant précipitamment, avait omis de les faire sauter. Cet oubli ne pouvait être imputé au seul affolement et à la seule surprise.

Depuis longtemps les Panaméricains savaient que la Compagnie se préparait à les attaquer.

De toute façon le patrouilleur disposait de tout ce qu'il fallait pour rétablir une voie sabotée, à condition qu'une charge supérieure à cent tonnes ne roule pas dessus.

Depuis son poste de commandement, Malcolm regardait autour de lui dans ses jumelles, ne les quittant que pour examiner les différents écrans, radar, télévision à longue portée, écho-sondeur et scanner.

Malcolm était dans son patrouilleur comme au sein d'une maison familiale. Cette petite unité de combat qu'il commandait depuis plus d'un an était sa deuxième peau, sa carapace. Il aimait sa puissance de feu, quatre bouches lance-missiles de force moyenne : deux canons mitrailleurs et deux lasers qui pouvaient aussi bien faire fondre des congères que découper un engin ennemi en tranches. Mais il aimait aussi l'odeur de son blindé, cette odeur d'huile lourde, de charbon liquide à relent de soufre, et la moiteur que la vapeur ne cessait de produire. Il y avait le sourd halètement des pistons, le frottement des roues sur les rails, le balancement parfois inquiétant du patrouilleur dont le corps était très fuselé et dix fois plus long que large. Malcolm avait servi dans des unités énormes, des cuirassés par exemple qui atteignaient près d'un kilomètre de long et possédaient des superstructures qui se perdaient dans le ciel brumeux. Des machines fantastiques, dotées d'une puissance de feu extraordinaire. Mais il préférait son patrouilleur et ses huit hommes d'équipage, même si la promotion dans le corps des engins de reconnaissance n'était pas aussi rapide que dans les grosses unités.

— Regardez, sergent, dit le caporal Rodhan. C'est le dôme de Glass Station qui vient d'apparaître dans l'écran TV.

Sur cette plaine immense — en fait une banquise qui reliait les anciennes côtes de Norvège au nord de l'Ecosse — le regard portait très loin et Malcolm venait aussi de découvrir la coupole de la petite ville.

Il savait que la silice nécessaire à la fabrication du verre était extraite de la mer du Nord. De même que le gaz pour chauffer les fours et l'agglomération.

— Vitesse réduite de moitié.

— Vitesse réduite de moitié, répéta le timonier.

Le patrouilleur roula au pas. L'équipage au complet se trouvait en alerte. Dans le compartiment moteurs il n'y avait que deux soutiers et un mécanicien mais, curieusement, Malcolm ne les considérait pas comme faisant partie de sa patrouille.

— Lance-missiles prêts à tirer ?

— Prêts.

— Canons mitrailleurs ?

— Prêts.

— Lasers en batterie couplés.

Faisant honneur à son industrie locale, la petite ville possédait un dôme uniquement composé de vitres moyennes qui formaient des milliers de facettes ; comme l'œil de ces insectes de jadis que Malcolm avait pu découvrir dans des livres anciens. La nuit, cette sorte de demi-diamant devait briller de mille feux grâce aux éclairages intérieurs, et il regrettait presque de ne pas assister à un tel spectacle.

— Dix, lança-t-il.

Le patrouilleur ralentit encore. Il fallait se méfier de tout. Les analyseurs de rails ne décelaient aucune coupure à moins de cinq cents mètres, mais il fallait compter sur les pièges, les mines. La banquise ne faisait qu'une dizaine de mètres d'épaisseur en cet endroit. Curieusement l'eau de mer conservait dans sa masse un volant thermique énorme que deux cent cinquante années d'ère glaciaire n'avaient réduit que de quelques degrés. On pensait que le magma central, à la suite de compressions sismiques dues à la glace, remontait plus qu'auparavant au fond de certaines mers, ce qui expliquait la faible épaisseur des banquises alors qu'ailleurs, au centre des anciens continents par exemple, elle pouvait atteindre jusqu'à un kilomètre.

— Le dôme diffuse de la chaleur, dit le caporal Rodhan. Quatre degrés environ, ce qui prouverait que les verreries continuent à fonctionner.

— Que disent les biocapteurs ?

— Nous sommes un peu trop loin encore. Il faut nous rapprocher.

Les Panaméricains auraient pu découper la banquise au laser, faire une fracture énorme dans la glace. Bien sûr le froid rigoureux l'aurait reconstituée assez rapidement mais la perte de temps aurait été d'au moins une semaine ; le temps nécessaire à obtenir une sous-couche solide. La Compagnie avait prévu des sortes de ponts provisoires et le patrouilleur disposait de ballons que l'on pouvait gonfler, amarrer à un ballast léger. Malcolm espérait ne pas être obligé à une telle opération car il avait horreur de l'eau, comme tous les habitants de l'ère glaciaire. Les piscines par exemple n'attiraient qu'un nombre réduit de baigneurs. Ce monde de glace dur et froid influençait toutes les nouvelles générations. Lorsqu'il voyait un vieux film avec des estivants sur une plage ourlée par la vague écumeuse d'une mer très bleue, Malcolm frissonnait et ne regrettait pas ce temps-là.

Glass Town se rapprochait à chaque tour de roues et chacun était en alerte. Il était surprenant qu'ils n'aient eu aucun accrochage avec une arrière-garde, ni rencontré un dernier convoi de réfugiés. Auparavant, ils avaient aperçu quelques fermes de pêche et toutes étaient vides. Ils n'avaient pas envoyé un seul obus sur les petits dômes de ces installations. La consigne était d'éviter au maximum les destructions, la Compagnie désirant récupérer intactes les installations de la Panaméricaine. Celle-ci n'avait fait aucune destruction ferroviaire. Aucun aiguillage n'avait sauté. Peut-être espéraient-ils contre-attaquer victorieusement d'ici quelques jours et auraient-ils donc besoin de retrouver les réseaux opérationnels.

— Nous apercevons le sas, dit le caporal Rodhan, et il me semble en parfait état.

Un peu plus loin il y eut une légère alerte ; rien de grave. Un aiguillage dérivait leur voie vers la périphérie de la ville. Séquelle de l'évacuation précipitée. On avait évité que les convois ne perdent du temps en transitant par la cité.

Deux hommes descendirent et allèrent remettre l'aiguille dans la bonne direction.

— Allons-nous utiliser le sas normalement, sergent ? N'y aurait-il pas quelques fourberies de la part de nos ennemis ?

Malcolm consultait un manuel des instructions ferroviaires d'origine panaméricaine et étudiait le plan de la petite cité. Il n'y avait aucun embranchement important, aucun croisement de réseaux. L'activité de Glass Station était entièrement tournée vers l'industrie du verre. Le réseau pénétrait par deux sas, un sas ouest, un sas est. Il s'enflait à l'intérieur de la petite ville en une trentaine de voies pour la manutention et le stationnement. La ville elle-même était parcourue par des réseaux de quatre voies montantes et quatre voies descendantes. Les parkings étaient très nombreux. Les transports publics étaient confiés à des tramways et des draisines comme partout ailleurs. Les fours des verreries se trouvaient à l'extrémité nord et l'on pouvait voir les cheminées à filtres qui répandaient les vapeurs et les fumées dans l'air glacé de la planète.

— On envoie une patrouille ?

— Un instant. Machine stop.

— Machine stop, répéta le caporal.

Le timonier mit la flèche du chadburn sur le zéro tandis que l'ordre était transmis doublement par téléphone.

Le patrouilleur freina et glissa de quelques mètres sur les rails. Ces derniers ne recevaient plus de courant, évidemment, et, le système de réchauffage ne fonctionnant pas, se recouvraient d'une pellicule de glace due à l'humidité pourtant infinitésimale de l'air.

— Si nous faisons sauter le sas, l'air froid s'engouffrera et nous bénéficierons de l'effet de surprise. Ils ne pourront lutter à la fois contre nous et contre le froid.

— Mais, sergent, on ne voit personne…

— Un commando peut se cacher quelque part. Je sais qu'ils doivent porter des combinaisons isothermes, mais je préfère prendre quelques garanties. Les armes lourdes fonctionnent mal avec le froid, si elles ne sont pas réchauffées.

— Ils peuvent avoir de petits véhicules blindés.

— Bouches deux et quatre prêtes à tirer ?

— Prêtes, sergent.

— Objectif le sas. Vous le pulvérisez sans qu'il gêne la circulation.

— Oui, sergent. Quand vous voudrez.

— Feu !

Deux missiles sortirent avec une lenteur apparente des bouches puis soudain foncèrent à grande vitesse vers le sas qui vola en éclats. Pendant quelques secondes il y eut une grêle de débris de verre qui forma un écran opaque, ainsi que des éclats de ferrailles. Puis l'air froid s'engouffra dans la cité et provoqua un ouragan limité. L'air chaud compressé dans les hauts provoqua l'ouverture des soupapes spéciales et fusa dans l'air glacé, tellement chargé de vapeur d'eau que celle-ci retomba d'abord en flocons de neige puis en grêlons.

Dans la cité, l'ouragan avait causé d'assez importants ravages. Ils avaient vu plusieurs maisons basculer sur leurs roues, des toitures emportées et d'énormes panneaux en fer et en bois obstruaient maintenant plusieurs voies.

— En avant doucement.

Le patrouilleur dépassa l'ancien sas et avança dans la ville.

— Je n'arrive pas à croire qu'ils l'ont abandonnée telle quelle. Ces verreries valent une fortune. Ce sont des installations très modernes qui n'ont que dix ans.

— Vous pensez que ça cache une ruse ?

— Soyons excessivement prudents.

— Véhicule blindé devant, dit le timonier.

Juste un petit blindé de maintien de l'ordre avec deux armes automatiques, un laser et un lanceur de grenades à gaz incapacitant.

— Ils ont dû avoir des problèmes sociaux, dit le caporal sur un ton assez bizarre.

Malcolm pensa que le caporal était un ancien

ouvrier mobilisé depuis un an. On lui avait chuchoté que Rodhan avait parfois des idées étranges et qu'il appartenait à la secte des Marxistes qui adoraient un certain dieu Lenista.

— Il y a beaucoup d'ouvriers et le travail du verre est très pénible. La chaleur et la silice attaquent les poumons. Il y a aussi le plomb qui passe directement dans le sang.

— Je vous en prie, dit le sergent. Découpez ce blindé en deux avec le laser.

Le rayon sectionna l'engin en deux parties à peu près égales qui s'écartèrent et tombèrent de chaque côté des rails. Il n'y avait personne à l'intérieur. Le rayon fit soudain sauter les soutes à munitions et puis le container à gaz. Mais le patrouilleur avait une étanchéité à toute épreuve et ils purent traverser le nuage de gaz incapacitant sans le moindre mal.

— A gauche, dit le sergent.

— Plaque tournante, prévint le caporal.

Mais le système était aussi simple que celui de la Compagnie, basé sur la force d'inertie. Ils se retrouvèrent dans une artère très commerçante, jalonnée de voitures-boutiques toutes fermées. Plus loin il y avait même un supermarché et les soldats regardèrent avec cupidité les vitrines qui exposaient des marchandises panaméricaines inconnues et attirantes. La richesse de la Panaméricaine faisait rêver tous les habitants de la compagnie Transeuropéenne.

— Ils ont abandonné tout ça, répétait un des soldats de commando. Tout ça. Il n'y a personne.

— Trois mille personnes évacuées par un seul train. De cette façon le réseau n'était pas encombré.

Pour évacuer la ville, expliquait le sergent, il aurait fallu des dizaines de convois.

— D'accord, sergent, mais pourquoi vouloir garder le réseau libre si c'est pour ne pas envoyer de renforts. Vous croyez vraiment que les Panaméricains n'ont pas d'armée suffisante pour résister à notre invasion ?

— On le dit. Mais ils ravitaillaient la Sibérienne en espérant ne pas intervenir.

Le sergent Malcolm ne faisait que répéter les arguments de la propagande de la Compagnie. En fait il se demandait si cette nouvelle guerre n'était pas une faute terrible. Les Panaméricains ne sacrifiaient pas tout à leur armée mais on disait qu'ils possédaient des armes secrètes et terribles, notamment des bombes nucléaires.

— Il faut que j'envoie un premier rapport. Radio, vous êtes prêt ?

— Dois-je le coder ?

— Dites simplement que nous avons atteint notre objectif Glass Station et que nous n'avons rencontré aucune résistance. Nous faisons le tour de la ville. Prochain message dans dix minutes.

Ils approchaient des verreries et pouvaient apercevoir les fours énormes. Deux étaient entrouverts et les brûleurs à gaz ronflaient de toute leur puissance.

— La température est déjà à zéro, dit le caporal. Il y aura certainement des conséquences. Certaines conduites vont sauter. Si elles ne sont prévues que pour des températures au-dessus de zéro… nous risquons d'avoir des problèmes avec les fuites d'eau, de gaz et aussi avec les canalisations des égouts. Il ne faudra pas nous engager dans les réseaux trop étroits.

Le caporal faisait allusion aux quartiers ouvriers tout proches, des entassements de maisons mobiles à étages, sales et lépreuses. Les fumées des fours les noircissaient et on avait regroupé les travailleurs dans un espace restreint cerné par des voies mais difficile à pénétrer. Un véritable ghetto. Ce mot vint à l'esprit du sergent. Il l'avait lu au sujet des juifs d'avant l'Ere glaciaire. Son père lui parlait des juifs avec beaucoup de haine, affirmait qu'ils occupaient désormais les meilleurs postes à la tête des Compagnies qui se partageaient le monde. Mais son père était un militaire aigri qui n'avait jamais dépassé le grade de sergent. Désormais il vivait de sa retraite dans un foyer pour anciens sous-officiers. Sa mère était morte depuis deux ans.

— Nous pourrions envoyer une patrouille, proposa timidement le caporal.

— Pas tout de suite. Nous allons faire le tour complet de la ville puis la quadriller. Exécution.

Ils s'éloignèrent des verreries et des quartiers ouvriers pour retrouver des petites unités d'habitations plus coquettes. Plus loin, c'étaient des demeures somptueuses qui occupaient au moins six voies, parfois dix. Le sergent était certain qu'il y avait un luxe fracassant à l'intérieur. Il avait déjà visité des ensembles de ce genre. Son colonel, par exemple, possédait une maison superbe qu'il appelait sa gentilhommière. Elle occupait huit voies, ressemblait à un ancien petit château. Il fallait une machine très puissante pour la tirer à proximité, mais pas trop, des lieux de combats. Le colonel avait une femme, quatre enfants et des domestiques, y compris un précepteur pour les enfants.

A nouveau ce furent des quartiers moins opulents, des installations de jardiniers fournissant la ville en légumes frais. Leurs serres étaient chauffées au gaz, qui paraissait abondant. Il y avait aussi des élevages de volailles, notamment de ces animaux qu'on appelait dindes et qu'on ne trouvait pas dans la Transeuropéenne. Ils en virent d'énormes et à voix basse le commando supputa le poids que ces animaux pouvaient faire. Malcolm comprit qu'il devait lâcher un peu de lest et se montrer indulgent. Juste comme le patrouilleur longeait un petit abattoir de ces bêtes-là, il ordonna qu'on arrête tout.

— Trois hommes et vous, caporal, pour aller prendre une de ces bêtes. La plus grosse. Nous sommes huit… Plus les trois hommes de la salle des machines.

— On pourra la faire cuire dans le four, affirma le caporal.

Dans le compartiment des machines il y avait une mini-cuisine qui, selon le règlement, ne devait fonctionner qu'au repos. Durant les missions, seules les rations étaient distribuées.

— Allez-y, Rodhan. Nous vous couvrons.

— Oh ! je ne crois pas que nous risquions grand-chose… Déjà, avec ce froid, s'il reste des habitants, ils doivent se claquemurer chez eux. Le thermomètre extérieur indique déjà moins dix degrés et ce n'est pas fini.

— Soyez sur vos gardes, tout de même.

La patrouille passa dans le sas et sortit protégée dans ses combinaisons chauffantes. L'un des soldats pénétra dans l'abattoir et revint avec une bête énorme qu'il portait avec difficulté.

— Elle fait au moins vingt kilos, dit le timonier.

Malcolm jeta à peine un regard à cette prise de guerre. Il n'était pas tranquille. Il devait envoyer un autre rapport et devrait le truquer un peu pour éviter de parler de ce vol. Le pillage était interdit et sévèrement puni. Il risquait d'être rayé de la prochaine promotion durant six mois.

— Dites qu'il n'y a rien à signaler. Que j'ai envoyé une patrouille de trois hommes commandée par le caporal Rodhan.

De toute façon il devait alimenter ses hommes et leur conserver un bon moral. Les bêtes vivantes allaient mourir de froid et seraient toutes congelées.

— Dites au caporal de se diriger vers ce bâtiment, là-bas. C'est un four crématoire. A côté, ce doit être un hôpital.

Le patrouilleur roula très lentement en arrière tandis que le caporal, après avoir confié la grosse dinde au mécanicien, repartait avec ses hommes.

Le four crématoire était toujours alimenté par son brûleur mais aucun corps n'attendait l'incinération. Dans l'hôpital, le caporal envoya un message par sa radio personnelle. Il comptait trente lits, tous vides, et une salle d'opération très moderne.

— Pas de présence humaine. Il fait d'ailleurs assez froid malgré le chauffage privé de cet établissement. Je crois que toute la ville est abandonnée et que vous pouvez laisser venir le reste de la division.

Le sergent ne répondit pas. Il vérifiait ses observations. La résistance de la glace était bonne, capable de supporter un énorme cuirassé, celle des rails également. Mais il ne voulait faire prendre aucun risque à l'armée de sa concession.

— Nous allons patrouiller encore un peu. Caporal,

vous visiterez tout ce qui mérite de l'être. Je suis quand même surpris qu'il n'y ait pas eu de petit malin pour se cacher et échapper à l'évacuation. Il y avait peut-être un de nos compatriotes installé dans cette ville. Plusieurs même. S'ils ne sont pas prisonniers, où se sont-ils donc planqués ?

Plusieurs milliers de Transeuropéens se trouvaient en territoire panaméricain lors de l'invasion. Etaient-ils tous en camp de concentration ?

— Tout va bien, caporal ? lançait-il de temps à autre.

— R.A.S.

La progression était lente, minutieuse, mais Malcolm connaissait trop les responsabilités qui pesaient sur lui. L'Etat-Major n'aurait aucune considération ni pitié pour un sous-officier qui se tromperait alors qu'un lieutenant et à plus forte raison un colonel — surtout s'il était un porteur d'actions de la Compagnie — seraient traités avec plus d'indulgence. Malcolm ne possédait qu'une dizaine d'actions de la Compagnie et ne figurait pas sur la liste des actionnaires autorisés à assister aux assemblées générales, puisque le minimum était de cinquante actions.

Deux hommes venaient de pénétrer dans un grand immeuble de trois étages et n'en ressortaient pas. Le patrouilleur s'arrêta et dirigea ses canons-mitrailleurs vers l'objectif.

Mais les deux commandos réapparurent. Malcolm les soupçonna d'avoir trouvé de l'alcool à boire. Ils firent un signe de connivence au caporal.

— Rien à signaler ?

— Non, sergent. Je crois que nous pourrions aller

vers le centre à partir de la prochaine plate-forme tournante.

— D'accord, caporal.

Il y avait des dizaines de loco-cars abandonnés par leurs propriétaires, ce qui indiquait un niveau de vie très élevé. On avait dû embarquer tout le monde dans des convois spéciaux, de crainte que les véhicules personnels n'encombrent les rails.

Le patrouilleur pivota sur une plate-forme et roula vers le centre ville, là où l'on devait trouver les bâtiments administratifs. Il ignorait si la ville était également dirigée par le chef de station représentant la Compagnie. Les Panaméricains avaient des idées si différentes.

Les bâtiments en question étaient superbes et imitaient le marbre et la pierre à s'y méprendre. Les innombrables roues qui les soutenaient demeuraient invisibles et l'illusion était parfaite. Le siège de l'administration municipale était orné d'un immense perron de dix marches et d'un péristyle.

— Bigre, souffla le timonier, on dirait le palais d'un gouverneur.

La température descendait rapidement et atteignait moins vingt degrés. Quarante degrés de différence en quelques heures. Un habitant qui se serait caché serait désormais dans le coma euphorisant qui précédait la mort par le froid. Malcolm se félicita d'avoir détruit le sas. Ce n'était pas très grave et dès que les troupes d'occupation seraient sur place, il serait réparé en deux ou trois jours. Cette initiative limitait la casse.

— On rentre, dit le caporal.

— Faites attention.

Mais le sergent dit cela sans y attacher beaucoup

d'importance. Il pensait à cette énorme dinde de vingt kilos qui cuisait dans le four de la salle des machines. Il n'avait jamais mangé de cette viande-là et était soudain habité par une faim d'ogre.

— Regardez ! cria le timonier.

La patrouille était de retour, traînant un des hommes blessés.

— Canons, prêts à tirer ! hurla Malcolm, soudain pâle et sur le point de perdre la tête.

Et puis il les vit apparaître sur le perron. Quatre Hommes Roux qui brandissaient des fusils-lasers.

CHAPITRE II

Le spectacle de ces Hommes Roux armés et paraissant décidés à se servir de leurs fusils paralysa tout le monde et fit perdre un temps précieux. Lorsque le sergent commanda le feu, les Hommes du Froid avaient réussi à disparaître. Personne ne pouvait affirmer où ils se trouvaient. Le sergent fit pilonner le grand bâtiment officiel, démolir le perron, le péristyle, mais les Hommes Roux restaient invisibles.

Le caporal Rodhan et ses deux hommes portant le blessé approchaient du sas lorsqu'il y eut un trait de feu. Le rayon laser déchira la combinaison d'un des commandos, la fondit et brûla l'épaule de l'homme qui se jeta à terre et commença à se rouler en poussant des cris horribles, car si la combinaison était ininflammable, il portait des sous-vêtements qui, eux, ne l'étaient pas, malgré les consignes de l'armée.

Il y eut d'autres traits de feu, accourant de partout comme des rayons renvoyés par un miroir. Le temps que les canons-mitrailleurs se pointent vers la source de chaleur et l'Homme Roux qui tirait traversait à une vitesse peu commune l'espace découvert et se jetait à l'intérieur d'un autre bâtiment. Mais les autres continuaient à tirer, dispersés tout autour du patrouilleur PR-17.

— Sergent, si ça continue, ils perceront les parties les plus minces du blindage. Il faut dégager.

Le sas s'ouvrait enfin et le caporal poussait son homme survivant et le blessé qu'il portait. L'autre ne bougeait plus sur le sol recouvert d'une fine pellicule de glace.

— Il est mort ?

— Il ne vaut guère mieux, dit le caporal.

— Radio, hurla Malcolm, avertissez que nous sommes attaqués par quatre Hommes Roux qui sont équipés de lasers portatifs.

Le radio se retourna :

— Dois-je vraiment parler d'Hommes Roux ?

— Je vous l'ordonne !

Les ennemis continuaient de tirer avec leurs fusils et Malcolm ne se faisait pas trop de souci. Le blindage était en général assez épais et les tireurs finiraient par ne plus avoir suffisamment d'énergie emmagasinée dans leurs armes. Ils ne sauraient pas remplacer les batteries et le combat se terminerait par un seul mort et un blessé léger.

— On continue à tirer ?

Le caporal était allé déposer le blessé dans le petit local sanitaire, le mettait sous perfusion et commençait à soigner sa plaie, une brûlure à la cuisse gauche et un début de nécrose à cause du froid qui devenait de plus en plus intense, certainement moins trente désormais.

— Sergent, le quartier général vous demande de venir vous-même confirmer au sujet des Hommes Roux.

Il eut un major qui lui demanda s'il n'avait pas trop bu pour dire de pareilles choses.

— Je peux vous faire confirmer par l'équipage. Il y a quatre Hommes Roux armés. Je pense qu'ils ont trouvé ces fusils et s'en servent comme de jouets, mais…

— Sergent, ils viennent de tirer sur nous au bazooka… Mais le coup a foiré.

Malcolm jeta un regard par l'un des hublots et vit l'homme qui courait vers le patrouilleur avec un bazooka portatif.

— Descendez-le. Mais qu'attendez-vous ?

Le canonnier pointa sa pièce. Il y eut une explosion et l'Homme Roux se volatilisa. Ils virent des morceaux de fourrures voler dans tous les sens.

— En arrière toute ! lança le sergent.

— Que se passe-t-il ? hurlait le major, et Malcolm se rendit compte que cette voix d'officier ne cessait de lui lanciner les oreilles.

— Nous sommes attaqués au bazooka, toujours par un Homme Roux.

— Arrêtez vos idioties, Malcolm. Si vous persistez, vous aurez des ennuis sérieux.

— Major, je n'invente rien. Nous sommes plusieurs à voir ce spectacle hallucinant.

— Les Hommes Roux ont peur des armes à feu.

— Pas ceux-là !

Le major ne dit plus rien. Le patrouilleur reculait à grande vitesse, se dégageait de la voie pour reprendre celle du réseau principal. Lorsqu'ils furent un peu éloignés du bâtiment officiel, le sergent respira plus librement.

— J'ai bien cru qu'il allait avoir notre peau… Je sais bien qu'avec ce matériel il lui aurait fallu mettre deux roquettes au but, mais on peut tout craindre.

— Ils n'ont pas trouvé ces armes, dit le caporal. Ils savent s'en servir, ils ont reçu un entraînement. Moi je vous le dis, ces sauvages sont désormais une des armes secrètes des Panaméricains, et nous risquons d'avoir des ennuis sérieux dans cette nouvelle guerre imbécile.

— Taisez-vous, Rodhan, ou je vous signale comme tenant des propos démobilisateurs.

Il commanda le ralentissement et l'arrêt du patrouilleur. Il alla voir le blessé, le trouva sous l'effet des calmants. Et on le rappela car le major inconnu le demandait.

— Sergent Malcolm, vous êtes vraiment sain d'esprit ?

— Major, je…

— Quel est l'autre gradé ? Envoyez-le-moi.

Le caporal Rodhan confirma les affirmations de son chef. Le major demanda alors au sergent de revenir à la radio.

— Votre mission n'est pas terminée. S'il y a un nid de résistance dans Glass Station, vous devez le réduire.

— Oui, major.

— Mais je vous demande de faire un prisonnier. Et, à partir de cet instant, vous ne communiquez plus qu'à travers un filtre de codage. Vous choisissez le numéro 3. Est-ce compris ?

— Oui, major, fit Malcolm avec un tressaillement.

Le filtre numéro trois était très sophistiqué et on ne l'utilisait que dans de très rares occasions. Il était conservé sous clé dans un coffret à cause de sa fragilité et du secret militaire qui l'entourait. Il faisait partie du matériel qui ne devait jamais tomber entre les mains de l'ennemi.

Malcolm alla le chercher, l'adapta à la radio et reprit sa conversation avec le major. La voix de ce dernier lui parvint légèrement modifiée par l'appareil.

— Vous devez faire obligatoirement un prisonnier. S'ils ne sont que quatre…

— Trois désormais…

— Raison de plus. Ce sont des sauvages, sergent, rien que des sauvages, ne l'oubliez pas.

Le sergent coupa la vacation et retourna vers son équipage, l'air très grave.

— Nous retournons là-bas. Nous organiserons une autre sortie. Il faut capturer l'un de ces salopards à fourrure.

— On pourrait manger un morceau avant, proposa timidement un des hommes.

On alla chercher la dinde dans le compartiment moteur, on en laissa un quart aux mécaniciens et chacun put s'empiffrer à la va-vite tandis que le patrouilleur revenait vers le centre ville. Tous ses dispositifs d'alerte étaient branchés et peu à peu les hommes cessèrent de mastiquer bruyamment et de boire de la bière. Tous pensaient avoir mal vu, extrapolé. Il était impossible qu'un crétin d'Homme Roux, tout juste bon à racler les glaces sur les dômes des villes en échange de quelque nourriture, soit capable de se servir d'un fusil, surtout d'un engin laser. Ils l'auraient admis pour un vieux fusil à balles, mais pas pour cette arme sophistiquée.

— De toute façon, leurs batteries doivent être à plat et ils ne doivent pas savoir les changer, dit un des soldats.

— Ne vous y fiez pas, ricana Malcolm. Ce sont des gens superentraînés et vous aurez du fil à retordre. Vous allez devoir quitter le ventre douillet et protecteur de ce patrouilleur, circuler avec vos combinaisons, vous battre avec elles. Eux sont à poil et libres de leurs mouvements.

De loin ils aperçurent les bâtiments officiels et le sergent fit ralentir l'engin de reconnaissance.

— Je vais partir en patrouille avec quatre hommes. Vous, Rodhan, vous restez ici avec le radio et le canonnier. Nous allons amorcer un mouvement tournant. Dans un quart d'heure vous progresserez par bonds. Comme ce sont, malgré tout, des crétins congénitaux, je pense qu'ils tomberont dans le panneau. Tâchez de vous tenir en liaison constante avec l'Etat-Major, est-ce bien compris ?

Rodhan fit signe que tout était O.K. Il n'était pas très rassuré à l'idée de rester seul à bord avec deux hommes mais la tactique du sergent lui paraissait parfaite. De toute façon il y avait les ordres et ils devaient les exécuter.

Malcolm et son commando se déplacèrent

furtivement avec l'expérience acquise à la suite d'un entraînement féroce et confortée par des mois de guerre à l'Est. Maintenant, c'était à l'Ouest et l'ennemi c'étaient ces Hommes Roux, ces sauvages débiles et inoffensifs que Malcolm avait côtoyés toute sa vie sans même les remarquer, sans même jamais s'intéresser à eux. Lorsqu'ils nettoyaient le dôme des villes, ils n'étaient que des ombres au-dessus des têtes, de même lorsqu'ils traînaient le long des rails à la recherche d'un peu de nourriture. Il se souvint que sa mère, elle, se posait des questions. Mais jamais il n'y avait eu de contacts entre les hommes normaux et ces êtres plus proches de l'animal que de l'humain. Ils ne supportaient pas le chaud et les gens comme Malcolm redoutaient par-dessus tout le froid, même s'ils avaient appris à vivre avec lui, même si les glaces étaient désormais leur paysage familier et rassurant. Si elles avaient fondu pour redécouvrir la terre, les mers, il ne l'aurait pas supporté. Mais s'il essayait de s'adapter il ne pouvait ignorer les dangers du froid, n'aurait jamais imaginé que les Hommes Roux faisaient partie de ces dangers-là.

Ils se rapprochaient des bâtiments officiels sans bruit, sans commettre d'imprudence. Un observateur attentif n'aurait pu les déceler, mais il y avait toujours les palpeurs thermiques qui pouvaient les trahir. Il ne pensait pas que les Hommes Roux possèdent un tel équipement.

De l'autre côté d'un pâté de maisons, le patrouilleur haletait et suivait la même direction qu'eux. Les Hommes Roux devraient réagir. Malcolm entra en communication avec le caporal Rodhan :

— S'ils tardent à se manifester, vous tirerez un peu

au hasard mais toujours dans la même direction pour ne pas nous atteindre. Mettons dans un arc qui ira de trois cent quarante à trente degrés.

— Trois cent quarante à trente, bien compris, répondit le caporal.

Peu après, le martèlement des obus commençait. Mieux valait réserver les missiles et les gros rayons lasers pour plus tard. Les maisons devaient tomber comme des châteaux de cartes et le commando pouvait profiter du fracas et de la poussière pour progresser. Ils se trouvèrent bientôt dans le secteur Est du patrouilleur, à trois heures environ.

— Cessez le tir, ordonna le sergent au caporal, et progressez encore un peu.

— Devant moi, tout est détruit et la voie embouteillée. Je ne peux progresser que de deux cents mètres, ensuite ce sont des ruines. Je peux les refouler avec ma herse, mais s'ils profitaient de cet instant pour attaquer alors que les canons ne pourront pas être braqués en n'importe quel point ?

— D'accord, deux cents mètres.

Brusquement Malcolm découvrit qu'il était rempli d'une peur abjecte. Il n'avait jamais éprouvé un sentiment pareil. Même pas lorsqu'il combattait sur le front Est contre les Sibériens que l'on représentait comme un peuple très cruel. Parfois il avait eu des hésitations bien compréhensibles, mais jamais cette terreur sourde qui lui rongeait le ventre et rendait ses jambes molles. Il regarda autour de lui et vit que l'homme le plus proche de lui avait un drôle de regard.

Un regard exorbité. Il était lui aussi terrorisé par ces Hommes Roux qui pouvaient tuer. C'était comme si, un beau matin, une puéricultrice s'était trouvée face à face avec ses bébés armés jusqu'aux dents et décidés à la tuer.

Ils pénétrèrent dans un pâté de maisons, puis dans l'une de celles-ci pour ressortir par une fenêtre, enjamber un autre enseuillement et ainsi de suite. Ils transpiraient légèrement dans leurs combinaisons et Malcolm le premier régla la température à la baisse. Plus tard, quand la mission serait terminée, il serait temps de la remonter. Au-dehors, il faisait entre moins trente-cinq et moins quarante, selon les zones.

Faire un prisonnier. Il faudrait tirer dans les jambes de l'un de ces hommes, puis l'attacher. Ils étaient énormes, vigoureux. Jamais Malcolm ne s'était soucié de leur force, de leur silhouette d'athlète. La pensée qu'il devrait toucher cette fourrure immonde, ce corps puant, le révulsait. On disait que certains couchaient avec des Femmes Rousses et que des femmes normales se faisaient... par des sauvages de cette race. Malcolm était très pudique. Il n'avait pas de femme, ni de maîtresse. Parfois il couchait avec une prostituée mais en avait honte. L'année précédente il avait connu une fille qui travaillait dans un centre de repos, en était tombé amoureux. Elle lui avait déclaré au bout d'une semaine qu'elle ne l'aimait pas et qu'elle ne voulait pas d'un soldat dans sa vie. Mais jamais il n'aurait fait l'amour à l'une de ces femmes à fourrure rousse... Il n'aurait même pas cru possible de les approcher à l'air libre sans la protection d'un dôme.

Il y eut un murmure dans l'interphone et l'homme qui se trouvait en tête venait de lever le bras. Il y avait certainement du nouveau. Les trois autres et le sergent le rejoignirent et virent ce qui l'arrêtait. Un excrément humain sur un quai, qui était certainement frais puisqu'il en montait une vapeur légère. Malcolm grimaça de dégoût et imagina l'Homme Roux s'accroupissant comme une bête, se relevant ensuite. Une sale bête. Il arma son fusil et fut prêt à tuer.

L'homme ne devait pas être loin. Depuis qu'ils avaient fait sauter le sas, la glace se répandait sur les quais en bois, une couche très légère dans laquelle les pieds nus et tièdes laissaient une empreinte qu'ils n'avaient plus qu'à suivre.

Mais l'Homme Roux dut les flairer car ce fut lui qui tira. Le commando de tête eut la tête traversée par un coup de laser et il fit un terrible bond dans les airs avant de retomber. Il perdait son sang des deux côtés mais beaucoup plus côté front que côté nuque, où coulait une sorte de levure grise. L'Homme Roux embusqué dans une boutique continuait de tirer et ils durent se planquer en toute hâte. Malcolm jurait et grelottait de peur. Il avait manqué son coup et désormais ils n'auraient plus qu'un impératif, rejoindre au plus vite le patrouilleur.

— Caporal, nous sommes découverts. Pouvez-vous essayer de venir nous chercher ?

— Comment dois-je faire ?

— Reculer jusqu'au prochain carrefour et remonter vers l'est. Vous verrez l'artère où nous nous trouvons. Une artère à deux voies.

— Si je pulvérisais quelques maisons pour vous rejoindre plus rapidement et directement ?

— Vous avez une voie ?

— Une voie et une plate-forme. Nous progresserons en marche arrière, mais ce n'est pas grave.

— D'accord, allez-y.

— Attention à vous tout de même.

Les lasers du patrouilleur commencèrent de découper les bâtiments en deux, puis il y eut un tir d'obus pour les pulvériser.

Les quatre hommes regardaient devant eux mais surveillaient du coin de l'œil la progression du patrouilleur à travers les ruines. Bientôt sa forme fuselée et basse sur roues leur apparaîtrait et ils seraient enfin sauvés, libérés de ce cauchemar. Tous étaient paralysés par la présence de trois Hommes Roux alors que trente Sibériens ou Panaméricains ne les auraient pas effrayés. Ils avaient reçu un entraînement qui les rendait aptes à affronter un ennemi dix fois plus nombreux.

Sur la passerelle de commandement du PR-17, le caporal Rodhan avait fort à faire entre la progression de l'engin, le tir et les messages radio. Ce sacré major qui n'avait même pas donné son nom ne cessait de les appeler, les houspillait, fulminait et devenait tout à fait intolérable. Il n'admettait rien. Il n'admettait pas que le sergent n'ait pas déjà capturé un Homme Roux, que ces derniers soient armés et si bons tireurs, qu'ils ne soient pas déjà de retour au quartier général, qu'il y ait deux morts et un blessé.

— Attention ! hurla le timonier.

Un obus de bazooka venait de percuter le dôme de la passerelle qui se craquelait. Il fallut envoyer les jets d'enduit pour que les fragments restent soudés ensemble. L'enduit était une sorte de colle extra-forte qui séchait au contact de l'air froid. Désormais on l'utilisait pour tout, même pour assembler des morceaux de blindage. L'ennui était qu'elle réduisait la transparence. Ils pouvaient désormais voir la ville de Glass Station à travers une sorte de flou artistique.

— Il recommence.

Une explosion énorme secoua le patrouilleur et le caporal localisa immédiatement l'endroit touché. L'avant qui contenait tout le matériel pour réparer les voies. Désormais, si jamais les rails étaient coupés, ils ne pourraient plus rentrer à la base. La situation se détériorait.

— Je lance un missile ? demanda le canonnier très excité et prêt à tout dans son affolement.

— Un seul, concéda le caporal pour lui faire plaisir.

L'homme visa n'importe quoi et libéra le missile qui fit exploser tout un îlot de maisons patriciennes. Les roues en fonte montèrent à une hauteur impressionnante et trouèrent le dôme en plusieurs endroits, le retrouèrent lorsqu'elles redescendirent.

— Rodhan, dépêchez-vous, nous allons tous crever, sinon ! Un de mes hommes est blessé. Ça fait deux ; ce tireur est diabolique.

— Vous renoncez à la mission ?

— Provisoirement, oui. Ce qu'il faudrait, c'est mettre le feu à toute la ville pour les déloger. J'ai commis une erreur en pensant au froid, mais je ne savais pas.

Enfin le caporal aperçut son chef qui s'embusquait derrière un loco-car particulier. On avait dû tirer sur lui car la carrosserie était striée de coups de laser et certaines rainures fumaient encore.

Comme le caporal s'approchait, il aperçut un autre Homme Roux qui contournait la patrouille par le sud.

— Attention ! hurla-t-il.

Mais l'Homme Roux tira plusieurs rafales et Malcolm, frappé en plein dos, fut tué le premier. Il resta cloué contre son loco-car tandis que son corps s'enflammait à partir de la blessure. « Les graisses humaines », pensa le caporal, qui essayait de repérer le reste de la patrouille.

Une secousse encore plus forte que la première souleva tout l'avant du torpilleur. Les boggies tournèrent à vide et retombèrent lourdement.

— Avons-nous déraillé ? hurla le caporal dans l'interphone aux mécaniciens.

— Non, répondit le chef, mais nous perdons du carburant. Le réservoir de bâbord a dû être fêlé car l'aiguille commence à dégringoler très sérieusement.

Les deux survivants de la patrouille accouraient, oubliant toute prudence. Ils se firent cueillir sans que le caporal qui s'égosillait ait pu les ramener à une conduite plus calme. Il les vit tomber l'un sur l'autre, zébrés de toutes parts. Leur peau mise à nu se mit à fumer en réaction avec l'air glacé du dehors.

— Arrière toute !

— Arrière toute.

— A la plate-forme, vous prenez vers le sud et puis en avant toute.

— Nous renonçons ?

— Ils sont trop coriaces. Je suppose qu'ils ont reçu du renfort. Ils ne peuvent pas être trois seulement.

De toute façon il ferait un rapport dans ce sens. Il dirait que les Hommes Roux étaient au moins une vingtaine, superarmés. Il ne voulait pas passer en conseil de guerre pour une histoire pareille. Un dernier obus de bazooka les frappa de plein fouet et, avec horreur, il vit que le sas béait sur l'extérieur. Désormais ils auraient aussi des problèmes de climatisation.

— Forcez la température, ordonna-t-il.

— Nous manquons de combustible, avons juste ce qu'il faut pour rentrer et alimenter la centrale d'énergie pour les appareils et les armes.

Rodhan se dirigea vers la radio pour avertir l'Etat-Major. Peut-être enverraient-ils un engin de secours.

CHAPITRE III

Le sous-lieutenant Omar avait reçu ordre de tenir le glaciologue à l'œil et, sans discuter, il exécutait cette consigne avec un zèle qui finissait par agacer Lien Rag. Ce dernier savait que sa réintégration dans l'administration de la glaciologie n'avait pas été très bien accueillie en haut lieu. L'intervention des Néo-Catholiques avait fait céder le conseil d'administration de la Compagnie Transeuropéenne, comme elle s'appelait désormais, cependant une suspicion constante ne cessait de planer sur Lien qui, pendant un temps, avait rejoint les dissidents dans la clandestinité. Son meilleur ami, l'ex-lieutenant Skoll, était emprisonné pour désertion et trahison. Il se murmurait que Lien Rag avait rendu de grands services à l'Eglise des Néo-Catholiques, mais lui-même protestait qu'il n'en était rien.

En fait il avait été dupé, manœuvré par cette même Eglise et surtout par le missionnaire — frère Pierre — dans le grand désert du Nord-Est.

L'aviso *Défi* était immobilisé depuis la veille sur cette voie secondaire, en plein territoire panaméricain, le nouvel ennemi de la Compagnie, et Lien Rag effectuait des sondages divers pour évaluer la résistance de la banquise. Il utilisait des ultrasons mais surtout une petite foreuse de faible encombrement qui découpait de belles carottes dans la couche glacée.

Normalement, l'aviso, dix mètres de long, deux canons et un laser, aurait dû être commandé par un simple sergent mais le sous-lieutenant appartenait à la Sécurité spéciale militaire, la S.S.M. et paraissait mieux qualifié pour surveiller le glaciologue.

Les quatre hommes de l'équipage étaient également des membres de la Sécurité. L'ambiance à bord manquait de décontraction et Lien Rag se consacrait entièrement à son travail de vérification. Il vérifiait la progression de son trépan dans la banquise lorsque le sous-lieutenant Omar s'approcha de lui. C'était un être petit et trapu, extraordinairement moustachu. Très taciturne, il finissait par avoir une présence pesante.

Il se pencha sur les notes de Lien mais ne put les déchiffrer :

— Combien d'épaisseur ?

— Dix mètres.

— On peut faire rouler des convois importants, non ?

— Oui, si elle n'est pas fragmentée en dessous. Il

faudrait pouvoir descendre dans l'eau et faire des explorations précises le long de l'emplacement de ce réseau.

Ce qui intriguait l'Etat-Major, c'était l'insouciance apparente des Panaméricains. Ils avaient laissé tous leurs réseaux ferroviaires intacts, des centaines et des centaines de rails, d'aiguillages-croisements, de plaques tournantes, de postes d'aiguillage. Cela sentait le piège à plein nez. L'Ennemi espérait que les énormes unités de l'armée, les trains blindés transportant les renforts s'engloutiraient dans l'ancienne mer du Nord. La banquise n'était solide qu'en apparence, pensaient les officiers généraux. De ce fait, l'attaque surprise, l'attaque éclair qu'ils projetaient et qui devait les conduire jusqu'à la glace au-dessus de l'ancienne Ecosse était sérieusement compromise.

Lien remonta ses fragments de carottes et les étudia avec attention. Ensuite il les soumettrait à un examen plus approfondi grâce à ses appareils mais, apparemment, tout paraissait normal.

Ce n'était pas un hasard si on l'avait choisi, lui, pour effectuer ces vérifications. Si jamais il se trompait, on l'accuserait de trahison, de sabotage et son passé l'accablerait encore plus. Il devait donc se montrer d'une prudence extrême.

— Nous repartons, dit-il à Omar. J'effectuerai des vérifications avec mes appareils tous les cent mètres et un sondage mécanique tous les kilomètres. Il faudrait une équipe plus nombreuse. A ce rythme je ne peux vérifier que quelques kilomètres de voies chaque jour et au prix d'un travail exténuant.

Omar resta impassible. Lien connaissait l'inutilité de ses récriminations. Le sous-lieutenant appartenait à cette espèce très répandue d'officiers bêtes et disciplinés. Il ne pouvait rien espérer d'un tel homme.

L'aviso *Défi* roula un peu, s'arrêta pour de nouvelles mesures. Lien pensait qu'on aurait pu déjà envoyer un convoi composé de vieilles voitures avec la motrice en queue. Des voitures chargées de détritus par exemple. Il avait rédigé un rapport dans ce sens mais il n'en avait pas de nouvelles.

Il y avait huit jours qu'il se trouvait dans l'aviso, occupant une étroite couchette dans le seul poste d'équipage réduit alors que le sous-lieutenant avait droit à une cabine, minuscule certes, mais isolée. Il mangeait les mêmes rations que les militaires, cette viande en conserve qui se réchauffait automatiquement dès qu'on retirait le couvercle, ces biscuits protéinés au goût assez curieux. La bière seule était agréable mais faiblement alcoolisée.

Alors qu'il examinait la carte ferroviaire, il immobilisa son regard sur la ville de Glass Station à trente kilomètres sur la gauche de leur réseau. Que s'était-il passé dans cette ville pour que les derniers ordres interdisent formellement de l'approcher à moins de dix kilomètres ? Lien Rag se trouvait alors avec Yeuse en arrière des lignes et il se murmurait toutes sortes de nouvelles invraisemblables. Les Panaméricains auraient utilisé des gaz très toxiques, ou encore un armement nucléaire, ou bien la glace tout autour de la cité avait été découpée et les ennemis avaient creusé un canal énorme. Mais Lien n'était satisfait par aucune de ces rumeurs non vérifiées. La seule chose dont il était à peu près sûr à quatre-vingts pour cent, c'est qu'un patrouilleur de l'armée avait été envoyé en reconnaissance dans ce secteur et y avait été sévèrement étrillé puisqu'il n'y avait eu que quelques survivants. Un caporal, deux soldats et parmi les cheminots deux soutiers et un mécanicien. Un sergent avait été tué ainsi que toute la patrouille. On ne connaissait pas les chiffres exacts. Le caporal se nommait Rodhan mais il avait été littéralement kidnappé par les officiers d'Etat-Major, ainsi que les autres témoins du drame.

D'ici quelques jours l'aviso passerait à moins de quinze kilomètres de Glass Station s'il poursuivait ses vérifications sur le même réseau. Il y avait un embranchement pour cette ville. Le *Défi* possédait une chaloupe à moteur qui pouvait emporter deux hommes avec une autonomie de cinquante kilomètres environ. Mais jamais le sous-lieutenant Omar n'autoriserait qu'il l'utilise pour ses prospections. C'était l'homme le plus soupçonneux du monde et la S.S.M. avait très bien choisi son gardien.

Lorsque la nuit vint, il était encore au travail, soumettant ses échantillons à toutes sortes d'examens et ne trouvant aucune trace suspecte. Il se demandait comment les Panaméricains auraient bien pu rendre la banquise plus fragile sans utiliser d'explosifs, et en ce cas, dans un rayon assez important, la glace aurait subi des modifications de structure, des fragmentations plus ou moins apparentes mais décelables au microscope électronique ou par comparaison moléculaire.

Un seul homme veillait dans le poste de commandement, les yeux fixés sur les instruments, les écrans. Tout autour, c'était la nuit polaire. Lien pensa que jadis cette nuit-là se limitait aux deux pôles géographiques. Désormais elle était partout et partout on grelottait, peut-être un peu moins à l'équateur mais ce n'était pas certain.

Il rejoignit sa couchette et essaya de dormir mais il n'y parvenait jamais facilement depuis son aventure solitaire dans le désert glacé. Frère Pierre aurait pu le laisser mourir dans la glace sans intervenir. Pourquoi l'avait-il ramené au monastère où les religieux l'avaient énergiquement soigné ? Pourquoi l'avait-il recommandé pour cette réintégration qui ne le rendait pas très heureux ? Qui était vraiment ce personnage équivoque ? Un fanatique religieux, un ambitieux qui utilisait les Néo-Catholiques pour réussir, un agent de la Nouvelle Rome ?

Le souvenir de Skoll le taraudait. Il n'avait rien fait pour aller à son secours. Il y avait aussi Harl Mern, ethnologue obligé de diriger un zoo pour survivre, un grand spécialiste des Hommes Roux. Il avait dû être terriblement déçu de l'échec de sa mission. Le Sanctuaire des Hommes Roux avait-il brûlé entièrement ? Ne subsistait-il rien là-bas ? Quelles avaient été les réactions des Hommes Roux lorsqu'ils avaient découvert le saccage ?

Le réveil dans cet espace confiné était affreusement déprimant. On se gênait beaucoup, il fallait se plier à la volonté du plus grand nombre, se raser pendant que les autres déjeunaient, déjeuner pendant qu'ils se douchaient. Il y avait les odeurs d'huile lourde, de soufre, la vapeur qui remontait dans tout le bâtiment et entretenait une atmosphère trop humide. Il y avait les corvées des hommes, le mutisme du sous-lieutenant, le grondement perpétuel de la machine à vapeur.

Lien se hâtait d'enfiler sa combinaison pour sortir

de l'aviso et faire quelques pas dans l'immensité glacée. Parfois il ne remontait pas à bord, marchait jusqu'au prochain point de contrôle de la banquise. La mission allait se poursuivre encore quelques jours puis il retournerait à l'arrière. Yeuse, liée par son engagement avec le cabaret Miki, se trouvait heureusement dans le coin pour la distraction des troupes. Cette guerre ne ressemblait pas à celle du front de l'Est où les affrontements gigantesques étaient journaliers, où les armées se rencontraient dans des chocs titanesques. Là-bas, il y avait des énormes cuirassés qui coulaient corps et biens, qui coulaient vraiment dans la glace. Leur cœur nucléaire fondait et ils s'enfonçaient jusqu'à l'ancienne surface de la terre, peut-être au-delà. Il y avait des explosions de trains blindés qui projetaient des corps mutilés par centaines dans les airs. Une guerre atroce, une véritable folie meurtrière. Sur le front Ouest, c'était un semblant de vie normale, des distractions, la vie de garnison en quelque sorte avec, cependant, une angoisse sourde car on pressentait une forme de résistance différente de la part de l'ennemi, des méthodes terrifiantes. Il y avait des soldats, des sous-officiers de carrière qui ne pouvaient supporter cette angoisse-là et qui demandaient leur mutation pour le front de l'Est. Des exaltés sanguinaires, des inadaptés qui s'ennuyaient au bout de vingt-quatre heures de permission. Il leur fallait l'odeur des carcasses métalliques fumantes, le grésillement des rayons lasers et le fracas des obus pour retrouver leur entrain.

Dans moins de huit jours il reverrait Yeuse. Ils partageraient la même cabine d'hôtel, iraient au restaurant, au spectacle, pourraient enfin parler librement sans se surveiller. Elle aurait peut-être des nouvelles de Skoll, d'Harl Mern, des dissidents.

Il commença son premier sondage de la journée et trouva une épaisseur de huit mètres. Un peu moins qu'avant, mais c'était normal.

— Voyons vos chiffres, demanda Omar.

Il ne fit aucun commentaire. Lien pensait qu'il les enregistrait dans sa mémoire, les recopiait plus tard pour effectuer des vérifications lorsqu'ils reviendraient en arrière.

— Ne trouvez-vous pas étrange qu'on n'ait pas rencontré un seul groupe d'Hommes Roux ? Que l'ennemi ait évacué les populations, les fermiers isolés, des pêcheurs surtout, d'accord ; mais les Hommes Roux auraient dû rester sur place.

— Ils ne vivent que de l'homme. De nos déchets. Ils ont suivi les réfugiés.

— Ils auraient pu trouver des stocks importants dans ces fermes de pêche.

— Ils n'en auront pas eu l'idée ; ce sont des animaux sur deux pattes.

— Ce ne sont pas mes convictions personnelles basées sur l'observation.

— Je sais, vous êtes un de leurs amis.

C'était dit sèchement, sans ironie ni mépris. Un constat très froid, encore plus consternant.

— Je me demande ce qu'ils sont devenus. Peut-être n'y en a-t-il jamais eu beaucoup dans le coin.

Cependant, dans la journée, il retrouva des traces de leurs séjours le long de ce réseau ferré, des excréments, des touffes de poils sur la glace, des débris de nourriture et même un reste de foyer. Certains faisaient du feu lorsqu'ils trouvaient de quoi l'alimenter. Uniquement pour cuire certains aliments, pas pour se chauffer, bien évidemment. Les locomotrices vidaient leurs cendres un peu au hasard et, s'il restait quelques braises, ils les ravivaient, les entretenaient avec des combustibles divers ; les dépôts d'ordures encombraient les abords des villes et villages et ils n'avaient qu'à puiser dedans avec leurs mains. La fermentation de certaines substances empêchait la glace d'aller jusqu'au plus profond et il suffisait de briser la couche extérieure pour retrouver le reste non figé.

— Dans combien de temps atteindrons-nous le point de non-retour ?

— Demain dans l'après-midi, répondit Omar.

— Il nous faudra donc revenir sur nos pas ?

— Exactement.

Lien était surpris. Il ne pensait pas que le terme de leur progression fût si rapproché. Ils avaient dû dépenser pas mal d'énergie, avec tous les appareils. C'est alors qu'il pensa à proposer une solution moins dispendieuse en combustible.

— Si j'effectuais des missions avec la chaloupe ? Je pourrais rester encore deux ou trois jours, vérifier une plus grande étendue de banquise. L'aviso resterait ici au repos, en limitant ses activités. Moi j'irais chercher des échantillons, effectuer des sondages par ultrasons.

— La chaloupe n'a pas d'habitacle thermorégulé.

— Je sais, mais il n'y aura qu'une nuit, deux au maximum, à passer en plein air. Nous trouverons peut-être une ferme pour nous abriter, sinon je sais fabriquer un igloo pour faire remonter la température de quinze à vingt degrés. Avec une bonne combinaison comme celle que je porte, une combinaison de l'armée, je ne risque rien.

— Je ne peux pas prendre une telle initiative, déclara Omar, sans en référer à mon supérieur direct.

— Insistez sur l'obligation de vérifier un plus grand secteur et sur l'économie que cela représente.

— Je vais transmettre votre demande, se borna à répondre, toujours aussi laconique, le sous-lieutenant.

Au milieu de la journée, Lien mangea sur le lieu de son forage. Toujours cette viande réchauffée dans sa boîte, des biscuits. Sa main portait les aliments à travers le mini-sas de sa cagoule. Ce n'était pas très agréable, très commode mais il n'avait pas envie de se retrouver dans l'aviso avec les militaires.

Ce jour-là ils ne firent pas une progression importante car un trépan cassa soudain sans raison. Craignant une anomalie dans la banquise, il voulut le récupérer et ce fut assez long de le repêcher. En fait il y avait un défaut dans le métal. Le frottement avait produit de la vapeur d'eau qui s'était introduite dans le corps de la fraise et avait regelé, faisant éclater la pièce.

Pour récupérer le fragment, il avait dû dépenser beaucoup de courant et avait même négligé de faire les économies indispensables, si bien que le sous-lieutenant se trouverait dans l'obligation de retourner au point de départ dès le lendemain matin. Ce qui risquait d'influencer sa demande au sujet de la chaloupe.

L'Etat-Major répondit en fin de soirée, après une réflexion de plusieurs heures. Lien Rag était autorisé à effectuer une mission de deux jours à bord de la chaloupe avec un homme désigné par le sous-lieutenant. Il ne devrait s'écarter du réseau actuel sous aucun prétexte.

Lien s'efforça de ne pas montrer sa joie et commença de recenser les instruments dont il aurait besoin. La petite foreuse n'était pas très encombrante et pourrait être aisément emportée. Le sous-lieutenant désigna son compagnon, un certain Wissy, énorme brute au front étroit et aux petits yeux méfiants.

CHAPITRE IV

Bientôt ils se rendirent compte que le fonctionnement de la chaloupe était assez défectueux. La petite machine à vapeur avait besoin d'être souvent alimentée en eau et il fallait faire fondre la glace pour en obtenir. Ils avaient quitté l'aviso depuis l'aube et naviguaient vers l'ouest à petite vitesse. Lien avait décidé d'espacer ses prélèvements et ses examens. Il avait attendu d'être à cinq kilomètres pour un premier essai aux ultrasons. Mais déjà la machine donnait des signes de faiblesse.

— Il faudrait retourner, dit le soldat Wissy.

— Demandez au sous-lieutenant par radio.

Omar leur ordonna de poursuivre. En cas de panne, il pourrait toujours leur envoyer une autre chaloupe plus petite. La fuite d'eau de la chaudière n'était pas trop grave, à condition de veiller à son remplissage et

Wissy trouvait ainsi à s'occuper tandis que Lien effectuait ses relevés.

Insensiblement ils approchaient de l'embranchement qui conduisait à Glass Station et il se demandait si l'homme se douterait de ses intentions. Wissy paraissait très préoccupé par la machine et y consacrait toute son attention. Il ne surveillait pas tellement le glaciologue qui repéra l'aiguillage le premier.

Il marcha entre les rails pour s'en rapprocher. Le système pouvait être mû par commande radio, mais aussi manuellement. Comme le réchauffement des rails n'existait plus depuis l'invasion, il aurait peut-être quelque peine à le manipuler. Il s'installa de façon à surveiller son compagnon qui faisait fondre de la glace pour remplir la chaudière. Il en posait des grosses quantités sur le capot du moteur, récupérait le filet d'eau dans un réservoir à main, ce qui lui demandait du temps. Avec son piolet, Lien dégagea le système de transmission manuelle. Mais il aurait fallu réchauffer certains rouages pourtant protégés par un équipement spécial. Il ouvrit le carter, enflamma plusieurs pages de papier et referma en partie le boîtier. Une fumée révélatrice s'en échappa mais Wissy ne parut pas la surprendre. C'est ainsi qu'il réussit à déplacer l'aiguillage.

Mais tout n'était pas gagné. Il allait devoir attendre que le soldat le rejoigne avec la chaloupe pour se rendre compte si Wissy avait été complètement dupé. Par chance ils ne disposaient d'aucune carte de ce réseau ni d'instructions ferroviaires. Ces documents, trop précieux, étaient restés dans l'aviso. La voie qui rejoignait Glass Town se dirigeait elle aussi vers l'Est, enfin elle s'infléchissait un peu vers le Sud et l'autre vers le Nord. En apparence la première semblait vraiment la bonne car l'autre faisait un détour pour éviter la ville. Donc elle paraissait dévier vers le nord.

Wissy arriva sur la chaloupe dans un nuage de vapeur qui formait ensuite des coulées de glace comme des larmes de bougies. Il passa l'aiguillage sans même y faire attention.

— Monsieur le glaciologue, dit-il, j'ai comme l'impression que la fuite s'agrandit. Il faut que j'avertisse le sous-lieutenant. On peut pas continuer comme ça.

— Vous avez essayé de réparer ?

— Je connais pas la mécanique, monsieur. Je suis soldat.

Lien alla regarder sous le capot de la machine et découvrit d'où venait la fuite au bout de quelques minutes. Ce n'était pas une fuite de vapeur, mais d'eau, dans le système de réchauffement. Un tuyau paraissait mal revissé. Wissy parut émerveillé par la science de cet homme qu'il prenait pour un dangereux intellectuel jusqu'à cet instant.

— Vous vous y connaissez, monsieur, fit-il avec admiration et respect.

— J'ai beaucoup voyagé, dit Lien.

La construction d'un igloo à deux places dans lequel la température remonta de moins trente-deux à moins cinq fut une autre source d'ahurissement pour Wissy. Il avait toujours été embarqué à bord d'unités de combat et ne connaissait rien à la vie en pleine nature hostile.

— Ainsi nous passerons une nuit plus confortable sans épuiser les réserves de notre combinaison.

Dehors, le moteur de la chaloupe tournait au

ralenti. C'était la condition essentielle pour qu'il ne gèle pas. On n'avait rien trouvé d'autre en deux cent cinquante ans d'ère glaciaire. Ils purent ainsi brancher les combinaisons sur l'alternateur et recharger leurs batteries incorporées.

— Il faut peut-être monter la garde, monsieur. Si jamais le moteur avait une défaillance…

— D'accord, dit Lien.

— Mais je vous laisse la première, monsieur. Vous avez plus besoin de sommeil que moi.

Cette prévenance fit sourire Lien et lui donna bon espoir pour le lendemain lorsqu'ils découvriraient le dôme de Glass Station. La petite ville n'était qu'à une dizaine de kilomètres de là et ils l'apercevraient très rapidement. Si jamais Wissy montrait quelque mauvaise volonté pour aller plus loin, il ne savait encore comment le convaincre. Bien entendu, au retour, le sous-lieutenant Omar ne serait pas dupe et ferait un rapport accablant. Pourquoi cette curiosité pour cette ville interdite, ce besoin d'affronter l'autorité militaire et de la provoquer ?

Il veilla jusqu'à minuit, secoua son compagnon pour qu'il prenne la relève. Lorsqu'il se réveilla il faisait jour et la machine tournait régulièrement. Wissy avait préparé un thé brûlant mais sans goût.

— Je me souviendrai de cet igloo, dit-il lorsqu'ils remontèrent dans la chaloupe.

Ils progressèrent donc vers Glass Station sans que le soldat se doute de quoi que ce soit. Lien opéra ses mesures puis ses sondages. Il étiquetait ses échantillons, les rangeait dans un coffre. Et puis soudain Wissy, qui pilotait, tendit le bras :

— Regardez… Qu'est-ce que c'est ?

Comme un gros diamant aux mille facettes, le dôme de Glass Station surgissait de la banquise.

— On dirait une ville, non ?

— C'est une ville, dit Lien.

— Elle n'est pas indiquée sur l'espèce de carte que nous avons.

— C'est très intéressant, dit Lien. Si une ville qui pèse des tonnes et des tonnes, avec ses maisons, ses usines, ses installations, est supportée par la banquise, c'est que celle-ci est très résistante.

Derrière la visière de sa cagoule, Wissy paraissait mâcher à vide d'un air perplexe. L'argument de son compagnon l'impressionnait visiblement mais il n'y avait pas de ville sur le morceau de carte dont il disposait, en fait un relevé décalqué sur un document conservé dans l'aviso.

— Hier, dit-il, il y avait un embranchement.

— Il y a beaucoup d'embranchements un peu partout, répliqua Lien. Je voudrais avoir une idée de ce qu'est cette ville.

— Mais si elle est encore occupée par les Panaméricains ?

— Nous aurions vu des unités de combat. Or il n'y a rien, aussi loin que l'on regarde.

Wissy regarda une fois de plus. Cette ville ne lui disait rien qui vaille.

— On peut pousser une reconnaissance, avec prudence. Il faudrait que j'évalue le poids des installations. Si les chiffres sont bons, nous rapporterions d'excellentes nouvelles à l'Etat-Major. Les gros convois, les cuirassés, les croiseurs et les superforteresses pourraient s'engager sur la banquise.

Wissy hochait la tête, toujours perplexe. Il ne

voulait pas décevoir un compagnon aussi savant et aussi habile, capable de réparer un moteur comme de construire un abri contre le froid. Mais il y avait les ordres.

— Je dois appeler le sous-lieutenant. Cette ville est un obstacle et, devant tout obstacle, je dois faire un rapport.

— Comme vous voudrez, dit Lien, mais roulez encore un peu que je puisse effectuer un autre sondage.

Ils se rapprochèrent de deux kilomètres et pensant que Lien mettait son matériel en place sur la banquise, le soldat appelait l'aviso *Défi*.

Le bruit de la foreuse l'empêcha d'entendre les protestations respectueuses du soldat, mais il vit à son visage que le sous-lieutenant était en train de l'enguirlander copieusement. Lorsque ce fut fini, Wissy le rejoignit, très mécontent :

— Cette ville, c'est Glass Station et elle est interdite par l'Etat-Major.

— Glass Station ? s'étonna hypocritement Lien.

— Le sous-lieutenant dit que vous avez dû me tromper pour que nous nous retrouvions ici.

— Je suis aussi surpris que vous, dit Lien. N'empêche qu'elle est toujours en place. Elle a de grosses usines qui fabriquent du verre. Toute une installation dont le poids est énorme. Plus que celui d'un cuirassé par exemple.

Il entraîna Wissy à l'écart de la foreuse qui empêchait de s'entendre :

— Quels sont les ordres du sous-lieutenant ?

— Revenir immédiatement à l'aviso.

— Mais les mesures ?

— Il faut tout arrêter.

— Bien, dit Lien. Vous allez m'aider à tout ranger dans la chaloupe.

Wissy parut très satisfait, mais quand il commença à démonter la foreuse pour la transporter dans la soute de la chaloupe il ne vit plus Lien Rag. Il regarda autour de lui et dut même monter dans le véhicule pour le voir qui s'éloignait entre les rails vers la fameuse ville interdite.

— Monsieur Rag, monsieur le glaciologue…

Effrayé, bouleversé par la responsabilité à prendre, il s'installa aux commandes et commença à rouler vers le glaciologue qui, en l'entendant approcher, s'écarta de la voie de plusieurs dizaines de mètres.

— Je vous en prie, monsieur Rag, ne vous obstinez pas. Il faut rentrer.

— J'ai une mission à accomplir, je la mènerai jusqu'au bout. Envoyez un message en ce sens à Omar.

Il reprit sa route. La ville se dressait à quatre kilomètres environ. Il pouvait apercevoir des fumées qui s'échappaient de cheminées sur le bas-côté du dôme, des vapeurs également. Mais le réseau de voies conduisant au sas était entièrement désert. Les rails qu'il suivait en rejoignaient d'autres, puis tout un nœud et un véritable écheveau de plusieurs dizaines de voies.

— Monsieur le glaciologue.

La chaloupe le rejoignait à petite vitesse et Wissy s'égosillait :

— Le sous-lieutenant vous ordonne de revenir. Il m'a dit que je devais vous forcer, au besoin en vous tirant dessus.

— Il n'a pas le droit. Demandez-lui d'en référer à

l'Etat-Major. Je n'obéirai qu'à un ordre venu d'en haut.

— Monsieur le glaciologue, je vous en prie, je ne voudrais pas avoir à vous tirer dessus.

Lien Rag continuait sa marche vers la ville. Il ne voulait pas se plier aux décisions arbitraires d'un sous-lieutenant. Celui-ci, pensait-il, hésiterait au dernier moment. Il finirait par en référer à ses chefs. Si cette ville était vraiment abandonnée, pourquoi les cheminées continuaient-elles à fumer ? Cheminées des fours à verre très certainement.

Une nouvelle fois la chaloupe remonta à sa hauteur.

— Le sous-lieutenant vous demande de venir lui parler.

— Non, c'est un piège, vous me capturerez.

— Je vous donne ma parole... J'arrête et je descends pendant que vous discutez avec lui.

Ce Wissy était vraiment un être singulier. Sous une apparence brutale et stupide, il cachait une certaine sentimentalité, pour un soldat de carrière. Un autre aurait déjà tiré sur lui. Lien daigna s'arrêter et monta dans la chaloupe.

— Ici Lien, dit-il dans le micro.

— Je vous donne l'ordre...

— Lieutenant, j'effectue une mission. Si cette ville n'est pas encore dans l'eau, c'est que la banquise est assez solide pour la supporter. C'est qu'elle supportera les milliers de tonnes de l'armée d'invasion, compris ?

— L'Etat-Major confirme qu'il est interdit d'y aller, c'est tout. Je dois vous faire obéir ou ordonner à Wissy de vous tirer dessus de façon à vous blesser, aux jambes par exemple.

Lien coupa la communication, arracha le câble qui reliait la radio à la batterie et sauta à terre.

— Alors, hurla Wissy, qu'a-t-il dit ?

— Demandez-le-lui, répondit Lien.

Le soldat revint à son poste et mit quelques instants à comprendre que la radio ne fonctionnait plus. Peiné et furieux, il rattrapa Lien qui poursuivait sa marche obstinée.

— C'est pas bien, monsieur le glaciologue. Pas bien du tout. Vous avez saboté du matériel de l'armée et en temps de guerre ça peut vous coûter cher. Je suis sûr que le lieutenant voulait que je vous arrête de force ; je suis désolé mais je dois le faire.

Il dégaina son pistolet ordinaire, qui tirait de petites roquettes.

— Arrêtez, monsieur le glaciologue.

Il visa très en avant et tira. La roquette souleva une gerbe de glace en explosant. Même s'il lui tirait dans une jambe, il y aurait un trou énorme, des dégâts irrémédiables à l'intérieur. Il ne pouvait pas prendre ce risque. Il s'immobilisa et attendit que la chaloupe soit à ses côtés.

— Merci, monsieur… J'aurais été désolé de vous tirer dessus, vous savez.

A ce moment-là il poussa un léger cri et s'exclama :

— Montez vite, monsieur ! Il y a un drôle d'engin qui nous arrive dessus et qui vient de la ville.

CHAPITRE V

C'était une sorte de draisine civile, de celles qui servaient de taxis dans les villes, qu'elles soient d'une compagnie ou d'une autre. Celle-là était entièrement carrossée avec des vitres, ce qui lui permettait, à l'occasion, d'effectuer des courses pas trop éloignées en dehors des dômes. Les gens habitaient parfois dans des endroits reculés, toujours reliés par chemin de fer, mais pas toujours desservis régulièrement et tous les jours. On trouvait des draisines-taxis qui acceptaient de sortir de la station pour se rendre dans un coin perdu. Mais celle-là paraissait équipée d'un certain armement. Dans la jumelle, Lien voyait un bazooka qui dépassait par l'une des vitres et un canon-mitrailleur de calibre léger. Il n'apercevait pas les occupants mais seulement une masse sombre qui semblait indiquer qu'ils étaient plusieurs.

Wissy avait renversé la vapeur et leur chaloupe fuyait maintenant à bonne allure. Mais il y aurait certainement un moment où la draisine gagnerait sur eux. Lien estimait qu'elle roulait au moins dix pour cent plus vite. Ils venaient véritablement de la ville et n'avaient pas d'intentions pacifiques. L'étrangeté de la chose était que les défenseurs américains utilisent un engin aussi léger et aussi peu adapté à la guerre. La chaloupe possédait un léger blindage qui la protégeait au moins des armes automatiques, pas des bazookas.

— Monsieur, il faudra bientôt que j'arrête pour aller poser des mines. Avant qu'ils ne soient trop près et ne nous tirent dessus.

— Combien de temps vous faut-il pour le faire ?

— Une minute, monsieur. Lorsqu'elles seront fixées aux rails, ils ne pourront pas les décrocher facilement, à supposer qu'ils s'arrêtent à temps. Il leur faudra une bonne demi-heure, ce qui nous laisserait le temps de refaire toute notre avance. Vous devrez prendre les commandes au cas où ils réussiraient à m'avoir. Mais à cette distance, je ne crois pas.

Il prépara trois mines et, dès que l'engin ralentit, sauta et commença son travail. Lien arrêta la chaloupe, se dressa pour regarder avec ses jumelles la draisine qui approchait à très grande vitesse. Ses estimations étaient à réviser car cet engin allait à bien trente pour cent en plus de leur vitesse. Sans les mines, ils auraient été rattrapés en moins d'une demi-heure.

Pour l'instant il n'apercevait pas les occupants. Juste ce bazooka qui se pointait vers eux inutilement. La portée pratique de ces engins légers n'était que d'un kilomètre, et encore. Même avec un équipement aux infrarouges. Il pouvait donc continuer son observation tandis que le soldat Wissy opérait avec ordre et méthode, comme à l'entraînement.

— Je crois que ça va y être, monsieur.

Il revenait vers la chaloupe. C'est alors que Lien vit une tête qui sortait par la vitre droite de la draisine. Une tête bien caractéristique et parfaitement reconnaissable. Celle d'un Homme Roux. Et cet Homme

Roux brandissait un fusil mitrailleur à laser.

— Impossible, murmura-t-il.

Dans un geste instinctif il faillit donner ses jumelles à Wissy pour qu'il vérifie et confirme sa découverte. Puis il se souvint que Glass Station était ville interdite sans qu'on en connaisse le motif, que les bruits les plus divers couraient sur la destruction d'un commando et le retour en catastrophe d'un patrouilleur pourtant solidement armé et équipé. Que les survivants étaient tenus au secret et que personne ne savait ce qui s'était réellement passé.

— Voilà, monsieur. On peut repartir. Monsieur ?

Maintenant Lien n'avait plus aucun doute.

Il avait supposé que l'Homme Roux se trouvait à bord de cette draisine incidemment, comme passager, par un hasard incompréhensible. Il pensait que le chauffeur pouvait être un homme comme lui ou Wissy. Mais maintenant il voyait bien le visage de ce chauffeur qui venait de casser le pare-brise de la draisine. Seuls des Hommes Roux pouvaient rouler sans pare-brise pour se protéger de l'air glacé. Même avec une combinaison isotherme, le pare-brise empêchait que l'air de la course n'abaisse encore la température.

— Monsieur, je vous en prie… Si vous ne pouvez pas conduire, laissez-moi prendre les commandes.

— Excusez-moi.

Il laissa Wissy manœuvrer. Il ne fallait pas que le soldat voie ce spectacle. Il devait malheureusement rester le seul témoin et il soutiendrait que pas une seule fois il n'avait pu distinguer les visages des ennemis.

— Regardez s'ils s'arrêtent, monsieur. Il faudrait

aussi réparer la radio pour prévenir le sous-lieutenant Omar.

— Je m'en occupe, dit Lien.

Il se dressa malgré le vent terrible et put voir les quatre occupants de la draisine descendre de celle-ci, et venir vérifier les mines fixées par Wissy. Quatre Hommes Roux entièrement nus, avec des armes sur eux. C'était un spectacle encore plus bouleversant que celui de cette tribu organisée qui vivait dans le Nord. Un spectacle qui l'emplissait d'épouvante. Désormais il comprenait mieux la sourde angoisse qui régnait sur le front de l'Ouest comparé au front de l'Est, autrement plus meurtrier. Les soldats qui attendaient d'envahir la Panaméricaine pressentaient obscurément qu'ils auraient affaire à un ennemi autrement plus dangereux. Ces Hommes Roux si doux, d'apparence inoffensive, se transformaient-ils en guerriers sanguinaires ? Qui les avait entraînés, armés ? Les Panaméricains ? Comme une arrière-garde sacrifiée et prête à mourir en totalité ? Le temps pour cette Compagnie d'acheminer les renforts ?

— La radio, monsieur.

— Oui, tout de suite.

Il remit le câble d'alimentation en place. La voix du sous-lieutenant Omar parvint à couvrir le vacarme de la machine à vapeur.

— Que se passe-t-il ?

— Une panne radio, sous-lieutenant. Je suis à bord de la chaloupe et nous fuyons devant une draisine ennemie qui nous a pris en chasse.

— Une draisine, vous vous moquez ?

— Non, pas du tout. Le soldat Wissy a dû placer des mines pour que nous puissions conserver notre avance.

— Ils vous ont tiré dessus ?

— Non, à cause de la distance. Ils ont un bazooka et un canon mitrailleur léger, plus des équipements personnels très certainement

— Qui sont-ils ? Des soldats, des civils ?

— Impossible de voir, sous-lieutenant.

— On dit lieutenant, rectifia Omar.

— Bien, mon lieutenant. Je crois que nous avons réussi à leur échapper, mais c'était de justesse.

— De votre faute, glaciologue Rag.

— D'accord, mais l'étude de cette ville me paraissait indispensable pour découvrir la solidité de la banquise. Je pense que nous pourrons envoyer des convois autrement importants que les avisos et patrouilleurs habituels.

— Ce n'est pas de votre ressort. Quand serez-vous là ?

— Avant la fin du jour très certainement.

La draisine n'était plus qu'un point noir dans ce jour sale que la Terre connaissait depuis deux cent cinquante ans. La ville-diamant n'était plus visible du tout. Lien frissonna, mais ce n'était pas dû à un mauvais fonctionnement de sa combinaison. Si les Hommes Roux devenaient des tueurs, la situation risquait de se révéler bientôt dangereuse. Ils supportaient les basses températures, pouvaient combattre dans le milieu hostile des glaces. Ils pourraient détruire un dôme et s'emparer d'une ville sans risque. De même pour les unités de combat, les trains.

— Je crois qu'on n'a plus rien à craindre, déclara Wissy. Je ralentis un peu car depuis une heure l'engin est soumis à des allures inhabituelles. En principe cette chaloupe devrait servir à ramener un équipage en cas d'accident.

Ils aperçurent l'igloo de la nuit précédente puis repassèrent l'aiguillage qui avait eu un rôle aussi primordial. Désormais ils ne pouvaient plus être rejoints.

Pour l'instant, pas question pour Lien de parler des Hommes Roux transformés en soldats, sinon il serait mis au secret comme le caporal Rodhan. Si ce bruit se répandait, la Compagnie serait harcelée par les populations effrayées par la présence des Hommes Roux sur les dômes des villes et dans la campagne. Une vague de racisme sans précédent à leur encontre risquait de conduire au pire. Non seulement on créerait des camps à leur intention, mais on essaierait de les exterminer. Il suffisait de les enfermer quelques heures dans un endroit chauffé à plus vingt-cinq ou plus trente degrés pour les faire tomber comme des mouches.

— Vous savez, lui cria Wissy, je vais essayer de ne pas trop vous accabler auprès du sous-lieutenant. Vous avez fini par obéir aux ordres et, dans le fond, vous vouliez être sûr que cette banquise résisterait à des gros convois, pas vrai ?

— Vous êtes un brave type, Wissy.

— On a quand même failli se faire liquider tous les deux. Mais je ne comprends pas qu'ils n'aient pas d'engin léger de reconnaissance. Pour moi, c'étaient des civils prêts à se faire descendre pour sauver leur ville.

— Possible, dit Lien ; possible en effet.

Ce fut ce qu'ils répétèrent à Omar qui gardait toujours son air impassible. Il avertit Lien du rapport qu'il allait faire sur lui.

— Je devrais vous mettre aux fers dans la soute vide mais je vous épargne cette humiliation.

— Vous avez prévenu l'Etat-Major ?

— Oui… Nous sommes attendus. Par un certain major Londal. C'était déjà lui qui avait conseillé d'interdire la ville de Glass Station. Il paraît que c'est un homme dur et sans pitié.

Ils rentrèrent au quartier général à vitesse moyenne. Le rapport du sous-lieutenant n'avait pas eu d'autre écho que cette manifestation du major Londal, que Lien ne connaissait pas.

Le deuxième jour, comme ils approchaient de leurs lignes, ils furent détournés sur une voie secondaire sans explications, et Omar supposa qu'une attaque devait se préparer et que tous les réseaux devaient être libérés dans cette éventualité.

— Je ne sais quels sont les rapports de mes autres confrères glaciologues, dit Lien, mais si l'attaque doit vraiment avoir lieu, je trouve que c'est prématuré, car nous devons effectuer d'autres analyses de ces échantillons.

Il pensait, lui, qu'on les isolait de leurs relations, de leurs milieux habituels pour les questionner sur ce qu'ils avaient vu. Wissy n'avait pas aperçu les Hommes Roux, et lui-même assurerait sans faillir que la draisine était trop éloignée. Mais peut-être les soumettraient-ils à des drogues pour leur arracher la vérité. Il soupira en pensant qu'il n'était pas près de revoir Yeuse.

Leur allure dut se ralentir pour tenir compte des indications reçues et ce fut en pleine nuit qu'ils pénétrèrent dans une petite ville-frontière nommée Transit Station. Une cité douanière, avant la guerre avec la Panaméricaine, et aussi une ville de pionniers qui élevaient des bêtes à fourrure, comme des demi-loups, des rats à poils longs et des phoques.

L'aviso fut dirigé vers un quai éloigné du centre,

dans une zone obscure, et ils aperçurent des soldats sur les deux quais de cette voie unique, ainsi qu'un blindé au canon braqué sur eux.

— Je ne comprends pas, murmura le sous-lieutenant. On dirait que nous sommes suspectés de crimes… C'est votre aventure, monsieur, qui doit nous valoir cet accueil… Votre légèreté nous vaut d'être traités avec cette rigueur et peut-être aurai-je quelque mal à conserver mon grade.

Dès qu'ils furent descendus, on les sépara. Lien nota que l'endroit n'était pas très bien chauffé. Toute la population avait été évacuée et, dans le temps, il avait même assisté à cet afflux de convois de réfugiés sur les réseaux. Il ne restait presque plus de maisons particulières sur roues, juste des édifices publics et des cellules d'habitation amenées par l'armée.

Il se retrouva dans une cabine confortable sans plus. On lui apporta un repas chaud à base de légumes secs et de poisson. Il mangea sans appétit et alla s'allonger sur sa couchette, certain d'être observé sans répit. On devait même surveiller son pouls, sa respiration, sans qu'il s'en doute. L'étude de son métabolisme pouvait indiquer s'il était bouleversé ou non. Lien avait trop d'expérience désormais pour céder à la panique et il parvenait à se comporter très normalement.

Il dormait lorsqu'on vint le chercher. On refusa de lui dire l'heure mais il fut certain que c'était la pleine nuit. Il se retrouva seul dans un petit bureau réglementaire où personne ne vint pendant une heure. Il n'y avait pas le moindre bruit. Il était sûr d'être dans une sorte de train blindé et, comme il avait quelque expérience à ce sujet, il savait qu'ils étaient en général très bien insonorisés. Ainsi les soldats que l'on transportait ignoraient où ils se trouvaient, ne pouvaient communiquer avec les cheminots au cours des arrêts dans les petites gares.

Il aurait aimé fumer un de ces cigares rouges euphorisants que l'on appelait des *bouts*, mais il n'en avait pas sur lui. Il pensa à son ami Harl Mern, l'ethnologue qui s'intéressait tant aux Hommes Roux et qui, lui, fumait jusqu'à cinq cigares à la file. Le soir, il était toujours dans un état second.

Il se força à ne plus penser à lui, car de l'ethnologue il avait trop tendance à glisser au sujet des Hommes Roux, et c'était la dernière pensée qu'il devait avoir au moment d'être interrogé. Il préféra penser à certains repas qu'il avait pu faire dans des occasions très rares, lorsqu'il était l'invité de quelque haute personnalité, et bientôt il réussit à se donner faim. Ainsi il n'aurait plus qu'une seule obsession, la nourriture et ne se trahirait pas. Du moins il l'espérait.

Quelqu'un entra dans le bureau, alla s'asseoir derrière la table étroite et le regarda. Il portait les insignes de major.

CHAPITRE VI

Le major Londal n'avait pas un physique à la hauteur de sa sinistre réputation. C'était un petit homme rondouillard avec des gestes précieux et retenus. Certainement maniaque, car il ne cessait de traquer la poussière sur le petit bureau tout en écoutant le récit que lui faisait Lien Rag.

— Vous vouliez estimer le poids de cette ville, répéta-t-il d'un ton placide.

— Notamment les installations industrielles. Un four de verrerie représente une masse considérable au centimètre carré. Si j'avais pu obtenir un chiffre approximatif, j'aurais pu évaluer la résistance de la banquise.

— Bien sûr, dit Londal. Vous approuvez donc cette guerre contre la Panaméricaine ?

— Je n'ai pas à l'approuver ni à la désavouer, répondit prudemment Lien, mais j'avais un travail à accomplir.

— Vos mesures et vos sondages ne vous donnaient pas satisfaction ?

— J'avais une lourde responsabilité. Si j'avais dit qu'on pouvait envoyer sur cette banquise n'importe quel convoi, un cuirassé de plusieurs dizaines de milliers de tonnes et qu'il s'enfonce dans la mer, que se serait-il passé ? C'est la peur de me tromper qui m'a poussé vers Glass Station malgré les interdictions. J'ai désobéi en toute lucidité et je ne cherche aucune excuse.

Le major parut approuver. Il essuya une poussière qui traînait encore sur l'angle droit de la table et parut réfléchir.

— Vous approchiez de Glass Station lorsque ce véhicule a surgi brusquement ?

Lien raconta comment les choses s'étaient passées. Il évita seulement de parler des Hommes Roux.

— Vous avez distingué le bazooka et un canon mitrailleur avez-vous dit ?

— Exactement. La vitesse de cette draisine-taxi

était plus rapide que notre chaloupe. Le soldat Wissy a fait preuve d'un sang-froid extraordinaire en allant placer ces mines qui nous ont permis de nous enfuir.

— Laissons ce Wissy pour l'instant, dit le major Londal. Pouvez-vous me décrire ces ennemis ?

— Mais je ne les ai pas vus.

— A aucun moment ?

— Non. Seulement ces deux armes. Le bazooka et le canon mitrailleur.

Le major appuya sur un bouton que Lien ne pouvait voir et qui était placé sur le côté de la table, devant le ventre replet du major. Une voix s'éleva. Celle du sous-lieutenant Omar, tombant de haut-parleurs invisibles :

« — Une draisine, vous voulez rire ? »

« — Non, pas du tout. Le soldat Wissy a dû placer des mines pour que nous puissions conserver notre avance. »

« — Ils vous ont tiré dessus ? »

« — Non, à cause de la distance. Ils ont un bazooka et un canon mitrailleur léger, plus des équipements personnels très certainement. »

Si Lien avait parfaitement reconnu la voix du sous-lieutenant, il n'identifia la sienne qu'au bout de deux secondes. C'était la communication radio qu'il avait eue depuis la chaloupe en direction de l'aviso.

« — Non, à cause de la distance. Ils ont un bazooka et un canon mitrailleur léger, plus des équipements personnels très certainement. »

Le major avait réenroulé la bande d'enregistrement et repassait cette réponse du glaciologue, qui commença à comprendre l'erreur qu'il avait commise.

— Vous êtes un savant, Lien Rag. J'ai consulté votre dossier et j'ai été frappé par votre culture, vos résultats, votre intelligence. Vous n'allez pas ergoter stupidement sur tout ce que cette réponse semble signifier. D'abord il y a le ton, cette surprise que vous ne pouvez dissimuler lorsque vous parlez du bazooka et du canon mitrailleur. Cette surprise est inattendue. Vous êtes en train de progresser en territoire ennemi en direction d'une ville que le haut commandement a interdite pour des raisons de sécurité. Vous voyez une draisine qui approche et vous vous étonnez d'apercevoir un bazooka et un canon mitrailleur. Qu'attendiez-vous ? Les clés de la ville sur un coussin, des couronnes en laurier synthétique ?

— Ce véhicule civil m'a surpris lui aussi, je vous fais remarquer. Un blindé aurait été plus normal. Mais cette draisine ! Il me fallait convaincre le sous-lieutenant que nous étions menacés. Le mot draisine l'avait fait sourciller. Vous n'avez pas repassé sa première phrase : « Une draisine, vous voulez rire ? »

— Soit. Mais comment saviez-vous que l'ennemi avait un équipement individuel sans l'avoir jamais vu ?

— D'accord, j'ai raconté n'importe quoi dans la fébrilité du moment. Je voulais convaincre Omar que nous étions en danger. J'avais peur, si vous voulez savoir. Si c'est ce que vous essayez de me faire dire, vous avez gagné. J'ai commis une faute grave en allant vers cette ville interdite et dès que les choses ont mal tourné j'ai paniqué. Si bien que sans le soldat Wissy je ne m'en sortais pas. J'oubliais de piloter la chaloupe, de lancer un message par radio. Il a dû me demander à plusieurs reprises de le faire.

— Vous n'êtes pas un lâche, Lien Rag. Vous l'avez prouvé à plusieurs reprises. Vous avez pris des risques insensés, vous rebellant au besoin contre la Compagnie. Votre dernière expédition dans le désert du Nord-Ouest le prouve. Il fallait être vraiment courageux pour partir seul avec un traîneau à chiens pour retrouver une chimère.

— Vous savez bien que ce n'était pas une chimère. Puisque vous avez l'amabilité de me trouver intelligent, restez dans cette ligne d'évaluation.

— Bien. La preuve de votre détermination est faite. Moi, je pense que vous avez vu les passagers de cette draisine et que c'est la stupeur et le désarroi qui vous ont affolé. Au point de commettre quelques erreurs. D'habitude vous montrez plus de réserve.

— Vous savez, en prenant le risque d'aller vers Glass Station, je m'attendais à tout. Dans le désert du Nord j'ai vu des garous. Des hommes à tête de chien et des chiens à tête d'homme. Ils m'ont attaqué, ont dévoré deux de mes chiens. C'était une vision d'horreur telle que je ne l'ai jamais oubliée et qu'il m'arrive d'en rêver fréquemment.

Le major Londal essuya un autre grain de poussière, souffla sur ses petits doigts courts et grassouillets.

— Vous n'avez jamais parlé de ces garous.

— A quoi bon ? J'étais seul. Je ne pouvais rien prouver. On m'aurait dit que ma faiblesse physique était à l'origine d'hallucinations pareilles.

— Devant Glass Station, vous n'avez pas eu d'hallucinations. Vous avez découvert une chose qui a bouleversé vos sentiments les plus nobles. Je suis certain que votre idéal a ressenti un choc émotionnel insupportable. Vous essayez de l'enfouir au plus profond de vous-même. Vous craignez que la révélation ne vous porte préjudice et vous avez choisi le silence. Mais votre réaction, ici dans cette pièce, est significative puisque vous avez essayé de prouver le contraire. Vous n'avez pas hésité un instant lorsque vous avez écouté la conversation radio entre vous et le sous-lieutenant Omar. Vous vous êtes trahi, Lien Rag.

— J'ai vu une draisine d'où dépassaient le tube d'un bazooka et un canon mitrailleur. J'ai eu l'impression qu'elle contenait plusieurs êtres humains. Maintenant que j'y pense, je crois que quelques habitants de cette ville sont restés là-bas, s'y cachent et organisent une sorte de résistance. Notre chaloupe paraissait une proie toute désignée pour leur faible potentiel militaire. Ils n'auraient jamais attaqué une unité plus grosse. Ils ont pensé récupérer la chaloupe, quelques armes.

— Vous imaginez qu'il soit possible de vivre dans une ville dont l'un des sas a été détruit ?

— J'ignorais ce détail.

— Allons donc. Vous savez qu'un patrouilleur a eu quelques problèmes dans cette ville. C'est une rumeur confuse et opiniâtre aux mille versions. Vous n'avez pas pu l'ignorer.

— En effet. Mais je n'ai jamais eu la moindre précision. On a parlé d'armes nucléaires ?

— Sottises ! Le patrouilleur a reçu des obus de bazooka qui l'ont en partie endommagé. Mais les deux tiers de son équipage ont été abattus. Au laser.

— Mais qui était l'ennemi ?

— Vous le savez fort bien. Le même que vous avez entrevu dans cette draisine et qui vous a causé un choc insurmontable qui allait à l'encontre de toutes vos idées les plus chères. Vous avez très mal supporté de devoir remettre en question vos convictions les plus intimes.

Le major Londal était un redoutable adversaire. Il savait manier la sévérité et l'incitation à la confiance. Il avait l'air de le considérer comme un homme capable de conserver certains secrets à la condition de ne les confier qu'à lui, le major. Mais Lien savait que s'il s'engageait sur cette voie aimable et libératrice des confidences, il n'en sortirait pas vivant.

Il fronça les sourcils et ferma à demi les yeux, comme s'il réfléchissait intensément. Puis, au bout de quelques secondes, il releva les paupières et regarda le major avec l'expression d'un trouble profond :

— Je ne comprends pas..., murmura-t-il. Je ne vois qu'une chose qui pourrait aller contre mes convictions intimes. Ce serait vraiment une chose atroce si vous aviez raison.

Le major Londal le fixa avec une méfiance subite.

— J'aime une femme... Elle se nomme Yeuse... Vous voulez dire que cette femme... Non, c'est impossible. Comment aurait-elle pu se trouver à Glass Town. Il n'y a qu'une dizaine de jours que je l'ai quittée pour cette mission de glaciologie et...

— Lien Rag, ne jouez donc pas au plus fin !

— Je ne joue pas, major. Vous venez de mettre l'inquiétude dans mon esprit.

Quittant brusquement son siège, le major se dirigea vers l'une des fenêtres, souleva le rideau métallique qui masquait l'extérieur et jeta un coup d'œil. Lien ne vit rien. Soit qu'il continuait à faire nuit, soit qu'il y ait d'autres volets extérieurs. Le major parut contempler quelque chose avant de revenir se planter devant Lien :

— Le soldat Wissy a parlé sous hypnose.

— Je suppose qu'il n'a rien dit de différent de ce que j'affirme.

— Exact. Il n'a rien vu. Il était très occupé. Votre désarroi le gênait un peu. Il devait faire repartir la chaloupe en marche arrière, remettre la radio en état. Il y avait ces mines auxquelles il songeait. Il n'a rien vu car c'est vous qui utilisiez les jumelles. Des jumelles très perfectionnées pour les missions de reconnaissance. A un kilomètre, grâce à elles, on peut distinguer parfaitement un visage, voir si quelqu'un porte la moustache, a un nez de travers ou la bouche mince. Des jumelles qui permettent de voir à travers le pare-brise d'une draisine urbaine. Quel uniforme portaient ces ennemis ?

— Je n'ai rien vu, sinon une masse informe à l'intérieur du véhicule. Dois-je encore le répéter ?

— De quelle couleur ?

— De quelle couleur ? Eh bien, assez claire, un marron clair, plutôt jaune. Je ne sais pas si c'est la couleur des combinaisons de combat des Panaméricains, mais voilà mon souvenir le plus exact.

— Ils portent des combinaisons blanches, bien entendu. Comme nos soldats. Ce qui complique le réchauffement interne et oblige à des dépenses d'énergie. Mais il faut se fondre avec le paysage. Marron clair tirant sur le jaune ?

— A peu près.

— A quoi cette couleur vous fait-elle penser ?

— Je dois vous répondre du tac au tac sans réfléchir ? Je ne sais pas exactement. Peut-être à certains vêtements… Il n'y a guère de couleur semblable dans notre monde glacé. Imaginez un vieux film d'autrefois qui se passerait durant cette saison que nos ancêtres appelaient l'automne. Il y avait des teintes de cette nuance. Les Panaméricains d'alors parlaient de l'été indien, je crois… Et je me souviens de certains tableaux dont on a perdu les originaux mais qui persistent sous forme de reproductions… Une teinte très chaude…

Le major Londal recula vers la table, la heurta de ses fesses et s'y appuya. Lien paraissait figé par les derniers mots prononcés.

— Je ne sais si vous jouez la comédie ou si vous êtes en train de pressurer votre subconscient, mais le résultat est assez fascinant, déclara le major… Pourquoi vous refusez-vous à prononcer l'adjectif exact de cette teinte, qu'est-ce qui paralyse, inhibe votre pensée ? Vous avez peur que je ne vous fasse disparaître à jamais, que vous alliez rejoindre le caporal Rodhan et les survivants du patrouilleur PR-17 ?

— Je ne sais pas, murmura Lien Rag, ignorant quel parti prendre et souffrant mille morts.

La tentation était trop grande d'en arriver à l'aveu total. Il n'avait subi ni tortures ni pressions, il avait été mené jusqu'au bout de son raisonnement et selon ce qu'il allait répondre il se trahirait. Il admettrait la réalité des choses ou bien offenserait le major en le prenant pour un imbécile.

— Cet adjectif occupe une bien grande place dans votre vie, continua le major. Vous avez pris des risques énormes à cause de lui. Il vous a conduit dans des dangers divers. Vous avez retrouvé le livre d'Oun Fouge, l'avez réimprimé… Puis vous avez recherché ce Sanctuaire des Hommes du Froid et vous n'avez trouvé qu'un amas de ruines. Mais je veux que cet adjectif sorte de votre bouche même.

— Pourquoi ne me mettez-vous pas sous hypnose ?

— C'est impossible.

— Torturez-moi, le défia Lien Rag qui commençait à éprouver une colère insensée.

— Nous avons besoin de vous. Du glaciologue compétent et du chercheur qui s'est passionné pour les Hommes du Froid. Il s'agissait bien d'eux, n'est-ce pas ?

— Les Hommes Roux, murmura Lien. Je ne suis sûr de rien. Bien sûr, je ne voulais pas faire de confidences. Je voulais garder pour moi cette image délirante. Je n'arrive pas à y croire aujourd'hui encore. Ils n'ont pas pu évoluer si vite dans cette direction désastreuse qui en fait des tueurs. Des tueurs féroces.

Le major soupira :

— Vous l'avez enfin dit. Ce mot roux bloquait tout en vous parce que vous éprouvez une grande tendresse pour eux. Vous les aimez, vous les admirez, vous les enviez. Je suis même certain que vous les désirez, du moins leurs femmes puisque vous n'êtes pas homosexuel.

Lien n'était pas choqué par cette idée de faire l'amour avec une Femme du Froid. Il devait s'avouer que leur fourrure lui apparaissait comme un complément extraordinaire de la volupté. Rechercher le corps féminin à travers cette toison couleur de feu, mettre les seins à nu, la vulve, avait certainement fait partie de ses inspirations érotiques, même lorsqu'il était avec Yeuse, si belle, si désirable.

— Que me voulez-vous ? murmura-t-il.

— Vous êtes le meilleur spécialiste des Hommes Roux avec Harl Mern et le lieutenant Skoll. Et pour cause, puisque le lieutenant est un métis des Hommes Roux.

— Le lieutenant Skoll ?

— Il va être libéré, réintégré dans son grade. Nous

avons besoin de tous ceux qui connaissent les Hommes Roux. Pour la bonne raison qu'ils sont très nombreux sur notre concession. On n'a jamais pu les compter. Nous voulons savoir si vraiment ils représentent un danger à plus ou moins long terme. Savoir comment ils ont réussi à avoir des armes, à piloter une draisine là-bas dans Glass Station. Nous nous posons des tas de questions inquiétantes.

Lien secoua la tête :

— Vous me demandez de les trahir ? Vous connaissez ma réponse.

— Nous vous demandons votre avis scientifique, c'est tout. Nous vous laisserons toute liberté pour mener vos enquêtes.

CHAPITRE VII

La chambre d'hôtel lui rappelait celle du petit village de Soap Station où la vie s'écoulait au ralenti et avec un charme d'autrefois. Bien sûr, Transit Station était envahi par des militaires de toutes sortes et il n'y avait plus guère de civils, sauf les patrons de cet hôtel justement, réquisitionnés sur place pour que l'établissement reste ouvert et à la disposition d'officiers supérieurs et de personnages importants de la Compagnie qui venaient visiter les lignes arrière et plus rarement le front. Le front qui d'ailleurs n'existait toujours pas. L'armée transeuropéenne avait pénétré sur le territoire panaméricain de quelques dizaines de kilomètres seulement. Des masses de matériel avaient été acheminées. Des unités aux dimensions colossales attendaient l'ordre d'invasion, alignées sur au moins cent vingt kilomètres. Toutes les voies ferrées se dirigeant vers l'Ouest étaient occupées par ces monstres de métal. Les nouvelles forteresses, les énormes superforteresses, faisaient frémir la banquise à des lieues à la ronde par le simple halètement de leurs milliers de chevaux-vapeur, même à l'arrêt.

Lien se réveilla avant l'aube et perçut ce frémissement que la banquise transmettait sans arrêt et qui remontait dans les chambres de l'hôtel par les rails, les roues, les cloisons. Il savait que six de ces monstres destructeurs étaient en attente. Il y avait au moins dix cuirassés, le double de croiseurs, une centaine de trains blindés bourrés de soldats d'élite, des bâtiments de toute nature, des flottilles, des trains de ravitaillement, des trains-hôpitaux dont les fours crématoires fumaient inutilement pour l'heure.

Yeuse dormait à ses côtés, mais à peine effleura-t-il sa hanche qu'elle se pelotonna contre lui. Il caressa son dos, l'arc bouleversant qui creusait ses reins et annonçait la croupe ronde et ferme. Il ferma les yeux lorsque la main de la jeune femme lui caressa la poitrine puis le ventre, anima son sexe de mouvements réguliers et très doux. Il bascula sur elle, en elle, et se souvint de son interrogatoire par le major Londal, de cette évocation d'une possibilité de coït avec une Femme Rousse. Il se durcit tant que Yeuse gémit d'être ainsi dilatée et connut le plaisir bien avant lui.

— Qu'as-tu ?

Il avait quitté le lit pour se raser, se préparait à pénétrer dans la minuscule cabine de douche. L'eau chaude ne fonctionnait qu'une heure le matin. La formidable armée d'invasion avait besoin de toute l'énergie disponible et c'étaient des millions de kilowatts, des trains entiers de charbon et de pétrole qui étaient acheminés vers le front. On disait que si cette drôle de guerre durait encore quinze jours, la Transeuropéenne ne pourrait plus faire face aux demandes énergétiques de la population. Le haut commandement avait espéré une conquête facile, une progression rapide jusqu'aux puits de gaz de l'ancienne mer d'Ecosse. Alors on aurait pu refaire des réserves d'énergie. Il était question de transporter de petits réacteurs nucléaires sur le front. Déjà les grosses unités chauffaient leur chaudière gigantesque grâce à l'atome. En principe leur carapace les mettait à l'abri des missiles. En principe, car sur le front de l'Est plusieurs avaient coulé dans l'épaisseur de la glace et on ne savait plus où elles se trouvaient. Certains prétendaient qu'un réacteur pouvait ressortir aux antipodes.

Mais ces réacteurs de production électrique étaient très exposés. Qu'un seul explose et une partie de l'armée serait anéantie.

— Qu'as-tu ? répéta Yeuse.

Il entra sous la douche, se lava en une minute, ressortit en claquant des dents. L'eau n'était plus très chaude.

— Vas-y vite, conseilla-t-il à la jeune femme.

— Non. Pas maintenant. Ils la redonneront vers midi. Les officiers généraux qui logent dans cet hôtel l'ont exigé. Pourquoi es-tu si différent ?

— Je crois que j'ai trahi, dit-il, en acceptant leurs propositions. Ils préparent un mauvais coup. Ils vont peut-être les enfermer dans des camps de concentration. Les éliminer dans des chambres surchauffées. Leur métabolisme ne supporte pas plus de vingt-cinq degrés durant plus de trois heures. Plus trente, une heure seulement. Un moyen simple et efficace. Ou alors ils veulent les utiliser. Ils croient que les Panaméricains l'ont fait.

— Tu ne crois pas ?

— Non. Pour moi les Panaméricains ont fui dans une telle pagaille parce que les Hommes Roux nous ont précédés dans leur attaque. Tu crois qu'ils auraient laissé tout à peu près intact ? Avec des lasers en une demi-journée ils pouvaient creuser un fossé d'eau de mer large d'un kilomètre s'ils l'avaient voulu. Ils auraient pu faire sauter les voies, les aiguillages. Non, rien de tout ça. Ils se sont volatilisés. Il n'y a plus que les Hommes Roux. Le major Londal m'a fait lire le rapport du caporal Rodhan, le survivant de ce patrouilleur qui a dû essuyer leur feu.

— Pourquoi trahirais-tu ?

— Ils veulent un recensement. Ils veulent des tas de renseignements. On m'a dit que Skoll était libéré, réintégré. Il n'est pas encore arrivé à Transit Station. De même pour Harl Mern. Je suis sûr qu'ils ont fait semblant d'accepter mais qu'ils ont profité de leur liberté pour rejoindre la clandestinité. Et moi je suis coincé dans cette ville sans savoir où les rencontrer. Je vais apparaître comme un traître.

— Viens, dit-elle. Tu ne t'es certainement pas trompé.

Il s'assit sur le bord du lit et elle posa sa main sur lui.

— Ils veulent éviter que la nouvelle ne se répande dans la population. Ils craignent des remous, des pogroms, des gestes insensés. Ils ont besoin que les Hommes Roux nettoient les dômes des villes. Cela économise de l'énergie. On a évalué qu'ils remplaçaient au moins cinq pour cent de la consommation totale, en échange d'une nourriture qui elle ne demande même pas un pour cent. Tu vois qu'ils ont des chiffres précis. Ils en attendent aussi de nous. Le nombre de ces Hommes Roux sur la concession, le processus par lequel ils ont pu désirer se servir d'armes, conduire des draisines.

— Tu crois qu'ils sont combien ?

— Je l'ignore. Au moins un million et au plus cinq.

— Tant que ça ? fit-elle, surprise et inquiète.

Lien fut gêné de sa stupeur. Il y voyait presque une manifestation de racisme rampant.

— Il y a cent ans, ils n'étaient pas si nombreux, dit-elle. Combien de générations ?

— Les femmes sont nubiles très tôt. Il y a environ huit générations théoriques, mais en fait il y en a bien plus si elles ont un enfant chaque année sur quinze ou vingt ans.

— Tu m'as dit qu'il y en avait dans le monde entier, sur toute la planète.

— Leur apparition remonte à cent ans, dit-on, mais il y a cent ans, Oun Fouge était mort. Je pense qu'on doit compter beaucoup plus de générations.

Il s'approcha de la fenêtre, vit un gros général qui montait dans une chaloupe portant le nom d'un grand cuirassé. Il allait rejoindre son bord à vingt-cinq kilomètres de là.

— Ils ont peur, murmura-t-il. Peur de la banquise, peur des Hommes Roux qui n'ont pas besoin de combinaisons isothermes pour survivre en milieu ouvert. Dix hommes bien décidés peuvent attaquer un énorme cuirassé, se glisser dans les bouches, les sabords, ou déposer des charges explosives. Ils peuvent tuer avec le froid qui est leur ami et notre ennemi.

— La banquise, tu crois qu'elle résisterait ?

— Est-ce que je sais, moi ? Il a dû y avoir un autre accident pour qu'ils montrent tant de prudence. Un bâtiment a dû percer la glace, s'engouffrer dans l'eau glacée.

Yeuse s'appuyait contre lui. Il sentait la pointe de ses seins dans son dos, frissonna :

— Quelle mort atroce ! Au fond de cette mer sous-glaciaire…

— D'autant plus que la glace se reforme rapidement. Ils ont pu disparaître en un endroit très fragile sans pouvoir lancer de S.O.S.

— Combien y a-t-il de fond sous la glace ?

— Au moins trente mètres, peut-être cinquante. La glace s'est reconstituée en quelques heures. Une couche mince, puis par strates. La seule trace de leur disparition, l'interruption des rails sur une distance plus ou moins longue.

— Une grosse unité ?

— Certainement pas. Un aviso, une canonnière, un patrouilleur et c'est encore plus inquiétant. Ça prouve que la banquise est très dangereuse si elle ne peut supporter une masse assez faible.

— En temps de paix, des convois importants roulaient sur cette banquise.

— Evidemment. Mais notre flotte ne peut emprunter un seul réseau, s'engouffrer dans une seule région. Le front doit s'étirer sur des dizaines de kilomètres pour être un véritable front. Les militaires ne plaisantent jamais avec l'art de faire la guerre.

La vie de garnison n'avait rien de bien réjouissant. Le cabaret Miki ne faisait qu'une halte à Transit Station, et encore le directeur avait-il voulu faire plaisir à Yeuse en venant dans cette ville, mais dans trois jours ils repartiraient pour une autre ville de l'arrière et il serait seul. Les soldats en permission erraient le long des quais déserts puisque les maisons mobiles avaient été évacuées depuis longtemps. Il n'y avait plus que des cellules d'habitations militaires sans grâce et peintes en blanc. Deux bordels aux armées, des cantines. On distribuait des bons pour les repas, pour coucher avec une fille, pour boire une bière. En temps de guerre, c'était la règle. Les officiers supérieurs touchaient six fois plus de bons que le simple soldat, pouvaient les échanger. Il y avait déjà des vendeurs à la sauvette, des petits trafiquants qui avaient réussi à s'introduire dans la ville. Ils achetaient les bons, les troquaient contre des marchandises rares. Lien se demandait comment ils se débrouillaient pour coucher, par exemple.

— On va prendre le petit déjeuner ?

Comme toujours son apparition dans la salle à manger attira tous les regards. Le serveur s'empressa, admiratif.

— Mais, dans la région, il n'y a pas non plus d'Hommes Roux, remarqua-t-elle. (Il lui avait raconté que, dans la zone panaméricaine, les seuls qu'il avait vus, entrevus plutôt, portaient les armes.) Tu crois que l'armée les tient déjà en suspicion ?

— C'est possible, dit-il. Je ne voudrais pas participer à cette répression aveugle.

— On dit que la Locomotive-Pirate a attaqué un convoi dans le Sud et que plusieurs wagons ont été dérobés. Ce pirate doit terriblement ennuyer la Compagnie.

La Locomotive-Pirate, comme titraient les quelques journaux autorisés à parler de ce fait divers avec prudence et les commentateurs de radio, appartenait désormais presque à la légende.

— Allons faire un tour, proposa Yeuse. Je vais enfiler mon manteau.

— Il n'y a pas grand-chose à voir, répondit Lien. Mais comme tu voudras.

— Je dois passer au cabaret pour régler certains détails avec le directeur.

Le convoi du cabaret était stationné dans le nouveau quartier mal famé de la ville, non loin des bordels, des bars plus ou moins clandestins et des trafiquants. Lien reconnut le gnome qui le soir servait de rabatteur et discuta avec lui tandis que Yeuse pénétrait dans les voitures.

— Tout le monde devient trop nerveux, lui dit cet homme plein de sagesse. Cette attente est insoutenable et il court des bruits invraisemblables. On dit que jamais la banquise ne supportera le poids de nos bâtiments, que déjà trois unités se sont englouties à jamais.

— Hier on en était à une, remarqua Lien.

— On dit que les Panaméricains s'amusent fort de notre hésitation. Il paraît qu'ils contre-attaqueront quand ils voudront et que cet entassement de matériel sur notre front serait un handicap pour nous.

— C'est fort possible, reconnut Lien. Il y aura une pagaille sans précédent…

Il s'arrêta de parler à cause du visage du gnome qui se renfrognait. Cette face prématurément ridée exprimait encore les sentiments les plus profonds. Lien se retourna, vit le véhicule d'une patrouille militaire. Le véhicule découvert roula jusqu'à eux.

— Vous êtes Lien Rag, le glaciologue ?

— Oui, pourquoi ?

— Le major Londal vous attend. Nous venons d'avoir le message radio.

— Très bien. Je vais me rendre auprès de lui.

Le gnome promit de faire la commission à Yeuse et Lien monta dans la voiture de patrouille qui disposait d'un système gyroscopique lui permettant de progresser sur un seul rail et de ne pas se soucier des aiguillages.

Au quartier général le major était en compagnie d'un civil dont la vue, lorsqu'il se retourna, fit plaisir à Lien. C'était Harl Mern, le directeur de zoo.

— Je ne pensais pas vous rencontrer si vite. Vous savez que Skoll est libéré ? Il doit nous rejoindre dans moins de deux jours. Cette affaire est tout de même préoccupante. J'étais en train de dire que les Panaméricains auraient pu faire fabriquer des combinaisons isothermiques à l'image des Hommes Roux pour impressionner les premiers envahisseurs.

— S'il n'y avait que Lien Rag, répondit le major Londal, on pourrait envisager cette hypothèse. Mais le caporal Rodhan les a vus de plus près, les a combattus. Une combinaison est toujours une combinaison, avec des plis, des raideurs, des poches comme on dit en couture. Si ces gens-là avaient été déguisés, je pense qu'il s'en serait rendu compte. Alors qu'il les a vus évoluer sans gêne, courir, sauter, se jeter à plat ventre. Enfin, un détail anatomique qui a son importance. Le sexe de ces gens-là paraissait authentique. Je sais bien qu'on pousse l'imitation très loin. Mais pour l'instant nous devons nous en tenir à cette hypothèse.

L'ethnologue passa ses mains dans ses cheveux blancs et ne paraissait pas tellement convaincu :

— Ils ne peuvent passer en quelques instants d'un état d'arriération mentale presque général à un comportement aussi conditionné que l'usage des armes.

Le major tiqua fortement.

— Je sais, poursuivit l'ethnologue qui ne remarquait rien, que les plus idiots font les meilleurs soldats, les meilleurs commandos. D'accord. Mais les Hommes Roux n'ont pas l'instinct de mort en eux. Vous avez pu vous en rendre compte, tout le monde a pu s'en rendre compte. Ceux qui sont sur nos dômes, nos verrières, travaillent un minimum pour la nourriture, les autres cherchent le long des voies. Les tribus sauvages pratiquent la chasse aux petits animaux, mais sans férocité, juste ce qu'il faut pour subsister. En cent ans il n'y a pas eu un seul cas, un seul fait divers impliquant les Hommes Roux dans des agressions physiques. On ne relève aucun crime, aucun viol, encore qu'une certaine légende non vérifiée et qui reflète les fantasmes de certains laisse entendre que des femmes ont été emportées par des Hommes Roux pour être violées. C'est assez illogique car elles auraient dû subir les basses températures que supportent les Roux, seraient devenues en quelques instants dures comme du fer. Le coït n'aurait pas été possible.

— Il y a eu des vols, rappela Lien.

— Pour la survie. Des Roux se sont introduits dans des fermes isolées pour voler des légumes, parfois des animaux d'élevage. Ils ont pillé des voitures abandonnées. Rien de bien grave.

— Souvenez-vous de Gavalo, ce chef de tribu qui se disait frère par le sang de Kurts, le pirate. Il avait un pistolet au côté, savait utiliser une radio.

— J'y pense, j'y pense, fit l'ethnologue, un peu vexé. En fait j'y pensais comme à un cas d'espèce. Peut-être y a-t-il eu évolution divergente d'un groupe donné.

— Vous pensez que les Roux de Glass Station appartiendraient à une ethnie identique à celle de Gavalo ?

— En quelque sorte oui, mais avec toutes les réserves scientifiques d'usage.

— Nous attendrons le lieutenant Skoll pour décider de ce que nous devons faire, dit le major Londal. Puisqu'il est issu de ces gens-là, il pourra peut-être nous fournir des explications, mais plus sûrement les moyens d'approcher ces guerriers féroces de Glass Station.

— Major, dit Lien, ces bruits sur l'engloutissement de plusieurs unités de combat dans la banquise sont-ils exacts ?

Le Major s'éloigna vers la fenêtre en leur tournant le dos, resta un moment piqué à regarder à l'extérieur, puis finit par répondre :

— Votre opinion, Lien Rag ?

— Mes vérifications sont assez rassurantes. Je n'ai jamais relevé de zone dangereuse, je veux dire en dessous de deux mètres. L'épaisseur moyenne était de huit. Mais je me trouvais sur une voie secondaire, pas sur un réseau principal.

— Il y a eu une canonnière avec quinze hommes à bord ; un escorteur rapide, trente hommes ; une vedette lance-missiles, sept hommes.

— Dans le même secteur ?

— Le plus au nord : la canonnière. Cinquante kilomètres plus bas mais plus à l'ouest, la vedette.

Trente-cinq kilomètres plus bas mais presque à la frontière, l'escorteur. Toujours sur des lignes secondaires. C'est pourquoi l'Etat-Major se méfie. Il y a d'autres glaciologues sur la banquise mais nous essayons de recruter des plongeurs sous-marins. Il existe deux clubs qui pratiquent ce sport. L'un dans le Sud, qui explore l'ancienne Méditerranée à la hauteur de cette ville qui se nommait Marseille, l'autre vers le Nord, dans la Baltique. Ils utilisent un matériel qu'ils fabriquent puisque jamais nous n'avons eu à faire ce genre d'explorations sous la banquise. Les Transaméricains le faisaient, eux, avant d'installer leurs réseaux. Mais il nous faudra encore quinze jours pour former ces volontaires à la tâche que nous leur demanderons. Il faudra creuser des puits dans la banquise, le long des grands réseaux, et ils iront d'un puits à l'autre en utilisant des appareils testeurs.

Ils devront remonter assez souvent à la surface.

— En attendant Skoll, proposa Lien, nous pourrions partir à la recherche d'Hommes Roux en arrière de nos lignes. Voir comment ils se comportent et les étudier. Il suffirait que vous mettiez à notre disposition un loco-vapeur civil, ou encore, une petite unité avec habitacle.

Le major Londal le fixa comme si Lien essayait de le duper, puis finit par accepter.

— Je peux vous confier un tracteur militaire très puissant. Juste une cabine de commandement sans couchettes. Mais puisque vous rentrerez chaque soir, c'est inutile, n'est-ce pas ?

— D'accord, fit Lien. Qu'en pensez-vous, Harl ?

— Ce sera parfait pour nos observations.

CHAPITRE VIII

Ils avaient eu la plus grande difficulté à se faire octroyer des vivres pour les Hommes Roux. Le major Londal avait l'arrière-pensée qu'ils cherchaient à fuir et qu'ils avaient besoin de nourriture pour parcourir la plus grande distance possible. Il finit par faire transporter trois caisses de viande congelée dans les soutes du tracteur en question.

C'était un horrible remorqueur, trop puissant pour ce qu'ils envisageaient, avec deux machines, l'une à l'avant, l'autre à l'arrière d'une cabine très haute dans laquelle on ne pouvait que s'asseoir ou rester debout. Un choix délibéré et prudent de l'officier qui avait toujours des doutes. Il n'y avait qu'un sas aléatoire mais les moteurs diffusaient une telle chaleur qu'ils auraient pu s'en passer.

Le premier jour ils patrouillèrent dans tous les sens et effectuèrent près de huit cents kilomètres sur des voies secondaires et même pire. Ils visitèrent des fermes abandonnées sur ordre de l'armée, des petits villages de pêche, des centres miniers, mais ne rencontrèrent pas un seul Homme Roux. Fort déçus, ils retournèrent à Transit Station et n'eurent même pas la satisfaction d'y être attendus par Skoll. Le lieutenant avait encore été retardé par des formalités, leur expliqua le major, fort heureux qu'ils soient revenus.

Le lendemain matin ils s'enfoncèrent beaucoup plus loin, dans une zone que ne contrôlait pas l'armée et où seuls les gens qui le désiraient avaient été évacués. Il y avait beaucoup plus de fermiers, quelques villages qui gardaient la moitié de leur population. Et les premiers Hommes Roux le long d'une voie unique.

— Ne nous emballons pas, dit Harl. Il ne faut pas les effaroucher.

Le remorqueur s'arrêta un peu plus loin. Vêtu de sa combinaison, Lien alla prendre une caisse de viande dans la soute, l'ouvrit et commença à déballer la nourriture sans faire attention au groupe des Roux. Ils étaient une quinzaine, de tous âges, des deux sexes. Lien jeta les planches de la caisse, puis laissa tomber quelques morceaux de viande. Il se savait observé mais ne dit rien.

Harl descendit avec un réchaud à catalyse et ils firent cuire la viande sur la plaque. Ils étaient assis sur le marchepied du remorqueur et Harl surveillait les Roux du coin de l'œil.

— Ils sont intéressés mais prudents. Une femme a retenu un gosse de quatre ans qui voulait venir.

Ils mangèrent comme ils purent, coupant des morceaux qu'ils devaient enfouir dans le sas de la cagoule. Ce n'était pas commode et le froid pénétrait, brûlait leur peau autour des lèvres. Mais il leur fallait prouver aux Roux que c'était de la bonne nourriture et qu'ils étaient en train de faire bombance.

— Voilà un vieux.

Du coin de l'œil, Lien le vit approcher. Sa fourrure se métissait de poils blancs. Harl expliqua que la couleur fauve était comme un début d'albinisme, suite à un dérèglement de la thyroïde.

— La thyroïde contrôle les centres thermorégulateurs du corps. Le contrôle endocrinien du métabolisme est également sous la dépendance de la thyroïde.

— Mais Fouge parle aussi de cryohormones.

— Pour simplifier. En fait il n'explique pas la totalité de ses expériences. Il a dû procéder par tâtonnements au début, ce qui explique les dégénérescences... C'était une sorte de fasciste, vous savez. Je suis sûr qu'il a usé de cobayes humains non volontaires.

— Voilà sa mémoire bien ternie.

— Sinon il n'aurait jamais pu réussir.

Le vieux s'arrangea pour arriver en face d'eux. Il marmonnait quelque chose, désignait la caisse de viande. Lien prit un morceau, le lui tendit mais le Roux ne le prit pas. Il dut le déposer sur la glace pour qu'il s'en approche. Il se baissa et le flaira avec précaution. C'était certainement un très vieil homme. Sa poitrine flasque pendait en dehors de sa fourrure. Il avait les bras grêles sous le poil qui faisait illusion et on ne distinguait plus son sexe, d'ordinaire avantageux chez les Hommes du Froid. Il prit le morceau de viande, le goûta du bout des dents.

— Vous ne trouvez pas que c'est significatif ? dit Harl.

— Que voulez-vous dire ?

— Certains fermiers posent des appâts empoisonnés lorsque les Roux viennent trop souvent piller leurs récoltes ou leur poulailler. Cette horde a dû avoir quelques ennuis de ce genre.

— C'est tragique, murmura Lien.

L'homme emporta le morceau de viande jusqu'au groupe. Ils ne purent voir ce qui se passait, mais peu après arriva un couple bien moins âgé. La femme était légèrement plus petite que l'homme, mais paraissait très musclée.

— Nous allons remonter dans la cabine en laissant le sas ouvert et en gardant nos combinaisons, proposa Harl.

— D'accord.

Ils donnèrent un morceau de viande à chacun, puis remontèrent la caisse. Alors la petite troupe accourut, croyant qu'ils allaient partir. Lien remarqua tout de suite la fille aux cheveux presque blonds, qui faisaient une tache sur la fourrure de son corps très cuivrée. Elle était de taille moyenne, mince, mais magnifique. Il était fasciné par les bouts aigus de ses seins qui surgissaient de la fourrure. Leur aréole et une partie du globe étaient sans poils. De même, son nombril était dégarni. Son pubis était recouvert de poils plus drus, plus blonds, comme ses cheveux et lorsqu'elle s'approcha il distingua la pulpe purpurine de sa vulve, connut une émotion physique brutale. Il dut se retourner pour ne pas révéler son érection presque douloureuse et impossible à discipliner. Il n'en avait pas connu de telles depuis longtemps. Peut-être au début de ses relations avec Yeuse. Mais cette fille pleine d'animalité et de charme le regardait tranquillement et il crut lire un certain intérêt dans son expression. Harl descendit avec les mains pleines de viande et commença de la distribuer. La fille restait un peu à l'écart, regardant Lien.

Il prit trois morceaux et les lui montra. Elle s'approcha alors, escalada le marchepied. Sans qu'il ait pu prévoir sa réaction, elle frotta soudain son ventre contre le sien. Lorsqu'elle vit qu'il la désirait elle eut un sourire de triomphe.

— Curieux, dit Harl. C'est là une forme primaire de prostitution, non ? C'est très intéressant. Elle a vu que vous pouviez lui donner plus, ne s'est pas précipitée comme les autres.

Lien aurait voulu le faire taire. Seul il aurait pris cette fille, debout contre la paroi chaude du moteur. Une étreinte de quelques secondes. Une folie peut-être.

Elle continuait de se frotter très savamment à lui et lui arracha les trois morceaux de viande, les mordit à pleines dents sans cesser son petit jeu. Ne sachant plus ce qu'il faisait, il porta la main à sa combinaison. Par chance, Harl se rendit compte de la situation et revint.

— Attention, Lien. Je ne suis pas un puritain ni un moraliste, mais votre verge va tomber en morceaux. Il fait moins quarante dans cette plaine. Le sas est ouvert et vous allez commettre une folie.

Lien sortit de cette brume d'inconscience, s'écarta de la fille. Mais elle était opiniâtre et ce fut elle qui voulut le retenir à deux mains. Ses ongles étaient longs, sales, et il eut peur pour la combinaison. Il porta sa main gantée sur elle et jamais n'éprouva pareille volupté. Il avait caressé des animaux lorsqu'il se cachait dans le zoo de Harl Mern, des chats redevenus sauvages, les petits surtout. Jamais il n'avait éprouvé la même impression. Il laissa ses doigts errer dans la fourrure de la taille, trouva celle-ci marquée, laissa descendre sa main. La fille souriait toujours mais guignait la caisse de viande. Elle avait en partie dévoré sa ration mais attendait mieux. Il frôla sa fourche, la trouva humide, preuve qu'elle le désirait elle aussi, pensa-t-il.

— Comment t'appelles-tu ? Moi c'est Lien.

— Lien.

Mais elle ne comprenait pas. Harl Mern s'étant éloigné, il enfonçait un doigt dans cette fille, connaissait une ivresse inouïe comme la première fois où il avait osé la même chose sur une petite copine d'école. Il avait quinze ans et n'avait pas résisté à cette découverte merveilleuse. Son désir s'était répandu malgré sa volonté. Il crut que le même miracle allait se produire. Mais il était déjà trop âgé pour que son émotion sexuelle se concrétise ainsi. La fille rafla soudain plusieurs morceaux et sauta sur la glace. Elle s'enfuit en courant.

— Ils pourraient nous agresser, voler toute la caisse, criait Harl. Vous voyez bien qu'ils n'y pensent même pas. Ce sont des doux. Même la roublardise de cette jeune fille était encore pleine d'innocence. Depuis son plus jeune âge il lui a fallu apprendre à composer avec les mâles. Donnant donnant.

Lien était épuisé. Il regardait la fille qui s'éloignait en courant. Roublarde, oui. Il était déçu. Il avait cru qu'elle comprendrait qu'il était différent des autres mâles. Mais l'était-il vraiment alors qu'il avait failli copuler avec elle sans attendre sa permission ?

Il saisit la caisse de viande et la jeta sur la glace avec rage. Harl releva la tête pour le fixer avec un certain ébahissement.

— D'accord, dit Lien, ce sont des enfants purs et innocents. Mais ça ne prouve rien.

— Ça prouve que ceux que vous avez entrevus ont été dépravés de façon systématique. On en a fait des tueurs à l'aide de procédés certainement répugnants.

— Dès qu'ils auront la bidoche ils partiront. Qu'espérez-vous ? Qu'ils vont essayer d'entretenir des relations suivies ?

— Nous reviendrons demain et nous leur donnerons encore de la viande.

— Nous allons les habituer à attendre que la nourriture vienne sans effort. Comme vous n'allez pas continuer des années, ils risquent d'en souffrir.

— Non, ils s'adaptent. Tiens, voilà votre petite amie, dit l'ethnologue avec ironie.

Elle arrivait en courant et tenant quelque chose dans sa main en forme de poing. Elle sauta dans le remorqueur, ouvrit les doigts.

Elle lui apportait un bouton doré — certainement son plus grand trésor — qu'elle plaça dans sa main.

— Jdrou, dit-elle en tapant sa poitrine à plusieurs reprises.

— Merci, Jdrou.

CHAPITRE IX

Le lieutenant Skoll arriva en pleine nuit à bord d'un transport de troupes qui ramenait des permissionnaires sur le front. Dès le lendemain il retrouva ses amis Lien et Harl mais, très méfiants, ils n'échangèrent que des banalités. Ils furent reçus tous les trois par le major Londal qui commença par demander au glaciologue et à l'ethnologue si l'approche d'une horde d'Hommes Roux leur avait été possible.

Harl Mern parla de leur dernière rencontre, fit une brillante démonstration sur le caractère pacifique de ces êtres sauvages.

— Ils auraient pu nous attaquer pour obtenir cette viande. Ils n'en ont rien fait. Au contraire ils ont attendu sans impatience que nous la leur offrions.

— Toute conclusion prématurée serait inintéressante, répliqua le major.

Lien, qui n'était pas d'humeur à supporter ce genre de réflexion autoritaire, prit un peu la mouche :

— Qu'attendez-vous de nous ? De l'ethnologie ou de la sociologie ? Voulez-vous être rassuré ou avez-vous des projets d'avenir pour les Hommes Roux ?

— Vous vous érigez déjà en défenseurs de ces gens-là sans savoir exactement qui ils sont. Je vous demande de savoir s'ils peuvent constituer un véritable danger pour nous tous. Pour l'instant, c'est tout ce que nous exigeons de vous.

Les trois amis se retrouvèrent à bord de l'énorme remorqueur en route vers la tribu qu'ils appelaient tribu de Jdrou, du nom de la jeune fille qui avait donné à Lien ce bouton doré, certainement trouvé dans des détritus.

— Nous devons être très prudents, disait le lieutenant Skoll. Toute erreur d'appréciation peut être catastrophique pour les deux ethnies. Moi qui appartiens aux deux je suis très perplexe. Je comprends que la population du chaud puisse se mobiliser tout entière contre le peuple du froid. Les gens qui vivent sous globe n'ont jamais imaginé que les Hommes Roux pouvaient se révolter contre leurs conditions de vie ou tout simplement vouloir renverser les idoles qu'ils voient vivre sous leurs pieds. Il suffit qu'ils découvrent que le froid qui ne les gêne nullement peut tuer ces êtres étranges qui vivent dans la chaleur. Et si par hasard il se produisait un incident quelconque, le peuple du chaud ferait un véritable holocauste.

— Le froid et le chaud, le mal et le bien, murmura Harl Mern. N'y aurait-il pas là-dessous une ingérence hypocrite de certaines religions ?

— Les Néo-Catholiques ! s'exclama Lien

— Je ne vais pas si loin, mais il est étrange que des Hommes Roux aient évolué dans un sens aussi inquiétant en zone panaméricaine.

Ils furent déçus de ne pas retrouver la horde là où ils l'avaient abandonnée la veille, mais lorsqu'ils descendirent sur la glace, ils en découvrirent les traces habituelles, toujours les mêmes, triviales pour des civilisés, quotidiennes pour les Hommes Roux. Des excréments, des touffes de poils, des traces d'ongles dans la glace lorsqu'ils en détachaient un morceau pour la sucer.

— Ils ont dû progresser vers l'Est, dit Harl Mern. Ce sera très intéressant de voir de combien ils peuvent avancer en dix-huit heures de temps. Ce calcul n'a jamais été fait. Certains restent toujours dans la même zone très fréquentée par les convois et où ils savent que les détritus abondent.

— Pourquoi ne sont-ils pas restés à l'endroit où nous leur avons donné de la viande ? Ils pouvaient espérer notre retour, s'étonna Lien.

— Ils savent depuis toujours que les hommes du chaud ne font pas d'aumônes régulières, sauf s'il y a un échange. Par exemple nettoyage des dômes contre nourriture, travail contre nourriture. Le reste appartient au hasard. Ils font plus confiance à un train qui passe régulièrement à tel endroit — même si les soutes à ordures ne sont pas vidées forcément au même point chaque fois — qu'à un de nos compatriotes. Je pense qu'ils ont dû se diriger vers ce saut-de-mouton qui est marqué sur notre carte. Deux voies secondaires se coupent et celle-ci enjambe l'autre.

— Mais il y a cent kilomètres, constata Lien. Ils n'ont pas pu faire cent kilomètres en dix-huit heures.

— Plus de cinq kilomètres à l'heure, à condition de ne jamais ralentir ni s'arrêter pour dormir. Les vieillards comme les jeunes enfants, dit Skoll. Je crois que c'est possible. Moi qui ai du sang d'Homme Roux dans les veines, je suis capable de courir des heures sans m'arrêter.

Harl Mern avait raison. Le groupe était installé à proximité du saut-de-mouton. Les chefs de train avaient pris l'habitude de vider les ordures à cet endroit et il y avait plusieurs tas fumants le long des rails. Mais la horde de Jdrou n'était pas la seule. Ils avaient dû trouver là près de cent autres Hommes Roux. Ils formaient trois groupes distincts. La horde dernière arrivée se contentait des tas d'ordures les plus réduits. Mais il n'y avait pas trace de lutte pour la possession de ces tas ou même d'hostilité manifeste.

Jdrou reconnut le remorqueur lorsqu'il s'arrêta sur la bretelle d'accès à la voie inférieure et elle accourut en agitant les bras.

— Voici notre petite amie, dit Harl avec un regard en coin pour Lien.

Ils descendirent et Jdrou se jeta au cou de Lien, essaya de l'embrasser ou de frotter son visage contre le sien, voulut lui arracher sa cagoule. Il dut la tenir à bout de bras et lui parler avec douceur pour la calmer. Skoll et Harl regardaient cette scène avec un vif intérêt.

— Elle ne comprend pas que le froid peut nous

tuer, dit-il. Ils ne l'ont pas encore compris. Le major Londal sera satisfait de l'apprendre.

Ils sortirent une caisse de viande et il se passa un phénomène étrange. La jeune fille en prit un morceau mais ne le porta pas à sa bouche. Elle alla le déposer dans un coin précis, un creux dans la glace. Elle revint auprès de Lien. Les autres membres de la horde ne firent pas mine de venir. Ils fouillaient les ordures.

— C'est incompréhensible, dit Lien. Hier ils étaient très demandeurs de viande, aujourd'hui…

— Ce sont des hommes libres, dit Skoll, pas des semi-esclaves comme ceux des dômes et des verrières. Ils savent cette chose très importante que l'homme du chaud ne donne à manger que contre le travail et que le travail, c'est l'esclavage. Donc ils refusent aujourd'hui qu'ils ont de quoi manger dans les ordures. La qualité de la nourriture leur importe peu.

— Pouvez-vous parler avec Jdrou ? demanda Lien, impatient.

— Je vais essayer, mais il existe des dizaines de dialectes avec quelques mots essentiels.

Pourtant une conversation assez soutenue s'engagea. Skoll faisait beaucoup de signes que la jeune fille répétait. Lien attendait, assez fébrile, et Harl Mern essayait de prendre quelques notes. Plus tard, pensait-il, il tenterait de l'enregistrer si la jeune fille n'était pas trop effrayée.

— Lien, dit le lieutenant, sans rire, elle ne cesse de me répéter qu'elle veut faire l'amour avec vous. Elle essaie de me faire comprendre que vous lui plaisez. Elle demande si vous avez toujours son « feu froid ». Elle doit assimiler ce bouton doré à un feu qui ne brûlerait pas, je suppose.

Lien avait rougi. Il sortit le bouton de la poche qu'il portait sur le devant de sa combinaison. Il n'avait pas parlé de cette fille à Yeuse, ne lui avait pas montré ce bouton. Il avait très mal dormi et n'avait pas touché la jeune femme. Dès qu'il sommeillait, il revoyait Jdrou, ses seins à la pointe dénudée, les boucles drues de son sexe.

— Elle demande si vous voulez bien. Elle dit qu'elle sait que vous avez un « doigt-qui-se-tend » au ventre. Autrement dit un…

— J'ai compris, dit Lien hâtivement.

Il n'allait pas expliquer que la veille elle se frottait à lui de façon obscène et avait pu constater la réalité de son sexe.

— Vous devriez le faire, dit Harl très sérieusement. Je pense que, pour notre mission…

— Je suis contre, déclara Skoll, véhément. Si par malheur vous la fécondiez, réfléchissez un peu au martyre de cette enfant. Je sais de quoi je parle. J'avais une mère admirable et j'ai eu de la chance, mais celui qui naîtrait de Jdrou n'en aurait pas autant. Il n'aurait pas la même résistance au froid. Je ne peux supporter que quelques degrés au-dessous de zéro pendant quelques heures. Il n'aurait pas également la même force physique. Il y a une question de morale humaine, Harl.

— Notre ami Lien le désire aussi, déclara simplement le savant.

Skoll jeta un regard sévère à Lien :

— Yeuse ne vous suffit donc plus ? Etes-vous attiré par une certaine perversion ? Ne me dites pas que vous l'aimez car je ne vous croirais pas.

— Non, bien sûr, murmura Lien. Je suis peut-être

pervers, comme vous le dites. Mais j'ai vraiment envie de m'accoupler avec elle. Cela m'obsède depuis hier.

— Partons d'ici, dit Skoll, et trouvons un autre groupe.

— C'est fort dommage, dit Harl Mern, nous commencions à faire des constatations fort intéressantes. Mais si Lien est porté sur les Femmes Rousses, le même phénomène se renouvellera chaque fois.

— Je ne suis pas aussi pervers que vous l'imaginez, protesta Lien. C'est elle que je désire.

Ils laissèrent la caisse de viande et retournèrent vers le remorqueur. Jdrou les accompagna en essayant de retenir Lien, par la main, par le bras. Puis elle crocha carrément ses ongles très durs dans son bas-ventre. Il crut que la combinaison allait se vider d'un coup mais le tissu spécial résista. Pourtant elle lui avait fait très mal.

— Dites-lui que nous devons partir, que nous allons revenir, n'importe quoi.

Il monta le premier dans le poste de pilotage, ferma les yeux. Les deux autres le rejoignirent et le remorqueur démarra enfin.

Ils durent chercher jusqu'au début de l'après-midi avant de rattraper une horde de dix-sept individus qui avançaient le long de la voie ferrée vers le nord. Ils les dépassèrent, les attendirent.

— Ne faisons rien. Pas de cadeau, pas de signes.

Les dix-sept Roux passèrent, sans même un regard de curiosité. Ils marchaient en file et leur sagesse faisait aller les vieillards et les enfants en tête, les adultes les plus robustes fermant la marche. Ils transportaient tous quelque chose, des sacs de plastique qui avaient contenu les ordures des trains de luxe.

— Nous allons les dépasser et laisser tomber de la viande. Nous recommencerons plusieurs fois, jusqu'à ce qu'ils comprennent que nous pouvons leur procurer de la nourriture.

Ce n'est qu'à la troisième fois que la horde s'approcha du remorqueur de façon moins indifférente. Les enfants s'arrêtèrent un court instant mais les adultes les poussèrent.

— Ils ont peur de ce que nous pouvons exiger en échange. Je me demande donc ce qui peut motiver les guerriers de Glass Town. Je ne pense pas que ce peuple des glaces aille jusqu'à tuer pour pouvoir manger.

La quatrième fois, les adultes furent moins stricts avec les gosses. Ces derniers prirent la viande en toute hâte et rejoignirent la horde.

Il fallut recommencer encore plusieurs fois pour que la troupe s'arrête enfin. Et là on apprit la vérité grâce à Skoll qui les interrogea.

— Ils nettoyaient la glace sur le dôme d'une ville, ils ne connaissent pas le nom, bien sûr, mais c'est à huit jours de marche d'ici, ce qui peut représenter mille kilomètres car ils ne se sont pas arrêtés plus d'une heure.

— Impossible, protesta Harl Mern.

— Ils ne mentent pas. Ils disent que les gens de la ville n'ont plus voulu leur donner de nourriture parce que le dôme n'était pas suffisamment nettoyé. Alors ils sont partis vers le Nord. Ils disent que dans le Nord ils trouveront du poisson. Il suffit de creuser un puits dans la glace et de descendre dans l'eau.

A cette pensée, Lien frissonna.

— Ils disent que beaucoup de Roux le font désormais. Le bruit s'en est répandu depuis des jours mais ils n'envisageaient pas de partir si les Hommes du Chaud avaient continué à les nourrir pour leur travail. Ils disent que la glace augmente tous les jours sur les dômes et que le travail devient trop long.

— C'est en rapport avec les restrictions énergétiques. Sous les dômes, la température a dû baisser de plusieurs degrés. A certains endroits elle n'est plus que de dix degrés. La glace s'accumule donc et le travail devient très difficile.

— Je suis préoccupé, dit Lien lorsque la horde s'éloigna avec d'autres morceaux de viande. Ils disent qu'ils vont creuser des puits et plonger sous la banquise pour pêcher. Ils peuvent certes supporter la température de l'eau qui n'est que de deux ou trois degrés. Pour eux, c'est de l'eau chaude, en somme. Le major Londal nous a dit que pour vérifier l'épaisseur et la solidité de la banquise sous la mer il aurait besoin de plongeurs exceptionnels.

Ils se regardèrent avec consternation.

— Le major est un homme très bien renseigné. Il doit savoir que certains Hommes Roux sont capables de plonger sous la banquise et d'y rester assez longtemps.

— Au moins un quart d'heure, dit Skoll. Personnellement en piscine je peux rester sous l'eau ce laps de temps.

— Disons une demi-heure ?

— C'est raisonnable.

— En nageant donc de puits en puits pour reprendre souffle, ils peuvent parcourir des distances considérables. Il suffit qu'ils emportent une caméra qui filmera la banquise sous les voies ferrées et l'armée obtiendra des clichés admirables. Car n'oubliez pas une chose. L'Etat-Major voit plus loin que la traversée de la banquise sur l'ancienne mer du Nord. Il pense surtout à l'immense banquise qui recouvre l'Atlantique entre l'ancienne Irlande et le Canada par exemple. Vous pensez bien que l'invasion ne s'arrêtera pas au bout de quelques kilomètres.

— C'est très inquiétant pour les Hommes Roux, dit Harl Mern. Le major peut en faire capturer, les enfermer sans nourriture et ensuite exiger d'eux ce genre de tâche.

— Ce ne sera pas si facile, affirma Skoll. De toute façon nous ne faisons qu'extrapoler sur quelques propos du major. Pour l'instant, nous étudions le comportement des Hommes Roux, et rien ne nous autorise à aller plus loin.

— Méfiez-vous de Londal, il utilise n'importe quelle donnée, même une réticence, un mot de trop, une virgule dans un rapport. Il a réussi à nous convaincre sans recourir aux méthodes brutales.

Ils rentrèrent alors que la nuit était déjà avancée. Dans leur remorqueur ils se rendirent compte que le trafic devenait encore plus intense dans l'obscurité, comme si l'armée craignait d'être surveillée en plein jour.

— Autrefois il y avait des avions, des satellites pour espionner l'ennemi, mais de nos jours il n'y a que les observateurs humains qui peuvent remplir ce rôle. Il y a certainement des espions même parmi le personnel de la Compagnie ; le personnel navigant, je veux dire.

Lorsqu'ils pénétrèrent dans Transit Station, ils surprirent une certaine agitation, mais le moindre déplacement de régiment ou d'unités de combat créait la même effervescence et ils n'y attachèrent pas d'importance.

Néanmoins, Yeuse avait des informations plus inquiétantes.

— Une grosse unité aurait été attaquée dans la journée par un commando d'Hommes Roux. On parle d'un destroyer qui testait la banquise pas très loin d'ici.

— Comment le sait-on ?

— Ils ont envoyé un S.O.S. et des permissionnaires ont été raflés dans les rues pour rejoindre leur bord.

Ils dînèrent avec cette pensée obsédante qui les préoccupait. Si les commandos d'Hommes du Froid passaient à l'offensive, la réaction serait effroyable. On ne pourrait mettre des milliers d'hommes au secret, la censure ne pourrait empêcher les soldats de prévenir leur famille.

Ils discutaient à voix basse dans le salon-bar lorsque le major Londal entra et vint vers eux. Il accepta de boire une vodka :

— Je suppose que vous êtes au courant ? Voici les faits : vingt Hommes Roux ont attaqué un destroyer de trois mille tonnes, très rapide. Ils ont envahi les superstructures alors que le bâtiment roulait à faible allure. On ne sait d'où ils ont surgi, mais en un instant ils avaient détruit toutes les portes étanches, toutes les trappes étanches des bouches à feu. Bref, le froid a pénétré dans le bâtiment en moins de deux minutes. Il n'y avait que quelques marins pour porter la combinaison isothermique. Eux ont pu résister, lancer le S.O.S., mais lorsque les secours sont arrivés, il était trop tard et le destroyer commençait de s'enfoncer dans la banquise car ces bandits avaient libéré les soupapes.

La vapeur réchauffait la glace en dessous. On a pu éviter qu'il ne disparaisse en totalité, mais pour le sortir de sa mauvaise position, c'est pratiquement impossible. Il faudra le laisser couler, sinon on devrait détourner les réseaux de voies sur un kilomètre, ce qui prendrait du temps, de l'énergie et du matériel.

— Vingt Hommes Roux ?

— Armés de fusils-lasers et de charges explosives. Ils faisaient sauter les portes étanches. Ils ont effectué un travail rapide et net. Comme s'ils connaissaient la superstructure et l'infrastructure du bâtiment par cœur.

— C'est impossible, protesta Skoll. Pour leur apprendre à lire il faudrait des années. De plus, un destroyer ne représente pour eux qu'une masse confuse. Le concept de bâtiment avec des parties habitables n'existe pas dans leur cerveau. Même s'ils nous voient sortir d'un train, ils ne comprennent pas que nous y vivons... Je pense qu'il faudrait vingt ans pour parvenir à un tel résultat. Si les Panaméricains avaient passé vingt ans à former ces commandos, vous l'auriez appris tôt ou tard.

— Ce destroyer est d'un modèle récent. Pour obtenir les plans il aurait fallu assister à sa construction, les étudier... Si vous me parliez de votre journée d'exploration ?

— Nous avons rencontré un autre groupe, résuma Harl Mern. Ils fuyaient une ville où le travail devenait trop dur. La glace s'accumulait sur le dôme, depuis les restrictions. Ils préfèrent crever de faim que de besogner sans arrêt pour racler la glace.

— Vous êtes certain de ça ?

— Absolument.

— Où allait cette horde ?

— Vers le Nord. Ils recherchent des dépôts d'ordures sur lesquels ils s'installeront.

— J'ai des rapports qui me signalent que les migrations vers le Nord sont de plus en plus fréquentes.

Elles ont augmenté de dix pour cent chaque trimestre durant toute l'année. Il doit y avoir une raison précise à ce boréal-tropisme. Lieutenant Skoll, avez-vous pu interroger ces gens ?

— En partie, major. Leur dialecte est très différent de celui que je connais.

CHAPITRE X

A force d'étudier les anciennes cartes géographiques d'avant la nouvelle ère glaciaire, il y en avait tout un stock dans la bibliothèque de l'Etat-Major, une série de voitures dans un train blindé très confortable. Harl Mern dénicha un très grand lac sur l'ancien territoire suédois. Il fit un relevé discret de l'endroit, le reporta sur ses cartes récentes et constata que ce lac Vanern était situé juste sous la glace d'une région pratiquement déserte. La Compagnie, toujours méfiante vis-à-vis des banquises, n'y avait installé qu'une voie unique qui traversait l'ancien lac du sud-ouest au nord-est.

— Nous allons essayer dans ce secteur, annonça-t-il à ses amis. En partant très tôt et en forçant l'allure, nous pouvons y être en moins de quatre heures. Je suis certain que des Hommes Roux se sont installés là-bas pour pêcher.

— Si le major nous fait suivre, il découvrira lui aussi ces plongeurs exceptionnels, fit remarquer Skoll. Notre véhicule peut emporter un petit émetteur radio clandestin qui indique constamment sa position. Ne sous-estimez pas le major. Lui aussi peut consulter les anciennes cartes de l'ère tempérée.

— Nous ne ferions que l'entraîner jusque là-bas.

— Si la migration vers le Nord s'amplifie, il se doutera bien de quelque chose.

— Vous avez réussi à lui faire croire qu'ils ignoraient la destruction de leur Sanctuaire et que leur boréal-tropisme n'était que l'attrait d'un lieu saint pour des pèlerins.

— Nous avons promis d'étudier ce comportement collectif, ne l'oubliez pas. Nous pourrions traverser ce lac sous-glaciaire et nous contenter d'observations rapides.

— Un autre véhicule nous permettrait de rester plusieurs jours en route, mais le major ne nous fait pas tout à fait confiance.

Il faisait encore nuit lorsque le pataud remorqueur passa le sas en direction de l'Est. D'ailleurs, une fois sortis de la zone militaire, profonde d'une centaine de kilomètres, leur allure s'accéléra et ils atteignirent l'embranchement du lac vers huit heures du matin. Il existait une toute minuscule station le long de cette voie unique qui portait le nom de Lake Station. On devait trouver une vingtaine de Lake Station sur la concession de la Compagnie, mais néanmoins ils eurent la preuve qu'ils étaient sur la bonne voie.

Plus loin ils croisèrent un convoi particulier arrêté sur une voie de garage dans l'attente de leur passage. Un transporteur de rennes d'élevage les regarda avec stupeur, peu habitué à voir des unités aussi grosses dans le coin. Le remorqueur avait vraiment une allure de monstre préhistorique et sa carrosserie mal entretenue ajoutait à sa laideur. Mais les doubles moteurs rassuraient les trois hommes.

Ils s'arrêtèrent sur une autre voie de garage conçue pour libérer la voie principale en cas de nécessité. Lien croyait avoir aperçu des traces d'Hommes Roux un peu plus haut. Ils remontèrent à pied, protégés par leur combinaison, sauf Skoll qui ne portait que des vêtements chauds et avait les mouvements plus libres.

C'était en effet un ancien campement. Quelques traces habituelles, l'emplacement des corps allongés dans la glace pour le sommeil y laissant une empreinte ovalisée. Les Roux s'étaient alors écartés des rails selon un angle de quarante-cinq degrés environ. Skoll proposa de suivre seul la piste, mais Lien voulut l'accompagner, tandis que Harl Mern regagnait le remorqueur. La piste continuait dans l'immensité blanche à peu près plate. Skoll finit par faire remarquer qu'ils risquaient de marcher pour rien durant des heures. Qu'apparemment, sur la surface glacée du lac Vanern, il n'y avait aucune installation humaine.

— Continuons encore un peu, dit Lien. Nous n'avons pas quitté le remorqueur de vue. Nous couperons tout droit pour le rejoindre.

Ils continuèrent une demi-heure, puis Skoll désigna des sortes de stries sur la glace non loin de là. Ils allèrent voir et elles rappelèrent quelque chose à Lien. Il les étudia avec attention, puis fut formel :

— Lors de mon expédition vers le Sanctuaire des Glaces, j'ai été précédé par frère Pierre et d'autres Néo-Catholiques qui utilisaient des traîneaux mobiles. Ils étaient propulsés par un réacteur. Ils possédaient le même écartement que celui des rails. Deux mètres cinquante comme ici.

— Vous croyez que ce sont des Néo-Catholiques qui sont passés ici ?

— Très certainement. Leur engin peut être équipé de roues à boudin pour progresser sur les rails, ou de patins pour la glace. Ce sont les seuls qui puissent quitter les réseaux, les voies secondaires, pour voyager à leur guise.

Skoll paraissait stupéfait et incrédule. Il avait du mal à accepter cette idée que la Compagnie Transeuropéenne acceptait une dérogation à ses prescriptions, un privilège aussi exorbitant.

— C'est le frottement trop accentué de ces engins rapides qui laisse des traces. S'il était traîné par des chiens, on apercevrait de temps à autre celles des griffes. Les traîneaux à chiens sont assez légers et ne vont pas assez vite pour s'échauffer à ce point.

— Mais comment la Compagnie peut-elle accepter une telle violation de ses principes ! La mobilité, c'est la vie, dit-elle, mais seulement sur des rails. Elle tolère quelques traîneaux à chiens, mais le traîneau à moteur ! Le réacteur, lui aussi, est interdit car il consomme trop de carburant liquide. Vous croyez que les Néo-Catholiques ont obtenu ces privilèges ou qu'ils violent la loi ?

— Je l'ignore.

Ils suivirent la nouvelle piste qui, après avoir croisé celle des Hommes Roux, la continuait. Et puis ils aperçurent une légère vapeur montant de la banquise à moins de deux kilomètres. Lien se retourna. Le remorqueur n'était qu'un point sur l'horizon et fumait abondamment. Une fumée noire assez épaisse puisqu'il consommait ce carburant fabriqué à partir d'anciens stocks de pneus.

— On fait du feu dans le coin, dit le lieutenant Skoll. Un feu qui ne produit pas beaucoup de fumée, juste une vapeur qui tremble au-dessus de la glace comme de la gélatine.

— On ne voit rien. Y aurait-il une installation sous la surface ?

— En quelque sorte, oui.

Lien commençait de se fatiguer. Marcher avec une combinaison isothermique n'était pas très agréable. Si la température était trop chaude on se trouvait comme dans un sauna et la transpiration ruisselait. Des pompes spéciales la rejetaient vers l'extérieur mais elle finissait par couler le long des jambes jusqu'aux pieds, qui baignaient dedans. Si l'on réduisait la température, cette même transpiration gelait et c'était assez déplaisant.

— Attention, dit Skoll.

— Quoi ? Vous craignez une attaque ?

— Sait-on jamais ?

Skoll n'avait que son pistolet réglementaire et Lien aucune arme. Ils achevèrent les derniers cent mètres presque à quatre pattes et soudain découvrirent un effondrement de la banquise, une cuvette qui devait bien avoir deux kilomètres de diamètre dans sa partie la plus large, mais sa configuration rappelait plutôt un haricot sec. Le fond n'était pas débarrassé de sa glace. Celle-ci était simplement moins épaisse, percée de grands trous qui devaient se refermer sans arrêt. Il y avait des Hommes Roux, plusieurs centaines d'Hommes Roux et un traîneau automobile à réacteur qui avait pu descendre dans le fond grâce à la petite route qui empruntait le flanc de la falaise.

— Un centre de pêche, dit Skoll. Un de ceux vers

lesquels accourent toutes ces hordes lorsqu'elles marchent vers le Nord. L'eau est douce et sans doute très poissonneuse. La pêche est sûrement très simple, avec ces puits. Le poisson attiré par la lumière doit se précipiter dans les filets.

— Je ne vois pas de filets.

— Le troisième puits à partir de la gauche, regardez bien.

Lien s'intéressait surtout au traîneau automobile, une sorte de voiture sur patins, avec certainement climatiseur et confort minimum. Il voyait un homme en combinaison isotherme qui discutait avec deux Hommes Roux et essayait de reconnaître le visage barbu de frère Pierre à travers la visière de la cagoule.

— L'affaissement n'est pas très récent, dit-il après un regard aux falaises environnantes. Il doit y avoir au centre du lac une source d'eau chaude qui empêche la glace de s'épaissir. Elle fond en dessous au fur et à mesure, mais moins lentement que sa formation. Un équilibre a dû s'établir entre les deux phénomènes. Ces puits ont à peine deux mètres de profondeur.

— Le puits numéro six, vite !

Deux Hommes Roux y disparaissaient. On ne voyait que leurs têtes, puis plus rien.

— Incroyable, dit Lien. Je chronomètre leur absence.

— Je pense qu'ils servent de rabatteurs, en quelque sorte. Le filet est un peu plus loin, et les deux nageurs vont pousser le poisson vers lui.

En effet un peu plus tard, peut-être cinq minutes, les Hommes Roux placés autour du puits numéro trois remontèrent leur filet et durent appeler du renfort pour soulever la nasse qui devait peser très lourd.

Lien attendait la réapparition des deux plongeurs mais elle tardait.

— Ils ont au moins une tonne de poissons, peut-être davantage, dit le lieutenant. J'ai comme l'impression qu'ils le stockent un peu plus loin dans une caverne de glace. Ce doit être le missionnaire qui leur a fourni le filet.

Lien surveillait tous les puits à la fois. Il ne pouvait croire que ces deux Roux puissent rester plus d'un quart d'heure sous l'eau.

— Que décidons-nous ?

— On attend d'abord qu'ils sortent. Si c'est frère Pierre, je descends lui dire deux mots.

— Ce ne serait pas prudent.

Lorsque les deux hommes ressortirent par le puits le plus proche de leur position d'observation, il s'était écoulé trente-trois minutes. Ils ruisselaient, mais leur fourrure ne paraissait pas conserver l'eau. Ils s'ébrouèrent comme des animaux puis se dirigèrent vers le missionnaire.

— Je me demande si l'eau gèle dans les poils, murmura Lien. L'autre jour j'ai eu l'impression que ces fourrures possèdent leur propre chaleur.

— Non, dit Skoll, j'ai examiné la mienne avec attention. Du moins là où elle pousse.

Son métissage avait réparti cette fourrure surtout sur son corps, épargnant le visage et les mains.

Maintenant il l'avait laissé repousser mais la taillait régulièrement pour pouvoir endosser des vêtements sans paraître énorme.

— Elle ne se mouille jamais. Lorsque je me douche, il faut que j'utilise un savon spécial laine afin que la saleté s'en aille.

— C'est frère Pierre, dit Lien. Je le reconnais parfaitement maintenant. Son allure ne peut s'oublier. Il pourrait déguiser son visage mais pas sa démarche.

— Renoncez à votre projet, ce serait de la folie.

— Ecoutez, Skoll, le frère a des intentions qui m'effraient. Il n'est pas l'ami de vos demi-frères d'ethnie, même s'il fait illusion. Il a détruit leur Sanctuaire par pur fanatisme pour qu'ils se tournent vers l'Eglise néo-catholique. Il a une mentalité d'inquisiteur des siècles passés.

— En détruisant le Sanctuaire il a aussi fait disparaître le secret d'Oun Fouge, ses notes sur les différentes expériences qui lui ont permis de créer les Hommes Roux. Et s'il était tout simplement un agent secret de la Compagnie déguisé en religieux ?

— Tout est possible, murmura Lien avec ressentiment. Je déteste cet homme.

— Il ne vous a pas laissé mourir de froid cependant.

— Et je lui en veux aussi pour ce geste d'humanité. Car je me demande s'il n'était pas calculé. Peut-être saura-t-il me rappeler un jour que je lui dois la vie, pour me faire accomplir quelque chose de très déplaisant.

— Il faut rejoindre Harl Mern et quitter cet endroit. Nous avons vérifié ce que nous pressentions. N'oubliez pas que le major Londal attend notre rapport et nous guette.

Ils se retirèrent et retournèrent vers le remorqueur en regardant souvent derrière eux, de crainte que le traîneau à réaction ne surgisse et que le religieux ne les surprenne. Lien commença de se fatiguer et Skoll dut le soutenir.

Ils atteignirent le remorqueur, assez épuisés.

— Démarrez, ordonna le lieutenant, nous discuterons plus tard.

Ils burent du thé et mangèrent tandis que le remorqueur achevait de traverser le lac. Plus loin, ils rejoindraient un réseau plus important qui les ramènerait à Transit Station. Harl écouta leur récit avec attention.

— Le nouvel intérêt des Hommes Roux pour la pêche aurait été en quelque sorte encouragé par le frère Pierre ?

— Pas lui tout seul certainement, mais par les Néo-Catholiques.

— Pour en faire des hommes libres ?

— En apparence, c'est l'explication. La charité venant au secours de ces êtres malheureux, dit Lien.

— Mais vous n'y croyez pas.

— Non. Le frère Pierre manœuvre trop habilement. D'un côté il brûle le Sanctuaire de Oun Fouge, de l'autre il montre à ces Hommes du Froid comment vivre dans l'indépendance alimentaire. Il va les retirer peu à peu de notre vie quotidienne. Ils quitteront les dômes qu'ils nettoient, mais si c'est là leur travail le plus fréquent, il y en a d'autres.

— Et la relation avec les événements de Glass Station ? demanda le lieutenant Skoll.

— Je ne la vois pas encore.

Ils retrouvèrent le réseau et, grâce à la boîte marron, passèrent sous le nez de plusieurs convois et locos particuliers à certains embranchements. Les chauffeurs paraissaient furieux que ce remorqueur rouillé les oblige à céder le pas. Eux ne se rendaient compte de rien, le pilotage automatique lié à la boîte marron leur laissant l'esprit libre pour réfléchir, pour essayer d'y voir plus clair.

— Londal nous enverra certainement en territoire ennemi, prédit le lieutenant. Il doit résoudre le problème de la banquise et celui des Hommes Roux transformés en tueurs. Nous formons l'équipe adéquate hautement spécialisée.

— Rien ne laisse présumer une telle décision, dit l'ethnologue. Ce que j'aimerais connaître, c'est son avis sur les Néo-Catholiques.

Plus tard, Skoll eut un petit rire amusé et expliqua la raison de sa gaieté :

— Si la Compagnie possédait des avions, cette dépression du lac Vanern serait depuis longtemps répertoriée. On dit que notre technique n'est pas suffisante pour faire voler des appareils. En fait, les Compagnies sont bien d'accord, tacitement ou non, pour empêcher que par ce biais les hommes leur échappent. Même les guerres féroces qu'elles se livrent ne les amènent pas à transgresser les règles du rail. Ne trouvez-vous pas ça fabuleux et stupéfiant ?

— De l'avion on pourrait passer à la fusée qui traverserait cette couronne de particules qui nous cache le Soleil, dit Lien.

CHAPITRE XI

Le cabaret Miki où travaillait Yeuse quitta Transit Station pour une autre ville de garnison à l'arrière du front. La jeune femme faisait un effort pour retenir ses larmes, mais Lien était presque soulagé de la voir partir. La nuit, il rêvait souvent de Jdrou et craignait que son amie ne soupçonne la vérité. Il ne voulait pas la faire souffrir. Il l'aimait plus que n'importe qui, mais Jdrou, c'était différent, comme un retour aux sources de l'humanité, l'acceptation d'un animalisme primitif, le triomphe de l'instinct sur la raison et ses acquis contradictoires. Il aurait voulu parfois, comme dans ses rêves les plus fous, se transformer en Homme du Froid et partir avec la jeune fille à travers les glaces. Il imaginait, toujours la nuit, mille subterfuges pour pouvoir l'aimer physiquement, dans une atmosphère qui ne soit ni trop froide pour lui ni trop chaude pour elle. Dans ses rêves, tout s'arrangeait merveilleusement et il s'unissait à elle longuement. Parfois c'étaient des cauchemars pénibles. Jdrou était enceinte, s'enfuyait et il finissait sa vie en se demandant ce qu'était devenu le petit métis né de sa semence.

Deux jours après le départ de Yeuse, Harl vint le réveiller un beau matin alors qu'ils n'avaient rien de prévu puisque c'était dimanche.

— Justement, dit l'ethnologue, c'est dimanche. Déjeunons rapidement et je vous ferai découvrir quelque chose d'étonnant.

Le lieutenant Skoll était de service au quartier général comme commandant de la Sécurité pour vingt-quatre heures. Personne n'oubliait qu'il était officier, même s'il bénéficiait d'un détachement spécial auprès du major Londal.

Ils prirent une draisine-taxi, l'autorité militaire ayant dû rétablir les transports urbains depuis quelques jours. Harl donna une vague adresse et ils arrivèrent dans les anciens faubourgs ouvriers où stationnait une énorme voiture à étage possédant une sorte de petite tour sur laquelle flottait un drapeau blanc à croix noire. Il sursauta :

— Mais c'est…

— Une église.

Un tramway déversa toute une foule de soldats qui se dirigèrent vers l'église mobile. Harl et Lien entrèrent, s'installèrent au fond. Une musique d'orgue jouait discrètement et Lien fut tout de suite fasciné par l'atmosphère d'extrême concentration qui régnait dans ce lieu. Plus tard il apprit que c'était la foi religieuse qui rendait ces fidèles si absorbés dans leurs pensées.

La messe se déroula selon un rite qu'il ne comprit pas très bien. Il s'ennuya un peu, ne fut intéressé que par les instants de très belle musique.

— Patientez, le prêtre va monter en chaire.

Le prêtre était un homme grand, gros, qui portait des habits de cérémonie assez étranges. Blancs et noirs, avec une sorte d'écharpe brodée qui lui battait le dos et le ventre.

Lorsqu'il monta en chaire, le silence fut absolu.

— Mes frères, cria-t-il. Je voudrais vous expliquer ce qu'est le Mal, le véritable Mal. Depuis trop longtemps on a négligé de le faire et nos esprits s'engourdissent dans un laisser-aller qui ne sait plus distinguer ce qui est bon pour notre âme et ce qui est mauvais. Bien avant le début de cette nouvelle période glaciaire, il y a donc deux cent cinquante ans, vos pères et vos mères, vos ancêtres, s'étaient également appauvri l'esprit au point de ne plus savoir où était la vérité, où était le mensonge. Et la colère divine envoya ce fléau cruel, la Glace. Une Grande

Panique se produisit et l'humanité sombra dans un chaos infernal où survivre fut la seule règle de vie. On vola, on pilla, on tua, on commit des folies pour rester en vie dans ce froid d'épouvante qui se répandait à toute vitesse sur le globe terrestre. Mais Dieu savait ce qu'il faisait. Puisque le Mal n'apparaissait plus clairement aux humains, il le leur imposa dans leur chair, dans leur corps et en définitive dans leur esprit puisque le Froid devint l'obsession de chaque être vivant. Le Froid, c'était le Mal. Et l'homme le comprit si bien qu'il se hâta de se réfugier dans des nids bien douillets, bien chauds, comme un enfant qui retournerait dans le ventre de sa mère pour échapper aux malédictions.

Il marqua un temps d'arrêt et regarda en dessous de lui avec des yeux sévères.

— Le Mal est à nos portes. Il est symbolisé par le Froid. Mais cela ne suffisait pas. Alors Dieu a laissé le démon créer une vie dénaturée, des créatures qui s'adaptaient au Froid, qui vivaient en dehors des humains. Bien sûr, au début, ces créatures pouvaient faire illusion, apparaître dociles, pacifiques. Le Diable sait prendre son temps avant de montrer sa véritable nature. Mais désormais chacun sait à quoi s'en tenir. L'illusion n'est plus permise. Chacun doit choisir entre les fausses idoles du Froid et le Dieu de Chaleur et d'Amour.

Longtemps après ce sermon, Lien resta prostré, accablé. Il croyait avoir mal entendu.

— C'est un appel au meurtre, avait-il murmuré dans l'église, provoquant des remous hostiles, si bien que Harl avait dû l'entraîner au-dehors.

Il ne savait comment ils étaient revenus à l'hôtel,

comment il avait pu prendre ce verre de vodka en main.

— C'est inadmissible, dit-il. Comment la Compagnie laisse-t-elle ce fou parler ainsi ? Et que font les Néo-Catholiques ? Ils l'encouragent. Comment saviez-vous qu'il allait dire de telles monstruosités ?

— Parce que dimanche dernier, dans une autre ville, il avait exactement dit les mêmes monstruosités.

— Il désigne les Hommes Roux comme porteurs du Mal.

— C'est très grossier, mais efficace. Je crois que l'Eglise ne l'approuve pas officiellement mais qu'elle lance cet homme comme un éclaireur, un commando. Elle veut voir quelles seront les réactions des fidèles. Pour cela elle a choisi la zone des armées où il n'y a plus un seul Homme Roux.

— Mais ces fidèles reviendront un jour dans un endroit où il y en aura… Que feront-ils ?

Harl Mern porta son verre de vodka à sa bouche et en savoura une gorgée :

— L'Eglise effectue une sorte de test. Ainsi elle pourra connaître son influence, son rayonnement.

— Elle aurait pu choisir un thème différent.

— Il y a sans doute un autre but que je n'arrive pas à comprendre.

— Agirait-elle en harmonie avec le conseil d'administration de la Compagnie ?

L'ethnologue soupira d'incertitude :

— Tout est possible. Je crois que son but, c'est la conquête du pouvoir, mais d'un pouvoir occulte. La Compagnie a des difficultés. Elle a cru les résoudre en créant un deuxième front à l'Ouest, alors que celui de l'Est n'est pas fameux. Si elle suscite une vague de racisme contre les Hommes Roux, elle détournera la colère des habitants qui normalement devraient demander des comptes au conseil d'administration. L'Eglise en profitera pour donner des conseils. Vous avez entendu parler d'éminence grise un jour ou l'autre... Non ? Dans ce cas, c'est difficile à expliquer. L'Eglise veut diriger, mais sans en avoir l'air. Rien n'est donc laissé au hasard, et frère Ignace, ce prêcheur sanguinaire, a été choisi à dessein.

Dans la journée, Lien essaya de téléphoner à Floa Sadon, la fille du gouverneur de la 17e Province. Il avait été son amant, avait failli devenir son mari. Elle était l'une des dix plus grosses actionnaires de la Compagnie et possédait en fait un pouvoir exorbitant sur le conseil d'administration, qui n'était autre que le gouvernement de la Transeuropéenne. L'artifice de la Compagnie ferroviaire, comme de toutes celles qui dirigeaient le monde, c'était de laisser croire qu'il n'y avait plus de nations, plus de pays, simplement une concession où la vie sociale s'organisait sur le modèle d'une société commerciale. La Compagnie installait les rails, faisait rouler les convois, créait des stations, pas des villes. Elle favorisait l'industrie, le commerce, tout ce qui rapportait de l'argent. De façon annexe elle devait sinon encourager mais du moins accepter l'éducation, la médecine et l'art, encore que ce dernier soit désormais réduit au minimum. Il y avait de gros porteurs d'actions, de moyens porteurs et des petits. On ne donnait plus de décoration ou d'échelon mais une action. Lien devait en posséder quelques-unes dans le fond de ses bagages. Tout le monde en avait.

Floa n'était pas présente au palais de son père mais

il laissa son numéro au secrétaire, qu'il connaissait bien, pour que la jeune femme le rappelle. Il ne savait trop s'il pouvait compter sur elle. Il avait aidé à la faire libérer lorsqu'elle était l'otage du pirate du rail Kurts, mais c'était une fille capricieuse, nymphomane et rancunière.

Pourtant elle rappela à dix heures du soir, alors qu'il allait se coucher.

— Lien ? C'est gentil de me téléphoner. Je suis désolée pour mon absence mais j'étais invitée à une réception.

— Floa, j'ai besoin de tes conseils.

Il connaissait ses défauts, le moyen de présenter une sollicitation. Elle adorait qu'on ait besoin d'elle.

— Mais je suis ta débitrice, Lien. Tu sais que le pauvre instituteur qui était amoureux de moi est complètement fou ? Il a quitté sa famille, son école, pour travailler à River Station, non loin du palais de mon père. C'est un fou mais il est adorable.

— Floa, crois-tu que les Néo-Catholiques ont acquis beaucoup d'actions depuis quelque temps ?

— Les affreux cafards ? Ça ne risque pas. Le conseil d'administration a pris une mesure qui reste secrète pour le moment. Aucun ordre religieux, politique, ou association quelconque ne peut posséder d'actions. Elles doivent être nominales dans la plupart des cas. Il y avait toute une machination pour que l'Eglise obtienne une grosse participation.

La Sécurité également, mais elle n'allait pas en parler au radiotéléphone.

— Très bien, dit-il. Je te remercie infiniment.

— Mais où es-tu ?

— Sur le front, quelque part dans l'Ouest.

— Mais c'est horrible, dit-elle avec un rire contenu.

CHAPITRE XII

Le lieutenant Skoll avait vu juste. Le lundi matin, le major Londal demanda au trio d'envisager une mission jusqu'à Glass Station. Lien ne parvenait pas à comprendre comment les cheminements de pensées dans deux cerveaux aussi différents que celui de Skoll et celui du major avaient pu aboutir à la même conclusion.

— Je n'ignore rien des dangers que vous allez courir, mais sans vouloir exercer une pression sur vous, je vous rappelle que vous avez accepté de travailler pour l'armée. J'ai étudié la meilleure façon d'approcher cette station en courant le moins de risques possible. Il se trouve que l'on peut atteindre cette ville en évitant toute la région du front actuel. Regardez cette carte. Je ne vous cache pas qu'elle fait partie d'un tirage réduit et que vous ne la trouverez nulle part ailleurs. Voici le réseau du Petit Cercle, n'est-ce pas ? Il est très important, très fréquenté et nous le possédons dans sa totalité. La première, la Compagnie a installé ses voies dans cette région proche du pôle, au 85e degré.

Ils n'avaient jamais vu une carte semblable. Ils découvraient des réseaux inconnus, des voies isolées qui ne semblaient conduire nulle part.

— Ici, il y a un raccordement et une voie unique

qui descend vers le Sud, contourne le pays au-dessus de l'Islande. Cette région a été vendue il y a soixante-dix ans par la Compagnie à la Panaméricaine, mais celle-ci ne l'a pas exploitée. La ligne existe toujours.

— Enfouie sous la glace, certainement, avança Lien.

— Pas sur la banquise qui ne bouge pratiquement plus depuis des décennies. Il est possible qu'à hauteur de l'Islande vous ayez des ennuis, mais avec un bon laser vous pouvez creuser une tranchée continue si la couche n'excède pas cinq mètres. Nos calculs électroniques nous donnent un chiffre de deux mètres, ce qui vous permettrait une progression de vingt kilomètres à l'heure dans les endroits où la couche ne dépasse pas cette épaisseur.

— Mais, s'exclama Lien, de quelle énergie disposerons-nous pour utiliser de façon continue un laser de cette puissance ? On ne va pas partir en mission avec un cuirassé d'un kilomètre circulant sur quarante rails ?

— Non, évidemment. Nous alimenterons cette voie ferrée en énergie. Nous détournerons sur le Petit Cercle polaire, celui de quatre-vingt-cinq degrés, la plus grosse partie de la production de courant. Votre motrice disposera également d'une indépendance énergétique.

— Mais si vous alimentez la voie en courant, il y aura quelque part un instrument qui avertira l'Etat-Major de la Panaméricaine que cette voie est à nouveau sous tension ?

— Votre motrice disposera d'un système qui absorbera toute l'énergie, quelle que soit votre consommation. En aval de votre progression, les rails resteront non électrifiés.

— C'est vraiment une motrice exceptionnelle, murmura Skoll d'un ton très grave.

— Exactement. Il n'y en a que deux modèles. Au-delà de l'ancienne Islande, vous approcherez de l'Ecosse par le Nord-Ouest. Vous traverserez une banquise si incertaine que même la Panaméricaine n'a pas osé l'exploiter. Il y a quelques voies ferrées pour des véhicules très légers qu'utilisent les pêcheurs installés dans le coin.

— Mais les prises de gaz et de pétrole existent bien aussi ?

— Elles sont sous-marines. A ce niveau, nos ennemis sont techniquement plus en avance. Au moment de la Grande Panique, les techniciens bloqués dans cette zone ont eu le réflexe de protéger les installations en utilisant une partie de l'énergie qu'ils extrayaient du fond de la mer. Par la suite, des travaux minimes ont procuré à toute cette province plus d'énergie qu'elle ne pouvait utiliser.

— Mais quand pénétrerons-nous sur le réseau véritablement exploité par nos ennemis ? demanda Skoll.

— Ici. Il est possible que l'aiguillage soit enfoui sous la glace. D'après les instructions ferroviaires panaméricaines, il y a là d'anciennes voies de garage. L'une d'elles paraît un peu plus extérieure. En fait, c'est celle par laquelle vous arriverez. Le danger commencera réellement à ce moment-là. Mais nous pensons que vous vous trouverez dans la zone évacuée par les Panaméricains. Vous aborderez Glass Station comme si vous veniez de l'Ouest, du Groenland, par exemple.

— Mais nous ne pénétrerons jamais dans la ville, dit Lien. Même s'ils nous prennent pour des Panaméricains.

— Je pense que le lieutenant Skoll saura vaincre

leur méfiance si ce sont réellement des Hommes Roux qui occupent l'endroit.

Skoll hocha la tête en silence. Il paraissait très réservé.

— Je comprends votre réticence, dit le major. Je ne vous demande pas d'effectuer un coup de main. Il n'est pas question de faire sauter Glass Station pour que nous puissions progresser. Je ne suis à la recherche que de renseignements.

— Il nous faudra au moins huit jours, dit Harl Mern qui n'avait pas encore ouvert la bouche.

— Le retour sera plus aisé. La glace n'aura pas eu le temps de recouvrir cette voie clandestine. Au fait, dès que vous l'abandonnerez pour le réseau ennemi, vous devrez envoyer un signal afin que nous coupions la fourniture d'énergie. Maintenant nous allons faire un petit voyage d'une heure.

Dans son loco-car personnel, le major les entraîna, hors du dôme de Transit Station. Ils suivirent le réseau du Nord pour s'en séparer au bout de vingt kilomètres et pénétrer dans une minuscule station protégée du froid par une méchante verrière rococo. Un village qui avant l'exode devait compter cinquante habitants. Tout un escadron de blindés légers l'occupait et paraissait appliquer des consignes rigides.

— Voilà l'engin, dit le major en s'immobilisant à côté d'une sorte d'obus sur roues.

C'était un véhicule très bas sur rail mais qui possédait, expliqua le major, des roues plus importantes qu'elles ne paraissaient, dotées de crampons sur les flasques extérieurs. L'intérieur était parfaitement conditionné pour quatre personnes. La vie ne serait pas inconfortable.

— Il peut atteindre des vitesses élevées, et possède les derniers perfectionnements pour une manipulation aisée. Je pense qu'en moins de vingt-quatre heures le lieutenant Skoll l'aura bien en main et que vous pourrez partir après-demain.

En fait ils partirent trois jours plus tard et le prototype que le major appelait *Squale* fonça vers le Nord à plus de deux cents kilomètres à l'heure. Sa boîte de priorité noire avec deux + de priorité absolue, quelles que soient les circonstances, ne mit que quelques heures pour atteindre le Petit Cercle polaire de quatre-vingt-cinq degrés et le raccordement à peine une heure plus tard. Skoll testa avec succès la fourniture d'énergie. Tout était parfait. Ils naviguèrent sur la banquise à vitesse plus réduite car ces deux rails abandonnés depuis des décennies pouvaient avoir subi des distorsions importantes. La première alerte eut lieu quatre-vingts minutes plus tard et l'écran qui analysait les deux rails un kilomètre à l'avance indiqua une déformation ahurissante. Ils en approchèrent au pas et purent constater le dégât sur une distance énorme, peut-être deux kilomètres. La banquise avait dû s'effondrer ici, se boursoufler là. Ils ne pouvaient pas passer.

Skoll, qui avait passé trente-six heures à étudier les possibilités du *Squale*, ne s'affola pas. En quelques instants il détacha de l'avant du véhicule une sorte de petit chariot surmonté d'un énorme réservoir.

— Pouvez-vous me piqueter la banquise ? demanda-t-il aux deux autres. Vous tracez le meilleur chemin pour l'installation de rails dans des zones plates.

Harl et Lien emportèrent des piquets métalliques et tracèrent le nouveau passage sur un bon kilomètre pour commencer et, lorsqu'ils retournèrent sur leurs pas, ils assistèrent à un spectacle surprenant. Grâce à son chariot spécial, Skoll reconstruisait des rails dans une matière translucide. Lorsque Lien voulut les toucher, il lui cria de n'en rien faire. Lien vit que la glace fumait et fondait au fur et à mesure que la machine établissait une nouvelle voie.

— C'est une résine spéciale qu'un appareil insuffle d'air pour économiser la matière. Mais c'est suffisant pour supporter deux fois le poids de notre motrice. Dans deux heures j'aurai effectué la jonction avec la partie saine de la voie. Cette résine est de plus conductrice de courant.

— Mais si nous devons renouveler l'expérience encore souvent, disposerez-vous d'assez de résine ? demanda Harl.

— Certainement pas, mais nous irons en rechercher. C'est à ce prix que nous pourrons continuer.

Ils rencontrèrent deux autres déformations mineures mais le lendemain ils étaient très avancés dans la banquise lorsque ce fut la catastrophe. La voie avait complètement disparu dans une cuvette du genre de celle du lac Vanern au-dessus de la Suède. Pendant que Skoll reconstruisait des rails en résine autour de cette dépression, Lien retourna chercher des barils de la résine qu'il trouva à l'embranchement du Petit Cercle polaire et qu'il put embarquer grâce à un palan installé sur le *Squale*.

Au bout de quatre jours d'efforts ils affrontaient l'Islande et des congères de trois mètres, certaines de cinq. Les ordinateurs s'étaient trompés. Leur avance ne fut plus que de huit kilomètres à l'heure mais régulière. Ils se relayèrent aux commandes durant les vingt-quatre heures suivantes. Puis les congères cessèrent et ils croisèrent à différentes reprises des voies uniques qui devaient relier des établissements isolés, soit des pêcheries, soit des captages de gaz ou des puits de pétrole.

Un matin, ils furent parmi quelques voies de garage oubliées depuis longtemps, près des ruines d'une petite station qui avait dû être ravagée par un incendie et abandonnée. Dans quelques instants ils allaient se couper de la Transeuropéenne, rouler en réseau ennemi. Skoll envoya le signal codé pour suspendre la fourniture d'énergie et désormais le *Squale* fonctionna sur ses propres réserves. Il n'était pas doté d'une machine à vapeur mais d'un moteur qui fournissait du courant aux roues motrices.

Ils abordèrent le réseau panaméricain avec méfiance et inquiétude.

— Il n'est plus sous tension, dit Skoll après quelques vérifications. C'est plutôt rassurant. Mais restons quand même sur le qui-vive. Nous devons rencontrer une petite station. Le réseau passe à l'extérieur mais nous pourrons vérifier s'il n'y a vraiment personne qui y demeure encore.

Le *Squale* s'immobilisa non loin d'un sas d'accès et Lien accompagna Skoll qui voulait effectuer une reconnaissance. Harl restait dans le véhicule, se demandant s'il saurait utiliser les lasers ou le canon mitrailleur pour couvrir la retraite de ses amis.

C'était une petite ville qui avait dû vivre de l'élevage des moutons. Une fois le sas franchi, on longeait des ballots et des ballots de laine empilés jusqu'au dôme et sur une longueur impressionnante. Il y avait aussi des caisses remplies de conserves de viande, des installations frigorifiques à l'extérieur du dôme, certainement remplies de quartiers de mouton. La ville se prolongeait par un tunnel translucide qui conduisait aux élevages. Mais il n'y avait plus une seule bête. Tout avait été évacué, tué. Plus loin, c'étaient les installations agricoles, les cultures de fourrages et de céréales sans terre, sur sous-couches cellulosiques alimentées en eau et en fertilisant.

— Il n'y a plus personne, remarqua Skoll, mais la ville est toujours chauffée et dans ces serres de culture la température est vraiment élevée.

Ils trouvèrent vite l'explication. La petite ville vivait en circuit fermé, le fumier de mouton entassé dans des cuves spéciales fournissait un dégagement de chaleur suffisant pour entretenir une température moyenne sous le dôme et du bio-gaz pour ses besoins en énergie. En fin de cycle, le fumier refroidi servait d'engrais pour les cultures.

Ce fut Lien qui aperçut le loco-car d'un modèle ancien, abandonné dans le fin fond d'une ruelle bordée de cellules d'habitations qui pouvaient recevoir le nom de maisons bourgeoises tant elles étaient grandes et confortables.

Le véhicule était en état de marche et, dès que la vapeur commença à se former, les pistons se mirent à aller et venir.

— On pourrait l'utiliser pour approcher de Glass Station sans trop attirer l'attention. Notre prototype ne passera pas toujours inaperçu.

— Il nous reste encore une belle distance à parcourir. Croyez-vous que cet engin nous permettra de voyager sans incidents ?

— On pourrait toujours l'emmener en remorque et parcourir les derniers kilomètres à son bord.

A moins de vingt kilomètres de Glass Station ils trouvèrent un autre centre ovin, plus petit celui-là. C'était plus une grosse ferme d'élevage qu'une station, et il fallait abandonner le réseau officiel pour s'y rendre en empruntant une voie unique. Mais ils purent cacher le *Squale* sous les ballots de laine et faire cuire un gigot de mouton avant d'affronter la dernière étape.

Ce fut Skoll qui aperçut le barrage sur l'écran de télévision à longue portée bien que l'obstacle signalé puisse être confondu avec une congère. Il fallait l'œil exercé du lieutenant pour comprendre de quoi il s'agissait. Sur l'écran, les formes restaient floues, estompées, mais il sut identifier quelques véhicules insolites, des loco-cars, des draisines urbaines, des tracteurs de voirie et puis surtout les formes vivantes qui s'agitaient en grand nombre.

— Des Hommes Roux, dit-il. Des soldats en combinaisons n'auraient pas cette aisance ni cette légèreté.

— Vous croyez que nous sommes découverts ?

— S'ils disposent d'instruments de repérage, la seule vibration des rails a dû donner l'alerte. Sans nous en douter, nous les avons prévenus de notre approche depuis pas mal de temps.

— Que décidez-vous ?

— Si nous avions eu l'équipement sophistiqué du *Squale* nous aurions pu les repérer longtemps à l'avance. Maintenant c'est trop tard. On ne peut que ralentir, le temps de trouver une solution.

Lien, pour la première fois, fut saisi d'une terreur confuse et se demanda si la fuite n'était pas la meilleure solution. Skoll parut soudain pris de folie, et ses deux compagnons crurent que réellement les gènes de son père influaient sur son comportement. Il arracha ses vêtements chauds, il ne portait la combinaison que rarement, ne garda que le minimum. Il décrocha un fusil-laser et les en menaça :

— Je suis un métis d'Homme Roux. Je vous ai capturés. Vous êtes des espions transeuropéens. Je rejoins mes frères de race.

Sur l'écran, le barrage était très net désormais et on pouvait même l'apercevoir à l'œil nu. Il y avait de vieux véhicules qui empêchaient toute circulation sur le réseau et au moins une vingtaine d'Hommes Roux, dont certains s'avançaient sur les voies. Ils ne portaient que des armes. Des armes assez anciennes, semblait-il, sauf ceux qui disposaient de gros fusils-lasers d'un modèle inconnu, certainement panaméricain.

— Vous me laissez faire, murmura Skoll.

— Ce sont des Hommes Roux de race pure, le prévint Harl Mern. Ils peuvent détester les métis.

— Nous verrons bien.

Lien avait soudain des soupçons. Et si leur ami Skoll avait brusquement décidé de changer de camp ? La vue de ses congénères révoltés — semblait-il, sinon pourquoi se méfiaient-ils de ce qui pouvait venir du côté panaméricain ? — avait pu le faire basculer dans la cause des siens.

Le vieux loco-car s'immobilisa et Skoll les poussa à travers le sas sans ménagements. Deux Hommes Roux approchaient. Leur fourrure paraissait mitée, endommagée et de couleur plus proche du jaune sale que du cuivre flamboyant.

Skoll engagea la conversation en dialecte roux mais bientôt des mots d'anglais se mêlèrent à la conversation, si bien que Lien et Harl comprirent à peu près le sens de ces échanges verbaux. En plus, d'autres

Hommes Roux arrivèrent et parmi eux trois métis, dont une femme. Les trois portaient des vêtements chauds, du genre que les humains utilisaient sous les dômes isothermes. Tous trois laissaient pousser le poil sur leur visage et leurs mains mais leur fourrure était moins fournie.

Un certain Sparn, qui parlait l'anglais de façon parfaite, s'étonna que des Transeuropéens aient réussi à pénétrer dans le territoire libre, même en venant du Nord. Il expliqua que désormais les Hommes Roux, au nombre de plusieurs milliers, occupaient une zone tampon à la frontière des deux concessions ferroviaires, le long de la banquise tant au Nord qu'au Sud. Ils n'étaient pas des commandos utilisés par les Panaméricains mais formaient des groupes armés indépendants.

— Nous voulons arracher un pays à ces deux Compagnies ennemies. Une zone où tous les Hommes Roux qui errent sur la planète pourront venir, pourront vivre ou simplement se réfugier. Nous ne voulons pas imposer quoi que ce soit. Tout se discutera en petites communautés.

— Mais quand avez-vous entrepris votre action ? s'étonna Skoll.

— Dès que les préparatifs de guerre ont commencé du côté transeuropéen. Il y avait des mois, deux ans en fait, que nous attendions une occasion. Les Panaméricains n'ont jamais prévu la défense de cette zone. Pour eux, elle est d'un intérêt économique négligeable malgré le gaz, le pétrole et la pêche. Depuis longtemps ils ont édifié une zone de défense très en arrière. En pleine banquise, sur l'ancien océan Atlantique, en utilisant le Groenland Ouest, des îles anciennes. De là partira peut-être une contre-attaque. Mais en attendant nous sommes là et peut-être que les deux adversaires trouveront, mais pas tout de suite, un avantage à ce que nous soyons placés entre eux.

— Mais votre rébellion a commencé quand ?

— Lorsque les Transeuropéens se sont mis à évacuer leurs stations et à aligner des unités et des bâtiments sur la frontière, les Panaméricains ont vraiment pris peur dans cette région. Ils ont décidé de partir bien avant que leur Compagnie n'en donne l'ordre. Ils voulaient tout emmener. Leurs maisons, leurs usines, leurs élevages. C'est alors que nous sommes passés à l'action. Ils ne nous avaient jamais vus que sur les dômes, les verrières, le long des rails, nus, affamés, misérables. Ils nous prenaient pour des animaux puants, déplaisants à regarder, obscènes mais inoffensifs. Leur surprise, leur terreur furent inimaginables lorsque nous sommes apparus armés et décidés à nous imposer. Chose curieuse, nous n'avons eu que très peu de combats à livrer. Les plus coriaces furent les fermiers isolés, les pêcheurs. Dans les stations, c'était vraiment le sauve-qui-peut.

Lien échangea un regard avec Harl Mern.

L'un et l'autre commençaient à craindre le pire. Ils tenaient désormais Skoll en suspicion. De plus, cet Homme Roux, Sparn, s'exprimait avec une aisance, une facilité déroutante. Il semblait connaître l'économie, la géographie, surtout ancienne, et ce n'était pas un métis qui, en vivant parmi les hommes du Chaud, aurait pu acquérir ces connaissances. Ils ne comprenaient pas comment un tel homme avait pu passer inaperçu durant des années.

— Nous avons manœuvré de façon à ne laisser qu'une issue : la fuite. La vie sauve s'ils n'emportaient que le strict minimum. Ils n'ont pas demandé leur reste. Je parle des populations sous globe. Les fermiers isolés ont dû être abattus pour la plupart. Dès que la nouvelle de l'insurrection s'est répandue, ils ont liquidé les Hommes Roux qui vivaient près de leurs installations. Un carnage sans distinction de femmes et d'enfants. Alors que ceux-là étaient vraiment pacifiques et même incapables de prendre les armes. Aucun ne s'est défendu, aucun n'a même ramassé un bloc de glace, un morceau de fer, pour le jeter sur leurs bourreaux. Nous pensons qu'un millier a dû être exterminé. Nous avons dû, une fois les stations vidées des Hommes du Chaud, réduire ces points de résistance un à un. Nous leur offrions toujours la possibilité de partir en leur envoyant des…

Là, il butait sur le mot exact.

— Des messagers, des médiateurs… Ils les abattaient sans vouloir les écouter. Nous sommes entrés en contact avec eux par radiotéléphone, ils nous ont ri au nez et nous disaient de venir si on l'osait. Lorsqu'on a fait fondre leurs dômes avec des lasers, ils ont commencé à comprendre, certains, pas tous. Trente pour cent ont accepté de partir ; le reste…

Skoll ne posa pas la question que ses amis attendaient. N'avait-il vraiment pas existé un espoir que ces gens-là acceptent de collaborer avec les Hommes du Froid ? Ces derniers voulaient-ils vraiment une zone uniquement peuplée d'Hommes Roux en excluant tout autre humain ? Lien avait lu dans des livres d'histoire que jadis un Etat juif s'était constitué dans les mêmes conditions et avait fini tragiquement.

— Que va-t-on faire de ceux-là ? demanda Skoll.

— Nous allons en discuter.

— Ne craignez-vous pas une attaque des Transeuropéens ? Ils ont amassé des forces fantastiques. Vous ne pourriez détruire les mastodontes qui attendent l'heure de l'invasion.

— Ils n'attaqueront pas tant qu'ils ne seront pas certains de la solidité de la banquise.

— Ils font procéder à des vérifications, dit Skoll.

L'Homme Roux eut un rire amusé :

— Les Transaméricains avaient besoin de gagner du temps. Ils ont utilisé un procédé secret pour fractionner la banquise et la rendre moins résistante.

CHAPITRE XIII

Le sas de Glass Station, détruit par les missiles du patrouilleur de reconnaissance PR-17, n'avait pas été réparé et dans la ville régnait un froid atroce. Mais les deux Transeuropéens avaient été enfermés dans une voiture isotherme assez confortable, une ancienne voiture d'un train de luxe munie de salons, de cuisines, de cabines pour dormir. On leur avait ôté leur combinaison, ce qui leur interdisait de s'évader.

Depuis les fenêtres du fumoir ils pouvaient voir aller et venir la nouvelle population de Glass Station, une population d'Hommes et de Femmes du Froid, mais il y avait aussi des métis, un sur quatre environ. Une population à la fois guerrière et pacifique. Tous les hommes ne portaient pas les armes et toutes les femmes ne se livraient pas à des tâches de cuisine ou d'entretien. Il y avait des sortes de réfectoires en plein air où l'on mangeait de la nourriture cuite sur des fourneaux à gaz. Les ateliers des verreries tournaient au ralenti.

— Quand le patrouilleur est entré dans la ville, les Roux s'y trouvaient déjà, murmura Lien. Ils devaient évacuer la chaleur, insupportable pour eux au-dessus de moins dix, par les différentes cheminées. Seul un commando réduit a attaqué pour ne pas trop donner l'alerte à l'Etat-Major, pour laisser le temps aux Hommes Roux de terminer l'occupation de ce territoire.

— Regardez, des enfants !

Ils sortaient d'une voiture juste sur le quai en face, et un métis apparaissait en dernier lieu à la portière.

— C'est un maître d'école et ses élèves. Il est six heures du soir et ils rentrent chez eux.

L'éclairage était chiche et c'était volontaire. Sinon le dôme à facettes aurait irradié une lumière intense, visible à des dizaines de kilomètres. L'organisation de ces êtres si différents d'eux leur apparaissait de plus en plus efficace.

— Il y a une origine à tout ça, dit Harl Mern. Je suis ethnologue et j'ai eu à étudier des groupes humains, appartenant à la race du Chaud, qui vivaient l'ère glaciaire comme des tribus primitives. Je suis persuadé que les structures qui réglementent la vie de ces gens-là sont profondes, acquises. Ils n'ont pu les acquérir en cent ans. Voyez plutôt les hordes que nous avons étudiées, notamment celle de Jdrou.

Chaque fois, le nom de cette jeune fille venait raviver la blessure de Lien. Il ne pouvait l'oublier, il en rêvait la nuit, toujours des rêves très érotiques et très tendres à la fois. Il inventait un monde où ils pouvaient se rencontrer sans souffrir du froid et du chaud. Ils s'aimaient follement, jouaient ensemble. Jdrou avait appris son langage et s'exprimait avec une maîtrise parfaite. Sa culture se révélait fantastique mais son corps restait toujours aussi fièrement animal et leurs amours atteignaient des plaisirs insoupçonnés. Ces rêves l'obsédaient malgré leur irréalisme. Il glissait lentement vers la folie de croire qu'ils pourraient déboucher sur une possibilité de vie à deux. Il ne savait pas encore comment, ne cherchait pas tellement.

— En somme, dit Harl Mern, quelques Hommes Roux ont reçu une formation solide, profonde, étalée certainement sur des années. A leur tour ils transmettent aux leurs des données de première nécessité. C'est une éducation accélérée et circonstancielle.

— Une éducation uniquement guerrière ?

— Je l'ignore, mais d'après ce que nous voyons il ne semble pas. Ils ont dû faire la part du feu, sacrifier une génération chargée des coups de main et de la défense, mais ces enfants doivent recevoir une éducation pacifique.

— Sur quelles bases culturelles ? Les nôtres ? Ce serait une folie. Notre société actuelle n'est pas organisée très sainement. Cette notion de profit et en même temps de dépendance vis-à-vis de la Compagnie, c'est une situation névrotique.

Ils pouvaient cuisiner à leur façon, les frigos étant remplis de tout ce qu'ils pouvaient souhaiter. Lien préparait les repas avec soin pour passer le temps. Ils n'avaient pas revu Skoll et le croyaient perdu pour leur amitié.

Ce soir-là, ils venaient de boire un dernier verre d'une vodka très ancienne. Harl Mern fumait des cigares rouges euphorisants dont ils avaient trouvé une boîte entière lorsqu'un téléphone grésilla quelque part dans la voiture. Ce n'était pas celui de ce salon et ils durent chercher longtemps avant de découvrir l'appareil réservé auparavant au chef de train. La cabine de ce dernier était située à l'étage et on y accédait par une échelle-escalier.

Lien décrocha et reconnut la voix de Skoll.

— Depuis longtemps je cherche le moyen d'entrer en contact avec vous. Toutes les lignes sont évidemment surveillées par les amis, sauf celle-ci qui est particulière. Avant tout, je vous rassure. Les Roux n'ont aucune intention malveillante à votre égard. J'essaie de les convaincre de vous utiliser comme plénipotentiaires avec l'Etat-Major transeuropéen, mais il faut laisser l'idée faire son chemin. Je sais que vous ne manquez de rien.

— Avez-vous trouvé l'origine de ces Hommes Roux qui s'expriment comme vous et moi et possèdent une grande culture ?

Ils eurent l'impression que cette question de Harl Mern gênait terriblement Skoll.

— Voyons, reprit l'ethnologue, ne me prenez pas pour un crétin. Ce Sparn, par exemple, il lui a fallu non seulement des années pour arriver à ce niveau, mais aussi une génération parentale déjà hors du commun de la condition habituelle des Hommes Roux. Disons que ses parents devaient savoir parler correctement, lire et écrire pour que lui-même atteigne cette aisance.

— Je ne sais pas encore comment il est parvenu à ce stade de connaissances, répondit Skoll. Je voulais vous rassurer et vous laisser bon espoir.

— Etes-vous toujours notre ami ? demanda Harl. Question que la pudeur de Lien lui empêchait de poser et que la naïveté bien connue du savant autorisait.

— Mais bien entendu.

— Cette nouvelle République du Froid doit cependant vous fasciner, n'est-ce pas ?

— C'est exact. Je ne m'attendais pas à découvrir pareille chose et c'est assez passionnant.

— Allez-vous rester avec eux ?

— Je n'ai pas encore pris de décision. Je dois arrêter là cette conversation. Je tâcherai de vous appeler demain à midi, ou bien alors le soir à la même heure.

Le lendemain, Lien réussit à bricoler une caméra de télévision trouvée dans la voiture et l'installa dans la cabine du chef de train d'où l'on dominait une bonne partie de ce quartier de Glass Station. Et ils purent faire quelques observations intéressantes sur la vie des nouveaux habitants. Leur organisation sociale semblait basée sur le collectivisme. Ils mangeaient ensemble, effectuaient certaines tâches ensemble. Mais, par exemple, ils semblaient dormir à leur guise. Certains, peu habitués au confort d'une couche, s'allongeaient n'importe où, sur les quais entre les rails, carrément sur la glace qui se reformait en certains endroits. D'autres semblaient s'enfermer dans des voitures pour la nuit.

Puis Lien se lassa et parcourut quelques revues abandonnées par les anciens voyageurs. Harl Mern continua ses observations et plus tard l'appela avec une voix très excitée. Lien vint regarder l'écran et découvrit un homme et une femme allongés dans une ancienne fosse de visite, en train de se caresser avec passion.

— Vous jouez les voyeurs, fit Lien, un peu gêné.

Le spectacle l'intéressait mais l'emplissait de jalousie. Il s'imaginait avec Jdrou en train de faire la même chose et ne supportait pas cette pensée.

— C'est très intéressant, mon vieux, pour plusieurs raisons. D'abord ils se cachent et c'est nouveau. Dans nos sociétés, on peut toujours voir ces gens-là s'aimer sur les dômes. Si bien que les gardiennes de nos vertus ne cessent de s'indigner. Ceux-là se cachent et depuis que nous sommes ici à les observer nous ne les avons plus vus faire l'amour en public. Deuxièmement il y a déjà un moment qu'ils se caressent et ils ne s'accouplent pas. L'homme vient d'éjaculer mais la femme n'a pas encore eu d'orgasme. J'ai l'impression qu'ils utilisent le plus vieux moyen anticonceptionnel du monde : la masturbation réciproque.

Lien n'osait plus regarder l'écran. Il n'avait pas l'esprit aussi scientifique que Harl pour regarder sans éprouver d'émotion perverse.

— Ce sont de rudes gaillards que les mâles. Il a déjà joui et voilà qu'il reste tout aussi tendu, prêt à recommencer. Pourquoi ne s'accouplent-ils pas ? Cela m'intrigue au plus haut point. Ah ! voilà que la demoiselle a son petit plaisir à son tour. Bigre, elle l'exprime si fort qu'elle va arracher le membre de son compagnon. Bon, voilà que celui-ci recommence…

Lien s'éloigna. Il se souvenait de la douce féminité de Jdrou qu'il avait explorée de ses doigts. C'était peut-être la solution que de s'aimer ainsi sans s'accoupler. Juste le plaisir donné et reçu. Très difficile à admettre, mais si c'était la seule possibilité pour un couple aussi différent qu'une fille du Froid et un homme du Chaud ?

— Ils se relèvent, se séparent comme ça. Le garçon

se nettoie un peu. Il y a de quoi. Ils n'ont pas vingt ans, vous savez. Je me demande si cette ethnie que nous observons n'est pas en train de vivre une période de puritanisme.

— La civilisation fait ses ravages, dit Lien. Dans les hordes, ils ne se conduisent pas de cette façon qui rappelle nos perversités.

— C'est exactement ce que je pense. Mais pourquoi auraient-ils évolué dans une sorte de morale inutile en quelque sorte ? Je ne pense pas qu'ils aient compris en quelques années, quelques mois, voire quelques jours que c'était choquant de s'aimer devant tous.

— Que voulez-vous dire exactement ?

— Je dis qu'un élément extérieur a apporté une morale mal adaptée. Notre morale plus ou moins. Je n'ai jamais vu de couple agir ainsi lors de mes contacts depuis que je suis ethnologue et que je m'intéresse aux Hommes Roux. Jamais. Vous avez remarqué aussi que la ville est propre et qu'ils se rendent dans les sanitaires publics ?

— Simple question d'hygiène.

— Peut-être, mais il y a aussi une règle morale qui doit leur faire peur. La fille de tout à l'heure ne voulait pas tomber enceinte. Parce que cette chose si naturelle en soi est peut-être devenue un délit dans les circonstances actuelles.

— Où allez-vous chercher tout ça ? fit Lien, un peu agacé. Il était normal que des Roux plus civilisés imposent ces contraintes aux autres plus primitifs.

— Ce n'est pas normal, vous dis-je. Ce n'est pas dans la ligne de leur comportement.

Lien n'insista pas et se replongea dans ses lectures tandis que Harl continuait ses observations. Vers midi, ils attendirent le coup de fil de Skoll, qui ne se manifesta pas.

A deux heures on frappa à la porte transparente du sas et ils virent une fille d'une vingtaine d'années qui leur apportait des pommes. Il devait y avoir des vergers sous serres, dans le coin, pour en produire de cette qualité.

— Je vais la rejoindre, dit Harl.

L'ethnologue pénétra dans le sas où il devait faire cinq au-dessus de zéro et la fille le suivit. Elle était belle, plantureuse mais n'avait pas le charme de Jdrou. Ses seins éclataient de santé et Lien, qui les observait, vit soudain la main desséchée de Harl se poser dessus. Il pensa que le spectacle du matin avait donné des idées lubriques à ce vieillard décharné.

La fille se mit à rire et continua lorsque la main de l'ethnologue se posa sur son ventre puis se fit encore plus indiscrète. Elle riait toujours mais se retournait pour regarder si on les surveillait. Elle parut dire quelques mots, laissa le panier dans les mains du savant et descendit.

Harl Mern entra, l'air enchanté.

— Vous me prenez pour un vieux cochon qui abuse de la situation ?

— Vous n'avez pas à vous expliquer.

— Cette fille voulait bien faire l'amour avec moi mais elle m'a dit qu'elle reviendrait dans la nuit, parce qu'il ne fallait pas que les prêtres soient au courant.

Cette fois, Lien sursauta :

— Elle a dit ça ?

— Le mot prêtre en anglais.

— Vous avez fait exprès de la caresser pour voir quelle serait sa réaction ?

— Oh, je ne suis pas assez hypocrite pour dire que je n'y ai pas pris du plaisir, mais vous savez, je suis incapable d'avoir un désir physique. Depuis des années je souffre d'ennuis intimes qu'il serait superflu d'exposer ici, si j'ose dire. Mais je voulais en avoir le cœur net. Elle paraissait avoir très envie que je continue, mais elle avait aussi très peur, car ses poils se dressaient sur son corps et particulièrement sur sa nuque.

— Quels sont ces prêtres, des Néo-Catholiques ?

— Je l'ignore totalement.

— On peut les reconnaître, croyez-vous ?

— Vous avez vu que nous avons noté la présence de métis dans une proportion de vingt-cinq pour cent ?

— Oui, un sur quatre en effet.

— Nous avons pensé que tout Homme Roux habillé d'un minimum de vêtements était un métis ?

— En effet.

— La proportion doit être moindre. Je suppose que ces fameux prêtres inconnus sont habillés eux aussi. Ils ne peuvent forcer les autres au puritanisme de la vie courante s'ils ne donnent pas l'exemple. Je pense que nous aurons bientôt d'autres informations sur ce sujet qui devient passionnant et triste à la fois. C'est ainsi que l'on fait disparaître une civilisation, même primitive, par ce genre de contraintes.

CHAPITRE XIV

Lorsque le lieutenant Skoll les appela vers huit heures du soir, Lien fut très heureux d'entendre sa voix. Il se sentait seul, avait le cafard et ne pouvait plus supporter d'être enfermé. Harl Mern, lui, continuait ses observations, prenait des notes et s'isolait dans ses travaux. Partout il avait trouvé le moyen de s'occuper l'esprit, mais à Glass Station le spectacle qui se déroulait autour de lui le rendait fébrile et il accumulait les notes. Lien lui avait dit, non sans un peu de méchanceté, que les Hommes Roux les fouilleraient si jamais ils les relâchaient, qu'il ne pourrait pas emporter ces observations qui risquaient d'être utilisées par l'Etat-Major pour combattre le peuple du Froid.

— Demain, annonça Skoll, vous serez reçu par le Conseil de la Révolution. Ils vous chargeront d'une mission bien précise.

— Mais vous-même ?

— Je reste. D'abord comme otage, mais je l'accepte librement. Ce qui se passe ici me fascine.

— Nous ne nous reverrons pas ?

— J'essaierai. Pour l'instant nous pouvons communiquer et ce n'est pas si mal.

— Dites-moi, Skoll, continua Lien sur l'injonction

silencieuse de Harl Mern qui s'agitait beaucoup en face de lui, quelles sont ces nouvelles mœurs des Hommes Roux ?

— Que voulez-vous dire ? lança Skoll sèchement.

— Ils n'ont plus leur comportement habituel et même ils semblent suivre une sorte de ligne morale, je devrais dire une moralité assez austère d'ailleurs, fortement teintée de puritanisme. Nous avons assisté à de curieuses scènes.

— Qu'allez-vous chercher là ? dit Skoll avec une certaine véhémence. Que leur reprochez-vous ? De s'être rebellés et d'avoir secoué le joug de votre race ?

— Pas du tout, mon vieux, il ne s'agit pas de ça et vous avez très bien compris le sens de ma question. Mais vous essayez de donner le change parce que le spectacle vous afflige, vous aussi. Nous avons vu un couple qui se cachait pour faire l'amour... Et encore ils avaient l'air inquiet et n'échangeaient que des caresses.

— Vous auriez préféré qu'ils s'accouplent sous vos yeux, comme des animaux, des chiens de traîneau ? C'est ce que vous souhaitez pour mon peuple ? L'obscénité et l'aumône de quelques nourritures ?

Lien dut faire un effort pour ne pas s'énerver. Harl Mern le comprit et le débarrassa de l'appareil avec un sourire compréhensif :

— Dites-moi, mon vieux, c'est Mern qui parle. Ces gens-là ont reçu une autre formation, n'est-ce pas ? Ils ne viennent pas de tribus primitives et ne raclent plus la glace sur les dômes depuis pas mal de temps ?

— Où voulez-vous en venir ? Ça vous gêne qu'ils soient civilisés ?

— Pas du tout. Je suis très passionné au contraire par cette évolution et j'espère qu'ils ne commettront pas les mêmes sottises que nous. En général, sur la vieille Terre, celle qui voyait le soleil briller, les peuples primitifs n'ont pas eu beaucoup de chance. Dans la plupart des cas, ce sont des missionnaires qui ont tenté de les civiliser et, ce faisant, les ont fait disparaître. Oh ! en croyant bien faire, en général, et sans user de violence. Mais un peuple, une tribu, un groupe privé de son identité, de ses croyances, de sa culture, même si ce mot ne vous paraît pas présomptueux, ce peuple, cette tribu, ce groupe disparaît.

— Vous voudriez qu'ils défèquent et qu'ils s'accouplent sous vos yeux pour conserver cette fameuse culture?

Lien découvrait que le lieutenant avait toujours été d'un comportement très strict en différentes occasions. Il devait souffrir de voir les siens travailler nus sur les dômes et se comporter aussi naturellement que des animaux. Il y voyait obscénité et avilissement, alors que les Hommes Roux vivaient différemment, pensaient différemment.

Skoll avait une formation de militaire et d'officier et, pour lui, voir un Roux porter une arme, même s'il avait des idées pacifistes, ce fait constituait un progrès.

— D'où est venu ce nouvel ordre moral, Skoll ? demandait naïvement l'ethnologue. Comment a-t-on fait pour les éduquer dans ce très mauvais sens en aussi peu de temps ?

— Je l'ignore, mais sachez que je suis fier de mon peuple. La ville est propre, les gens se comportent comme des humains... Personnellement, j'approuve tout ce qui a été fait, même si vous n'êtes pas de cet avis. Il faut savoir payer le prix.

— Est-ce qu'ils adorent toujours le Loup Rouge ?

demanda rapidement Mern, se doutant que leur ami allait leur raccrocher au nez.

— Le Loup Rouge n'est pas un dieu. Le Loup Rouge faisait partie des superstitions. Un peuple qui veut se révolter et progresser ne peut adorer ces sottises. Dans les écoles qui se créent, chaque jour il y a une classe supplémentaire, on apprend qui était en fait le Loup Rouge. On parle d'Oun Fouge comme du créateur de la race. Mais sans culte de la personnalité. Fouge a commis des erreurs, des crimes. Il faut que ces choses-là soient dites.

— Il n'y a donc plus de religion ? s'étonna l'ethnologue.

— Pourquoi dites-vous ça ? Les missionnaires ont aidé le peuple du Froid à sortir de sa nuit, à prendre la place qu'il mérite. Il est normal que la plupart de ces hommes et de ces femmes croient en un dieu bon et juste et suivent les rites d'une Eglise.

— Quelle Eglise, la Néo ?

— Celle-là ou une autre, l'essentiel c'était de réussir l'entreprise et, en fait, ce n'est pas si mal. Vous ne préférez pas savoir comment les Hommes Roux se sont procuré des armes ? Ils n'ont pas toujours possédé des lasers. C'est Kurts le pirate, le fou à la locomotive géante, qui leur en apportait de pleines caisses. Pour rien, pour braver les Compagnies. Ils venaient par le Nord du pays et livraient des quantités énormes. De l'or aussi, pour les futurs révoltés. C'est un homme étrange. Un métis, comme moi. Mais il ne croit ni à Dieu ni au Diable. C'est un anarchiste complètement fou.

— Skoll, vous êtes donc satisfait de ce qui se passe ici ?

— Absolument. Le nouvel Etat s'agrandit chaque jour. Je suis désolé de vous l'apprendre, mais ils ont découvert le prototype, le *Squale*, dans cette petite ville moutonnière.

— Comment rentrerons-nous ? s'alarma l'ethnologue.

— Par le front.

Il raccrocha et les deux prisonniers échangèrent un long regard avant de retourner au salon. Lien ouvrit une autre bouteille de vodka et remplit les verres. Harl Mern soupira :

— Je crois que Skoll est perdu pour nous, pour la Compagnie et pour la lucidité. Je ne savais pas qu'il avait un tel désir d'ordre et de moralisme. Il me semblait que les Néo-Catholiques ne lui inspiraient pas une bien grande confiance.

— Il n'a jamais parlé d'eux, les a rarement critiqués lorsqu'il était de l'autre côté de la frontière. Je suppose qu'une congrégation de missionnaires a dû éduquer un petit groupe d'Hommes Roux, et cela depuis pas mal de temps. Dans un but précis et lointain. La Nouvelle Eglise Catholique se doutait que la Compagnie ne se laisserait pas manœuvrer facilement. Mon amie Floa a dit que le conseil d'administration lui interdisait de posséder des actions. Les Néo n'ont donc pas renoncé à influer sur le cours des choses. Malgré leurs efforts, leur obstination, ils n'ont jamais très bien réussi à pénétrer en force dans la population du Chaud. Ils n'ont pas beaucoup d'églises et certains endroits les ignorent superbement. Ils ont pensé que seul le pouvoir, ou du moins le pouvoir occulte, leur permettrait une implantation accélérée. Ils veulent conquérir les corps et les âmes. Cette période glaciaire est trop la bienvenue pour eux pour qu'ils laissent passer l'occasion. Ils ont cru que les gens allaient se précipiter vers la religion, mais les gens ont choisi la chaleur d'abord, la bouffe ensuite et la sécurité que leur accordait la Compagnie.

— Allez-vous défendre la Compagnie ? fit l'ethnologue, inquiet.

— Non, mais elle représente un moindre danger. Parce qu'elle prône le profit et l'organisation sociale, la Compagnie doit tolérer une certaine liberté des mœurs.

— Une soupape aussi, ricana Harl.

— Oui, vous avez raison. Mais cela autorise une certaine liberté. On peut combattre la Compagnie. En prenant de gros risques, mais c'est possible. On ne pourra pas combattre les Néo-Catholiques et leur nouvelle Inquisition.

— Vous vous égarez… Jusque-là, votre démonstration était assez plausible. Vous pensez que la Nouvelle Rome veut déstabiliser les Compagnies ?

— Exactement. Et les Hommes Roux vont servir cette politique grandiose. Ils vont bientôt pouvoir dire : « Regardez ce qui se passe en Panaméricaine. Les Hommes Roux ont pris le pouvoir dans la province orientale de cette concession. Ils nous menacent. Les Hommes Roux, c'est le Froid, c'est le Mal. »

— Le sermon de frère Ignace, n'est-ce pas ?

— Exactement. Ils les aident à créer un Etat, mais c'est pour mieux drainer la colère du peuple du Chaud. J'ai peur, Mern, j'ai une peur affreuse. Des gens comme frère Ignace, frère Pierre vont organiser des pogroms, des massacres du peuple du Froid. Ce sera une tuerie épouvantable. Et tout le monde approuvera les prêtres, tout le monde souscrira à leur haine du Mal symbolisée par le Froid. C'est tellement facile.

— C'est en effet troublant, murmura Mern. Il faudrait que nous rentrions au plus vite pour mettre le major Londal au fait de la situation.

Lien secoua la tête d'un air très pessimiste :

— Le major Londal n'aime pas les Hommes Roux. Il est comme tout le monde. Et de plus il voit là le moyen de détourner sur ces boucs émissaires la colère des gens ordinaires. Pendant qu'ils massacreront les Roux, ils oublieront que la guerre contre l'Est et l'Ouest piétine, que les dépenses d'énergie pour les fronts les privent de chaleur et de lumière, de nourriture et de liberté. Ils veulent gagner du temps, le maximum de temps. Ils espéraient conquérir ces champs sous-marins de gaz et de pétrole, mais ils sont arrêtés par la banquise et les Hommes Roux.

— Un cercle vicieux.

— Oui et toujours le Froid. La banquise, les Hommes Roux.

— Que faire ?

— Bien sûr, prévenir le major Londal. Peut-être qu'il comprendra que nous ne le trompons pas.

Ils dormirent très mal l'un et l'autre. Le lendemain on leur apporta leurs combinaisons isothermes. Deux hommes les attendaient au-dehors. Deux géants à la fourrure merveilleuse. Du cuivre fondu qui coulait de leur tête jusqu'à leurs pieds. Et pour la première fois ces Hommes du Froid portaient des sortes de caleçons qui les rendaient quelque peu ridicules. Ils en paraissaient d'ailleurs gênés.

On conduisit les deux Transeuropéens devant le Conseil de la Révolution que semblait présider Sparn. Skoll ne figurait pas, même comme observateur, parmi les membres. Lien, qui regardait ces dix hommes installés derrière une longue table, tressaillit en découvrant que trois d'entre eux portaient autour du cou une sorte de grosse médaille qui figurait un drapeau blanc frappé d'une croix noire.

— Nous avons décidé de vous renvoyer chez les vôtres, porteurs d'un message de paix, déclara tout net Sparn. Nous n'ignorons pas que vous veniez pour essayer de comprendre ce qui se passait ici. Vous le savez dans les grandes lignes.

— Que devrons-nous dire à nos chefs ? demanda Lien.

— D'abord, il faut que vous sachiez que, ce matin, trois gros bâtiments de la flotte transeuropéenne ont voulu lancer une attaque dans cette région et qu'ils ont disparu tous les trois corps et biens.

— Vous voulez dire qu'ils ont brisé la banquise et qu'ils reposent au fond de l'ancienne mer du Nord ?

— Exactement, répondit Sparn. Il doit y avoir plus de deux mille morts noyés. Les Panaméricains ont installé un système exceptionnel pour fragiliser la banquise. Nous le connaissons et l'utilisons. L'Etat-Major de votre Compagnie peut essayer de découvrir ce secret. Il y parviendra peut-être mais il ne pourra pas empêcher que la banquise s'effondre sous le poids de ses monstrueux et prétentieux bâtiments de combat.

— Quelle proposition de paix leur faites-vous ?

— Les armées doivent se retirer de trente kilomètres en deçà de la frontière. Et à partir du début de l'armistice, mille de nos frères de race doivent être acheminés jusqu'à ce territoire où nous les accueillerons.

— Des tribus entières ? s'étonna Harl. Mais c'est de la folie ! Elles sont excessivement fragiles du point de vue psychique et d'être transplantées brutalement d'un milieu naturel dans un milieu civilisé risque de provoquer…

— D'abord les Roux qui sont vos esclaves, ceux qui grattent la glace sur les dômes de nos villes orgueilleuses, ceux qui se chargent des détritus, ceux qui travaillent pour des fermiers féroces et exploiteurs ; plus tard on s'occupera des plus primitifs, comme vous dites.

— Vous allez provoquer un mouvement racial irréversible, déclara Lien.

Harl eut beau lui enfoncer son coude maigre dans les côtes, il ne put retenir cette protestation. Les trois Néo-Catholiques le regardèrent avec des airs soupçonneux.

— Que voulez-vous dire ? demanda l'un des trois.

— Les gens supporteront mal de voir s'en aller ces Hommes qui ôtaient la glace sur les dômes.

— Dans le temps, c'était fait par des machines. Puis la Compagnie a eu besoin d'énergie et a utilisé les Hommes Roux qui erraient autour des villes.

— Est-ce tout ? demanda Harl. Vous n'avez pas d'autres conditions ?

— Nous les ferons connaître plus tard.

— Si l'Etat-Major les repousse ?

— Il y aura des insurrections dans la concession transeuropéenne.

Lien retint un gémissement. Ainsi tout était prêt également de l'autre côté de la frontière pour que certains Hommes Roux se rebellent. Mais le Conseil de la Révolution ignorait que certains religieux comme frère Ignace attisaient la haine depuis quelque temps et que les gens du Chaud ne seraient pas pris au dépourvu, comme l'avaient été les Panaméricains de cette région.

— Quand partons-nous ? demanda l'ethnologue.

— Tout à l'heure.

Les deux hommes furent surpris mais ne le montrèrent pas.

— Pouvons-nous avoir notre véhicule personnel ? demanda Lien qui craignait la colère du major Londal.

— C'est une prise de guerre.

Ce fut à bord d'une draisine hérissée de drapeaux blancs que Lien et Harl furent entraînés hors de Glass Station dans la direction de l'Est. Le véhicule était conduit par deux Hommes Roux qui ne leur parlèrent pas.

Au bout d'une heure ils s'arrêtèrent et désignèrent la voie ferrée :

— Suivez-la et vous retrouverez les vôtres.

— Dans combien de temps ?

— Marchez.

La draisine repartit sans qu'ils puissent en savoir plus.

— Soit. Marchons, dit Harl ; mais sans nous affoler, sinon je ne tiendrai jamais le coup.

Une heure plus tard, une vedette de reconnaissance les prenait à son bord. Et pendant le voyage de retour ils purent rentrer en communication avec le major Londal et lui résumer les derniers événements.

CHAPITRE XV

Dès le lendemain, le major Londal voulut amener Lien sur la banquise, à l'endroit où gisait un cuirassé énorme ; celui-ci avait besoin de trente voies pour se déplacer et avait utilisé la majeure partie dc ce réseau panaméricain pour se diriger vers la ville de Glass Town. Il aurait pu la bombarder à distance avec ses missiles mais l'Etat-Major avait ordre de la Compagnie de préserver au maximum les installations que l'on pouvait utiliser par la suite comme point d'appui.

Le major avait transmis les conditions des Hommes Roux de la Zone Tampon comme on l'appelait désormais.

— Elles seront repoussées, dit-il à Lien. Personne ne les prendra au sérieux.

— Sauf si les Roux de notre concession se révoltent.

— Ils seront tous massacrés avant d'avoir pu bouger.

Lien avait essayé de faire comprendre à cet officier intelligent comment les Néo-Catholiques louvoyaient en utilisant sans scrupules les Hommes Roux, mais le major ne l'avait pas cru. Il voulait surtout que Lien s'occupe de la banquise.

Le cuirassé gisait par soixante-dix mètres de fond, et ses superstructures dépassaient encore de vingt mètres, au-dessus de la banquise. De loin, Lien pensa à un petit destroyer et ce fut en arrivant sur le rebord de la cassure qu'il comprit. La banquise avait cédé sur une sorte d'ovale d'un kilomètre dans sa plus grande longueur.

— Il y a eu très peu de survivants : ceux qui étaient dans les hauteurs à ce moment-là. Il paraît que la glace a cédé d'un coup et que les gerbes d'eau sont montées à cent mètres de haut et même plus pour former ces sortes de draperies sur les antennes rescapées.

En quelque sorte, les vagues géantes avaient aussitôt gelé sans avoir le temps de retomber, ce qui donnait à l'ensemble une apparence extraordinaire. La glace semblait avoir donné des ailes fines aux restes du mastodonte.

— Les Panaméricains ont un secret, dit Lien, mais nous n'en savons pas plus. Les Roux ont l'air très rassurés et pensent que jamais vous ne pourrez les atteindre.

— Avec de petits bâtiments.

— Il vous faudra les espacer pour éviter l'accumulation de poids sur la banquise. Il y a aussi des petits bâtiments qui ont coulé par ailleurs.

— C'est exact, murmura le major.

Ils descendirent de leur loco-car pour s'approcher de la cassure. Outre le cuirassé, une grosse superforteresse et un croiseur avaient coulé. Une perte énorme pour la Compagnie qui les avait retirés du front de l'Est pour combattre sur celui de l'Ouest.

— Il y a des parlementaires sibériens qui sont attendus, dit le major. On pense qu'ils ont des difficultés chez eux et qu'ils veulent suspendre la guerre, mais ce n'est pas encore fait. Que pensez-vous de cette cassure ?

Elle était assez nette. Plus bas, la glace s'était vite refermée mais restait encore assez transparente pour que l'on puisse voir l'un des ponts du cuirassé au fond de l'eau. C'était hallucinant, d'autant plus que des poissons énormes étaient en train de tourner autour.

— Des requins, expliqua le major. On dit qu'ils survivent à toutes les catastrophes et ne meurent que très vieux. Mille ans, peut-être davantage.

Lien alla chercher des jumelles spéciales et examina la cassure le plus loin qu'il put.

— Je veux descendre dans ce gouffre, dit-il en indiquant lc creux sombre qu'il avait choisi.

— Vous risquez gros.

— Un harnais, un câble. Le loco a ce qu'il faut. Je veux vérifier quelque chose.

Le loco approcha au maximum, on installa une sorte de système qui écartait le câble de la paroi coupante comme de l'acier. Cette glace avait une dureté peu commune. Lien détestait ce qu'il allait faire, descendre au bout d'un fil avec la menace de tomber sur cette banquise fragile qui se reformait rapidement. Aurait-elle assez de résistance pour ne pas s'ouvrir et le laisser se noyer au fond de cette mer qu'hantaient des requins d'un autre âge ?

Il ferma les yeux et, lorsqu'il fut au fond, osa à peine poser les pieds. Il avait emporté des outils mais dut crier pour qu'on le rapproche de l'endroit où il avait découvert cette sorte de grille en fil très ténu. Il découpa avec une pince un carré de cinquante centimètres de long et dit qu'on pouvait le remonter.

Le major regarda avec indifférence ce qu'il tenait à la main :

— Ça doit appartenir au cuirassé.

— Je ne crois pas, car ça se prolongeait dans la banquise même.

— Vous voulez dire que c'était inclus dans la banquise ?

— C'est une résistance. Chauffez-la moyennement et elle va creuser la glace, descendre d'autant de centimètres ou de mètres que vous le voudrez. Choisissez entre cinquante et cent centimètres et laissez-la en place. Vous en installez sur tous les réseaux. Il suffit de la faire passer sous les ballasts pour réussir l'opération. Des milliers de kilomètres carrés. Un courant direct pour l'alimenter. Le grillage descend lentement, découpant la glace et la rendant fragile.

— Elle se regèle au-dessus.

— La finesse du fil de résistance provoque un effet de capillarité. La vapeur d'eau se liquéfie, bien sûr puis redevient de la glace, mais elle ne peut pénétrer dans les fines découpes. La banquise ne supporte même plus le poids de quatre hommes.

— Mais l'alimentation ? Il n'y avait pas de courant sur ces rails, ni nulle part ailleurs. Nous avons des appareils excessivement précis. Nous avions soulevé cette hypothèse.

— Bien sûr, murmura Lien. Est-ce qu'on pourrait dégager une voie de sa gangue de glace jusqu'à une profondeur de quinze centimètres par exemple ?

— Au laser ?

— Non, à la main. Avec des outils habituels, veux-je dire.

Quatre hommes du loco-car se mirent à l'ouvrage et bientôt ils dégagèrent les deux rails d'une voie sur plusieurs mètres. Lien examinait les tranchées mais ne trouvait rien.

— Il faut soulever les rails.

— Comment voulez-vous ?... Bon. On va en scier une longueur au laser et puis on soulèvera avec le palan qui vous a descendu au fond de la banquise.

L'opération fut très longue et ils firent les cent pas sur la banquise en attendant que les deux tronçons de rails soient enfin déposés à côté.

— Retournez-les, ordonna Lien.

Ils trouvèrent tout de suite les fils sur chaque tronçon, un pour chaque rail.

— La grille de résistance est réunie à ces deux fils par où arrive et repart le courant.

— Il n'y avait pas de courant.

— Si, dit Lien, un courant induit produit par les bâtiments de la flotte, par les roues. Un courant qui atteint un voltage énorme et qui n'est pas repéré par les instruments, puisque celui-là on sait qu'il existe, même si le bâtiment marche à la vapeur.

— Inouï, dit le major, mais il faudra donc fouiller sous chaque rail et couper ces fils ?

— Impossible. Il suffit qu'on en oublie un à droite, un à gauche et c'est perdu.

— Vous voulez dire que nous ne pourrons jamais envahir la Panaméricaine ?

— Si, en refaisant de nouveaux réseaux.

— Ce serait de la folie, il faudrait des mois pour avancer de quelques kilomètres ! On peut refaire une voie détruite par un missile en quelques heures, mais pas tout un réseau sur des dizaines, des centaines, des milliers de kilomètres. Toute notre sidérurgie, toute notre énergie y passeraient.

— La guerre dépense déjà trop de matière

première. Un jour nous manquerons de tout. Il faut terminer celle-là au plus vite.

Le major le regarda de travers :

— Je vous en prie, n'oubliez pas à qui vous parlez.

— Je ne l'oublie pas. Mais cette banquise reste inaccessible. Chaque bâtiment produirait le courant électrique de sa propre destruction si vous donniez l'ordre d'attaquer.

CHAPITRE XVI

Le cabaret Miki revint de sa tournée dans quelques villes de garnison du Nord et fit étape à Transit Station. Yeuse réapparut dans la vie de Lien, mais comprit qu'il y avait quelque chose de cassé dans leur entente amoureuse.

— Nous retournons à Grand Star Station pour répéter un nouveau spectacle. Le directeur pense que nous y passerons deux mois pour monter la nouvelle revue tout en donnant une représentation chaque soir. Tu sauras où me trouver si jamais tu as besoin de moi.

Elle s'en alla avec un petit sourire triste et il la laissa partir. Une demi-heure plus tard il ne pensait déjà plus à elle. Depuis son retour de Glass Station il cherchait désespérément la horde de Jdrou. Harl Mern l'accompagnait dans ses expéditions. Le major Londal avait consenti à mettre à leur disposition une voiture automotrice isotherme, un véhicule déjà ancien fonctionnant à la vapeur et très lent. Ils ne disposaient d'aucune boîte de priorité et devaient accepter toutes les contraintes du trafic, céder la voie à un simple particulier possédant une boîte rouge. Mais ils voyageaient sur des lignes secondaires, d'intérêt local, celles qui rejoignaient une ferme isolée, un élevage de peu d'importance. Ils retrouvaient parfois des pistes d'Hommes Roux, les suivaient en vain.

Les rumeurs sur ce qui se passait à la frontière Ouest commençaient à filtrer, grossies et déformées. Les fermiers isolés pensaient que les Hommes Roux finiraient par les attaquer et achetaient les armes autorisées pour la chasse aux loups. Ils poursuivaient les groupes de Roux des alentours de leur installation et ne leur donnaient plus les travaux d'autrefois, déblayage de la glace, transport des ordures et détritus à distance de la ferme.

— Cette paranoïa était prévisible, déclara Harl Mern. La Compagnie n'a rien fait pour empêcher cette crainte nouvelle et la montée de la violence envers ces gens du Froid, qui pour l'instant sont totalement inoffensifs. Ce que nous avons vu de l'autre côté de la frontière est exceptionnel.

— Le Conseil de la Révolution a menacé de provoquer des émeutes.

— Certes, il doit exister quelques isolés capables d'une action armée et d'entraîner les autres, mais je ne crois pas que ce sera aussi général qu'ils veulent le faire croire. Ces gens-là, par leur réussite sociale, leur ascension culturelle, se sont coupés des hordes primitives de tous ces malheureux qui grattent la glace pour quelques poignées de nourriture. Un type comme Sparn évolue déjà dans l'abstrait, dans les concepts qui l'éloignent de la réalité. Ils auront quelques surprises, enverront des malheureux à la mort, au besoin en feront des martyrs et continueront dans leur dialectique orgueilleuse.

Et puis, un jour, ce furent les premiers cadavres. Trois exactement. Deux Hommes Roux et une Femme. Ils gisaient à quelque distance d'une voie unique que le wagon automoteur suivait depuis une petite heure. Harl et Lien allèrent voir les trois corps et découvrirent des traces de balles. Ils avaient été abattus alors qu'ils fuyaient, certainement depuis un véhicule circulant sur les rails.

— Prenons des photographies, proposa Mern, et avertissons le chef de la petite station prochaine.

Elle se nommait Karl Station, du nom du fondateur de la première ferme installée là, une bourgade agricole, et le chef de station accueillit la nouvelle avec flegme, regarda les photographies des Roux avec indifférence.

— Paraît qu'il y a des chasseurs qui sillonnent la région à bord d'un loco-van à bestiaux et qui s'amusent à descendre ces animaux-là.

— Il n'y a pas d'Hommes Roux chez vous, dit Harl Mern en levant les yeux vers la verrière antique et rafistolée en bien des endroits.

— Ben non. Ils ont foutu le camp il y a une quinzaine.

— La glace remonte le long des parois et va bientôt tout recouvrir, prophétisa Lien. Quand le poids sera trop important, la verrière crèvera.

— On va organiser une corvée de volontaires. Que voulez-vous, les gens ne veulent plus de ces êtres-là.

— On les a fait partir ?

— En quelque sorte, oui. Il y a même un rigolo qui

a tiré un coup de fusil à travers la verrière. Tenez, vous pouvez voir encore la vitre cassée. Il a blessé une espèce de femelle. Toute la bande a décampé. Ça, c'était pour rire, quoi. Bien sûr que ça pose de sacrés problèmes, mais on trouvera bien un système pour gratter cette foutue glace.

— Vous allez faire quelque chose pour ces trois malheureux assassinés ?

Le chef de station leva les bras au ciel :

— Que voulez-vous que je fasse ? Il n'y a pas de lois précises ni de règlements. Il y a des espèces protégées, vous savez bien, comme l'ours blanc et les phoques qui apparaissent dans certains trous d'eau… Mais les Hommes Roux…

— Qui sont ces gens qui circulent à bord d'un loco-van ? Vous les connaissez ?

— Je vais pas me mêler de ça. J'ai assez à faire dans le coin pour diriger la station. On a des problèmes de centrale électrique. Elle a plus de cent ans et s'essouffle.

— Réparez votre verrière et vous aurez quelques degrés de plus, fit Lien avec une rage froide.

Désormais les Roux devaient éviter les abords des voies ferrées car ils ne trouvèrent plus les traces habituelles, touffes de poils fauves, excréments, creux ovales dans la glace là où ils dormaient.

— Mais comment peuvent-ils faire pour manger dans cette région ? Ils peuvent capturer quelques lièvres des glaces, quelques chiens errants, mais ils avaient l'habitude de recevoir des vivres en échange de travaux devant s'effectuer à l'extérieur des dômes.

Parfois ils empruntaient la voie privée desservant une exploitation agricole mais n'allaient pas jusqu'au sas de celle-ci, préférant regarder s'ils n'apercevaient pas des Roux. Mais chaque fois, c'était en vain.

Au bout de deux jours de recherches exténuantes ils retournèrent à Transit Station et apprirent qu'il y avait eu effectivement un soulèvement dans une ville que la censure ne nommait pas. Une vingtaine d'Hommes et de Femmes Roux armés avaient attaqué le poste de garde du sas et tenté de détruire celui-ci afin que la station soit envahie par le froid mortel. Ils voulaient forcer les habitants à fuir ou à rester calfeutrés chez eux pendant qu'ils prendraient possession de l'endroit. Mais la garde avait riposté avec vigueur. Puis, une centaine d'habitants avaient accouru, tous armés. Les agresseurs avaient été exterminés en totalité. Les Hommes Roux qui séjournaient sur le dôme de la cité avaient profité de la nuit pour disparaître.

A Transit Station, c'étaient des corvées de soldats qui nettoyaient le dôme. Ils utilisaient un matériel moderne qui amollissait la glace que l'on pelletait ensuite. Mais il n'y avait pas assez de soldats pour les envoyer dans les petites stations environnantes.

On disait aussi que les plus grosses unités de la flotte et bon nombre de trains blindés avaient quitté le front de l'Ouest pour repartir vers l'Est et qu'une attaque d'envergure contre la Sibérienne était projetée.

Harl Mern désirait rester quelque temps dans la station pour recopier ses notes et réfléchir à tous ces problèmes qui concernaient le peuple du Froid. Lien repartit seul et, prévoyant une absence assez longue, alla demander des bons de carburant et des vivres au major Londal.

— Vous êtes glaciologue, dit ce dernier, pas ethnologue. Si Harl Mern ne peut vous accompagner, vous n'avez plus aucun motif de courir à la recherche des hordes isolées.

— Ce qui se passe est trop grave pour que nous restions indifférents, répliqua Lien. Vous ne pouvez me refuser ce que je vous demande. Il y va de la survie de ce peuple.

— Notre civilisation est menacée. Depuis deux cent cinquante ans nous luttons contre les glaces, contre le froid et nous nous exténuons dans une sorte de course poursuite pour nous maintenir en vie. Ce peuple primitif n'a pas de place dans nos programmes de survie. Qu'ils se débrouillent par eux-mêmes.

— Faut-il les laisser massacrer ?

— Ils sont une menace de tous les instants. Des meneurs les dressent contre nous qui les tolérions, les nourrissions même.

— Les meneurs, vous les connaissez. Ils recherchent un but précis. Ils se moquent des Hommes Roux. Surveillez d'un peu plus près les Néo-Catholiques et…

— Pourquoi ne pas les interdire, tant que vous y êtes. Ce serait une erreur monumentale. Dans la clandestinité ils se développeraient encore plus. La Compagnie a déjà pris quelques mesures précises, comme de les empêcher de posséder des actions, par exemple.

— Un jour ils seront les plus forts et vous enverront au bûcher.

Le major Londal eut un sourire très pâle.

— Nous nous y retrouverons. Que pensez-vous faire en sillonnant le Nord de la concession à la recherche de ces hordes primitives ? Qui recherchez-vous exactement ?

Lien pâlit. Savait-il quelque chose au sujet de Jdrou, de son attirance physique pour cette fille à la fourrure cuivrée ?

— Je vais conclure un marché avec vous, Lien Rag. Je vous accorde une permission de dix jours, du carburant et des vivres, mais au retour vous vous engagez à étudier le problème de la banquise avec la volonté de réussir à le résoudre. Il faut que vous nous aidiez, Lien Rag. La Compagnie a besoin de faire cette guerre. Il faut aller jusqu'au Groenland. Là-bas on peut trouver de l'énergie sous forme de chaleur géothermique. Les gisements y sont fabuleux. On pourrait construire d'énormes centrales. Les Panaméricains l'ont quelque peu négligé car ils tirent des ressources du Sud.

— Je ne suis qu'un glaciologue. Je ne peux pas vous construire de nouveaux réseaux de voies ferrées, et c'est ça la solution.

— Il doit en exister une autre. Vous connaissez tous les phénomènes de la glaciation. Ne peut-on empêcher, par un moyen simple et peu coûteux, la glace de se fractionner sous l'effet de ces résistances diaboliques ?

— Je ne sais pas. Peut-être.

— Je suis sûr que vous avez une vague solution.

Lien y avait effectivement songé mais ne voulait pas en parler pour l'instant, de crainte que le major ne le retienne. Ce qui favorisait l'action de ces résistances électriques qui découpaient la banquise en morceaux, c'était la chaleur de la mer en dessous. Il y avait souvent un espace d'air qui se réchauffait entre l'eau et la glace. Il aurait fallu installer une ventilation ou un refroidissement de la mer à ce niveau pour ralentir l'action du courant induit, le temps que le convoi puisse passer. Puisque, à l'arrêt, il ne produisait plus ce courant dérivé.

— Dans dix jours, Lien Rag, dans dix jours, dit le major en lui tendant les différents bons.

Quatre jours s'écoulèrent. Lien roula sans arrêt, même la nuit, sur la foi de vagues renseignements mentionnant la présence d'une horde à tel endroit. En général ces renseignements étaient faux ou trop anciens, la horde en question ayant disparu depuis plusieurs jours. Il apercevait souvent des cadavres abandonnés le long de la voie ferrée. Il y avait plusieurs bandes de chasseurs qui abattaient les Hommes Roux depuis leurs véhicules. On disait même qu'il y avait un système de primes instauré par des groupes extrémistes. Dix dollars pour chaque Roux abattu dont on rapporterait la tête.

Un soir il décida d'aller visiter une toute petite ferme, tout au bout d'un terminal de voie unique. C'était une scierie dont les propriétaires, un couple, exploitaient une forêt sous-glaciaire. Lorsqu'il aperçut l'installation sous dôme, il pensa faire demi-tour, mais son manomètre lui indiquait qu'il devait faire de l'eau pour la chaudière. Il enfila sa combinaison et commença à transporter des blocs de glace. C'était un travail exténuant.

Un homme sortit du petit dôme en vêtements de fourrure et simplement une cagoule pour le visage. C'était le patron de la scierie. Il se nommait Hansen et c'était un géant taillé en hercule très chaleureux.

— Venez chez nous, on vous donnera de l'eau et on boira un verre.

Il avait une femme très belle aussi grande que lui, mais plus fine, et trois garçons, dont l'aîné avait quinze ans.

— Je vais devoir quitter l'endroit, dit Hansen. Pour exploiter le bois qui se trouve en dessous il me faudrait du personnel. Des salauds les ont forcés à fuir.

— Je ne comprends pas, dit Lien, soudain intéressé, vos ouvriers étaient des Hommes Roux ?

— Depuis des années. Dix hommes qui travaillaient dur et que je payais raisonnablement. J'estimais le prix moyen de la nourriture que je leur donnais et n'exigeais pas plus de travail. Mais j'obtenais assez de bois pour en expédier chaque jour une voiture complète. On se chauffait largement et on vivait heureux. Ces imbéciles sont venus avec leur loco-van et ont attendu qu'ils sortent de la mine — c'est ainsi qu'on appelle la galerie qui descend à trente mètres sous la glace jusqu'à la forêt — et ont commencé à tirer. Ils étaient fin soûls et heureusement ont manqué leurs cibles. Moi, je suis sorti avec mon fusil mitrailleur et j'ai canardé leur loco. Ils ont filé. Mais les Roux aussi avaient fui. Vous comprenez que, seul, je ne peux fournir que juste le bois pour nous chauffer et faire du courant. Je travaille avec ces fourrures, le temps maximum de deux heures, sinon je gèle. Une combinaison ne serait guère plus pratique. Les Roux coupaient les arbres puis les remontaient avec des wagonnets du sous-sol. Ensuite je les débitais pour remplir ma voiture journalière. Quand il y en avait dix, j'attelais ma vieille loco et j'allais livrer à la station voisine.

— Dites-moi, dit Lien, si je trouvais une horde et que je l'amène ici, vous les accepteriez ?

— Si je l'accepterais alors que je songe à partir ? On ne peut pas rester ici à travailler seulement pour se chauffer. On a besoin de manger, de refaire le dôme.

— Vous les protégeriez, au besoin ?

— Si les Roux reviennent, personne ne viendra les embêter, croyez-moi.

CHAPITRE XVII

Il ne lui restait plus que vingt-quatre heures pour rentrer à Transit Station se mettre au service du major Londal. S'il dépassait ce délai, l'officier serait en droit de le faire rechercher par la Sécurité Militaire et il risquait de passer en conseil de guerre pour désertion. Il se trouvait à mille kilomètres au Nord-Est de Transit Station, et pour rentrer il lui aurait fallu plus de vingt-quatre heures. Sans priorité, il lui arrivait d'attendre deux, trois heures dans une station de triage l'ouverture d'un créneau où il pourrait s'engouffrer.

Depuis sa rencontre avec le bûcheron Hansen il avait repris son enquête au début — à l'endroit où pour la première fois il avait rencontré la horde de Jdrou — et avait pu remonter l'itinéraire de ce groupe le long de cette voie ferrée. Elle semblait aller de décharge publique en décharge publique sans négliger l'apport constant des réseaux. Il savait qu'il se livrait à une tâche surhumaine. Personne ne faisait attention à une horde errante et les rares Hommes Roux qui pouvaient répondre en quelques mots compréhensibles n'avaient pas plus de raisons de le faire.

Mais il gardait la direction du Nord, certain que les amis de Jdrou cherchaient un endroit pour s'installer et pêcher. Il alla jeter un coup d'œil au lac Vanern, mais s'il vit quantité d'Hommes et de Femmes du Froid, il n'aperçut pas de missionnaires.

Plus au Nord il rencontra enfin des groupes isolés. Les fermiers du coin ne paraissaient pas les maltraiter ni chercher à les exterminer. Ils continuaient à nettoyer les dômes et les verrières et Lien reprit courage jusqu'à ce que le neuvième jour arrive sans qu'il ait trouvé la moindre trace de la horde.

Il téléphona au major Londal mais il n'était pas dans son bureau et ne devait rentrer que le lendemain. En revanche, Harl Mern répondit à son appel avec chaleur.

— Je suis désolé que vous ne m'ayez pas appelé plus tôt. Imaginez-vous que, dans mes notes et les différents échantillons que j'ai récoltés dernièrement, il est possible, je dis bien possible, que je puisse vous aider à retrouver cette fille. C'est bien elle que vous recherchez, évidemment, n'essayez pas de me donner le change.

Lien se mit à trembler. On pouvait couper la communication, il pouvait arriver n'importe quoi qui l'empêcherait d'entendre. Ou encore l'ethnologue exagérait sa trouvaille.

— J'ai ramassé les touffes de poils de sa tribu, je les ai classées avec soin, donc je n'ai pas commis d'erreur. J'ai été surpris de constater que des grains de sel…

— Du sel ? fit Lien, fortement déçu.

— Oui, et dans certaines de mes lectures sur les Hommes Roux j'avais entendu parler d'une ethnie très particulière qui adorait une divinité subalterne, le Sel, parce qu'il fait fondre la glace et qu'il chasse certains parasites lorsqu'on s'en frotte. C'est une tribu qui accepte même de travailler dans les mines de sel. Vous devriez aller voir du côté de Salt Station. On ne sait jamais. Jdrou et les siens pourraient s'y trouver. Je sais que c'est une bien faible piste, mais essayez-la quand même. Ce groupe du Sel est assez réduit. Il leur arrive de se concentrer à périodes fixes autour de Salt Station et ils en repartent pour de longues errances dont on ne connaît pas la raison exacte.

— Je vais me rendre à Salt Station, mais je voulais obtenir quelques jours de plus du major Londal.

— Il vous attend avec impatience, pense que vous pouvez trouver un moyen pour empêcher la banquise de s'effondrer sous le poids des bâtiments. Je veux bien intervenir auprès de lui, mais je n'ai guère d'espoir.

Lien roula toute la nuit vers Salt Station qui se trouvait à quatre cents kilomètres au nord-ouest. Il dut attendre dans des gares perdues le feu vert pour emprunter certaines lignes, et sa fatigue devint telle qu'il dut s'arrêter pour dormir trois heures sur une voie de garage en pleine solitude.

Lorsqu'il approcha de Salt Station il rencontra des convois énormes de sel et aperçut des Hommes Roux sur le bord des voies qui paraissaient en ramasser. Mais à l'extérieur de la ville, ils étaient plusieurs centaines. Ils travaillaient à sa manutention à l'aide de chariots sur rails. Certains devaient même descendre dans le sous-sol car ils se présentaient à une petite installation en dehors du dôme où veillaient deux hommes en combinaison isotherme.

Lien allait d'un groupe à l'autre, dévisageait toutes les femmes. Soudain il pensa que Jdrou faisait certainement l'amour avant de le rencontrer et avait continué de le faire ensuite. Peut-être était-elle enceinte comme cette fillette qui venait à sa rencontre et qui riait en le regardant. Peut-être n'était-il plus dans le cerveau de Jdrou qu'un pâle souvenir, sous forme de vague regret lié au goût que pouvait avoir un morceau de viande congelée.

Et soudain il s'entendit appeler très distinctement et la vit qui dévalait d'une pyramide de sel. Elle s'en était toute recouverte. Peut-être s'était-elle roulée dedans.

— Lien ?

Comment avait-elle fait, alors qu'il portait sa combinaison et tournait le dos à cette pyramide ? Mais elle était là et ouvrait grande sa bouche dans un sourire de joie réelle. Il lui caressa le visage avec ses gants spéciaux. Et la joie de ces retrouvailles s'enfuit presque entièrement à la pensée que cinquante degrés les séparaient de façon implacable.

— Viens, dit-il.

Mais elle pointait le doigt vers la pyramide de sel, vers les siens.

— Il faut venir, répéta-t-il. Bientôt ce sera dangereux pour vous tous, très dangereux. Ils vont vous poursuivre comme du gibier, vous tuer.

Enfin elle l'accompagna. Dans la voiture depuis le début il laissait un compartiment sans chauffage. Il y régnait une température à peine supérieure au zéro.

Mais dès qu'elle y pénétra, la jeune fille eut un mouvement de recul. Pour elle, c'était encore trop chaud et elle se laissa tomber, accablée, sur l'une des couchettes. Lien s'assit à côté d'elle puis ôta sa cagoule. Il la prit dans ses bras et elle se mit à rire. Lorsqu'il l'embrassa sur la bouche, elle gloussa et s'écarta avec un peu de dégoût. En revanche, elle se laissa caresser le corps, puis s'allongea sans la moindre pudeur, les jambes ouvertes. De sa main elle tirait sur le tissu de la combinaison et il se dénuda avec une sorte de fureur.

Lorsqu'il fut nu, blanc avec juste quelques traînées noires de poils sur la poitrine et le ventre, elle écarquilla les yeux, secoua la tête puis dit quelque chose qu'il ne comprit pas.

Il vint sur elle et s'engloutit presque tout de suite tandis qu'elle poussait de petits cris toujours amusés.

Tard dans la soirée il trouva un homme dans un bar de la station qui accepta de faire l'interprète avec Jdrou. C'était un contremaître de la mine de sel qui avait une bonne connaissance du langage des Hommes Roux.

Le lendemain, il répéta à la jeune fille ce que Lien avait à lui proposer. Elle répondit que c'était toujours du travail à faire et que les siens auraient préféré trouver un endroit pour pêcher un peu et ne rien faire ensuite. Mais elle allait en parler aux siens. Il évoqua aussi les exterminations qui se déroulaient dans le Sud. Le contremaître le regarda avec méfiance :

— Si je lui dis ça, ils l'apprendront tous et vont foutre le camp de Salt Station. On a besoin d'eux ici, et on ne leur fait pas de mal.

— Essayez de le lui faire comprendre, dit Lien.

Jdrou regarda le contremaître avec stupeur, puis Lien. Il inclina la tête à plusieurs reprises. Le contremaître partit et Lien entraîna Jdrou dans le wagon et lui fit l'amour. Il n'avait jamais éprouvé autant de plaisir depuis ses premiers émois d'adolescent.

Ce ne fut qu'au bout de quarante-huit heures que la fille revint avec sa horde. Ils acceptaient d'aller travailler au bois pour un temps, expliqua-t-elle à Lien tant bien que mal. Ils s'installèrent dans le compartiment non chauffé où il laissa les vitres ouvertes. Il les déposerait chez Hansen, tâcherait de faire oublier son retard au major Londal en lui expliquant son procédé pour rendre la banquise moins vulnérable.

Mais lorsqu'il fut devant la scierie isolée et que Jdrou le quitta avec les siens, il prit la décision de déserter.

LES CHASSEURS DES GLACES

CHAPITRE PREMIER

Une fois par semaine, Pietr Hansen allait livrer ses dix wagons de bois de chauffage à Wood Station. Depuis que Lien Rag avait amené cette petite tribu d'Hommes Roux, l'exploitation de la forêt sous-glaciaire avait pu reprendre et le gros bûcheron considérait le glaciologue comme un associé, un frère. Il y avait maintenant plusieurs semaines que Lien avait choisi de déserter et se cachait sous l'apparence barbue et chevelue d'un coupeur de bois.

Le vieux locotracteur attendait devant l'aiguillage de cette voie secondaire que le mécanisme veuille bien ouvrir la voie. Hansen fumait un cigare rouge, un *bout*. A côté de lui Lien Rag paraissait ruminer de sombres pensées.

— Quelque chose te tracasse ? demanda le bûcheron.

En fait, c'était un souci bien dérisoire qui rendait le glaciologue maussade. Il était jaloux, jaloux parce que Jdrou n'avait aucune notion de monogamisme, comme tous les Hommes et les Femmes Roux. Elle devait coucher avec ses compagnons de tribu, avec tous les hommes en fait, jeunes ou vieux, et il ne pouvait le tolérer. Pour la tenir quelques instants dans ses bras, lui devait disposer d'un endroit, d'un lieu où la température fût acceptable pour elle qui venait du froid et pour lui qui venait du chaud. Lorsqu'ils faisaient l'amour, lui grelottait et Jdrou était à deux doigts de s'évanouir de chaleur. Ce qui compliquait leurs rapports, réduisait la fréquence de leurs rencontres. Pourtant, lorsqu'il possédait ce corps animal au pelage soyeux, Lien connaissait la plus extraordinaire volupté de sa vie.

— On a le feu vert, dit Hansen.

Le convoi s'engagea sur le réseau secondaire au maximum de sa puissance. Mais la vitesse ne servait à rien lorsqu'on ne disposait d'aucune boîte de priorité. Hansen se serait contenté d'une boîte rouge qui lui aurait permis de passer devant certains convois de marchandises, mais il devait accepter son sort. Chaque fois qu'il déposait une demande à la Sécurité, on lui rétorquait que c'était la guerre et qu'il devait se montrer patient. Mais la guerre se poursuivait depuis si longtemps ! Sur le front de l'Est contre la Compagnie Sibérienne et maintenant sur la frontière Ouest. Mais on ne savait pas grand-chose au sujet des hostilités côté front occidental. La Panaméricaine était une grande compagnie, la plus puissante du monde peut-être, mais il y avait autre chose. Entre les deux puissantes sociétés des Hommes Roux s'interposaient, des Hommes Roux révoltés, capables d'assimiler des techniques et de lancer des offensives sanglantes.

— Ça y est, grommela le bûcheron. Ça commence.

Le convoi était dirigé sur une voie de garage pour libérer le réseau. Pour combien de temps ? Nul ne pouvait jamais le prévoir et il arrivait qu'on attende toute une journée que l'aiguillage ouvre la voie.

— Si on cassait une petite croûte ? proposa Pietr.

Mais Lien Rag n'avait pas faim. La nuit dernière il avait attendu Jdrou en vain, dormant à côté de ce compartiment à la température moyenne où ils se rencontraient d'ordinaire. Il avait fini par s'endormir et au réveil toute la tribu travaillait déjà sous la glace à abattre des arbres. Il n'avait pu descendre dans la mine puisqu'il avait promis d'accompagner Hansen à Wood Station. Et le voyage pouvait durer entre vingt-quatre heures et trois jours.

— Allons, mange une tranche de jambon, bois un coup de bière.

Lena Hansen fabriquait elle-même cette boisson savoureuse et Lien en accepta un gobelet. Il aimait bien le couple, se sentait heureux chez eux. Mais le problème de son intimité avec Jdrou lui paraissait soudain insoluble.

— Tiens, c'est du rapide aujourd'hui !

Sans raison, alors qu'aucun convoi n'était passé, ils avaient à nouveau la voie. Ils purent rouler sans ennui durant une heure puis passèrent trois heures dans une petite station perdue, à peine quelques familles de cheminots sous une antique verrière rafistolée.

— Même pas un cabaret, râla Hansen. Cette caste des cheminots devient chaque jour plus puritaine.

Ils occupaient des maisons roulantes confortables, jouissaient d'avantages innombrables et considéraient le reste de l'humanité comme des parias. La Compagnie, c'était la vie, non seulement la possibilité de se déplacer, mais encore le courant électrique, l'approvisionnement, les voitures isothermes, les villes sous dôme. La Compagnie pourvoyait à tous les besoins prioritaires de cette vie alors que sévissait cette nouvelle période glaciaire. Au-dehors la température oscillait entre moins vingt et moins cinquante.

— Regarde ces bonnes femmes... La nouvelle aristocratie.

Elles étaient trois qui papotaient devant une boutique d'alimentation. Elles portaient des fourrures véritables, promenaient sur les voyageurs des regards arrogants.

— Et dans ce trou, ce ne sont que des sous-fifres. Mais dans les stations plus importantes, ils tiennent le haut du pavé.

La nuit était venue lorsqu'ils pénétrèrent dans le sas de Wood Station. Dès lors, ils furent dirigés automatiquement vers un quai de déchargement où ils allaient stationner jusqu'au lever du jour. Ils s'étendirent sur les petites couchettes du loco et s'endormirent aussitôt. Même Lien, épuisé par sa mauvaise nuit précédente.

Au réveil, il sauta sur le quai, mais remonta en hâte chercher une pelisse en peau. Depuis que les guerres s'intensifiaient, la température de ces villes sous dôme était terriblement basse, à peine deux ou trois degrés au-dessus de zéro. Il se dirigea vers la cafétéria habituelle, commanda un thé arrosé de vodka et le but en s'ébouillantant la gorge. L'endroit commençait de s'animer, fréquenté par des transporteurs de bois, des bûcherons, des acheteurs et des manutentionnaires.

C'est en regagnant le convoi qu'il leva machinalement les yeux vers le dôme translucide et resta frappé de stupeur. Ils étaient revenus ! Les Hommes Roux étaient revenus et nettoyaient la glace qui se formait inlassablement sur le dôme. En couches d'autant plus épaisses que les nouvelles restrictions de chauffage devenaient plus strictes.

— Tu as vu ? dit-il à Pietr. Regarde en haut…

Hansen ouvrit des yeux ronds. Il venait de sauter sur le quai en se frottant les mains, agressé lui aussi par la fraîcheur extérieure.

— Incroyable ! La dernière fois, ils avaient de fichus problèmes…

— Ils avaient réquisitionné la population pour gratter la glace… Ça faisait même du bruit… Je ne savais pas que les Hommes Roux avaient accepté de revenir.

— Allons boire un coup. Il y a deux convois en attente devant nous, on ne sera pas gruté avant l'après-midi.

Hansen commanda de la bière chaude et des steaks de renne taillés dans le filet. Il pouvait dévorer un kilo de viande en un seul repas et ingurgiter plusieurs chopes de bière.

— Dites-moi, demanda Lien à la serveuse, depuis quand sont-ils à nouveau là-haut ?

Il désignait le plafond de la cafétéria mais voulait parler du dôme.

— Oh ! ceux-là ? Il y a quelques jours.

Elle ricana :

— Ils devaient crever de faim et, trop contents de revenir gratter la glace pour bouffer ! Moi ça me dégoûte de les sentir à nouveau au-dessus de ma tête. On était bien débarrassés. Je ne les regarde jamais. Ils sont répugnants.

— Je ne crois pas qu'ils soient revenus pour ce seul motif, dit Lien. Ça cache quelque chose.

— Tu crois qu'ils préméditent un coup ?

— Je ne sais pas…

Grâce à Jdrou qu'il enregistrait sur magnétophone,

il commençait à connaître une centaine de mots de leur idiome. Mais il y avait peut-être vingt ou trente langues différentes avec quelques mots qui revenaient fréquemment. Outre la parole, ils utilisaient des gestes, des signes conventionnels.

— J'ai des achats à faire. On se retrouve vers midi au convoi ?

— D'accord, dit Lien.

Il erra le long des quais commerçants. Comme toutes les villes se consacrant à une seule activité — ici c'était le bois —, Wood Station manquait de charme. Les gens n'étaient là que pour gagner de l'argent, pas pour y mener une vie paisible, agréable, culturelle.

Il acheta des bijoux fantaisie pour Jdrou qui en raffolait. Pas de vêtements, puisqu'elle n'en portait jamais. Une fois elle avait enfilé une culotte appartenant à Lena Hansen, un slip à dentelles. Elle riait très fort et Lien avait été agacé de la voir ainsi accoutrée.

Sans arrêt il regardait en l'air, heurtait parfois les passants. Il y avait beaucoup d'Hommes Roux sur le dôme, plusieurs dizaines, beaucoup plus qu'autrefois avant qu'ils n'abandonnent le toit des villes. Pourquoi étaient-ils si nombreux ?

Mal à l'aise, il regardait ensuite les passants et ne voyait aucun signe d'inquiétude sur leur visage. Aucun ne levait les yeux vers le dôme transparent. Comme si le retour des Roux était tout à fait naturel, dans l'ordre des choses. Comme s'ils n'existaient pas. Lorsqu'ils avaient disparu, qu'on avait dû exiger de chacun, homme, femme, à partir de douze ans, une demi-journée par semaine pour gratter la glace, les citadins avaient protesté. Lien avait alors entendu des réflexions contestataires contre le chef de station et le Conseil de consultation de la ville. Mais tout était rentré dans l'ordre et plus personne ne paraissait se souvenir.

Dans le magasin où il acheta quelques bouteilles de bonne vodka, il éprouva le besoin d'en parler au vendeur.

— Ah ! les Roux ? Ben oui, ils sont là… Incapables de se nourrir ailleurs. Ils sont stupides… Ici au moins ils ont le minimum assuré. On dit qu'ils reçoivent quinze cents calories par jour. C'était affiché devant le palais du chef de station.

C'était nouveau. D'habitude on ne leur accordait que des nourritures dont personne ne voulait, des déchets, de la viande fossile ou de mauvaise qualité.

— Mais quand sont-ils revenus ?

Le vendeur parut embarrassé.

— Je ne saurais vous le dire… Un matin de la semaine dernière on a vu qu'ils étaient là. Je me souviens même, ajouta-t-il avec un clin d'œil égrillard, que ma femme a poussé un cri en ouvrant les volets de notre chambre. Il faut dire que nous habitons vers l'arc. Il y en avait un juste au-dessus de chez nous en train d'uriner.

On appelait arc les confins du dôme, là où il venait s'ancrer dans la couche de glace.

— On a quand même été satisfaits. Non pas pour le spectacle qu'ils nous offrent mais parce que là-bas, à l'arc, on n'y voyait plus rien. Les équipes réquisitionnées nettoyaient surtout le haut du dôme, pas les parois qui sont trop abruptes. Eux le font et on y voit désormais un peu plus clair.

Il gloussa :

— Celui-là avait un manche comme ça, dit-il en marquant son avant-bras de sa main en couperet. Et ma femme qui est un peu bégueule…

Mais les autres personnes qu'il interrogea étaient moins bavardes, indifférentes.

— Oui, ils sont revenus… On est bien obligés de les supporter… Ils ne gagnent pas la nourriture qu'on leur donne. Ça devrait être plus propre que ça… Regardez cette couche de glace… Bien sûr, maintenant le travail est dur depuis que le chauffage de la ville est réduit… Ce sont des fainéants, des animaux ; oui, monsieur, des animaux… Ceux qui se choquent de leurs mœurs ont tort. Ils voient en eux des sortes d'humanoïdes… Moim je ne vois que des animaux et des animaux font leurs besoins au hasard, s'accouplent n'importe où.

Les gens ignoraient qu'à l'Ouest les Hommes Roux étaient en train d'arracher un territoire aux Compagnies, qu'ils avaient des techniciens, des écoles, des lois et une idéologie. La censure de la Compagnie fonctionnait toujours aussi bien.

A midi, il fut sur le quai en compagnie d'Hansen qui avait effectué de gros achats. Des provisions, des objets usuels pour sa femme, des pièces de rechange pour la vieille centrale électrique qu'il faisait fonctionner au bois.

— Nous ne serons pris que très tard. Encore heureux qu'ils déchargent nos dix wagons aujourd'hui. S'il n'y avait pas la guerre et les restrictions, on devrait attendre demain.

— Ne dis pas ça, lui reprocha Lien, sinon tu fais comme tout le monde, tu justifies la guerre. Les commerçants sont heureux de la rareté des marchandises :

avec moins ils gagnent plus. Toi tu trouves qu'ainsi le personnel est plus vissé…

— Tu as raison, fit Hansen en lui claquant l'épaule. Il ne faut pas que je devienne idiot.

Dans l'après-midi, ils passèrent sur la plate-forme de pesée. Un groupe d'experts, des bûcherons assermentés, montèrent sur les wagons pour examiner le bois. Puis Hansen reçut ses bordereaux et alla se faire payer tandis que Lien s'occupait de manœuvrer le loco pour se présenter sous les immenses grues.

C'est alors qu'il attendait son tour sur le quai qu'il aperçut l'affiche du cabaret Miki. Le nom de Yeuse y figurait en bonne position. Une bouffée de tendresse l'envahit. Il avait vécu avec Yeuse, l'aimait toujours. Mais ce n'était pas tout à fait pareil qu'avec Jdrou. Yeuse était une femme actuelle, lucide, amoureuse de lui, certes, mais ne dégageant pas cette attirance animale, cet érotisme primitif que Jdrou possédait sans même le savoir. Lorsqu'il pénétrait Jdrou, il possédait la femelle d'un monde nouveau, un monde glacé mais pur, un monde qui avait peut-être un avenir fantastique, alors que les hommes du chaud grelottant dans leurs cités sous dôme ne faisaient que survivre, passant d'une décadence à une autre.

Il alla lire l'affiche de plus près, découvrit que le cabaret Miki serait dans Wood Station le surlendemain pour une semaine de représentations. Avec un peu de chance, lorsqu'il accompagnerait Hansen avec un nouveau chargement, il aurait peut-être la joie de rencontrer Yeuse. Elle n'avait jamais dû comprendre. Il avait disparu de sa vie d'un seul coup. Bien sûr, Harl Mern l'ethnologue devait toujours se trouver à Transit Station. Mais qu'avait-il pu lui dire sans vouloir l'offenser ? Qu'il avait tout quitté, déserté pour l'amour d'une Fille Rousse ? Comment l'avait-elle pris, ressenti ? Se sentait-elle humiliée, ou jalouse ? Humiliée comme une femme qui découvre que son compagnon est homosexuel ou zoophile ? Ou considérait-elle Jdrou comme une rivale, sans la moindre nuance de racisme ?

Le déchargement s'opérait dans de bonnes conditions et quand Hansen revint, il y avait déjà la moitié de la cargaison sur les quais.

— Le bois a encore augmenté, dit-il joyeusement. J'ai une prime pour toi.

— Tu pourras augmenter les Roux ? lui demanda Lien.

— Pourquoi pas ? Mais que font-ils de l'argent ? Ils ne font que manger, dormir, baiser et travailler… Mais sois tranquille, je les augmenterai.

Lien se demanda effectivement ce qu'ils pouvaient faire de l'argent qu'ils recevaient. Au début, il avait pensé qu'ils le jetteraient, mais ils avaient assimilé ce concept de l'argent et désormais faisaient des économie comme tout un chacun.

Ils ne purent se dégager des voies de la manutention que très tard dans la nuit et préférèrent se reposer quelques heures jusqu'au lever du jour plutôt que d'être immobilisés pour des périodes plus ou moins longues sur le réseau, avec l'impossibilité de dormir vraiment. Ils quittèrent Wood Station dans le petit matin blafard, ce petit matin sans joie que connaissait la Terre depuis plus de deux siècles.

— Allons-y, soupira Hansen qui se voyait dirigé sur une voie de garage.

Le bûcheron avait hâte de rentrer, de retrouver

Lena pour lui faire l'amour. Ce couple avait un appétit sexuel peu commun et deux fois par jour ils s'isolaient dans leur chambre. Parfois leur intimité rendait Lien fou furieux. Il aurait aimé lui aussi retrouver Jdrou, l'entraîner dans les tourbillons savoureux d'un érotisme lent et confortable, sans cette obligation d'éviter le froid comme le chaud. Il ne pouvait tenir jamais plus d'un quart d'heure, se projetait dans ce sexe velouté sans trop savoir si Jdrou aimait vraiment, connaissait l'extase. Elle riait mais transpirait abondamment, haletait comme un animal et se précipitait ensuite à l'extérieur pour avaler des morceaux de glace tandis que lui se réfugiait vers la chaudière et avait plutôt envie de bière brûlante ou de thé à la vodka. Un quart d'heure. Et Jdrou ne comprenait pas certaines caresses. Lorsqu'il voulait enfouir sa bouche, sa langue dans la toison plus claire du pubis, elle riait, l'écartait en roulant des yeux pleins de reproches, comme si elle voulait lui signifier qu'il ne fallait pas qu'il fasse ça. Mais elle n'avait pas les mots nécessaires pour lui en faire comprendre la raison exacte et il se morfondait entre deux rencontres. Il ne pouvait supporter la longueur du sexe des mâles. Et lorsqu'il en voyait un en proie à une érection incontrôlable, il l'aurait frappé. Il devait faire un effort pour ne pas céder à ce racisme profond qui se tapissait en lui comme une bête sournoise. Le lieutenant Skoll l'avait accusé de perversion lorsqu'il était tombé amoureux de Jdrou. Skoll pensait qu'il avait le même sentiment qu'un homme désirant forniquer avec une femelle animale. Et Skoll était issu d'une semblable union entre un Homme Roux et une femme iakoute.

— Voici un convoi… De marchandises.

En face d'eux, la voie faisait une courbe très prononcée et ils aperçurent les curieux wagons grillagés sans d'abord savoir à quoi ils servaient. Puis les wagons passèrent près de leur voie de garage.

— On dirait des cages.

Des cages vides. Le train se dirigeait vers le Nord-Est. Quelles marchandises pouvaient donc être transportées en plein air de la sorte ?

— Du charbon… Un minerai qui est extrait en morceaux assez petits. Ce calibrage expliquerait ce grillage, disait Hansen.

— Ou des animaux…

— Quel animal peut vivre par une telle température sans nourriture sur le sol ?

— Dans le Nord il y a des troupeaux de rennes qui vivent ainsi… Ils ne s'éloignent jamais de zones où le réchauffement de la terre est tel, à cause d'une activité volcanique par exemple, que la couche de glace peut être cassée par leurs sabots. Des rennes qui ont été créés en même temps que les Hommes Roux.

Lien avait déjà raconté à Pietr et Lena Hansen comment les Hommes Roux avaient été créés dans un laboratoire par un certain Oun Fouge.

Pietr et Lena Hansen écoutaient ses récits avec un intérêt poli mais, visiblement, même s'ils ne le lui avaient jamais dit, n'y croyaient pas.

D'ailleurs, Lena Hansen ne pouvait parfois cacher sa désapprobation contre les relations de Lien avec Jdrou. Le glaciologue percevait le dégoût secret qu'elle éprouvait pour lui, en même temps qu'un certain dépit.

— Il y avait une cinquantaine de wagons-cages, dit

Pietr Hansen en surveillant l'aiguillage.

Plus tard, il se mit à neiger, au début, puis à grêler comme d'habitude tandis que le vent se levait.

— Cette nuit, nous aurons la tempête. Souhaitons que nous soyons arrivés chez nous.

Ils eurent la chance de ne plus être immobilisés jusqu'à ce que l'embranchement se présente. La voie privée de Hansen, longue de quelques kilomètres, conduisait directement à l'exploitation forestière ; du moins aux bâtiments de surface, puisque la mine se trouvait en profondeur.

Ils détachèrent les wagons de l'intérieur car le sas ne pouvait absorber que le loco. Lena était sur le quai, solide, majestueuse mais très belle dans sa robe de laine brune. Une sacrée fille, aussi grande que le bûcheron, avec des seins fantastiques et des jambes de statue.

Pietr sauta sur le quai, la saisit dans ses bras et la souleva sans effort pour l'emporter à l'intérieur de la maison. Lien soupira. Il regarda au-dehors, à travers le sas, mais n'aperçut ni Hommes Roux ni Jdrou. Avec cette tempête, ils allaient se tenir à l'entrée de la mine mais trouveraient qu'il y faisait trop chaud.

Dans la salle commune, il se versa un verre de bière. Dans la chambre à côté, Lena Hansen gémissait sans la moindre retenue.

CHAPITRE II

La semaine suivante, il put assister à la dernière soirée du cabaret Miki dans Wood Station. Il avait failli ne pas venir, le loco de Hansen étant tombé en panne. Ils avaient travaillé toute la nuit sur les moteurs et avaient pu partir le lendemain matin.

Yeuse apparut enfin. Son numéro était différent, éblouissant mais plein d'équivoque. Elle se faisait passer pour un travesti, imitant les comédiennes des vieux films d'autrefois, ceux que la télévision repassait sans cesse et qui avaient plus de succès que les inédits. Yeuse se transformait en plusieurs de ces stars, depuis Marlène Dietrich jusqu'à Marilyn Monroe. Les spectateurs se pâmaient d'aise en reconnaissant ces idoles du passé, toujours actuelles trois cent cinquante ans plus tard.

Lien ne savait que penser du spectacle. Il connaissait le corps de Yeuse : il n'avait rien de celui d'un garçon. Pourtant elle arrivait à dissimuler ses formes, ses seins, ses hanches et c'était plus que troublant, comme si elle possédait un double.

Il la rejoignit dans sa cabine mais il n'était pas le seul. Il y avait là plusieurs personnes qui avaient apporté des fleurs si rares, si chères, des boissons luxueuses. Ces hommes pensaient certainement qu'elle était vraiment un travesti et éprouvaient le désir de passer quelques heures avec elle. Yeuse le vit, le reconnut malgré sa barbe, ses cheveux longs.

— Laissez-moi, dit-elle, reprenez ces fleurs, ces bouteilles, je suis fatiguée.

Les autres, trois hommes, murmurèrent, menaçants. Alors elle arracha son déshabillé et apparut nue.

— Vous voyez bien que je ne suis qu'une femme, fit-elle, ironique.

Cette fois ils consentirent à partir, ne firent même pas attention à Lien, le prenant pour un employé du cabaret. Yeuse alla fermer la porte au verrou, s'appuya contre. Le déshabillé ouvrait sur ses seins fermes aux pointes dures, laissait entrevoir son pubis brun.

— Je sais, dit-elle, je sais quelle vie tu as désormais. Il est inutile de me la raconter…

Il s'assit sur une banquette et regarda autour de lui. Elle vivait dans un compartiment étroit mais avait l'art de le faire paraître très grand, très douillet. Il y avait son parfum, son goût des choses non pas belles mais chaleureuses, attirantes. Chaque objet était un symbole d'amitié ou d'amour.

— Pourquoi es-tu dans cette ville ? Tu habites non loin ?

— Encore bien loin, mais je travaille dans le bois.

— Cette fille est avec toi.

— Ici, non. Elle ne pourrait pas supporter la température, même pas celle de l'extérieur sous le dôme.

— Mais alors, murmura-t-elle, comment faites-vous ?

— On s'arrange.

— Comme dans l'adultère, dans les étreintes à la sauvette ? C'est ce piment-là que tu cherchais ?

Il secouait la tête. Elle prit des verres, lui versa à boire, une liqueur douce et rafraîchissante. On aurait dit qu'elle contenait du citron, mais le citron était un fruit hors de prix maintenant qu'il poussait sous globe de verre.

— Tu as vu mon numéro ? Tu aimes ?

— Je ne sais pas.

— Je crois que j'ai vraiment eu envie de changer de personnalité, de devenir un homme pour ne pas souffrir.

Il se souvenait que Floa Sadon, la fille du gouverneur de la 17e Province, était tombée amoureuse de Yeuse. Avaient-elles couché ensemble ? Il n'aurait su le dire, tout cela ayant existé dans un passé si lointain. On lui aurait dit que quelques mois à peine s'étaient écoulés il ne l'aurait pas cru.

— Tu as déserté. Ils te recherchent. Ils sont venus me voir. Plusieurs fois. Ils me surveillent, peut-être. Tu n'aurais pas dû essayer de me retrouver.

— Le major Londal pense que je peux résoudre le problème de cette banquise trop fragile sur le front occidental, mais il se trompe.

Elle s'assit en face de lui, glissa ses deux mains jointes entre ses cuisses lisses. Il avait baisé ces cuisses, ce ventre musclé et Yeuse avait aimé. Jdrou n'aimait que la possession rapide et encore il n'en savait trop rien. Les hommes de sa tribu devaient mieux la satisfaire que lui.

— Tu es triste, dit-elle. As-tu oublié tout le reste ? Tu te révoltais contre la Compagnie, tu cherchais la Voie Oblique, tu pensais que les Hommes Roux étaient notre destin, notre avenir. Tu ne crois plus à tout ça ?

— Je suis seul. Skoll est allé rejoindre les siens, Mern est vieux, plus porté sur la théorie que l'action. Que veux-tu que je fasse ? Ils me cherchent.

— Et puis tu aimes cette Jdrou ?

— Oui, j'aime cette Jdrou. Même pour cinq minutes tous les deux jours, même si je suis frustré, si je grelotte en lui faisant l'amour, si elle transpire et manque de s'évanouir… Nous nous rencontrons dans une sorte de no man's land étroit, sur le fil d'une lame. Nous vivons chacun dans un espace-temps différent et de temps en temps nous ouvrons une porte de communication.

Elle remplit à nouveau son verre, reprit sa position en face de lui.

— On dit que certaines dames de la haute société se sont fait fabriquer des combinaisons spéciales pour rencontrer des Hommes Roux sans périr de froid. Un sas astucieux permet au mâle de pénétrer. Dans le temps il y avait des chemises de nuit trouées. Mais ce n'est peut-être qu'un ragot.

— Tu te moques de moi ?

— Pas du tout.

Il n'aurait jamais cru qu'il puisse la désirer à nouveau. Lorsqu'il avait connu Jdrou, il n'arrivait plus à éprouver quoi que ce soit pour elle, en était horriblement gêné, confus. Il n'avait rien à lui reprocher. Mais son sexe refusait de se dresser pour elle. Et maintenant il avait de nouveau envie de l'aimer.

Pourquoi ne dissimulait-elle pas son corps ? Au début il avait pensé à une sorte de provocation, mais c'était tout le contraire. Il devenait le vieil ami devant lequel on ne se gêne guère.

— Excuse-moi, ça va être le rappel.

Sans autre avertissement, elle se dénuda entièrement et lui tourna le dos. Il avait sa croupe à quelques centimètres de ses mains mais n'osait la frôler. Elle levait une jambe, une autre pour enfiler une sorte de ceinture.

— Qu'en penses-tu ?

Il sursauta, elle exhibait un phallus monstrueux.

— C'est pour le final. Je suis dans la ligne de mon numéro, tu comprends. Un clin d'œil au public, si tu préfères. Enfin à la partie la plus fine. Les autres rigolent, parce que c'est obscène.

— Tu vas y aller comme ça ? fit-il, effaré.

— Depuis quatre semaines je le fais chaque soir, pourquoi devrais-je changer ?

— C'est odieux, ridicule.

— Il est pourtant bien imité… En une matière spéciale, étonnante. Tu ne veux pas le toucher ?

Il se leva et cogna sa tête contre le plafond très bas. Ce faisant, il était contre elle et le simulacre le frôlait. Il fit un pas sur le côté pour lui échapper.

— Certaines femmes veulent à tout prix le voir de près, le toucher.

— Ça te rapporte ?

— Je n'y ai pas encore songé mais je rencontre des personnes intéressantes… Tu sais qui j'ai vu à River Station ?

— Rien que le nom de la ville… Floa Sadon. Vous avez dû être heureuses de vous retrouver, fit-il avec l'intention de la blesser.

Yeuse se coiffait devant la minuscule table de maquillage installée en bout de la couchette.

— Mais bien sûr. Elle m'a invitée dans le palais de son père et nous sommes restées plusieurs heures ensemble.

— T'avait-elle demandé d'apporter ceci également ?

— Tu la connais, fit-elle tranquillement.

Il se dirigea vers la porte.

— Attends, dit-elle fermement.

— Je dois partir.

— Non, tu vas m'attendre. Le final ne dure pas plus d'un quart d'heure. Ce que j'ai à te dire est important.

— Dis-le maintenant.

— Quand je reviendrai…

— Je serai parti.

— Même si cela concerne Jdrou et ses amis ?

A ce moment-là, une voix aiguë s'éleva dans le couloir de la voiture :

— Dépêchons, dépêchons, c'est le final ! Le final dans deux minutes exactement ! Le final !

L'aboyeur du spectacle était un nain qui montrait une très grande activité. Lien l'avait déjà rencontré. Yeuse quitta le compartiment et il se versa encore à boire. Il faisait très chaud.

Lorsqu'elle revint, elle avait déjà arraché ce stupide ornement dans le couloir et le jeta dans un coin, but un grand verre et le regarda avec tristesse :

— Tu es au courant de ce qui se passe ? Les Hommes Roux ?

— Ils sont revenus, du moins certains, sur le dôme des villes pour gratter la glace ?

— Ils ne sont pas revenus. On est allé les chercher.

On les capture, on les fourre dans des camps, on les transporte dans des sortes de cages… De façon assez discrète, mais cela finit par se savoir.

Lien se pencha avidement vers elle :

— Tu es sûre de cela ?

— Absolument. La situation devenait catastrophique pour les villes. La glace s'accumulait et on ne pouvait chauffer pour la faire fondre. Il fallait que les Roux reviennent. On a organisé de grandes chasses, offert des primes.

— Des primes ?

— Dix dollars par tête. Ceux qui chassent sont exempts du service armé et reçoivent des bons de combustibles et de nourriture. L'autre jour, à Grand Star Station, il en est arrivé plusieurs centaines. Ils ont été parqués en dehors de la ville, surveillés par des sections spéciales. Ils doivent travailler huit heures par jour pour dix-huit cents calories, je crois.

Quelqu'un, la dernière fois, lui avait parlé de ces calories… Il avait eu tort de ne pas s'en étonner. Pourquoi aurait-on décidé de donner ce minimum s'il n'y avait pas eu contrainte ?

— Ces chasseurs vont partout, même dans les lieux de pêche, les mines. Ils font des rapts, des attaques. La Compagnie laisse faire. Les gens devenaient très mécontents. L'épaisseur de glace sur les dômes était inquiétante. Certains se sont fissurés, des verrières écroulées dans les petites villes de province. Si tu vis avec une tribu, elle risque d'être en danger.

Il pensait à Lena Hansen toute seule, là-bas, à l'exploitation forestière, avec des armes peu efficaces. Jdrou et les siens qui pouvaient être capturés, conduits sur le dôme d'une ville lointaine sans qu'il sache jamais laquelle.

— Il faut que je prévienne Hansen... Mon patron, si tu veux. Nous ne déchargerons notre bois que demain, mais moi, je peux rentrer là-bas en attendant.

Lien eut un sourire attendri :

— Merci, Yeuse, je ne savais pas.

— Tu pars ?

— Il faut que je rentre vite...

— Mais dans la nuit, c'est impossible...

— Je vais quand même essayer.

— Si tu ne réussis pas à quitter Wood Station avant demain matin, reviens. Tu gratteras à ma fenêtre. Tu la reconnaîtras, il y aura de la lumière alors que toutes les autres seront opaques.

Brusquement elle noua ses bras autour de son cou et l'embrassa avec violence, voracement pensa-t-il. Ce baiser faillit le décider à rester ainsi que ce corps merveilleux qui se plaquait contre lui.

— Reviens, murmura-t-elle. Dans un mois je serai de nouveau à Grand Star Station.

Faute de trouver une draisine ou un tramway, il dut courir jusqu'à l'autre bout de la ville, à plus de deux kilomètres. Toutes les draisines, une fois le spectacle fini, étaient retournées au dépôt. Il fut arrêté par une patrouille militaire qui examina ses faux papiers et le laissa repartir.

Hansen dormait profondément et sentait la bière et la vodka.

— Juste Dieu ! cria-t-il en reconnaissant son ami Lien. Que t'arrive-t-il donc ?

— Ecoute bien, ils chassent les Roux. C'est pourquoi on les revoit sur les toits des villes. Il faut que j'aille chez toi. Lena ne peut pas rester seule, tu comprends ?

— Ils n'oseront pas.

— Tu m'as dit qu'une fois, déjà, ils avaient osé.

— Nous avons des armes, un vieux fusil mitrailleur qui fait quand même du mal. Lena n'est pas une femmelette. Elle sait se battre. Si je lui déplais, elle me flanque une raclée. Si je bois trop, par exemple…

— Il s'agit de bien autre chose. Des gens qui ravagent le pays pour dix dollars par tête d'Homme Roux. Des gens de sac et de corde, tu comprends ?

— Tu as peur pour Jdrou ?

— Pour elle et pour ta femme…

— Bien, on va essayer de trouver quelque chose, même au prix fort.

Mais ils marchèrent longtemps dans une ville endormie. A nouveau ils furent contrôlés par la police militaire, finirent par échouer dans une sorte de taverne pourrie où s'imbibaient des marginaux, des gens qui vivaient aux confins du dôme, là où il faisait le plus froid et toujours sombre. Prudemment ils interrogeaient mais n'obtenaient aucun résultat. Personne ne connaissait une draisine à louer ni un loco. Il y avait un train qui partait à l'aube et passait à M-Station, distante d'une dizaine de kilomètres de l'entreprise forestière.

— A M-Station tu ne trouveras rien, disait Hansen. Inutile de perdre ton temps. Demain tu trouveras un engin à louer et tu iras plus vite. Rien ne dit que Lena et Jdrou soient en danger. Ces bandits peuvent venir plus tard, quand nous serons là pour les accueillir. Peut-être que tu t'inquiètes un peu trop vite, et à tort.

— Tu as bu, Pietr. Tu as bu et tu veux ronfler sans soucis.

Le bûcheron haussa ses épaules immenses et se recoucha :

— Repose-toi. Demain tu trouveras tout ce qu'il faut, tu verras. Il ne faut pas exagérer le danger.

Lien ressortit et commença une nouvelle quête dans le pays. Il échoua dans une sorte d'asile de nuit pour gens n'ayant pas trouvé de chambre dans les hôtels. Certains voyageurs paraissaient même huppés et deux d'entre eux discutaient âprement près d'un poêle à bois. Ils étaient furieux de passer la nuit dans cet endroit.

— Si la climatisation de mon loco n'était pas défectueuse, je me serais allongé dans la couchette… Mais j'aurais pu crever de froid.

— Vous possédez un loco ? demanda Lien avec fébrilité.

— Oui, monsieur. Je suis représentant en matériel de défrichage sous-glaciaire… Berkos pour vous servir.

— Ecoutez, je dois quitter Wood Station sur-le-champ et je vous loue votre loco. Dites-moi un prix. Au lieu de vous geler ici, vous m'accompagnez et vous gagnez plus que dans une journée de porte à porte.

Berkos se tourna vers son compagnon :

— Vous entendez ça ? J'étais déjà certain que j'étais dans une ville de fous, mais maintenant je n'en doute plus.

— Regardez, dit Lien, j'ai de l'argent… Je peux payer… Nous partons sur-le-champ et…

— La climatisation doit être réparée demain matin,

dit Berkos, quand même fasciné par la liasse que Lien venait d'exhiber… Si vous êtes toujours d'accord…

— Je veux partir maintenant, dit Lien Rag.

— Mais, l'ami, pourquoi cette hâte ? fit le second personnage qui n'avait rien dit jusque-là. Pourquoi voulez-vous quitter Wood Station en pleine nuit ?

— Je dois rejoindre d'urgence l'exploitation forestière où je travaille. Je me suis attardé dans cette ville plus que je ne voulais et je crois que ma femme va accoucher.

— Désolé, mais je préfère cependant attendre le jour. Pourquoi n'allez-vous pas trouver la Sécurité ferroviaire pour en discuter avec eux ? Ils pourront peut-être vous aider ?

— Ne cherchiez-vous pas une chambre ? dit alors Lien. Si je dois m'adresser à la Sécurité, la mienne sera libre.

Berkos se dressa vivement très intéressé.

— N'y a-t-il qu'une couchette ? demanda l'autre personnage, inquiet.

— Hélas, oui.

— Mais quel hôtel ?

— Le *Globe Hôtel*, répondit Lien au hasard.

— Dans ce cas, je vous accompagne. Je vous réglerai le montant de la chambre une fois là-bas.

Tandis que l'autre inconnu soupirait en se recroquevillant devant le feu, ils sortirent de l'asile et, comme l'avait espéré Lien, Berkos fit un détour pour prendre son bagage dans son loco garé un peu plus loin. Lorsqu'il pénétra dans le sas, Lien le suivit et tenta de l'assommer, mais dans son excitation il manqua son coup et Berkos se mit à hurler :

— Je me doutais un peu que c'était un piège… A l'aide ! Au secours ! Prévenez la Sécurité !

Lien voulut le faire taire mais, d'une poussée, l'autre le jeta hors du sas et boucla ce dernier à double tour. Lien était tombé sur le quai. Alors qu'il se relevait, Berkos brancha son haut-parleur extérieur et commença d'appeler au secours. Lien dut s'éloigner en grande hâte. Plus loin il aperçut les clignotants d'un loco de la Sécurité, dut sauter sur les voies, en traverser une trentaine pour ensuite retrouver un quai. Mais il dut encore se cacher sous les locos en stationnement dans des encoignures, courir jusqu'à ce qu'il rejoigne le quartier central où se trouvait le cabaret Miki. Comme prévu, il y avait de la lumière chez Yeuse. Il tapa à la vitre et, moins d'une minute plus tard, elle lui ouvrait la porte du wagon. Il s'y hissa de justesse. Dans le lointain clignotait la voiture d'une patrouille.

— Tu as couru, tu es en nage ? Tu n'as rien trouvé ?

— J'ai agressé un homme pour lui voler son loco. J'ai manqué mon coup et je suis poursuivi.

— Viens, allonge-toi.

Elle lui prépara un thé très fort avec de la vodka, le lui apporta. Il réalisa qu'il avait parlé d'exploitation forestière. Ce Berkos était homme à déposer plainte.

— Ton ami ?

— Il dort, gavé de bière et de vodka. Il a dû faire la fête. Il était incapable de réagir.

— Vous partirez demain… Je n'aurais pas dû t'affoler… Ces raids contre les Roux s'effectuent dans les terres lointaines… Il n'y a pas encore eu de faits semblables dans les zones moins sauvages.

Il ferma les yeux, sentit qu'elle défaisait ses vêtements. Il ôta sa pelisse, son bonnet. Il était fatigué, incapable d'assembler deux pensées cohérentes. Quand elle s'assit auprès de lui, il appuya sa joue sur son épaule, glissa sa main dans l'échancrure de son vêtement de nuit.

— Tu me trouves sans scrupules ?

— J'en ai envie moi aussi, dit-elle en achevant de le déshabiller pour se couler ensuite auprès de lui.

Il lui fit l'amour en pensant à Jdrou. Elle aurait peut-être ri de les voir échanger des caresses aussi longues, aussi compliquées, mais il avait besoin de cet érotisme sophistiqué et raffiné. Il s'endormit mais, lorsqu'il se réveilla, Yeuse n'avait pas fermé l'œil et le caressait avec efficacité.

En pleine nuit, ils burent du thé et mangèrent quelque chose. Le chauffage avait un peu baissé dans le compartiment et ils durent se fourrer sous les couvertures.

Il n'avait jamais dormi auprès de Jdrou. Il avait souvent rêvé d'être dans la chaleur de sa fourrure, de lui faire l'amour alors qu'elle ne serait même pas éveillée.

— Nous partons demain, dit Yeuse. Tu crois que nous nous reverrons un jour ? N'oublie pas que bientôt nous serons à Grand Star Station.

— Je n'oublie pas, dit-il.

— Si jamais tu avais besoin de me contacter, téléphone à Grand Star Station, au siège du Syndicat du spectacle. Ils sauront te dire où je me trouve.

Ils attendirent le petit matin blême sans s'endormir.

CHAPITRE III

De très bonne heure, Lien avait pris un express qui quittait Wood Station pour le réseau du Méridien, ne s'arrêtant que dans quelques villes importantes. Pas question pour lui d'essayer de louer un loco ou une draisine, Berkos le voyageur de commerce ayant dû donner son signalement à la Sécurité. Il ne chercha même pas à revoir Hansen, pensant que le bûcheron devinerait les raisons de sa disparition.

Vers huit heures, il descendit à Jonction Station et ce fut là qu'il trouva une simple draisine à louer pour un prix prohibitif. Il dut laisser une importante caution, promettre de ramener le véhicule dans les trois jours.

Il perdit beaucoup de temps pour quitter le réseau du Méridien sur lequel circulaient des dizaines de convois de marchandises, mais aussi quelques grosses unités militaires.

Puis ce fut le réseau secondaire, l'aiguillage et la voie privée qui conduisait à l'exploitation. Il était sur le qui-vive mais, ne possédant aucune arme, ne pourrait intervenir en cas de danger. Il se répétait qu'il avait exagéré la menace qui pesait sur les Hommes Roux, que tout se passait pour l'instant dans les zones désertiques. D'ailleurs, tout paraissait paisible. A cette heure, la tribu de Jdrou se trouvait sous la glace, en train d'abattre des arbres, et Lena Hansen s'occupait dans sa demeure.

Le sas fonctionna comme d'habitude lorsqu'il fit avancer la draisine à allure réduite.

Il pénétra dans la grande pièce commune puis s'immobilisa, stupéfait. Un désordre incroyable y régnait. Tout avait été détruit, cassé, les meubles, la vaisselle, les objets familiers de toute sorte.

— Lena ?

Enjambant les débris, il se dirigea vers la chambre du couple dont la porte était entrouverte, hésita :

— Lena, vous êtes là ?

Il poussa la porte et croisa le regard bleu de la jeune femme. Tout de suite, il éprouva un intense soulagement. Elle vivait.

Elle vivait, mais était attachée nue sur le lit et les bras et les jambes écartés. Il y avait du sang entre ses cuisses, des griffures sur son ventre, ses seins. Sa bouche était énorme, tuméfiée comme si on l'avait mordue cent fois.

— Déliez-moi, murmura-t-elle. Déliez-moi avant que Pietr ne rentre.

— Je suis seul, il est resté à Wood Station pour le déchargement.

Lena eut alors un sourire apaisé et ferma les yeux. Il la détacha mais elle resta les membres en croix, incapable de bouger.

— Ils devaient être quinze… Dans l'après-midi d'hier. Ils ne sont partis que dans la nuit. Ils avaient l'air renseignés sur nos habitudes, sur votre absence.

— Jdrou ?

— Toute la tribu a été embarquée de force dans

une sorte de wagon-cage. C'est la première chose qu'ils ont faite… Au début, ils m'ont surprise. Ils sont entrés, trois hommes par le sas arrière, m'ont ligotée contre le pilier de la cuisine. J'ai tout vu. Ce n'est qu'ensuite qu'ils m'ont attachée sur ce lit. Toute la nuit, ils ont ripaillé, bu et m'ont violée. Quinze et chacun au moins deux fois.

Elle noua ses bras autour de son cou et réussit à s'asseoir.

— Ils ne se sont pas contentés de me violer. Ils m'ont griffée, mordue. Ce sont des sauvages, des bêtes. A moitié fous. Pendant dix heures il y a eu ici une telle explosion de violence que j'ai cru que mon cerveau n'y résisterait pas.

Elle réussit à se mettre debout. D'habitude, elle le dépassait d'une tête, mais là elle paraissait plus petite. Il la conduisit dans la salle de bains, remplit le baquet rond en bois d'eau très chaude.

— Il ne faudra pas le dire à Hansen.

Lien inclina la tête.

— Je ne veux pas qu'il sache ce qu'ils m'ont fait.

— Les traces ? Les morsures ?

— Je dirai que je me suis défendue, que j'ai réussi à me cacher dans la galerie, dans la forêt sous-glaciaire. Ce n'est pas impossible à croire.

— Qui étaient-ils ?

Le spectacle de cette femme saccagée, humiliée et presque détruite le fascinait d'une telle horreur qu'il n'osait pas parler de Jdrou.

— Je ne sais pas… Un groupe certainement venu d'une grande ville, des quartiers pauvres… Ils parlaient dans une sorte d'argot… Ils méprisent les gens comme nous, des exploitations agricoles ou forestières. Cela se sentait vraiment. Je crois qu'ils ont dû piller toutes les provisions.

— Comment sont-ils venus ? Vous avez vu leur véhicule ?

— La cage et une très vieille machine à vapeur… Une locomotive qui paraissait sortir d'un musée… Seul l'habitacle avait été réaménagé. Elle avait bien trois cents ans, peut-être plus.

— Vous êtes sûre ? Ce n'était peut-être qu'une apparence.

— Non, la machine fonctionnait à la vapeur, haletait… Comme dans ces vieux westerns qu'on peut voir à la télévision ou au cinéma… C'était tout à fait ça… Il y avait un wagon pour la troupe… Ces types portaient des combinaisons isothermes noires, mais cette nuit ils avaient tout quitté.

— Vous avez dû conserver des souvenirs précis…

Elle désigna le baquet en bois. Il la souleva avec peine pour la déposer dans l'eau brûlante. Elle poussa un cri de douleur, serra les dents et s'enfonça dans l'eau.

— Je vais vous soigner, dit-il. Mais je ne peux le faire que pour l'extérieur. Il faudrait que vous fassiez des injections d'antibiotiques répétées…

— Je sais, murmura-t-elle, les dents serrées… La plupart avaient des sexes pourris…

Puis elle tressaillit :

— Il y en avait un, très blond, presque imberbe. Il avait tout juste quelques poils sur le bas-ventre… Il avait tracé des ronds de différentes tailles, autour de son nombril… Cela faisait comme une cible. Oui, c'est ça, une cible.

— Ils étaient vraiment quinze ?

— Oui, quinze avec les mécaniciens, deux hommes qui étaient sales de charbon et d'huile lourde... Ils parlaient toujours de se laver mais ne l'ont pas fait.

Il y avait des traces noires sur le lit du couple. Il alla arracher le drap. Il y avait d'autres taches significatives qu'Hansen ne devait pas voir. Il fourra le tout dans la machine à laver et retourna dans la salle de bains.

Lena s'allongea sur le tapis et il désinfecta ses plaies, peu profondes mais innombrables. En fait elle était tailladée d'un peu partout.

Lorsqu'il crut avoir fini, elle se retourna sur le ventre et il découvrit que son dos, ses reins, sa croupe n'étaient qu'une plaie.

— Dans la nuit, certains m'ont disposée ainsi. Puis d'autres ont dit que c'était mieux quand je pouvais les regarder. Pouvez-vous me donner à boire ?

Elle prit une gorgée mais la recracha.

— C'est un fou qui m'a mordue comme ça. Chaque fois qu'il venait abuser de moi. J'avais l'impression qu'en même temps il me dévorait les lèvres à pleines dents, c'était affreux.

— Nous les retrouverons, dit-il.

— Je ne veux pas qu'Hansen sache. Je dirai que je me suis battue avec eux mais qu'ils n'ont pas pu arriver à leurs fins. Il ne le supporterait pas. Vous ne connaissez pas Pietr... Nous étions semblables. Aussi purs l'un que l'autre quand nous nous sommes connus, et jamais... Enfin, pour ma part, jamais je n'ai eu un autre homme que lui... Il ne le supporterait pas. Je veux que nous vivions ensemble... A quoi servirait de courir après ces monstres ? La haine ne sert à rien. Il faut de nouveau essayer de revivre.

— Sans les Hommes Roux, vous ne pouvez extraire du bois, fit-il remarquer sèchement. Aucun homme, ni Hansen ni un autre, ne peut rester plus de deux heures sous la glace par des températures aussi basses.

— Nous trouverons d'autres Roux, nous nous protégerons de façon plus efficace. Que font-ils de ces Roux ? Où les conduisent-ils ?

Lien le lui expliqua.

— L'autre jour, nous avons vu un convoi de cinquante wagons-cages vides. Nous ne savions pas à quoi ils servaient.

— Vous jurez que vous ne direz rien à Pietr ?

— Je serai muet, mais avant qu'il ne rentre, essayez de me donner le maximum de détails. Vous ne voulez pas qu'on les retrouve, mais je veux savoir où ils ont amené Jdrou.

Elle put enfin se lever, enfila une robe longue qui dissimulait son corps, mais sa bouche restait enflée, crevassée. Hansen ne voudrait jamais admettre la version de sa femme. Il devinerait que ces hommes l'avaient mordue, lacérée de leurs griffes sur tout le corps parce qu'elle était nue et à leur entière disposition.

— Laissez cette Fille Rousse, Lien… Elle se moque de vous… Elle n'est pas humaine.

Le glaciologue la regarda comme si soudain il la découvrait avec un visage différent, comme si depuis des jours elle dissimulait sa véritable personnalité.

— Cette fille fait l'amour avec tous les hommes de sa tribu… Peut-être son père, ses frères… Les vieux, les jeunes. Toutes les femmes agissent ainsi… Je les ai vus souvent. Ils ne se cachent pas en bas dans la forêt sous-glaciaire… Pietr ne voulait pas que je vous en parle… Vous allez courir après un mirage, une utopie. Cette fille ne pourra jamais vivre auprès de vous au-delà de quelques minutes… Et toujours elle préférera les hommes de sa tribu.

Il passa dans la cuisine, commença à mettre de l'ordre. Mais il n'y avait presque rien à récupérer, sauf certains ustensiles en fer. A l'extérieur, les réserves de vivres congelées étaient pratiquement vides. Il ne trouva que du foie de renne et un peu de porc qu'il rapporta à Lena.

— Oubliez ce que je vous ai dit, Lien… Dans le fond, je lui en veux à cette fille. C'est à cause d'elle, des siens, que ces bandits sont venus ici et m'ont fait ce que vous savez.

— Je vais partir, dit-il.

— Attendez Pietr.

— Non. Il me serait difficile de lui mentir à votre sujet.

Le visage de Lena se crispa de colère et elle fit quelques pas dans sa direction, presque menaçante :

— Alors, partez… Tout de suite !

— Je veux d'abord savoir dans quelle direction sont allés ces gens-là.

— Je ne le sais pas, j'étais liée sur mon lit. Je n'ai rien vu.

Lien alla s'allonger sur le lit. Dans le silence de la maison parfois on pouvait sinon entendre mais du moins percevoir le roulement des convois sur la voie secondaire. Tout ce qui roulait sur la voie privée était perceptible. Il retourna dans la cuisine :

— Vous avez dû guetter leur départ dans l'angoisse avec la terreur qu'ils ne reviennent. Ont-ils pris vers le Sud ? Cela, vous avez pu le déterminer avec quatre-vingt-dix pour cent de chances de ne pas vous tromper. Vous avez l'habitude.

— J'étais trop malade, épuisée, terrorisée.

— Non, Lena, pas vous.

Elle sursauta et le regarda avec inquiétude.

— Vous avez choisi le moindre mal. Lorsque vous avez compris que vous étiez en infériorité, vous avez accepté le viol en pensant que vous sauviez votre vie et c'est tout à fait légitime, je vous approuve et vous en félicite. Que vous ayez joué la terreur pendant et ensuite pour attendrir le premier qui entrerait dans la chambre — une chance ce fut moi — mais vous êtes restée lucide. Vous êtes une femme forte, exceptionnelle. Pour avoir survécu ici dans les pires conditions, il faut que vous soyez très forte. Vous avez suivi à l'oreille, mais aussi aux vibrations, leur départ. Je vous le demande une fois de plus, le Sud ?

— Non, dit-elle en le fixant sans ciller. Le Nord. Vous avez raison, dès que j'ai vu que j'étais vaincue, j'ai composé avec eux. Mais ils ne l'ont pas accepté. Ils veulent des victimes hurlantes de terreur, une victime pantelante d'horreur et de dégoût. Pas une femme qui ouvre tout de suite ses jambes. Pour me punir, ils m'ont lacérée avec leurs ongles noirs. Surtout un certain Wukro qui a des ongles d'une longueur peu commune et noirs de crasse depuis sa naissance.

— Wukro. Pourquoi l'avoir tu ?

— Je ne veux pas que ces hommes soient retrouvés. Ils feront du mal à Pietr en lui racontant comment, combien de fois ils ont joui de sa femme de toutes les manières. Je ne veux pas que le regard de

Pietr s'emplisse du dégoût de mon corps lorsqu'il apprendra que ce corps a reçu de toutes parts la semence de ces quinze hommes, voilà ce que je ne veux pas.

— Vous avez d'autres noms, d'autres signalements, dit-il, et je ne partirai pas tant que vous me les cacherez. Et si vous me mentez, je reviendrai ici.

Lena Hansen le regarda férocement, mais il soutint ce flux de haine virulente.

— Vous ne comprenez pas, Lena. Ces quelques minutes journalières avec Jdrou me sont indispensables désormais. Jugez-moi comme il vous plaira, mais c'est un marché que je vous propose. Après quoi, je partirai pour toujours.

CHAPITRE IV

Siding Station était une ancienne gare de triage située à l'ouest de la 17e Province, dans une région qui ne cessait de subir des bouleversements glaciaires. On y accédait par plusieurs voies secondaires qui ne figuraient plus dans les récentes éditions des instructions ferroviaires de la Transeuropéenne.

Pendant une vingtaine d'années, l'endroit avait été successivement occupé par des dissidents politiques, des marginaux qui avaient fini par abandonner la partie, Siding Station n'offrant aucune ressource pour survivre, même lorsqu'on se contentait de peu. Les Hommes Roux étaient venus ensuite, démolissant les sas pour que la température soit aussi basse que possible. L'ancienne verrière, une merveille d'architecture néogothique, n'était pas en forme de dôme mais ressemblait de loin à la coque d'un ancien navire qui aurait chaviré quille en l'air.

La division ferroviaire de la 17e région avait reçu la mission de rénover l'endroit, d'y envoyer des équipes et des engins de levage pour restaurer les voies, mais aussi reçu l'ordre de ne pas chercher à réparer les sas d'accès ni de prévoir le moindre chauffage sous verrière.

Le gouverneur Sadon supervisait les travaux et faisait des visites impromptues à bord de son luxueux loco-car. Lorsque le premier convoi d'Hommes Roux capturés dans le Nord de la province arriva, le haut fonctionnaire entra dans une colère effroyable. On avait entassé les Hommes du Froid dans des wagons isothermes. Plus de soixante têtes par wagon et le résultat était catastrophique. Un survivant sur six, le reste ayant péri de déshydratation. Quatre cents morts qu'il fallut entasser dans de vieux wagons de réforme que l'on précipita dans une crevasse. On combla ensuite cette dernière à coups de rayons laser. Le gouverneur Sadon ordonna la fabrication des wagons-cages et peu après la Compagnie utilisa ce modèle pour toutes ses provinces. Dès lors, le centre de tri de Siding Station put fonctionner avec efficacité.

Chaque jour arrivaient en moyenne une demi-douzaine de convois disparates, appartenant à des entrepreneurs privés qui participaient à la rafle monstre sur tout le territoire de la Transeuropéenne, la Compagnie ayant chargé la 17e Province du regroupement de tous les Hommes Roux capturés.

Sadon avait donné des ordres très stricts, lancé des menaces très sèches. Il n'admettrait aucun sévice, ni mauvais traitements. Le taux de mortalité ne devait pas dépasser cinq pour cent le premier mois, pour baisser ensuite d'un point chaque mois suivant. Il avait réuni tous les responsables fonctionnaires pour un discours bref mais bien senti.

— On doit éviter au maximum le fractionnement des groupes et des tribus. Ils doivent garder leur homogénéité pour travailler ensemble sur les dômes et les verrières.

— Dans ce cas, fit remarquer un chef de la Sécurité, il nous faudrait un scientifique, un ethnologue.

— Je vous en trouverai un. Dès qu'ils arriveront ici, les Hommes Roux passeront une visite médicale, seront nourris abondamment. Je veux que leur ration soit d'au moins deux mille calories. La Compagnie a décidé qu'ils en recevraient dix-huit cents en échange du travail, mais ici ils doivent réparer leurs forces. Le voyage, les privations les ont souvent affaiblis. Je ne veux pas que les enfants soient séparés des adultes. Les femmes ne devront pas être débauchées… Il est temps que l'on se rappelle que c'est un crime contre nature que de forniquer avec un mâle ou une femme de cette race…

Il y eut des regards ironiques, quelques sourires.

Sadon savait ce qu'ils signifiaient. Il se murmurait que sa fille Floa avait quelquefois été tentée par ces animaux à tête humaine bien dotés par la nature.

— La prime de dix dollars par tête sera payée ici. Les rabatteurs d'Hommes Roux devront présenter une accréditation signée par moi. Tous les curieux seront refoulés. D'ailleurs, les lignes secondaires conduisant à Siding Station seront interdites à tous ceux qui n'ont rien à faire ici. Les aiguillages en question recevront un schéma nouveau et seuls ceux qui posséderont la carte perforée correspondante pourront passer. La Sécurité Militaire sera spécialement chargée de la surveillance. C'est un trésorier-payeur exceptionnel qui s'occupera des questions financières.

— Croyez-vous que dix dollars soient suffisants pour tenter les chasseurs ? demanda quelqu'un.

— Non, mais il y a d'autres avantages, des bons de carburants, de nourriture et la dispense du service militaire. Nous pensons que bien des insoumis et déserteurs seront attirés par cette disposition.

C'était d'ailleurs un excellent calcul, estimait la Sécurité. Ainsi elle pourrait reprendre le contrôle sur certains dissidents qui seraient tentés par la chasse aux Roux.

— Il y aura des aventuriers de tout poil. Siding Station va devenir une ville difficile. Tous les vices, tous les trafics vont y fleurir en quelques jours. Les prostituées de toute la concession vont accourir, ainsi que tous les truands. Ce n'est pas une mauvaise chose. Pour s'installer ici ils devront d'abord se présenter dans mes bureaux et payer une forte caution. Cet argent servira à alimenter une caisse exceptionnelle qui nous permettra de récompenser comme il se doit ceux qui fourniront un excellent travail et montreront leur bonne volonté.

Il y eut un grand nombre d'expressions satisfaites. Sadon pensa que l'argument porterait ses fruits. Tous ces gens aimaient l'argent et ils allaient en gagner beaucoup.

— A combien estime-t-on le nombre d'Hommes

Roux nécessaires pour la Transeuropéenne ? demanda un chef de section ferroviaire.

— Au moins à cent mille.

Le chiffre effara. Sadon attendit que les murmures s'éteignent pour s'expliquer :

— A cause de la guerre, la production d'énergie est en partie détournée vers les fronts de l'Est et de l'Ouest. De ce fait, la température sous les dômes et les verrières sera maintenue au plus bas, juste deux degrés au-dessus de zéro dans le pire des cas. La couche de glace sur les dômes et verrières va s'accroître très rapidement. Là où il fallait un homme pour déblayer dix à vingt mètres carrés par jour il en faudra trois.

— Mais où va-t-on trouver ces cent mille têtes ?

— Existent-elles seulement dans la Concession ?

Sadon garda son sang-froid. Jusqu'à ce jour le chiffre exact des Hommes Roux installés — c'était un euphémisme car la plupart étaient des nomades — sur le territoire de la Transeuropéenne était tenu secret pour ne pas effrayer les populations. Si les gens apprenaient qu'on l'estimait à plusieurs millions, leurs réactions risquaient de devenir violentes. Il y avait déjà eu des pogroms, des holocaustes, même dans certains endroits du Sud. La Compagnie avait beau faire, les informations venues du front occidental commençaient à se répandre. On savait que des Hommes Roux au Q.I. élevé, armés et décidés, tenaient une zone tampon entre la Transeuropéenne et la Panaméricaine, d'où cette haine récente contre les Hommes Roux, pour lesquels on n'avait auparavant qu'indifférence et mépris.

— Nous pensons les trouver aisément, répondit

prudemment Sadon. Mais il se passe un fait assez significatif. Nos ennemis, ceux de la Sibérienne surtout, connaissent de grandes difficultés énergétiques, pires que les nôtres. Mais avec leur stupidité coutumière, ils ont réagi avec une brutalité sans pareille pour contraindre les Hommes Roux au travail. Non seulement ils les utilisent pour déblayer la glace sur le dôme de leurs villes, mais aussi dans les mines de charbon. Sans les traiter humainement, en ne leur fournissant que mille calories par jour.

En fait, il n'avait aucun renseignement précis sur ces chiffres et les inventait pour les besoins de la cause.

— Du coup, des tribus entières d'Hommes Roux se réfugient chez nous. Et il n'est même pas besoin de les contraindre pour les rembaucher. On leur donne à manger et c'est tout ce qu'ils demandent. Nous trouverons facilement ce chiffre.

— Dix-huit cents calories, cela représente pour ce centre de transit d'énorme réserves. Où les trouverez-vous ?

Le chef de station, qui coordonnait tous les services, se pencha vers l'oreille de Sadon pour lui dire que le questionneur était un des trois vétérinaires récemment arrivés à Siding Station.

— Si cent mille Roux doivent transiter ici, si nous devons leur fournir au moins dix-huit cents calories, deux mille selon votre prescription, le temps de les retaper, soit une semaine en moyenne, nous devrons disposer de plus d'un milliard de calories. Sous forme de viande, la réalisation de ce stock sera plus aisée. Mais représentera environ deux mille tonnes. Et il faudra poursuivre cet effort par la suite.

— Nous allons lancer des appels d'offres, des réquisitions. Nous utiliserons la viande fossile trouvée sous la glace.

— Vous allez les nourrir ainsi ? s'indigna le vétérinaire. Ils n'y résisteront pas un mois.

— Juste le temps du transit, répliqua Sadon en demandant à voix basse au chef de station le nom de ce vétérinaire.

— Juan Serda... Il est très compétent mais une forte personnalité... Vous n'êtes pas sans savoir que... le nombre de vétérinaires est réduit. Pas cinquante sur la concession.

— Il y a aussi tous les animaux de troisième catégorie, dit Sadon en regardant le vétérinaire dans les yeux... Le poisson, les céréales ; nous ferons un maximum.

— Jusqu'à présent nous n'avons jamais pu porter leur ration à plus de douze cents calories, monsieur le gouverneur, répliqua Serda avec un respect insolent.

— Nous débutons. D'ici une semaine, tout sera organisé... Vous allez chaque jour assister à une amélioration, mais il vous faudra y mettre du vôtre aussi, monsieur Serda.

Il y eut des rires de courtisans et le vétérinaire pinça sa bouche.

— D'autres questions ? demanda Sadon.

On souleva le problème des installations sanitaires. Les Roux n'avaient aucune hygiène, aucune pudeur. Comme des animaux, ils déféquaient au hasard et l'entretien des parcs allait poser des problèmes.

— Il faudrait des traducteurs qui puissent leur expliquer qu'ils doivent utiliser des latrines... Il faudrait aussi trouver comment nettoyer les wagons-cages.

— Et nous autres, vétérinaires, ne suffirons pas, dit encore Juan Serda. Ce sont des humanoïdes, il faudrait des médecins, des remèdes pour les humains et non pour les rennes ou les ruminants.

Cette fois, ce fut un tollé général ainsi qu'un grand éclat de rire. On trouvait que le vétérinaire exagérait et Sadon leva les mains avec un sourire protecteur :

— Un ethnologue, des traducteurs, interprètes, des médecins, des diététiciens peut-être ?

— Pourquoi pas, monsieur le gouverneur ?

Soudain le gouverneur réalisa une chose fantastique. Jamais jusqu'à ce jour les hommes n'avaient eu à se préoccuper autant des Hommes Roux. Il avait fallu ces guerres, ce besoin énergétique pour qu'on fasse appel à eux, même de façon autoritaire. Pour en faire des travailleurs, il fallait étudier leur comportement, leur résistance à la fatigue, leurs modes d'alimentation, leurs maladies. Bref, jamais une telle étude générale n'avait été entreprise. Elle dépassait l'ethnologie, flirtait avec la métaphysique et Sadon eut prescience d'un très grand danger. Il lui faudrait faire part de ses craintes au conseil d'administration de la Compagnie, attirer son attention sur les conséquences de ce grand projet.

On débattit ensuite des questions concernant le personnel. La ville ne pouvant être chauffée, il faudrait prévoir des habitations très bien isolées et chauffées convenablement, des combinaisons, des nourritures calorifiques, des primes diverses pour que les gens travaillant à Siding Station acceptent de se séparer de leur famille. Pas question de faire suivre femmes et enfants. La vue de ces milliers d'hommes et de femmes sauvages pouvait traumatiser à jamais les âmes sensibles.

Puis le wagon qui servait à la conférence se vida peu à peu. Sadon discutait avec le chef de station qui se nommait Mul Finn. Il alluma un *bout* rouge euphorisant et vit du coin de l'œil que le vétérinaire Serda s'attardait et voulait lui parler. Cet homme l'agaçait, mais il reconnaissait sa compétence. Il lui fit signe d'approcher, lui demanda sèchement ce qu'il avait encore à ajouter.

— Si les Roux sont convenablement alimentés et réduits à l'oisiveté durant quelques jours, ils vont s'ennuyer… Du moins ils auront des loisirs. Je les ai quelque peu étudiés en liberté… Lorsqu'il leur faut des heures, la journée entière pour se procurer entre cinq cents et mille calories, ils sont exténués et ne s'accouplent plus qu'épisodiquement. Une fois par semaine peut-être.

— Lorsqu'ils sont sur les dômes, cependant, ils n'arrêtent pas, ricana Mul Finn. C'est même dégoûtant, et nos enfants…

— Sur les dômes, ils reçoivent de la nourriture… Bonne ou mauvaise, elle est calorifique…

— Alors que craignez-vous ? demanda le gouverneur, voulant en finir.

— Toutes les femelles seront pleines en quittant Siding Station… Je vous en donne ma parole. Au lieu de cent mille adultes propres au travail, vous n'en aurez, au bout de quelques mois, que les deux tiers. Les femelles ne pourront pas travailler autant.

Sadon tiqua. Il n'avait pas prévu cet aspect des choses. Et s'il fallait miser sur deux cent mille Roux, jamais il n'obtiendrait la nourriture, les crédits, les transports nécessaires.

— Que proposez-vous donc ?

— Un calmant pour les empêcher de procréer, fit le chef de station, rigolard.

— Pas question, dit le vétérinaire. Si les mâles ne sont plus capables de copuler, ils se méfieront de la nourriture et ne mangeront plus. Les animaux ont des sens secrets pour deviner nos ruses… Il faudrait empêcher les femelles d'être grosses. Seule solution, une piqûre, dès leur arrivée, qui les immunisera pour un mois. Mais difficulté de cette piqûre. Ces êtres-là se méfieront. Surtout si seules les femelles sont traitées. On peut les tromper, bien sûr, en piquant tout le monde, mais nous en revenons au même point. Il faut des interprètes pour leur faire comprendre que ce n'est pas dangereux.

— Merci, monsieur Serda, dit le gouverneur, excédé.

Avec le chef de station, il alla visiter les parcs qui contenaient déjà plusieurs milliers d'Hommes Roux. Pour l'instant il n'y avait pas assez de nourriture, mais comme la température sous dôme était de moins dix degrés, les Hommes Roux n'éprouvaient pas les mêmes besoins alimentaires.

— Par contre, ils boivent beaucoup et transpirent. Pour eux, c'est comme une canicule, expliqua l'un des gardiens.

Toute l'ancienne gare de triage avait été transformée rapidement en camp de transit. Des plates-formes accouplées, grillagées, pouvaient recevoir une centaine d'individus. Ils avaient de la place, de l'eau sous forme de blocs de glace apportés de l'extérieur, une équipe travaillait nuit et jour pour fournir les parcs. Sadon fut fasciné par un couple en train de forniquer juste en plein milieu du parc. La femelle était à quatre pattes et le mâle la bourrait à grands coups de ses reins puissants.

— Finn, ce véto a raison…

— Ce sont des démons lubriques, dit le chef de station. Lorsque j'étais à River Station, ma femme avait parfois des cauchemars… A cause de ça.

Sadon retint un sourire narquois. Si l'épouse du chef de station avait de tels rêves, il existait peut-être une raison profonde à ses fantasmes…

— Et les Néo-Catholiques…, dit soudain Mul Finn. Il paraît qu'ils veulent envoyer des missionnaires.

— Rien à faire, décréta le gouverneur. Ils n'auront aucune autorisation de pénétrer dans cette ville.

— Certains ont assisté aux… embarquements un peu énergiques de ces sauvages, ont même voulu s'y opposer. Il y a eu des frictions avec les chasseurs… Je ne pense pas que l'Eglise se laisse manœuvrer facilement, mais s'ils interviennent ici, ce sera difficile, très difficile.

— Je m'en doute, dit Sadon, et je vais réfléchir au problème. De toute façon, ce camp de transit n'est que momentané puisque tous les Roux seront affectés à une ville, un village.

— Mais comment les forcerez-vous à rester sur place ? Il va falloir des gardes, des barrières ?

— Nous y réfléchissons. Il est possible que plus tard nous gardions les femmes et les enfants en otages pendant que les hommes travailleront, mais pour l'instant nous avons besoin de tous ces bras. Plus tard, lorsque nos victoires militaires nous le permettront, nous disposerons d'un surcroît d'énergie et pourrons agir différemment.

Il serra la main de Mul Finn en promettant de revenir d'ici deux, trois jours.

CHAPITRE V

Lorsqu'il avait déserté pour rester auprès de Jdrou, Lien Rag disposait d'un vieux remorqueur à vapeur appartenant à l'armée que lui avait confié le major Londal, sous les ordres duquel il effectuait des travaux de recherches sur la banquise. Le vol de matériel était aussi sévèrement puni que la désertion, mais il avait besoin de ce gros locomoteur à vapeur qui lui permettrait de voyager en toute autonomie, tandis que la draisine électrique dépendait du réseau et de la Compagnie.

Il chargea de bois toute la place disponible avant de quitter l'exploitation forestière. Il y avait vécu sinon des jours vraiment heureux mais du moins avait pu aller jusqu'au bout de sa passion pour cette fille rousse, même si leurs rencontres n'étaient jamais tout à fait ce qu'il imaginait. Il laissa Lena blessée dans son corps de femme mais prête à donner le change à son mari. Hansen n'était pas homme à tolérer que sa femme ait été violée par une bande de hors-la-loi. Il était capable de la répudier après avoir retrouvé et abattu ces bandits.

Lien abandonna la draisine. Lena ne lui répondit pas lorsqu'il essaya de lui faire promettre de la reconduire à Jonction Station où il l'avait louée.

Il roula sur cette voie secondaire qui se dirigeait vers le Nord pour y rattraper le réseau du Méridien, sans savoir comment il retrouverait la piste des ravisseurs de Jdrou. Son monstre de métal à vapeur impressionnait les chefs des petites stations et il leur arracha quelques vagues renseignements. Ils avaient vu passer plusieurs draisines tirant des wagons-cages, un ou deux, jamais plus, qui se dirigeaient vers le Nord, mais n'en savaient pas plus. Il devait s'agir d'une seule bande qui ravageait la région. Il ne comprenait pas que la Sécurité laisse faire. Ces Roux avaient leur utilité dans les mines de toute nature qui existaient un peu partout. On n'avait pas seulement besoin d'eux pour le dôme et les verrières des grandes villes. A moins que la Compagnie ne redoute plus la rébellion des grandes cités que le mécontentement isolé de quelques exploitants.

Bientôt il arriva au bout de ses provisions de bois et ne put trouver du carburant pour son remorqueur qui en dévorait de grosses quantités dans ses chaudières trop grandes. Il dut s'écarter du Méridien pour prospecter dans certaines voies privées, essayer d'acheter du charbon.

Et il trouva un soir un terrible spectacle dans une exploitation isolée. Une demi-douzaine de personnes assassinées, littéralement découpées à coups d'arme blanche, certainement des sabres anciens et des haches. Toute une famille, quatre hommes de dix-huit à cinquante ans et deux filles, lesquelles avaient subi le sort de Lena Hansen mais n'avaient pas eu la vie sauve.

Cette famille exploitait un petit gisement pétrolier, en fait d'anciens réservoirs enfouis sous la couche de glace. Ce qui donnait une huile lourde qui convenait parfaitement à son vieux remorqueur. Il emplit les réservoirs, roula des bidons qu'il embarqua avec un palan. Il travailla près d'une journée pour effectuer cette tâche, enterrer les morts sous la glace. D'après les livres de comptabilité qu'il retrouva en partie intacts, cette famille employait une vingtaine d'Hommes Roux. Non seulement pour l'extraction de l'huile mais pour l'entretien général des serres d'élevage et de céréales qui avaient été détruites, crevées.

Après avoir roulé une heure sur une ligne secondaire déserte, il pénétra dans une petite station et fut accueilli sur les quais par une dizaine d'hommes en armes. Des fusils antiques, des barres de fer et des haches. On le fit descendre sans ménagement, et il dut expliquer la raison de son passage. On fouilla le remorqueur et on finit par le considérer un peu moins sévèrement.

— Une bande de types, des chasseurs de Roux, ont failli tout saccager ici. Ils sont arrivés avant-hier soir avec un chargement de Roux qu'ils ont laissé sur une voie de garage à l'entrée du sas. Ils ont investi la petite cité pour boire et pour essayer de trouver des femmes. Nous avons réussi à les en empêcher mais depuis nous sommes sur le qui-vive. Plusieurs petites stations sur des voies uniques ne donnent plus de nouvelles. Ici, ils nous ont volé les vingt Roux qui continuaient à dégivrer la verrière.

— Savez-vous où ils sont allés ?

— Ils ont pris la voie de l'Ouest, dit le chef de station. Mais nous n'avons pas cherché à en savoir plus.

— Combien étaient-ils ?

— Une vingtaine, avec trois cages remplies. Les Roux ne pouvaient ni s'allonger ni s'asseoir tellement ils étaient entassés là-dedans. Il y en avait pas loin de deux cents dans ces trois wagons-cages. Des femelles, des petits.

— Une femelle est morte, d'ailleurs… D'après ce que nous avons compris, ils se sont amusés avec elle et l'ont trop longtemps gardée au chaud.

Lien essaya de garder son sang-froid, mais sa voix tremblait lorsqu'il demanda ce qu'ils avaient fait du corps. Surpris, ils répondirent qu'ils étaient allés le jeter sur les ordures à la décharge de la bourgade.

— Il faut que je le voie, dit-il, pour essayer d'identifier sa tribu…

Quelqu'un se dévoua pour le conduire.

— Vous savez, les loups sont nombreux dans le coin… Les rats et les corbeaux.

Les seuls animaux qui se soient vraiment adaptés à la nouvelle ère glaciaire et qui vivaient à la surface. Les autres avaient disparu ou hantaient les crevasses profondes, les quelques cavernes sous-glaciaires qui formaient des poches d'air plus chaud çà et là.

C'était une fille d'une quinzaine d'années, de petite taille, à la fourrure d'un jaune maladif. Jdrou était rousse avec le pubis d'un blond très clair et les seins en partie privés de fourrure.

— Ces cochons l'ont violée dans leur draisine trop chauffée, lui dit son compagnon… Il faut vraiment être un dégénéré pour avoir envie de baiser ça.

Lien serra ses poings et retourna vers le remorqueur. Il pensait que ces bandits continueraient à prendre des Filles Rousses dans leur draisine pour les violer et qu'elles mourraient d'un coup de chaleur. A moins qu'ils ne trouvent enfin des femmes. Mais lorsqu'on connaissait la volupté que pouvait donner un corps de Fille du Froid on n'avait plus jamais la même passion pour les femmes venues du Chaud.

— Restez un peu, lui dit le chef de station. Vous n'allez pas circuler de nuit avec ces fauves humains qui rôdent partout. Sous prétexte de regrouper les Roux, ils s'attaquent à tout le monde, pillent sans vergogne.

— Je dois partir, dit-il.

Et puis il trouva une plate-forme-cage renversée avec des cadavres de Roux à l'intérieur. Une dizaine de morts, dont plusieurs femmes. Mais Jdrou n'était pas parmi elles. Sur cette voie peu fréquentée, les chasseurs avaient dû aller trop vite et le wagon-cage avait commencé à tanguer avant de se renverser sur le talus de glace. Ils avaient récupéré les survivants pour les entasser dans les deux cages restantes. S'ils ne parvenaient pas rapidement à destination, il y aurait d'autres victimes mortes par asphyxie. Il repartit en direction de l'ouest, ne comprenant pas quel itinéraire suivait cette bande de hors-la-loi.

Le lendemain il découvrit non loin d'une station moyenne un très grand rassemblement de Roux, dans une sorte de plaine, mais c'étaient des soldats qui les gardaient. Il y en avait plusieurs centaines. On leur servait des rations militaires, de la viande congelée et ils attendaient, assis ou allongés, sur la glace.

On lui interdit d'approcher du petit camp. Les soldats avaient placé des sortes de buissons d'épineux factices pour empêcher les Roux de s'évader. Il en fit le tour, interpellé chaque fois par les gardes, criant le nom de Jdrou, mais aucune fille ne se leva pour le regarder. Pourtant il ne put se résoudre à partir et voulut pénétrer dans le camp.

— Ecoutez, dit-il au chef du détachement, on nous a volé des Roux qui travaillaient chez nous.

— Ils sont marqués ?

— Marqués ?

— Tous ceux-là sont marqués des initiales des propriétaires.

C'était la première fois qu'il entendait parler d'une telle chose.

— Marqués comment ?

— Au fer rouge. Nous avons prélevé un Roux sur trois. Tout a été fait légalement. Il n'y a pas un Roux ici provenant d'une razzia ou d'un raid de ces chasseurs indépendants.

— D'accord, fit Lien.

Mais il n'était pas convaincu, et il attendit que l'on embarque les captifs dans des wagons-cages pour examiner chacune des femmes. Jdrou n'était pas parmi elles. Il pouvait distinguer les marques au fer rouge, notamment sur les croupes et sur les épaules.

— Où les emmenez-vous ? demanda-t-il au chef du détachement.

— Que vous importe ?

Lien eut peur que l'officier ne lui demande ses papiers d'identité et il s'éloigna vers son remorqueur. Déjà ce gros locomoteur ne passait pas inaperçu et le faisait remarquer. Mieux valait ne pas insister.

Dans une cafétéria de la station voisine, il apprit que tous les Roux étaient rassemblés par la Sécurité pour être répartis ensuite dans les principales villes.

Mais ceux qui expliquaient cela à la table proche de la sienne ne purent fournir de précisions.

Le désespoir gagnait Lien. Il ne retrouverait jamais Jdrou s'il devait parcourir tout le territoire de la Transeuropéenne, serait arrêté au bout d'un certain temps, jugé comme déserteur. Parfois il demandait si personne ne connaissait Wukro, mais ce nom paraissait inconnu des gens ordinaires. Il devrait fréquenter certains milieux, les confins des villes, là où le dôme rejoignait la glace et abritait, dans la zone la plus froide et la moins éclairée, toute une faune suspecte.

Il dut abandonner le remorqueur trop voyant, trop dévoreur de carburant et voyager désormais comme la majorité des gens dans des wagons glacés, attelés à des convois qui devaient laisser la priorité. D'une ville à l'autre, il fallait parfois quatre ou cinq fois plus de temps qu'un an auparavant. Dans les trains, les gens se plaignaient doucement, timidement, sans oser attaquer la Compagnie. Et le prix des voyages avait encore augmenté, les services qu'on pouvait attendre du personnel paraissaient plus accordés qu'achetés en même temps que le billet. Le thé qu'on vendait à bord, la nourriture, étaient infects, et pour dormir il fallait louer des sacs isothermes à des tarifs prohibitifs.

L'argent que possédait Lien filait effroyablement vite et il atteignit Grand Star Station avec juste quelques dollars, un soir de tempête. Des grêlons fantastiques s'abattaient sur le dôme et le bruit en était épouvantable. Il se demanda si les Hommes Roux étaient là-haut ou redescendus pour se mettre à l'abri. Il pensait à Jdrou qui devait supporter cette vie terrible désormais et, serrant ses poings dans les poches de sa combinaison isotherme qui commençait à donner des signes de défaillance, il s'éloigna vers les confins de la ville, vers ce qu'on appelait l'arc. Il dut marcher pendant une heure, ne voulant pas dépenser son argent dans les transports publics.

Il fit plusieurs tavernes, essayant de lier conversation, expliquant qu'il cherchait du travail comme chasseur de Roux, qu'il avait des tuyaux, qu'il connaissait un endroit où des centaines de Roux n'attendaient que d'être cueillis, mais ses paroles n'éveillaient aucun écho. Les clients de ces lieux paraissaient au bout du rouleau, au-delà de la vie et pas tout à fait dans la mort. En fait, ils ne servaient plus à rien du point de vue de la Compagnie et chaque jour ils étaient des dizaines ainsi rejetés vers la périphérie.

Plus loin il trouva un vieux wagon déglingué où des clochards muets et hébétés assiégeaient une sorte de comptoir où l'on servait un alcool virulent. Il en commanda une petite bouteille et commença de boire au goulot.

CHAPITRE VI

Après trois jours d'un très long voyage, Harl Mern dut encore attendre une demi-journée qu'on veuille bien le conduire à Siding Station. Son ordre de mission était pourtant en règle, mais il comprit que sa destination finale n'était pas d'un accès facile et que de nombreux contrôles s'opéraient.

Il se trouvait dans la ville de River Station où il était venu à plusieurs reprises. Il y avait fait la connaissance de Lien Rag qui, à cette époque, semblait vouloir devenir le gendre du gouverneur Sadon. Il y était venu comme directeur de zoo avant d'être arrêté pour complot contre la Compagnie, mais tout s'était arrangé. Un an plus tôt c'était un acte criminel que de s'intéresser aux Hommes Roux et maintenant on avait besoin de ses connaissances. Il ignorait pourquoi.

Lorsqu'il eut l'idée de lever les yeux vers le dôme, il faillit pousser un cri. Lui si distrait remarqua à nouveau la présence des Roux sur le dôme. Ils travaillaient dur et paraissaient encore plus nombreux qu'autrefois. Que signifiait ce retour en masse ? Les autorités n'avaient donc aucune crainte à leur sujet ? La Compagnie refusait-elle d'admettre que sur le front de l'Est des commandos d'Hommes Roux tenaient ses puissants vaisseaux des glaces en échec ?

L'officier de Sécurité qui l'avait reçu une première fois le fit revenir dans son bureau en fin de journée.

— Il y a un loco-car sur le quai 68 dans une petite demi-heure. Vous voudrez bien vous y rendre.

— Dois-je prévoir de la nourriture, autre chose ?

— Ne vous inquiétez pas. Rendez-vous là-bas.

Le quai en question était sous une surveillance policière telle qu'on avait interdit les quais 67 et 69 ainsi que les voies transversales où d'ordinaire circulaient tramways et draisines particulières. Le loco-car était une sorte de longue voiture blindée.

Son titre de mission fut confié à une fente

d'ordinateur qui le restitua aussitôt et il put grimper à bord. Les places étaient numérotées et il reçut la 53 en même temps qu'un plateau-repas très copieux et étonnamment fin et varié.

Il ignorait tout de cette nouvelle affectation. Sur le front occidental, il était parfois questionné au sujet des mœurs des Hommes Roux qu'il avait étudiées si longtemps mais là se bornait son rôle.

Le trajet dura environ trois heures et ce fut en pleine nuit que le loco blindé s'immobilisa sous une verrière archaïque. Une voix impersonnelle prévint que pour des raisons précises les sas n'étaient pas fermés et les voyageurs étaient priés de vérifier l'étanchéité de leur combinaison isotherme.

A sa descente, il fut pris en charge par un jeune officier qui le conduisit à sa cellule d'habitation, le long d'une impressionnante rangée d'autres cellules identiques. Il y faisait bon, le confort était parfait. Il prenait une douche lorsqu'on frappa au sas et il enfila sa robe de chambre.

— Vétérinaire de première classe Juan Serda. On vient de m'avertir de votre arrivée. J'étais dans les parcs.

— Les parcs ? s'étonna Harl Mern.

Le vétérinaire était un homme de taille moyenne, aux cheveux très noirs. Il venait d'ôter sa cagoule et l'ethnologue pensa qu'il ne devait jamais paraître rasé avec ces joues bleues.

— Vous pouvez m'accompagner ?

— Je pensais me coucher et…

— En ce moment, c'est calme là-bas. Nous pourrons discuter.

Le vieil homme découvrit, à quelques pas de sa cellule, un spectacle hallucinant. Tout le centre de cette station avait été aménagé comme un immense camp, une série de parcs à bestiaux. Mais c'étaient des Hommes Roux qui séjournaient derrière les barrières de fil de fer barbelé. Des centaines, des milliers de Roux.

— Mais que font-ils là ?…, murmura-t-il, incapable de prononcer d'autres mots.

— Vous êtes à Siding Station et c'est un camp de transit pour Hommes Roux. Nous pouvons recevoir jusqu'à vingt mille individus à la fois. Ce chiffre n'est pas encore atteint, heureusement. Nous avons ce soir près de huit mille têtes. Je dis heureusement, car nous manquons de nourriture, de médicaments, de personnel. Depuis qu'ils sont là les maladies sont plus nombreuses.

— Vous êtes un vétérinaire, dit Mern avec un haut-le-cœur… Un vétérinaire… Ils ont décrété qu'il s'agissait d'animaux ?

— Ecoutez, monsieur Mern… Jusqu'à présent je l'ai moi-même pensé… Si vous estimez qu'un médecin serait mieux placé vous avez peut-être raison, mais j'ai toujours soigné ces… gens-là… Sans me vanter, je suis compétent… Mais je ne fais pas d'anthropomorphisme, moi.

— De l'anthropomorphisme… Savez-vous que vous êtes en train de blasphémer ? Que ces êtres sont des humains comme vous et moi, de merveilleux êtres humains plus évolués que nous ? Capables de vivre dans les nouvelles conditions climatiques alors que nous…

— Je vous en prie, dit le vétérinaire. Je ne suis pas

là pour écouter vos leçons, mais pour travailler. J'ai besoin de vous. Vous les avez étudiés et même si vos opinions sont quelque peu excessives, vous pourrez m'être très utile... Nous avons besoin de vous pour éviter certaines erreurs... Nous voudrions que les tribus, les hordes, les groupes moins importants ne soient pas séparés. On m'a dit que vous étiez capable d'empêcher cela et que vous compreniez quelques-unes des onomatopées qu'ils émettent.

L'ethnologue jugea inutile de protester encore une fois au sujet des onomatopées. Les Roux possédaient un véritable langage qui, dans certaines tribus, était même structuré. Il était accablé par le spectacle de tous ces malheureux actuellement emprisonnés dans ce camp de transit.

Serda continuait à lui fournir des détails sur la nourriture, sur les dispositions légales, sur les difficultés.

— Il y a ici des gens de sac et de corde qui nous livrent des individus à bout de forces. La mortalité a dépassé les cinq pour cent autorisés par le gouverneur Sadon. Le chef de station a pris des mesures très sévères. Il a fait arrêter tous les chasseurs qui livraient une marchandise défectueuse... Il les a fourrés en prison et ils ne sont pas près d'en sortir. Nous espérons que désormais les choses vont s'arranger.

Ils passaient entre les parcs. Chacun devait contenir une centaine d'individus. L'éclairage était réduit et la plupart paraissaient dormir.

— Il faut mettre une couche de glace, dit soudain l'ethnologue.

Le vétérinaire s'arrêta net dans son exposé :

— De la glace ?

— Ils ont l'habitude de s'y lover pour dormir. Sur le bois de ces plates-formes, ils ne sont pas bien.

— Dès demain, on répandra de la glace.

Parfois le vieillard croisait un regard vide. Il y avait des mères qui allaitaient. Les enfants paraissaient en assez bonne santé. Serda expliqua que la crainte la plus urgente était celle de l'accroissement des naissances après ce séjour au camp.

— Ils n'ont pas à chercher leur nourriture et ne pensent qu'à s'envoyer en l'air.

— Un club de vacances, hein ? ricana l'ethnologue. Vous pensez qu'ils vivent des jours privilégiés ?

— Je ne suis pas aussi stupide et inhumain que vous le pensez, professeur Mern… Mais je suis réaliste. Ici ils mangent entre douze et quinze cents calories. Notre but est d'atteindre deux mille, et ils ne se dépensent pas. Dans les solitudes glacées, ils luttent douze heures par jour pour six à sept cents calories. Juste ?

— Exact.

— Et ils coïtent une fois par semaine ?

— Vous ne les connaissez pas, dit joyeusement le professeur. Vous ne les connaissez pas. Ils le font jusqu'à trois fois par jour et même plus.

Juan Serda haussa les épaules, l'air furieux :

— Ne vous moquez pas de moi.

— Je les connais très bien… Je les ai observés souvent, j'ai lu tout ce qui les concernait : les ouvrages de Lukas, de Tiaras, et bien sûr celui de Oun Fouge.

— Bah ! c'est un faux habile.

— Je vous dis qu'ils baisent plus souvent que vous, lança le professeur, horripilé.

Il tourna les talons et rejoignit sa cellule. Mais une

fois couché il ne parvint pas à se laisser emporter par le sommeil. Dès qu'il croyait s'endormir, le terrible spectacle surgissait devant ses yeux et devenait une obsession.

Pourtant, à huit heures il était devant les parcs et examinait en silence ce qui se passait. Des soldats distribuaient de la nourriture, des sortes de purées de légumes secs, du sucre et du lait congelé. Les Hommes Roux prenaient les provisions, ne se jetaient pas dessus comme des affamés.

Mern apprit qu'un bureau lui était réservé et qu'à dix heures deux interprètes l'y rejoindraient. Il dut aller se présenter au chef de station qui coordonnait tous les services, un homme de quarante ans imbu de sa fonction et en même temps très inquiet.

— Il faudra un mois pour que tout se déroule sans trop d'ennuis, mais pour l'instant ils sont multiples. Vous avez vu Serda ? Il voudrait rendre les femelles stériles pour quelque temps. Il craint qu'elles ne tombent toutes pleines.

— Qui prend les décisions ?

— Mais, fit Mul Finn, surpris, la Compagnie… En fait, c'est le gouverneur de la 17e Province.

— Je ne crois pas que cette stérilité momentanée soit à conseiller…

Le chef de station leva un sourcil ombrageux :

— Vous vous y opposez ?

— Ils ne supporteront pas de voir qu'on intervienne sur leur vie sexuelle…

Il apprit que l'anticonceptionnel serait inoculé sous forme de piqûres. En même temps on ferait une piqûre inoffensive aux mâles.

— Je ne peux m'y opposer, soupira-t-il, mais

autant commencer sur un petit groupe donné et étudier leur comportement durant au moins une semaine.

— Le temps nous presse, fit Mul Finn, nerveux. Si les femelles sont pleines, elles ne voudront plus travailler et il nous faudra le double de mâles.

— Bien sûr, fit le professeur, amusé.

Il était donc le seul à savoir que les Femmes Rousses travaillaient jusqu'au moment de l'accouchement, mais il ne fallait pas compter sur lui pour révéler quoi que ce soit qui puisse léser les Hommes du Froid.

Les deux interprètes étaient des soldats appartenant à des unités qui contrôlaient les tribus sauvages. Ils bredouillaient quelques mots, savaient faire quelques signes mais c'était nettement insuffisant pour le travail qu'on attendait d'eux. Mern décida qu'il allait écrire phonétiquement une centaine de mots qu'ils devraient apprendre.

— Mais chaque tribu, chaque horde a son langage. Il faut prêter l'oreille pour retrouver les racines communes.

Le plus passionnant était le contact avec les Hommes du Froid et il y passa sa journée. Il rencontra plusieurs tribus venant du Nord et des territoires sauvages, mais la plupart des Roux avaient été raflés dans les régions civilisées, comprenaient l'anglais et les habitudes des Hommes du Chaud.

Il apprit que les chasseurs de Roux opéraient brutalement dans des fermes isolées, des exploitations minières, des élevages, enlevaient les Roux après avoir maltraité les exploitants et leur famille.

— Je suis au courant, dit le vétérinaire qui travaillait dans son dispensaire. C'était à prévoir. Mais nous pensons que ce genre de faits intolérables va se raréfier.

Serda opérait un jeune garçon au pied infecté.

— Il serait mort, fit-il avec un air goguenard. Ici il s'en tirera sans trop de mal.

— C'est un cas d'espèce, dit Mern. Il faut penser à tout ce peuple…

— Ce peuple ! Ce peuple ! répéta le vétérinaire. Vous me faites bien rire.

Mern se pencha vers le jeune garçon qui n'avait reçu qu'une anesthésie locale et lui adressa quelques mots. Surpris, l'enfant ne répondit pas tout de suite.

— Vous voyez bien qu'ils sont amorphes !

Et puis soudain il répondit, et pas une simple suite d'onomatopées mais une très longue phrase, expliqua qu'il s'était blessé lors de sa capture en marchant sur des débris de verre. D'ailleurs. le vétérinaire trouva un éclat de bouteille dans son pied et dès lors se résigna à plus de réserve.

Les demandes des villes affluaient pour des milliers de travailleurs. Certaines étaient déjà complètement ensevelies sous la glace et leur dôme donnait des signes de faiblesse. En plusieurs endroits on avait dû utiliser des sortes de bulldozers pour racler l'épaisseur de la couche, mais la Compagnie ne voyait jamais d'un très bon œil l'utilisation d'engins automobiles. Tout ce qui se déplaçait en dehors des rails devenait vite suspect et on se hâta d'envoyer des Hommes Roux.

L'ethnologue ne parvenait pas à enregistrer toutes les tribus, à rattacher les groupes entre eux. Il travaillait avec acharnement, prenait des centaines de notes mais n'était guère soutenu par les deux interprètes. Il pensait souvent au lieutenant Skoll, issu de l'union d'un Homme Roux et d'une femme iakoute et qui parlait plusieurs langues du Peuple du Froid. Lien Rag également aurait pu l'aider, mais où était-il désormais ? Il avait rejoint cette petite sauvageonne de Jdrou et devait essayer de vivre près d'elle malgré le mur des températures.

Le gouverneur Sadon vint visiter le camp le lendemain de l'arrivée d'Harl Mern et le rencontra. L'ethnologue essaya de l'intéresser à des problèmes précis mais le gouverneur ne pensait qu'aux résultats de l'entreprise. Les besoins en Hommes Roux devenaient si urgents qu'il avait décidé de réduire d'un jour la durée du séjour en camp de transit. De plus il avait obtenu de la Compagnie que la prime soit portée à vingt dollars par tête.

Il était venu avec sa fille. Floa Sadon était une femme qui provoquait toujours un certain scandale. Elle portait une fourrure en loup sur sa combinaison isothermique et l'ethnologue se souvint qu'on disait d'elle qu'elle se promenait nue sous ses fourrures dans les villes chauffées. On disait aussi qu'elle ne détestait pas fréquenter les Hommes Roux. Ce jour-là elle errait dans les parcs, un appareil photographique à la main.

— Savez-vous ce qu'elle photographiait ? demanda le vétérinaire le soir même de cette visite. Les mâles en plein rut. Elle doit se constituer une collection de sexes... Ce doit être du dernier snobisme en ce moment.

Tard le soir, Mern étudiait ses notes, les recopiait,

les classait. Il pensait que cette concentration d'Hommes Roux lui apporterait de nombreux éclaircissements sur certains aspects cachés de leurs mœurs. Malheureusement il avait fallu cette initiative autoritaire pour y parvenir.

Le pire, c'était que tous ces gens ne voyaient en eux que des animaux. Chaque fois qu'il essayait d'affirmer le contraire, on souriait, on s'éloignait, on le prenait pour un doux savant un peu sénile. Il ne parvenait pas à se constituer une équipe qui admette au départ qu'elle avait affaire à des humains. Le vétérinaire Juan Serda, pourtant intelligent, se refusait également à voir en eux autre chose que des animaux.

— Des animaux supérieurs, certes, mais animaux tout de même.

L'ethnologue se sentait découragé. Inutile d'étaler les preuves. Cet état d'êtres inférieurs arrangeait tout le monde. Même les gens les plus cultivés, ceux qui appartenaient à l'opposition luttant contre le pouvoir de la Compagnie.

— Nos difficultés de survie sont fantastiques, lui rétorquait-on. Il faut d'abord abattre ce système politique, ensuite nous verrons ce que nous devons faire avec les Roux.

De plus, la vie dans ce camp de transit devenait franchement désagréable. Si l'on voulait aller prendre un verre ailleurs que dans le quartier officiel, on prenait quelques risques dans les nouvelles installations hétéroclites en tout genre que le gouverneur avait laissé s'implanter. Il y avait des trafiquants de toute nature, des filles de joie et des endroits presque dangereux. Les chasseurs de Roux, une fois touchée leur prime, dépensaient immédiatement l'argent sur place et la province récupérait ainsi plus de la moitié des sommes investies.

Mais qu'ils soient fonctionnaires, truands ou filles de joie, tous étaient liés par le même secret. Ils ne devaient jamais révéler l'emplacement de ce camp de transit à qui que ce soit sous peine des plus grandes sanctions. Mais évidemment les fuites devenaient de plus en plus fréquentes et des tracts clandestins circulaient dans les grandes villes comme River Station et même G.S.S. la capitale. Mais ils n'avaient aucun impact sur la population qui se moquait du sort des Hommes Roux et attendait avec impatience qu'on débarrasse ses dômes ou ses verrières de leur couche de glace.

Ce fut Harl Mern qui découvrit avec une malice paisible qu'à leur façon les Hommes Roux luttaient contre leur condition nouvelle.

CHAPITRE VII

Il avait passé la nuit dans un ancien wagon pullman datant de trois siècles au moins et qui appartenait à un loueur de ce quartier malfamé. Le cuir était usé jusqu'aux ressorts rouillés et la décoration en satin vieux rose était toute déchirée.

Lorsqu'il descendit sur les quais, il leva les yeux et les vit. Ils n'étaient que huit dans cette zone où le dôme formait presque une falaise, avaient dû s'attacher à des cordes pour racler la couche épaisse de glace. Ils travaillaient en ligne, cinq hommes, deux femmes et un gosse de dix, douze ans. En dessous, la couche de glace formait une sorte de corniche sur laquelle ils appuyaient leurs pieds.

A côté de lui quelqu'un souffla une haleine aigrie par la mauvaise bière chaude qu'on servait dans la cantine à clochards :

— Un beau cul, hein, même velu, c'est un cul quand même.

La femme était trapue, avec des jambes solides et des fesses cambrées, larges. Elle dut apercevoir les deux visages levés vers elle, car tout à coup une tache jaunâtre apparut sur le dôme.

— Elle nous pisse dessus, ricana l'inconnu en se tapant sur les cuisses.

Lien se dirigea vers le sas le plus proche, très étroit et qui n'était même pas surveillé. Ne l'empruntaient que trois lignes certainement secondaires, desservant les exploitations agricoles les plus proches.

Il sut comment on empêchait les Roux de s'évader. A une cinquantaine de mètres de la circonférence que formait le dôme sur la glace, on avait établi des buissons synthétiques d'épineux sur une hauteur de trois mètres, et les différents passages en étaient également bordés. Coincés entre cette haie dangereuse et le dôme, les Roux n'avaient plus que la ressource de travailler s'ils voulaient recevoir quelque nourriture. Dans cette zone réservée, il n'y avait aucun déchet, même pas la possibilité d'attraper un rat attiré par les ordures.

D'abord il songea à faire le tour de Grand Star Station en dehors du dôme pour essayer de retrouver

Jdrou, mais il calcula que cette expédition lui prendrait plusieurs jours. Le diamètre de la ville était d'au moins huit kilomètres. Et il n'avait pas les moyens de louer une draisine pour emprunter les chemins de fer de la petite et de la grande ceinture.

Il lui fallait d'abord retrouver la bande qui avait attaqué l'exploitation de Pietr Hansen, et surtout cet homme qui s'appelait Wukro, qui avait des ongles longs et noirs comme des griffes de charognard, et cet autre qui avait une cible tatouée autour de son nombril. Les retrouver et leur faire dire où était Jdrou. Ces deux-là avaient certainement repéré Jdrou, sa grande beauté. L'homme le plus dégoûté par les Roux ne pouvait qu'éprouver un trouble en contemplant la jeune femme.

Dans l'après-midi, il attendait devant la porte d'une sorte de bordel hideux situé toujours aux confins du dôme dans un quartier composé de grands wagons à étages. Certains en avaient sept, provenant d'un vieux stock datant de près d'un siècle. Au début, la Compagnie construisait ce genre de maisons sur roues pour y entasser les gens et économiser l'espace à chauffer, mais depuis elle y avait renoncé, la mobilité de ces voitures posant de gros problèmes lorsqu'on voulait déporter une ville entière et qu'il existait des tunnels sur le parcours.

Pour entrer dans le bordel il fallait déjà payer deux dollars, ce qui donnait droit à une consommation. Ensuite on pouvait choisir son ou sa partenaire — l'endroit étant bisexualisé — sur écran vidéo. Lorsqu'on avait trouvé l'âme sœur, on appuyait sur un bouton et en échange on recevait un jeton. Contre dix dollars les dix minutes.

On lui avait dit qu'il y avait des Femmes Rousses dans ce bordel mais il n'y croyait pas. Il aurait fallu aménager un lieu de rencontre spécial à température très basse et en fait il devait s'agir de filles ou de travestis portant une fourrure étroitement collée à leur corps.

Dans cette ville, il aurait facilement trouvé de l'argent à emprunter auprès de certaines relations, mais il préférait rester incognito. Yeuse devait y revenir d'ici trois semaines maintenant, avec le cabaret Miki, mais d'ici là il aurait certainement trouvé une piste, même la plus douteuse.

Il faisait très froid dans ce quartier, la température devant se trouver en dessous de zéro. Il y avait des plaques de verglas un peu partout et les canalisations crevées étaient garnies d'un manchon de givre.

— T'as pas un dollar ?

— Non, répondit Lien au jeune barbu qui venait de s'approcher en s'aidant de deux béquilles.

— Blessé de guerre ?

— Non, merde… Fauché par une draisine… Et pas de pension, bien sûr. Qu'est-ce que tu fous là ? Tu penses rentrer dans ce foutoir ?

— J'ai pas de fric, dit Lien. J'attends de trouver une équipe pour partir à la chasse aux Roux, mais j'ai l'impression que je perds mon temps. Les équipes sont déjà parties et je n'arrive pas à trouver des gars sérieux.

L'unijambiste avait l'air de s'en moquer éperdument. Il continua à clopiner vers le bout de cette rue malpropre. Lien pensait que si des chasseurs de Roux faisaient escale à G.S.S., ils feraient forcément une apparition dans le coin et il préférait désormais attendre patiemment.

La nuit venait vite, dans le coin, et les lampadaires montraient des défaillances. Il avait froid, sa combinaison devant manquer d'étanchéité. Il lui en faudrait une autre ou du moins devrait-il faire réparer celle-là. Il avait faim également, mais il ne mangerait que plus tard, dans une taverne pour clochards où pour deux dollars on pouvait se remplir l'estomac.

Le jeune unijambiste repassa devant lui, s'immobilisa et lui parla.

— Tu connais le *Green Truck* ? Il y a des gars qui t'intéresseraient. Des chasseurs de Roux. Mais ils cherchent surtout des actionnaires. Cent dollars de participation. Pour louer la draisine et les wagons-cages. La Compagnie exige une caution désormais. Des types ont cassé du matériel au début et ont évité de rentrer.

— Je n'ai pas cent dollars, dit Lien qui pensait que le voyou utilisait une ruse pour avoir une idée de ses possibilités financières.

— Dans ce cas, t'as aucune chance.

Il continua son chemin et Lien finit par ne plus penser qu'à cette équipe du *Green Truck*. Il savait que c'était une sorte d'hôtel à plusieurs étages qui occupait quatre voies. Un ensemble pour passer toute une nuit, avec bar, restaurant, tripot et filles moins usées que celles de ce bordel à côté.

Un serveur voulut bien lui indiquer l'endroit où se regroupaient les chasseurs de Roux. Dans un compartiment rempli de fumée et d'odeur de bière. Ils étaient déjà huit assis sur les banquettes et sur la table s'élevait un tas de billets, des coupures de faible valeur et des pièces. On le regarda des pieds à la tête. Lien avait devant lui une collection de visages surprenants. Aucun ne lui parut sympathique. Un gros type emmitouflé dans une fourrure de mouton lui demanda ce qu'il voulait. Il répondit qu'il voulait chasser le Roux.

L'homme exigea alors qu'il paie une tournée pour commencer.

— J'ai pas un dollar sur moi, dit Lien.

— Alors fous le camp. On n'a pas de temps à perdre.

Deux types se levèrent et chacun lui attrapa un bras. Il n'essaya pas de se dégager.

— Mais je connais le plus formidable terrain de chasse de la Concession.

— Tout le monde en connaît et, finalement, c'est toujours des menteurs. Foutez-le dehors.

— Je suis glaciologue de mon métier, déserteur, J'ai étudié la glace un peu partout et si je vous dis que je connais la plus forte concentration de Roux qui existe, vous pouvez me croire.

— Ecoute, lui dit celui qui paraissait être le chef, on t'achète ton tuyau. Fais-nous ton prix. De toute façon on ne te réglera que lorsqu'on aura rempli les cages.

— Salut, dit Lien, excusez-moi pour le dérangement.

Les deux hommes qui voulaient d'abord l'expulser le rejoignirent dans la rue.

— Te fâche pas et reviens gentiment avec nous.

— Vous comptez me ramener de force là-bas ? demanda-t-il.

— Ne nous y oblige pas.

Sans prévenir, il frappa le plus rapproché, l'envoya

contre l'angle d'un wagon où il resta coincé avant de s'écrouler d'un coup. Lien avait déjà lancé son pied dans le bas-ventre de l'autre qui tomba assis, la bouche ouverte sur un cri qui paraissait rester bloqué tout en bas de son corps.

Lien retourna dans le compartiment enfumé et s'assit tranquillement à l'une des places occupées précédemment par ses agresseurs. Le silence qui l'accueillit persista. Il but un peu de bière d'une chope abandonnée, sourit au chef :

— Tu voulais me revoir ?

Les deux hommes rentrèrent, le moins mal en point soutenant l'autre.

— Du calme, cria le gros en fourrure, ça suffit pour l'instant. Asseyez-vous. On va discuter.

Lien entra tout de suite dans le marchandage le plus serré.

— Ce que je sais vaut deux cents dollars. Cent dollars pour acheter ma part et cent dollars que vous allez me remettre tout de suite, car je n'ai pas un sou sur moi…

— Tu ne trouves pas que tu exagères ? lui demanda d'une voix très douce le chef des chasseurs.

— Ecoutez… Dans une semaine on pourra avoir plusieurs centaines de Roux, entre quatre et huit cents. Il faudra emporter la quantité de cages nécessaires.

— Les nouvelles consignes sont très sévères, dit quelqu'un.

— Où penses-tu trouver autant de Roux ?

— Dans le Nord… A plus de trois jours si l'on roule nuit et jour sans être arrêté.

— Une semaine autrement dit ?

— Là-bas, c'est le bout du monde, dit quelqu'un.

— Je sais, dit Lien, j'y suis allé. Il n'y a qu'une voie qui traverse un ancien lac, je ne vous dirai pas lequel, mais des Roux se sont installés pour pêcher et ils sont des milliers.

— Des milliers, répétèrent les autres, incrédules… On n'a jamais vu ça. La chasse devient dure. Les tribus sont éparpillées et ne comptent jamais plus de quinze à vingt-cinq têtes.

— Du calme, dit le chef. C'est une grosse affaire pour nous. Si nous devons faire plusieurs voyages, ces animaux-là se méfieront. Il faudrait peut-être s'associer, aller là-bas avec le double d'hommes et au moins un convoi de dix wagons-cages. Si la Compagnie apprend que nous avons loué autant de wagons, elle nous fera surveiller pour nous précéder sur les lieux. Cela se produit de plus en plus fréquemment et certaines équipes l'ont eu dans l'os… Les soldats fonçaient sur les lieux avec un matériel plus perfectionné et raflaient tout… Mais comment accepter de te croire… Ton nom d'abord ?

— Je m'appelle Lien Rag. Je suis sur la liste des déserteurs, c'est facile à vérifier. De plus, j'ai été le collaborateur d'Harl Mern, cela ne vous dit rien mais c'est un grand spécialiste des Hommes Roux.

Il tapa du plat de la main sur la table :

— Ecoutez-moi. Il y en a qui se livrent à de véritables expéditions sanglantes pour dix têtes, rarement plus. Ils attaquent les exploitations isolées qui utilisent cette main-d'œuvre rousse. Mais la Compagnie va réagir… Dans ces coups de main on risque trop et on perd trop de temps. En cinq jours on peut aller jusqu'au réseau du Cercle. Le retour, vous le savez, sera plus rapide puisque les convois de wagons-cages remplis ont priorité.

— Une boîte marron, dit l'un des chasseurs, pas une boîte noire tout de même.

— Au-delà du réseau du Cercle, c'est de la folie, dit un autre. Vous rendez-vous compte ?

Tous des truands des villes, méfiants vis-à-vis de tout ce qui n'était pas sous globe.

— Et puis on raconte des tas d'histoires sur ces coins-là. Des convois entiers auraient disparu sans qu'on puisse expliquer pourquoi...

— La prime va augmenter encore, dit le chef. De vingt dollars elle passera à trente, sans parler du reste, les bons de carburant et de nourriture et l'amnistie... Ce n'est pas à négliger. S'il faut prospecter dans les régions habitées, très peu pour moi. Les fermiers, les exploitants de mines commencent à s'armer et dès qu'ils voient arriver une draisine ou un loco inconnu ils commencent par tirer.

Ce qui amenait Lien à discuter avec ce ramassis de bandits n'était que la perspective de retrouver la piste de Wukro, et par lui celle de Jdrou, mais il ne voulait commettre aucune erreur, ne pas se trahir surtout.

— Tu parlais de t'associer à qui ?

— Oh ! il y a des bandes qui ne demanderaient pas mieux. Celles qui ont réussi de fameux coups au début et qui maintenant ne trouvent plus un seul Roux à capturer. J'en connais qui sont au chômage... Ils ont tout grillé, là-bas, au centre de Transit.

Sa voix baissa d'un cran et il parut presque regretter ses confidences.

— Paraît qu'on vous soutire le fric en un temps

record là-bas, dit le chasseur assis à côté de Lien qui buvait une bière si épaisse qu'elle ressemblait à de la bouillie.

— La Compagnie est organisée... Elle récupère d'une main ce qu'elle donne de l'autre. Elle pourra augmenter les primes à ce compte-là. Vous verrez qu'elle ira jusqu'à cinquante dollars pièce.

— On dit qu'il y a un groupe organisé qui spécule sur les Roux. Ils en auraient capturé plusieurs milliers et attendraient que les tarifs augmentent pour les livrer... Mais il leur a fallu trouver un endroit discret, de la nourriture pour les stocker...

— Paraît que si on les drogue, ils n'ont besoin que de très peu de calories. Faudrait penser à la question...

Toujours cette indifférence cruelle de maquignons cupides. Lien s'efforçait de maîtriser l'indignation qui bouillait dans son for intérieur. Mais, partout, c'était le même discours insupportable au sujet des Roux.

Le chef comptait l'argent placé sur la table et faisait la grimace :

— Huit cents dollars. Nous n'irons pas loin. D'accord, Rag, tu apportes une information capitale, mais ça ne fait pas le plein de fric. Il faut qu'on trouve d'autres associés.

— Y a-t-il des chasseurs en escale à G.S.S. en ce moment ? demanda le glaciologue avec un air indifférent.

— Des tas, mais on ne peut pas leur faire confiance. Il y a bien Huch, mais il est en train de constituer une sorte de société anonyme pour armer un gros machin. Loco-vapeur et vingt wagons-cages.

La part s'élève à cinq cents dollars. A côté, nous sommes des bricoleurs.

— Ouais, dit l'homme à la bière épaisse, peux-tu nous dire pourquoi tu n'es pas allé faire ta proposition à Huch ? Lui te l'aurait payée un meilleur prix.

— Je ne le connais pas, dit Lien. En fait je ne connais personne. Je ne possède que cette information. Ce qui m'intéresse, moi, c'est surtout l'amnistie qui m'aidera peut-être à retrouver mon poste. Et pour l'instant un peu de fric, bien sûr.

— Il y a aussi la bande à Target, proposa quelqu'un.

— Ce sont des tueurs. La preuve, ils n'ont même pas obtenu l'amnistie, à ce qu'on dit.

Lien n'écoutait que d'une oreille. Ce Huch l'intéressait. Il fallait avoir déjà gagné pas mal de dollars avec les Roux pour armer un tel convoi. Il regrettait d'avoir fait ses propositions à ces minables, mais s'il n'était pas venu là, il n'aurait jamais appris différentes choses.

— Avec huit cents dollars on n'obtiendra pas grand-chose, une draisine électrique, deux wagons-cages et quelques rations de nourriture. Il faut encore louer des combinaisons isothermes, différentes choses. Au bas mot, c'est au moins douze cents dollars qu'il nous faudra, et encore, si nous obtenons un crédit. Sinon il faudrait compter plus du double.

C'est alors que Lien éprouva une contrariété sourde, comme si quelque chose lui avait échappé depuis son retour parmi ces voyous de bas étage. Il avait dû surprendre une expression, entendre une parole à laquelle il n'avait pas d'abord prêté attention et qui maintenant paraissait coincée à la limite de son subconscient, comme si ce dernier ne parvenait pas à digérer cette information. Il regarda le chef puis les autres chasseurs avec l'espoir de retrouver la raison de cette préoccupation latente.

— On va essayer de trouver une solution, dit le chef. On se réunira encore un coup demain matin, puis il faudra prendre une décision ferme.

Lien traîna un peu en espérant qu'il trouverait ce qu'il cherchait, mais en vain. Le gros barbu se méprit et lui avança cinq dollars en lui faisant promettre de revenir le lendemain.

— J'espère que tu ne nous racontes pas des histoires, ajouta-t-il, menaçant.

CHAPITRE VIII

Le même soir il errait dans la fête foraine qui se tenait en permanence près de la fonderie à glace. On avait construit là, et exceptionnellement en béton, les grands réservoirs qui alimentaient la ville en eau. Des tapis roulants plongeaient dans le sous-sol d'où l'on extrayait à des kilomètres de là, dans un endroit non pollué par les infiltrations et les remontées de l'ancien sol terrien, les blocs de glace qui venaient fondre dans l'usine à eau.

Laquelle, réchauffée à six degrés, circulait dans les tuyauteries de la ville. Les réservoirs bétonnés servaient d'assises aux attractions foraines, mobiles, elles.

Vaguement, il avait espéré que le cabaret Miki

aurait pu s'y trouver. En général il ne venait jamais s'installer dans une zone aussi populaire, sa clientèle appartenant en général à la classe moyenne et supérieure, mais Lien espérait quand même. Il mangea accoudé au comptoir d'un rôtisseur de plein vent qui façonnait sa viande en forme de petits poulets qu'il faisait ensuite frire ainsi. C'était amusant et rappelait les véritables volailles qui étaient encore élevées sous dôme mais vendues comme produits de luxe.

Plus tard, c'est devant un stand de tir que Lien s'expliqua enfin l'angoisse qu'il ressentait. Quelqu'un avait parlé d'un certain Target devant lui, lors de la réunion de chasseurs, et Target, cela voulait dire cible. La population de la Transeuropéenne parlait un hybride de plusieurs langues. Pour désigner les cercles concentriques d'un stand de tir on disait « cible » ici et « target » ailleurs. Peut-être « bersaglio » ou « blanco » dans le Sud, « ziel » à l'Est. A G.S.S. on parlait simplement de cible, mais ce Target était peut-être originaire du Nord-Ouest de la concession.

Il dormit très mal, toujours dans un compartiment de l'ancien pullman, découvrit un bruit insolite, celui que faisaient des rats qui dévoraient la garniture des coussins. De la laine !

Il fut l'un des premiers au rendez-vous et le chef des chasseurs en parut très satisfait. Il s'appelait Vanderen. Il avait une bonne nouvelle. Des gens qui cherchaient à tirer profit de la chasse aux Roux sans y participer proposaient d'investir dans l'expédition.

— D'accord, lui répondit-on, mais il faut établir la part des bénéfices que l'on distribuera à ces gens-là. Comme ils ne prennent pas de risques, pas question qu'ils soient payés au même tarif.

— Vous abandonnez l'idée d'une association, fit Lien, inquiet. Hier, vous parliez d'un certain Huch.

— Faut voir, dit Vanderen.

— Et aussi un certain Target.

— C'est une ordure. Moi, je refuse.

Sur les huit, ils furent cinq à refuser. Target, c'était la planche pourrie, le dernier des derniers. Il tuait sans raison, même pas pour le plaisir.

— En fait, c'est un cinglé. Il boit trop. En ce moment, il est chez sa bonne femme qui tient une taverne minable à côté de l'usine d'incinération... Un endroit pareil, j'y mettrais pas les pieds, même si on me payait.

— Target gagnait son fric dans les marchés et les foires en se faisant taper justement sur son tatouage... Celui qui le descendait empochait la prime, mais il paraît qu'il a le ventre dur comme cette table.

— La bande s'est séparée... Paraîtrait qu'ils auraient de très gros ennuis. Leur dernière chasse a été jalonnée de trop de sang et la Compagnie les surveille.

Lien n'écouta plus le reste des discussions, fut tout surpris d'apprendre que le départ aurait lieu le lendemain.

— N'oublie pas tes affaires, lui dit Vanderen. On loue la draisine et les wagons ce soir même.

— D'accord, fit-il en faisant mine de s'intéresser.

Mais dès qu'il put sortir du *Green Truck,* il prit un tramway pour cet autre quartier lamentable qui s'était construit autour de l'usine d'incinération.

Un lumpenproletariat habitait là dans des carcasses de wagons. Des carcasses, vraiment. Rafistolées avec des bouts de tôle, de plastique. La plupart travaillaient aux ordures, au triage, soit officiellement, et ceux-là gagnaient à peu près de quoi manger, et les autres, les récupérateurs qui revendaient des objets informes, des métaux, de la nourriture que rachetaient des éleveurs d'animaux. Il y avait plusieurs tavernes sur ces lieux misérables, mais la pire de toutes n'avait même pas de nom. Une femme très grasse, très maquillée, se tenait derrière un comptoir. Derrière elle il y avait une énorme cible rouge, blanche et noire, sur laquelle on pouvait s'exercer avec de grosses fléchettes.

Il but une bière terriblement amère et alcoolisée mais passa près de deux heures dans l'espèce de baraque pleine de courants d'air et qui empestait les ordures brûlées. Une odeur âcre, écœurante, qui planait sur tout. L'usine produisait de la vapeur de chauffage mais les tuyauteries étaient corrodées et laissaient échapper un peu partout dans le quartier des sortes de geysers blanchâtres. Le décor finissait par devenir hallucinant. La vapeur allait se coller au dôme sous forme de givre et finissait par fondre pour se regeler au sol. Une atmosphère de sauna, de hammam, avec souvent des courants d'air glacés qui succédaient aux bouffées chaudes et humides.

Un grand blond aux cheveux longs mais avec un visage curieusement imberbe, et très jeune, entra et passa derrière le comptoir pour tirer une grande chope de bière. Il était à peine vêtu. La température était moins basse que dans le reste de la cité, mais Lien ne la trouvait pas torride au point de laisser son torse presque découvert. Un torse glabre, d'un blanc laiteux. Et les demi-cercles de la cible apparaissaient au-dessus de la ceinture du pantalon qui cachait le reste du tatouage. Un arc-en-ciel de bonne taille, une main de diamètre au moins.

Target remarqua l'intérêt de Lien pour la cible et il s'approcha, sa chope à la main.

— Cinq dollars sur la table, dit-il.

Il plaça un billet devant Lien.

— Vous tapez là-dedans. Si vous me sciez en deux, les dix dollars pour vous. Si je reste droit, pour moi, correct ?

— Correct, sourit Lien, mais je suis raide. Juste de quoi payer cette bière.

Target grimaça de dégoût :

— On est tous raides.

— J'espère me refaire. Demain on s'en va chasser les Roux… On pense remplir pas mal de cages.

— Pauvres cons, dit Target en secouant sa tignasse claire. Un mirage. Il faut les trouver, les Roux… Et maintenant, c'est de plus en plus loin qu'il faut aller. Dans les étendues glacées… Très peu pour moi. Ils se sont dispersés… Les dernières expéditions sont revenues presque bredouilles.

— Il paraît qu'il y en a des milliers du côté du réseau du Cercle.

— Ouais… Mais faut aller là-bas… Si l'on passe deux semaines à chercher.

— Il existe un endroit précis, une dépression glaciaire où ils sont des milliers, dit Lien. Je le sais, je les ai vus. Et je compte bien, avec mes associés, en ramener pour commencer une dizaine de wagons, peut-être plus.

— Et c'est pourquoi vous êtes venu dans ce coin pourri ? Pour m'annoncer ça ? fit Target, méfiant.

— Je vous cherchais, dit Lien. Vanderen ne me

convient pas comme associé. On m'a parlé de vous. Il paraît que vous avez une certaine habitude, moi, je suis nouveau dans le métier. Je crains que Vanderen ne soit pas à la hauteur.

— Vanderen, c'est un écorcheur de rats. Parfaitement, un écorcheur de rats. Il les piège par dizaines, vend les peaux d'un côté et la viande de l'autre. Il y a au moins dix cafétérias qui les lui achètent.

Lien éprouva soudain une vague nausée. Depuis des jours il ne fréquentait que des restaurants douteux.

— Il aurait dû rester écorcheur de rats et ne pas vouloir se lancer dans un travail d'homme.

Brusquement il s'assit en face de Lien et étudia son visage en silence.

— Qui vous a parlé de moi ?

— Ils en parlent tous. Ils cherchent des associés mais vous leur foutez la trouille.

— Je comprends ça, dit Target avec une simplicité royale. Mais vous n'avez pas l'air d'avoir peur ?

— J'ai un tuyau et je n'ai pas de fric. Vanderen et sa clique n'en ont guère plus.

— Tu as l'endroit précis de ce coin où grouillent les Roux ?

Lien pointa son doigt sur son front :

— Tout est là-dedans. Je manque d'argent, mais ceux qui me feront confiance, je les conduirai là-bas et on remplira des cages en un clin d'œil.

— Dis-moi, ces Roux si nombreux, de quoi vivent-ils dans ton paradis ?

— De la pêche. Et toute l'émigration depuis le Sud de notre planète se fait dans cette direction. Chaque jour ils arrivent par tribus entières. Les autres Compagnies ont également des problèmes et ils se sont enfuis pour échapper aux contraintes et à la famine. Mais je le répète, j'ai besoin d'hommes qui n'aient pas froid aux yeux.

Target plissa les siens avec méfiance :

— Tu prendrais le commandement ?

— Non. Je serais le guide, c'est tout. Seulement, je veux la part la plus importante. Versée d'avance dans une banque de cette ville.

— Tu es gourmand… Je comprends que tu n'aies pu t'entendre avec ce traîne-misère de Vanderen.

Le blond se leva, alla commander deux bières au comptoir. La grosse femme maquillée le regarda fixement puis s'intéressa au glaciologue. Ce dernier eut l'impression que ses yeux inertes vrillaient une mèche empoisonnée dans son cerveau. Très mal à l'aise, il ne put supporter le regard de cette femme.

— Bois un coup, dit Target en s'asseyant à nouveau. Moom se demande qui tu es. Tu ne connais pas Moom ? Elle appartient à une très très vieille race qui a presque totalement disparu… Quand la Lune a explosé, ils avaient prévu la catastrophe et ils ont cru pouvoir émigrer vers le Sud. Mais la glace les a rejoints très vite. Ils ont cru qu'ils pourraient continuer à vivre comme des nomades, éviter de subir la contrainte des dômes, mais ce ne fut pas possible. Il n'y en a que quelques-uns qui ont compris assez tôt que le nomadisme, c'était fini.

— Des Gitans ? C'est une Gitane ?

— Tu es bien savant… Oui, c'est une Gitane, une Manouche. Les quelques survivants, tu les trouves dans des quartiers infects comme celui-là.

Désormais ils vivaient à la frange de la société ferroviaire, toujours dans les confins des cités sous globe. En fait, très peu de chose les séparait des Hommes Roux. Juste quelques degrés, mais contrairement à la majorité des gens, eux pouvaient vivre dans une ambiance proche de zéro.

— Elle lit l'avenir, elle sait ce que valent les gens et en ce moment elle t'étudie.

Lien s'efforça de penser à tous ces Hommes Roux qui vivaient dans le Grand Nord. Il fit défiler dans son crâne des centaines d'Hommes Roux, des étendues glacées. Si vraiment Moom lisait dans la pensée, qu'elle reçoive cette image rassurante.

— Je veux des garanties, disait Lien en même temps, tandis que Target prenait un air goguenard.

— On dit que tu ne crains rien, que tu as été un bon chasseur de Roux. Or la chasse n'a commencé que depuis peu. Que fais-tu là au lieu de courir derrière les hordes ?

— Nous n'avons pas eu des tuyaux comme le tien, dit Target sans s'émouvoir. Il a bien fallu se rabattre sur certains endroits et nous avons commis des erreurs. De graves erreurs. Nous formions un groupe solide, terrible… Nous nous sommes laissés griser. On dit que je suis fou mais je n'étais pas le seul. Tu sais, il n'y avait pas que l'argent, mais cette permission de chasser l'Homme Roux, nous l'avons quelque peu détournée. Nous avons chassé un peu tout… Oui, c'est ça, un peu tout. Nous nous sommes… soûlés comme des cons, c'est le mot. Des cons. Tu sais, quand on a toujours vécu dans la merde des villes sous dôme, je veux surtout parler de ce genre de quartier… On est vraiment le rebut, les exclus… C'est à peine si on peut nous atteindre, en draisine. Si nous n'étions pas installés près de l'usine d'incinération, nous serions complètement isolés... C'est pourquoi les pauvres connaissent la combine. Là, c'est l'usine d'incinération, ailleurs la centrale thermique, l'usine de fabrication d'eau, le crématoire pour les morts. Sinon, les autres quartiers périphériques, ce sont des ghettos ; de véritables ghettos. Moi, je n'ai jamais vécu que dans les villes. Avec ma cible tatouée sur le ventre, j'allais sur les places, les marchés, un peu partout, me faire cogner dessus. Et puis il y a eu ce coup fumant...

— Vous avez attaqué des fermes isolées ?

— C'est ça, tu vois juste.

Lien faillit se trahir en pensant à Lena Hansen arrachée sur son lit, à Jdrou enlevée de force par les amis de Target. Moom était aux aguets et on ne savait jamais. Mieux valait parier sur son don de voyance.

— Des fermes, des petites stations isolées aussi. On attaquait, on allait trop loin... On était obligés d'entasser les Roux dans les cages et ils en crevaient... Nous avons gâché le travail et la Sécurité ne nous a pas ratés. J'ai un copain qui est en tôle... à River Station, et moi j'essaie de me faire oublier.

— Un bon copain à toi, murmura Lien, capable de nous aider au besoin ? Quel dommage !

— Oui, quel dommage, mais Wukro, une fois lâché dans la nature, devient un fauve dangereux. Il a des griffes à la place des ongles... Une malformation de naissance. Il est aussi capable de tuer à coups de dents. Des dents de loup...

L'image de Lena Hansen s'imposa trop longuement, trois quatre secondes, écartelée sur son lit avec son pubis en sang et son corps déchiré à coups d'ongles et de dents. Il vit du coin de l'œil la grosse

Moom froncer ses sourcils dessinés au crayon très épais. A nouveau il pensa aux Roux, rien qu'aux Roux. Des Roux par centaines, par milliers.

— On s'attardait trop pour une poignée de Roux... On raflait le fric, les provisions, mais après ? On a manqué de classe, d'organisation. Wukro risque d'être condamné à la déportation.

On disait qu'il existait une dizaine de camps de déportation, mais nul n'avait jamais pu le prouver. Ces camps ne cessaient de rouler sur les réseaux de la Compagnie. Ils ne stationnaient jamais plus d'un mois au même endroit et les forçats accomplissaient les travaux les plus terribles, construisaient les ballasts des voies, foraient des tunnels. On disait que la mortalité était effroyable.

— Toi, tu t'en tires ?

— Wukro avait été identifié par des témoins. Moi aussi, mais pour l'instant je m'en tire.

— Tu ne pourras donc pas voyager facilement sur les réseaux ?

— Si un type comme toi se charge des démarches, tout est possible.

— Doucement, dit Lien. Il y a des choses qui m'échappent dans votre cas. Je ne suis pas assez naïf pour m'embarquer avec n'importe qui. Tu me parais un homme courageux et dur mais tes demi-confidences m'irritent.

— Target, prends garde à toi, ce type n'est pas ce qu'il dit.

Cinglé par la mèche cruelle de cette voix rauque, Lien sursauta et regarda la femme avec haine.

— Je n'arrive pas à le saisir. Il te raconte des histoires.

— Pour l'instant, c'est Target qui en raconte, pas moi, dit Lien. Je suis venu faire une proposition solide, j'attends une explication solide.

D'un geste, Target fit signe à Moom de se taire.

— Qu'avez-vous fait de vos captures, combien y en avait-il ?

— Mais elles ont toutes été dirigées vers le centre de transit. Comme l'ordonne la Compagnie.

Tout le monde parlait de ce centre de transit situé à l'Ouest de River Station, mais personne ne donnait de précisions. Target expliqua que pour l'atteindre il fallait disposer d'une carte spéciale et qu'ensuite la conduite du convoi était prise en charge par un terminal électronique.

— Les voies sont encaissées, impossible de savoir où l'on se trouve exactement. Je pourrais situer la région à cent kilomètres près, mais c'est tout. Nous avons eu hélas beaucoup de pertes, des vieux, des petits.

— Des femmes ? demanda Lien en retenant sa respiration.

— Des femmes, oui… On a voulu rigoler un peu, quoi… Il y en avait de jeunes, amusantes… Mais elles ne supportaient pas le chaud. On n'allait quand même pas les baiser en plein air…

— Méfie-toi, Target, hurla Moom, méfie-toi !

— Combien de pertes ?

— Oh ! pas mal, peut-être le tiers.

— Et les survivants dans le camp de transit ? Tous les survivants sans exception ?

— Que voulais-tu que nous en fassions ? On avait besoin de la prime, des bons de carburant et de nourriture… D'accord, on s'est conduits comme des imbéciles, mais si tu acceptes de me faire confiance, il y aura du changement. On ne fera plus les mêmes erreurs… On sera raisonnables, organisés. D'ailleurs, pour aller dans le Grand-Nord, mieux vaut y réfléchir avec soin…

— Les autres, que sont-ils devenus ?

— Eparpillés, la trouille au ventre… Deux se sont engagés dans l'armée. Ils en sortaient, déserteurs, et ont préféré y retourner. La Sécurité leur fichera la paix.

Depuis un moment, la baraque s'emplissait d'êtres étranges, portant des vêtements hétéroclites en loques, maigres ou alors énormes, mal portants, la peau malsaine. Ils empestaient les ordures qu'ils venaient de trier et dont ils laissaient de pleins sacs devant la taverne.

— Regarde, dit Lien en sortant une photographie de sa poche. Tu l'as déjà vue, celle-là ?

Il avait photographié Jdrou chez les Hansen, devant l'entrée de la mine, et puis aussi dans le compartiment où ils se rencontraient pour faire l'amour.

— Quoi, cette Rousse ?

Target haussa les épaules :

— Quelle importance ?

— Une grande importance, mentit Lien en profitant de ce que Moom n'arrêtait pas de servir de la bière. Je la cherche depuis quelques jours car elle peut nous conduire vers le plus grand rassemblement de Roux qui ait jamais existé.

En face de lui, le truand en ouvrait une grande bouche stupide et faillit même baver.

— Cette femelle… Tu es fou ou quoi ?

— Regarde si tu te souviens d'elle, regarde bien.

Target prit la photographie et l'approcha de ses yeux. Lien se rendit compte qu'il était myope et faillit jurer de désespoir. Il avait fallu qu'il tombe sur ce type qui y voyait mal et qui n'avait certainement pas remarqué Jdrou. Un bien ? Un mal ? Etait-elle morte d'un excès de chaleur ou se trouvait-elle dans le camp de transit ?

— Je regarde, mais je ne me souviens pas. Où était-elle ?

— Une exploitation forestière… Sous-glaciaire… Une grande femme blonde qui se nommait Hansen, Lena Hansen.

— La grande blonde… Aussi grande que moi avec des cuisses… Si, je me souviens…

Il frappa la photographie de ses doigts durs :

— Et cette femelle était là-bas ? Alors elle doit se trouver dans le camp de transit…

— Réfléchis bien, articula Lien, n'osant pas encore se réjouir.

— C'est tout vu. On a tout foutu en l'air, puis on a filé avec les Roux. Nous n'avons même pas eu besoin de nous rendre au camp… En route, un convoi de l'armée nous a débarrassés de notre cargaison en nous remettant un reçu. Plus tard nous avons pu toucher le fric et les bons sans problèmes.

CHAPITRE IX

Juan Serda le vétérinaire ne paraissait pas apprécier l'humour du professeur Harl Mern. A la limite, il le trouvait même déplacé et grivois.

— Ces gens-là réagissent, mon ami, et à leur façon. Tant qu'ils ne seront pas en liberté ils ne procréeront plus. Vous avez pu voir comme moi qu'ils n'ignorent rien de la plus élémentaire méthode de contraception. Le coïtus interruptus n'est pas l'apanage de ceux qu'on appelle les Hommes du Chaud et je vous fais remarquer qu'en se comportant ainsi les Hommes Roux nous prouvent leur origine humaine. Je n'insisterai pas davantage.

Le vétérinaire marchait légèrement en avant d'un pas rapide et énervé, obligeant le professeur à trottiner dans son dos. Avec cette combinaison dont il ne parvenait pas à régler l'ambiance, il étouffait un peu et haletait.

— Vous êtes bien pressé, docteur, cria-t-il. Vous n'avez plus de souci à vous faire. Les Femmes Rousses ne procréeront pas d'ici un bon moment, et nous risquons même dans vingt ans, si le mouvement se généralise, de devoir faire face à une sérieuse crise de main-d'œuvre pour dégivrer nos dômes.

— D'ici là on aura trouvé autre chose.

— Vous êtes optimiste, mon vieux, alors que les ressources énergétiques s'épuisent.

Le vétérinaire se retourna soudain et attendit le professeur avec un petit sourire narquois derrière la visière de sa cagoule :

— Vous savez combien j'ai eu de visites de femelles pleines ce matin ? Près de cinquante.

— Elles l'étaient déjà avant de venir ici... Je vous soupçonne de vouloir forcer la main de Mul Finn pour cette histoire de piqûre anticonceptionnelle.

— C'est plus une mesure humanitaire qu'un calcul de ma part, protesta le vétérinaire.

Harl Mern lui tapota l'épaule et l'invita à venir boire un verre avec lui. L'ethnologue ne regrettait pas d'être venu. Il commençait à faire du bon travail. Il avait pu réunir plusieurs tribus et il osait même employer le mot d'ethnies. Communauté de langue et de culture, encore qu'il n'osât pas trop s'avancer dans ce dernier domaine. Mais par exemple ceux qui s'appelaient les Keols avaient plusieurs mots pour désigner les Hommes du Chaud. Ils chantaient des mélopées utilisant quatre notes de la portée et les femmes avaient la coutume de s'épiler le haut des jambes et le tour de taille, ce qui ne manquait pas de laisser les gens perplexes, du moins ceux qui travaillaient avec Mern.

— On dirait une culotte. Ces bandes sans poils à la taille et en haut des cuisses délimitent l'emplacement d'une ancienne culotte... C'est un dernier réflexe de pudeur.

— Je pense qu'il s'agit en fait de no man's land destiné à empêcher les puces ou les morpions de franchir cette limite.

Puces et autres parasites se retrouvaient effectivement chez les Roux vivant en captivité ou ayant depuis longtemps perdu leurs habitudes de nomadisme.

— Un gardien a été surpris en train de forniquer avec une femelle, lui dit le vétérinaire. Il était toujours volontaire pour la garde de nuit et l'entraînait dans le petit poste de garde. En échange il lui donnait de l'alcool.

— Bon sang, jura le professeur, si jamais ils y prennent goût, ils seront décimés en un rien de temps. Ils peuvent résister à toutes les maladies sauf à l'alcool, sous toutes ses formes… J'ai un rapport qui date de dix ans qui explique comment toute une tribu qui travaillait à Malt Station a été décimée par une sorte de tuberculose inconnue. Les autorités ne leur donnaient pas d'alcool, mais dans cette ville de distilleries les Roux récupéraient dans les wagons le résidu de la distillation. Ils sont ainsi devenus alcooliques et ont tous fini par mourir en quelques mois.

Ils burent un verre, puis l'ethnologue alla consulter quelques-unes des fiches du vétérinaire. Les deux interprètes, malgré leurs lacunes, ne se débrouillaient pas trop mal et ils avaient réussi à connaître le nom de plusieurs centaines de Roux. On avait essayé de leur faire porter une sorte de médaille avec une chaîne, mais l'expérience avait échoué. Ils finissaient par arracher la chaîne et la jeter, la prenant pour un vêtement.

— Les noms sont aussi souvent identiques dans une ethnie… Mais je pense que j'arriverai même à établir qu'il existe environ trois races, peut-être quatre, par les seuls signes extérieurs physiques. Mais ce ne sera qu'une classification fragile et révisable. Je n'aime pas beaucoup ce mot de race, mais certains Roux ont une fourrure plus sombre tirant vers le marron. Il y a les cuivrés, grands et robustes.

— Les plus beaux, dit le vétérinaire.

— Les Aryens ? ricana de façon interrogative Harl Mern.

— Ne me prêtez pas un racisme intrinsèque !

— Les marron sont plus petits et plus fragiles, mais je pense que c'est leur condition de vie qui en est la cause. Ils vivaient surtout le long des voies et sur les tas d'ordures… Enfin il y a ceux qui ont cette rayure presque noire le long de la colonne vertébrale. Et pour expliquer ce mystère, bernique !… Ce sont les plus rares, de véritables nomades du Grand-Nord.

En même temps il consultait les fiches. Il souriait en voyant la mention imprimée : « Age approximatif ». Il était très difficile de leur donner vraiment un âge. Les Roux avaient trois étapes dans une vie qui n'excédait jamais les cinquante ans dans le meilleur des cas. L'enfance jusqu'à dix ans pour les filles, douze pour les garçons, l'âge adulte jusqu'à trente, trente-cinq ans, et la vieillesse qui se présentait vraiment comme une maladie endémique. En quelques années, l'adulte se transformait, n'était plus qu'une sorte de momie décharnée qui perdait ses poils et résistait très mal aux fatigues et au froid. Du moins, tout étant relatif, aux températures dépassant les moins vingt degrés.

— Une certaine Loghj attend des jumeaux ?

— J'ai fait un examen aux ultrasons. Positif.

— C'est assez rare, dit l'ethnologue. Il faudra que je la voie. Dommage qu'il n'y ait pas les photographies sur ces fiches.

— Le chef de station a refusé en poussant des grands cris. Je crois qu'il est très juste dans son budget et il m'a dit que de toute façon ils se ressemblaient tous.

— On nous a choisi le plus stupide des chefs de station, répondit Harl Mern qui s'arrêta de consulter ces fiches pour demander combien de Roux avaient transité par le camp.

— Nous approchons des vingt mille, mais c'est vraiment dur. Les demandes affluent. Non seulement des villes mais des particuliers. Vous savez combien demande Sadon pour chaque tête lorsqu'il s'agit de fermiers ou d'exploitants de mine ? Cent dollars. Mais il paraît qu'il faut aussi verser un pot-de-vin important pour être inscrit sur la liste d'attente.

— Le marché aux esclaves, fit Mern avec amertume.

En quelques jours il était passé de l'indignation, même de la rage impuissante, à une sorte de philosophie écœurée. Seule la présence des Roux lui rendait sa joie de vivre ainsi que les découvertes qu'il faisait.

— La première naissance a eu lieu hier, lui dit le vétérinaire. Je ne l'ai sue que ce matin. Il paraît que la parturiente s'isole derrière un rideau de femmes assises épaule contre épaule, mais personne ne vient l'aider.

— Hé, fit le professeur, pourrais-je assister à la prochaine ? Je crois que ça me serait très utile.

— Il faudrait surplomber la scène pour voir quelque chose. Mais en même temps passer inaperçu. Il n'y a que la verrière depuis l'extérieur, mais ce ne sera guère confortable.

Le professeur continua d'épuiser le tas des fiches de femme enceintes, les tapota pour les ranger dans le coffret lorsqu'il reprit le tout et étala les dernières sur la table.

— Jdrou… C'est curieux…, dit-il. J'ai connu une Jdrou… Mais elle n'est certainement pas là… Age approximatif : quinze ans… C'est stupide… Comment l'interprète peut-il savoir ?… J'aimerais bien voir cette fille… Avec votre permission. Je vois qu'elle est enceinte de trois mois.

— Vous la connaissez vraiment ? fit le vétérinaire, goguenard.

— Disons que j'ai étudié sa tribu, s'il s'agit d'elle, répondit prudemment Harl Mern.

CHAPITRE X

Toute la nuit, Lien Rag ressassa sa conversation avec Target, relevant avec désespoir les omissions de celui-ci. Jdrou se trouvait peut-être encore dans ce camp de transit où l'auraient conduite, avec ses compagnons, les soldats. Mais qui étaient ces soldats, à quel corps appartenaient-ils ?

Très tôt il s'habilla et, sans même avaler un peu de thé, il prit le tramway pour l'usine d'incinération, se trouva coincé dans l'embouteillage que créaient chaque matin les bennes apportant leur chargement d'ordures. Elles occupaient toutes les voies d'accès, faisaient la queue en attendant de pouvoir accéder à l'usine. Celle-ci fonctionnait à plein rendement et sa haute cheminée crachait une fumée noirâtre bien au-dessus du dôme. Des Hommes Roux travaillaient à gratter la glace, mais on ne les apercevait que très flous, à cause de la vapeur qui montait vers eux.

Lien quitta le tramway pour continuer à pied mais il faillit se perdre dans le brouillard artificiellement créé par les fuites des conduites corrodées. Les habitants démunis du quartier exploitaient ces sortes de geysers qui jaillissaient un peu partout pour récupérer de l'eau chaude. La vapeur était liquéfiée grâce à des tôles pliées en deux que l'on tenait au-dessus de la fuite et l'eau coulait dans le pli intérieur jusque dans le récipient que tenait une autre personne.

Une vingtaine de personnes attendaient devant la baraque de Moom et de Target. Il y avait aussi un blindé de la Sécurité et dès qu'il aperçut les phares multicolores qui clignotaient, Lien commença par tourner les talons. Mais il y avait un autre blindé derrière lui et il avait l'impression que son périscope panoramique le prenait justement dans son champ. Il retourna sur les lieux avec un air indifférent et apprit qu'il y avait eu un double crime. Moom et Target avaient été assassinés en pleine nuit à coups de hache.

— La femme est décapitée et l'homme est coupé en morceaux, disait une très jeune fille aux yeux luisants d'excitation et qui était à moitié nue sous une robe de chambre en peau synthétique. Mon frère a vu le premier… Il allait boire sa bière chaude comme tous les matins… Target a été attaché sur une table et le fou l'a tranché comme une saucisse… Je crois qu'il y a dix morceaux en tout.

Lien en savait assez.

Il aurait voulu repartir mais la foule le sécurisait. Derrière il y avait ce fichu blindé et les policiers devaient filmer les gens. Les films étaient immédiatement analysés par ordinateurs et il risquait de se faire interpeller si jamais il était le seul à s'éloigner. Les gens de ce quartier n'avaient pas autre chose à faire que regarder. L'horreur du crime les sortait de leur léthargie habituelle, les rendait presque joyeux.

On sortit la femme sur une civière, mais un drap cachait le corps et la tête séparée. Mais pour Target on utilisa simplement un sac de plastique opaque de couleur marron. Un gros sac que deux hommes portaient chacun par une oreille et qui formait des renflements suspects, comme s'il contenait d'énormes pommes de terre.

Et puis un policier sortit en brandissant une très grosse hache de bûcheron que Lien reconnut. Il l'avait même tenue en main sans pouvoir vraiment s'en servir. Seul Pietr Hansen était capable de la soulever pour abattre les troncs de sa mine forestière. Il avait dû l'abandonner une fois son double crime accompli, pour ne pas attirer l'attention parce qu'elle était pleine de sang. Mais en fait Lien se rendit compte avec la foule que le manche s'était fendu à la moitié, ce qui mit un comble à la frénésie générale.

Il dut attendre encore un peu pour glisser vers la droite et s'esquiver par un passage étroit entre deux rangées de voitures-habitations, un cloaque infect dans lequel il s'enfonça jusqu'aux chevilles.

Ce fou de Hansen ! Furieux, il le haïssait d'avoir tué le témoin principal de toute l'affaire, le seul qui pouvait l'aider à retrouver Jdrou. Lena n'avait pas réussi à le convaincre avec sa version truquée du drame et Hansen était parti à la recherche des chasseurs.

Comme il se dirigeait vers des quartiers moins déplaisants, il fut soudain entouré par trois hommes qui appartenaient à l'équipe de Vanderen.

— Dis donc, lui dit celui qui venait de refermer ses doigts autour de son bras, tu oublies que nous avons fixé le départ à ce matin ? Il est déjà tard et on se faisait du souci.

— Vanderen commençait à se ronger les sangs, ajouta un autre. Tu avais oublié que nous partions aujourd'hui ?

— Non, dit Lien.

La surprise le figeait dans un désespoir rageur tel qu'il fut sur le point de hurler et de chercher à les frapper. Il avait oublié cette bande de voyous mais eux croyaient à son histoire et ne le lâcheraient plus.

— J'ai essayé en vain de faire réparer ma combinaison. Ou d'en trouver une autre mais j'ai échoué. Je ne peux pas aller dans le Grand-Nord avec celle-ci qui n'est plus tellement étanche, réussit-il à dire entre ses dents.

— Ne t'inquiète pas, tous les problèmes sont résolus. Nous avons de l'argent, un convoi, des réserves de nourriture et des combinaisons. L'une d'elles t'est spécialement destinée. Tu verras que tout ira très bien.

— Tout ira très bien pour toi si tu ne nous as pas raconté des histoires sur cette grande concentration de Roux.

Ils avaient vraiment un convoi, huit wagons-cages, une voiture-habitation très confortable et un loco fonctionnant sur le courant du réseau mais doté d'une autonomie de quelques heures grâce à des accumulateurs spéciaux. Lien connaissait ce modèle qu'il avait utilisé autrefois dans la prospection glaciaire.

Vanderen était installé dans un petit salon douillet de la voiture-habitation. Il fumait un *bout* et se donnait des airs de patron ayant réussi. Il portait une combinaison de fabrication récente, ouverte sur sa poitrine, des bottes chauffantes merveilleuses.

— Notre ami Lien Rag… Il paraît que tu ne venais pas vers ici quand on t'a trouvé.

Soudain il se leva et vint se coller à Lien. Il empestait la bière forte :

— Que magouillais-tu avec Target ? Tu nous as pris pour des imbéciles ? En fait tu cherchais à trouver Target. Tu as longuement discuté avec lui hier et tu l'as assassiné cette nuit ! En le découpant en morceaux.

— Ce n'est pas moi, dit Lien.

— Oh ! on ne va pas le pleurer, mais toi tu vas nous dire ce que tu lui voulais à Target !

Lien raconta alors une histoire qui s'apparentait à la réalité, la même qu'il avait servie à Target. Cette Fille Rousse, Jdrou, pouvait les conduire jusqu'à un lieu perdu où vivaient des milliers de ses semblables.

— Alors tu as menti, tu ne sais pas où sont ces tribus de Roux ! hurla Vanderen. Nous nous sommes engagés pour près de trois mille dollars sur un mensonge ?

Il noua ses mains autour du cou de Lien et commença à serrer.

— Je n'ai pas menti, mais je voulais faire encore mieux, réussit-il à dire.

Le gros barbu finit par le rejeter contre la cloison et

Lien s'assit pour masser sa gorge et reprendre son souffle.

— Je connais vraiment cet endroit où il y a deux à trois mille Roux, mais il existe une sorte de région où ils sont dix fois plus nombreux. Cette fille en venait.

— Et tu comprends leur langage peut-être.

— Oui, dit Lien, je le comprends. Je sais une centaine de mots, des signes qui ont autant d'importance…

— Tu ne crois pas, Vanderen, qu'il nous raconte n'importe quoi ? dit un des hommes qui l'avaient capturé. Je nous vois très mal partis avec un type pareil. Nous n'aurions jamais dû lui faire confiance. Target a été découpé en morceaux après que ce type a voulu le rencontrer et lui a vraiment parlé.

Vanderen ouvrit une autre bouteille de bière, emplit son verre et le but d'un trait. C'était une bière spéciale, très noire, très alcoolisée. Mais on y ajoutait également de l'extrait de viande, ce qui permettait à la publicité d'affirmer que c'était la seule bière qui pouvait nourrir.

— Je ne suis pour rien dans la mort de Target. Il a été tué avec une hache énorme. Regardez mes mains. Je n'aurais jamais pu la tenir convenablement pour le découper en morceaux.

Ils regardèrent et Vanderen le premier se mit à rire. Lien avait de petites mains fines, à la peau blanche. Ses doigts n'auraient jamais pu se refermer sur le manche de la grosse hache, en effet. Ils devaient l'admettre.

— On a voulu faire parler Target en le liant sur une table. Son assassin a commencé par découper ses jambes. Un pied après l'autre pour commencer. Target était un dur mais il a dû parler.

— L'assassin est une victime de la bande à Target et à Wukro. Il a torturé Target pour que ce dernier donne des renseignements sur tous les autres. Il va les tuer jusqu'au dernier. Parce que son exploitation a été détruite.

Rien ne l'obligeait à parler de Lena qui avait été violée toute la nuit par la bande. Il devait bien ça à Hansen, même si ce dernier l'épouvantait désormais par sa détermination sanguinaire.

— Il faut qu'il nous donne des gages, dit quelqu'un. On va le conduire auprès d'Hommes Roux et il devra discuter avec eux. Par exemple leur faire exécuter certaines choses.

— Je vous préviens, dit Lien, tous ne parlent pas le même langage. Il y a plusieurs groupes linguistiques.

— Tu prends tes précautions, ricana Vanderen. Mais il faudra que tu nous rendes notre confiance, sinon au retour on t'abandonne dans la nature sans combinaison.

— La sienne a des fuites, ricana un de ses hommes. Il ne tiendra pas une demi-heure en plein air.

— Nous ne prendrons que le loco pour cette petite sortie. Cela nous permettra d'en vérifier le fonctionnement.

Bien encadré, Lien quitta la voiture-habitation pour la machine et c'est sur le quai qu'il aperçut Pietr Hansen debout devant cette draisine de location qu'il avait abandonnée chez lui. Le géant s'approcha et soudain sortit un de ces pistolets mitrailleurs assez anciens qui pouvait tirer une cinquantaine de balles.

— Lâchez-le, fit-il sèchement. Le premier qui fait un pas je le tue.

Il y avait du sang sur sa combinaison isotherme. Il n'avait même pas cherché à le nettoyer. Vanderen paraissait fasciné par ses mains gantées, effrayantes.

— Lien, monte dans la draisine et prends les commandes.

Une seconde, Lien pensa que les autres ne le lâcheraient pas, mais l'apparition de Hansen était si fantastique, son apparence si formidable qu'ils étaient tous paralysés. Il alla jusqu'à la draisine et, lorsqu'il lança les moteurs, se rendit compte que ses mains tremblaient. Hansen revenait à reculons, son arme toujours braquée sur le groupe. Dans ce quartier mal famé, il n'y avait pas un seul curieux pour s'étonner et le quai n'avait jamais été si désert à cette heure.

— Commence à reculer, lui cria Hansen.

Il ne sauta qu'au dernier moment mais la bande à Vanderen ne fit pas un seul mouvement. C'étaient vraiment des amateurs, comme l'avait dit Target.

— Roule vers le centre ville.

— Comment as-tu fait ?

— J'étais du côté de l'usine d'incinération. J'attendais qu'un des complices de ce salaud vienne aux nouvelles. Mais c'est toi que j'ai vu. J'ai été très surpris.

Lien sentit comme l'écho d'une menace. Il continua de piloter mais son angoisse augmenta peu à peu.

— Etonné que tu viennes dans ce coin pourri. Tu connaissais Target ?

— Je cherche Jdrou. J'ai remonté la piste de ces fumiers.

— Moi aussi, je cherchais Target et j'avais de bonnes raisons de savoir qu'il s'appelait ainsi. C'est un surnom. Tu sais ce que ça veut dire ?

— Je sais, murmura Lien. Je le sais parfaitement.

— Et comment l'as-tu appris ?

— Il y a des jours et des jours que je cherche cette bande. J'ai eu quelques renseignements. Ils n'ont pas attaqué que ton exploitation, Pietr. Ils ont commis plusieurs forfaits, ils ont même séjourné dans une petite station.

— Target avait une cible tatouée autour du nombril. Je suppose qu'il ne l'exhibait pas n'importe où et surtout pas par moins trente ou plus ?

— Certainement pas, fit Lien, effrayé.

— Quelqu'un a donc repéré ce tatouage dans des conditions spéciales.

Hansen ne supportait pas l'idée que Lena ait pu lui cacher la vérité et se soit confiée à Lien Rag. Ce dernier comprit qu'il devait mentir jusqu'au bout. Hansen avait perdu la raison. Il pouvait désormais tuer pour n'importe quoi, pour rien, parce que Lien aurait vu sa femme nue écartelée sur son lit. Lien avait déjà vu Lena toute nue lorsqu'elle sortait de son sauna et Pietr n'y avait jamais trouvé à redire.

— Quand tu es arrivé, où se trouvait Lena ?

— Pas dans la maison… J'ai d'abord cru que ces salauds l'avaient embarquée avec les Roux. Et puis elle est venue… J'avais loué cette draisine qu'elle ne connaissait pas et elle se méfiait. Lorsqu'elle a su que c'était moi, elle est venue.

— Elle avait des écorchures partout, la bouche énorme, à vif, comme si on l'avait mordue.

— C'est dans sa fuite qu'elle s'est abîmée, dans la mine forestière. Il y a des éperons de glace partout, dans son affolement…

— Target a parlé. Il m'a dit ce qu'ils lui avaient fait. Tous. Les quinze. Quand ils sont partis, elle était solidement attachée sur notre lit.

Lien secoua la tête :

— Target était une véritable ordure et il a dit ça pour te faire souffrir.

— Je venais de lui trancher le pied gauche. Il n'avait plus envie de fanfaronner, je te le jure. Le sang pissait dur. J'avais collé un bloc de glace sur la plaie et le sang se gelait au fur et à mesure. Lorsque j'ai coupé le second pied, il avait déjà tout raconté. Je connais le nom des quinze. Je sais que le nommé Wukro est en prison, que deux autres se sont engagés dans l'armée.

— Comment as-tu retrouvé Target ?

— Lena est malade. Je crois qu'elle va mourir. Une septicémie, je pense.

Lien lâcha les commandes.

— Tu l'as laissée seule ?

— Non. Elle est dans l'hôpital de Wood Station. Quand ça l'a prise, elle a déliré et a parlé de la cible, toujours la cible, et aussi des ongles noirs. Alors j'ai commencé à réfléchir. Moi aussi j'ai cherché.

Ces monstres avaient des maladies atroces, Lena avait parlé de leurs membres pourris. Lien lui avait recommandé de prendre des précautions.

— Ils ne vont pas la sauver, dit Hansen. Et je préfère.

— Bien sûr, sourit Lien, débarrassé de sa peur, tu préfères qu'elle meure plutôt que de vivre en pensant qu'ils l'ont violée… Tu es vraiment cinglé, Pietr, cinglé et depuis plus longtemps que tu ne le penses.

CHAPITRE XI

Juan Serda n'eut d'autre ressource que de ricaner lorsque Jdrou reconnut le vieux professeur et accourut pour le caresser en riant très fort. Elle essayait de passer ses doigts à travers le sas du visage, palpait sa combinaison même à la hauteur du ventre de Mern qui ne s'en formalisait pas, sachant que toutes les Femmes Rousses agissaient ainsi.

— Attention, professeur, vous allez avoir des ennuis si vous la laissez faire.

Mern prononçait quelques mots, faisait des signes et Jdrou, ravie, l'écoutait et répondait en même temps. Il comprit qu'elle avait été enlevée avec les siens, toute la petite tribu au complet, durant une absence de Lien et du bûcheron. Pour expliquer le métier d'Hansen elle dut s'y reprendre à plusieurs fois, finit par montrer le bois des plates-formes qui constituaient le sol des parcs. Mern ignorait tout des derniers mois de la vie du glaciologue.

Tandis qu'elle racontait avec des sons rauques et des gestes, il regardait sournoisement son ventre.

— Trois mois, professeur, ce n'est pas encore évident, murmura Juan Serda dans son dos.

— Elle dit qu'elle n'a pas été maltraitée… Que tout de suite les hommes qui les ont enlevés les ont donnés à d'autres hommes…

— Des soldats. Pour éviter que certains éléments ne viennent jusqu'ici avec leurs captures.

Un des gardiens du parc approcha, effaré de voir le professeur et Jdrou échanger une sorte de conversation.

— Ben, ça… Je croyais que celle-là n'aimait que se faire grimper. Elle ne fait que ça.

— Elle est en parfaite santé, dit le professeur comme pour l'excuser, et encore très jeune.

— N'empêche qu'elle s'en paie… Je crois que tous les mâles du parc, jeunes et vieux, y ont eu droit. Et l'autre soir ça a failli faire une bagarre terrible avec d'autres femelles très jalouses. Et elle essaie de nous séduire, nous les gardiens, et je vous jure qu'elle ne lésine pas sur les moyens. Elle tente toujours de nous peloter, mais toutes font la même chose. C'est très naturel chez elles. Nous sommes habillés et elles veulent voir si nous sommes vraiment des hommes.

Harl Mern songeait à Lien Rag qui vouait à cette fille une passion un peu trop idéalisée. Comme il aurait souffert s'il avait entendu ce que disait le gardien.

— Jusqu'à dix fois dans une journée… Ils ne fichent rien et sont nourris, continuait le factionnaire.

Le vétérinaire ne faisait rien pour le faire taire, au contraire, comme s'il voulait que le professeur se sente accablé par ces prouesses plus animales qu'humaines.

— Il y a deux ethnies, des Keols et des Jalasos. Cette fille appartient à la première. Les femmes jalouses doivent appartenir à la seconde. Les missionnaires ont souvent évangélisé les Jalasos depuis une cinquantaine d'années. Ils ont essayé de leur faire admettre le monogamisme et de briser la cellule tribale. C'est une sorte de crime comme en ont toujours commis les zélateurs de toutes les religions. Et bien avant la nouvelle ère glaciaire.

Lorsqu'il voulut s'éloigner, Jdrou l'appela en le baptisant d'homme gris à cause de la couleur de sa chevelure très certainement. Elle lui fit comprendre qu'elle aurait bien aimé revoir Lien et cette attention l'émut énormément. Qu'éprouvait-elle pour lui, une sorte d'attachement affectueux qui n'avait rien à voir avec l'amour que le glaciologue avait pour elle ? Etait-ce son absence prolongée qui le lui rendait plus indispensable ? Lien devait lui offrir des petits cadeaux, surtout alimentaires.

— Elle est vraiment très belle, admit le vétérinaire. Elle appartient aux cuivrés ? Très harmonieuse, très sexy dans le fond. Ce pubis qui tranche par sa blondeur sur le reste... Avez-vous des idées derrière la tête, professeur ?

— Allons donc, Serda, ne me prenez pas pour un satyre. Mais n'allez pas imaginer que si je le pouvais ça me déplairait. Je n'aurais aucune réticence à faire l'amour avec une fille aussi belle.

— Une créature animale, professeur.

— Vous n'y croyez plus tellement vous-même.

— D'accord, je dois faire appel à ma raison pour m'en défendre, mais il y a des spécimens merveilleux et, dans le fond vous avez raison, ils sont mieux armés que nous pour vivre dans ce monde glacé.

— Ah ! vous voyez ? Nous avons trop longtemps méprisé, négligé les Hommes du Froid. Ne sont-ils pas notre avenir, l'avenir de l'humanité qui devra s'adapter ou périr ? Nos ressources énergétiques s'épuisent et ces guerres continuelles...

— Prudence, professeur, dit le vétérinaire en lui

prenant le bras, ne vous laissez pas emporter par votre tempérament. Vous prenez trop de risques.

— La Compagnie se fout bien d'un contestataire comme moi. La Sécurité, l'Armée savent à quoi s'en tenir. Mais comme je ne peux vivre en dissident, entrer en lutte ouverte, nous avons un modus vivendi. Je travaille pour elle en me compromettant chaque jour un peu plus et elle tolère mes incartades.

— Les Roux ont été créés artificiellement. Personne ne voudrait prendre aujourd'hui de telles initiatives, défier la nature, utiliser des cobayes humains. Et même si les principes moraux, les obstacles financiers et scientifiques n'existaient pas, jamais la Compagnie, toutes les Compagnies n'accepteraient de nouvelles expériences.

— Je le sais bien. Si nous n'avions pas cet ennemi commun, le froid, nous n'aurions pas besoin des Compagnies, des rails, de cette vie organisée et étriquée.

— A quoi bon créer une nouvelle race, ou utiliser les Roux pour des clonages ou des sélections à base de métissage ? Régulièrement on nous annonce que dans deux siècles, cinq siècles au plus tard, le Soleil réapparaîtra.

Ils retournèrent dans les bureaux.

— Que va devenir cette jeune femme ? demanda timidement le professeur un peu plus tard.

— Mais elle appartient, avec sa tribu, au prochain convoi. Les demandes sont telles que le gouverneur a ordonné de réduire le temps de séjour à Siding Station. Je crois qu'ils embarquent après-demain.

— Ecoutez, Juan, il faut essayer de la faire rester là

le plus longtemps possible. Je ne peux vous expliquer la raison de ma demande, mais c'est très important.

— Professeur, s'il s'agissait d'un seul individu nous n'aurions aucune difficulté. Mais vous-même préconisez l'unité des tribus, des groupes et des hordes. Donc, ou bien nous les laissons tous partir, ou bien nous les gardons. Et ce n'est pas possible. Le risque est trop gros.

— J'aurais voulu la suivre... Cette fille est intelligente, apprend vite. Vous avez vu qu'elle connaît quelques mots de nos langues ?

Juan Serda alluma une cigarette très longue, de couleur brune :

— Professeur, s'il vous plaît ?

Surpris, l'ethnologue se tut et fronça les sourcils.

— Professeur, ne me prenez pas pour un crétin. Vous avez d'autres raisons pour vous intéresser à cette femelle. Et je crois que le fait qu'elle soit enceinte n'y est pas étranger. Est-ce que je me trompe ?

— Je voudrais l'aider.

— Laissez-la au sein de sa tribu. Agissez selon vos propres prescriptions, professeur.

— Vers où sera-t-elle dirigée ?

— Ça, nous pouvons le savoir.

— Est-elle condamnée à un dôme de grande ville ?

— Je l'ignore, mais n'est-ce pas aussi bien que de travailler pour un petit patron âpre et cupide qui ne les nourrira pas comme il faut et les obligera à un effort intense ?

Harl Mern se sentait désarmé, impuissant. Il ignorait où se trouvait Lien Rag, ne connaissait aucun moyen de rentrer en contact avec lui. Quand le glaciologue avait pris cette décision trop rapide de déserter, le professeur se trouvait sur le front occidental et, à partir de cet instant, n'eut plus jamais de nouvelles de son ami. Jdrou n'avait pas pu situer l'endroit exact où elle travaillait dans une mine forestière avec sa tribu. Bien sûr, il aurait pu se livrer à un pointage de toutes ces exploitations, mais leur chiffre devait être si élevé qu'il lui faudrait des mois, peut-être des années pour retrouver celle où Lien Rag s'était réfugié. Et au bout de ce temps qui pourrait lui dire ce qu'était devenu le garçon ? Il préférait attendre, espérer un miracle. Il avait écrit à Yeuse, la danseuse du cabaret Miki, pour la prier de lui donner des nouvelles de Lien Rag, mais il n'avait pas encore reçu de réponse. Un jour, Lien Rag parviendrait à pénétrer dans le camp de transit et lui demanderait où se trouvait Jdrou. Il espérait pouvoir lui répondre sans la moindre hésitation.

Il dut se rendre au départ d'un très grand convoi, plus de soixante wagons-cages. Il n'y avait qu'une quarantaine de Roux par cage et il veillait à ce que les tribus restent ensemble ou à proximité, ce qui n'était pas toujours facile. Parfois les demandes de travailleurs l'obligeaient à séparer les gens d'une même origine et chaque fois il vivait un véritable drame. Il se démenait et se fatiguait beaucoup pour convaincre les fonctionnaires, et surtout le chef de station Mul Finn qui ne pensait qu'à sa carrière et à plaire au gouverneur Sadon. Le professeur surgissait plusieurs fois par jour dans son bureau pour protester, supplier, menacerm et quand le gouverneur effectuait une visite, il n'hésitait pas à l'interpeller.

Le trafic des Roux devenait une affaire juteuse pour bien des gens et pas seulement pour les chasseurs. Tout le monde touchait des primes, des pots-de-vin, mais à l'échelon supérieur c'étaient des sommes énormes qui entraient en jeu. Les demandes des villes, même les plus petites, devenaient pressantes. Les chefs de station, les Conseils de consultation s'affolaient. La couche de glace augmentait sur les dômes et les verrières. Certaines, parmi les plus vétustes, s'étaient déjà écroulées et il y avait eu des morts. Une dizaine dans le Nord-Est, à quelques kilomètres de River Station. Il se murmurait que Sadon augmentait régulièrement le prix d'un travailleur Roux et que les employeurs récupéraient cette mise de fonds en rognant sur la nourriture.

Déjà on avait augmenté le nombre de passagers par wagon-cage et le professeur n'avait pu faire revenir Mul Finn sur sa décision. On avait cessé de fabriquer de nouveaux wagons de ce type. Il fallait faire avec le parc existant.

Le lendemain, Juan Serda, non sans précaution, l'avertit que Jdrou et les siens quitteraient le camp dans le début de l'après-midi.

— Vous m'aviez dit demain seulement.

— Finn a anticipé de douze heures. Il en a le droit. L'embarquement commencera tout de suite après le repas.

— La destination ?

— Réseau de l'Est.

— Vous parlez, le réseau se subdivise ensuite en une vingtaine de réseaux de moindre importance. Vous avez bien un nom ? Une ville ?

— Sadon se montre désormais très discret et oblige Finn à en faire autant.

— Mais, bégaya Harl Mern, il faut que je sache où elle va. C'est très important

— Le mieux, c'est de filer de l'argent au conducteur, au mécanicien et au chef de train. Lorsqu'ils reviendront, ils vous diront certainement où ils ont laissé leur cargaison. Mais je doute qu'ils s'intéressent particulièrement au sort de cette fille. Vous aurez malgré tout une liste de quelques noms de stations.

— C'est insensé, dit le professeur. Notre rôle est insignifiant et nous ne sommes là que pour donner bonne conscience à la Compagnie, fournir des gages d'humanité.

CHAPITRE XII

Le projet effarant, insensé, de Hansen était d'aller à River Station, de pénétrer dans la prison pour supprimer Wukro. Il était obsédé par ces quinze hommes. Il voulait les retrouver tous, les liquider l'un après l'autre. Lui et Lien stationnaient en face d'un bar, en plein centre ville et buvaient une vodka en mangeant des beignets aux harengs.

— Téléphone au moins à l'hôpital pour avoir des nouvelles de Lena.

— A quoi bon, elle est perdue. De toute façon elle est perdue.

Lien alla téléphoner mais il ne put obtenir Wood Station et revint s'asseoir.

— J'en ai déjà tué un.

— La femme était innocente.

— Non. Elle me faisait peur. Dès que je suis entré dans la taverne alors qu'il n'y avait plus personne elle m'a regardé drôlement, et soudain j'ai compris qu'elle savait que j'étais venu pour tuer.

— Moom était une Gitane…

— C'est quoi ?

— Jadis un peuple nomade qui parcourait la terre entière. La sédentarisation les a fait disparaître. Moom lisait dans les pensées.

Il l'avait tuée la première. Un seul coup de hache pour faire voler la tête comme il aurait coupé net un bouleau. Il avait assommé Target, l'avait attaché sur deux tables. Target avait donné tous les noms, les adresses ou les endroits où il trouverait ses compagnons de chasse.

Lien retourna téléphoner et obtint l'hôpital. On venait d'opérer Lena : hystérectomie. Mais le diagnostic restait réservé.

— Elle mourra, dit Hansen quand il revint.

— Tes trois enfants ?

Trois garçons pensionnaires d'un éducatorium d'Etat. Hansen n'était même pas allé les voir.

— Ils ont besoin de toi. De leur mère.

— Lena voulait encore un enfant.

— Retourne à Wood Station, reste auprès d'elle. Ta présence la guérira.

— Elle n'aura plus d'enfants. Elle ne servira plus à rien.

Lien n'osa pas faire remarquer qu'à Wood Station, Hansen prenait parfois des libertés avec le contrat.

— On part, dit-il en se levant d'un coup.

Lien le suivit et la draisine démarra aussitôt. Ils en avaient pour des heures, des jours, à rejoindre River Station sans la moindre boîte de priorité, et il n'y avait pas une seule provision, même pas une fiole d'alcool dans le véhicule, qui d'autre part était mal isolé. Son moteur arrière donnait des signes de faiblesse et ils ne pouvaient compter que sur celui de l'avant.

— C'est quand j'ai voulu trancher ses cuisses que le manche de la hache s'est cassé, précisa Hansen.

Lien eut envie de vomir et s'éloigna pour ne plus entendre ces horribles confidences.

Ce fut le premier arrêt en pleine solitude glacée, derrière des convois interminables. Le réseau était emprunté par les énormes bâtiments blindés, des cuirassés, des superforteresses qui occupaient des dizaines de voies. Il y avait aussi des trains de renforts, des trains-hôpitaux, et là-dedans quelques trains de voyageurs coincés dans un trafic incessant.

Hansen lui abandonna la conduite et alla s'allonger sur la couchette étroite et inconfortable de la draisine. Lorsqu'il se réveilla, ils étaient à nouveau immobilisés dans une petite station où les trains de voyageurs et les véhicules particuliers attendaient que les réseaux se décongestionnent. Il y avait sur les quais des vendeurs de nourriture et de thé. Une vieille femme faisait bouillir une marmite de soupe qu'elle vendait à la louche. Lien alla en acheter une portion qu'il se fit verser dans une boîte de conserve que la vieille dame lui vendit.

Hansen rapporta de la viande, du pain, des pâtés végétaux et de la bière, beaucoup de bière épaisse et alcoolisée. Lien savoura cette soupe chaude à l'ancienne, redescendit pour en racheter mais le chaudron était vide. La vieille dame lui vendit un gâteau au fromage, qu'elle faisait avec le lait d'une chèvre élevée dans son compartiment d'habitation. Il ne la crut pas jusqu'à ce qu'il goûte au gâteau et le trouve excellent.

— Prends de la bière.

Lien en avala quelques gorgées, reposa la bouteille. Il aurait préféré du thé chaud à la vodka mais n'avait presque plus d'argent sur lui.

— Pourquoi viens-tu avec moi à River Station ? demanda soudain Hansen.

— Je veux obtenir un laissez-passer pour ce camp de transit. Jdrou s'y trouve peut-être. Je ne peux négliger aucune piste.

— Toi aussi tu cherches.

— Ce n'est pas pour tuer mais par amour.

— Ta Jdrou se fait sauter par tous ces mâles en rut deux fois plus puissants que toi.

Lien essaya de ne pas y faire attention. Mais Hansen insistait :

— Tu n'es pas assez viril pour elle. Aucun homme ne l'est assez pour une Femme Rousse.

Lien descendit sur le quai. La vieille femme éteignait son feu, plaçait son chaudron sur une sorte de carriole qu'elle poussait devant elle. Elle habitait assez loin, lui expliqua-t-elle, dans un wagon si vétuste qu'elle était seule pour l'occuper. Elle pouvait y élever sa chèvre qui lui donnait du lait. Elle la nourrissait avec des épluchures qu'elle mendiait dans les restaurants et les collectivités.

Hansen vint le chercher :

— Ne fais pas attention à mes paroles. J'en veux

au monde entier. Je me sens devenir fou. Tu acceptes toi que cette… fille aille avec tous ces mâles ?

— Non, je ne l'accepte pas. Mais pourquoi ferait-elle différemment de ce qu'ont fait les siens, sa mère, sa grand-mère et depuis toujours les coutumes de ce peuple ? Toi, tu agis comme si Lena avait accepté de gaieté de cœur ce qu'on lui a imposé.

— Nous avions construit quelque chose de différent, murmura Hansen. Nous vivions libres, heureux. On en arrivait à oublier les glaces, les difficultés, la Compagnie et la guerre..

— Une cellule anarchiste, murmura Lien. Indépendante. Un jour elle ne peut plus survivre sans rencontrer les autres. Et c'est alors que le pire arrive.

Ils veillèrent à tour de rôle. Vers trois heures du matin le feu vert fut donné aux convois entassés sous la verrière sale de la petite station. Avec le projecteur de bord, Lien avait essayé d'apercevoir des Roux, mais ils devaient dormir ailleurs.

— J'irai dans cette prison, lui expliqua plus tard Hansen. Je me ferai enfermer, je tuerai Wukro et je m'évaderai pour rechercher les autres. Si je dois m'engager dans l'armée, je le ferai.

Il n'échappait que rarement à son idée fixe, s'y complaisait. Il finirait dans un train psychiatrique, ceux qui tournaient en rond à distance des villes avec des millier de malades mentaux, parfois des gens qui soudain découvraient qu'ils ne pouvaient plus vivre dans le monde des glaces et la coercition ferroviaire. Avait-il le droit de laisser Hansen poursuivre sa tournée vengeresse ? Ces bandits ne l'intéressaient pas, mais devaient-ils mourir pour autant ?

Le voyage s'éternisait, de voies de garage en

petites stations, de détours interminables en vérifications policières. Ils se rendaient compte que si les petites stations n'avaient pas encore retrouvé les Roux déblayeurs de glaces, les plus grandes en utilisaient un nombre considérable sur leurs dômes. La température ne cessait de baisser à l'intérieur de ces coupoles transparentes. Seules quelques cités privilégiées qui extrayaient du charbon, du gaz ou du pétrole maintenaient une température agréable. Egalement celles qui utilisaient l'eau de refroidissement des centrales nucléaires, mais elles connaissaient des ennuis considérables. Par moins trente, le cœur de la centrale était difficile à refroidir. Pas question d'utiliser la glace telle quelle. Il fallait la transformer en eau, réchauffer des milliers de tonnes puis, comme la température était trop élevée, faire passer cette eau dans un refroidisseur, puis enfin la diriger vers le cœur en fusion. Désormais une centrale de ce type gaspillait sur place les deux tiers de sa production électrique. L'utilisation de cette eau pour le chauffage était délicate, les tubulures finissant par être corrodées. Les villes dotées d'une centrale atomique avaient une telle réputation que les voyageurs ne prenaient jamais les convois qui y faisaient halte que contraints et forcés.

Hansen, à cause de ce voyage mortel, devenait de plus en plus sombre et Lien n'aimait pas s'endormir le soir dans l'étroite couchette. Il n'essayait plus de le raisonner, faisait semblant d'approuver.

Lien craignait surtout une chose, que la société de location de la draisine n'ait lancé la Sécurité ferroviaire à leurs trousses. Ils finiraient par être arrêtés et il espérait qu'ils atteindraient River Station avant. Chaque véhicule, du plus modeste au plus important circulant sur les réseaux de la Compagnie, possédait un code que les grands aiguillages enregistraient à chaque passage. Un ordinateur triait ces milliers d'informations, les classait. Un jour, le numéro de code de la draisine apparaîtrait en rouge sur tous les écrans de contrôle et désormais les aiguillages refuseraient de fonctionner pour eux. Ils seraient bloqués quelque part, dans l'obligation d'attendre la venue de la Sécurité.

Il en parla à son compagnon un matin où celui-ci paraissait aller mieux.

— Je pense qu'on irait plus vite si on prenait un express.

— Je n'ai pas d'argent, dit Lien.

— Moi, j'en ai. De quoi nous payer un voyage plus confortable, en effet. Nous abandonnerons la draisine dans la prochaine station importante.

Ce fut Cross Station, le marché-gare à bestiaux. Ils n'eurent que le temps de prendre un train de luxe bourré de maquignons opulents. Hansen dut payer un supplément exorbitant et, au wagon-restaurant, qui rappelait par son décor certains vieux films de western, ils firent un repas exceptionnel. Mais le vin que Hansen absorba en trop grande quantité finit par lui monter à la tête et Lien n'eut que le temps de l'entraîner jusqu'à leur compartiment privé où il s'enferma avec lui.

Peu après on frappa et deux hommes de la Sécurité vinrent vérifier leurs papiers.

— Votre ami a failli se battre avec un autre voyageur. Que lui arrive-t-il ?

— Il a des ennuis familiaux. Nous allons à River

Station pour démêler ses affaires. Moi, je vais demander un permis de chasse au gouverneur.

Pris d'un pressentiment, il avait soudain ajouté cette phrase et s'en félicita. Un contrôle au fichier électronique révéla qu'il était déserteur.

— C'est exact, reconnut-il dans le bureau de la Sécurité situé au milieu du convoi. J'ai commis une sottise et, pour faire oublier ma folie, je vais chercher un permis. Je pense que l'amnistie me sera ensuite accordée.

— Certainement, lui répondit-on, mais nous vous conduirons nous-mêmes au siège du gouvernement de la province. Il vous faudra déposer une caution de quatre cents dollars, plus l'argent nécessaire à la location du matériel, wagons-cages et provisions de route. Vous avez de l'argent sur vous ?

— C'est mon ami qui l'a. Il devait me le prêter une fois arrivés à River Station.

Mais lorsque le rapide pénétra enfin dans River Station, on ne put trouver Hansen, et Lien fut conduit immédiatement dans les bureaux de la Sécurité militaire. Il demanda à téléphoner au gouverneur Sadon mais on lui rit au nez. De même, il n'eut pas l'autorisation d'appeler sa fille, Floa.

CHAPITRE XIII

Le compartiment-cellule devait faire deux mètres cinquante de profondeur sur deux de large et un peu plus de deux mètres de hauteur. Il y avait quatre couchettes. Celles du haut se relevaient et les quatre occupants de la cellule devaient soit rester assis, soit se lever à tour de rôle. Mais comme en général il y avait un cinquième détenu qui dormait la nuit sur un matelas placé sur le sol, l'endroit était insupportable à vivre.

Depuis un mois, Lien Rag se trouvait dans ce train-prison qui était immobilisé à quelques kilomètres de River Station sur une voie de garage sans issue. Il ignorait quel serait son sort. Il avait été interrogé deux fois par la Sécurité mais personne ne lui avait communiqué son chef d'inculpation. Le simple fait d'être déserteur suffisait, et il n'avait qu'à attendre qu'on prenne une décision à son sujet.

Au début il avait refusé de travailler, mais au bout d'une semaine dans cette cellule étroite il avait demandé à se rendre dans les wagons-ateliers. Actuellement il cousait à la main des doublures de bottes isothermes. Ses doigts enflés par les coups d'aiguille maladroits le faisaient cruellement souffrir. Le seul avantage de ce travail, c'était le fait de recevoir deux dollars par jour et de bénéficier d'un supplément de chaleur. Dans les cellules, la température ne dépassait pas six degrés.

Le train-prison se composait de près de cent wagons. Au moins dix mille prisonniers de sexe masculin y étaient enfermés. Surveillés par un nombre très réduit de gardiens. Il n'y avait aucune possibilité de s'évader sans combinaison isotherme. Seuls les gardiens en portaient et il aurait fallu les assommer, les dépouiller pour revêtir la leur, mais c'était pratiquement impossible. Les gardiens étaient armés et toujours méfiants. Un système d'auto-administration avait été mis en place. Des détenus choisis dirigeaient les autres, s'occupaient de toute l'intendance, de la propreté, de l'hygiène des cuisines et de la discipline. Il existait un tribunal de détenus qui jugeaient sans appel. Le condamné pouvait se voir infliger une peine de deux à cent jours de séjour dans un wagon situé au bout du convoi et qui n'était chauffé que quatre heures par jour. Lien avait été condamné à deux jours pour bagarre avec un autre détenu. Depuis il gardait son sang-froid en toute occasion.

Ce ne fut qu'au bout de ce mois de détention qu'il entendit pour la première fois parler de Wukro, l'homme aux griffes noires comme on l'appelait. Le truand, à demi fou, était enfermé dans une cellule spéciale et n'en sortait pratiquement jamais. Personne ne prenait cette responsabilité depuis qu'il avait égorgé un détenu de ces griffes. On ne savait s'il serait condamné au train pénitencier ou au train psychiatrique, mais chacun souhaitait qu'il s'en aille au plus vite. On disait qu'il préparait son évasion en grattant de ses ongles le plancher de son compartiment.

Jusque-là Lien ne prêtait guère attention aux conversations murmurées dans l'atelier, mais il essaya d'en apprendre plus. Sans jamais cesser de tirer l'aiguille. Son fil était enduit constamment d'une colle spéciale qui lui engluait les doigts et dont il était pratiquement impossible de se débarrasser. Elle était la cause de ses enflures. Elle stoppait l'écoulement du sang qui s'infectait ensuite. Lien devait crever cette gomme avec une aiguille chauffée au rouge pour que le pus puisse s'évacuer.

Le pire, c'était l'impression atroce que désormais personne ne se préoccupait de leur sort. Depuis qu'il était là, il n'avait pas souvenir qu'un seul de ses compagnons ait comparu devant un juge, un tribunal, qu'un avocat ait visité qui que ce soit, que les familles des prévenus soient venues les visiter. Le train-prison était immobilisé dans une zone peu éloignée de River Station, mais desservie par une simple ligne.

— Des visites, fit un de ses codétenus lorsqu'il retourna dans le compartiment-cellule, oui, tous les trois mois. Une semaine tous les trois mois. Il paraît que c'est le délai légal d'une instruction judiciaire. Au bout de trois mois, soit tu es jugé et condamné, soit tu es libre, mais en fait il y a des gars qui sont enfermés ici depuis des années.

Lien estimait qu'ils devaient recevoir entre mille et douze cents calories par jour. C'était nettement insuffisant pour lutter contre le froid mais, par chance, ils n'effectuaient pas de travaux de force.

Un matin, trente-sept jours après son arrestation, il fut convoqué à la prévôté du train où il apprit qu'il allait être conduit à River Station dans un fourgon cellulaire. Il y aperçut une vingtaine de détenus, avant d'être enfermé dans une sorte de cage où il ne pouvait que rester assis.

Il ne vit rien de la ville, le fourgon n'ayant aucune vitre, et se retrouva dans le palais de justice, un ensemble sinistre occupant une vingtaine de voies et s'élevant sur plusieurs étages, installé juste en face du palais du gouverneur. Il connaissait parfaitement l'endroit, ayant vécu en concubinage avec la fille de ce haut personnage dans ce palais luxueux.

— Complot contre la Compagnie, comportement subversif, désertion sur le front occidental, détournement d'une draisine de location au préjudice de la société E.R.K. Coupable, non-coupable ? lui demanda une femme juge aux cheveux gris.

— Je reconnais les faits mais je bénéficie d'une amnistie pour les deux premiers chefs d'accusation… Je demande le témoignage du major Londal qui m'avait garanti l'impunité si je travaillais pour la Flotte militaire et…

— Coupable ou non-coupable ? répéta la magistrate.

— Je peux fournir des justifications…

— Non-coupable ?

— J'étais venu à River Station pour prendre un permis de chasse et obtenir l'amnistie.

— Vous ne disposiez pas de la caution.

— Un de mes amis devait me fournir l'argent mais il a disparu.

— Décidez-vous. Je n'ai pas de temps à perdre sinon vous ne repasserez que dans un mois et demi.

Lien faillit se lever dans un accès de rage folle. Il serrait tellement les poings que ses ampoules crevèrent et qu'un pus mêlé de sang se mit à couler. Il regarda ses mains et la femme juge prit un air dégoûté.

— Gardes, emmenez le prisonnier se faire soigner.

— Attendez, dit Lien, affolé, je plaide coupable.

— Très bien. Quand vous aurez reçu des soins, venez pour signer votre acte d'accusation.

Ce fut un infirmier indifférent qui le badigeonna d'un liquide vert puis lui mit des pansements. Lorsqu'il alla signer sa culpabilité, il n'y avait plus qu'un greffier qui ne savait rien.

— Vous comparaissez cet après-midi, se contenta-t-il de lui préciser.

Il fut enfermé dans une autre cage, ne reçut que deux tartines enduites de graisse et de l'eau chaude. Le temps s'écoula et la nuit vint très vite. Il ne restait plus que quelques prévenus et on leur annonça qu'ils comparaîtraient la semaine suivante car leurs avocats désignés d'office n'avaient pu étudier leur dossier.

— Mais on ne peut pas rencontrer son défenseur ? demanda Lien au greffier qui venait de leur parler.

— Vous aurez tout le temps la semaine prochaine, dans huit jours.

Lorsqu'il se vit en route vers le train-prison, il fut pris d'un désespoir horrible et pour la première fois ne put s'empêcher de pleurer. Où était Jdrou ? Combien de temps les Roux séjournaient-ils dans ce camp de transit ? Comment savoir vers quel lieu de travail on l'avait dirigée ? Il avait été sur le point de la retrouver, il aurait suffi d'obtenir l'autorisation de Sadon pour avoir accès à ce camp. On lui refusait toujours d'écrire à qui que ce fût. Plus tard, soit qu'il fût libéré, soit qu'il fût condamné au pénitencier, il pourrait écrire une lettre par mois.

Mais cette crise de désespoir se termina lorsque l'un de ses compagnons de cellule annonça qu'il allait être libéré le lendemain et qu'il pouvait se charger de quelques commissions. Lorsque ce fut le tour de Lien Rag, il avait pris une décision ferme. Pas question d'avertir Sadon ou sa fille. Le détenu libéré serait trop impressionné par ce genre de mission.

— Tu rentres à Grand Star Station, m'as-tu dit ? Très bien. Il y a un cabaret. Le Miki.

— Je connais. C'est un nain qui joue les aboyeurs et présente les numéros.

— C'est ça, fit Lien, ravi. Tu demanderas à rencontrer Yeuse.

— La brune qui est si chouette ? Tu la connais ? Elle a un cul superbe.

— Tu lui expliqueras ce que je suis devenu, où je me trouve. Si tu lui demandes de l'argent, elle t'en donnera.

— Et si je lui demande de coucher avec elle ? fit l'autre, cynique.

— C'est à elle de décider, répondit Lien sans se vexer.

— Elle peut me faire connaître des filles ?

— Tu le lui demanderas. Mais elle acceptera certainement de te donner cent dollars. N'oublie pas. Dis-lui que je comparais la semaine prochaine à River Station.

— J'essaierai.

Ce fut une semaine angoissante, mais Lien réussit à tenir le coup. Il y avait plus de deux mois que Jdrou avait été enlevée par les chasseurs de Roux, et plus le temps s'écoulait, plus il craignait de ne jamais la revoir.

La nuit, il rêvait d'elle, de la fourrure moelleuse de son corps, de la douceur de sa vulve. Plusieurs fois il avait voulu la lécher, et Jdrou l'avait repoussé en riant comme une folle. Puis elle l'avait laissé faire. Mais à cause du froid trop vif, froid qui pour elle n'était pas suffisant, ils n'avaient jamais le temps de prolonger leur caresses. Il lui arrivait de claquer des dents, de grelotter et de voir son désir s'évanouir peu à peu. Ne restait plus alors que l'accouplement rapide dès qu'ils étaient ensemble s'il voulait rester tendu.

Au bout d'une semaine il apprit qu'il ne comparaîtrait pas, sans qu'on lui en donne le motif. Il crut devenir fou et ce furent ses compagnons de cellule qui le maîtrisèrent, l'empêchèrent de se ruer sur la porte. Sinon il aurait pris dix jours de cachot, ce qui aurait encore compromis sa comparution devant le tribunal.

Au cinquante et unième jour de sa détention il fut enfin conduit à River Station et rencontra son avocat. C'était un vieil homme poussif qui, une fois enfermé avec lui dans un bureau étroit, sortit une bouteille de vodka de sa poche et la lui tendit.

— Non, dit Lien, merci, mais je suis affaibli. L'alcool m'empêcherait d'être lucide.

— Ce serait préférable, dit l'avocat en reprenant la bouteille pour la porter à sa bouche.

Il en but une sérieuse lampée, la reboucha et la fit disparaître.

— Que voulez-vous dire ?

— Que vous risquez d'en prendre pour dix ans.

Lien crut qu'il avait affaire à un demi-fou.

— Ça ne mérite pas dix ans.

— Il y a récidive. Vous avez par deux fois abandonné votre poste en période de guerre, dont une fois devant l'ennemi de l'Ouest. Il y a eu subversion, vol…

— J'ai demandé le témoignage d'un major.

— Ce n'est pas dans le dossier.

— Il m'avait promis l'amnistie ! hurla Lien Rag. Major Londal sur le front occidental à Transit Station. Il appartient au Génie de la Compagnie. J'ai étudié avec lui le problème de la banquise. Je suis même capable de résoudre certaines difficultés que nul n'a jamais pu réduire… Ça ne compte pas ?

L'avocat ressortit la bouteille, la lui tendit. Lien projeta sa main pour l'envoyer se fracasser contre le mur, mais l'avocat l'escamota avant, avec un regard de reproche.

— On va demander cinq ans, mais vous en aurez certainement dix.

— Vous demanderez mon acquittement, fit Lien exaspéré.

— Vous avez plaidé coupable. Je suis obligé de demander le minimum. C'est la loi.

Il tenait toujours la bouteille à la main. Lien la lui arracha, l'avocat poussa un cri de désespoir, puis se rassura en voyant que son client la dévissait. Lien crut pouvoir boire à la régalade mais l'alcool explosa dans sa bouche pleine d'aphtes, son œsophage et son estomac. Il recracha avec force, crut qu'il allait vomir et appuya son front contre la cloison peu épaisse. On entendait un autre avocat parler d'une voix forte dans le bureau voisin. Sournoisement, le sien récupéra la bouteille de vodka qui pendait au bout de son bras.

— C'est du raide, mais garanti pur seigle. Je ne vous reverrai certainement pas après le jugement. Vous voulez que je fasse quelque chose pour vous ?

— Oui… Il faudrait prévenir quelqu'un… Floa Sadon…

— La fille du gouverneur ? s'écria le vieil homme. Pas question ! J'ai plaidé contre elle il y a un an… Une ligue de vertu l'accusait d'impudeur. Nous avons perdu et depuis je suis sur la liste noire de Sadon.

— Vous pouvez quand même envoyer un mot, un coup de fil disant que Lien Rag est emprisonné dans cette ville ?

— Bon, je le ferai… Mais anonymement. Je ne sais pas si ça servira à grand-chose… La Justice est vraiment indépendante du gouverneur. Sadon n'est pas en odeur de sainteté.

Cette expression frappa Lien Rag.

— Vous voulez dire que les juges sont religieux ?

— Exactement, et les Néo-Catholiques détestent Sadon, et surtout sa fille qui a une conduite scandaleuse. Ne dit-on pas qu'elle a violé un jeune prêtre dernièrement ? Elle l'aurait attaché complètement nu et l'aurait traité jusqu'à ce qu'il soit en mesure de forniquer avec elle.

De nombreuses légendes circulaient sur Floa. Mais elle les méritait en partie. Lien pensait que c'était sa trop grande richesse et sa vacuité qui l'orientaient vers toutes sortes de plaisirs inédits et jugés scabreux par la majorité des gens.

— Il faudrait aussi avertir une certaine Yeuse, du cabaret Miki.

— Oh ! je connais ce cabaret… Je ne manque jamais une représentation et je vois très bien qui est cette Yeuse… Elle pastiche des héroïnes d'autrefois, n'est-ce pas ? Vous connaissez *l'Etuve* ? J'y vais assez souvent.

Un cabaret-sauna. On évoluait dans une vapeur épaisse qui permettait toutes les audaces, toutes les combinaisons sexuelles. On disait que la Sécurité dirigeait en secret ce lieu de débauche pour piéger de hauts personnages, de grands actionnaires de la Compagnie et ensuite les faire chanter. Non pour de l'argent mais pour parvenir à ses fins politiques.

— Vous devriez prendre cette bouteille et la boire d'un coup lorsqu'ils vous condamneront.

— Vous croyez vraiment que je vais en prendre pour dix ans ?

— Je le crois. La Sécurité vous a terriblement chargé. Elle veut vous savoir enfermé dans le train pénitencier pour plusieurs années. Quel danger représentez-vous pour elle ?

Lien ne répondit pas et l'avocat s'en moquait. Il but une dernière gorgée, lui passa la bouteille. Elle était plate et pouvait se glisser dans les vêtements de Lien qui portait la combinaison rouge et noire des détenus. Non isotherme, simplement fourrée d'une matière synthétique.

— D'accord, je la prends, dit-il.

— Je ferai appel, mais ne comptez pas sur moi pour vous défendre à ce moment-là.

— Pourquoi ?

— Ça se passe à G.S.S. et je n'aime pas les voyages. Je suis trop vieux pour cela. Vous savez que je suis commis d'office ? Si jamais vous n'en preniez que pour cinq ans seriez-vous assez aimable pour me faire parvenir une légère preuve de satisfaction sous forme d'honoraires, disons cent dollars par année en moins, hein ?

— Je n'ai pas un dollar, fit Lien, furieux.

— Mlle Yeuse ou Floa Sadon pourront peut-être vous les avancer ?

Il pénétra dans la salle d'audience en fin de matinée. Il y avait énormément de curieux mais ce n'était pas pour lui. On devait juger un assassin qui avait tué une dizaine de personnes et qui comparaissait pour la deuxième fois.

Lien ne songea qu'à chercher Yeuse dans la salle et oublia les magistrats. Il fallut qu'un des gardes le secoue pour qu'il s'intéresse à ce qui se disait de lui. La jeune femme n'était pas présente et le codétenu n'avait pas dû essayer de la rencontrer.

Lien en fut accablé et répondit sans prêter attention aux questions des juges.

— Mais vous êtes drogué ou quoi ? s'exclama le juge suprême. Je vous demande plus de présence.

Dès lors il fit un effort, essaya de justifier ses actions par l'intérêt qu'il portait aux Hommes Roux mais cela laissait les gens indifférents. Il demanda qu'on fasse venir le major Londal comme témoin à décharge, mais on lui rétorqua que tout officier actuellement au front ne pouvait quitter son poste. Il comprit que rien ne pourrait le sauver. Son avocat ne faisait guère d'efforts pour intervenir et le procureur se montra d'une sévérité inouïe. Il affirma que le glaciologue devait tout à la Compagnie, depuis sa formation scientifique jusqu'aux divers avantages reçus et qu'il n'avait jamais cessé de lutter sournoisement contre elle, que tout ce qu'on lui reprochait n'était qu'une accumulation de coups bas, de complots et de machinations contre la Transeuropéenne.

— Il faut que cet homme soit hautement surveillé durant des années, puis rééduqué. Son métier est trop important, ses recherches sur la glace trop lourdes de conséquences pour qu'on puisse désormais lui accorder un statut d'homme libre.

L'épouvante glaçait Lien Rag. Non seulement cet

homme demandait la prison mais également une rééducation qui s'effectuait en milieu psychiatrique et qui pouvait durer éternellement, aucune limite n'étant fixée. Car c'était la Sécurité qui avait choisi ce moyen atroce de le mettre complètement hors circuit. On le traiterait à l'électricité, on pratiquerait au besoin une ou plusieurs lobotomies pour extirper de lui ce qu'il y avait de mauvais pour la Compagnie.

Le jury n'avait plus qu'une voix consultative. Les quatre juges se retirèrent avec lui et leur absence fut très courte, même pas une demi-heure.

Lien fut condamné à six ans de pénitencier et à la rééducation scientifique.

— Nous faisons appel, déclara l'avocat qui n'avait fait qu'une plaidoirie sans intérêt.

Il se tourna vers Lien avec un sourire :

— Six ans ; une victoire, mon cher.

— Quatre cents dollars ? murmura Lien avec un humour grinçant.

Une dernière fois avant de quitter la salle il chercha le beau visage de Yeuse parmi ces faces indifférentes ou franchement hostiles mais ne la vit pas.

CHAPITRE XIV

Ses codétenus fêtèrent sa condamnation comme si c'était une libération. Il avait voyagé dans le fourgon cellulaire, complètement inconscient. Comme si la sentence avait soudain pris la place de son cerveau. Il n'y avait plus que cela, ces six ans, la condamnation à la rééducation scientifique. Il avait oublié la bouteille de vodka, n'y avait songé que dans le compartiment-cellule, l'avait alors sortie parce qu'il se demandait ce qu'était cet objet dur qui cognait contre la couchette. Les autres n'en revenaient pas. Ils tétaient à tour de rôle, lui présentaient la bouteille plate mais il n'en voulait pas. Ils étaient silencieux au début mais peu à peu ils s'égayaient, murmuraient, s'esclaffaient.

— C'est rien, six ans, fit l'un d'eux, comme pour justifier leur joyeuse excitation.

— Moi, j'en prendrai bien pour dix ans.

— Moi pareil.

Il s'allongea sur sa couchette et les laissa se soûler tranquilles. Jamais il n'avait été aussi seul, abandonné de tous. Pas un ami, pas une femme. Yeuse n'avait pas reçu son message ou alors... L'avocat oserait-il téléphoner à Floa Sadon ? Où était Harl Mern ?

Deux jours plus tard il eut dans la vie monotone de cette incarcération une surprise dont il ne sut que penser. Un nouveau gardien venait d'être affecté à l'atelier et il découvrit que c'était Pietr Hansen.

Le bûcheron se tenait à l'autre bout du wagon-atelier avec un collègue et regardait les prisonniers en train de travailler. Lien crut d'abord à un sosie, puis les deux gardiens se rapprochèrent et il fut alors certain que c'était Hansen. Plutôt que de se faire enfermer comme détenu il avait choisi ce métier pour approcher Wukro, qui était toujours isolé dans sa cellule spéciale.

Peut-être parce qu'il était lui-même prisonnier depuis bientôt deux mois, Lien comprit mieux l'obstination de son ami. Pietr avait dû poser sa candidature, suivre un stage professionnel avant d'être nommé comme gardien. Deux mois durant il n'avait eu que ce seul but en tête. S'était-il seulement soucié de sa femme Lena ? Qu'était devenue la belle et plantureuse blonde ? Et les trois enfants pensionnaires d'un éducatorium ?

Il quitta sa place pour aller se rincer les mains à cause de la colle mais surtout pour que Hansen le voie. Le géant le regarda avec une étrange expression et ne le quitta pas des yeux. Une expression professionnelle et méfiante qui démolit les espoirs de Lien. Hansen n'avait qu'un seul but, tuer Wukro, et il sacrifiait tout à cette idée fixe. L'amour de sa femme, de ses enfants et son amitié pour Lien. Ils avaient été véritablement amis. Lien l'avait aidé avec beaucoup de plaisir, n'acceptant qu'un salaire modeste, heureux de vivre sur cette exploitation forestière, ne demandant que de rencontrer Jdrou quelques minutes par jour.

Hansen allait patiemment attendre son heure. Il avait déjà attendu deux mois, il pouvait ronger son frein quelques jours, voire quelques semaines. Un jour il serait affecté dans le wagon où se situait la cellule de sa future victime. Une nuit il monterait la garde dans le couloir et pourrait alors opérer en toute tranquillité. Même torturer Wukro. Personne n'y trouverait à redire ni ne s'indignerait. Au contraire, tout le train-prison serait soulagé lorsque Wukro serait mort, même les détenus, qui le considéraient comme une sorte de vampire humain.

Durant toute la semaine, Hansen fut de garde dans l'atelier, mais pas une fois il n'eut un regard, un geste de connivence pour Lien. Ce dernier ne parvenait pas à croire que son ami, dans une seule optique de vengeance, puisse vraiment l'oublier, mais il fut bien forcé d'en convenir.

Au bout de ces six jours, il s'approcha d'Hansen mais ce dernier mit la main sur l'étui de son arme. Le règlement interdisait d'approcher un gardien à moins de trois mètres.

— Halte, cria le kapo qui dirigeait l'atelier, un détenu condamné à deux ans et qui de ce fait n'irait pas au pénitencier. Rag, à ta place, connard !

— J'étais distrait, s'excusa Lien.

Hansen aurait eu le droit de l'abattre sans que ce crime soulève la moindre protestation.

Dès lors il s'efforça de ne plus lui prêter attention, de l'oublier totalement. La semaine suivante, Hansen reçut une autre affectation et Lien ne le revit qu'un mois plus tard lorsqu'il retourna à la surveillance de l'atelier.

Lien attendait que son appel soit accepté pour être transféré à Grand Star Station. Si la confirmation arrivait bientôt, il reviendrait ici en attendant son transfert dans le train-pénitencier. Il ignorait lequel mais il y en avait plusieurs qui circulaient sur le territoire de la Compagnie. Une chance qu'il n'ait pas été condamné à la déportation ; une façon aussi de le considérer comme droit commun et non comme politique.

Au cent onzième jour de sa détention, il apparut que son appel était accepté sans qu'on lui communique la date de sa comparution devant un autre tribunal. Il était surpris que personne ne se soit manifesté. Ayant dépassé les trois mois de détention, il avait droit à une visite. Celle de Yeuse, ou a défaut Floa Sadon. Celle-ci devait bien se ficher de lui mais il conservait un léger espoir. Il posa la question au kapo du wagon qui ne put lui répondre.

— Tu as droit à une visite, mais si personne ne se présente…

Il avait eu le tort de faire confiance à un détenu libéré et à un avocat alcoolique. Il lui fallait récidiver. Il avait amassé cinquante dollars car il travaillait dur. Ses doigts étaient guéris, durcis par cette couture spéciale et la colle imperméable. Il destinait cette somme à celui qui préviendrait Yeuse. Il aurait préféré Yeuse à Floa.

Un matin il fut conduit dans le fourgon cellulaire, crut qu'on allait le diriger vers G.S.S. mais il se retrouva dans le palais de justice de River Station et retrouva le vieil avocat de la première fois.

— J'ai besoin d'informations complémentaires pour votre appel.

— C'est vous mon défenseur ? Vous affirmiez que vous détestiez les déplacements.

— On me paie et c'est déjà beaucoup.

— Qui vous paie ?

— Je l'ignore, mais j'ai reçu deux mille dollars de façon anonyme.

Il jura qu'il avait écrit à Yeuse du cabaret Miki et téléphoné au palais du gouverneur. Lien pensa que les dollars venaient de Floa car la jeune danseuse n'aurait eu aucune raison de choisir l'incognito. Ces nouvelles lui firent du bien malgré leur manque de précision.

— Je vais essayer de faire convoquer ce major Londal et aussi l'ethnologue, mais je ne garantis rien.

Depuis quelques jours Lien éprouvait de graves remords de conscience au sujet d'Hansen. Il était le seul à savoir que la vie de Wukro se trouvait menacée et il aurait voulu intervenir pour le protéger. Ce qui l'écœurait, c'était la pensée que le prisonnier allait être abattu sans aucune chance de se défendre. Hansen usait des méthodes les plus répugnantes pour parvenir à ses fins.

Il ne pouvait envisager de confier ses scrupules à ce vieil avocat alcoolique ni à quiconque appartenant au personnel de la prison. Il retourna au train-prison sans avoir décidé de ce qu'il ferait.

Chaque matin il redoutait d'apprendre que Wukro avait été descendu. Le motif serait simple : tentative d'évasion ou de rébellion. Hansen pouvait affirmer qu'ayant entendu des bruits suspects, il avait ouvert la porte de la cellule, que le dément lui avait sauté dessus et qu'il l'avait abattu.

Mais il découvrit que le jeu de Hansen était beaucoup plus subtil lorsqu'on commença à parler dans l'atelier et dans les compartiments-cellules de l'étrange comportement de Wukro.

« Il a des cauchemars effroyables… Il dit qu'il entend des voix la nuit et qu'il voit le visage d'une femme… Une femme qu'il aurait violée en la mordant terriblement et en la déchirant de ses ongles. »

« Il la voit dans sa cellule, il devient fou. »

Lien était le seul à pouvoir expliquer ce phénomène. Hansen disposait d'un projecteur hologramme et c'était une représentation fictive mais en trois dimensions de sa femme Lena qu'il projetait au détenu. Il suffisait d'un trou minuscule, d'une fente, pour que le faisceau de l'appareil pénètre dans la cellule. Pietr disposait d'une caméra holographe et filmait souvent sa femme. Il avait même filmé Jdrou et Lien en train de s'embrasser.

Pourtant un jour il essaya d'expliquer ce qui se passait :

— Il y a un type qui s'amuse à faire peur à Wukro avec un projecteur spécial.

On le regarda avec stupeur. Seul un gardien pouvait disposer d'un tel appareillage. Lien Rag accusait donc un membre du personnel de surveillance.

— Tais-toi sinon tu auras des ennuis, lui dit un de ses compagnons.

— Comment un gardien pourrait-il connaître cette femme que Wukro aurait violée ? demanda un autre. Posséder des films hologrammes sur elle ?

— Il n'y a qu'à demander à Wukro s'il se souvient du nom de sa victime. Elle était peut-être la parente d'un des gardiens.

— Ecoute, Rag, si tu sais quelque chose, tu ferais mieux de la boucler. Ce n'est jamais bon ce genre d'histoires et tu pourrais avoir des ennuis.

Dans la nuit il réfléchit longuement sur ce qu'il pouvait faire. Peu à peu il découvrit qu'il haïssait Hansen pour son indifférence. Dans ce milieu carcéral froid et cruel, un regard, un signe l'auraient réconforté. Il n'attendait pas de son ami une complicité pour préparer une évasion mais ne supportait pas que l'autre l'ignore à ce point. Ce n'était pas le destin de Wukro qui l'intéressait.

Le lendemain, au début de l'après-midi, il cousait ses bottes lorsque le gardien qui venait d'entrer cria son nom et ajouta :

— Visite !

Ce fut le kapo et un adjoint qui le prirent en charge. Il dut se laver les mains pleines de colle, mais il tremblait d'impatience, d'espoir. Le parloir était au centre du train-prison et partagé par un grillage épais. Il n'y avait que deux autres détenus et, de l'autre côté, créant l'événement, Floa en manteau de fourrure blanc, une toque en même matière sur ses cheveux blonds. Elle s'approcha, accrocha le grillage de ses mains gantées de cuir fin, blanc lui aussi.

— On gèle là.

Elle lui tendait sa bouche entre deux fils du grillage, un losange de cinq centimètres sur cinq. Il appuya ses lèvres et éprouva un plaisir délicieux, comme s'il venait de boire un liquide frais et parfumé.

— Tu es incorrigible, murmura-t-elle. Cette fois on ne pourra pas grand-chose pour toi. Papa a de l'estime, de la reconnaissance, mais il est quand même limité.

— L'avocat de River Station, c'est toi ?

— Le vieux Ben ? Une ordure qui a essayé de me faire condamner. Si j'avais voulu coucher avec lui il aurait essayé de calmer les ligues de vertu.

A l'avance, Lien Rag se sentait déçu, las. Floa Sadon ramenait tout au sexe, à son corps, à sa beauté. Il était certain qu'elle était nue sous sa fourrure, qu'elle finirait par le lui dire en espérant qu'il en serait terriblement excité. Elle en retirerait une jouissance, un besoin frénétique de faire l'amour qu'elle assouvirait une fois sortie de ce train-prison.

— J'ai déposé de l'argent pour toi, au greffe.

— Merci, dit-il. Je vais aller en appel.

— Mais je suis au courant. J'ai vu ton dossier… Je suis allée trouver le vieux Ben et je me suis laissée un peu faire tandis qu'il mettait le dossier sous mon nez. Oh ! trois fois rien ! De toute façon il n'est pas capable de faire du mal à une femme… Pourquoi astu déserté cette fois-ci ?

— Pour une fille.

— Jolie ?

L'œil de Floa s'allumait. Une jolie fille la troublait autant qu'un beau garçon.

— Une Fille Rousse.

— Non !

Elle pouffa :

— Tu y es venu, toi aussi ?

Elle paraissait ravie qu'une complicité sexuelle inédite existe à nouveau entre eux.

— Tu sais, fit-elle, un peu haletante, avec les mâles, c'est extraordinaire comme impression. Je ne sais pas si les femelles… Il n'y a pas de gouines chez elles.

A nouveau elle pouffa, regarda autour d'elle comme si elle craignait qu'on l'entende, mais en fait elle aurait souhaité qu'on l'ait fait. Lien la connaissait bien.

— C'est comment, spécial ? Au fait, tu prenais des médicaments ?

— Des médicaments ?

— Bien sûr, pour trouver un juste milieu. Deux pilules pour toi, l'une vasoconstrictrice, augmentation métabolique pour la seconde. Tu peux en faire prendre à ta partenaire, mais évidemment vasodilatatrice et diminuant le métabolisme. C'est super. Tu peux rester deux ou trois heures dans trois ou quatre degrés sans le moindre ennui, mais il faut éviter de dépasser la dose. Une fois par semaine, deux au maximum. C'est assez épuisant. On est ensuite sur le flanc pendant quelques jours. D'autant plus que durant ces deux heures, moi je me donne à fond. Cette fourrure si douce et puis surtout cette verge énorme…

Elle se mit à rire :

— Penses-y avec ta petite copine Rousse, la prochaine fois… Mais excuse-moi, tu n'es pas près de la revoir, je pense… Je suis incorrigible, je fais des gaffes… Mais peut-être que tu obtiendras une réduction de peine ?… Papa a essayé de te faire engager comme chasseur de Roux, mais c'était trop tard. Si seulement tu avais pu demander un permis à temps ! Tu sais, j'ai mis ce manteau que tu connaissais. Tu t'en souviens, non ?

— Oui, bien sûr.

Mal à l'aise, il redoutait la suite, qu'elle avoue sa nudité sous la fourrure. La retrouver tout identique à elle-même, toujours préoccupée de son image scandaleuse, obsédée ou jouant à l'être. Certains disaient qu'elle était frigide, qu'elle mimait le plaisir, et Lien n'avait jamais pu savoir.

— Tu sais que Kurts a déclaré la guerre aux Chasseurs de Roux ?

— Le Pirate des Glaces ?

— Bien sûr.

Elle soupira. Ayant été sa captive plusieurs semaines, elle paraissait jouer celle qui regrette. Kurts était un métis de Roux et de Femme du Chaud. Elle avait regretté d'être libérée. Il s'en souvenait fort bien. On avait dû la contraindre à quitter Kurts.

— Il a attaqué un convoi qui ramenait des Roux en cage, les a libérés, ramenés dans le Nord. Tu sais, il surgit à bord de son énorme locomotive quand on ne l'attend pas. C'est extraordinaire, fantastique. C'est comme un archange qui viendrait pourfendre les imbéciles. Mais pour en revenir à toi, nous allons faire le maximum.

— Pourrais-tu ?.., commença-t-il.

Comment lui confier une telle mission ? Mais il était si démuni, si éperdu dans cette prison qu'il se raccrochait à elle.

— Cette Fille Rousse ? Tu veux que je la retrouve ?

— Elle a dû transiter par ce fameux camp secret… Elle s'appelait Jdrou.

— Tu sais, ils ne tiennent pas une comptabilité, ni des fiches. Le gars que j'ai connu s'appelle Lark. Enfin je le prononce ainsi. D'après mes calculs, il n'aurait que quinze ans. Tu te rends compte ?

Il craignit qu'elle ne donne encore des détails anatomiques sur son amant Roux et il lui coupa la parole :

— Elle a été capturée dans une exploitation forestière appartenant à un certain Pietr Hansen. Tu te souviendras ?

— J'ai bonne mémoire, en général. Je ferai mon possible. Tu sais qui travaille là-bas ? Harl Mern, le vieux prof… J'ai pris des photos superbes et la prochaine fois je te les apporterai.

— Harl Mern ? Est-ce qu'il va témoigner à mon procès en appel ?

— Pourquoi pas ? Je lui dirai que je t'ai vu la prochaine fois que nous irons au camp de transit avec papa. Si tu voyais ma collection de photos… Il y a de quoi m'envoyer en prison moi aussi.

— Tu connais la date de mon procès ?

— La date, non, mais je peux la savoir ; je t'écrirai… Tu te doutes que je ne porte rien sous mon manteau ? Je le vois dans ton regard… Tu es quand même intéressé, même si tu penses à ta petite Rousse…

— Tu sais, avec moins de mille calories par jour, il est des choses qui deviennent inexistantes.

— Non, fit-elle en ouvrant de grands yeux, c'est vrai ? Tu blagues, je ne te crois pas.

— Dis au gouverneur que la ration est nettement insuffisante et qu'ici il n'y a plus un homme en état de copuler.

— Je ferai la commission. Tu m'embrasses ?

Perfide, elle lui enfonça une langue tiède et humide entre ses lèvres sèches. Et contrairement à ce qu'il prétendait, cela le troubla vraiment.

CHAPITRE XV

Huit jours avant le procès en appel, il fut transféré à Grand Star Station. Ce fut un voyage très dur en compagnie de détenus que l'inquiétude rendait violents. Un voyage de trois jours et ensuite l'incarcération dans la prison même du grand palais de justice de la capitale.

Mais maître Ben vint souvent le voir, lui apporta de bonnes nouvelles. Il avait une lettre de Yeuse qui n'avait rejoint G.S.S. que depuis peu et qui était décidée à tout faire pour le sortir de là. Il avait aussi la certitude que le major Londal assisterait au procès ainsi que l'ethnologue Mern.

Le gouverneur Sadon de la 17e Province enverrait une lettre flatteuse à son sujet.

— J'ai grand espoir, grand espoir, fit l'avocat en se frottant les mains.

Le jour du procès, il vit surtout le sourire tendre de Yeuse, perdue dans la foule. Londal vint témoigner et affirma que le jeune glaciologue serait plus utile sur le front de l'Ouest que dans un pénitencier. Mais maladroitement il indisposa les magistrats en laissant entendre que la flotte connaissait d'énormes difficultés sur la banquise.

Harl Mern dit que la science de Rag serait utile pour l'étude des Hommes Roux, mais ce ne fut pas très bien accueilli.

La sentence fut exactement la même que celle de River Station. On ramena Lien Rag, effondré, dans sa cellule et il n'eut même pas la ressource de voir son avocat lui apporter de l'alcool, maître Ben s'étant volatilisé à la fin de l'audience.

Mais Yeuse réussit à lui rendre visite. Il n'osait pas la serrer dans ses bras mais ce fut elle qui le fit. Il comprit qu'elle était toujours très amoureuse de lui

— Il faut que tu t'en sortes, murmura-t-elle. Je suis prête à tout.

— Harl Mern ne t'a rien confié ?

— Pour cette fille, Jdrou ? Elle a transité par le camp où il travaille mais il n'a pu savoir vers quel endroit elle était ensuite dirigée. Il paraît que c'est Sadon qui répartit les Roux en fonction des pots-de-vin qu'il reçoit. Il les vend littéralement pour des sommes allant parfois jusqu'à deux cents dollars et par paquets de vingt. Il est en train de se faire une fortune.

Il eut l'impression qu'elle lui cachait autre chose mais ne put lui faire dire que Jdrou était enceinte de deux mois lors de son passage au camp, donc de six actuellement.

— Il faut que je m'en sorte, dit-il. Mais je n'ai pas d'argent.

— Moi, j'en ai, dit-elle. Il est à ta disposition.

— J'ai une seule possibilité. Un gardien : Pietr Hansen.

Yeuse le regarda comme s'il délirait :

— Hansen, ton ancien associé ? Le bûcheron ?

Rapidement il lui expliqua ce qui s'était passé depuis.

— Tâche de savoir ce qu'est devenue sa femme, je crains la pire des nouvelles.

— Je le ferai. Hansen t'aidera ?

— Non. Obnubilé par sa vengeance, il n'a pas daigné me faire un seul signe.

— Peut-être ménage-t-il l'avenir ?

— Je ne pense pas. Il est fou et toute son énergie passe dans la réalisation de son plan. Je me demande même s'il me reconnaît. C'est lui qui me fera évader. Lui qui me fournira une combinaison isotherme, un véhicule garé pas trop loin du train-prison.

— Si je comprends bien, il s'agit de le faire chanter, dit Yeuse très pâle.

— Oui, c'est cela ou le pénitencier où je n'aurai aucune chance. Je vais au maximum avoir huit jours devant moi.

— Tu t'évades et ensuite ?

— Je ne sais pas, avoua-t-il. Je me suis efforcé d'y réfléchir mais en vain.

— Le cabaret, dit-elle. Le directeur cherche un personnage qui puisse jouer un rôle difficile.

— Lequel ?

— Celui d'un Homme Roux. Il a une fourrure parfaite. Ce serait un rôle assez médiocre, grossier. Uniquement basé sur les facultés sexuelles de ces hommes-là.

— C'est dégueulasse, dit-il.

— Oui, mais la meilleure façon de voyager incognito. Pour l'instant je ne vois pas autre chose. Nous quitterons G.S.S. dans peu de temps pour voyager dans le Sud. Tu pourrais trouver un endroit tranquille…

— Floa Sadon m'a promis de rechercher Jdrou.

Yeuse ferma les yeux et parut avoir des difficultés à respirer.

— Tu n'es pas bien ?

— Tu utilises toutes les femmes que tu as connues pour retrouver la seule qui te plaise… Je suis effroyablement jalouse, même si je ne le montre pas et je souffre terriblement. Mais je ne supporte pas que cette Floa participe à ton évasion…

— Bon, dit-elle, revenons au projet. Il faut que je retienne la liste précise de tout ce dont tu as besoin.

On le ramena à River Station et, au greffe du train-prison, il apprit que son transfert au pénitencier ne s'effectuerait pas avant dix à quinze jours.

— Il faut attendre que le Spécial G12 passe à proximité, lui dit le détenu-secrétaire, et ce ne sera pas pour tout de suite. En ce moment il est sur le front de l'Est et les gars creusent un tunnel dans la glace.

Il revit Hansen mais celui-ci continua à rester

indifférent. Yeuse n'avait pu encore le contacter très certainement. Par contre Floa revint le voir, l'embrassa. Elle portait le même manteau blanc.

— Je suis désolé, chéri, vraiment... Papa pense que tu ne feras que trois ans mais il y a la rééducation scientifique et mon père ne peut absolument pas intervenir.

— Tu as des nouvelles de Jdrou ?

— Ah ! j'oubliais. Voyons que je regarde.

Elle sortit un papier mais le gardien intervint :

— Défense de le donner au prisonnier.

— Bien sûr, fit-elle avec une œillade qui le laissa pantois.

La tribu de Jdrou avait été dirigée vers l'Est. D'après les papiers du gouverneur, ils devaient travailler sur le dôme d'une ville nommée Purple Station.

— Ils ont demandé deux cents Roux et papa n'arrivait pas à fournir. Il n'arrive d'ailleurs toujours pas à fournir...

D'où trafic d'influences, pots-de-vin.

— Tu sais que ce cher Kurts fait des siennes ? Il terrorise les chasseurs et il n'y a plus que très peu d'arrivages au camp de transit. C'est un être fabuleux, un chevalier du Moyen Age.

— Purple Station, répéta Lien Rag, je vois où se trouve cette cité.

— Pourquoi l'appelle-t-on ainsi ? fit Floa qui continuait à faire les yeux doux au gardien.

— Peut-être à cause du centre médical qui stocke le sang humain. Il y a une vieille tradition dans ce pays.

Avant de partir, Floa lui demanda ce qui lui ferait le plus de plaisir.

— Je sais que tu vas partir pour cet horrible pénitencier… Je ne pourrai pas revenir… J'en suis navrée… Tu veux que j'ouvre mon manteau pour que tu te souviennes de moi ?

Devant tant de perversité naïve, Lien sourit et elle prit cela pour un acquiescement. Elle écarta les deux pans et il put voir son joli corps bronzé. Elle était intégralement nue. Le gardien qui venait sournoisement vers eux en poussa un léger cri de surprise et elle continua tranquillement son cxhibition.

— Tu vas toujours à ce club de vacances ? demanda-t-il.

— Plus que jamais.

Un endroit fantastique réservé aux milliardaires de la Compagnie. La reproduction fidèle d'un paradis d'autrefois, une plage de sable fin, du soleil, la mer bleue et trente degrés de chaleur. Il y avait passé des heures éblouies et amères. Tout n'y était qu'illusion électronique mais réalisée comme un véritable chef-d'œuvre.

— Terminé, dit-elle à l'adresse du gardien, mais ne vous plaignez pas de la qualité du spectacle.

Puis ce fut l'attente. Lorsqu'une semaine complète se fut écoulée, il commença à douter d'Yeuse. Non de sa volonté mais de ses possibilités. C'était une fille trop généreuse, trop pétrie d'humanité pour oser faire chanter un homme comme Hansen.

Elle avait dû commettre une erreur, justement parce qu'elle détestait ce marché-là.

Il devenait fébrile, hargneux, et ses compagnons de

cellule le fuyaient. Il eut quelques avertissements à l'atelier et essaya de se dominer. Une fois dans le pénitencier G12, il n'aurait jamais plus cette possibilité.

Un après-midi il se leva pour laver ses mains et, comme l'eau n'était pas très chaude, il grommela. A ce moment-là Pietr Hansen rentra pour parler au gardien et parut le désigner. Le gardien appela le kapo qui transmit la sentence à Lien Rag :

— Deux jours de cachot et sur-le-champ.

Pas un instant il ne pensa que c'était le jour J de son évasion tellement tout se passa naturellement. Il se débattit même un peu lorsqu'on voulut le fouiller.

Ce ne fut qu'une fois dans le compartiment glacé, tout au fond du dernier wagon, qu'il comprit qu'Yeuse avait parfaitement réussi. Et qu'il réalisa qu'il avait monnayé la vie de Wukro contre sa libération. Le truand aux griffes noires et aux dents de carnassier allait mourir dans des conditions horribles. Quelle différence entre lui et Pietr Hansen ? L'un et l'autre poursuivaient une idée fixe ; l'un la vengeance, l'autre l'amour, mais tous deux usaient de procédés méprisables.

Une heure durant, dans un froid terrible, il chercha l'issue et la découvrit enfin. La tinette basculait. En dessous, il découvrit la glace de la planète tandis que le froid horrible montait jusqu'à lui. Mais il y avait là un ballot enveloppé dans un plastique spécial « froid ». Il l'attira à lui, referma la trappe. Cinq minutes plus tard il avait revêtu la combinaison isotherme qui commençait à le réchauffer lentement ainsi que les bottes spéciales, ces bottes dont il avait cousu la doublure des mois durant.

Il sortit par la tinette, rampa entre les rails. Il eut l'impression de le faire pendant des heures. Au moins quatre-vingts wagons-cellules. Lorsqu'il parvint sous le dernier, il était si épuisé qu'il resta allongé à reprendre son souffle.

Aucune draisine n'aurait pu s'approcher du train-prison sans donner l'alerte. Il devrait donc marcher pendant au moins deux kilomètres. Jusqu'à ce qu'il rencontre un aiguillage. Il devrait encore parcourir la même distance et découvrirait alors quelque chose, il ne savait quoi : Yeuse ou un envoyé, ou une voiture.

Il économisait ses forces. Durant quatre mois il n'avait jamais parcouru guère plus de cent mètres dans une journée et les muscles de ses jambes s'étaient atrophiés.

Ce fut dur, très dur, et il se coucha plusieurs fois sur la glace, prêt à mourir. Mais la chaleur de sa combinaison assouplissait ses jambes et bientôt il récupéra suffisamment pour atteindre l'aiguillage. Il emprunta une voie qui s'enfonçait dans une sorte de chaos glaciaire. Une voie qui ne servait que très rarement car, en certains endroits, elle était recouverte d'une couche épaisse de glace et nul courant ne venait la dégivrer.

Il découvrit une très ancienne station déserte, démolie, trois wagons en bois regroupés pour former un bâtiment. Il tourna autour et finit par repérer la flèche avec ce nom gravé dans le bois créosoté : Yeuse.

Il partit alors à travers le no man's land et ce fut effrayant que d'abandonner le cordon ombilical des rails. Certes il avait vécu des aventures semblables, lorsqu'il était parti dans le Grand-Nord par exemple, mais c'était chaque fois une rupture déchirante. Il était de cette génération qui dépendait étroitement de la voie ferrée, de la Compagnie. Il réalisa cette nuit-là que même s'il combattait la Compagnie, il ne souhaitait pas sa disparition. Il n'était pas un matricide et la Compagnie pouvait être très douce, très maternelle pour ceux qui la servaient bien. Lui, il devenait un rebelle, un enfant ingrat et, en errant dans cette étendue glacée où il n'apercevait pas un seul rail, il se surprit à regretter ses folies.

Il trouva un autre écriteau avec simplement un Y gravé dans le bois. Comment avait-elle fait pour établir cette piste, elle qui ne quittait jamais le cabaret Miki ?

Au bout d'une heure il crut qu'il n'y parviendrait jamais et en voulut terriblement à Yeuse qui avait présumé de ses forces. Elle n'avait pas tenu compte de ces quatre mois d'internement, s'imaginait qu'il était indestructible. Si le jour se levait avant qu'il n'ait atteint son but, c'était fichu. L'alerte serait donnée par le détenu qui lui apporterait le seul bol de soupe auquel il avait droit pour sa journée de cachot.

Mais il marchait toujours et de temps en temps trouvait une petite pancarte enfoncée dans la neige. Curieusement, elle ne dépassait que de cinquante centimètres et n'était pas à la hauteur normale d'un homme. Il comprit pourquoi lorsqu'il retrouva Yeuse et la draisine de location.

Il avait parcouru près de cinq kilomètres entre deux voies ferrées, celles-ci appartenant à un réseau secondaire. Jamais la Sécurité n'imaginerait cette astuce. Elle était due au nain du cabaret Miki qui avait tout imaginé, était lui-même allé planter les pancartes à partir de la petite station abandonnée. C'était encore lui qui, juché sur le siège, pilotait la draisine.

Sans un mot, Yeuse lui tendit un gobelet de thé bouillant coupé de vodka.

CHAPITRE XVI

La nouvelle attraction du cabaret Miki attirait un très grand nombre de spectateurs dans toutes les villes où le spectacle se produisait. On venait voir cet Homme Roux qui apparaissait à plusieurs reprises sur scène dans la soirée. Il n'y faisait rien d'extraordinaire, ne faisait même pas rire, mais sa présence parmi ces jolies filles dénudées et ces travestis avait quelque chose qui choquait ou faisait réfléchir, selon la nature des gens. A part quelques naïfs, personne n'imaginait que c'était véritablement un Roux qui évoluait sous leurs yeux, mais il restait comme un doute, un besoin équivoque de croire que cette fourrure cuivrée n'était pas un postiche.

Les ligues de vertu s'étaient indignées les premières de l'obscénité du numéro, avaient exigé en vain que cet acteur Roux ou non porte au moins un slip pour cacher son formidable appareil génital, mais le directeur du cabaret n'avait tenu aucun compte de leur exigence ni de leurs menaces. Dans chaque ville, il y avait une campagne des médias, quelques manifestations devant l'entrée du cabaret, mais les quelques dames véhémentes qui prêchaient le boycott étaient vite submergées par l'afflux des curieux qui payaient cher le droit d'assister à cette exhibition.

Jusque-là la Sécurité s'était contentée de quelques questions discrètes au directeur qui avait affirmé qu'il s'agissait bien d'un acteur déguisé.

Au cours d'une représentation, l'évolution des esprits observait le même schéma. Il y avait toujours des excités pour siffler et injurier l'Homme Roux, les mêmes qui demandaient l'extermination des Roux par pure volonté raciste dans laquelle la morale sexuelle n'avait aucune place.

— Mais je suis parti d'une idée très simple, expliquait le directeur aux journalistes qui l'interviewaient régulièrement. Les gens ne prêtent jamais attention aux Hommes Roux qui raclent la glace au-dessus de nos têtes. Ils les ignorent même superbement, vivent comme s'il s'agissait d'animaux familiers un peu déplaisants... Tenez, jadis avant l'ère glaciaire, il y avait dans la vie de tous les jours des insectes, des mouches, des abeilles, des moustiques. On s'en protégeait avec des moustiquaires, par exemple, dans les pays chauds où ils abondaient. Mais ce n'étaient que des animaux. Nous vivons à proximité d'humanoïdes sans leur accorder un regard, sauf quelques dames puritaines qui se sentent outragées lorsqu'elles lèvent les yeux vers le dôme des villes.

En général il soulevait quelques rires égrillards et continuait avec encore plus d'aisance son exposé :

— Mon idée a été de faire descendre un de ces hommes d'un dôme et de l'exhiber, et voilà que chacun de nous se sent subitement concerné, intéressé.

— Pourquoi pas une femelle ?

— Eh bien, disons que ce mâle m'a paru intéressant pour différentes raisons, dont la plus évidente est qu'il puisse supporter une température assez élevée durant quelques minutes. Après quoi il se hâte de rejoindre son compartiment transformé en chambre froide.

Et il faisait alors visiter ce compartiment où régnait une température de moins vingt degrés, montrait la litière de l'Homme Roux, l'écuelle où il prenait sa nourriture.

— Allez-vous vous transformer en montreur de phénomènes comme dans les cirques de jadis ?

— Pas du tout. Si je peux convaincre une Femelle Rousse, j'en serais ravi, mais ce sont des êtres normaux, splendides. Il ne faut pas compter sur moi pour exhiber de pauvres monstres.

— Allons, monsieur le directeur, avouez tout, dites-nous que tout cela n'est qu'une habile mise en scène, que votre Homme Roux n'est qu'un homme déguisé.

— Je regrette de devoir vous affirmer le contraire. Rana est véritablement un Roux qui appartient à la race des cuivrés.

Mais partout la curiosité restait aussi vive. Les gens venaient voir de près ce qu'ils n'avaient jamais vu que de très loin et sans jamais y attacher d'importance.

Lien Rag n'avait jamais accepté de gaieté de cœur ce rôle ingrat qui lui paraissait insulter tout le Peuple des Glaces. Mais il convenait que c'était la meilleure façon de se cacher pour l'instant et de se rapprocher de Purple Station, où Jdrou travaillait avec sa tribu à dégager la coupole de sa glace.

— Votre Rana a l'air triste, disait-on au directeur.

— Il se sent bien seul dans cette troupe. Il ne connaît que quelques mots usuels. Il a la nostalgie des grands espaces glacés.

— Pourquoi accepte-t-il de rester ?

— Peut-être parce qu'il éprouve pour nous la même curiosité que nous éprouvons pour lui.

Cette fois les rires qui suivaient cette sorte de boutade n'étaient pas aussi spontanés.

— Personne n'y croit, mais tout le monde fait semblant parce que, dans le fond, chacun souhaite que ce soit possible. Vous savez pourquoi ? Parce que la vue de Rana sur scène satisfait un rêve vieux de deux cent cinquante ans. Chacun pense que si un Roux peut vivre parmi nous, nous, nous pourrons un jour vivre en dehors des dômes et des voitures isothermes, sans combinaison chauffante. Voilà ce que vos apparitions éveillent d'espoirs fous au cœur des hommes, mon cher ami.

— Dans ce cas, vous aurez des ennuis avec la Compagnie. Si les hommes commencent à penser qu'on pourrait vivre en dehors de ses installations, qu'ils pourraient un jour se passer de cette mère toute-puissante, gare à vous, monsieur le directeur. La Compagnie ne vous le pardonnera pas.

— Vous vous trompez. Elle sait parfaitement qu'il faut quelques soupapes. La libéralisation des mœurs au cours des dernières années en est une, et vous en êtes une autre.

— Je n'y crois pas. Les gens sont pervers et viennent voir de près ce sexe surprenant qu'ils n'osent pas trop examiner lorsqu'il faut ostensiblement lever la tête pour le faire. Les femmes viennent pour satisfaire quelques fantasmes et les hommes par masochisme, pour voir la preuve qu'ils ne sont pas les plus forts dans ce domaine. Dire qu'il ne s'agit que d'un peu de fourrure garnie de plastique.

— Vous êtes sévère pour nos compatriotes, lui reprochait le directeur.

Lorsque les racistes avaient fini de huer et de siffler, la majorité des spectateurs se montrant très fermes pour qu'ils se taisent, chaque apparition de Rana, l'Homme Roux, provoquait une rupture dans les rires ou dans l'attention portée aux tableaux de la revue, laissait place à un silence subit que seuls quelques rires nerveux, souvent féminins, troublaient. Lien Rag donnait tant de dignité à son personnage que, dès qu'il surgissait sous la lumière des projecteurs — une lumière d'un bleu acier rappelant celle des glaces non polluées — les conversations cessaient et il fallait aux siffleurs quelques secondes pour en finir avec leur stupeur.

Le directeur, au début, n'était pas d'accord. Il aurait souhaité une apparition plus cocasse, une sorte de pastiche, mais Lien Rag avait refusé tout net.

— Je ne les tournerai jamais en dérision, dit-il. Le seul fait d'endosser cette fourrure est déjà une atteinte à leur fierté. Je veux que les gens qui viendront, même si c'est le côté scabreux de mon personnage qui les attire, ressortent de votre salle en éprouvant au moins un doute, en se posant quelques questions. Peut-être regarderont-ils alors d'un œil nouveau ceux qui raclent la glace au-dessus de leur ville.

— Vous êtes un idéaliste, lui rétorqua le patron du Miki. Mais je vous donne huit jours pour me convaincre. Sinon il vous faudra jouer les gugusses.

Dès le deuxième soir, c'était en partie gagné. Il y eut des réactions violentes dans la ville de Grand Star Station. On cassa un peu les sièges, on bouscula les ouvreuses très dénudées parce que cette apparition choquait par son réalisme. On s'attendait à une pantalonnade, à une exhibition grotesque et pornographique, on pensait que le faux Homme Roux mimerait sur scène quelques accouplements audacieux avec les danseuses et les travestis au besoin. Mais le jeu sobre et parfaitement démarqué des attitudes habituelles des Hommes Roux était plus que les premiers spectateurs ne pouvaient en supporter.

— Ça marche, ça marche, disait le directeur, ravi. Quelques fauteuils cassés, quelques filles molestées et c'est le double de spectateurs par la suite.

Les journalistes essayaient pourtant de percer l'identité de ce Rana. Ils avaient fait une enquête serrée mais n'avaient pu percer à jour le mystère de l'Homme Roux.

— Quelle est son attitude avec les filles de la troupe ? demandaient-ils souvent.

— La vie intime de ces demoiselles ne me concerne pas, répondait le directeur.

— Vous n'avez pas peur d'être poursuivi pour atteinte à la pudeur ? Vous avez de plus en plus de ligues de vertu qui signent des pétitions. Il y a parmi les membres de gros actionnaires de la Compagnie.

— Les Néo-Catholiques sont aussi scandalisés et le père Ignace vous prend souvent à partie dans ses prêches tonitruants.

Depuis longtemps le père Ignace prêchait contre les Hommes Roux en général, dans lesquels il voyait l'incarnation du démon puisqu'ils étaient la progéniture maudite du Froid, le mal absolu comparé au Chaud qui résultait de la bonté de Dieu.

Le directeur n'ignorait pas que Lien Rag s'était évadé de la prison-train de River Station, qu'il était recherché par la Sécurité et qu'il risquait d'être inculpé pour complicité.

— Moi, je ne sais rien, avait-il dit. Vous êtes venu me proposer ce numéro et je l'ai accepté.

— Je ne vous mettrai jamais en cause, avait promis Lien Rag.

Son cachet avait rapidement augmenté et il avait déjà économisé une somme importante. Il occupait un compartiment comme celui de Yeuse. Leur intimité n'était pas aussi profonde qu'on aurait pu le croire. La jeune femme ne lui refusait pas l'entrée de son compartiment mais elle restait sur une sorte dc défensive.

Le cabaret commença une très longue tournée vers le Sud en passant par River Station où il s'établit pour une dizaine de jours et Lien Rag découvrit, le deuxième soir, Floa assise au premier rang en compagnie d'un très jeune garçon. Elle portait une robe noire qui la dénudait avec un art subtil.

Après le final, le directeur, affolé, vint trouver Lien Rag dans son compartiment.

— La fille du gouverneur veut vous voir... Je lui ai bien dit qu'aucune visite n'était autorisée mais elle insiste... Comme elle n'est pas une personne ordinaire... Je ne peux pas refuser.

— Alors dans le compartiment spécial. Elle n'y tiendra pas dix secondes.

— Vous non plus.

— Avec cette fourrure au moins une minute.

Il était assis dans un coin lorsqu'elle entra, vêtue d'un long manteau gris. Il se leva et elle le détailla de la tête aux pieds. Elle avait le visage bleui par le froid mais elle devait faire un effort. Lien avait craint qu'elle ne prenne ses fameux médicaments vasoconstricteurs et celui agissant sur le métabolisme mais, apparemment, il n'en était rien. Lui-même commençait à subir les morsures profondes du froid. Floa sortit soudain un appareil photographique de son manteau et prit plusieurs clichés.

Lien attendit dix secondes avant de sortir à son tour de cet enfer et se précipita sous la douche brûlante. Yeuse dut ensuite lui préparer un thé bouillant avec quelques remèdes.

— J'ai cru qu'elle m'avait percé à jour, dit-il entre deux claquements de dents, mais ce n'était que la curiosité perverse qui l'amenait là. Je crains toutefois qu'elle ne revienne mieux armée pour supporter le froid et qu'elle veuille...

Mais soit qu'elle ait été déçue par cet Homme Roux, soit qu'elle ait mieux à faire avec son amant en titre, elle ne revint pas. Il y eut des salles remplies à bloc durant les dix jours de séjour à River Station et Lien prit conscience que les autres artistes de la troupe commençaient à lui battre froid. Yeuse elle-même devenait de plus en plus distante.

— Je vous quitterai à Purple Station, lui dit-il.

— Et si Jdrou ne s'y trouve pas ?

— Je continuerai à la chercher.

Durant son séjour à River Station, il commanda une nouvelle combinaison isotherme. Il envoya Yeuse chez le fabricant avec ses mesures, exigea ce qui se faisait de mieux. Les progrès en cette matière ne cessaient d'évoluer et il obtint pour une somme énorme — qui représentait tous ses gains depuis qu'il avait été engagé dans le cabaret — une véritable merveille. Légère, elle collait parfaitement au corps et il pouvait enfiler par-dessus sa fourrure d'Homme Roux.

Le directeur, pensant qu'il cherchait à perfectionner son personnage, trouva l'idée fabuleuse, lui remboursa la moitié de ses frais.

— Nous allons annoncer à la presse que demain vous allez passer le sas Nord de la ville et vous promener au-dehors. Cette fois ils seront bien forcés de croire que vous êtes réellement un Roux.

Lien commença par refuser. Puis il accepta un compromis :

— Dans la prochaine ville où nous ferons étape.

— L'impact sera moins important que dans cette capitale de province. La prochaine ville, c'est Round Station, et nous n'y resterons que trois jours.

— A River Station les risques sont trop grands.

Cette démonstration eut lieu à Round Station. Mais elle faillit mal tourner. Lien se trouvait en dehors de la ville en train de faire le tour de la base du dôme pour rejoindre l'autre sas lorsque soudain il tomba dans le piège tendu par les journalistes. Ils le suivaient sur la grande ceinture à bord d'un loco-car et, soudain, ils pénétrèrent derrière les buissons épineux qui empêchaient de s'enfuir les Roux travaillant sur le dôme. Les gardiens avaient accepté d'ouvrir le passage d'accès et ils signifièrent à Lien de les rejoindre. Ils étaient tous en combinaisons isothermes et désignaient quelques Roux en train de manger les nourritures apportées par les journalistes.

Lien, très inquiet, s'approcha des Roux et prononça quelques mots, fit quelques signes.

— Demandez à la fille, là, de vous embrasser, ordonna un reporter de la radio en mimant la scène.

Lien n'eut aucune difficulté à faire ce qu'on

attendait de lui. La Femme Rousse le regarda en silence quelques instants puis détourna la tête.

— Hé ! Rana, tu n'es pas à son goût on dirait…

Maintenant il était furieux, faillit ôter cette fourrure postiche pour révéler l'imposture. Seule la vue des gardes de la Sécurité lui donna quelque patience.

— Hé ! Rana, jette-toi à ses genoux…

— Montre-lui que tu l'aimes comme le font les mâles de ta race.

— Alors, Rana, tu es impuissant, désormais ?

— C'est vrai, ça, tu n'es pas galant.

Ils riaient grossièrement et le reporter radio laissait son micro ouvert. La scène se déroulait en direct. Dans la draisine, une caméra de télévision enregistrait également.

— Ils ont l'air de se méfier de toi, dis donc ?

— Est-ce qu'ils soupçonnent la supercherie ?

Soudain il s'avança vers les Roux et leur parla, fit des signes. Il racontait qu'il recherchait une fille nommée Jdrou et qu'il croyait la trouver parmi eux. Cette fois ils s'intéressèrent à lui. Même s'ils avaient soupçonné son déguisement, ils se laissèrent convaincre par son histoire.

— Il faut que je retrouve cette fille, ma tribu.

Alors, une des femelles, pas celle qu'espéraient les journalistes, s'approcha de lui et commença de le caresser gentiment. Mais elle ne toucha pas à son sexe. Cette fois les journalistes cessèrent de ricaner. La Rousse approchait de la vieillesse, ayant certainement près de quarante ans, et elle lui prenait la tête entre deux mains pour la secouer sur un rythme régulier en chantonnant une courte mélopée.

CHAPITRE XVII

Ils arrivèrent à Purple Station un soir très tard et Lien Rag eut beau scruter le dôme de la cité il n'aperçut aucune silhouette de Roux. La couche de glace atteignait plus d'un mètre sur la coupole et le chef de station n'avait obtenu qu'une tribu de Roux de quinze à vingt personnes au début, ce qui correspondait pour le chiffre au nombre d'individus de la tribu de Jdrou. Depuis peu il avait reçu un contingent un peu plus élevé et déjà le sommet du dôme était entièrement dégagé.

Dès le lever du jour, Lien put apercevoir cette sorte de cratère qui formait, sur dix mètres de diamètre, comme un puits. La ville ne vivait plus que dans un crépuscule constant du matin au coucher. Les habitants avaient hâte de retrouver la lumière et une souscription avait été lancée par le Conseil de consultation pour acheter un plus grand nombre de Roux et pour leur fournir une nourriture abondante qui leur donnerait des forces.

Lien osa sortir en ville, vêtu comme tout le monde de vêtements fourrés, et ne revint que le soir avant la représentation. Le cabaret ne devait rester que trois jours dans cette ville et le directeur savait que Lien les quitterait le dernier soir. Il paraissait attristé à cette pensée mais le reste de la troupe ne cachait pas sa satisfaction.

— Tu vas donc rester là ? lui demanda Yeuse après le final de cette première soirée.

— Il en a toujours été décidé ainsi, répondit Lien.

— Mais tu n'as aucune certitude.

— Demain j'irai accompagner les gens qui livrent la nourriture deux fois par jour. Quelques billets m'ont suffi. J'ai dit que je voulais faire un reportage. Demain j'aurai une certitude ou bien je devrai continuer mes recherches plus loin.

A la fin de la nuit, il embarqua dans une draisine de livraison et pénétra dans le no man's land tout de suite après le sas Ouest, sur la voie de petite ceinture qui était coincée entre le dôme et les faux buissons épineux devant empêcher les Roux de s'échapper.

Lorsque la draisine s'arrêta, Lien aperçut trois Hommes Roux qui attendaient. On débarqua les containers pleins, on embarqua les vides.

— Je reste, dit Lien. Vous me reprendrez ce soir.

— Ne vous faites pas surprendre, dit le chef de cette équipe, sinon nous serons blâmés.

Aucun des trois Hommes Roux n'appartenait à la tribu de Jdrou, ni même à son ethnie, car ils ne comprirent pas un seul mot de ce qu'il leur disait.

Ils chargèrent les containers et commencèrent l'escalade de cette falaise de glace qui recouvrait le dôme jusqu'à perte de vue. Mais Lien remarqua qu'ils laissaient un container. Et dès lors il espéra.

Mais il attendit longtemps, deux heures environ, avant qu'il n'arrive deux autres Roux, et ceux-là il les connaissait… Et eux le reconnurent et parurent très heureux de le voir.

— Jdrou ?

— Là-haut… Tout en haut…

— Bien, dit Lien, la gorge serrée par l'émotion. Bien.

Il leur expliqua qu'il reviendrait plus tard, lorsque deux nuits se seraient écoulées. Ils s'éloignèrent en portant le container, disparurent dans une sorte de faille. Plus tard Lien les vit accrochés à la paroi, habiles et légers. Il lui faudrait effectuer cette terrible escalade pour rejoindre la jeune femme.

La troisième nuit il rejoignit l'équipe du ravitaillement et repassa le sas Ouest. Cette fois il emportait un grand sac étanche et dès qu'il fut seul il en sortit la fourrure de scène et l'enfila. Quand les deux amis de Jdrou descendirent, ils le fixèrent avec un étonnement méfiant. Mais il découvrit son visage pour se faire reconnaître et ces deux-là, Jdran et Jdrui, parurent émerveillés puis éclatèrent d'un très long rire. Lien leur indiqua qu'il allait grimper et ils sautèrent de joie sur place.

Ce fut une très longue escalade. Lorsqu'ils comprirent que Lien éprouvait des difficultés, ils lui dirent qu'ils allaient monter le container de nourriture jusqu'au sommet et qu'ils reviendraient ensuite le chercher. Il attendit sur une sorte de surplomb qui lui donna le vertige. La glace ne recouvrait pas uniformément le dôme en épousant fidèlement son arrondi. Elle s'était accumulée de façon chaotique en falaises énormes, en crevasses profondes. Il y en avait bien plus que ne le supposaient les habitants de Purple Station. Par endroits au moins dix mètres d'épaisseur et même plus. Il aurait fallu employer d'autres moyens pour en venir à bout mais, avec les restrictions d'énergie, aucun engin de déblaiement n'était disponible.

Jdran et Jdrui revinrent le chercher et cette fois il progressa très vite vers le sommet, découvrit toute la tribu au travail sur la face occidentale. De l'autre côté travaillait une autre tribu plus importante qui dégageait les trois quarts de la coupole car ils étaient beaucoup plus nombreux, au moins cinquante.

Les femmes, les enfants, les vieux vinrent lui appuyer leurs mains sur les joues avant de retourner au travail.

— Jdrou ?

Jdran lui fit signe de le suivre. Ils redescendirent une pente douce et il aperçut une sorte de grotte creusée dans la glace.

— Là, Jdrou.

Il l'abandonna et Lien avança vers l'entrée de la grotte. D'abord il ne vit rien à cause de la pénombre mais il entendit un gémissement. Faible, comme celui d'un petit animal ou... d'un enfant très jeune, un bébé.

Il faillit se retourner et fuir. Et puis Jdrou sortit de la grotte.

— Qui es-tu toi qui as l'air de notre tribu ?

Il découvrit son visage et, d'abord stupéfaite, elle éclata de son rire habituel. Elle voulut l'embrasser comme elle en avait l'habitude, mais la cagoule de la combinaison y faisait obstacle. Même ce tout dernier modèle avait ses limites.

— Là-bas, dit-elle en désignant la grotte.

Accablé, il la suivit jusqu'à ce qu'il aperçoive une sorte de nid. Il avait vu des lapins du zoo en faire de semblables mais celui-là était mille fois plus important. Fait de touffes de fourrures arrachées. Une montagne de poils.

— Toute la tribu a donné. Toute la tribu…

Et dans ce nid douillet, il y avait un bébé.

— Il manque de chaleur, disait Jdrou.

Lien tressaillit.

— Il manque de chaleur parce qu'il est né de toi et de moi… Il lui faut cette grotte, ce trou, cette fourrure, ce nid… Et par la suite il lui faudra des fourrures comme les tiennes… Il fallait que tu viennes, sinon il serait mort. Pas tout de suite, mais plus tard, quand il marchera et qu'il voudra sortir du nid.

Doucement elle s'installa dans le nid et elle prit le bébé. Il n'avait pas de fourrure sur le visage ni sur les bras. Juste sur la poitrine et le ventre, un peu moins sur les jambes. Il se mit à pleurer mais Jdrou lui donna le sein.

Lien avança sa main mais la retira. A travers le gant de la combinaison il ne pourrait même pas sentir la tiédeur de cette chair d'enfant. Mais s'il la plongeait dans le nid de fourrure très douillette, peut-être qu'il pourrait le faire sans que le froid ne brûle ses doigts. Il arracha fébrilement ses gants sous la mousse de poils et n'éprouva aucune morsure. Un instant il put tenir le bébé dans ses mains jusqu'à ce qu'il se mette à pleurer.

— Tu vas lui trouver des fourrures comme les tiennes pour qu'il puisse plus tard sortir du nid ?

Il inclina la tête. Il lui fallait réfléchir maintenant, trouver une solution. Il y avait Jdrou et sa tribu, l'enfant. L'enfant qui appartenait au monde du Froid et à celui du Chaud. Il se souvint de Skoll, le lieutenant Skoll, qui avait eu un père Roux et qui ne supportait ni trop de chaud ni trop de froid, mais pouvait vivre en dehors des villes et des trains avec de simples fourrures. L'enfant serait ainsi.

— Je l'appelle Jdrien. Tu veux ?

— Jdrien, répéta-t-il.

Dans la même journée mais plus tard, il rejoignit la tribu qui travaillait tout en haut du dôme avec quelques outils primitifs. Il prit une sorte de pioche et commença à attaquer la glace. Il portait sa fourrure postiche et Yeuse, qui l'avait cherché du regard toute la journée, le reconnut à peine. Il ressemblait aux autres Hommes Roux mais elle savait que c'était lui. Malgré les larmes qui gelaient sur ses joues, elle resta à regarder en l'air, faisant sourire les passants.

TABLE DES MATIÈRES

Achevé d'imprimer sur les presses de

BUSSIÈRE

GROUPE CPI

à Saint-Amand-Montrond (Cher)
en juin 2001

FLEUVE NOIR
12, avenue d'Italie
75627 Paris Cedex 13
Tél. : 01-44-16-05-00

— N° d'imp. 13191. —
Dépôt légal : avril 1997.

Imprimé en France